哈佛百年经典

一千零一夜

[阿拉伯]佚 名◎著
[美]查尔斯·艾略特◎主编
樊习英◎译

北京理工大学出版社
BEIJING INSTITUTE OF TECHNOLOGY PRESS

版权专有 侵权必究

图书在版编目（CIP）数据

一千零一夜 /（阿拉伯）佚名著；樊习英译. —北京：北京理工大学出版社，2014.3（2019.9重印）

（哈佛百年经典）

ISBN 978-7-5640-8194-2

Ⅰ. ①一… Ⅱ. ①佚… ②樊… Ⅲ. ①民间故事—作品集—阿拉伯半岛地区 Ⅳ. ①I371.73

中国版本图书馆CIP数据核字（2013）第194124号

出版发行 / 北京理工大学出版社有限责任公司
社　　址 / 北京市海淀区中关村南大街5号
邮　　编 / 100081
电　　话 /（010）68914775（总编室）
　　　　　 82562903（教材售后服务热线）
　　　　　 68948351（其他图书服务热线）
网　　址 / http://www.bitpress.com.cn
经　　销 / 全国各地新华书店
印　　刷 / 三河市金元印装有限公司
开　　本 / 700毫米×1000毫米　1/16
印　　张 / 24　　　　　　　　　　　　　　　责任编辑 / 刘汉华
字　　数 / 320千字　　　　　　　　　　　　文案编辑 / 刘汉华
版　　次 / 2014年3月第1版　2019年9月第2次印刷　责任校对 / 周瑞红
定　　价 / 65.00元　　　　　　　　　　　　责任印制 / 边心超

图书出现印装质量问题，请拨打售后服务热线，本社负责调换

出版前言

人类对知识的追求是永无止境的，从苏格拉底到亚里士多德，从孔子到释迦摩尼，人类先哲的思想闪烁着智慧的光芒。将这些优秀的文明汇编成书奉献给大家，是一件多么功德无量、造福人类的事情！1901年，哈佛大学第二任校长查尔斯·艾略特，联合哈佛大学及美国其他名校一百多位享誉全球的教授，历时四年整理推出了一系列这样的书——《Harvard Classics》。这套丛书一经推出即引起了西方教育界、文化界的广泛关注和热烈赞扬，并因其庞大的规模，被文化界人士称为The Five-foot Shelf of Books——五尺丛书。

关于这套丛书的出版，我们不得不谈一下与哈佛的渊源。当然，《Harvard Classics》与哈佛的渊源并不仅仅限于主编是哈佛大学的校长，《Harvard Classics》其实是哈佛精神传承的载体，是哈佛学子之所以优秀的底层基因。

哈佛，早已成为一个璀璨夺目的文化名词。就像两千多年前的雅典学院，或者山东曲阜的"杏坛"，哈佛大学已经取得了人类文化史上的"经典"地位。哈佛人以"先有哈佛，后有美国"而自豪。在1775—1783年美国独立战争中，几乎所有著名的革命者都是哈佛大学的毕业生。从1636年建校至今，哈佛大学已培养出了7位美国总统、40位诺贝尔奖得主和30位普利策奖获奖者。这是一个高不可攀的记录。它还培养了数不清的社会精英，其中包括政治家、科学家、企业家、作家、学者和卓有成就的新闻记者。哈佛是美国精神的代表，同时也是世界人文的奇迹。

而将哈佛的魅力承载起来的，正是这套《Harvard Classics》。在本丛书里，你会看到精英文化的本质：崇尚真理。正如哈佛大学的校训："与柏拉图为友，与亚里士多德为友，更与真理为友。"这种求真、求实的精神，正代表了现代文明的本质和方向。

哈佛人相信以柏拉图、亚里士多德为代表的希腊人文传统，相信在伟大的传统中有永恒的智慧，所以哈佛人从来不全盘反传统、反历史。哈佛人强调，追求真理是最高的原则，无论是世俗的权贵，还是神圣的权威都不能代替真理，都不能阻碍人对真理的追求。

对于这套承载着哈佛精神的丛书，丛书主编查尔斯·艾略特说："我选编《Harvard Classics》，旨在为认真、执著的读者提供文学养分，他们将可以从中大致了解人类从古代直至19世纪末观察、记录、发明以及想象的进程。"

"在这50卷书、约22000页的篇幅内，我试图为一个20世纪的文化人提供获取古代和现代知识的手段。"

"作为一个20世纪的文化人，他不仅理所当然的要有开明的理念或思维方法，而且还必须拥有一座人类从蛮荒发展到文明的进程中所积累起来的、有文字记载的关于发现、经历以及思索的宝藏。"

可以说，50卷的《Harvard Classics》忠实记录了人类文明的发展历程，传承了人类探索和发现的精神和勇气。而对于这类书籍的阅读，是每一个时代的人都不可错过的。

这套丛书内容极其丰富。从学科领域来看，涵盖了历史、传记、哲学、宗教、游记、自然科学、政府与政治、教育、评论、戏剧、叙事和抒情诗、散文等各大学科领域。从文化的代表性来看，既展现了希腊、罗马、法国、意大利、西班牙、英国、德国、美国等西方国家古代和近代文明的最优秀成果，也撷取了中国、印度、希伯来、阿拉伯、斯堪的纳维亚、爱尔兰文明最有代表性的作品。从年代来看，从最古老的宗教经典和作为西方文明起源的古希腊和罗马文化，到东方、意大利、法国、斯堪的纳维亚、爱尔兰、英国、德国、拉丁美洲的中世纪文化，其中包括意大利、法国、德国、英国、西班牙等国文艺复兴时期的思想，再到意大利、法国三个世纪、德国两个世纪、英格兰三个世纪和美国两个多世纪的现代文明。从特色来看，纳入了17、18、19世纪科学发展的最权威文献，收集了近代以来最有影响的随笔、历史文献、前言、后记，可为读者进入某一学科领域起到引导的作用。

这套丛书自1901年开始推出至今，已经影响西方百余年。然而，遗憾的是中文版本却因为各种各样的原因，始终未能面市。

2006年，万卷出版公司推出了《Harvard Classics》全套英文版本，这套经典著作才得以和国人见面。但是能够阅读英文著作的中国读者毕竟有限，于是2010年，我社开始酝酿推出这套经典著作的中文版本。

在确定这套丛书的中文出版系列名时，我们考虑到这套丛书已经诞生并畅销百余年，故选用了"哈佛百年经典"这个系列名，以向国内读者传达这套丛书的不朽地位。

同时，根据国情以及国人的阅读习惯，本次出版的中文版做了如下变动：

第一，因这套丛书的工程浩大，考虑到翻译、制作、印刷等各种环节的不可掌控因素，中文版的序号没有按照英文原书的序号排列。

第二，这套丛书原有50卷，由于种种原因，以下几卷暂不能出版：

英文原书第4卷：《弥尔顿诗集》

英文原书第6卷：《彭斯诗集》

英文原书第7卷：《圣奥古斯丁忏悔录 效法基督》

英文原书第27卷：《英国名家随笔》

英文原书第40卷：《英文诗集1：从乔叟到格雷》

英文原书第41卷：《英文诗集2：从科林斯到费兹杰拉德》

英文原书第42卷：《英文诗集3：从丁尼生到惠特曼》

英文原书第44卷：《圣书（卷Ⅰ）：孔子；希伯来书；基督圣经（Ⅰ）》

英文原书第45卷：《圣书（卷Ⅱ）：基督圣经（Ⅱ）；佛陀；印度教；穆罕默德》

英文原书第48卷：《帕斯卡尔文集》

这套丛书的出版，耗费了我社众多工作人员的心血。首先，翻译的工作就非常困难。为了保证译文的质量，我们向全国各大院校的数百位教授发出翻译邀请，从中择优选出了最能体现原书风范的译文。之后，我们又对译文进行了大量的勘校，以确保译文的准确和精炼。

由于这套丛书所使用的英语年代相对比较早，丛书中收录的作品很多还是由其他文字翻译成英文的，翻译的难度非常大。所以，我们的译文还可能存在艰涩、不准确等问题。感谢读者的谅解，同时也欢迎各界人士批评和指正。

我们期待这套丛书能为读者提供一个相对完善的中文读本，也期待这套承载着哈佛精神、影响西方百年的经典图书，可以拨动中国读者的心灵，影响人们的情感、性格、精神与灵魂。

主编序言

《一千零一夜》是世界上最优秀的故事书之一。18世纪初,法国学者加朗首先发现了阿拉伯文的母本,并将它翻译成法语作品,介绍给欧洲读者。在此之前,并没有关于此书的详细介绍。

然而,早在10世纪,这本故事集就有了波斯文版本,里面的故事框架几乎沿用至今。此书缘于这样一个故事:有一位国王,总在新婚初夜之后就杀掉他的新娘,最后,宰相的女儿也没幸免于难,被迫被迎娶进宫。这个聪明的女子,每天晚上都给国王讲一个故事,但是这个故事常常讲到黎明还没有讲完。国王为了知道后面的故事,只好暂且放过她。最终,这位聪明的女子让他放弃了这一暴行。

除了故事框架以外,阿拉伯的版本是否在其他方面也借鉴了波斯作品,我们无从得知。自加朗之后,《一千零一夜》的故事主要都是来自波斯、印度、阿拉伯地区,也有一些最初起源自世界各个不知名的小角落。没有任何两份手稿的内容是高度重合的。现在印刷的一些非常有名的故事,或许也不能准确地看作属于这本故事集。由于加朗在他的故事集里收录了它们,这些故事才得以与其他故事并存于这本故事集中。因此在

I

《一千零一夜》里面"阿里巴巴与四十大盗"的故事并没有东方的母本,"阿拉丁神灯"的故事长久以来也被认作同样的情况,虽然在近几年这个故事有了东西方两份原稿。

对原稿在地点和年份的编辑,依然是学者们争论的话题。由于书中对开罗这个城市有详细的描述,并且有浓厚的穆罕默德文化背景,莱恩以此为依据,认为这个故事集是在埃及汇集起来的。但是他的这个观点并不被普遍接受。

关于成书年份的推断也有几个世纪的差别。伯顿认为此书受波斯文化影响很大,他认为像"辛巴达"之类的老故事,也许早在9世纪就已出现。其中十三个故事据他推断应该是在10世纪,而最新的故事则是在16世纪产生的。大多数人赞成13世纪是现今故事框架形成的时期,尽管人们直到大概两个世纪之后才决心将故事记录下来。

像这样一本集合了寓言、童话以及历史名人奇闻逸事的故事集,绝不可能只有一个作者。这些故事无论在莎赫扎德讲述出来之前或者之后,都是用口头叙述的方式代代相传的,这也是阿拉伯人讲述故事最常用的形式。尽管每个故事都有最初的创作者,然而这些作者的名字最终会在一代代人的口口相传中消失。即使作为最初的编订和校正者,也没有办法追溯出来了。虽然用文字记录在一定程度上改变了故事的流传方式,但是很长一段时间之后,口口相传的方式依旧存在。

在西方流传的两百年的时间里,《一千零一夜》里面的故事已经成为西方文化的一部分。他们制造了想象的东方仙境,展示了中世纪阿拉伯人的生活风格。书中提到的习俗和宣扬的道义,老少皆知。语言与文学方面,几乎当代所有的文化人都会引用书中人物、故事以及典故。音乐和绘画受此书的影响如同文学与日常谈话方面一样深刻。正如我们有目共睹的,非常多的成就都是受到了这本书的影响。例如里姆斯基·柯萨可夫的音乐,帕里什的绘画和坦尼森作品《回忆的阿拉伯之夜》中的背景和氛围所营造出的非凡的理想主义。《巴米西德的宴会》《芝麻开门》《旧灯为新》《所罗门封印》《老人与海》《灯的奴隶》《钻石之谷》,艾哈迈德·哈龙的《欢乐花园》——这些作品，和其他的许多格言警句以及日常琐事中的小典故，都表明了这本来自神秘东方的精妙故事集，它的影响无处不在。

　　这本由莱恩翻译的故事集作为标准英语译本用于广泛的阅读已经九年了。"阿里巴巴"和"阿拉丁"的翻译是由兰·普尔（Lane-Poole）完成的。此外，我们对授予我们使用权的普特南（Messrs. G.P.Putnam's）的儿子们表示衷心感谢。

查尔斯·艾略特

原出版序言

以至仁至善安拉之名

赞美安拉,这仁慈的君主,宇宙的缔造者。他不用一根高柱,就支起无边的苍穹,铺开绵延的大地,堪作安适的大床。祝福安拉的使者、安拉以及我们的主人穆罕默德和他的家人,愿和平与他们同在,我们将永远为他们祈祷,直至审判日的到来。

让我们接着往下说——先辈们的生活经验对于子孙们是重要的,因为一个人可以通过回顾那些发生在别人身上非同寻常的事件而得到启迪,也可以通过回想前人的历史,以及所有降临在他们身上的遭遇,得知对事要有所顾虑。让我们赞美那些将前人的经历记载下来,作为教训讲给我们后辈听的圣人。《一千零一夜》里面的故事,就是一些带有浪漫色彩的小故事和令人有所思虑的寓言。

据说,在古代有一个国王,他拥军百万,还有数不尽的侍卫、仆人,以及国内的拥护者。他有两个儿子,一个已经长大成人,另一个还是少年。这两个王子都是英勇的骑士,尤其是年长的那个,他接掌了父亲的王国,公正地对待他的国民,举国上下的民众都爱戴他,他便是山鲁亚尔(意为城邦之友)国王。他的弟弟名叫沙宰曼(意为时代的君主),是撒马尔罕城的国王。兄弟俩的政府都十分公正和公平，因此，两国的子民生活得都无比欢乐、幸福。这样过了二十个年头。后来，山鲁亚尔国王极其渴望见到他的弟弟，便命令他的宰相前往弟弟的属国，请他前来相聚。

他给宰相下达了这个命令之后，又即刻命人备好丰厚的礼物。例如，马、价值连城的珠宝、男奴、靓丽的少女以及其他昂贵的东西。之后他又给弟弟写了一封信，表达了自己强烈的思念之情。他把信件封好，交给宰相，并嘱托宰相要提高警惕，快马加鞭地赶路，再带着队伍平安返回。宰相回答道："遵命，绝不敢有半点耽搁。"宰相整理好行李，把自己的工作托付给别人，再把他们在三天时间内所需的食物都备齐，即刻带着准备好的东西上路了。出发那日，他向山鲁亚尔国王作别，之后，便向着沙漠和荒原行进。他夜以继日地赶路，来到了好几个属国的地界，但凡是山鲁亚尔统治之下的，都对他热烈地欢迎。他们献上价值连城的东西和大量真金白银打造的礼物，还盛情款待他三日。到了要离开的那天，那些属国的国王们陪着他赶了一天的路程，便告辞离去，他独自率领着自己的队伍前行。离撒马尔罕城越来越近了，他派出一名信差前去通报沙宰曼国王。信差走进城中，向别人问明道路，随即来到了宫殿中。他向国王禀明身份，亲吻了身前的地面，并告诉国王他哥哥的宰相即将到达城中的消息。沙宰曼国王听到这个消息后，即刻命令他朝中的要臣和国中的精英们前去迎接宰相。于是，沙宰曼的部下在距城一天路程的地方与宰相相遇。他们热情地欢迎了他，护送着他的马队一路到了城中。宰相站在沙宰曼国王的面前，向国王请安，随即俯身亲吻了身前的地面。然后，把他哥哥迫切想要见到他的心意传达给了沙宰曼国王，并将那封信呈给了他。国王接过信，打开看了看，知晓了其中的内容，表示愿意遵从兄长的指示。"但是，"国王说道，"待我款待你三日之后，我再起程。"于是，国王在自己宫殿中安排了一处适合宰相身份居住的处所让他住下，再把随宰相而来的人马安置在帐篷中，派人送去他们所需的食物和饮品。一行人在那儿待了三日。第四天，沙宰曼命人备好行李，再将配得上进献给他哥哥的价值连城的礼物都收拢放在一块儿，整装待发。

一切准备就绪后，沙宰曼委任他的宰相暂时代为监管这个国家，随后，便带着帐篷、骆驼、骡子、仆人，还有侍卫们，向他哥哥的领地出发了。然而，半夜的时候，他突然想起有一件要送给哥哥的物品落在宫殿中了，便回宫去取。当他走进宫殿的寝室，他看见他的妻子睡在床上，旁边还有一个黑奴。

看到这样的情形，他只觉眼前的整个世界都黑暗了，心想："我还没有离开都城，便发生了这种事，要是我在哥哥那儿久住，不知道这个下贱的女人还会做出什么事来！"于是他拔出剑，把躺在床上的两人都给杀了。事后，他匆匆回到队伍中，下令继续向着他哥哥的都城行进。

山鲁亚尔听到他快要到达的消息，激动得难以言喻，走出城门去迎接。寒暄之后，他带着无比喜悦的心情热烈地欢迎了他弟弟的到来。随即，山鲁亚尔下达命令，说值此难得的欢愉之际，整座城市都张灯结彩来庆祝一番。山鲁亚尔盛情地款待了弟弟，并坐下来高兴地同他交谈。然而，沙宰曼国王一想起他妻子不忠的行为，便心烦意乱，极度悲伤。他被这悲伤所笼罩，面容憔悴，身体消瘦。他的哥哥察觉到了他的反常，猜想他是由于远离自己的领地，离愁渐长，因而不大在意，也没有去询问原因。几天过去了，山鲁亚尔终于忍不住问他说："我的弟弟啊，我看你怎么日渐消瘦、脸色憔悴啊？"沙宰曼回答说："哥哥呀，我心中觉得痛苦呀。"但是他却不愿将所见到的关于自己妻子的丑行告诉哥哥。于是，山鲁亚尔说道："我希望你能和我一块儿去狩猎，这样你的注意力也许就不会放在令你烦心的事儿上了。"然而他却回绝了。山鲁亚尔只得一人率领人马前去狩猎。

山鲁亚尔的宫殿中有几扇可以望见御花园的窗户。当沙宰曼站在其中一扇窗前向外眺望时，他看见宫殿中有一扇开着的门，从门里面走出来二十名女眷，与之相伴的还有二十个黑奴。此外，还有国王的妻子，她尤为漂亮高雅，随着众人一同走到一处喷泉边上。他们停在那儿，所有人都把衣服脱了下来，赤裸裸地坐在一起。接着王后大喊了一声："喂，梅斯伍德！"话音刚落，一个黑奴即刻走到她身边，一把抱住她，她也伸手将其搂住。其他的奴隶和女眷们莫不如此。他们的狂欢一直持续到傍晚方才结束。沙宰曼看到这番情形，在心中暗自想到："以安拉起誓，这个要比我的遭遇严重得多了！"他的烦恼和痛苦有所缓和，恢复了正常的食欲，餐餐吃好喝足。

山鲁亚尔国王狩猎回来，兄弟二人互相寒暄。看到自己的弟弟气色已经恢复，脸上泛着健康的红光，山鲁亚尔国王便惊讶地问道："弟弟啊，最近你面容憔悴、气色不好，却突然恢复，到底是怎么回事？"沙宰曼回答道："关于我脸色憔悴这个疑问，个中缘由我可以说给你听。至于我恢复气色的原因，这不便说，请体谅我。"山鲁亚尔回答说："你先把你面容憔悴、虚弱不堪的原因说给我听吧，让我听听看再说。""哥哥啊，你要知道，"沙宰曼回答道，"你派宰相邀请我来见你，我准备好后便出发上路。刚刚走出都城，发现竟把要带来送给你的珠宝忘了，于是，便回宫去取。回去之后，我发现我的妻子正睡在我的床上，一个黑奴躺在她身边，于是，我便将他俩都杀了，然后才来到这儿。可我的脑海里经常浮现那个场景，挥之不去。这便是我面容憔悴、日渐消瘦的原因。现在，既然我已经恢复了气色，请恕我不便将我得以恢复的原因告诉你。"然而，当他的哥哥听到这番话后，说道："我以安拉的名义恳求你，你非告诉我你得以恢复气色的原因不可。"于是，沙宰曼便将自己看到的一切都告诉了他。"我要亲眼看一看！"山鲁亚尔说。沙宰曼说："向人们宣告你将再次出去狩猎，然后你躲到我这儿来，这样，你便可亲眼看到他们的丑行，就有直观的证据了。"

听了这话，山鲁亚尔立即宣称他要再次外出狩猎。军队带着帐篷出了城，国王紧随其后。他在营寨中休息了一会儿之后，嘱咐他的仆人们说："不得让任何人进帐来见我。"接着将自己乔装改扮，回到宫中找到了他的弟弟。他们站在一扇窗户前，监视着花园里的一切。山鲁亚尔在窗前站了一会儿后，女婢和她们的女主人便在黑奴们的陪伴下来到了御花园中。正如他弟弟所描述的那样，他们一直嬉戏到傍晚祷告时分才离开。

山鲁亚尔眼见出了这样的丑事，脑中已然没了理智，便对自己的弟弟说：“来吧，沙宰曼，我们一起随心所欲地漫游各地，不要再做国王了。我们去看看发生在我们身上的这种悲剧会不会在别人身上发生。如果别人都不会，我们不如死了更好。"他的兄弟赞同了他的提议。他们从宫中的一条密道走了出去，日夜兼程地向远方跋涉。他们走到了一片靠近海洋的草地上。草地中央有一棵树，树旁有清泉流过。他们走到树下，喝了点儿泉水，随后又坐下来休息。天快要黑了，他们面前的海面变得波涛汹涌。只见一根黑柱冲出海面，直插云霄，随即又往草地这边飞过来。他俩被眼前的场景吓坏了，赶忙爬到那棵高高的树上躲避，在树上，他们才得以看清那是什么。他们看见原来那是一个身形庞大的魔鬼，它的脑袋硕大，身体笨重，头上顶着一个箱子。魔鬼上岸之后，走到两个国王爬的那棵树下坐了下来。他把那个箱子打开，再从箱中取出一个匣子。又将那个匣子打开，一个年轻的女子从中走了出来。她的皮肤白皙，样貌可人，就像一轮夺目的太阳。魔鬼望着她说道：“我从新婚之夜夺来的出生高贵的姑娘哟，现在我要休息一会儿。"说完他把自己的头枕在女子的膝盖上，沉沉睡去。女子抬起头，看见了躲在树上的两个国王。于是，她把魔鬼的头从自己膝上移开，将其放在地上。她站在树下边，朝着两个国王做手势，似乎在说："下来吧，不要害怕这个魔鬼。"他们回答她说："我们以安拉的名义恳请你不要把我们卷进这桩事中。"但是她却说道："我同样以安拉的名义恳请你们快点下来。如果你们不这么做，我便唤醒魔鬼，叫它残忍地将你们杀死。"他们被她吓到了，赶忙从树上下来，走到她身边，同她一起交欢，直到她满意为止。随后，她从衣服口袋中掏出一个袋子，从袋子里拿了一根绳子出来，绳子上穿着九十八枚做了标记的戒指。女子问他们说："你们知道这些是什么来历吗？"他们回答道："我们并不知道。""所有这些戒指的主人，"她说，"他们每一个都和我有过交情，就跟你们一样。而这个愚蠢的魔鬼从不曾察觉。因此，你们两兄弟把你们的戒指也给我吧。"于是，他们都将戒指从各自手上摘下来交给了她。接着，她又对他们说："这个魔鬼在我新婚之夜将我夺走，把我装在匣子里，再将匣子放在箱中，又给箱子上了七道锁，把我囚禁在里面。再将我藏在翻滚的波涛之下,放在波涛汹涌的海底。它并不知道,我们女人一旦想达到什么目的,是没有任何事物能阻止的,这正如一个诗人所说:

'永远不要相信女人,也不要相信她们的誓言。
她们高不高兴只取决于她们一时的热情。
她们的爱只是虚情假意,衣服里藏着的全是不忠不义。
得从优素福的故事中吸取教训,时刻提防她们的阴谋诡计。
难道你们不曾想过亚当为何被逐出伊甸园?
这都是因为那女人受恶魔的教唆。'

另一个诗人又是这样说的:

'不要责备我,这会让遭受责难的我投入更多的情感,滋生出更强烈的爱意。
纵使我爱得如此无法自拔,我的遭遇和我之前的许多男人也并无差异。
倘若有谁能够逃脱女人们的阴谋诡计,那才着实令人无比诧异。'"

这两个国王听到从她口中说出的这些话和诗句,感到无比震惊。他们悄悄议论道:"这是个神通广大的魔鬼,发生在它身上的遭遇和我们相比真是更大的不幸。它的这种境遇对我们而言算是一种慰藉啊。"于是,他们即刻起身离开,回到了城中。

他们走进宫殿后,山鲁亚尔立即砍掉了他妻子的头,又同样地杀掉了那些淫乱的男女。从那之后,他便有了一个惯例:每次他与一个少女上床过夜,天亮之后就会把那少女杀掉。就这样过了三年。民众对他十分不满,纷纷带着女儿逃走,城中再也找不到适合婚配的少女了。事情是这样发生的:

国王命令宰相按照他的惯例给他带一个少女来。宰相四处找寻，却一个也找不到。他满怀恐惧，苦恼地回到了府中，担心国王对他的处置。

宰相有两个女儿，大女儿叫莎赫扎德，小女儿叫杜娅扎德。大女儿读过许多历史著作，熟悉古代帝王的传记，了解先辈们的故事。据说，她收藏的历史书籍数以千计，上面记载着先辈和历代君主的事迹，还有许多诗歌著作。在这种情形之下，她对父亲说："我看到你如此反常，竟愁眉不展、一脸的忧伤，到底是为何呢？有一个诗人这样描述道：

'请告诉那些忧愁烦闷的人，
世间的忧愁不会长存。
就像欢乐会消逝那样，
忧愁也会消散得无踪无影。'"

宰相听完女儿的话后，便把国王交派给他任务的事统统告诉了她。莎赫扎德听了之后说道："以安拉起誓，爹爹呀，把我嫁给国王吧。即使我死了，也能救下一个人。如果我得以活下去，我必将解救她们不再受他的迫害。""我以安拉的名义恳求你，"宰相慌忙说道，"你万不可以身涉险。"然而，莎赫扎德回答说："只有这个办法可行了。"宰相又说："我为你感到担忧，唯恐驴子和水牛在农夫手中的遭遇也同样发生在你身上啊！"她问道："爹爹呀，那是怎么一回事儿呢？"

宰相回答说："从前有一个商人，家中富裕，还养了些牲口。他娶了一个老婆，生养了几个子女。尊贵的安拉还赐予他一种天赋，使得他可以听懂飞禽走兽的语言。这个商人的家住在乡下，他的家中养了一头驴子和一头水牛。有一天，水牛走到驴子的厩里，看见里面打扫得干干净净，还洒了一些清水，驴子的食槽中装着筛过的小麦和切成小段的稻草，驴子正气定神闲地躺着休息。它们的主人，只是在需要外出打理生意时，偶尔骑一次驴，并且很快就打道回府。之后，商人偷听到水牛对驴子说：'愿你越吃越壮！我们多么不同啊！你总是清闲自在，吃筛选过的小麦，有人照料,也偶尔被主人骑一会儿。而我,却日日在田里犁地,在磨坊里拉磨。'驴子回答道:'我帮你想个办法。当农夫把你拉到田里,在你脖子上套上牛轭之时,你便躺下。即使他打你,你也不要再站起来。或者,如果你站起来了,就再次倒下去吧。他把你牵回来后,把豆子放在你的面前,你也不要吃,装成病了的样子。你要不吃不喝地坚持一两天,或者三天。这样,你便可以免受劳役,好好休息一番了。'果真,当农夫拿着饲料来喂水牛的时候,它几乎一点儿也没吃。第二天,当农夫再次前来拉它去犁地的时候,发现它明显地虚弱了。因此商人便对农夫说:'牵这头驴子去,让它替水牛犁一天地。'于是,农夫便把驴子牵走了。天黑的时候,驴子回来了。水牛感谢驴子替它做的善行,因为驴子把它从那日的劳作中解救出来了。然而驴子却并不搭理它,因为它无比地后悔自己想出的馊主意。第二天,农夫又来了,把驴子牵去和他一块儿犁地,直到傍晚才收工。驴子的脖子上套着牛轭回来了,身体因为过度劳顿而变得脆弱不堪。水牛望向它,感激它之余还不住地夸赞它。驴子叹道:'我原本生活安逸,就是我多管闲事害了自己啊!'接着它对水牛说:'我有一言相劝。我听我们的主人说,要是水牛再不好起来重回自己的岗位,就把它牵到屠夫那儿去,宰了它,剥光它的皮,做成一张桌布。因此,我着实为你感到担忧,所以才出言相劝,愿你逃过这劫啊!'水牛听到驴子这话,对它千般感谢,说道:'明日我要敏捷地跑去犁地了。'于是,它吃光了所有的饲料,甚至把牛槽也舔得干干净净。与此同时,它们的主人正偷听着它们的谈话。

"第二天早上,商人和他的妻子去到水牛的牛棚中,在里面坐下。刚好碰到农夫前来,把水牛从棚中牵了出去。水牛看到它的主人后,摇了摇自己的尾巴,用它的号叫声和动作展示自己的敏捷。水牛边叫着边四处乱窜。商人见此大笑不止,以至于往后一仰,倒了过去。他的妻子惊讶地问他说:'你这是在笑什么呢?'他回答说:'我在笑一件我亲耳所闻、亲眼所见的事,但我不能把这事儿说出来,因为如果我说了,我也活不成了。'她坚持道:'就算你会死,你也得告诉我你到底为何发笑?'他说：'我因为怕死，所以不能告诉你。'她抱怨道：'那你就是在取笑我了。'继而又不依不饶地求他，对他胡搅蛮缠，他完全被她搞得心烦意乱，最终屈服下来。于是他把他们的孩子们都叫来，派人去请法官和证人，想当着众人的面说出自己的遗愿，再把秘密告诉给妻子后死去。因为他非常爱她，她是他的堂妹，又为他生下多个儿女，而且，他俩已经在一起生活了一百二十年。他把家人和邻居召集过来之后，他向他们讲述了自己的故事。他告诉众人说，一旦他揭露了这个秘密，便会立刻死去。得知这个消息后，每一个在场的人都对他的妻子说：'我们恳请你不要再追问他这事儿了，不要害你的丈夫、孩子们的父亲死去啊。'可是她却说：'要是他不肯告诉我，我是不会罢休的。即便他会为此赔上性命。'听了这话后，人们不再向她求情。商人离开了众人，走到牛棚里去沐浴，准备沐浴完回来后，把秘密告诉给众人，然后毅然死去。

"他养了一只雄鸡，雄鸡有五十只母鸡做伴，还养了一条狗。他听见狗狂吠着用责备的口吻对雄鸡说：'我们的主人都要死了，你怎么还这么高兴？'雄鸡回答说：'这是怎么一回事？'于是，狗便把这事儿说给它听。听了这话，雄鸡惊讶地叫道：'我们的主人真是缺少理智。我有五十个老婆，我爱搭理这个便搭理这个，不想理谁就不必理谁。而主人仅仅只有一个老婆，就连这点事儿也管束不了她。他何不折几条桑树枝，走到她的卧室里，把她打一顿。即使不要她的命，至少也得叫她忏悔认错。打过她之后，她便再也不敢过问他的任何事了。'商人听到雄鸡与狗的对话后，恢复了理智，下定决心要去教训妻子一顿。"

宰相对他的女儿莎赫扎德说："现在，我也许该像商人教训他老婆那样对你。"莎赫扎德问："他是怎么做的呢？"宰相回答说："他折了几条桑树枝，走进他妻子的卧室，把树枝藏在房里，接着对他的妻子喊道：'快到卧室来，我把秘密告诉你，然后死在这儿，别让人看见我。'当她走进房里之后，商人便把门锁上不让她出去。他一直打她，打得她快要失去知觉，大声哭喊着：'我悔悟啦！'她亲吻了他的手脚，对自己的行为感到后悔莫及，夫妻二人一同走出门去。亲朋好友都替他们感到高兴。他俩在一起幸福地生活，直至生命的尽头。"

宰相的女儿听了父亲的话后，对他说："事情还是得照我说的那样办。"于是，宰相只得为她准备了嫁妆，她嘱咐自己的妹妹，说道："我到国王那里之后，我会向国王请求将你接来陪我。你来我身边后，找一个恰当的时机，对我说：'姐姐啊，讲点奇妙的故事给我听，让我们在睡前消遣一番吧。'我便趁机给你讲故事。如果安拉保佑，我俩便能借此方法逃过一劫。"

他的父亲，那个宰相，随后将她带去献给了国王。国王见到宰相，非常高兴，问道："你把我要的人带来了吗？"宰相回答说是的。当国王同莎赫扎德接近的时候，她却突然哭了起来，国王问她说："你为什么伤心？"她答道："陛下呀，我有一个妹妹，我想把她也给带来。"于是国王便派人前去接她的妹妹。妹妹来到姐姐身边后，拥抱了姐姐，随后在床脚边坐下。她等到了一个恰当的时机后，说道："姐姐啊，讲点奇妙的故事给我们听，让我们在睡前消遣一番吧。"莎赫扎德回答说："只要德高望重的国王允许，我倒是非常愿意讲的。"国王心绪烦躁，在听到她们的对话后，觉得这个讲故事的主意不错，也显得十分高兴。就这样，一千零一夜的第一个晚上，莎赫扎德开始了她的讲述。

目录 Contents

第1~3夜

商人与魔鬼的故事　　　　　　　　　　001
第一个老人和羚羊的故事　　　　　　　004
第二个老人和两只猎犬的故事　　　　　007
第三个老人和骡子的故事　　　　　　　009

第3~9夜

渔夫的故事　　　　　　　　　　　　　011
郁南国王和都班医师的故事　　　　　　016
丈夫和鹦鹉的故事　　　　　　　　　　019
妒忌的大臣以及王子与食人鬼的故事　　020
年轻国王和黑岛的故事　　　　　　　　031

第9~18夜

挑夫、巴格达女人及三个皇族乞丐的故事　　039
第一个皇族乞丐的故事　　　　　　　　050
第二个皇族乞丐的故事　　　　　　　　056

I

嫉妒者和被嫉妒者之间的故事	062
第三个皇族乞丐的故事	070
第一个巴格达女人的故事	081
第二个巴格达女人的故事	087

第24~32夜

驼背的故事	094
基督教商人讲述的故事	098
苏丹的总管讲述的故事	111
犹太医生讲述的故事	119
裁缝讲述的故事	125
理发匠本人的故事	135
理发匠大哥的故事	137
理发匠二哥的故事	140
理发匠三哥的故事	143
理发匠四哥的故事	146
理发匠五哥的故事	148
理发匠六哥的故事	155

第32～36夜

    阿里·努尔丁和艾尼斯·吉丽斯的故事　　　　　162

第537～566夜

    航海家辛巴达和挑夫辛巴达的故事　　　　　198
    航海家辛巴达的第一次航海旅行　　　　　　201
    航海家辛巴达的第二次航海旅行　　　　　　207
    航海家辛巴达的第三次航海旅行　　　　　　212
    航海家辛巴达的第四次航海旅行　　　　　　218
    航海家辛巴达的第五次航海旅行　　　　　　227
    航海家辛巴达的第六次航海旅行　　　　　　233
    航海家辛巴达的第七次航海旅行　　　　　　238

第566～578夜

    铜城的故事　　　　　　　　　　　　　　　243

第738～756夜

  海姑娘珠儿安娜的故事 267

附录

  阿拉丁和神灯的故事 278
  阿里巴巴和四十大盗 345

第1~3夜

商人与魔鬼的故事

从前有个非常富有的商人，他经商的范围很广，常常到周围的邻国。有一天，他骑着马到邻国去收债，炎热的天气使他非常难受，他便走到一个花园里，在一棵树下坐了下来。他把手伸进鞍袋，在装满食物的袋子里掏出一小块面包和一颗枣子吃了起来。他吃完枣子，随手将枣核往一块石头旁扔去。突然，他的面前出现了一个身材高大、手握利剑的魔鬼。魔鬼慢慢向他逼近，怒喝道："站起来，我要像你杀我儿子那样把你杀掉！"商人问道："我怎么就把你儿子杀了呢？"魔鬼回答说："你吃完枣子之后，随手扔到那块石头边上的枣核刚好打在了我儿子的胸口上，正如命运对他的裁决，他当即就丧命了。"

商人听了他的话后，哭喊道："我们都属于安拉，都必须回到他身边去。现已毫无办法，只得盼伟岸、超凡的安拉拯救了。如果说我真的杀了你的儿子，那也是因为我不了解情况，并非故意而为。我相信您会饶恕我吧。"魔鬼回答："你杀了我的儿子，无论如何是难逃一死的。"说完这些，魔鬼把商人拖起来，一把将他摔在地上，并抬起臂膀用剑指着商人欲将他杀死。面对这一情形，商人伤心地哭了，他哀求魔鬼说："没有人可以逃脱对自己死亡的宣判，那我就把一切都托付给安拉了。"商人一边痛哭一边吟道：

"时代由两个时期组成，这一段是愉快的，另一段是灰暗的。
生命由两部分构成，这半是安全的，那半是危险的。
对着那些嘲笑我们苦难的人反唇相讥吧，
被命运作弄的往往才是那些卓尔不群的人。
你有没有注意到当尸体漂浮在海面之上，
宝贵的珍珠却沉睡在最深远的海底？
当时光的双手玩弄我们之时，
往往将灾难也带给我们。
天空中布满了不可计数的星辰，
然而只有太阳和月亮才会有食有缺。
地球上有多少蓊郁和干枯的树木啊，
只有结出硕果的佳木，才会遭受石子的击打。
若你的生活一帆风顺，不如痛快尽享其乐，
当命定的灾难到来之时，无须畏惧，尽管坦然面对。"

当商人吟诵完这些诗句后，魔鬼对他说道："省省吧，无须多言。无论如何你也难逃一死！"

商人回答说："您要知道，魔鬼大人，我家财万贯，家中有妻小。我还有未还清的债务，以及一些拿去典当还未赎回的财物。因此，求你让我先回家一趟吧，让我把一切事情处理妥当之后再回来找你。我向你发誓，我必将回到你跟前来，任你处置。安拉可以为我所说的做证。"魔鬼听到这话，相信了他的誓言，便将他放了，并且同意将对他的处置暂缓到年底。

因此商人得以回到自己的家乡，完成他所有想做的事。他将自己的欠款偿还给了每个债主，并且将他身上发生的事情告诉了他的妻儿和亲戚们。听到这个消息，他的妻儿、亲戚都哭了起来。他为他的孩子们指定了监护人，在家中一直待到了年底。然后，他腋下夹着殓衣，与家人、亲朋好友诀别，之后，便动身离开。他的家人发出阵阵撕心裂肺的哭喊声。

他一直走到之前提到过的那个花园里，那天刚好是新年的第一天。他坐了下来，想到即将降临到他身上的灾难，不由得痛哭起来。这时候，一个饱经风霜的老人，牵着一只脖子上戴着锁链的羚羊朝他走了过来。老人问候了商人并且祝他长命百岁，接着问他说："你为什么一个人坐在这儿呢，你可知道这是魔鬼的地盘？"于是，商人就把发生在他和魔鬼之间的事，以及自己坐在这儿的缘由统统告诉了那个老人。那个老人，也就是那只羚羊的主人，对此感到无比惊讶，他说："老弟啊。以安拉起誓，你信守诺言的品质是难能可贵的，你的故事也实在是很离奇。倘若这个故事被学者记录下来，不失为后人的前车之鉴啊！"说完老人坐在了商人的身旁，他说："老弟啊，以安拉起誓，我不会离开这个地方，我要留下来看看这个魔鬼会怎样对你。"于是他真的坐下不走，同商人攀谈起来。商人吓得几近木讷。他既担心又害怕，感到万分忧伤，极度地焦虑。那位牵着羚羊的老人坐在商人身旁与他交谈之时，瞧啊，另一个老人牵着两只黑色的猎犬朝他们走来。老人问候了他俩，发现那儿是魔鬼的地盘，便询问他俩为何会坐在那儿。他们把故事从头到尾讲给老人听。听罢这个故事，第二个老人也决定留下来。他刚刚坐下不久，又走来一个老人，他牵着一头花斑骡子，也问了同样的问题，他们又把商人遇见魔鬼之事讲述了一遍。

过了一会儿，尘土漫天飞扬，渐渐汇成一条旋转的沙柱，从沙漠中央向他们慢慢逼近。飞扬的尘土渐渐平息之后，魔鬼出现了。他手里握着一把已经拔出了剑鞘的利剑，眼里迸发出愤怒的火花。他走到他们跟前，把商人从众人之中拽了出来，对着商人吼道："站起来，我要像你杀我儿子那样把你杀掉！他是我最宝贝的心肝啊！"商人听罢伤心地哭了起来，三个老人或是抽泣，或是痛哭，或是哀号，统统都流露出悲伤之情。然而，第一位老者，那只羚羊的主人，慢慢恢复了他的沉着。他亲吻了魔鬼的手，并乞求说："魔鬼大人，您为群魔之首，我想给您讲讲关于我和这只羚羊的故事。如果您觉得这故事比起这个商人的经历更为离奇古怪，您能不能看在我的面子上，饶恕他三分之一的罪过？"魔鬼回答说："行啊，老头，如果你讲给我听的故事，真如你所说的那么好，那我就看在你的面子上，饶恕他三分之一的罪过。"

第一个老人和羚羊的故事

随后老人娓娓道来："魔鬼大人，您要知道，这只羚羊原本是我叔父的女儿，她是我的血中血、肉中肉。在她很小的时候，我就把她娶作妻子，和她一起生活了差不多三十年。然而她却没有为我生育一个子女，于是我才另娶一妾，这个小妾给我生了一个儿子。我的儿子眉清目秀，有着健全的四肢，就像升起的满月。他慢慢地长成一个十五岁的少年。就在这个时候，我意外得到一个机会，便带着许多货物到另外一个城市做买卖去了。

"我的堂妹，就是这只羚羊，在她小的时候学过占卜和法术。趁我离开的时候，她把我年轻的儿子变成了一头小牛，把我儿子的母亲变成了一头母牛，并把他们交给放牧人看管。过了很长一段时间，我结束了我的旅程回到家中。当我问及儿子和他母亲的下落时，我的堂妹回答说：'你的贱婢已经死了，你的儿子逃亡在外，我也不知道他在哪里。'听到这话，我伤心难过地度过了整整一个年头，并终日以泪洗面。宰牲节（即古尔邦节，伊斯兰教传统节日）到来的时候，我派人去找放牧人，吩咐他为我挑选一头肥牛过节。放牧人随即给我牵来了被这只羚羊施了妖法的、是我的小妾的那头牛。我卷起袖子折起衣角，手里拿着刀，准备要宰杀它。见此，它发出阵阵呻吟，继而又大声地号叫起来，我不忍下手，便让放牧人宰了它，再把它的皮给剥下来。放牧人剥掉皮一看，发现它除了皮囊和骨头，什么也没有。我后悔不该将其宰杀，然而后悔也于事无补。于是我将宰杀了的牛送给了放牧人，并对他说：'再去给我牵一头肥壮的小牛来吧。'随后，放牧人把我已经变成小牛的儿子牵了过来。这头小牛看到是我，便挣脱它的绳索，走到我跟前跟我撒娇，接着又悲怆地哀号起来。我对它心生怜悯，便对放牧人说：'重新给我牵头牛来，让这头……'"

——讲到这里,莎赫扎德停了下来,故事到此骤然而止。她的妹妹对她说:"你讲的故事是多么卓尔不群!多么迷人!多么令人愉悦!多么甜蜜啊!"然而莎赫扎德回答说:"如果国王陛下开恩,饶我一命的话,那么我明晚要对你们讲的故事远比这精彩呢。"国王回答说:"以安拉起誓,我不会杀你的,我要听听你剩下的故事。"因此他们愉快地度过了整个夜晚。等到天亮国王去他的宫殿处理政事的时候,宰相腋下夹着丧服进了皇宫。国王忙着处理各种政务,直到天快黑的时候,对于昨晚的事情,也没有对宰相说过只言片语。宰相感到十分诧异。退朝之后,国王回到了他的寝宫。

　　(第二晚以及此后每一个晚上,莎赫扎德都用她的故事激起国王的兴趣,以此诱导他延缓自己的死期。可想而知,她所知道的有趣的故事很快就会讲完。在母本中,每个黎明来临之前,她几乎都进行了同样的阐述。这部分的叙述在现今的翻译中将被省略。)

　　莎赫扎德继续讲她的故事——

　　当这个老人看到了小牛脸上的泪花,他的心中满是对它的同情。于是便对放牧人说:"把这头小牛牵回去,还是让它和牛群待在一块儿吧。"与此同时,魔鬼也对这个奇妙的故事感到十分好奇。羚羊的主人也继续着他的讲述。

　　"魔鬼大人,群魔的首领啊,就在那个时候,我的堂妹,这只羚羊瞧见了,便说:'宰了这头小牛,它长得这么壮。'但是我却不忍心下手,便让放牧人把它牵回圈里,放牧人照我的话过来把它牵走了。第二天,我正坐在家中,放牧人走过来对我说:'老爷,我必须要告诉您一件事,这事您听了准会高兴,您对我的奖赏我也将是受之无愧的哟。'我回答说:'没问题。'他说:'老爷呀,我有个女儿,她小的时候跟着家族里的一位老婆婆学过法术。昨天,您把小牛交给我,我把它牵到她面前。她看到它之后,竟用双手捂着脸哭了起来,随即又是一阵大笑。她说:"爹爹呀,在你眼里女儿的自尊心是如此不屑一顾的吗?你竟把一个陌生男子带到我的面前来。"我问:"在哪里?哪里有什么陌生男子?你怎么一会儿哭一会儿又笑呢?"她回答说:"你牵着的这头小牛就是我们的主人的儿子啊。主人的老婆在他和他母亲的身上施了妖法,这就是引我发笑的原因。至于我为什么哭泣,是由于他母亲的缘故,因为他的父亲已经宰杀了她。"我对此非常惊讶,因而天边仿佛刚刚透出了微光,我就急忙赶来通知您了。'

"魔鬼大人啊,当我听到放牧人的话,我就与他一起起程,因为这极度的喜悦与快乐,就像喝醉酒了那么兴奋。当我到达他的家中时,他的女儿接待了我,并亲吻了我的手。小牛也走过来跟我亲热。我对放牧人的女儿说:'你说的关于这头小牛的遭遇都是真的吗?'她回答说:'是的,主人,它确实是你的儿子,是你最宝贵的心肝啊!'我回答说:'小姑娘,如果你能使他恢复原形,我所有的牛群,以及我的资产中由你父亲管理的那部分全都归你们所有。'听了这话,她笑了笑,说:'我尊敬的主人,我不想要你的财产,但是我有两个条件:第一,请将我许配给他;第二,我想用法术将给他施法的人给压制住。否则,在她的诡计之下我不得安心。'魔鬼大人,听了她这话,我说:'你父亲掌管下的财产我定要给你,此外,对于我的堂妹,即使你杀了她也是合法的。'听了这话,她拿出了一个杯子,将它装满水,对着杯子施咒,然后把水洒在小牛身上,对着它念道:'如果安拉让你生来就为牛,那就保持这个身形不用改变。如果你被施了妖法,凭着安拉的允许,变回你的原形吧。'——随后小牛摇身一变成了一个少年。我冲过去抱住他说:'我以安拉之名请求你,快告诉我,我的堂妹是怎样对待你和你母亲的?'于是他便将他们母子的遭遇全部告诉了我。我对他说:'我的儿子啊,安拉赐予了你一个释放你、替你报仇的人。'我为他操办了婚礼。魔鬼大人,此后放牧人的女儿把我的堂妹变成了这只羚羊。我正巧经过这条路,看见了这个商人,于是询问了在他身上发生的事情。当他告诉我之后,我就在这儿坐下,想看看事情会发展到怎样的结局。这就是我的故事。"魔鬼说:"这的确是个离奇的故事,我看在你的分儿上,就饶恕他三分之一的罪过吧。"

第二个老人，也就是两只猎犬的主人，随后也走上前来。他对魔鬼说："我也给你讲讲关于我和这两只猎犬的故事。如果您觉得也是同样的精彩，您能不能也恩准我，饶恕这个商人三分之一的罪过呢？"魔鬼回答说："可以。"

第二个老人和两只猎犬的故事

接着，第二个老人说道："群魔的首领啊，您要知道，这两只猎犬是我的哥哥。我的父亲死后留给我们三千枚金币，我们每个人一千枚。我用自己的一千枚，开了一个店铺做买卖。而我的一个哥哥用小篷车装载了一堆货物出门经商，离开我们约有一年之久。之后，他穷困潦倒地回来了。我说：'我不是劝过你不要外出经商吗？'他哭着说：'弟弟呀，说这些话已经毫无意义，因为我已经一无所有了。'于是，我把他带到我的店里，又带着他去洗了个澡，并拿了我的一套昂贵的衣服给他穿上。然后，我们坐下来一起吃饭。我对他说：'哥哥啊，我会计算一下这一年我所得的收益。除去本钱，剩下的我俩分了吧。'照此，我做了一下计算，发现自己的收益大概有两千枚金币。我赞美了万能且无上荣耀的安拉，心情非常愉悦。我把我的收益平均分成了两个部分，一半给哥哥，一半留给自己。

"我的另一个哥哥也开始了另一段经商之旅。一年之后，也是落到同样的境地回来了。我也像对待之前那个哥哥一样，把自己的收益分了一半给他。

"后来，我们在一起生活了一段时间。我的哥哥们又生出了外出经商的想法，而且希望我能与他们一道出行。但是我并不愿意，我反驳道：'你们之前外出经商得到了什么？我能指望有收益吗？'哥哥们再三求我，但是我仍没有答应他们的要求。一整年的时间，我们都在店里做着买卖。然而他们依旧坚决地提议我们应当外出经商，而我也依旧拒绝。直到整整六年过去之后，我最终同意了。我对他们说：'两位哥哥啊，我们先来计算一下我们全部的财产吧。'我们清算之后，发现总共有六千枚金币。于是我便对他们说：'我们把其中一半埋在地下吧，如果我们遭逢了什么不测，这些钱还可以为我们所用。这样的话，我们每人可以拿一千枚金币去做买卖。'他们说：'你的建议太好啦！'于是我拿出盈利将它分成等值的两份，将其中的三千枚金币埋了起来，至于剩下的一半，我分给他们一人一千枚。接下来我们准备好货物，并雇了一条船，把我们的货物都装在船上。我们航行了整整一个月的时间，到达了一座城市。我们带去的货物在城里大卖，每一枚金币的成本让我们得到了十枚金币的收益。

"当我们准备好再次起航的时候，我们发现，在海岸边上有一位穿着破烂衣服的少女。她亲吻了我的手，对我说：'先生，您是否有善良的品质并且愿意帮助他人？如果是这样，我将为此报答您。'我回答说：'是的，我拥有这些品质。但是无需你的报答。'随后，她又说：'先生，把我娶作您的妻子，带我回您的故乡吧。我愿意把自己奉献给您，请您仁慈、宽容地待我。您若如此，我必将回报您。不要让我目前的窘况欺骗了您。'当听到这些话，我被她打动，怜悯之情油然而生。我娶了她，拿好衣服给她穿，并在船上整理出了一个漂亮的房间让她住下。我对她很和气，也十分敬重。

"之后我们便扬帆起航了。我由衷地爱慕着我的妻子，也由于她的原因，我怠慢了我的两个哥哥。他们对我产生了嫉妒之心，同时也觊觎于我的财富和我大量的货物。于是，他们一起商量要杀了我，夺走我的财产。他们说：'我们一起杀了弟弟吧，那么所有的钱财都是我们的了。'像中了魔一样，他们动了这歹毒的念头。他们趁我和妻子都睡着的时候来到我们身边，把我们抱了起来，扔进海里。然而，当我的妻子醒来时，她摇身一变，变成了一个仙女。她立即把我救走，将我安置在一个小岛上。过了一会儿，她消失不见了。早上的时候，她回来了，并对我说：'我是你的妻子，在尊贵的安拉的允许下，从死神手里拯救了你，把你带到这儿。我该告诉你，我是一个仙女。看在安拉的分儿上，当我遇见你便爱上了你。来到你身边的时候，我一副衣衫褴褛的模样，你见我如此落魄竟还是娶了我。我十分感激。因而，我要救你，不能让你淹死在海中。但是，你的兄弟们已经激怒了我，我必须杀了他们！'听了她的话，我非常的吃惊，也感谢她为我所做的一切。'但是，'我说，'关于要除掉我的哥哥们的事，这并不是我所希望的。'我彻头彻尾地给她讲述了我与我哥哥们之间的种种事情。她听完之后，说道：'明天晚上，我要飞到他们身边，弄沉他们的船，把他们都杀了。'然而我说：'我以安拉的名义恳请你不要那么做，因为有一句格言说过"要以德报怨，他所做的一切也自有报应"。况且，他们都是我的哥哥。'可她依旧坚持说必须把他们杀了。我继续帮哥哥们向她求情。最后，她带我飞了起来，最后把我带到我家的屋顶上。

"打开房门后，我把藏在土里的金币挖了出来。我拜访了邻里，又买来商品，我的店铺又重新开张了。第二天晚上，当我回到家中之时，发现家里拴着两只猎犬。它们一看见我，就向我走来，缠着我哭泣不止。然而，究竟发生了什么，我却一无所知。我的妻子突然出现在我面前，她说：'这两只猎犬就是你的哥哥。'我问：'是谁把他们变成这样？'她回答说：'我将他们带到我姐姐面前，是她施的法。十年之后，他们才可以恢复原形。'如今，我的两个哥哥变作猎犬已有十年。我正准备去找我妻子的姐姐，求她恢复他俩的真身。我在半路上看见这个男人，得知了在他身上发生的一切，便决心留在此地，看看你们两个之间会发生什么。这便是我的故事。"魔鬼说："诚然，这是个离奇的故事，由于他的过错，我决心取他性命，如今我就看在你的分儿上，免除他三分之一的罪过吧！"

见此情形，第三个老人，那头骡子的主人，也对魔鬼说："至于我，我给您讲一个更为离奇古怪的故事。如果您满意，请别让我失望，就饶了他吧。"

第三个老人和骡子的故事

"您看到的这头骡子是我的妻子，她迷恋上了一个黑奴，当我发现了她和他厮混在一起时，她便拿出一个装了水的杯子，对它施了一道咒语，将水洒在我身上，把我变成了一条狗。我以狗的样子，跑进了一个屠夫的店里。她的女儿也会法术，见到我之后，解救了我，把我还原成人形，并教我把法术施加在我妻子身上的方法。于是，我的妻子就变成了你们现在看到的样子。现在我希望您也能答应我，免除这个商人三分之一的罪过。"他庄重地说道，"播种善良，即使是在一块毫无价值的土地上；因为在被播种了的土地上，善良将会永久地存在。"

当这个老人讲完了他的故事，魔鬼高兴地晃了晃身子，免除了商人其余三分之一的罪过。随后，商人走到了老人们的面前，向他们表达了感激之情。老人们也祝贺了他的再生之喜，之后便各自离去。

"但是，"莎赫扎德说，"这个故事远不及渔夫的故事精彩呢！"国王问她说："渔夫的故事是怎样的呢？"接着，她便继续讲述她的故事。

第3～9夜

渔夫的故事

从前有个上了岁数的渔夫，他有一个老婆，还有三个儿女。尽管他生活过得很贫穷，但是他有个习惯，就是每天最多撒四次网。有一天正午的时候，他来到海岸边，放下他的鱼筐，撒下网，一直等到渔网在海水中静止不动。当他拉起渔网上的绳索时，他发现渔网变得非常沉重。他又使劲地拉了拉，但仍旧拉不上来。于是，他拉住绳子的末端，在岸边打下一根木桩，将绳子拴在木桩上。接着他脱掉衣服，潜到水里，在网的四周用力推，终于把网弄了上来。他兴高采烈地回到岸上，穿起衣服。但是当他仔细打量渔网的时候，他发现网里竟是一头死驴子。见到这幅情景他感到无比沮丧，叹道："如今已毫无办法，只能依靠万能非凡的安拉了。遇到这种事真是太奇怪了！"接着，他开始吟诵这样的诗句：

"在漆黑夜里依旧辛勤劳作，
　在危险中依然奔波劳顿的人们啊，
　请不要过分地操劳。
　因为衣食不是专靠劳力换来的。"

说完，他把网里的死驴弄了出来，再把网拧干，又将网沉入海底。他大喊着："以安拉的名义，我再打一次。"等到网落在海底好一会儿，他才又开始收网。他发现这次的网比之前那次更重，拉得也更费力。因此便认定网里面准是装满了鱼。于是他系起网绳，脱掉衣服，跳入水中并潜入海底，努力地往上推，一直将渔网托起来。他把网摆在岸上一看，发现里面不过是一个装满沙石和淤泥的瓦罐。见此情景，他的心中十分难过，又开始背诵诗：

"愤怒的命运啊！
适可而止吧。
如果你不肯停止，
那么请你温和些吧。
我并没有得到命运的偏爱，
也没有取得我用双手劳作换来的利益。
我前来谋求生路，
但是发现衣食的来源已经断绝。
有多少无知的人却地位显赫，
多少智者却身份低微！"

说完这些，他把瓦罐扔到一旁，将网拧干并整理干净。他请求安拉原谅他的急切，随后第三次走到岸边，撒下渔网。直到渔网沉到海底纹丝不动，才把网拉起来，可是网里满是罐子和陶壶的碎块。

见此，他抬起头对着天空大喊："安拉啊，您是最清楚的。过了四次之后我就不会再撒网，现在我已经撒了三次网了。"接着又喊道，"以安拉的名义！"他再一次把网撒向海里。等了一阵儿，直到网在水里落定，他才动手收网。可是怎么也拉不动，渔网好像和海底紧紧地粘在了一起。他叹道："如今毫无办法，只能依靠安拉了。"接着又脱掉衣服，潜到水里，在网的四周用力推，直到把渔网弄到岸上来。当他解开网后，发现里面有个黄铜瓶，像是装着什么东西。瓶口用一块铅堵着，上面打着苏勒曼的印章。一看见这个，渔夫便喜笑颜开地说："我要把这个瓶子拿到铜器市场去卖，它应该可以值十枚金币呢！"他摇了摇瓶子，感觉它非常沉重。于是说："我一定要把它打开，看看里面装了什么。我要把里面的东西拿出来装在我的包里，再把它拿到铜器市场去卖。"于是渔夫掏出了一把小刀，用力地把铅块从瓶口撬下来。随后，他把瓶子放倒在地上，又摇了摇，以便把里面的东西倒出来。但是，除了一股轻烟从里面冒出来，再无他物。那股轻烟慢慢地升到空中，继而弥散在大地上。渔夫见此，感到十分惊奇。过了一会儿，烟雾又聚在了一起，凝成一团，又变得鼓噪不安，最后变成了一个魔鬼，双脚矗立在大地上。他的头颅似堡垒，双手似铁叉，双脚似桅杆，大嘴像一个洞穴，牙齿像石块，鼻孔像一对喇叭，眼睛像一对灯笼。另外，还有一头凌乱的、土灰色的头发。

　　渔夫看见这个魔鬼，全身发抖，牙齿紧磕在一块儿，吓得口干舌燥，不知道该怎样应对。魔鬼一看见他便喊道："安拉是唯一的主宰。苏勒曼是安拉的信徒。安拉的使者啊，我再也不敢在言行上违背您的意思。请饶恕我吧！""你这叛徒，"渔夫说，"你说苏勒曼是安拉的信徒是吧？苏勒曼已经过世一千八百年了，我们现在已经是时代的末期了。你的过去是怎样的？你有什么样的经历？你钻进这个瓶子是什么原因呢？"魔鬼听完渔夫的这番话，便说："安拉是唯一的主宰，渔夫啊，我告诉你一个消息吧！"渔夫说："你要给我怎样的消息呢？"魔鬼回答说："这个消息便是我马上会用最残忍的方法将你杀死！"渔夫大声哭喊："恶魔的首领，你这老东西！就凭你说这话，安拉绝不会再庇护你。到底是什么原因要杀我呢？我做了什么事，会让你想要杀我？你要考虑到，是我把你从海底捞起来，弄到陆地上，再将你从这个瓶子里释放出来的。"魔鬼回答说："选择你希望的死法吧，你希望我用什么方法处死你呢？""我到底有什么过错！"渔夫说，"竟然得到你对我这样的报答！"魔鬼回答说："渔夫啊，听听我的故事吧！""说吧，"渔夫叹道，"简单明了地告诉我，我的灵魂已经沉到脚底下去了。"

接着魔鬼开始讲道："你要知道，我本是邪恶异端的天神。我和魔鬼煞克曾与苏勒曼·本·达伍德作对。于是他派宰相阿随福·本·白鲁海亚前来强行将我捉了去，把我带到苏勒曼的面前。苏勒曼见了我，劝说我皈依正道，服从他的教化。但是我不肯。于是，他拿来这个瓶子，把我囚禁在里面，用铅做的瓶塞封住了瓶口，在铅上面刻下他伟大的名字。接着，命令一个天神把我抬走，扔进大海之中。我在海底待了一个世纪，我对自己说谁要是这时候释放了我，我会使他终身富贵。然而，一个世纪过去了，没有人来解救我。当第二个世纪开始的时候，我说道，谁要是在这时候解救了我，我会替他开发地下的宝藏。然而，没有人来救我。又过了四百年，我说道，谁要是解救了我，我会满足他三个愿望。然而依旧没有人来解救我。之后我变得非常生气。我暗自发誓：谁要是这个时候来解救我，我就杀死他。不过可以给他一个机会，让他自己选择他的死法。看吧！你现在解救了我，因此我才给你机会让你选择你所期望的死法。"

渔夫听了魔鬼的故事，大喊道："安拉啊！我真不应该在这个时候解救你啊！"接着对魔鬼说："请饶恕我吧！你不杀我，安拉便会饶恕你。你不要伤害我，以免安拉赐予力量给伤害你的人。"魔鬼回答说："我非杀你不可。所以快点决定你的死法。"此时，渔夫也知道自己必死无疑了。但是他再次恳求魔鬼说："请你看在我释放了你的情面上，饶恕我吧！""什么？"魔鬼回答说，"正是由于你解救了我，我才要杀你哩！"渔夫叹道："魔鬼大人啊，我好心地对你，你却以怨报德。那么，这谚语所说的真是不假：

'我们对他们做了好事，
他们却以相反的行为回报我们。
以我的生命起誓啊，
这是不道德的人才有的行为。

因此，对不该行善的人行善，

他的结局就像土狼给保护者的报酬。'"

魔鬼听了渔夫的话,回答说:"不要贪恋人世了。你是非死不可的。"渔夫心想,它是一个魔鬼,而我是堂堂正正的人,安拉赋予我健全的理智。因此,我应当用我的计谋和智慧来谋划怎样消灭它,就像它用它的狡黠和卑劣对待我一样。于是他对魔鬼说:"你决心要杀我了吗?"魔鬼回答说是的。于是渔夫便说:"以安拉起誓,我问你一个问题,你必须要诚实地回答我。"听到渔夫提到了安拉的大名,魔鬼变得不安起来,并且颤抖不已,回答说:"你问吧,说简单些。"于是渔夫问道:"你是怎么被装进这个瓶子里的呢?按理说它连你的一只手或一只脚都装不了。那么它是怎样容纳你的整个身体呢?""你是不相信我曾经待在里面吗?"魔鬼说道。渔夫回答说:"我没有亲眼看见你被装在里面,我是不会相信的。"面对这一疑问,魔鬼摇身一变,化成一缕轻烟。这缕烟慢慢升到空中,接着又凝聚起来,一点一点地钻进瓶里。等到轻烟全部缩进去后,渔夫赶忙捡起封印的铅封,把它盖在瓶口上,大声地叫喊:"挑选你所希望的死法吧!我决心从这儿把你扔进海里。并且,在这里盖间房子住下,不管谁到这儿来,我都会阻止他在这儿捕鱼,并对他说:'这里有个魔鬼,谁要是释放了他,他便会提出各种死法,让解救它的人选择其中一种。'"魔鬼听了渔夫的这番话,试着想要逃跑,却无法逃脱。他发现自己被刻了苏勒曼名字的印章的威力困住了,作为最卑鄙、最肮脏、最渺小的邪灵被渔夫囚禁了。渔夫把这个胆瓶抱到了海边。魔鬼大叫起来:"不要!不要!"对此渔夫回答说:"要啊。必须这样做。当然要了。非这样做不可。"魔鬼表现得很谦和,用一种温柔的口吻对渔夫说:"渔夫啊,那你打算怎样处置我呢?"渔夫回答:"我会把你扔进海里,如果说你已经在里面待了一千八百年,这次我会让你在里面待到世界末日!我不是对你说过,你要是饶恕了我,那么安拉便会饶恕你,不要伤害我,以免安拉伤害你吗?但是你回绝了我的恳求,非背信弃义不可。因此,安拉让你落入我的手中,我也不会跟你讲道义了。"

"把我放出来吧,"魔鬼恳求道,"我会给你许多好处的。"渔夫回答说:"该死的魔鬼,你还想骗我啊!我和你之间发生的,同郁南国王与都班医师的故事真是相似啊!"魔鬼问:"郁南国王与都班医师之间是什么样的情况?他们之间有怎样的故事?"渔夫讲了《郁南国王和都班医师的故事》。

郁南国王和都班医师的故事

魔鬼啊,你知道吧。从前,有一个波斯王国,人们称它的君主为郁南国王。他拥有大量的财富、许多拥护他的势力、数不尽的勇士和各式各样的军队。然而,他却受到麻风病的折磨。一般的医生或者太医都没有办法把这种病治好,无论他们给国王吃药、服散剂,或者贴药膏都毫无疗效。后来城里终于来了一位年迈的医生,他医术精湛,人们尊称他为都班医师。他熟读古希腊、波斯、阿拉伯和叙利亚等国的书籍,还精通医学和天文学,对于二者的科学原理,以及作各种用途的实际运用方法都了如指掌。他对各式各样的植物的性能也都非常了解,能够辨别它们是对人体有益还是有害。他善于配置各种药剂,在哲学方面有很高的造诣,对其他的学科也都有涉猎。

这个医师进城以后,在城中住了几天,就听说了国王的事情。他得知了这一消息后,通宵达旦地钻研了一整夜。当黎明来临,天色渐明,太阳缓缓升起之时,他穿上了他最华丽的衣服,来到了国王的面前。他跪着亲吻了身前的地面,并用最高的礼节问候了国王。他自我介绍之后说:"我听说一种疾病侵害了您的身体,许多的医者都不能找出医治它的方法。但是我可以治好您的病,并且不需要您服用任何药物或者涂抹任何药膏。"国王听了他的话后,大为惊讶,对他说:"那么你要如何治疗呢?以安拉起誓,如果你治好了我,我会让你以及你的子子孙孙都享受荣华富贵。我会对你宠爱有加,无论你想要什么我都会给你。我还会把你当做我的亲信,我的朋友!"随即国王赏赐了他一袭锦袍,又赠给他许多礼物,并对他说:"你会用不服药物、不涂药膏的方法治疗我吗?"都班回答说:

"是的，我会用一种不会使你肉体感到不适的方法治好您。"国王觉得十分的新奇，说道："医师啊，你说的这种治疗方法，什么时候可以实现呢？赶紧准备吧，爱卿。"他回答说："我遵命便是。"

随即，都班便向国王告辞离开，租下一套宅子，他把他的书籍、器具、药材放置妥帖。随后，他选取了几种药品，做了一根手柄是空心的曲棍，再将所选用的药品塞在里面。他又给曲棍做了一个配套的圆球，做好之后，又以其学识做了些调整。第二天，当他做好了整套工作，便再次前去面见国王，他跪着亲吻了身前的地面，恳请国王到马场去做打球的游戏。国王在文武百官和侍从的簇拥下到了那儿。国王一到马场，都班医师就走到国王面前，把曲棍递给国王说："拿着这根曲棍，像这样握着它，骑马绕着马场跑，用尽您的全力用这根曲棍击球，一直到您的手掌和全身因为出汗而湿透才可以。到那时，药物就会渗入您的手中，继而渗透您的全身。完成这些步骤之后，药物便存留在您的体内。回到您的宫殿，走进浴池泡个澡，好好地睡个觉。醒来之后您就会发现您已经痊愈，自此太平无事。"于是郁南国王便从医师手中接过曲棍，把它握在手里，骑上了马背。他把球往前一抛，随即策马前去追球。追上之后，他用尽全身的力量击打它。他坚持做这项运动直至达到他所需要的时辰，随后便洗澡睡觉。当他再看自己的皮肤时，发现竟没有一点儿得过麻风病的痕迹，他的皮肤光滑如同白银，他无比喜悦，顿觉心旷神怡，沉浸在欢乐之中。

第二天一早，国王来到大殿坐在他的宝座上。他的高官和权臣们都来到他的面前，都班医师也来早朝了。国王看见他，急忙站起来，在自己身边赐他一个位子让他坐下。他们的座前摆满了美味，医师与国王一同吃喝。医师作为国王的贵宾还在皇宫里待了一整天。天渐渐黑了，国王赏赐了他华美的衣服和一些别的礼物，另外，还给了他两千枚金币。随后医师骑上自己的马，回到了家中。国王对他的医术感到很惊异，自言自语说："他没有让我擦任何的膏药，仅靠外部的操作就让我痊愈了。以安拉起誓，这定有深奥的哲理呢。我必当好好地待他，让他受到尊重。在我的有生之年，我都应当把他视作亲信和最亲近的朋友。"他久病初愈，心情愉悦、快活地度过了这个晚上。当他醒来，坐到他的宝座上，朝臣们站在他的面前，高官权臣分站他的两侧时，他传人召来都班。医师来到国王面前，跪下去亲吻了地面，国王起身安排他坐在自己身旁，和他共同用餐，还对他大加赞赏。国王又赐他一套华服，还送了许多其他的礼物。国王一直与他谈心，直到夜幕降临。国王再次下令，送给他五套华服，外加一千枚金币，这才让都班医师离开皇宫，回到自己家中。

又过了一天，清晨，国王像往常一样来到他的大殿，文武百官簇拥着他。他的大臣之中，有一个外貌丑陋、生性邪恶、利欲熏心、贪得无厌的人，他嫉妒心重并且生性险恶。当他看到国王把都班医师视作朋友，对他偏爱有加时，他便妒忌医师的这份殊荣，谋划着想要加害于他。俗话说得好啊，"每个人都是充满妒忌的"。另一句俗语又是这样说的，"残暴的性格潜伏于灵魂之中：权力让它显露出来，软弱将它隐藏起来"。于是他来到国王身边，跪着亲吻了地面，说："我们伟大的君主啊，您对所有人都广施恩泽。我有一个重要的建议给您。如果我对您隐瞒这话，那我就是低微卑劣的人了；如果您允许，我将陈述我的建议。"国王听了这个大臣的话感到很困惑，说："你有什么建议呢？"大臣回答说："荣耀的王啊！古人有一句话是这样说的，'做事不管后果的人，命运便不会眷顾他'。如今我发现国王您对人、对事的方式是不对的。因为您恩宠您的敌人，依靠那些想着让您的主权没落的人。您友善地待他，给了他最高的荣誉，将他视为最亲密的朋友。因此，我为国王这样做的后果感到担忧。"此话让国王很苦恼，他的脸色都变了，说："你到底将谁视为我的敌人呢？我又是对谁示好呢？"他回答说："国王啊，如果您在睡梦中，快醒醒吧。我指的就是医师都班啊。"国王说："他是我最亲密的朋友，是我敬重的人中最亲近的，因为其他医生都无法驱除我的疾病，他用一个我仅需握在手里的东西就把我治好了。从东到西，现今普天之下再也找不到像他这样的人了。你为什么出言中伤他呢？从今日起，我将任用他，定期付给他工资和生活费用。每个月都将给他一千枚金币。即使把我的王国分一部分给他，对我而言也不过是为他做一件微不足道的事罢了。我认为你这样说,除了嫉妒再没有什么别的动机。如果我顺从了你的意志,之后我必将后悔。就像那个后悔杀了自己鹦鹉的人一样。"

丈夫和鹦鹉的故事

从前有一个生性多疑的商人,他有一个天生丽质的娇妻,他一直不敢出远门,将妻子独自留在家中。然而,他遇上了一件事,必须要出趟远门。当他意识到这件事是他必须要去处理的,便去鸟市上买回一只鹦鹉。他把这只鸟放在家中充当一个间谍的角色。如此一来,等到他回来的时候,鸟儿便可以告诉他,他不在的这段时间发生了什么。因为这只鹦鹉既聪明又很狡黠,它能够记住任何它听到的事情。因此,当他谈妥了生意,结束他的远行回来之后,便叫人把这只鹦鹉带到他面前,询问它关于妻子的一言一行。它回答说:"你的妻子有一个情人,你不在的时候,他每晚都来与她幽会。"当这个男人听到此话,怒火冲天,到她妻子那儿,给了她一顿暴打。

他妻子猜想,丈夫不在期间,自己和情人之间的事情一定是女仆中的一个说给他丈夫听的,于是就把女仆们叫到一起,让她们发誓。她们所有人都发誓说一点儿也没有把这个事儿透漏给主人,但是又坦白说她们听到是鹦鹉把发生的一切告诉了他。有了女仆们的证据,鹦鹉把她的奸情告诉给她丈夫的事实,就说得通了。又一个她丈夫不在的晚上,她命令一个仆人去鸟笼子底下磨刀,另一个从笼子上方往下洒水,第三个仆人拿一面镜子在鸟笼前面来回走动。第二天早上,当他丈夫从外面消遣归来,再一次询问鹦鹉,他不在的晚上发生了什么时,鸟儿回答说:"主人啊,由于昨晚太黑啦,又是打雷、打闪,还下了很大的雨,因此我什么也看不见,什么都没有听到,这正是夏天时有发生的事啊。"他对它说:"这是什么鬼话!现在是夏天没错,但是你所描述的一切都不曾发生过。"然而,这只鹦鹉起誓,它所说的一切都是千真万确的,昨晚的情况确实如此。由于这个男人不了解这个事情,也不知道这是个阴谋,便变得怒不可遏。男人把鸟儿从鸟笼子里拽出来,一把将它扔在地上。他的动作是如此的粗暴,鸟儿竟被他摔死了。

然而,过了一些天后,一个女仆把真相告诉了他。开始他不相信,直到他亲眼看见他妻子的情人从他家中走出来。他拔出他的剑,转向那个奸夫,一剑刺在了他的后颈上,他也同样杀死了他不忠的妻子。带着他们所犯下的罪孽,这对奸夫淫妇就这样死了。商人知道了鹦鹉告诉他的一切都是真的,便对鹦鹉的死深感悲痛。

这个大臣听到郁南国王的话,说:"无比尊贵的王啊!这个狡黠的医师对我做了什么,让我视他为敌?说他的坏话?并向您献策要除掉他呢?因此这个人所做的一切都是在谋划着害您呀!我告诉您他的意图是因为我同情您的遭遇,担心他会夺走您的快乐。如果我所说的不是真的,请您处置我,就像处置辛巴达大臣那样。"国王问道:"那是怎样的一回事呢?"于是大臣就给国王讲了《妒忌的大臣以及王子与食人鬼的故事》。

妒忌的大臣以及王子与食人鬼的故事

之前提到的那个国王有一个儿子,他非常地热衷于打猎。国王专门派了一个大臣时刻跟在王子身边。有一天,国王的儿子去打猎,他父亲委派的大臣在他的身边作陪。当他们骑着马并肩前行时,发现一头肥壮的野兽。见此,大臣对着王子大喊:"不要放跑这头野兽!"王子一直追着它,渐渐地跑出了随从们的视线。野兽也从王子的眼前逃进了荒原里。正当王子困惑着不知道该走哪条路时,他发现前方有一个哭泣的女子,他问她说:"你是谁呢?"她回答说:"我是印度国王的女儿,我从这片荒漠中经过,突然失去知觉,在无意识的情况下从马背上掉了下来。就这样,我和我的随从们离散,找不到回去的路了。"王子听了这番话,怜悯她孤独无援的处境,便让她上马坐在自己的身后。他们往前走着,当他们经过一片废墟时,女子对他说:"我的主人,我要下马在这儿待一会儿。"于是王子就在这个地方把她从马背上扶了下来。她走到远处,耽搁了很久也没有回来，王子便好奇是什么原因让她逗留了这么久。于是向她去的地方走去，悄悄地不让她察觉。王子发现原来她是一个食人鬼，他听见她说："我的孩儿们啊，今天妈妈给你们带来一个肥胖的年轻人。"听到这话小妖们欢呼起来："妈妈，快把他给我们带来吧！我们要用他的肉填饱肚子！"王子听到他们的话，相信自己非死不可了，吓得浑身发抖。恐惧笼罩着他，他慌忙退了出来。随后食人鬼也走了出来。她发现他有了几分警觉，脸上流露出恐惧的神情，全身都在打战，便对他说："你在害怕什么呢？"他回答说："我有一个敌人让我害怕极了。"食人鬼问："你不是说你是堂堂王子吗？"他回答说是的。她接着又问："你为什么不拿一些钱给你的敌人呢？这样便可收买他啊。"王子回答说："金钱并不能使他满足，除了性命他什么都不要，因此我非常怕他，我是受害者啊。"她又对他说道："如果真像你所说的那样，你是受害者，就请求安拉帮助你战胜迫害你的人吧！他会免除在你身上安排的灾难，也会除掉所有令你恐惧的人。"听了这话，王子把他的头抬起来面向天空说："安拉呀，请帮助我，赶走我的敌人吧！因为您是万能的呀！"食人鬼听了他的祷告，赶紧离开了他。后来王子回到了他父王的身边，把与他作陪的大臣的言行告诉了他。知道了这一情况后，国王便下令将这个大臣处死了。

郁南国王的这个臣子继续说道："您啊，陛下！您要是信任这个医师，他定会用最残忍的方式把您杀害。如果您继续对他施加恩泽，把他视为您最亲密的朋友，他必会谋划杀掉您。您不是看见他仅用一个您握在手里的东西，通过外部的操作就把您的疾病治好了吗？因此，他若是用同样的方法拿一个您握在手里的东西加害您，您也是难逃一劫的。"郁南国王回答说："你说的是事实啊，情况正如你所说的那样。忠心的爱卿啊，这个医师很有可能就是一个来谋害我的奸细。既然他用一个我握在手里的东西就把我治好了，也可能拿一个东西让我一闻就置我于死地。爱卿啊，接下来我们应该怎么对付他呢？"这个大臣回答道："立即派人去找他，传召他到这儿来。他来了之后，砍掉他的脑袋，这样的话您就可以逃脱他的阴谋诡计，不会受到他的伤害了。在他背叛您之前先下手为强。"国王说:"你说的有道理啊。"

因此,他立即派人去找医师。医师满心欢喜地前来,一点儿也不知道厄运正在等着他,还用这些诗句赞美了国王:

"如果说我没有表达出对您的感激之情,
那么我的那些诗歌和赞词又是为谁而作呢?
我未曾主动开口您就施与我无尽的恩泽,
毫不踌躇、毫无条件地慷慨施与。
那么,我怎么能不赞美您该得的荣耀呢?
我的歌声和心灵都在为您诵着赞歌。
不,我要感激您给我的一切福利,
说起来轻巧,却沉甸甸地压在我背上。"

国王问:"你知道我召你来的原因吗?"医师回答说:"除了伟大的安拉能够预见,谁也不会知道。"国王说:"我传召你来是要判处你死刑。"医师对这一通告感到无比的惊恐,说:"陛下啊,您为何要杀我呢?我到底犯了什么样的罪过呢?"国王回答说:"有人告诉我你是一个奸细,你到这儿来是为了杀害我。我要先杀掉你来阻止你的阴谋。"说完这话,他大声召唤刽子手说:"把这个奸细的头砍掉,以免我受到他阴谋诡计的迫害。""饶了我吧,"医师说,"不要伤害我。"他将这话重复了好几次来恳求国王。

郁南国王又对都班医师说:"只有杀了你,我才能安心。因为你拿一个我握在手里的东西就治好了我,我感到担忧。兴许你会给一个我一闻就丧命的东西,或者用其他手段杀害我。"医师说:"陛下啊,这就是您给我的回报吗?难道您恩将仇报?"国王回答说:"你必须立即被处死。"到这一刻医师已经确信国王是真的想要杀掉他,自己的厄运是不可避免了。他后悔当初不该治好国王的病。接着,刽子手走上前来,拿东西遮住他的眼睛,拔出剑说:"请下令吧!"面对这一情形,医师流泪了,又一次说:"饶了我吧,不要伤害我,您要给我跟鳄鱼的报酬一样的报答吗?"国王问:"鳄鱼的故事是怎样的呢?"医师回答说:"在这样的情形下,我是不能谈鳄鱼的故事的。以安拉起誓,请您饶了我吧!"说完痛苦地哭了起来。这时国王的一个高官站了起来,对他说道:"看在臣的面子上,饶了这个医师的性命吧。因为我们并没看见他有任何冒犯您的地方,除了治好您其他医生都不能治疗的疾病,我们并没有看见他做过什么坏事。"国王回答说:"你并不知道我杀这个医师的原因,我告诉你其中的缘由。如若我放他一条生路,我自身也将无可避免地毁灭。因为他用一个我握在手里的东西就治好了我的病,也许会让我闻一下某物便将我杀害。我担心他会这样做,担心他是接受了指派来杀我的。看啊,他很有可能就是一个派来杀我的奸细。因此我必须要杀了他,如此一来我才不会感到威胁。"随后医师又说了一遍:"饶了我吧,不要伤害我。"

而此时他已经确信国王是下决心要处死他,他无论如何也难逃一死。于是他便说:"国王啊,如果我真的非死不可,请恩准我,缓一缓执行吧,以便我能回家一趟,推卸掉我接的一些活,嘱咐一下我的家人和邻居,让他们料理我的后事,我还要处理一下我的医书。我的医书中有一本是极其珍贵的,我把它作为礼物送给您,您可以把它珍藏在您的书库中。"国王问道:"那是一本怎样的书?"他回答说:"它包含的内容不胜枚举,其中的一部分是关于机密事物的。您砍下我的头之后,如果您打开这本书,翻到第三页,从左边那页的开头阅读三行。那时我的头颅便会和您交流,回答您提出的任何问题。"听了他的话,国王感到非常惊异,高兴地耸了耸肩,对他说:"我把你的头砍下之后它还会说话吗?"医师回答说:"是的,陛下。"国王感叹道:"这真是一桩妙事呢!"

国王让侍卫们押送他离开。医师回到自己家中,把后事全部安排好。次日清晨,他站在了法庭上,这个国家所有的高官也都到了那儿,整个法庭热闹得就像一座百花盛开的花园。医师走进来,站在国王面前,手里拿着一本旧书和一个装了粉末的小罐。他坐下来说:"给我拿一个托盘来。"于是侍从给他拿来一个托盘。他把粉末倒入盘中,将其摊平,然后说："陛下啊，拿着这本书，在我的头被砍下来之前，万不可碰它。当你砍掉了我的头之后，把它放在这个盘里，命令一个人将我的头按在这些粉末上。这样做了之后，血就会止住。随后，你就可以翻开这本书了。"医师一说完这话，国王便下令砍下了他的头。国王打开这本书，发现它的页面都粘在了一起。于是他把自己的手指放进嘴里，用口水把手指沾湿，翻开了第一页，接着第二页、第三页……但是页面都非常难以翻起。他翻了六页之后，发现上面并没有任何字迹。于是问道："医师啊，这上面可一个字也没有啊。"医师的头颅回答说："再多翻几页吧。"国王按照医师所说又翻了几页。过了一会儿，毒素便渗入了国王体内。原来，这本旧书被毒化过。国王往后跌了下去，大声惨叫道："我中毒啦！"看着国王的惨状，医师的头颅吟诵了这首诗歌：

"他们利用自己的权力，专营暴政。

然而，顷刻间便化作泡影。

他们应当公正廉洁，然而他们却背道而驰。

因此，命运让他们遭受苦难，受到审判。

他们犯下的罪孽告知他们说：

'这是你自食其果，别抱怨命运！'"

都班医师的头颅说完这话之后，国王立即倒下死掉了。

渔夫继续说："魔鬼啊，现在你该知道，如果郁南国王饶恕都班医师，那么安拉也会宽恕他。但是他却不肯，硬要置他于死地，因而安拉也就处死了他。你呢！魔鬼啊，如果你之前饶了我，安拉便会宽恕你，我也会放你一马。但是你执意要杀我，所以我要把你囚禁在这个瓶子里闷死，还要把你扔到海里去。"魔鬼听了这话，哭喊着说："渔夫啊，请你不要这么做，宽宏大量地饶恕我吧，不要因为我之前的行为而生我的气。如果说我做尽了恶事，那就请你行善吧，像谚语说的那样：'以德报怨的人啊，作恶者的罪孽已经够他受了。'因此不要像艾玛迈对耳贴凯那样对待我啊！"渔夫问道："他们之间是什么情况啊？"魔鬼回答说："现在我被禁锢在瓶子里，实在不是说故事的时候。但是如果你放了我，我就把他们之间的故事告诉你。"渔夫回答说："我非把你扔进海里不可，你在海里面将无路可逃。之前我竭尽全力要同你和解，在你面前低声下气，而你却决心要杀我。尽管我并没有犯过什么过错，你却这样待我。我也没有对你做过什么坏事，而只是对你行过好，把你从禁锢中解救出来。你这样对我，我便了解你的本质是坏透了的。我要让你知道，我把你扔进海里的动机便是，想要把你如何对我的故事告诉所有可能会将你释放的人。提醒他们提防你，那么他们也会再次把你扔回海里。这样一来，你将在海里遭受各种磨难，直到世界末日。"魔鬼说："请放了我吧，这是一个展示您的仁慈的机会啊。我向您发誓，我绝对不会再伤害您。相反地，我会帮您一个忙让您永远富贵。"

听了这话渔夫相信了魔鬼的誓约，魔鬼不再伤害他，反而要好好对他。在魔鬼立下誓约，并以安拉的大名发了誓之后，渔夫揭开瓶盖释放了它。轻烟慢慢地升起，全部飘出瓶子之后又凝聚成一团，最后变成和之前一样身形丑陋的魔鬼。这个魔鬼紧接着就把瓶子踢入了海中。当渔夫看到他这样做了之后，认为自己非死不可了，叹道："这不是好兆头啊！"但是随后渔夫鼓起勇气说道："魔鬼大人啊，伟大的安拉曾经说过，'你们应当践行自己的誓言，因为诺言在将来是要受到审查的'。你已经与我立下誓约，并且发誓说你不会背叛我。因此，如果你照你所说的做，安拉定将酬谢你，他是审慎的。如果背叛誓言，即使饶你一时，但最终也将处罚你。记住我告诉过你的，正如都班医师对郁南国王所说的，饶恕我吧，如此一来，愿安拉也将宽恕你。"

魔鬼笑了起来，随即向前走去，说道："渔夫，跟我来吧。"渔夫跟着它走，但不相信自己能够脱险。他们一直往前走，远离了这座城市，翻过一座山，来到一片宽阔的与世隔绝的土地，土地中央有一个注满水的湖泊。魔鬼在这儿停下了脚步，吩咐渔夫撒网捞几条鱼上来。渔夫将目光投向湖中：黄的、白的、红的、蓝的。他看见湖里的鱼儿们有着不同的色彩，不觉大吃一惊。他撒下他的网，收网之后，发现捞的四条鱼，每一条鱼的颜色都各不相同。他看着网中的鱼儿，感到十分高兴。魔鬼对他说："把它们带到国王面前，然后把鱼儿作为礼物献给他，他将会给你能使你富裕的东西。看在安拉的分儿上请接受我的道歉吧，因为我在海底待了一千八百年，今天才得见天日，现在我没有什么其他的方式可以报答你。但是每天只能在湖中打一网鱼，现在我就把你托付给安拉了。"魔鬼说完这话，抬起它的脚跺了一下，地面便裂开了，它随即也消失了。

渔夫走回城中，一直想着之前自己和魔鬼之间发生的事情，觉得实在不可思议。他把鱼带回家中，拿出一个陶瓷做的大缸，往里面加满水后，便把鱼儿放进缸里。鱼儿得水，活泼地游来游去。此后，他便按照魔鬼的要求，把鱼缸顶在自己头上，进宫去献鱼。他来到国王面前，把鱼献给了他。国王见了这些鱼非常惊讶，他生平还从来没见过这样的鱼呢！他吩咐道："把这几条鱼交给女厨吧。"这个女厨是三天前希腊国王当做礼物进献给他的，他还不知道她的厨艺如何呢。因此，宰相便吩咐她烹饪这几条鱼，并叮嘱她说："厨子，陛下叫我传话给你，今天有人将这几条鱼献给他，希望你能用你出色的厨艺烹饪出美味的菜肴，让我们愉快地享用吧！"嘱咐完她之后，宰相便回到殿前，国王吩咐他拿四百枚金币赏给渔夫。宰相遵照吩咐把金币拿给渔夫。渔夫拿到之后，把钱装进腰包，回到家中找他的妻子。他们欢喜快乐得很，拿钱给家里添置了所需的东西。

这就是在渔夫身上发生的事情，现在我们必须讲讲在那个女厨身上发生了什么——她捉住鱼，把鱼剖洗干净，然后把鱼摆在油锅里煎。当鱼煎好一面之后她便把鱼铲起来翻到另一面。突然，厨房的墙壁裂开了，缝隙中走出一个女子。她身段高挑，脸颊圆润，身材匀称，涂了脂粉，面容姣好，臀部浑圆又结实，戴着一块用蓝色丝绸混织的阿拉伯头巾，耳朵上坠着耳环，手腕上戴着手镯，由珍贵宝石装饰的戒指套在她纤细的手指上，她的手上握着一根印度藤杖。她把藤杖的一端戳在煎锅里，说道："鱼儿啊，你还坚守你的誓约吗？"看到这一情景，女厨晕了过去。在女子第二次、第三次重复了同样的话之后，鱼从煎锅里抬起它们的头，回答说：

"是的，是的。"随后吟诵了下面这些诗句：

"你若反目，
我们也反目。
你若守约，
我们也守约。
你若舍弃誓约，
我们定以牙还牙。"

听了这话，女子掀翻了煎锅，像她来时一样地离开了，厨房里墙壁上的裂缝也合上了。女厨醒过来，看见四条鱼都烧焦了，如同漆黑的木炭。她大声哭喊道："第一次上阵，枪杆就折断了。"她瘫倒在地，正忙着责备自己，忽然抬头看见宰相就站在她面前。宰相命令她把鱼呈给国王陛下，她听了之后无助地哭了，把发生的一切告诉了他。

宰相听了她的话也感到很吃惊，感叹道："这真是一桩怪事啊！"他派人召渔夫前来，渔夫来了之后，宰相对他说："渔夫！把你之前拿来的那种鱼再给我弄四条来。"渔夫遵从他的命令又到了湖边，撒下他的网。收网之后，他发现里面又是四条和之前一样的鱼。他把它们呈给宰相，宰相把鱼拿给女厨，并说："快站起来，当着我的面把鱼煎了吧，让我见见这种怪事是怎样发生的。"因此，女厨把鱼剖洗干净，再把鱼放进油锅里。它们在油锅里只待了一会儿，墙壁便裂开了，那个女子也出现了，装扮和之前一样，手里还握着藤杖。她把藤杖的末端戳进煎锅里说："鱼儿啊，鱼儿啊，你还坚守你的誓约吗？"听了这话鱼儿们抬起它们的头，做了和之前一样的回答。女子用藤杖掀翻了油锅，又像她来时一样地离开，墙壁再一次合上了。

宰相自言自语说："这样的怪事绝对不能对国王隐瞒。"于是他面见了国王，把发生在他面前的怪事禀报给国王。国王说："我必须要亲眼看看！"因此，他派人去找渔夫，命令他三天之内送四条和之前一样的鱼来。渔夫又来到了湖边,把鱼从那里打来送给了国王。国王再次下令赏他四百枚金币,接着又转向宰相,对他说:"你亲自在我面前煎鱼吧。"宰相回答说:"臣听明白了,遵命便是。"他把鱼剖洗干净之后,拿来煎锅,把鱼扔到里面。他一将鱼翻了个面儿,墙壁就裂开了,一个黑奴从缝隙里走了出来。他壮如牦牛,或者说像一个翁定部落的遗民。他的手里拿着一根绿树枝,用洪亮但毛骨悚然的声音说:"鱼儿啊,鱼儿啊,你还坚守你的誓约吗?"听了这话,鱼儿们抬起它们的脑袋,和之前一样,回答说:"是的,是的。

'你若反目,
我们也反目。
你若守约,
我们也守约。
你若舍弃誓约,
我们定以牙还牙。'"

它们说完之后,黑奴走近煎锅,用树枝掀翻了它。鱼又烧焦了,和木炭一样。随后,黑奴走进来时的缝隙。

当他就此消失在他们面前后,国王说:"对于这样的怪事没办法不闻不问。毫无疑问,这些鱼儿一定是有着什么特殊的情况。"随后,国王下令将渔夫带到他的面前。渔夫来了之后,国王对他说:"这些鱼是从何处打来的?"渔夫回答说:"这座城外有一座山,越过那座山之后有一个四面环山的湖泊,鱼就是从那里打来的。"国王问他说:"从这儿到那儿需要多少天的行程呢?"他回答说:"国王陛下,大概只有半小时的路程。"国王对此非常好奇,立即下令让他的军队随他和渔夫前去。渔夫开始诅咒起魔鬼来。他们往前行进,翻过山后,走到一片宽阔的土地上,随即停住步伐。当看到这个被群山环抱的世外桃源,看到有着黄、白、红、蓝四种色彩的鱼儿时,国王和队伍里的所有人都感到很惊异,眼前的景色是他们生平从未见过的。国王既惊又喜，停住脚步，问左右的随从和军士们："你们之中有谁见过这个湖泊吗？"他们全都回答说没有。于是国王说："以安拉起誓，如果我不弄明白这个湖泊和湖里鱼儿到底发生了什么事，我是不会回城、不会坐上我的宝座处理政事的。"下了这个决心之后，国王便吩咐他的部下围着群山扎下营寨，随即又找来宰相。这个宰相见多识广，明智、谨慎，又很博学。宰相来到国王跟前，国王对他说："我要告诉你，我想做一件事，这事便是我决心今晚独自离开，去打探关于这个湖泊和湖中鱼儿的消息。因此，你就坐在我的帐篷门外吧，对所有来面见我的官员和侍卫说，陛下生病了，不准许任何人进去探望——万不可把我的意图告诉任何人。"

宰相无法劝阻，只得听从他的安排。于是，国王乔装了自己，佩带上宝剑，从他的军队之中悄悄地溜出。他一直跋涉到天亮，炎热的天气让他难以忍受，于是便停下来休憩。休息完之后又接连走了一整天，继而又坚持走了一个晚上。天亮的时候，他的前方出现一个黑影，国王兴奋极了，说道："也许我能够在这儿碰到什么人，他能够把湖泊和鱼的来历告诉我。"当他走近那个黑色的物体时，发现它原来是一座用黑色石头砌成的宫殿，四周围着铁栅栏。除了一扇开着的门，别的大门都紧锁着。国王非常高兴，站在门外，轻轻地敲门，却不见有人答应。接着他又使劲地敲了四次，仍旧没有人应答。于是他自言自语："毫无疑问，没有人住在里面。"他鼓起勇气，走进门里，来到走廊上，大声喊道："住在宫殿里的人啊，我是一个异乡人，一个过客！你们有什么吃的吗？"他把同样的话重复了两三遍，可依旧没人回答。看到没有人，他放宽了心，变得更加大胆，从走廊一直走进了内庭。他看见这里有人布置过，却没有瞧见什么人影。内庭的中央，有一口喷泉，里面屹立着四头用纯金打造的狮子，如珍珠宝石般澄澈的清水从它们嘴中喷射而出。鸟儿们围在喷泉周围，宫殿的顶部有一张宽大的网以阻止它们从中飞出。看到这些事物，他觉得很奇怪。也因没有遇到一个人，可以打探关于湖泊、鱼、群山以及这座宫殿的事情，他感到很失落。随后，他在门厅之间坐了下来，思索着这些事物。

这时，他听到了一声哀怨的悲叹，随即传来吟诵诗歌的声音：

"命运啊，你不怜悯我，也不愿把我解救。
看啊，我的内心除了遭受苦难便是恐惧。
对那些丢了权势的贵人，变得贫穷的富人，
我的爱妻哟，你又怎能不心生怜悯呢？
我们甚至对拂过你身旁的清风，也心存嫉妒啊，
当神圣的指令下达之后，我的双眼就瞎了。
正在作战的射手，欲将箭射出却发现弓弦已经断裂，
这时，他又该如何应对呢？
当所有的灾难同时找上了这个高尚的人，
他该向命运寻求在哪儿的庇佑呢？"

国王听到这哀叹，立即站了起来，找寻声音是从何处传来的。只见一道帘幕挂在一个房间的门前，他将其撩起，看见帘幕后面有一个青年坐在一腕尺高的床上。他是一个英俊的青年，体形健美，口舌伶俐。他有着亮闪闪的额头，玫瑰色的下巴上有着一块像极了龙涎香的胎记。国王见到他欣喜若狂，向他问好。（青年依旧端坐着，他盖着一块有着金线刺绣的丝绸，脸上流露出悲伤的神情。）他也问候了国王，说："我的主人啊，请原谅我不能起身相迎。"国王说："年轻人啊，把这里的湖泊和湖里各色鱼儿以及这座宫殿的来历告诉我吧。还有，你为什么独自在这座宫殿里，又为何叹息呢？"当青年听到这话，眼泪便从脸颊上滑落下来，接着痛哭起来。国王感到奇怪，便问他说："是什么原因让你痛哭流涕啊，年轻人？"他回答说："当我落到这样的田地，怎么能克制我的眼泪呢！"说完这话，他伸手往前撩起穿着的裙子，瞧啊，他从腰到脚整个身体的一半，都化作了石头。从腰部往上直到头顶的部分，和其他人看起来没什么两样。接着他说："陛下啊，您要知道，鱼儿的故事非同寻常啊，如果被智者记录下来，对于需要教导的后人，不失为一个训诫啊！"接着他讲述

了《年轻国王和黑岛的故事》。

年轻国王和黑岛的故事

我的父亲曾是这个城中之王，他的名字叫玛哈慕德。他也曾是这个黑岛和这四座大山的主人。父亲执政七十年，辞世后，我得以继承了他的王位。此后，我把我叔父的女儿娶作王后，她也非常地爱我，以至于当我不在她身边时，她便不吃不喝，直到再见到我。我对她悉心呵护了整整五年。后来有一天，她去沐浴，我命令御厨备好晚膳，随后走进这座宫殿，在我经常休息的地方躺下。我唤来两个宫女为我摇扇，她俩一个坐在床头，一个坐在床尾。然而我却有些焦躁不安，因为我的爱妻不在身边，我根本无法入睡。我的双眼闭着，但并没有睡着。我听见坐在床头的宫女对坐在床尾的说："买斯武德，我们主人的青春时代过得真是太不幸了！他的美好时光都是和我们邪恶、堕落的女主人一起度过的，这真是太遗憾啦。这个不忠的女人真是该死！"另一个补充说："然而像我们主人这么优越的人，这个放荡的女人根本就配不上，她每晚都从他床上离开呢。"坐在我床头的宫女又说道："我们的主人真是太粗心大意了，对她的行为从来不管不问。""该死的你呀，"另一个宫女说，"我们的主人知道她的行为吗？或者说她给过他选择的机会吗？不，相反的，她是蓄意欺骗他的。每晚睡觉之前她都要在他喝的酒里面加麻醉剂，这样他喝了之后就会沉沉地睡着，因而不会知道所发生的事，也不知道她去过哪里，干过什么事情。这就是因为她给他喝了下过药的酒啊。她打扮好自己，出去找她的情人，直到天亮才回来。她回到他身边之后，点燃熏香放到他的鼻子下面，他闻了之后才从沉睡中醒来。"

我听完宫女们的这番谈话，天色已经暗了下来。当我的堂妹从浴池回来之时，我却几乎意识不到已经是晚上了。晚宴已经备好，我俩一同用餐，吃完之后和平常一样坐着享用一点美酒。随后，我命人取来我每日睡觉之前必喝的酒，悄悄地把它倒进我的衣襟里，然后装作像往日一样把它喝掉了，便立即躺下。这时她说："睡吧，我巴不得你一睡不醒。以安拉起誓，我讨厌你，也厌恶你的样子。我的灵魂早已厌倦待在你的身边。"她从床上起来，穿上最华丽的衣服，熏了香，带上一把利剑，打开宫殿的门走了出去。我立即起身跟随她。她离开宫殿之后，在城市中穿街过巷，走到了城门口。她口中念念有词地念了些什么我听不懂的咒语后，门锁便滑落下来，门也自动打开了。她走了出去，我依旧悄悄地跟随着她。过了一会儿，她竟走到了一堆土丘中，来到一座堡垒的面前。堡垒中有一间砖砌的圆顶屋子，内有一扇小门，她从中走了进去。我爬上屋顶，透过一个小孔观察她。我看见她原来是来幽会一个黑奴的。他的嘴唇极大，上下叠在一起。屋里的环境肮脏又潮湿，他躺在一堆甘蔗叶上，身上沾满了沙石地面上的灰尘。

她在黑奴面前跪下亲吻了地面，黑奴抬起他的头来看着她说："混账东西，你怎么到这个时候才来！我的黑人朋友们刚刚来这儿喝过酒，喝完之后每个人都是由情人陪着离开的。因为你的关系，我都没有喝酒。"她回答说："我的主人，我心中的挚爱啊，你不是最清楚，我和我堂兄结婚了吗？不过我讨厌每一个和他相似的人，和他在一起的时候，我甚至都讨厌自己。如果不是我担心你会不高兴，我一定会把这个城市毁了，叫猫头鹰和乌鸦在城里叫嚣，还要把城中的石头全部搬到戈府山上去。""你说谎啊，你这不要脸的女人，"黑奴回答说，"以我们黑人的豪情起誓（如果我说的不是实话，就让我们黑人和你们白人一样孱弱吧），从现在起，你要是再耽搁到这个时辰才来，我就再也不和你来往，再也不碰你了。你这不老实的家伙！你这个白人中最下贱、肮脏的东西！你是在随意玩弄我吗？"（年轻国王继续说）当我听到他们的谈话，看到这样的情景，我眼前的整个世界都变黑暗了，我的灵魂也不知去了哪儿。我的堂妹依旧站着流泪，在他面前卑躬屈膝，哀求道："我的至爱，我心中的珍宝哟，我在乎的只有你一个，如果你抛弃了我，我该如何是好呀！我的最爱，我眼里的光芒啊！"说完她又继续哭泣，在他面前谦卑地讨好，直到他对她的态度变得温和。见此，她高兴极了，站起身来，褪去衣服，问他说："我的主人啊！你这儿有什么给我吃的吗？"他回答道："揭开那个平底锅吧，里面有一些煮熟了的老鼠骨头，你拿去啃吧。拿着这个陶罐，里面剩有一些麦子酒可喝。"她啃了鼠骨喝了麦子酒之后，洗了洗自己的手，便在黑奴身边躺下，也躺在了一堆甘蔗叶之上，还把黑奴破烂的衣服和毯子拿来搭在自己身上。

我看见她做了这些，气得完全忘了自己的存在。我从圆屋顶上缓缓地溜下来，走进屋里，拿起我堂妹身边的利剑，想要把他们两个都杀了。我挥剑砍在黑奴的脖子上，心想他肯定毙命了。我看了一眼他的刀伤——砍到了他的喉管，伤了他的皮肉。当我认为自己肯定结果了他的时候，他一个劲儿地喘着粗气，把我的堂妹吵醒了。我赶忙走了，走的时候把剑插回了剑鞘之中。我走回城中进入我的宫殿，再一次躺在我的床上，保持她昨日催眠我的姿势。一觉睡到第二天早上。

第二天，我看到我的堂妹剪短了头发，穿起了丧服。她对我说："堂兄啊，请不要责备我这样做，我接到消息称我的母亲过世了，我的父亲光荣地战死沙场，我的两个兄弟，一个被毒蝎蜇死了，另一个从马背上掉下来摔死了。因此，我为他们哀悼、服丧，也是天经地义的啊。"我听到这番话，怕遭到她的抱怨，便说："你认为怎么合适就怎么做吧，我不会反对。"于是她终日伤心、哀悼，为他们服丧。整整一年的时间过去了，她请示我说："我想要在这座宫殿里建一座类似坟墓的圆顶屋，把它命名为'哀悼室'，准备一个人安静地待在里面守孝。"我回答说："你想怎么做就怎么做吧。"于是她建造了一个供她哀悼的居所，里面有一间圆顶的房子，像极了坟墓。建好之后，她把那个黑奴搬到里面养病。他的身体极度虚弱，只能喝一点点药酒，除此之外，她几乎什么都不能为他做。他还活着，显然他的死期还没有到，可从我砍伤他的那天起他就没有再说过话了。我的堂妹从早到晚日日夜夜在这个坟墓似的屋里照料他，为他流泪，为他哀痛。她把药酒喂给他喝，也拿煮好的肉给他吃。她早晚不停息地坚持如此照料他，而我一直容忍她，就这样又过去了整整一年。直到有一天，我趁她没有察觉，走进了她的居所。我看见她满脸泪光，一边掴着自己的耳光，一边吟诵着这样的诗句：

"自从你离我而去后，
我仿佛也已不存在于人世。
把我的肉体带到你安葬的地方吧，
行行好，把我埋在你的身旁。
如果你在我的坟边呼唤我的名字，
我尸骨的呻吟声便是对你的回应。"

她一说完这些诗句，我便拔出剑握在手中，对她说："这些话是不顾亲情、不念夫妻情分、不忠的女人才说的啊！"我想要拿剑刺向她，并且已经抬起手来正要这么做。这时她站起身来，她已经知道是我刺伤了这个黑奴，念了一些我不能听懂的咒语："凭着我的魔法之力，将你的下半身化为石头，上半身保持原形。"因此我变成了你现在看到的这个样子，不能移动，半死不活。当我变成了这个样子之后，她用魔法控制了这个城市，包括城里的商店和田地。我们城中的居民，是分属于四个教派的信徒。她用魔法将他们变作了四种颜色的鱼。她还将四个岛屿变成了四座大山，放置在湖泊周围。从那个时候起，她便坚持每天都来折磨我：用皮鞭鞭打我几百下，一直打到血从我的伤口中流出来。之后，给我的上半身穿上一件毛皮背心，再套上外面这些衣服——说完这些话，青年忍不住哭了出来，说了下面的诗句：

"安拉呀，请赐予我顽强的意志，来承受你对我的处决。
如果这样能获得您的肯定的话，我定会忍耐下去。
事实上，降临到我身上的灾难已经将我困住，
可是，受优待的先知们将会替我说情！"

听了这话，国王望着青年说："年轻人啊，你这事徒增了我的忧愁啊！"他又补充道，"你说的这个女人在哪儿呢？"青年人回答说："她在黑奴躺的那个像坟墓一样的圆顶房子里。每天，在她去看望他之前，她都要先扒光我的衣服，用鞭子抽我几百下。我哭着喊着，却没有办法移开身子躲避她。她这样折磨了我之后，就把之前准备好的药酒和煮熟的肉端去给黑奴。""以安拉起誓，年轻人啊，"国王承诺说，"我将会为你做一件好事。这个善行会让我被后人铭记，我死后历史学家们也会将此载入我的传记。"

接着，国王又坐着和他一起交谈直到天黑。第二天黎明来临时，他站起身来，脱光衣服，佩上自己的宝剑，到那个黑奴躺着的地方去了。他看见里面摆着灯、烛、香料和药膏等物，便慢慢靠近黑奴，一剑刺死了他。接着，把他扛在背上，扔进宫中的一口井里。然后，又返回圆顶屋中，把黑奴的衣服拿来穿上并躺了下来，又把拔出的剑放在身旁。过了一会儿，邪恶的女巫去到他堂兄那儿，把他的衣服扯下来，拿起鞭子抽他，这时他叫喊着："啊，我受够这种折磨啦，求你可怜可怜我吧。""你可怜过我吗？"她喊道，"你怜悯过我的情人吗？"打完之后，她给他穿上毛皮背心，又给他套上外面的衣服，端着一杯药酒和一碗煮熟的肉，向黑奴那里走去。她走进房间，哀号着："我的主人啊，回答我吧！主人啊，和我说说话吧！"又进一步用这些话抒发了她的悲痛之情：

"这厌恶烦人的日子何时才是尽头啊，
　生活中满是不幸，我的心中满是怒火。"

接着和之前一样，又哭了起来。她哭喊着："我的主人啊，回答我，和我说说话吧。"国王听了这话，模仿着黑奴的声音突然低声说道："唉，唉，现在已毫无办法，只有盼安拉救我了。"她听了这番话，高兴地尖叫起来，激动得晕了过去。她醒过来之后，大声叫嚷道："我的主人很有可能已经康复啦！"国王再次低声回答，像是极其衰弱一般："你这放荡的东西！你不配听我跟你说话。"她问："为什么这么说呢？"他回答道："因为你整日都在折磨你的丈夫。他大声惨叫，祈求安拉的帮助，如此一来便惊扰了我，使我整夜不能入睡。你的丈夫不是跟你求饶，就是诅咒你遭到报复，这些话让我心烦意乱。如果不是这样的话，我早就恢复元气了，这就是我无法回答你的原因啊！"她回答说："那么，既然有了你的准许，我就让他从当前的苦难中解脱了吧！""放了他吧，"国王说，"让我们大家都安静下来。"

她回答说："我听明白了，遵命便是。"说完立即起身，从圆顶屋子走到宫殿去。她拿出一个杯子，把它装满水，对着它念了一番咒语，杯里的水便像是在热锅中一样沸腾起来了。接着，洒了一些在她堂兄的身上，同时念着："凭借着我咒语的功效，从现在的情形变回你最初的样子吧。"他即刻摇身一变，用双脚站了起来，并且因为自己得以释放而无比喜悦。她对他骂道："快离开吧，不要回到这儿，否则我就杀了你！"——她在他面前大声抱怨，于是他便从她跟前离开了。她回到圆顶屋中，说道："我的主人啊，到我这边来吧，让我看看你。"国王假扮的黑奴用一种虚弱的声音回答道："你究竟都做了些什么，你从表皮上缓解了我的病痛，但是没有把我从根源上治好啊！""我的至爱啊，"她回答说，"究竟什么才是根源啊？"他回答说："是这个城中和四座岛上的人民：每天晚上午夜时分，鱼儿们都要抬起它们的头，诅咒你我遭到报复。这就是阻碍我身体恢复活力的原因。因此，去放了他们吧，然后到这儿来，搀着我的臂膀把我扶起来，因为我有部分体力已经恢复了。"

她把国王误认成了黑奴，听到他的这些话，便高兴地对他说："我的主人啊！以我的头和眼做保证！"她一跃而起，满心欢喜，急急忙忙赶到湖边。在那儿，她取出一点儿池水，并对着池水叨念了一些莫名其妙的咒语，于是，鱼儿们在水中骚动起来，纷纷仰起它们的头，立即恢复原状，变回人类。魔法解除后，城市中的居民们恢复了人形，城市又重新聚满了人，街市又重新出现，每个人又各司其职。群山也变回了小岛，如它最初的样貌。施完法后，女巫又匆匆回到国王那里，她依旧把他误认成黑奴，便对他说："我的至爱啊，伸出你高贵的手吧，让我亲吻一下。""走近一些。"国王低声说道。于是她向他靠近了些，国王的利剑早已备在手中。他把剑刺进她的胸膛，刀尖穿透了她的后背。接着，又砍了她一剑，将她劈成了两半后便离开了。

国王看见那个曾被施魔法的青年人正等着他回来，他祝贺国王成功脱险。年轻的王子亲吻了他的手，对他表示感谢。国王问他说："你是愿意继续待在你的城中，还是随我一起到我的领地？""当今时代伟大的王啊，"青年人问道，"您知道我们两国相距多远吗？"国王回答道："两天半的时间。"青年人回答说："陛下啊，要是您在睡梦中的话，请醒一醒吧，就算是马不停蹄地赶路，我们两国之间也要一年的行程啊。您到这儿来只用了两天半的时间，那是因为这个城市被施了法啊。但是，陛下啊，今后我一刻也不愿离开您了。"国王听了他的话后非常高兴，说道："从今往后你就是我的儿子了，因为我平生还没有过儿子呢。"他们拥抱了彼此，无比的喜悦。他们一同走进宫殿内，在那儿，这个曾被施了法的国王通告他朝中的官员们，他准备要开始他的朝圣之旅。于是人们为他准备好了他所需要的一切，接着他就和国王一起离开了。他心中埋藏着对他的城市的恋恋不舍的情愫，因为他整整有一年的时间没有见到过它了。

他们在五十名精壮侍从的陪伴下，带着许多礼物，往前行进。他们日夜不停地赶路，走了整整一年之后，就快到国王的城市了。宰相和军队前来迎接国王，他们曾经都以为他再也回不来了。军队走到国王跟前，亲吻了国王面前的土地，祝贺他能够平安归来。国王回到城中，坐在宝座上，把发生在年轻国王身上的一切都告诉了宰相。听完这些后，宰相也祝贺年轻国王成功脱险。当国王把所有事情处理好后，赏赐了许多礼物给他的国民，并对宰相说："去把献鱼给我的渔夫找来。"于是，宰相便派人传召那个因为他的关系使一个被施了法的城市中的人民得以解救的渔夫。他来了以后，国王重赏了他，并询问了他的境况，以及家中可有子女。渔夫告诉国王，他有一个儿子、两个女儿。国王听说后，娶了他其中的一个女儿作为王妃，年轻的王子则娶了另外一个。国王还任命他的儿子为司库官员，并委派宰相去年轻王子的城市做国王，还派了五十名精壮的侍从跟随他，又让他带去无数的华服给那里的官吏们。宰相亲吻了他的双手，踏上了自己的旅途，国王和年轻的王子则留在这个城中。至于渔夫，他成了他那个时代最富裕的人，他的女儿们作为王妃一直陪伴着两位国王，直到他们死去。

莎赫扎德补充道："但是这个故事远不及发生在挑夫身上的事情精彩呢！"

第9~18夜

挑夫、巴格达女人及三个皇族乞丐的故事

  巴格达城中有一个单身汉，他是一个挑夫。一天，他在集市里斜靠着他的货箱坐着等生意，这时有一个女人走过来与他搭讪。她的外衣是由用金线刺了绣的丝绸做成的，并且用金色蕾丝锁边。她撩起自己的面纱，乌黑的眼睛与纤长的睫毛从面纱底下露出来。她一脸温柔的表情，美得无可挑剔。她用甜美的声音对他说："带上你的货箱，跟我来。"

  挑夫拿起箱子，跟着她走，一路上她几乎没说什么话。她走到一家商店的门前便停下来，敲了敲门。于是从门中走出一个人，她给了他一枚金币，换来许多橄榄还有两大瓶酒。她把这些放在货箱里，对挑夫说："拿着这些，跟我来。"挑夫欢呼道："今天真是幸运的一天啊！"说完，他拿起箱子，继续跟着她走。接着她走进了一家水果店，从店主手中买了叙利亚的苹果、土耳其的温柏、阿曼的桃子、阿勒颇的茉莉、大马士革的睡莲、尼罗河的黄瓜、埃及的酸橙、苏丹的香木橼、香甜的桃金娘、几枝指甲花、甘菊、银莲花、紫罗兰、石榴花，还有野蔷薇。她把买来的所有东西都放进挑夫的货箱里，并对他说："带上这些走吧。"于是挑夫把箱子拿起来，又随她走到一家肉店。她对屠夫说："给我割十磅肉。"屠夫

把肉割给她，她便用一片香蕉叶把它包起来，放进货箱里，再次对挑夫说："挑夫，把这些也带上。"他照做了，扛起箱子继续跟着她。接着她走进了一家卖干果脯的店，将各种干果都挑选了一些，要求挑夫把它们都扛着，挑夫听从了她的指示，又跟着她来到一家糖果铺。她在那里买了一个盘子，又把店里的各种糖果都买了一些，装在盘子里，再把盘子放进货箱里。见她买了这么多，挑夫有些抱怨地直言道："要是你提前告知我的话，我便牵一头骡子来帮忙驮这些东西呢。"女人听了他的话只是笑了笑，又走进一家香水铺。她在店里买了玫瑰、橙花、柳花等十种香味儿的香水，又买了一些香精和一个喷壶，壶里装了浸泡了麝香的玫瑰水，还买了一些乳香、沉香、龙涎香、麝香，最后买了些蜡烛。她把这些都放在货箱里说道："扛起你的货箱，跟我走吧。"于是，挑夫扛起箱子，跟着她来到一座豪华的宅子面前。宅子面前有一个宽敞的庭院，房屋非常高大，有一扇用黑檀木雕制的双叶门，上面还镶了纯金。

  这个年轻的女人站在这扇门前，轻轻地敲了敲门。于是，这两扇门便应声开启。挑夫盯着门瞧，想看看究竟是谁把门打开的。他发现原来是一个身材高挑、双胸挺拔、皮肤白皙的美人。她的前额饱满似一轮明亮的新月，双目炯炯有神好似羚羊的眼睛，眉毛像是斋月升起的弯月。脸颊如海葵，一张小嘴好似苏勒曼的封印。她的面容如满月最皎洁的时候一样夺目，她的双胸正如两个石榴一般大小。这个挑夫见到她，便沉醉在她的美貌之中，肩上扛着的货箱差点儿就跌落下来。他感叹道："我的人生中再没有比这更幸运的一天了！"这个看门的女人站在门里面，对去筹备宴席的女人和挑夫说："你们进来吧。"于是他们走了进去，经过一处宽敞的大厅。这个大厅构造得非常漂亮，装饰得五彩斑斓。内有精致木雕，有喷泉，有各式长凳和悬挂了幕帘的小房间。大厅的上方摆着一张用雪花石膏制成的卧榻，上面嵌有大粒珍珠和各种宝石。卧榻上罩着用红色绸子做成的蚊帐，上面躺着一个年轻女人。她的双目似乎有着巴比伦的魔力，让人着迷，她的身形正如阿拉伯的第一个字母那么纤细。她姣好的面容令光亮的太阳也自愧不如。她就像一颗耀眼的星星，或者说，是一个养尊处优的阿拉伯少女。这第三个少女，从卧榻上起身，慢慢地踏着优雅的步调走到大厅的中间，她的姐妹们正站在那儿。她对她们说："你们怎么站着不动？快帮助这个可怜的挑夫把东西从他头上拿下来吧。"于是，筹备宴席的女人站到挑夫跟前，看门的女人站到他的身后，第三个女人帮着她俩，三人一道把货箱从挑夫头顶抬了下来。接着她们拿出了货箱里面的东西，把每一件都摆在了该放置的地方，又拿出两枚金币付给挑夫，对他说："你走吧，挑夫。"

然而，挑夫仰慕她们的美丽，倾慕她们和善的性情，便站在那儿，望着这些女人，因为他从来没有见过比这几个更端庄的女人了。他发现她们家中没有一个男人，只看到那些酒、水果和香味怡人的花儿与她们相伴。他心中满是好奇，犹豫着迟迟未走。见此，其中的一个女人便问他说："你怎么还不走？是嫌工钱太少了吗？"接着又转向她的一个姐妹，吩咐她说："再给他一枚金币吧。""以安拉起誓，我的女主人，"挑夫大声反驳说，"我的工钱只值两枚金币呢，我并不是觉得你们给我的太少，只是我的脑海中总想着你们和你们的情况。你们离群索居，没有一个男子在你们身边陪你们消遣。你们应该知道的，一个尖塔有了四面墙才能站得牢固，现在你们还差第四个人。女人的快乐中少了男人是不够完整的。你们只有三人，你们需要第四个人，而谁应当是这个理智、谨慎、敏锐，并且能保守秘密的男人呢？"她们回答说："我们是女子，我们不敢把自己的隐私告诉给不能保守秘密的人啊。我们阅读过一些历史，有些诗句是这样说的：

　　'保守好自己的秘密吧，
　　不要把它告诉给别人。
　　谁把秘密告诉给别人，
　　就等于将之公之于众。'"

"我以你们的生活起誓，"挑夫说，"我就是一个理性、可信之人：

我读过许多书，通晓历史。正义的事情我会让它被万人传颂，不正义的事情我是绝不会透漏出去的。我的行为正如一首诗歌中所说：

'只有忠诚的人才能保守秘密，
秘密只有交托给诚信的人才能坚守。
一个秘密在我心里就好比禁锢在上了锁的房子里，
把这把钥匙丢了，这个秘密就永远不会揭晓了。'"

女人们听到他引用的这些诗句，和他之前说的这番话，便对他说："你要知道我们在这儿生活花费了许多钱。既然你想要和我们一起落座，和我们一道共饮，目睹我们的芳容，除非你付给我们一笔钱，否则我们是不会让你留在这儿的。"房子的女主人说："缺少金钱的友谊，还不如一粒稻米值钱。"看门的女人补充说："如果你一无所有，那么请你也一无所有地离开吧。"但是筹备宴席的女人却说："姐妹们呀，我们就接纳他吧。因为他今天给我们的服务确实非常周到。换作别人，定不如他这么耐心地服侍我们。不管怎么说，分摊在他身上的那部分开支，我来替他支付吧。"听了这话，挑夫欣喜若狂，欢呼道："以安拉起誓，从今往后您就是我唯一的主人了。"其余的女人对他说："坐下吧。你现在是自己人了。"

接着，筹备宴席的女人站起身来，系紧自己的腰带，拿出酒壶，把酒澄清，在喷泉池子边备好餐桌。她把她们要求的一切都准备好后，把酒端来，和她的姐妹们一并坐下。挑夫也和她们坐在一起，他觉得自己就像置身于美梦之中。当她们都坐定后，筹备宴席的女人拿来一壶酒，斟了第一杯，将它喝光。接着又斟了第二杯，把它递给了其中一个姐妹。接着又同样地给剩下那个姐妹斟了一杯。她们喝完之后，她又斟了一杯，把酒杯递给挑夫，挑夫将杯子从她手里接过来，吟诵了下面的诗：

"我将饮尽这杯酒,

健康长寿。

因为这杯佳酿,

确是治病的良药。"

他们一杯又一杯地喝酒,挑夫加入到她们的狂欢中,和她们一起载歌载舞。他沉浸在一片芬芳中,开始拥抱并亲吻她们。一个娇嗔地用手捆他,一个佯怒着推他,还有一个用芳香的花朵轻拍他。他们一直喝着,直到酒精让他们都意乱神迷。她们摆脱掉所有的束缚,沉浸在这场嬉戏中,无拘无束,俨然没有男子在场一样。

他们的狂欢一直持续到傍晚时分,此时她们对挑夫说:"离开吧,让我们看看你的心怀有多宽广。"但是他却回答说:"离开你们的陪伴实在是比我的灵魂离开自己的躯壳还要难啊!因此,就让我们一起狂欢到天亮吧,到那时,我们每个人就可以去做自己的事了。"筹备宴席的女人依旧帮他说情,她说:"以我的生命起誓,我恳请您就让他和我们一起共度良宵吧。他的笑话会把我们都给逗乐,因为他是一个幽默的家伙啊。"于是她们便对他说:"你可以和我们一起过夜,不过你要答应一个条件,就是你必须要服从我们的命令,对于你看到的一切都不要过问。"他回答说好。她们又说:"你起身,去看看门上铭刻了什么字吧!"他按照她们所说,走到门前,发现门上用金色的字铭刻着"与你不相关的事情不要谈论,以免听到令你不高兴的话"。于是他说:"你们可以见证我的诺言,我绝不会谈论与我不相关的事情。"

筹备宴席的女人接着站起身来,为他们准备好了菜肴。他们吃了一点之后,便点燃蜡烛,焚烧了一点沉香木。然后,又回到桌子边再次坐了下来。当他们继续吃着佳肴品着美酒之时,传来了一阵敲门声。于是,其中一个女人前去开门,宴会并没有因此被打断。她回来之后,说道:"我们今夜的欢愉到此为止了。因为我发现在门外有三个外乡人,他们的下巴都剃得光秃秃的,每个人的左眼都是瞎了的:这真是太巧合啦,他们都是刚刚到这儿的异乡人，每个人都有滑稽的样貌。如果我们让他们进来，那么，我们看着他们的样子就会被逗乐的。"这个女人说完这些话后并没有作罢，而是继续游说她的姐妹们直到她们同意。她们说："让他们进来吧。但是先让他们答应一个条件，那便是他们不能谈论与自身不相关的事，免得听到令他们不高兴的话。"听完这话她高兴极了，又一次到门前，领进来三个瞎了左眼、下巴剃得干干净净、胡子弯弯曲曲又不太浓密的男人。作为行乞者，他们跟女人们保持着距离，毕恭毕敬地问候了一番。然而女人们却起身相迎，让他们入座。这三个乞丐看向挑夫，见到他带有醉意疲乏的形象，又仔细地打量了一番，以为他也是他们其中的一员，便说道："他也是一个和我们一样的乞丐，我们可以去和他聊天消磨时光。"而挑夫听到他们这话，站起身来，瞪大眼睛，对他们吼道："安静地坐着，不要说这么无礼的话，你们难道没有看到门上刻的字吗？"女人们都笑了，窃窃私语道："在挑夫和乞丐之间，我们总会找到乐子的。"说笑完之后，又给乞丐们准备了一些食物。他们吃了之后，又坐着喝了点酒。看门的女人把酒递给他们，众人又一杯一杯地喝了起来。挑夫对乞丐们说："兄弟们，你们有什么故事或者奇怪的见闻可以讲给我们听，供我们消遣消遣吗？"乞丐们喝了酒之后，身体变得温热，便向女人们索要乐器。看门的女人给他们拿来一面摩苏尔制造的小手鼓，伊拉克造的鲁特琴和一把波斯竖琴。于是他们都站起身来，一人敲手鼓，一人奏鲁特琴，一人抚波斯竖琴。他们用这些乐器演奏，女人们随着他们的节奏引吭高歌。正当他们寻欢作乐之时，又有一个人敲响了她们的门。于是，看门的女人便前去查看，看看在那儿敲门的究竟是谁。

这天晚上，恰好哈里发何鲁纳·拉施德带着他的宰相张尔藩和掌刑官迈斯努尔前去民间微服私访。按照惯例，他穿上商人的衣服，把自己伪装成一位商人。这天晚上，当他带着随从经过这个城市，恰巧路过了女人们的宅子时，他听见了乐器演奏的声音，便对宰相张尔藩说："我想到这座宅子里去，看看里面奏乐的是谁。""里面准是喝醉酒的人们在集会啊，"张尔藩回答说，"我担心我们进去会受他们的欺负！"但是，哈里发坚持说："我们一定要进去，我希望你能想出什么好主意，让我们得以进到里面去。"于是张尔藩回答说："听明白了，遵命便是。"于是他走上前，敲了敲门，当看门的女人过来打开门的时候，他便对她说："女主人啊，我们是从台伯河来的商人，到巴格达已经有十天了。我们带了许多的商品，暂住在客店里。一个同行设宴邀请我们今晚前去，于是我们就到了他的家里。他把食物摆在我们面前款待我们，我们吃完后，又坐在一起喝了一点儿酒，之后，便告辞离开，走进茫茫夜色之中。因为我们是异乡人，所以找不到回家的路了。因此，我们相信你是慷慨的，希望你能准许我们在你的宅子里借宿一晚。如此一来，日后在天堂你也会受到嘉奖。"看门的女人打量了一下他们，观察到他们都是商人的装束，外貌看起来也很体面。回到屋中，她请示她的两个姐妹，她们对她说："允许他们进来吧。"于是她走到大门口，给他们开了门。他们问她说："凭着你的许可，我们可以进去了吗？"她回答说："进来吧。"于是，哈里发和张尔藩、迈斯努尔一同走了进去。女人们一见到他们，便起身相迎，并且招待了他们，说："我们衷心地欢迎客人们，不过我们对你们有一个要求：你们不能谈论与你们不相关的事，以免听到令你们不高兴的话。"他们回答说好的——当他们就座之后，哈里发盯着三个乞丐，惊讶地发现他们每个人都瞎了左眼。接着又凝视着女人们，看着她们既和善又美丽，越发觉得惊讶和迷惑。别的人开始喝酒攀谈之时，女人们为哈里发端来了酒，然而他说："我将要去圣地朝圣。"拒绝同众人一道饮酒。于是看门的女人在他面前给他铺了一块绣了花的餐巾，在上面放了一个陶瓷瓶，瓶子里装有一些柳花水，又在水中加了一块冰和一些糖让它变得甘甜清爽。哈里发向她道谢，并在心中暗自想着："明日我定会奖赏她的善行。"

人们继续开怀畅饮，当大家都有几分醉意的时候，房子的女主人站起身来，替他们斟酒服侍他们。过了一会儿，她拉起筹备宴席的女人的手说道："快醒醒，好姐姐啊，是时候偿还我们的罪孽了。"她回答说："好的。"看门的女人接着也站了起来，将大厅的中央打扫干净之后，把乞丐们安置在较远的门厅的外面。然后，女人们叫来了挑夫，说："你对我们的情谊这样浅薄呢！你又不是客人，你是家中的一员啊！"于是挑夫站起身来，束好自己的腰带，问道："要我做什么呢？"听了这话，其中的一个女人便说："就站在那儿等着吧。"这时筹备宴席的女人对他说："来帮帮我吧。"他看见两条黑狗，脖子都由铁链锁着，被带到了大厅的中央。于是房屋的女主人从她待的地方站起身来，卷起她的衣袖，拿出一根鞭子来，对挑夫说："给我牵一条过来。"挑夫听从了她的安排，拽着铁链把其中一条拖上前来。黑狗发出呜呜的哀嚎，对着女人摇头。然而，尽管它在那里惨叫，女人依旧使劲儿地将鞭子打在它的头上，直到她手臂酸疼，才把鞭子放下。然后，把那条黑狗按在胸前，替它拭干眼泪，亲吻了它的头。之后，她对挑夫说："把这条牵走，给我牵另一条来。"他把另一条黑狗牵来。女人就像鞭打第一条那样鞭打了它。见到这样的场景，哈里发觉得非常困扰，他的心都紧了。他对张尔藩使眼色，让他询问女人这样做的原因，但是张尔藩用一个手势示意他不要过问。

房屋的女主人望向筹备宴席的女人，对她说："快起来做你该做的事。"她回答说："好的。"房屋的女主人坐在她雪花石膏雕制的卧榻上，卧榻上面镶嵌了金银珠宝。她对看门的女人和筹备宴席的女人说："现在，做你们该做的吧。"于是看门的女人坐在她旁边的卧榻上，筹备宴席的女人走进一个小房间，从里面取出一个有绿色花边、丝绸做的小包。筹备宴席的女人站在房屋主人的面前，抖了抖小包，把里面的鲁特琴拿出来。她调试了一下琴弦，弹唱诗句：

"把被掠去的睡意还给我的双眼，
告诉我缘由，它们到底去了哪儿？
我发现，当爱与我同住的时候，
瞌睡便是我双目的敌人。
他们说，我们发现你是一个正直的人，
那么，是什么引诱了你？
我回答说，从他的目光中找寻答案吧。

我已真心谅解了他,虽然他将我伤得血流不止。

我承认是我的气恼激起他的所为。

他把美好的愿望,建立在我不切实际的想象之上,

就像在我最要害的地方,点燃了一把大火。"

当看门的女人听到这首歌时,大叫了一声:"这太好了!"她撕破自己的衣服,倒在地板上晕了过去。她的双胸暴露出来,哈里发看见她身上有被毒打的痕迹,就像是手杖和鞭子弄出来的,哈里发无比惊讶。筹备宴席的女人立即站起身来,把水洒在她的脸上,拿来另一条裙子给她换上。于是哈里发对张尔藩说:"你看到这个女人没有,她身上有被毒打的痕迹呢!对于这件事,我不能再保持沉默或者坐视不管了,我一定要知道这个女子过去到底发生了什么,还有那两条黑狗的情况。"但是张尔藩回答说:"陛下啊,我们和她们定下誓约,与我们不相关的事情我们不能过问啊,以免我们听到那些我们不乐意听到的话。"筹备宴席的女人又把鲁特琴拿了出来,把它抵在胸前,用指尖拨动着琴弦,弹唱着这样的内容:

"如果我们对爱情充满抱怨,

那么我们还有什么话可说?

欲望满溢,我们又如何脱逃?

如果我们派一名使者替我们解释,

他也不能清楚表达人间的小恩小怨。

假使我们能够耐心等待,

在失去了所爱之人后,

我们也只能短暂地存在于世。

眼前尽是悲伤和忧愁,

泪水从我们的脸颊上滑落。

在我视线之外的人儿啊,

你依旧常驻我的心里。

对于你满怀激情的爱人，你是否也充满信心。

就算到了时间的尽头，他也不会放弃。

当你的爱人不在你身边，你是否已将他忘却。

在你的心里，等待只是在虚度光阴？

当审判日将我俩聚在一起的时候，

我也会恳求安拉，给你个缓刑。"

听到筹备宴席的那个女人吟诵的这些诗句，看门的女人又一次扒光自己的衣服，大声地叫喊着，倒在地板上晕了过去。筹备宴席的女人，像之前那样，重新拿条裙子给她穿上。之后，又把一些水洒在她的脸上。

乞丐们看到这番场景，愤怒地说："我们宁愿在垃圾堆上睡一晚，也希望自己从来没有踏进过这座宅子。我们的夜晚也被染上了邪恶，发生的这事真是让我们痛心啊！"哈里发望着他们说："你们为什么这样觉得呢？"他们回答说："发生的这事让我们心中充满苦恼。"他问道："你们不是这所房子里的人吗？""不是，"他们回答说，"我们也猜不出这座宅子是属于谁的，也许坐在你旁边的那个男人知道。"听了这话，挑夫说："今夜之前，我也没有见过这个地方，我宁愿在坟堆里过一夜，也胜过待在这儿。"接着他们一个个意识到了："我们有七个男人，而她们不过三个女流之辈。因此，我们去询问关于发生在她们身上的事吧。如果她们不情愿说，我们就逼迫她们回答。"他们全都同意了这个提议，除了张尔藩，他说："这不是一个明智的决定，让她们做自己的事儿吧，我们不过是她们的客人。我们与她们有约在先，我们应该践行诺言。天马上就要亮了，我们每一个人都即将各自离去。"接着对哈里发使了个眼色说："还有一个小时就要天亮了，明天我们会将她们带到您面前，那时您便可以询问她们的故事了。"然而哈里发拒绝这样做，他说："我没有耐心等那么长的时间才可以听到她们的故事。"大家你一言我一语，最后他们问："谁来向她们提出我们的疑问呢？"有一个人回答说："就挑夫吧。"

女人们问他们说："各位，你们在讨论什么呢？"于是，挑夫走到女主人跟前，对她说："我的女主人啊，以安拉的名义，我想请求你，请你告诉我们那两条黑狗的故事吧！是什么原因你既要暴打它们而后又要流着眼泪亲吻它们？你告诉我们，你的姐妹为什么会被你拿藤杖鞭打？这就是我们的问题，愿你永享安宁。"女人问道："他所说的关于你们的想法是真的吗？"他们全部回答说是的。除了张尔藩，他沉默不语。当女人听到他们的回答，便说："客人们啊，你们真的未免过分干扰我们了。我们与你们有言在先，你们不能谈论与自己不相关的事，免得听见令你们不愉快的话。我们让你们住进我们的宅子，并用我们的食物款待你们，难道这还不够吗？不过这可不能全怪你们，过错主要是在那个把你们引见给我们的人身上。"接着，她卷起了她手腕下的袖子，在地板上拍了三下，吼道："你们快出来吧。"那些小房间的门立即就开启了，从里面走出来七个黑奴，每个人的手里都握着一把已拔出的剑。女人对他们说："这些多嘴多舌的人！把他们的双手都绑在身后，然后全部绑在一起。"他们照做了之后，对她说："威严的小姐啊，您允许我们砍掉他们的脑袋吗？"她回答说："让他们暂且缓一缓吧，在砍掉他们的头之前，我要先询问下他们的情况。""以安拉起誓，我的女主人啊，"挑夫大叫道，"不要因为别人的罪过而错杀了我。除了我，他们每个人都犯下了大错。我们没有遇到这几个乞丐的话，我们的夜晚将是多么的美妙。他们的出现足以将人口稠密的城市变为一堆废墟。"说完，他吟诵了这首诗：

  "能够给予人宽恕，尤其是那些孤立无援的人，
  是一件多么崇高的事情啊。
  看在我们之间情谊的分儿上，
  不要因为一个人的罪过，而伤害无辜的人啊。"

  听到挑夫的这番话，这个女人转怒为喜。她走到男人们身边说："告诉我你们的情况吧，因为你们的生命只有不到一个小时了，你们既不值得尊敬，又不是地位崇高，或者说是从政的官僚，否则，我将会暂缓对你

们行刑。"哈里发对张尔藩说："该死的你啊，张尔藩，快让她知道我们究竟是谁，不然她就要杀掉我们啦！"张尔藩回答说："这都是我们活该啊。"哈里发说："现在不是该开玩笑的时候，现在是谈正经事儿的时候啊。"女人走到乞丐们面前，问他们说："你们是兄弟吗？"他们回答说："不是，真不是。我们不过是几个贫苦的异乡人。"她又对其中的一个说："你是生下来就瞎了一只眼睛吗？""不，绝不是，"他回答说，"当我的眼睛被毁掉的时候发生了一件奇异的事情呢。这是一个故事，如果被聪明人记录下来，对于那些需要劝诫的人不失为一课呢。"她又问了第二和第三个乞丐，他们都像第一个乞丐那样回答她，并且补充说："我们每个人都来自不同的国家，我们的经历都非常惊异，又很与众不同。"女人看着他们说："你们每个人都来说说自己的故事吧，以及到我们这儿来的原因，然后摸摸自己的头，各走各的路吧。"

第一个走上前来的人是挑夫，他说："我的女主人啊，我是一个挑夫，这个筹备晚宴的女人雇用了我，把我带到这儿来。在你们的陪伴下，我发生了什么，你是清楚的。这就是我的故事了，愿平安与你同在。""摸摸你的头，"接着她说，"你可以走了。"然而他回答说："以安拉起誓，我要听一听这些朋友们的故事，才会离去呢。"接着，第一个乞丐走上前来，讲述了他的故事。

第一个皇族乞丐的故事

我的父亲曾是一个国王，他有一个兄弟，也被分封到另一块领地去做了国王。我和我叔父的儿子恰巧同一天出生。年复一年，我们都长成了成年人。我有一个惯例，就是每隔几年，便要前去拜访我的叔父，并在他那儿待上几个月的时间。有一次我的堂弟对我格外地尊敬，宰了羊，备了酒来款待我，我们坐着一同饮酒。当我们都带有醉意的时候，他便对我说："哥哥啊，我请求你帮助我完成一件对我极为重要的事，并且我恳求你不要反对这件我决心要做的事情。"我回答说："我完全听从你的安排便是。"他要求我对他立下了重誓，随后立即起身，离开了一小会儿。他回来的时候，身后跟随了一个芳香怡人、珠光宝气、身着昂贵装束的女子。他望着我，女子则站在他的身后。他说："把这个女人带上，你们一起先去这样一个墓地吧。"他向我描述了那个地方，让我清楚了是在哪儿。接着他又补充道："到那个墓地去，在那儿等着我。"

因为我对他发过誓，所以不能反对他，也不能回绝他的请求。于是，我带上那个女人，和她一起去了那个墓地。我和她在那儿坐着等了一会儿后，我的堂弟也来了。他端了一盆水，带了一包水泥，还有一把小锄头。他走到墓地中央的一个坟墓前，拿起锄头掘了坟墓上的石头，把它们摆在一旁。接着又用锄头刨开土块，露出一块平坦的石板，和小门一般大小，石板的下方是一道拱形的阶梯。完成这些后，他对着那女人做了个手势，并对她说："按照你自己的想法行事吧。"于是，她走下了阶梯。之后，他又望向我说："哥哥啊，帮人帮到底吧。待我下到这里面之后，你就把活板门放回去，按照原来那样，把土堆在上面。然后再将袋子里的水泥和盆子里的水混在一起，涂以石灰将坟墓上的石块恢复成原来的样子，如此一来，便没有人能够察觉。"他又说道，"这个坟墓最近才被掘开过，但是它里面是非常古老的。因为我为此准备了整整一年，除了安拉谁也不会知道。这就是我想要你为我所做的事。"接着他又继续对我说，"愿安拉成全你，让你永远有好友相伴。亲爱的哥哥啊！"说完这番话后，他便走下了阶梯。

他消失在我的眼前后，我把活板门放了回去，急急忙忙按照他要求我的那样去做，一直到把坟墓修复得几乎和原来一模一样。做好了这些之后，我回到了叔父的宫殿中，他前去打猎还未归来。我睡了一夜，第二天黎明来临的时候，我回想在我和堂弟身上发生的事情，为我对他所做的一切感到后悔莫及，然而后悔也于事无补。接着我去墓地，找寻那个坟墓，结果却遍寻不着。天黑了我也没有放弃，然而还是没能找到去往那个坟墓的道路，于是又回到了宫殿中。我不知道他后来会遭遇些什么，因此觉得食不下咽。因为我堂弟的原因，我心中苦不堪言，犹如跌进了痛苦的深渊。我悲伤地又挨过了一夜，天亮之后，我又再一次去那个墓地。我把所有的坟墓都找了一遍，却并没有发现我要找的那个。就这样我坚持找了七天，然而却毫无结果。

我的烦恼有增无减，我几乎要为此发疯了。而只有当我离开这儿回到我父王的身边时，我的伤痛才会稍稍缓解。然而，当我回到自己的都城中时，在城门口的一群官吏扑到我身上将我绑了起来。考虑到我是这个城中的王子，这些人都是为我父王和我效力的，他们的行为便让我感到万分惊奇。我对他们产生了极度的恐惧，暗自想到："我的父王该不会遭受什么意外了吧？"我询问那些绑了我的人，问他们这样做的原因，但是他们都拒不回答。过了一会儿，其中一个曾服侍过我的下属对我说："命运背弃了你的父亲，军队叛变，他已经被宰相杀害了。我们等在这儿就是为了抓你。"他们带走了我，我因为听到了父王的噩耗，已俨然如死人一般。我站到了那个杀害我父王的宰相面前。

我和他之间有着很深的积怨，造成这份宿怨的原因是：我原来喜欢射弩，有一天，我站在我寝宫的屋顶上，一只鸟停驻在宰相的屋顶，我瞄准鸟儿，可是却射歪了，那个时候宰相也正站在那儿，于是便击中他的一只眼睛，把他的眼珠打了出来。正如命运的安排，就像一首诗歌所说的：

> "我们按照命运安排的步伐行进，
> 凡是命运规定的路程，必须按步践行。
> 命运安排亡于这片土地的生灵，
> 绝不会在另一片土地灰飞烟灭。"

当我就这样射瞎了他的眼睛后，他也不敢说什么，因为我的父亲是这个城邑的国王。这也即是造成我和他之间夙怨的原因。我站到他的面前，双手被绑在身后。他下达命令说要砍去我的脑袋，我对他说："你凭什么毫无缘由就要杀我？"他指着那只被我射瞎了的眼睛怒吼道："还有比这更大的缘由吗？""那是我做的，"我说，"但我不是故意的。"他回答说:"如果说你做这事不是故意的,那我就是有意地要同样还你。"说完他立即喊道:"把他给我带上来。"他们把我押了过去,他把手指插进我的左眼,把我的眼珠挖了出来。如此一来,正如你见到的这样,我的一只眼睛就瞎掉了。接着他又牢牢地将我绑住,把我装进一个箱子里面,对刽子手说:"带上这个家伙,拔出你的宝剑,把他带到郊外去。然后处死他,把他的尸身喂给野兽。"

按照他的吩咐,刽子手带着我从城中出发,把我从箱子里弄出来之后,又把我的手脚都绑着,准备拿绷带蒙住我的眼将我杀掉。见此情景我哭着大喊:

"我曾把多少的弟兄视作坚固的盔甲,
盔甲固然坚固,如今却护着我的敌人。
我把他们当做锐不可当的箭头,
箭头固然尖锐,可如今却刺入我的心头。"

那个刽子手,曾经也是我父亲的掌刑官。我过去待他不薄,他听了我吟诵的这番诗句后,说:"我的主人啊,我只是一个服从命令的奴隶,这叫我怎么办啊?"过了一会儿他又说:"快点逃命吧,不要再回到这个国家,以免自取灭亡,还要连累我和你一同送死啊。有一首诗歌是这样说的:

'如果你担心受到压迫就赶紧逃命吧,
宁可舍弃居室,让建造者去叹命运的不公吧。
离开之后你还能找到生存的土地。
然而你的性命只有一条,再无替代。'"

他说了这话之后,我赶忙亲吻了他的双手。直到我逃到看不到他身影的地方,我才确信自己已经脱险了。当我想到自己能够死里逃生,便觉得自己瞎了一只眼睛也不是那么糟糕的事情了。我一路跋涉到我叔父的都城中，站到他的面前。我告诉了他我父王的遭遇，以及我眼睛是如何瞎掉的。他听闻了之后，痛哭流涕，说道："你又给我添了一道新的烦恼和忧伤啊。因为你的堂弟已失踪多日，我不知道他的遭遇如何，也没有人能告知我任何关于他的消息。"接着他又伤心地哭了起来，悲伤过度晕了过去。当他醒过来之后，说道："我的孩子啊，你瞎了一只眼睛也好过丢掉你的性命啊。"

到了这个时候我再也无法将我的堂弟的事情隐瞒下去了。于是我将发生在堂弟身上的一切告诉了我的叔父。他听到这个消息无比欣喜，说："快带我去看看那个坟墓。""以安拉起誓，我的叔父啊，"我回答说，"我并不知道它在哪里。因为之后我也去找过几次，却不能辨认它具体的位置。"然而，我们还是一起去了那个墓地，左右打量，最终找到了它。我和叔父都高兴极了，我们把表面的泥土刨开，将活板门抬起来，往下走了五十步走到阶梯的尽头，有一股浓烟从里面冒出来蒙蔽了我们的眼睛。见此，我的叔父便说了这番让他减轻恐惧的话，他说道："现已毫无办法，只能求助于尊贵荣耀的安拉了。"说完这话，我们又继续前行，走到一个大厅中。里面放满了面粉、粮食以及其他可食用的物品。我们看见有一道幕帘悬挂在一张床前。我的叔父前去查看，发现他的儿子，和那个与他同祖宗的女人紧挨着躺着，像是曾被扔进过火坑一样，双双都变成了黑炭。他看见这副惨状，一掌打在他儿子的脸上，嚷道："你这可怜虫，你活该受这种惩罚啊。这不过是今世的惩罚罢了，在阴间还有更严酷、更持久的惩罚等着你啊！"说完便用靴子打他。我对我叔父这样的行为感到诧异不已，看到我堂弟和那个女子变成了这样的黑炭，我的内心同样也感到万分悲痛。于是便说："以安拉起誓，我的叔父啊，请平息您心中的怒火吧。我对发生在堂弟身上的遭遇感到不解，不理解他和那个女子是如何变成这副黑炭模样的。难道您不认为他们这种情况已经够可怜了吗，您竟还用您的靴子打他！"

"我的侄儿啊，"他说，"我的这个儿子，幼年的时候爱恋我收养的女儿，我过去经常劝阻他，不让他对她生出爱慕之情。我在心里暗自想道：'他们现在还是孩子啊，但是等他们长大之后这不过是他们所犯下的一个小小的过错。'事实上，我听说过会有这样的后果，可过去我却并不相信。但是我还是强烈地谴责了他，并对他说：'我担心你如此污秽的行为！这样的过错从不曾有人犯过，在你之后也绝不会有人再犯。你会令我们蒙羞，我们到死都要受到别的国王的蔑视，而我们这段荒谬的历史将会弄得满世界皆知。你要管好自己，不要做出这么荒谬的行为。因为那样的话，你将会激怒我，我就要杀了你。'之后我不让他去找她，也不准她和他来往。但是这个邪恶的女人也同样深深地爱恋着他，魔鬼同时蛊惑了他们两个。我的儿子见我对他防备甚严，他便偷偷地布置了这个地下居所，如你说的那样，把食品都搬到这儿来。当我外出打猎的时候，趁我一不留神，便躲到这儿来。然而真相便是他们遭受了焚刑。地底下的惩罚将会更严酷、更持久啊。"说完他就哭了起来，我也与他一道垂泪。他对我说："你代替他，从此便是我的儿子了。"我沉思了良久，关于这个世界和它的变化无常，想到我父亲被宰相篡夺了皇位，又被杀害。我的眼睛也瞎了，还有那发生在我堂弟身上的离奇事，我又一次痛哭失声。

之后，我们一起爬上阶梯，把活板门放回去，又用泥土盖住它，把坟墓修复成它原来的样子后，返回了皇宫。然而，我们还没坐定，便听到击鼓和鸣喇叭混杂的声音。只见士兵四处逃窜，空气中弥漫着马蹄踏起的灰尘。我们都很困惑，不知道发生了什么。国王向人打听消息，那人回答说："你哥哥的宰相叛变杀死了你哥哥，还使你哥哥的军队和守卫也叛变了。如今宰相又率领兵马前来突袭，城中的居民无力抵抗，通通都臣服于他。"听了这话，我在心里暗自想到，如果我落入他的手里，他一定会杀了我。悲伤向我袭来，我联想到发生在我父王、母后身上的灾难，真不知该如何是好。因为如果我现身，城中的居民将会认出我，我父亲的军队也将会急不可待地置我于死地。只有剃掉我的胡须，我才可能脱逃。于是我剃掉了胡须，换了一身衣服，离开了那座城来到这个平和之地，期待着有什么人能够把我引见给忠诚的王子、众生的主宰哈里发，那样我便可以把我的故事讲给他听，把我身上所发生的一切都告诉他。今晚我来到这座城市，有些迷茫，不知道该往哪儿走。我碰见了其中的一个乞丐，问候过他之后，我介绍说："我是一个异乡人。"他回答说："我也正是他乡之客。"当我们正在彼此问候对方的时候，我们的同伴，就是这第三个人赶上了我们，说道："我是一个异乡人。"我们回答说："我们也都是异乡人。"于是，我们大家便一起赶路。夜幕来临，命运指引我们到你们这儿来——这就是我剃掉胡须、眼睛瞎掉的原因。

这个女人听了之后对他说："摸摸你的脑袋，离开吧。"但是他回答说："我要听听其他几个兄弟的故事后才离开呢。"大家对他的故事都感到吃惊，哈里发对张尔藩说："我还真不知道有像发生在那个乞丐身上的那种事呢！"

接着第二个乞丐走上前来，亲吻了地面后，讲起了他的故事。

第二个皇族乞丐的故事

我的女主人啊，我出生的时候可不是只有一只眼睛。然而，我的故事却很光怪陆离，如果被记载下来，对那些需要被告诫的后辈，不失为很好的一课啊。

我是一国之君，我的父亲也曾是国王。我会用七种语言来诵读《古兰经》，此外我还跟着各种博学之人学习。在他们的教导下我熟读了各种不同门类的著作。我懂天文学，擅长诗歌，并且对各门学科都很精通。于是，我的才识远远超出同龄之人。所有的文人都称赞我的书法，我的名声享誉世界，我的故事也被国王们津津乐道。印度的国王听说了我之后，请求我的父王允许我前去拜访他。我给他准备了一些适合于觐见国王的时候相送的丰厚礼物，还有稀奇珍品。因此，我的父王为我准备了六艘船。我们在海里航行了整整六个月之后，到达一块陆地。我们把装在我们船里的马儿赶上岸，再把礼物驮在十匹骆驼身上后，便继续我们的旅程。然而不久后，沙漠里刮起了一阵风沙。这阵风沙不断扩大，弥漫在我们身前的空气里。过了一会儿，空气明净了些，我们看见在沙漠的中央，有六十个像凶猛狮子一样的骑兵。我们意识到，他们原来是拦路抢劫的强盗。我们人数不多，还带着十匹驮了给印度国王礼物的骆驼。他们看见我们后，向我们飞驰而来，拿着长矛直指我们。我们用手指向他们做了一个手势，并对他们说："我们是来觐见印度国王的大使，请不要伤害我们。"他们却回答说："我们不在他的领土上，也不属于他管辖。"他们杀死了我们其中几个年轻人，剩余的都落荒而逃。我身负重伤后，也得以逃脱了。那些人并没有继续注意我，而是忙着掠夺礼物和珍宝。

　　我茫然前行，不知道我的道路在何方，我从一个有权有势之人，变成了一只可怜虫。我走到一个山顶之后，便停了下来。我藏身于一个洞穴之中，过了一个晚上。之后，又继续我的旅程，来到了一个繁华的城市。冬天带着它的严寒已经远去，春天姗姗到来，百花竞艳。能来到这儿，我感到十分欣慰。我厌倦了长途跋涉，内心焦躁，脸上毫无生气。我的身体已经变得非常糟糕，也不知该迈开步伐往哪儿走。我向一个正坐在店铺中的裁缝求助。我问候了他，他也问候了我，并欢迎我的到来，还祝我心情愉快。他询问我流落至此的原因，于是我把发生在我身上的事从头到尾讲给他听了。他为我痛心，说："年轻人啊，不要把你的事情告诉给别人，因为我担心这个城邑中的君主会加害于你。因为他是你父亲最大的敌人，和他之间有血海深仇。"说完之后，他把一些食物和饮料摆在我的面前，我们一同用餐。我们一直交谈到入夜。他在店里为我找了一个地方让我留宿，又给我搬来一张床，拿来一张被单。我在他那儿待了三天后，他对我说："什么赚钱的生意你都不会做吗？"我回答说："我熟悉法律，是读书人，写一手好字，还会做算术。""你的这些技能，"他说，"在我们国家是没有用的。我们城中没有一个人了解科学或是书法。我们都只懂如何挣钱。"我回答说："除了我告诉你的那些，其他的我实在是不会了。""你该自惭形秽啊！"接着他说，"拿把斧头拿根绳子，去森林里砍柴吧，如此一来你便可以维持生计，直到安拉把你从苦难中解救出来。但是还是不能把你的故事告诉给其他人，否则他们会杀掉你。"于是他给我买来了一把斧头和一根绳子，把我送去和一大群樵夫一起，并拜托他们关照我。于是，我便和他们一同前往，砍了一些柴，把它们顶在头上带回去，换了半枚金币。其中一部分我花在了食物上，剩余的便存了起来。

就这样我做了一年。此后的一天我又走进森林，按照惯例去砍柴。我发现有一大片土地，上面积攒了许多干柴。我走了进去，里面有一棵树，我便在它的四周开始挖土。我把它根部的泥巴去掉之后，用斧头砍到了一枚黄铜做的圆环。我清理掉它表面的泥土，发现它原来钉在一块木质的活板门上。我立即移开它，它的下面出现了一道阶梯。我走了下去，走到阶梯的尽头，又走进一扇门。门内有一座宫殿，结构精巧。我看见里面有一个女子，好比一颗昂贵的珍珠，她的美貌让我心中的焦虑、悲痛、苦难统统消失得无影无踪。我看见那个女子，便跪下去叩头。我钦佩造物主，因为他把她造得这般美好、标致。她面向我，说："你是人是鬼？"我回答说："我是人啊。"她问道："是谁把你带到这儿来的？我在这儿住了二十五年，却从来没有看到过一个人类。"她的声音非常甜美，我回答她说："我的女主人啊，是安拉把我带到你的居所，我希望我的焦虑和悲痛已经挨到头了。"我把我的故事从头到尾讲给她听。她对我的遭遇感到很悲伤，哭着说："我也要把我的遭遇告诉你。你知道吗？我是印度一个偏远属国的公主，我父王是黑檀岛的主人，父亲把我许配给了我叔父的儿子。但是在我新婚之夜的庆典上，一个叫做哲尔斯基的魔鬼带走了我。他是勒基睦斯的儿子，伊补律斯的孙子。他带着我在高空中飞行，最后降落在这个地点。他把我所有需要的东西都带来给我，例如，装饰品、衣服、布料、家具、食物。每隔十天他便来看我一次，在这儿住上一晚。他和我约定，不管早晚，只要我需要什么东西，我只管用我的手去摸摸刻在圆顶屋上面的两行字，我一收回我的手，他便出现在我的面前。自上次他和我在一起到今日已有四天过去了，因此，还有六天他才会再次出现。你愿不愿意和我待上五天，在他来看我的前一天离去？"我回答说："好啊。十分乐意这个提议。"接着她站起身来，牵着我的手，带领我穿过一道拱门，来到一间小巧别致的浴室。我脱衣服的时候，她坐在一张床垫上。我脱掉之后，她叫我坐在她的身旁，给我拿来一些加了麝香的果子露，递给我让我喝掉。接着,她又摆放许多吃的在我面前,我们一起边吃边聊。她对我说:"睡吧,你疲倦了,休息一会儿吧。"

我的女主人啊,我竟忘掉我的遭遇,恬然入睡了。当我醒过来的时候,我发现她正在按摩我的脚,见此,我轻声唤她。我们又一起坐下聊了一会儿。她对我说:"以安拉起誓,我的心中苦闷,独自一人生活在这儿,没有一个可以和我说话的人,二十五年的时间过去了,感谢安拉把你送到我的身边。"我感激她对我的热情,心中充满了对她的爱慕之情,我的焦虑和悲痛也无影无踪了。之后,我们又坐在一起喝了酒,我一晚上都待在她的身边,因为有她相伴,我喜悦无比。我这辈子都没有见过像她这么美的人。早晨的时候,我们两人都满怀喜悦。我对她说:"我可以把你从这个地下室中带出去,把你从魔鬼手中解救出来吗?"然而她却笑了,回答说:"知足吧,保持静默吧,因为,每个十天里,一天是魔鬼的,剩余九天都陪你吧。"我坚持着毫不退让,然而,却被热情冲昏了头,说:"我要立即拆掉这间刻了铭文的圆顶屋。让这个魔鬼到来吧,那样我就把它杀掉。因为我的天职就是斩妖除魔。"她恳求我要克制住自己,但是我对她的话却充耳不闻。我用力一脚踢破屋顶,见此,她尖叫起来:"魔鬼来了!我不是提醒过你不要这么做吗?你实在是给我带来了一场灾难啊,但是先救你自己吧,快从你来的那个地方爬上去。"

我张皇失措,竟忘了拿我的鞋子和斧头。我向上爬了两步台阶后,转过身去看了看他们。我看见大地裂开了,从里面冒出个身形丑恶的魔鬼,他说道:"你干吗这样惊扰我?你遇到什么灾难了吗?"她回答说:"什么灾难也没有。只因我心中烦闷,便想喝一点儿酒来借酒消愁。我站起来正要去拿酒,却一不小心碰在了屋顶上。""你撒谎,你这下作的女人!"他吼道,又左左右右、仔仔细细地搜索了这座宫殿,发现了斧头和一双鞋子。他对她说:"只有男人才会有这些,谁来过这儿?"她回答说:"我直到这刻才看到这些,很有可能是你带进来的呢。""你这话简直太荒谬了,"他说,"对我一点儿都不起作用,你这不要脸的女人。"说完这话后,他扒光了她的衣服,把她的手脚分开,绑在四根柱子上,毒打她，逼她坦白发生的事情。

至于我自己，不忍心听到她的哭喊声，便继续爬阶梯。我怀着恐惧的心情，爬到了顶端，把活板门按照它最初的样子放了回去，再把土掩上。我极度后悔我做过的事，回想到那个女人和她的美貌，她和他生活了二十五年的时间，这个卑劣的家伙怎可如此折磨她。他折磨她全是因为我的缘故，我又回想到我的父王和他的王国，以及我是如何沦落到一个樵夫的，便吟诵了这样的诗：

"当命运带给你灾难，别忘宽慰自己，
有朝一日你也能荣华富贵。
同时也要切记，苦难亦没有终止。"

我回到我裁缝朋友那儿去，我发现他正焦急地等我回去，如同热锅上的蚂蚁。他说："我昨晚整夜为你担心，担心你遇到一些野兽或是碰到什么灾难。感谢安拉让你平安归来。"我感谢他对我温柔的关怀后，回到自己的住所。当我坐着认真思考发生在我身上的事，责备我自己踢了圆顶屋屋顶时，我的裁缝朋友走了进来，说："店里面来了个外乡人，他正找寻你呢，他的手里有你的鞋子和斧头。他把它们带着去找樵夫们，对他们说：'我听到了宣礼员的晨祷声，清晨我出门前去做祷告，偶然捡到了这些，不知道它们是谁的。谁能指引我找到它的主人吗？'于是，樵夫们便指引他找到了你，他现在正坐在我的店铺里，出去见见他向他道声谢，取回你的斧头和鞋子吧。"听了这番话，我脸色苍白，整个人变得张皇失措，一反常态。当我心绪正混乱的时候，我房间的地板裂开了，从里面走出一个异乡人。天啊！就是那个魔鬼呀。他用最残酷的方式毒打了那个女人，但是她还是不肯吐露一字。于是他带上斧头和鞋子对她说："我哲尔斯基，伊补律斯的子孙，一定会把斧头和鞋子的主人带回来。"于是，他前来，用前面提到的借口，问到樵夫们那里去。未经我的允许进入房间之后，立即抓住我，带着我在空中穿行，接着他降落下来，钻进土里，把我带到我之前去到的那个地方。

在这儿，我看见那个女人全身赤裸，血液从她的身侧溢出来。我的眼泪也流了出来。魔鬼抓住她说："下作的女人，你的情人来啦。"因此，她看了看我，说："我不认识他，直到这刻我才第一次见他。"魔鬼对她说："我这样折磨你，你还是不肯承认？"她回答说："我之前从来没有见到过他，要我说假话污蔑他，这是不被允许的。"接着，他又说："如果你不认识他，拿着这把剑砍掉他的头吧。"她拿起剑，走到我这边，站在我的面前。我动动眉毛给她使了个眼色：此时我的脸颊上已是泪两行。她用同样的方式回复我：这祸患都是你闯出来的啊。我又向她使了个眼色，然而这次是向她请求原谅的。以这种方式传达出的我的心意就像这首诗中描述的：

"我俩爱的信号，正是眼里的柔光，
每个聪明的人，都明白其中寓意。
我俩的眉毛替我们传情达意，
我们都默不作声，而爱意已然传至。"

当她明白我的意思后，便丢掉了握在手中的剑。我的女主人啊，魔鬼又把剑递给我说："砍掉她的脑袋，那样我就放你走，不会伤害你。"我回答说："好啊。"我快速走到她身边，抬起我的手。她也使了个眼色，像是在说"我之前可并没有伤你啊"。见此，我的眼泪再次喷薄而出，丢掉宝剑，说："万能的魔鬼大人啊，勇猛的英雄，如果一个理智和宗教认识都不健全的妇人都觉得砍掉我的头是不公正的，我又怎么可以如此对她，尤其是我之前从来没有见过她。我绝不会这么做，纵然要我喝下宣判我死亡的毒酒。"
"你们二人之间是有感情的。"魔鬼说道。他拿起剑，砍下了那个女人的一只手，接着是另一只。砍完之后，再砍她的右脚，最后是她的左脚。就这样，他用了四剑砍掉了她的四肢。我在旁观看，也预料到自己离死不远了。之后，她用眼睛向我使了个眼色，魔鬼发现了，怒吼道："现在你的罪过便是不能管好自己的眼睛！"说完，又挥了一剑，砍掉了她的脑袋。此后，他又转向我说："伙计，按照我们的规矩，如果一个妻子有外遇，那么就该判她死刑。我把这个女人从新婚之夜抢来，那个时候她只有十二岁，除了我她不了解其他的男人。我过去每隔十天就要以异乡人的装束和她共度一晚。当我非常确定她对我不忠后，我便杀了她。但是对于你，我不是很确信你是否因为她的关系而做出辱我之事。然而，我还是不能免除对你的惩罚，所以，选择你所期望的惩罚方式吧。"

听了这话，我异常欢喜，期望能得到他的原谅，于是我问他说："我能从你那里选择什么呢？"他回答说："选择我改变你的外形吧。是一条狗，或者是一头驴，再或者是一只猿猴？"我回答说："我期望您的谅解。"我在他面前卑躬屈膝，用尽各种乞怜的方式，并对他说："就像被嫉妒的人原谅嫉妒者那样原谅我吧。""那个又是怎样的呢？"他问。我的回答如下：

嫉妒者和被嫉妒者之间的故事

"我的主人啊，你要知道，从前有一个人，他有一个十分嫉妒他的邻居。他的邻居越是嫉妒他，他的日子却过得越好。这样的情形持续了很久。然而，当被嫉妒者发现他的邻居总是不依不饶地对他搞破坏后，便搬到一个有着一口废井的地方。他在那儿建造了一座圣堂，忙于敬拜安拉。无数的苦行者到他的身边求教，大家都格外地尊重他；四面八方的人们都到他身边去，对他的圣洁坚信不移。他的名声传到了嫉妒他的邻居的耳朵里。那人便骑上马儿，前来拜访他。这个被嫉妒者看到他，向他问好，对他格外地有礼貌。之后这个嫉妒者对他说：'我前来是为了告诉你一件对你有益的事。'被嫉妒者回答说：'愿安拉回应我的祷告赐给你所有的福祉。'接着嫉妒者又说：'命令苦行僧们各自回到他们自己的小屋去吧，因为我要告诉你的这个消息，是只可说给你一人听的。'于是他下达命令让苦行僧们都回到了自己的小屋。之后，这个嫉妒者便对他说：'站起身吧，我们出去散会儿步，边走边聊。'他们走到之前提到过的那口废井旁边便停了下来。嫉妒者把被嫉妒者推进井里，那时四下无人，谁也没有看见。嫉妒者认为他肯定是死了，便离开了。

"然而，这口废井却是神仙们的居所，他毫发无损地被神仙们接住，把他放在一块大石头上面。将他安置好后，其中一个神仙问其他人说：'你们认识这个人吗？'他们都回答说不认识他。这个神仙继续说：'这就是那个被嫉妒者啊。他逃离嫉妒他的人，到这儿来安家。他在附近的圣堂里赞颂安拉，朗读经文给我们带来慰藉。当嫉妒他的那人听说他声名鹊起之后，便到这儿来找他。他设计害他，把他扔到这里。这个城中的苏丹今夜已听说了他的名望，计划着明日要来拜访他，因为苏丹的公主遭受折磨的缘故。'其他人询问道：'他的女儿怎么啦？'这个神仙回答说：'魔鬼的儿子人鱼对她产生了炙热的爱意，纠缠着她，使她遭了魔。而治好她的病却是再简单不过的事了。'其他人询问道：'那是什么呢？'他回答说：'他在圣堂里养了只黑猫，那只黑猫的尾巴末端有块一枚硬币大小的白斑。只需要从白斑处拔下七根毛，再把这七根毛点燃对着公主一熏，恶魔就会从她头顶消失，并且再也不会回来找她，她便会即刻痊愈。如今把他弄出去便是我们的职责所在。'

"天亮之后，苦行僧们看见这个老人从井里面升起来，他的形象在他们眼里变得更为高大了。他走进圣堂，在黑猫尾端的白斑处拔下七根毛来，再把它们装进自己的包里。太阳升起之后，国王前来拜访他，他对国王说：'陛下啊，您前来找我是为了要我治好您女儿的病吧？'国王回答说：'是啊，善良的老人。'接着，老人说：'派几个人去把她接到这儿来吧。她即刻就会被治好的。'国王把公主带来之后，老人看到她被捆绑着。他安排她坐下，在她身前悬挂一道窗帘。再拿出那七根毛，点燃后对着她一熏，于是，恶魔便哭喊着从她头顶消失了，女子也立即恢复了理智，赶忙拿面纱挡住自己的脸，对她的父王说：'这是怎么回事？你为什么把我带到这个地方？'国王语气十分愉悦地回答说：'你没有什么可害怕的。'国王亲吻了这个被嫉妒者的手，并对和他一道前来的朝臣们说：

'这个老人治好了公主,他该得到怎样的奖赏呢?'他们回答说:'他的奖赏该是娶公主为妻。'国王回答说:'你们说得没错。'于是国王便把公主嫁给了他,就这样他便成了皇亲国戚。几年之后国王驾崩了,他便接替他的位子做了国王。

"一天,这个被人嫉妒的国王骑着马和他的军队一同出巡,他看见那个嫉妒他的人向他走来。当这个人来到他的面前后,他安排那人骑上一匹马,给了他很高的荣誉还十分尊敬他,并把他带回皇宫,赏赐他一千枚金币和华美的衣服。之后他送他离开这座城,还派了侍从护送他回到自己家中,没有因为任何事而责备他。

"魔鬼啊,您想一想吧,尽管嫉妒者曾经伤害过他,可这个被嫉妒者还是原谅了他,并且还友善地待他呢。"

魔鬼听完这个故事后,回答道:"多说无益,不用担心我会杀你,也不要贪求我会原谅你。但至于我要用魔法转化你一事,是毫无商量的余地的。"他说完这话,一刀把大地劈成了碎块,带着我飘升到空中。我们飞得如此之高,以至于我看身下的世界就像是一碗水而已。过了一会儿,我们降落在一座山上,他拾起一点尘土,对着那些泥土口中念念有词,说完把土撒到我的身上,说道:"舍弃现今的形态,变成猴子的样子吧!"于是,我变成了一只像是活了一百年的老猴子。

我看见自己变成这副丑陋的模样,想着自己的遭遇便不禁潸然泪下。但我还是决定,即使是面对残酷的命运,也要耐心地忍受,因为我明白厄运总有到头的时候。我从山顶走下去,经过一个月的跋涉,来到了海岸边上。我在那儿站了一会儿,看见大海之中有一艘船,这艘船顺着风向慢慢向岸上靠拢。于是,我在沙滩上的一块礁石后面躲了起来。当船靠近之后,我一跃便跳入船中。但是甲板上的人们看到我之后,其中一人便大喊:"把这只不吉利的畜生赶下船!"有一人回应道:"我们把它杀掉吧。"第三个人叫嚷道:"我要用这把剑杀了它。"然而我抓住剑柄,眼泪从我的双目中流了出来。船长看见我的惨状,对我生出怜悯之心。他对乘客们说:"商人们啊,这只猴子向我求助,我就成全它。从今天起它受到我的保护，因此，希望不要有人排挤或是欺负它。"之后他一直和善地待我，不管他对我说什么我都听得懂，他要求我做的所有事情，我做起来堪比他的一个仆人。

我们顺着风一直航行了五十五天，到了一座大城市之后，抛下船锚停了下来。这个城市之大，简直没人能够估算出它的人口。我们将帆船停好以后，从皇城中来了几个大臣找我们。他们登上船的甲板之后，恭喜商人们能够平安地抵达。他们说："我们的国王向你们问好，他十分高兴你们能够平安地达到。他命我们把这纸卷交给你们，请你们每人在上面写一行字。因为国王有一个宰相，他曾是一名优秀的书法家，现已过世了。国王发过誓，必须找到一个书法和他相当的人，才能任命他继承前宰相的职位。"尽管我是猴子的外形，我还是站起身来从他们手里抢过纸卷。见此情形，因为担心我可能会撕毁它，把它扔进海里，人们大声地斥责我，想要把我杀掉。但我还是向他们示意我想要写字。船长便对他们说："就让它写吧，要是它潦草地损坏了纸卷，我们就把它撵走；但是如果它写得好，我就把它当成我的儿子。因为我从未见过像它这么聪明的猴子。"于是我拿起笔，蘸了点墨，用书信体写下这首诗：

"你高尚的美德已被记录下来，
没有人能够道尽你施与的恩惠。
愿安拉不要夺走像你这么一个人类的先驱，
因为你是每个杰出之人的启迪之父。"

接着我又用更大、更正式的字体写了下面的诗句：

"每一个文人都会与世长辞，
但出自他手的著作将会永垂不朽。
因此，除了那些在复活节使你欢畅的东西，
你什么也不必写下。"

我写了两份样本，用了一大一小彼此不同的字体，再把纸卷交还给大臣。他们将其带回交给国王。国王看了写在上面的字，只有我的笔迹令他满意。他对他的侍从说："去找到这份书法的作者，让他穿上这件衣服，牵一头驴子作为他的坐骑，让乐队在前面开路引他前来。"听到国王的这道命令，他们都笑了起来。国王对他们的举动感到十分生气，骂道："我给你们下了道命令，你们为何要如此取笑我？"他们回答说："陛下啊，我们不是笑您的话，而是因为写下这些字的是一只猴子，并非人类啊。它是和船长一块儿刚刚到这儿来的。"

国王对他们的话感到非常惊讶，既震撼又喜悦，说道："我要买下这只猴子。"接着他带着骡子和华美的衣服，派了许多使者到那艘船上去，并吩咐这些人说："你们必须给它穿上这套衣服，让它骑在驴子背上，把它接到这儿来。"于是他们来到这艘船上，给我穿上那套华服，把我从船长身边带走。人们都觉得无比的惊奇，便成群结队地前来看我，以我为乐。站在国王面前，我跪下亲吻了三次地面，他命令我坐下。于是我便跪坐在地上。在场的人们都对我表现出来的礼貌感到很诧异，尤其是国王。他立即屏退左右，在场的人只剩下国王，一个侍从，一个大臣，还有我自己。之后，国王下令备宴。他们将食物呈上来摆在国王面前，而这些佳肴全都是色、香、味、美俱全。国王示意我一同用膳，于是我站起身来，在他面前亲吻了七次地面，之后才坐着和他一起就餐。餐桌被撤走之后，我洗了洗自己的手，随即拿出笔墨纸砚，写下了几行诗句：

"让我充满食欲的糕点啊，
　我不能忍受生活中缺少了你，
　你便是我的欢乐之源啊。
　你是我每日必需的食物，
　但愿涂上蜂蜜，你更甜润可口。"

写完这些后，我起身走到远处坐了下来。国王看着我写下的诗句，带着惊讶的语气朗诵它。他惊呼:"一只猴子怎么能写出如此流畅、如此优美的字迹啊?这份书法实在称得上佳作中的佳作啊!"然后,国王命人搬来一张下棋的桌子,问我说:"你愿意和我对弈吗?"我的头点了一下表示愿意。接着我走上前来,把棋子摆好。我和他下了两局,都把他打败了。国王十分困惑地叹道:"如果它是一个人,它的棋艺定当领先当代所有人啊。"

接着国王命令他的侍从说:"去找你的女主人,告诉她,这是国王的传召。她到来后,看到这只奇特的猴子,也会觉得十分惊奇的。"于是,那个侍从便领命告退。随后,便和他的女主人,即国王的女儿一同回来了。她一看到我,立即用面纱掩面,说道:"父王呀,你怎么派人把我唤出来让陌生男子观看呢!""我的女儿呀,"国王回答说,"这儿哪有什么陌生男子啊!只有这个年轻的大臣,从小把你带大的侍从,一只猴子,还有我。我是你的父亲,你为什么要把你的脸遮起来?"她回答说:"这只猴子是一个名叫依马儿的国王的儿子。一个叫做哲尔斯基的魔鬼杀了自己的妻子后,又对他施了魔法,把他变成现在这个样子。这个被你误认为一只猴子的人,实际上是一个博学聪慧的人。"国王对他女儿的话感到很吃惊,转向我问道:"她说的关于你的事情都是真的吗?"我点点头认同了她的话,忍不住哭了起来。国王问他的女儿:"你是如何发现他是被施了魔法的呢?""父王呀,"她回答说,"在我小的时候,身边有一位精通魔法的老太婆,她教给我施魔法的技能。我把其中的口诀烂熟于心,并且完全将其理解消化了。我懂得其中一百七十套法门,我可以借助其中几套的威力把您城中的石头移到咔弗山之外,可以把这座城所在的地方变为海底的深渊,可以把城中的居民变为深渊中的鱼儿。""我以安拉的名义恳求你,"她的父王说,"恢复这个年轻人的真身吧,我要命他为我的宰相。你可以用魔法转化,同时又不被我发觉吗?解救他吧,我要任命他为我的宰相,因为他是一个难得的懂礼数又很聪慧的青年。"

她回答说:"我很乐意这么做。"她拿出一把上面刻了许多希伯来人人名的刀,用它在皇宫中央的位置画了一个圈。她在圈中写下几个名字,又画了几道护身符。接着,她开始念咒,说出一些听不懂的话语。过了一会儿,我们周围的宫殿全都笼罩在黑暗之中,以至于我们觉得整个世界都是灰暗的了。瞧啊,魔鬼以最丑陋的身形出现在我们的面前,它的双手似刀叉,两腿似桅杆,两眼像是燃烧着的火炬,所以我们都很怕他。国王的女儿怒吼着:"不受欢迎的东西!"听到这话,魔鬼变成了狮子的样子,回答说:"你这个骗子,你怎么可以背弃你的誓约?我们不是立下誓言说过绝不会彼此对抗吗?""你这卑劣的东西,"她说,"我几时向你发过誓!"魔鬼依旧保持着狮子的形态,听了之后大叫道:"那么你就等着接招吧!"接着便张开自己的大嘴,朝着公主冲了过去。但是她也立即从自己头顶扯下一根头发,然后口中嘟囔了一阵儿。于是,这根头发变成了一把锋利的宝剑,她拿着这把剑刺向狮子。这一剑下去,它便被劈成了两半。然而它的头又变成一只蝎子,公主立即变身成为一条蟒蛇,往前爬行追赶那个可憎的魔鬼。它们之间进行了一场激烈的战斗。之后,蝎子又化为一只老鹰,蟒蛇则化为一只秃鹰一直紧追着老鹰不放。接着魔鬼又把自己变为一只黑猫,国王的女儿却变作一匹狼,它们激烈地打斗了起来,战斗久久未结束。直到黑猫见自己招架不住,便变成一个硕大的红石榴,跌进水池里。但是狼却紧追不舍。大石榴先是升到空中,最后又跌在宫殿中的走道上,摔得粉碎。石榴籽零碎地散开来,散布在宫殿里的各个角落。那匹狼看见这个情形,又变为一只雄鸡,以便把石榴籽啄起来,一颗也不落掉。然而,按照命运的裁决,有一颗石榴籽藏在了喷泉池的边上。雄鸡开始大叫一声,让我们觉得整座宫殿已经塌下来,压在我们身上似的。她在地面上四处奔走找寻,直到看见那粒躲藏在水池旁边的石榴籽。她猛扑过去想要把它啄起来,但是石榴籽滚进了水中,化作一条鱼,潜进了水底。见此,雄鸡便化作一条更大的鱼,跳入水中追逐另一条。只过了一会儿,她便消失在我们的视线里。可是过了一会儿后,我们又听到一声大叫,被这声音吓得瑟瑟发抖。魔鬼火把似的从水底蹿出,从它的口中喷出火来,同时,它的眼睛和耳朵里都蹿着火苗,冒着浓烟。公主随后也变作一个巨大的火球。我们因为担心会被火烧死或者烧伤,都跳进水中躲避。

但是，魔鬼突然从那团火中大叫着出来，向着我们所在的高台冲了过来，把火吹到我们的脸上。然而公主赶上了它，以同样的方式把火吹到它脸上。有一些火花从他俩的互攻中打在我们身上。公主发出的火花不会伤到我们，但是魔鬼发出的一团火花溅到了我的眼睛上，把我的眼睛弄瞎了。它发出的又一团火花打在了国王的脸上，连同胡须和嘴巴，国王整张脸的下半部分都被烧毁了，还把国王的下牙打了出来。有一团火花落在侍从的胸上，他被烧伤，即刻就死掉了。我们想着肯定是死定了，对我们能够留下小命一点儿都不抱希望。当我们正这样想着的时候，国王的女儿已经把魔鬼烧死了，我们望向它之时，看见它已被烧成一堆灰烬。

公主走到我们面前说："给我端碗水来吧。"水端来拿给她之后，她对着那碗水念了一些我们听不懂的咒语，再把水洒到我的身上说："凭着真理的名义，凭着安拉的大名，恢复你原来的样子吧。"于是，除了瞎掉一只眼睛，我恢复了自己最初的模样。完成这件事后，她大叫着："火啊，火啊！父王啊，我活不成啦。因为我命中注定要被它杀死。如果它是一个人，我在第一回合就能把它除掉。在石榴籽散落之前，我战斗得并不吃力。我把它们啄起来，独缺了装着魔鬼性命的那颗。如果之前我把它啄起来吃掉，它也会即刻就死掉。然而我却没有找到它，这是命中注定的啊。它突然冲向我，我和它接连在地上、空中、水里激烈地交战。每次它变换一种新的方式攻击我，我就用一种更有力的方式回击它，直到它用火攻击我。一旦用了火攻，几乎是无人能够幸免的，然而命运帮助了我，所以我才能用火烧死了它。"这样说完之后，她还是没有放弃祷告，以求能减轻烧伤带来的伤痛。看啊，一团火花升到她的胸膛上，再从那里升到她的脸上。她哭了起来，随后我们望向她，看见她已在魔鬼的灰烬旁边，化作另一堆灰烬。

她的死亡，带给我们无尽的伤痛。我宁愿自己替她去死，也胜过看见这个漂亮的尤物在对我做了这样的善行后却最终化为一堆灰烬。国王看见他的女儿落到这番田地，拽了拽他残存的胡须，一边打自己耳光，一边扯身上的衣服。我也效仿他的举动，我们二人都因为她痛哭流涕。过了一会儿，朝中的高官权臣都赶来了，他们发现国王完全失去了理智，又看见在他跟前有两堆灰烬，都很好奇。他们把国王围了起来，给他施救，直到他恢复过来。当国王告诉他们发生在公主和魔鬼身上的事后，他们也因此感到十分悲痛。女人们都失声痛哭尖叫，一起为公主哀悼了七日。此后国王又吩咐在公主那堆灰烬的上方为她建造一个圆顶的高大陵寝，点上灯烛将其照亮。而至于魔鬼的那堆灰烬，国王命他们撒在风中，遗弃那堆骨灰。国王不久后就病了，命悬一线。他病了整整一个月，然而他康复之后便把我召到他的跟前，并对我说："年轻人啊，我和我女儿在一起度过的每一天都是最为快乐的时光，面对命运的无常，我们成功地生存下来。你来了之后，麻烦便找上了我们，真希望我们从来没有见到过你，也没有看过你丑陋的外形。因为你的缘故，我们都落到了这样的境地。首先我失去了女儿，她可抵得上一百个男人啊。其次，那场火战也让我深受其害，我失去了我的牙齿，我的侍从也被烧死了。但是你也无力阻止这些灾难的发生，尽管我的女儿牺牲了自己，但是她得以将你解救，现在，不管怎么说，离开我的城市吧，孩子。因为你的缘故，这一切已经够我们受得了。你就平平安安地离开吧。"

因此我也就离开了他的皇宫。然而，在我离开那座城市之前，我进到一个公共浴室，剃掉了我的胡须。我沿途穿过许多地区，也经过许多城市，一路跋涉到和平之都巴格达城。我期望能够与忠诚的王子会面，那样我就能把发生在我身上的一切告诉给他。

接着第三个乞丐走上前来，讲了关于他的故事：

第三个皇族乞丐的故事

我曾是一国之君。先父曾是国王，他与世长辞之后，我便继承了他的王位。我对待国内的民众既公正又仁慈。那时我酷爱航海，并且我的都城就坐落在一片宽阔海域的岸边上。大海中散布着许多用以抵御和驻守的岛屿，为了消遣，我决心前去看看。因此，我带上足够一个月的粮食，带领一支由十艘船组成的舰队起程了。我在海中航行了二十天后，海面上刮起一阵与我们航向相逆的飓风。但是破晓之后，风便止住了，海面恢复了平静。我们到达一座小岛，在那儿上了岸，煮了一些食物来吃。此后，又在岛上待了两天，才继续我们的航行。又过了二十天，我们发现我们正处于一片奇怪的海域中，就连船长也不知道是怎么回事，便命令探海的人站到桅杆顶端去眺望。探海的人向高处走去，下来之后对船长说："我看见，在我的右手边，有一条鱼浮在海面上。在我们前面的海中，我隐隐约约地看见远处有什么东西，一会儿是黑的，一会儿是白的。"

船长听到探海的人的报告后，把自己的头巾扯下来扔在甲板上，拔掉自己的胡须，对站在他身边的人们说："告诉你们吧，我们都要完了。死亡将会降临到我们身上，没有一个人能够逃脱。"他一边说着一边哭了起来。我们所有人都用同样的方式哀叹我们的命运。我命令他告诉我们大家，探海的人究竟看到了什么。"我的主啊，"他回答说，"自从那场逆向的飓风刮来之后，我们就偏离了我们的航道。第二天早上风平浪静，因此我们在岛上待了两天。那时，我们就偏离我们的航道有二十一天的行程了。如果今日之后没有风，我们明天就会到达黑石山，又叫做磁石山。如今急流猛烈地将我们推向它，我们的船会被肢解成一块儿一块儿的，船上的钉子也都会飞到山上去，与山体紧紧粘在一起。因为磁石山有一种特殊的性能，凭着这种特性，每一件由铁打造的东西都会被吸引着飞向它。那座山上到底吸有多少铁，谁也不知道。因为从古时候开始就有无数的船只因为那座山的影响而被摧毁。在山顶有一座黄铜做的圆顶塔，由十根柱子支撑着。在顶塔上有一个黄铜造的骑士骑在一匹铜马上。他的手上拿着黄铜制造的长矛，胸前挂着一块铅做的小牌，上面雕刻着神秘的名字还有几道护身符。陛下啊，只要那个骑士还坐在那匹马的背上，每一个靠近它的船只就会被摧毁。船上的每个人，还有船体上的所有钢铁都会被吸到大山上去。在骑士从马背上跌落之前，任何人休想逃过此劫。"说完船长又悲痛地哭了起来，我们也确信我们是难逃一死了，我们每一个人都纷纷与自己的朋友作别。

第二天早上，我们离那座山更近了。急流猛烈地把我们推向它。当船只快要接近它的时候，船只全部都解体了。所有的钉子，以及其他每一件由铁制成的东西，都飞离船体径直往磁石山奔去。船分崩瓦解的时候正是落日时分，我们中大多数的人都被淹死了，只有一小部分逃脱了。那些脱险的人彼此不知道他人的去向，因为他们在狂风巨浪的夹击中早已被吓得失去理智了。我的女主人啊，至于我自己，我趴在一块木板上，被风浪拍打着向磁石山靠拢。我上岸后，找到了一条凿成梯级可通往山顶的小路。于是我激动地祷告了一番，开始试着往上爬。这时，风停息了，我也能够更稳地攀爬。最终，我顺利地到达了山顶，因为自己能够逃脱一死而感到无比的喜悦。我立即走进圆顶的塔中。此后，我便在圆顶塔下睡着了。朦胧中，我听到一个声音对我说："海绥卜的儿子啊，当你醒过来之后，掘开你脚下的土地，你会找到一张黄铜做的弓和三支铅做的箭头，上面雕刻着护身符。之后你拿着弓箭射向顶塔上面的骑士，把人类从这场大灾中解救出来吧。因为当你射向骑士之后，他便会落入海中。弓箭也会跟着落下来，你把弓箭埋在它原来的地方。你做好这些后，海水会立即涨起来，直到淹没山顶才会作罢。那时海面上会出现一艘小船，小船是由另一个铜人掌舵，他会手握一支船桨，来到你跟前。此后，你务必要跟着他离开。十天之后，他会把你带到一片安全的海域。你到了那儿之后，可以找到一个能够带你回城的人，只要你不念出安拉的大名，这一切都能够顺利完成。"

我从睡梦中醒来后，猛地跳了起来，按照梦中听到的指示去做。我拿箭射向骑士，他便跌入了海里。弓箭随即也从我的手中滑落下来，我把它埋了起来。紧接着，海面开始波涛汹涌，海水涨上来慢慢向山顶逼近。我站在山顶等了一小会儿，便看见大海之中有一条船慢慢向我靠近。当船来到我身边后，我看见船上有一个铜人，他的胸前也挂着一块铅牌，上面刻了一些名字，还有几道护身符。我默不作声，静静地走上船。那个铜人划着船带我向前航行，接连走了十天之后，我看见前方有一群安全的小岛，因此我高兴过了头，大喊道："凭借着安拉的名义啊！安拉是唯一的主宰！"我一喊出这话，铜人便把我扔下船，我落入了海中。

幸好我会游泳。我在海中一直挣扎到傍晚，我的双臂和两肩都十分乏力了。在这样危险的处境中，我仍旧一遍遍宣告着我对安拉的信仰。我在海中迷失了方向，最终放弃了求生的希望。然而一阵飓风把海水刮了起来，掀起一道堡垒似的巨浪，把我推到了陆地上。我登上海岸，把衣服上的水拧掉，再把它摊开放在地面上晾干，之后倒下入睡了。天亮之后，我穿上自己的衣服，四处查看该走哪条路。我发现树林的背后有一片宽阔的土地，便走上前去。绕着它走了一圈之后，我才发现自己处在大海中央的一个小岛上。见此我在心中叹道："每次我一逃脱一场灾难，便又会跌到更严重的灾难中去。"然而，当我正想着我不幸的遭遇，一心求死之时，我看见一艘载了人的船只。我立即站起身来，爬到一棵树上。瞧！船只抵达了岸边，从船上走下来十个扛着锄头的黑奴。他们走到小岛中央，用锄头挖土，地面上露出一扇活板门，他们把它抬了起来。此后他们回到船上，从里面抬出面包、面粉、澄清的黄油、蜂蜜、羊肉和其他生活起居所必需的东西。他们来来回回奔走于船只和活板门之间，从船中搬出货物，再把它们抬进活板门里面。他们一直忙碌到把船中贮藏的物件全都搬完。最后一次，他们拿着许多漂亮衣服从船里面走出来，簇拥着一位老人。这个老人已是风烛残年，一个少年搀着他的手。这个少年身材匀称、模样俊朗，值得称颂。他就像清新纤长的枝丫，而他优雅的外形足以捕获每个人的芳心。这群人都走到活板门前，向门内走了进去，消失在我的眼前。

他们在下面待了两个小时，或者更长的时间。之后，老人和奴隶们都从里面走了出来，只是不见那个少年。他们把泥土掩盖回去，登上船扬帆而去。过了一会儿，我便从树上下来，走向他们挖掘的地方。我移开表面的泥土，走进地窖中，看到一道木质的阶梯，便由此走了下去。我发现地窖的底端竟是一间漂亮的居室，里面铺设着各种各样丝绸做的地毯，那个少年坐在一张高脚椅上，他的前面摆着芬芳的花朵和香甜的水果。他一见到我，脸色就变得苍白。我给他行了个见面礼，说："你不必惊慌，我的主人哟，你没有什么可害怕的。看到你我太高兴了！因为我是人类，和你一样我也是一个王子。命运驱使我来到你的身边，要我陪伴你打消你的寂寞。"少年听到我对他说这番话后,便相信我是他的同类。对于我的到来,表现出无比的喜悦。他恢复了气色,要我走近他。他说:"哥哥啊,我的故事奇怪着呢。我的父亲是一个珠宝商人,他有许多仆人替他前往国外经营生意。他和许多国王都有交情。然而他却没能生出一个儿子。一天,他梦见自己将要生一个短命的儿子,醒来之后无比的悲伤。不过自那之后,我的母亲怀上了我,她把我生了下来,我的父亲欣喜若狂。然而星相家走到他跟前对他说:'你的儿子只能活十五年,是这样的事实会导致他的死亡:大海之中,有一座叫做磁石山的大山,山上有一个黄铜造的骑士骑在一匹铜马上面。骑士的脖子上挂着一块铅牌,骑士若是从他的马上跌落下来,你的儿子也将被杀害,杀他那人正是把骑士从马背上推下的人,他的名字叫做阿及补,国王海绥卜的儿子。'他的这番话让我的父亲倍感忧虑。他把我养到快十五岁的时候,那个星相家又来了,告诉他说,那个铜制的骑士已经跌落进大海之中,正是阿及补王,国王海绥卜的儿子将他推下的。听了这话,他便为我备了这间居室,把我留在这儿等到这段危险时期过去。我在这儿还需要待上十天。他这么做全是因为担心我会被阿及补王杀害。"

我听了这话,满是惊愕。心中暗自想:我是阿及补王,国王海绥卜的儿子,就是把骑士射倒的人。但是以安拉起誓,我绝不会杀他,也不会伤他一根毫毛。之后我对少年说:"你是绝不会被伤到或者被杀死的。你没有什么可担心的。我会留在这儿服侍你,之后还要随你一起去见你的父亲,恳求他把我送回我的国家,这样的话,他还会得到一份奖赏呢。"少年听了我的话十分高兴,我陪他坐着一直交谈到天黑。我给他铺好床,再把被子给他盖上,最后躺在他的身边睡下。天亮之后,我给他端来水,他洗完脸后对我说:"如果我能躲过阿及补王的杀害,我定要让我的父亲重重谢你。"我回答说:"未来的日子绝不会给你带来灾难。"之后我把一些茶点端来摆在他面前,和他一起吃喝。在无比欢乐的氛围中,我们聊了一整天。

我一直服侍了他九天,到了第十天的时候,少年发现自己还活着,因而感到很高兴,然后对我说:"哥哥啊,我希望你能够好心地为我烧些热水,以便我能够洗洗澡,换身衣服。为了躲避死亡,我身上都有阵阵臭味了。多亏了你的帮助。""我很乐意帮你。"我回答说,说完便起身去烧热水。之后,他走进一个我看不见的地方,在那儿洗了澡,换了衣服。洗完澡之后便躺到高脚椅上休息。接着他又对我说:"哥哥啊,你切一个西瓜,在西瓜汁里加些糖拿来给我吃吧。"于是我站起身来,挑了个西瓜把它搬来摆在盘子上,然后问他说:"我的主人啊,你知道刀放在哪儿吗?""看啊,在这儿呢,"他回答说,"在我头顶的架子上。"我赶忙跑过去,把刀从刀鞘中拔了出来。当我正要往回走的时候,我的脚底一滑,我倒在了少年的身上,握在我手里的刀刺进了他的身体,他瞬间就殒命了。当我发现他死了,并且还是我将他杀死的时候,我发出一阵刺耳的哀号。我打自己的耳光,扯自己的衣服,叹道:"这真是一场灾难啊,惨重的灾难啊!我宁可死在他的前头。我要多久才能摆脱一个接一个的灾难啊!"

我一边回想着这些经历一边走上了阶梯。我把活板门放了回去,回到自己最初待的地方。我向下眺望,看见之前到过这儿的那艘船快速行进破浪而来。见此,我在心里想到,现在这些人从船里走出来,发现少年被杀死了,也必定会把我杀害。于是,我爬上一棵树,躲藏在枝叶中。我一直坐在树上,直到船抵达岸边抛锚停泊下来。奴隶们和那个老人——少年的父亲一起登陆,去到那个地方,刨开地面上的泥土。他们惊讶地发现泥土还是潮湿的,他们走下阶梯后,发现少年仰卧在床上。尽管已经死了,他俊美的脸蛋儿还是显得熠熠生辉。他穿着一身白净的衣服,杀死他的那把刀还留在他的体内。看到这一情景,人们都哭了起来。他的老父亲气得晕倒过去,久久不醒,以至于奴隶们都以为他被活活气死了。然而,最终他还是醒了过来,和奴隶们一起走出地窖。老人用自己的衣服把少年的尸体裹了起来,接着他们把所有留在地下居所里的东西搬回船上后便离开了。

我留在那儿,白天躲在树上,晚上在岛上空旷的地方晃荡。就这样我在岛上待了两个月的时间。我察觉到在小岛的西面,潮水每日都会退去一点儿。直到三个月后,海底的陆地显露出来了。眼见这种情景,我喜不自胜，相信现在能够逃出去了。我穿过这片陆地，来到了一片广阔的沙漠。于是，我鼓起勇气，越过了沙漠地带。之后，我看见远方闪着火光，便朝着火光走去，发现原来那是一座宫殿。它的外表由铜制的板材构成，这些铜板会反射阳光，所以从远处看起来就像火光一样。我慢慢走近它，眼前的美景在我脑海中回旋。一个老人带着十个瞎了一只眼睛的青年走到我跟前。我看到他们的样子感到格外吃惊。他们一见到我，便对我行了礼，询问我身上有什么故事。我把我的故事从头到尾讲给他们听后，他们也都十分惊奇。然后，他们带领我走进宫殿。我看见里面有十张长凳，每张长凳上面都有一床蓝色的床褥。那些青年各自坐在自己的床榻上，而老人则坐在一张小床上面。他们坐定后对我说："年轻人啊，对于我们的情况不要提出任何质疑，也不要询问我们瞎了一只眼的原因。"接着老人起身，给他们每一个人都拿了一点食物，也给了我同样的一份。接着，他给我们所有人都端来些酒。我们吃了饭，又一起坐着喝酒，一直喝到该睡觉的时候。青年们对老人说："把我们每日的补给拿给我们吧。"听了这话，老人起身走进一间小屋里，把十个盖住了的盘子顶在头上从小屋里拿出来。他把这些盘子都放在地板上，再点燃十支蜡烛，每个盘中各插一支。完成这些工序后，他把遮住盘子的东西拿开，盘中的沙土、炭渣随即呈现出来。青年们把他们的袖子卷到肘部之上，抓起泥土把自己的脸涂黑，打自己的巴掌。他们哀叹道："我们过去的日子悠然自得，我们一时的好奇之心让我们的好日子一去不返啊！"他们一直这样闹到天亮，老人给他们端来一些热水，他们洗了脸之后，穿上了衣服。

我看到他们这样的行为，困惑不解。我心中十分郁结，以至于我暂时忘了自身的不幸。我询问他们是什么原因导致他们做出如此奇怪的举动，他们望向我说："年轻人啊，不要询问与你不相关的事，保持缄默就好，因为保持缄默才能让你避免犯错。"我和他们在一起待了整整一个月的时间，在这期间，他们每天晚上都会做同样的事情。最终，我忍不住对他们说："我恳求你们，打消我心中的疑虑吧。告诉我你们为何会这样做，又为何大声叫嚷：'我们过去的日子悠然自得，我们一时的好奇之心让我们的好日子一去不返啊！'如果你们不告诉我，我就离开你们，走我自己的路了。因为有一句谚语是这样说的：'眼不见，则心不烦。'"听到这番话，他们回答说："我们不把这件事告诉你，是为你考虑，以免你变得和我们一样，让发生在我们身上的灾难也发生在你的身上。"我答道："无论如何，你们必须清楚地把这事说给我听。""我们给过你好的建议，"他们回答说，"你怎么就不肯听从呢？不要询问我们关于我们的情况，否则你也会和我们一样，瞎掉自己的眼睛。"然而我依旧坚持我的请求。于是他们说道："年轻人啊，如果灾难降临到你的身上，你要知道，我们的团体再也不能容纳你了。"接着他们全都站起身来，牵来一只绵羊，宰了它之后又扒了它的皮。他们对我说："把这把刀拿在手上，把绵羊的皮囊套在你身上，我们会把你缝在里面，然后走掉。这样的话一种唤作神鹰的大鸟便会前来抓你，用它的爪子把你抓起来，再带着你一起飞走，把你带到一座大山上。之后你用这把刀割开羊皮，从里面出来。神鹰见到你便会落荒而逃。它一飞走，你就要立即起身。走上半天的路程，你的面前会出现一座华丽的宫殿。宫殿四周嵌有纯金，布置了诸如绿宝石、红宝石等各种各样的宝石。如果你走进其中，你的情况就会和我们相同了。因为踏入那座宫殿，便是我们瞎掉一只眼睛的根源。如果我们中的任何一个人想要告诉你发生在他身上的遭遇，那么你听起来就会觉得十分冗长。"

之后，他们把我缝在羊皮里面，然后走回到他们的宫殿。不久之后，一只身形庞大的白色神鹰飞了过来。它瞧见了我，便把我抓着飞走了，将我带到一座山上。于是，我把羊皮割开，从里面走出来。那只神鹰一见到我，便吓得立即飞走了。我赶忙站起身来，朝着宫殿的方向前行。我发现这座城堡与青年们对我描述的一样。我进到里面后，看见大厅里有五十个盛装打扮，像月牙儿一样迷人的年轻女子。她们一见到我，便兴奋地喊道："欢迎！欢迎！我们的主人啊！我们期盼了你整整一个月。赞美安拉，感谢他赐给我们一个配得上我们的人。我们对他而言同样也是相称的。"她们说这番话问候了我之后，安排我坐在一张床上。又说道："从今往后你就是我们的主人，我们的王子了。我们都是你的侍女，完全听从你的吩咐。"随后她们为我端来一些点心。我吃饱喝足之后，她们便坐下来开心地与我畅谈。那些女子是如此可爱，天黑了之后，她们都聚过来把我围住，在我面前摆了一张桌子。桌子上摆着许多的新鲜水果和各式干果以及美酒，与一些我说不出名字的佳肴。其中一人开始欢畅，另有一人抚弄鲁特琴为她伴奏。酒杯在我们之间传递，我喜不自胜，到了一种忘掉尘世间俗事的境地。凭着我的喜悦之情我大喊道："这实在是令人愉悦的一天啊！"享受着这种我从未体验过的乐趣，我度过了一夜。次日，我走进浴室，洗完澡之后，她们给我送来一套最为昂贵的衣服，我们又一次坐下来一同就餐。

照这种方式，我和她们生活了整整一年。然而新年的第一天到来的时候，她们围坐在我的身边开始垂泪，依依不舍地抓住我的衣衫和我告别。"你们是遇到什么灾难了吗？"我问道。"你伤了我们的心，"她们回答说，"我们宁愿从不认识你，因为，虽然我们和许多男人都有过关系，但是从未遇到一个和你一样的。因此，愿安拉不要把你从我们身边夺走。"说完，她们再度落泪。我对她们说："我希望你们能够告诉我，你们如此伤心落泪的原因是什么？"她们回答说："你就是原因啊，但是现在，如果你按照我们叮嘱你的那样去做，我们永远都不会分开。如果你不听从我们的叮嘱，我们不如现在就分开算了。我们心里还是很怀疑你，认为你不会留心我们给你的警告。""告诉我吧，"我说，"我会按照你们的指示去做。"她们回答说："接下来若是你想询问关于我们的故事，那么你该知道，我们都是国王的女儿。我们聚集在这儿已是一个坚持多年的习惯，每一年我们都要离开四十天，之后便回来，让自己纵情于一整年的欢宴和饮酒作乐之中。这是我们的惯例，现在我们担心，当我们不在你身边的时候，你会漠视我们给你的指示。我们会把这座宫殿的钥匙都交给你，一共有一百把，可以开启一百扇门。除了那扇用纯金打造的门，你可以打开任意一扇，在里面玩乐、吃喝、颐养精神。如果你打开了这扇金门，那么后果便是你和我们自此再无法相见。因此，我们恳求你遵照我们的指示吧，在这期间要有耐心。"听了这话，我向她们发誓说绝不会去开启她们提到的那扇门。她们离开了宫殿，走前还不时敦促我要信守自己的诺言。

　　我独自一人留在宫殿中,傍晚的时候,我打开第一扇门走了进去。发现这里俨然是一座人间天堂,花园里的绿树上挂满了硕果,鸟儿在枝头欢歌笑语,潺潺的清泉流入其间。这样的场景让我感到无比舒畅。我漫步在树丛中,闻着花朵的芳香,倾听鸟儿们的歌唱,它们仿佛在歌颂着万能的安拉。我看见红绿相间的苹果像是心爱之人脸颊上的一团绯红,又像是爱人惊恐、不知所措的苍白面容。榅桲散发出一种香味,闻起来与麝香和龙涎香没什么差别。熟透的李子看起来和红宝石一样夺目。我从这个地方走出来,把门锁上,打开了下一扇。我看见里面是一块宽阔的土地,上面种着许多棕榈树。树丛间流淌着一条河流,小河两岸开满了玫瑰、茉莉、墨角兰、野蔷薇、水仙,还有紫罗兰。微风拂过,各种花香飘散到各个角落,闻起来令人欢欣鼓舞。我退出来把这第二扇门也锁上,打开了第三扇。这里面是一间宽敞的大厅,地面铺着各色大理石,四壁装饰着昂贵的玉石,还有珍稀的宝石。大厅里面有许多由檀香木和沉香木打造的鸟笼,笼子里面关着叽叽喳喳鸣叫的鸟儿。还有一些鸟儿,则站在这儿的树枝上。我无比的陶醉,所有的烦恼都消失了,在这里面睡了一夜。之后我打开第四扇门,发现里面是一幢高大的建筑,内有十四个敞开门的小房间。我走到这些房间里面,看见有珍珠、红宝石、黄橄榄石、绿宝石,以及许多我叫不出名字的珍奇珠宝。我见到这些珠宝惊叹不已,赞道:"像这样的宝贝,我猜想,任何国王的宝库里也找不到和这一样好的啊!我是当今的国王了,所有的这些珍宝都是我的了,还有五十个对我千依百顺的如花美眷,全都专属于我一人。"

　　就这样,我走进一个又一个的房间,在里面轻松玩乐。三十九天过去了,我已经把除了她们不允许我打开的那扇门之外的所有大门都打开过了。我的内心因为对第一百扇大门的好奇而久久不得平复。恶魔为了使我陷入痛苦,便蛊惑我去打开它。尽管到我们约定的期限只剩下一天的时间,可我没有足够的忍耐力去克制自己。于是我走到那个房间门口,打开了大门。我走进去之后,闻到一阵我之前从未闻过的香味。香味让人如此迷醉以至于把我熏得晕倒了。我昏迷了一会儿，最终还是醒了过来。我壮起胆子往前走去，发现地上撒满了番红花，这个地方被金质灯和烛光照得灯火辉煌，还散发出混着麝香和龙涎香的阵阵芳香。只见两个大香水壶里装满了麝香和龙涎香木，混着蜂蜜的香味，馨香气味弥漫了整个房间。我还看见一匹黑马，它的体毛犹如黑夜般浓黑。它的跟前放着一个白色的水晶马槽，里面装满了被清洗过的芝麻。旁边还摆放着另一个和这相似的马槽，里面装着浸泡过麝香的玫瑰水。黑马的脖子上套了缰绳，背上装了马鞍，它的马鞍是用纯金打造的。我一见到这匹马儿便心生疑惑，暗自想到："这匹马儿一定是卓尔不群的。"在恶魔的蛊惑下，我把它牵出去，骑在它的背上。但是它却站在原地不肯迈步，我用我的脚后跟踢它，它也一动不动。于是，我拿出鞭子，用马鞭抽它。马鞭一打在它的身上，它就发出雷鸣般的吼声。它展开一双翅膀，驮着我穿过云层，飞到广阔的高空中，之后又降落在另一座宫殿的屋顶上。在那儿它把我从它背上甩下来。当我跌坐在屋顶上之后，它的尾巴又重重地打在我的脸上，把我的一只眼珠打了出来。之后，便弃我而去了。

我落得这样的下场后，便从屋顶上爬下来。在下面我看到了之前的那十个瞎了一只眼睛的青年人。他们一看到我的样子，便大声说道："我们不欢迎你！""接纳我吧，"我恳求道，"让我陪伴你们吧！"但是他们回答说："以安拉起誓，你绝不能和我们待在一起。"于是，我心中满是哀伤，流着泪离开了他们。此后，我平安地到达这里。我把我的胡子剃光之后，来到巴格达，成了一个乞丐。

房屋的女主人又望向哈里发、张尔藩和迈斯努尔，对他们说："把你们的故事讲给我听吧。"听了这话，张尔藩走到她的面前，把他们进门之前讲给看门女子听的那个故事又同样地讲给女主人听。她听完之后，把他们全都放了。他们一一告辞离开，走出宅子来到大街上。哈里发询问乞丐们意欲往何处去，他们回答说没有什么地方可去。于是哈里发便让乞丐们随他们几个走。接着，对张尔藩说："把他们带回你家里，明天带他们来见我，看看我如何裁决吧。"因此，张尔藩便按照他的吩咐把他们领回了家。哈里发也回到自己的宫中，然而一直到天亮之前他都辗转反侧无法入睡。

第二天早上，他坐上自己的宝座，他的朝臣们都站在他面前。他遣退百官，只留下张尔藩一人。哈里发对他说："把那三个女人，两条黑狗，还有乞丐们都给我带来。"于是张尔藩起身，把他们都带了进来。让女人们安坐在幕帘之后，对她们说道："不知者无罪。鉴于你们之前和善地待我们，我们便宽恕你们了。现在我告诉你们，此时你们正坐在阿巴斯的第五代子孙何鲁纳·拉施德的面前。因此，不要对他撒谎，把真相都告诉他。"当这些女人听到张尔藩对她们提到了哈里发后，她们中年龄最大的那个走上前来，讲述了这样的故事：

第一个巴格达女人的故事

信徒们的君主啊，我的故事是十分离奇的。因为这两条黑狗是我同父异母的姐姐。父亲死后，留给我们五千枚金币。我的这两个姐姐都已婚配，她们和丈夫生活了一段时间之后，各给了自己丈夫一千枚金币，两个姐夫备了一些存货，之后便带着姐姐们一起外出经商，把我一个人留在这儿。然而，他们离家四年之后，我的两个姐夫花光了他们所有的财产，把姐姐们抛弃在他乡，我的两个姐姐只得衣衫褴褛地回来找我。当我第一眼见到她们的落魄模样，竟没有认出她们。我一认出是她们，立刻叫了起来："你们怎么落到这步田地？""我的妹妹啊，"她们回答道，"你现在问什么都是于事无补的，一切都已成定局了。"于是，我带她们去洗了澡，给她们换上新衣服，并对她们说："姐姐们呀，你们是长，我为幼。因此，对我而言你们便是一家之长。幸得安拉的庇佑，我分得的那份遗产现在反而增加了。因为我的生意兴隆，利润丰厚。我们大家也继续按照此种方式经营吧。"我待姐姐们极好，她们和我在一起待了整整一年，靠着我分给她们的钱财也变得富裕了。然而，过了这段时期之后，她们对我说："我们两人更适合再婚，我们已经没办法打消想结婚的念头了。"我回答说："姐姐们啊，你们之前的婚姻过得并不快乐：这年头一个好的丈夫实在太难找啦。况且你们已经体验过婚姻是什么滋味了。"然而，她们对我的话并不上心，没有取得我的赞成又再次结婚了。尽管如此，我还是拿出自己的部分财产给她们作为嫁妆，继续关照她们。她们去到夫家，和丈夫们一起生活没多久，他们的丈夫便骗取了她们所有的财产，抛弃她们外出旅行了。姐姐们又变得一无所有。于是她们只得再次一穷二白地回到我身边，恳请我的原谅。她们说道："别生我们的气，尽管你比我们年纪小，你却更加成熟。我们向你保证再也不提要结婚的话了。"我回答说："姐姐们，欢迎你们回家。因为除了你们，我没有更亲近的人了。"我接纳了她们，还是十分和善地对待她们。我们又在一起快乐地生活了一年。

　　此后，我备好一艘货船准备航行到外地去经营生意。于是，我把大量商品以及一些必需的食物装进一艘大船里面。我问我的姐姐们说："你们是留在家中等我航海归来，还是和我一同出行？"听了这话她们回答说："我们要陪伴你一同航行，因为我们不能忍受与你分离。"于是，我带上她们一起出发了。但是在此之前，我把我的财产平分成两部分，一半带在身上，另一半藏了起来。我在心中暗自想到："也许会有什么灾难降临到这艘船上，如果我们能够死里逃生，当我们回到家中，便可把这部分财产找出来，为我们所用。"我们日夜兼程地往前行进，最终我们的船偏离了航道，连船长也不知道该往何处驶去。我们的船未能到达我们想要经过的地方，而是驶进了一片不同的海域，我们一时也不知道自己置身何处。不过我们倒也一帆风顺地航行了十日。此后，我们看见一座城市的轮廓在前方若隐若现。我们询问船长是否知道这座城市的名字，船长回答说："我不知道，我之前并没有见过这座城，我一生之中也是第一次航行于这片海域。既然我们安全地到了这儿，你也无事可做，不如就进到城里，把你的货物卸下来，如果有合适的机会，就在这儿交易商品。如果不合适，我们就在这儿休息两日，采办些新鲜的食物。"于是，我们驶进了那座城市的港口，船长上了岸，过了一会儿又回到我们身边，说："快来，快上岸进城去看看。你们会惊讶地看到这座城中居民受的惩罚，我们快祈祷这不幸不要烧到我们身上吧。"我们进到城里之后，发现城中的居民全都化为黑石。我们被眼前的景象吓了一跳，当我们穿过集市的时候，发现商品，还有真金白银都待在最初的地方，没有人动过。我们心中大喜，说道："这种境况一定是由于一些离奇的事件导致的。"随即我们分散开来，每个人都被店铺中的财富和物品所吸引，走进不同的街道，脱离了同伴。

我一直往上走，走到一座城堡跟前，发现那是一处让人叹为观止的建筑。接着，我便走进了皇宫，看见所有金银制造的容器都没有被人动过。国王被内臣、总督和宰相簇拥着坐在人群之中，穿着一身无比华贵的锦衣，看了令人赞叹不绝。我慢慢地走近他，看见他坐着的宝座上镶嵌了珍珠和宝石，每一粒珍珠都像星星般闪烁。他的衣服上还有用金线做的刺绣。他的四周站着五十个壮士，每个人身上都穿着丝绸做的衣服，款式不尽相同。壮士的手中都握着拔出的剑。看着这样的场面，我惊得目瞪口呆。我继续往前走，走进了一间女人居住的寝宫。房间的四壁都垂着丝质的帘子，我在这儿见到了王后。她的衣服上缀了些许淡水珍珠，她的头上戴着一顶镶满了各式珠宝的王冠，脖子上的项链也是由各种奇珍异宝制成。她所有的衣饰都保持着最初的样子，尽管王后本人已化作了黑石。在这儿，我还发现一扇开着的门。我慢慢地往里走，看见有一个七步的台阶。我顺着台阶往上爬，走到一间铺满大理石的寓所。地面上铺了绣金的地毯，还摆放着一张雪花石膏制的杜松床，上面依旧装饰着珍珠和宝石，杜松床上铺着用不同丝绸织成的毯子。但是我的眼睛先是被一线微光所吸引。我走到微光发出的地方，发现原来是一颗闪耀的宝石，竟有鸵鸟蛋那么大。这颗宝石被摆放在一张小椅上，发出犹如烛光一般的光亮。这样奢华的场景，每一个看到的人都不得不称奇，我带着惊讶打量着它们。在这间寓所里，我同样地还发现了一些点着的蜡烛，便想着一定是有什么人到这儿来把它们点亮。于是，我便走到了宫殿的其他地方，继续搜寻其他的寓所。看着这些奇怪的事物，我的脑子里满是惊奇，几乎把自己的事情都给忘记了。我沉浸在思索中，直到夜幕来临。我想要离去，但是不知道该走哪扇门。于是我回到点着蜡烛的那个地方。到了那儿后，我便躺在杜松床上，把被子拿来盖在自己身上。我念诵了一些《古兰经》中的话，试着让自己睡着，然而却辗转难眠。我一直焦躁不安，半夜的时候，我听到一阵背诵《古兰经》的声音，声音柔和悦耳。我听到之后便从床上爬起来，四处找寻，看到一间开着门的小屋。我走进屋里，发现原来是间圣堂：里面摆满了燃着的蜡烛，地板上铺着一张跪着或坐着祷告时用的毯子，上面坐着一个面容英俊的年轻男子。他竟然逃脱了和城中其他居民一样的灾难命运！我带着这份疑惑跟他打了个招呼，他睁开眼睛，也问候了我。之后我便对他说："我见你正在读圣书，因此我请求你回答我接下来要向你提的问题。"听到这话他笑了，回答说："如果你能先告诉我你闯进这座宫殿的原因，我便回答你提出的问题。"于是我告诉了他我的故事，并询问他这座城市究竟发生了什么事。他顿了一会儿，将《古兰经》合上，把这本经书放进一个绸缎做的袋子里，再让我坐到他的身边。此时我望着他，他的面容就像一轮满月，他的整个身子展露出完美的高雅与魅力。看着他，我的眼睛便开始流连忘返，我的心中燃起爱情的火焰。我再次请求他给我讲讲这座城的故事。他回答说："我听明白了，遵命便是。"他给我讲了这样的故事：

"你要知道，这座城是属于我的父亲、我的家族，还有国民大众的。他是城中的国王，你曾见过他，他已化作石头了。你见过的那个王后便是我的母亲。国民们都是袄教信徒，他们膜拜火，而不是万能的安拉。他们信奉火、光、影、热和行星的轨道。我的父亲早年没有子嗣，到了垂暮之年才有了我。他用心栽培我，直到我长大成人。然而，令我无比喜悦的是，我们家族中有一位老婆婆，她已经非常年迈了，是个穆斯林。尽管她外表装作和我们家族人信奉的一样，但她心中真切地信仰着安拉和他的使者。我的父王信任她，因为他发现她忠诚又很谦虚，并且对她十分喜欢，坚定地以为她和他有着一样的信仰。因此，当我长到幼年之后，父王便把我交给她照顾，并对她说：'你带他去，按照我们信仰中的法令指导他，用最好的方式教育和照顾他。'按照父王的盼咐，老婆婆接受了我，然而却悄悄地教导我信奉伊斯兰教。她教会我如何净化自己的内心，斋戒沐浴的神圣法令，以及祷告的形式。此后，她又让我记下了整本《古兰经》的内容。之后，她又命令我不准把自己的信仰告诉给父王，以免他把我杀害，我便按照她所说的去做。几天之后，老婆婆便死了。那时，城中的居民变得对安拉更加不信仰也越来越嚣张，他们对真理熟视无睹。当他们到了这个地步的时候，听到一阵雷鸣似的吼声，声音大得无论远近都听得清清楚楚。那声音宣告说：'城中的人们，不要再膜拜火，膜拜万能的安拉吧！'人们都张皇失措，聚集到我父王的面前，问我父王说：'这阵听了让我们万分恐惧的警示声到底是怎么回事？'他回答他们说：'不要让这声音吓到你们，也不要让它改变你们的信仰。'他们听从了他的话，继续膜拜火，顽固地不信奉安拉。就这样又过了一年。到了去年，他们第二次听到了那个声音。到了今年，他们又第三次听到了。然而他们依旧坚持自己邪恶的道路，情况越来越糟。一天早晨，天刚刚破晓，城里的居民，连同他们的牲畜和所有的牛都被转化成了黑石。除了我，城里的居民没有一个人幸免于难。自从灾难发生的那天起，我便像你所见到的那样做祷告、斋戒，读《古兰经》。但是我已经厌倦了独身一人，没有一人来与我做伴，让我振作。"

听了他的话后，我便对他说："你愿意和我一起到巴格达去吗？去拜访学识渊博的人，还有大律师们，以此来增长你的学识。如果愿意的话，我愿做你的侍女，尽管我是家中的女主人，权力还要大于当家的男人。命运之神让我这条载满货物的船来到这里，就是为了要让我们了解到这些事件。我们的相遇是注定的。"我按照这样的方式耐心地劝说他，直到他同意。我躺在他脚边睡了一夜，高兴地不敢相信我自己所遇到的美事。天亮之后，我们起身，一同走进国库中，带走了许多轻便的宝物，还有他们收藏的许多最贵重的物品，再从城堡的阶梯上走下去，来到京城内。我们遇到了正前来寻找我的船长和家仆们。他们见到我十分的喜悦，询问我到底去了哪里。我把我见到的一切都告诉他们，又给他们讲了这个年轻男子的故事，城中居民转化的原因，以及发生在他们身上的一切。他们听后无比的惊讶。然而我的姐姐们见我和这个年轻男子在一起，便对我心生妒忌，暗中谋划着要害我。

我们再次起航。我经历了最大的快乐,主要是因为我有了年轻男子的陪伴。我的姐姐们与我和年轻男子一块儿坐着,她们和我交谈:"妹妹啊,你打算跟这位英俊的青年做什么呢?"我回答说:"我想让他做我的丈夫。"接着,我转向他,向他慢慢靠近,说道:"我的主人啊,我想要和你成婚,希望你不会反对。"他回答说:"听明白了,遵命便是。"接着,我望向姐姐们,对她们说:"这个年轻男子是我唯一想要的,这儿的所有财富都归你们了。""你的决定太好啦。"她们回答说。然而她们依旧想要害我。我们一路顺着风向前航行,驶出危险的海域,来到了安全的地方。航行了几日之后,慢慢地向巴士拉靠拢。黄昏时分,城市的轮廓在我们眼前若隐若现。然而,我们一入睡,我的两个姐姐便把我和年轻男子一并从床上抬起来,把我们扔进了海里。年轻男子不会游泳,因而被淹死了,而我则命不该绝。当我醒来发现自己在海里时,天意让我得到了一块木板。我趴在木板之上,海浪把我打到了一座小岛的海岸边。

那个晚上剩余的所有时间,我都在小岛上四处摸索。天亮之后,我找到了一条通往陆地的狭窄地峡,上面还留着人的脚印。此时,太阳已经升起来了,靠着阳光我晒干了自己的衣服,接着开始沿着我发现的那条道路往前走。一直走到快要靠近城市岸边的时候,我看见一条蛇向我奔来,它的后面跟着一条一直努力想要攻击它的毒蛇。由于过度的劳累,前面的那条蛇伸出舌头耷拉在嘴巴外。我见了这幅情景,对它心生怜悯。于是捡起一块石头砸在毒蛇的脑袋上,毒蛇立刻就死掉了。随后,前面的那条蛇展开一双翅膀,飞升到了天空中。看到这样的情景,我无论如何也想不明白是怎么回事。这时候我也非常疲惫了,于是便躺下来睡着了。然而,我醒来之后,发现一个少女正坐在我的脚边,用她的双手轻轻地为我捶腿。见此,我立即站起身来。她这样服侍我,让我很不好意思。我对她说:"你是谁?你想做什么呢?""你把我忘得好快啊!"她嚷道,"我就是你刚刚好心帮助的人,那条被你从毒蛇身前救下的小蛇,是你为我杀掉了敌人。我是一个仙女,那条毒蛇是一个和我敌对的恶魔。你是唯一把我从它手里救下的人。因此，你助我脱险后，我立即就飞到你的姐姐们把你扔下的那条船上，把船上装着的所有财物都移到你的家中，之后，再将船弄沉。至于你的两个姐姐，我施法改变了她们，把她们变成了两条黑狗，因为我知道她们对你所做的一切。可是，那个年轻男子还是被淹死了。"说完这话之后，她带着我飞了起来，把我和两条黑狗都带到我家的屋顶上。我发现船上装着的所有财宝都堆在了我的家中，一件也没有缺少。接着她又对我说："我起誓，如果你不坚持每天各打这两条黑狗三百鞭，我便会前来，把你也变成她们那样。"因此我回答道："听明白了，遵命便是。"从那时开始，我便坚持打她们，给她们留下这些伤疤，尽管当我打的时候也是十分同情她们的。

哈里发听完这个故事后，满是惊讶，接着又对第二个女人说道："是什么导致你浑身是伤呢？"她回答了如下的话：

第二个巴格达女人的故事

信徒们的君主啊。我的父亲在他弥留之际，留给我丰厚的遗产。过了不久，我就嫁给当时一个十分富有的男人。我和丈夫在一起只生活了一年他就去世了。我从他那儿继承了八千枚金币，这些钱都是按照法律我该得的部分。我拿出其中的一些钱，为自己做了十套衣服，每一套的价格都高达一千金。有一天，我正坐在家中，一个相貌丑陋的老妇人闯进我的寓所。她问候我之后，便说道："我有一个独生女，准备今晚举行婚礼。如果您能来参加她的婚礼的话，日后你便能得到奖赏和回报。因为她没有朋友，她为此伤心欲绝。"接着，她便哭了起来，亲吻我的双脚。带着对她的怜悯之情我答应了她。见我同意之后，她又让我准备准备，告诉我天黑的时候，她便会前来迎接我。说完这话后，她吻了吻我的双手，离开了。

我马上起身，做了一番打扮。当我准备就绪，那个老妇人就来了。她说："我的女主人啊，城中的小姐们都来了。我告诉她们您要来，她们都无比喜悦地等着迎接您哪！"于是，我披上外套，带着我的女仆们随她前去。我们走进一条街道,迎面而来的微风似乎也感染了喜庆之气。街道里面有一扇气势宏伟的拱顶大门,门的顶部由大理石修葺而成,门通往一座高耸入云的宫殿。我们走到门前,老妇人敲了敲门,里面的人应声将门打开。我们走进去来到一条铺满地毯的走廊之上,走廊两侧装饰着珠宝和金银饰物,一路灯火辉煌。穿过走廊,我们走进一间富丽堂皇的大厅,里面摆着几张床,挂着锦缎做的幔帐。大厅里挂着灯,点着蜡烛,整个屋里灯火通明。大厅的最里面,摆着一张镶了珠宝的杜松床,一张锦缎做的帘子垂在床前,一个像月儿一样美丽的少女撩开帘幕走了出来。她欢喜地对我说:"欢迎,欢迎,我的姐妹。你能来我真是高兴啊,一扫我心中的阴霾。"说完她再次坐下,并对我说:"我的姐妹啊,我有一个哥哥,他在一次宴会上见到了你。他是一个俊美的青年,长得比我还好看哩。他深深地爱慕着你。于是便请这个老妇人到你家中,用这种方式把你请到这儿来,为的是让你和他见上一面。我的哥哥想要娶你为妻,给你合法的婚姻,绝不会令你受辱。"我听完她的这番话,又见我自己被困在这屋里,难以脱身,于是回答说:"我听明白了,遵命便是。"这个少女见我同意了,喜形于色。她双手一拍,一扇门便应声开启了。一个无比英俊的年轻男子从门里走出来,我的心瞬间就被吸引了。他刚一坐定,一个法官和四个证婚人便紧随着走了进来。他们同我们打了个招呼后,便开始着手准备我和年轻男子的婚书。他们写好后就起身告辞了。等他们离开,年轻男子转向我,望着我说:"愿今夜安拉能祝福我们。"然后,他跟我说,希望我能答应他一个条件。说完便拿来一本《古兰经》的手抄本,道:"快向安拉发誓,说你将对我忠心不渝,除了我之外,不会对任何男子动心。"我立下重誓,他显得无比高兴,激动地抱了抱我。而我对他的爱意也满满地占据了我的整颗心。

我们欢欢喜喜地在一起生活了一个月。一天,我请求他准许我去一趟集市,采办一些做衣服的衣料。在得到他的允许之后,我在老妇人的陪同下去了集市。我走进她熟悉的一间店里,坐了下来。这家店的掌柜是一个年轻人,老妇人告诉我说,这个男子的父亲已经过世了,留给他丰厚的遗产。老妇人请他把最贵的布匹拿来给我看。当他正在给我们取布匹的时候，老妇人开始在我面前说各种好话来赞美他，但是我对她说："你把他夸得再好，和我们也没有一点儿关系，我们的唯一的目的便是买到需要的东西，然后回家去。"与此同时，他把我们需要的布匹拿给了我们。当我们把钱付给他时，他却不肯收下。他说道："尽管把布匹拿去吧，就当是我对你今日能来光顾的一点敬意吧。"听到这话，我对老妇人说："如果他不肯收钱，就把他的这些布匹都还回去。"可是，他却怎么也不肯让我们把布匹退回，他喊道："以安拉起誓，我不要你的任何东西。我把这些都送给你，请让我吻你一次吧。这个吻我看得比我的整个店铺都要重要。""一个吻对你有什么好处呢？"老妇人问道。接着，她又望向我对我说："好闺女啊，你也听到这个年轻人说的话了。就算他亲你一次，你也不会有什么损失。你还可以得到你想要的东西。"我回答说："你不是知道我立下过誓约吗？"她回答说："就让他亲你一下吧，你不要说出去。这样一来既不会给你造成什么后果，你也可以收回你的钱了。"她就这样一直游说我，慢慢打消了我的顾虑。我答应了。于是，我闭上我的双眼，紧握住面纱的边角，以这样的方式防止被路人看到。于是那个男人把嘴凑到我被面纱遮住的脸颊上。可他并不仅仅亲我，还使劲在我脸上咬了一口。剧烈的疼痛使我晕了过去，老妇人扶我躺在她的膝盖上。我醒过来后，发现那家店铺已经关门了，老妇人的脸上流露出悲伤的神情。她叹道："若非安拉助你，这将是场更大的灾难啊。我们回家去吧。你假装自己生病了，我会拿一种药膏来给你敷上，它会治好你的伤口，你很快就会康复了。"

我在地上又躺了一会儿之后，站了起来，带着极度的不安和恐惧回到了家中。我声称自己病了，我的丈夫听说了之后，便来到我的身边。他问道："我的太太，你这趟出门是不是遇到什么不顺的事啊？"我回答说："我的身体不适。"他又问："你的这个伤口是怎么回事？竟伤在你的脸颊上，还是在这么柔软的地方？"我回答说："我得到你的允许后，今日便出去买些衣料来做衣服。我走在人群之中，一匹驮满木柴的骆驼向我挤过来,撕裂了我的面纱,正如你见到的那样,木柴把我的脸颊划伤了。只因这座城里的街道太过拥挤了。"他听后愤怒地说:"明天我要到省长那儿去,向他投诉,叫他把城中所有卖木柴的樵夫都给吊死。""以安拉起誓,"我回答说,"他们并没有伤害到任何人。真相其实是这样的,我正骑在一头驴身上,它受到了惊吓,我便摔到了地上,一根柴棒划伤了我的脸颊。"

他听后回答道:"如果真如你所说,明天我要去见张尔藩,把这事告诉他,叫他把城中赶驴的人都给杀光。"我回答说:"难道因为我的关系,你就要把这些人都给杀光?发生在我身上的灾难,都是我自作自受啊!""这是毋庸置疑的。"他回答说。说完这话之后,他使劲地扯住我,一下跳了起来,随即大喝了一声。一扇门应声开启,里面走出七个黑奴。他们把我从我的床上拽下来,扔到寓所中间的地板上。见此,他命令其中一个黑奴按住我的双肩,坐在我的头上。另一个跪在我的膝盖上,压住我的双脚。第三个走上前来,把剑握在手里,说:"主人,要我一剑把她劈成两半,再把她半截尸体抬到底格里斯河里去喂鱼吗?这是对她背弃自己的誓约、对爱情不忠的惩罚。"我的丈夫回答说:"揍她,萨尔德。"于是,这个将拔出的剑握在手中的黑奴骂道:"念一念信仰的箴言吧,想想你接下来该怎么做。你可以立下你的遗嘱,因为这是你生命的最后一刻了。""好奴才,"我答道,"把我放开一会儿,让我留些遗言吧。"我抬起我的头,望着我的丈夫,边哭着边为他吟诵了这些诗句:

"你害我受尽相思之苦,却还能怡然自乐。
你让我满是伤痕、片刻不得安宁,而你却酣然入睡。
你的居室建筑在我的心与眼之间,
我的心永远不会停止爱你,我的泪也不会掩饰我的深情。
你曾对我许下诺言,说你将对我忠心不渝。
然而,当我完全将真心交付于你,你却无情地将我背弃。
你怎能不怜悯我对你的留恋,怎能无视我的哀鸣?

难道你能保证灾难不会在你身上降临？
我以安拉之名恳求你，如果我死了，
请你在我的墓碑上刻下：这是爱情的奴隶。
说不定某个感同身受的哀悼者，
会经过我的坟前，对我心生怜悯。"

我不住地流泪，试图博取他的同情。我在心中暗自想："如果我在他面前唯唯诺诺，对他说软话，也许他便打消杀我的念头，即使我将变得一无所有。"然而他依旧对着黑奴大声命令说："把她劈成两半吧，留着她对我们也毫无价值。"于是，黑奴们便走到我跟前。那时我想自己一定是必死无疑，只得听天由命了。但是，那个老妇人突然冲了进来，一下扑倒在我丈夫的跟前。她亲吻着他的双脚，哭喊道："孩子，看在我照料你长大的情面上，我恳请你原谅这个女子吧，因为她没有犯什么错，不该受到这样的处罚。你还年轻，我担心你将受到她的诅咒，得到报应啊。"她说完这番话后，痛哭流涕，苦苦地央求他。终于，他说："我饶了她可以，但是我要在她身上留下终身抹不去的伤痕，作为对她所犯过错的惩罚。"说完这话，他便命令黑奴们扯掉我的衣服，拿起一根树枝作为手杖，不住地打在我的背上和身体两侧。在他的暴打之下我晕了过去，我感到绝望，认为肯定被活活打死不可。天一黑下来，他便命令黑奴们把我抬走，让老妇人陪同着，把我扔回我原先居住的家中。黑奴们遵照他们主人的命令把我抬回了家。我给自己敷上药来治疗自己的伤口。痊愈之后，我身体的两侧依旧留着用榅桲树枝打的伤疤。我接连治疗了四个月，身上的伤痕才渐渐消散。此后，我曾到我遭逢变故的那家店铺去看个究竟，但我发现那家店铺已经倒塌，整条街道也被拆除了。我看见在店铺原先的位置上，只剩下一堆废墟。究竟为何发生了这样的变故，我也毫无头绪。

在这种境况之下，我便搬去和我的姐姐一起居住。这个姐姐与我是同父异母，我在她身边看到了这两条黑狗。我和她打了招呼之后，便将在我身上所发生的一切都告诉了她。她听了之后回答说："谁都免不了遭受苦难的。赞美安拉，你活了下来。"接着，她给我讲了她自己还有她两个姐姐的故事，我留下来和她一起生活，我们两个谁也没有提过要结婚的事情。后来，另一个姐妹又加入到我们中来，她便是这个筹备宴席的姐妹，她每日外出替我们置办我们需要的东西。

　　哈里发听了这个故事之后，觉得也甚是离奇。他命人将这作为一段真实的历史载入书里，再将书收藏在他的书库中。哈里发对第一个女人说："你知道在哪里可以找到那个对你姐姐们施魔法的仙女吗？"她回答说："信徒们的君主啊，她曾给过我一束她的头发，并对我说：'当你需要我出现的时候，就点燃其中几根，即使我远在戈府之外，我也会立即来到你身边。'"哈里发说："那么去把头发拿来吧。"因此，女子便去把头发拿来。哈里发握着那簇头发，点燃了其中几根。当焦味飘散开后，宫殿也随着晃动起来。众人听到天边一声雷鸣，瞧啊！仙女果然出现在他们面前。她也是个穆斯林，于是便向哈里发行礼，说道："愿你平安。"听到她的话后，哈里发回答说："也愿你平安，愿安拉怜悯，赐福于你。"她说："您知道吧，这个女子曾经为我做过一桩让我无以为报的好事。她杀了我的敌人，把我从死亡边缘解救出来。于是，当我得知她两个姐姐对她所犯的恶行之后，便决心要报复她们。于是我施魔法将她们变成了两条黑狗。事实上，我更想把她们杀掉，因为担心她们再次害她。但是，如果现在你想要恢复她们的真身，看在您和她的面上，我恢复她们的真身便是。""就这么办吧，"哈里发说，"接下来我们再来处理那个被打得遍体鳞伤的女人的事情吧。我要好好了解她的情况，如果她所言确凿，我要替她报仇，查办那个迫害她的人。"仙女回答道："信徒们的君主啊，我会指引您找到那个迫害她、夺走她财物，并把她弄成这样的人。这是个和您十分亲近的人呢。"说完，她拿来一个装满水的杯子，并对着它施了一道咒语，再把水洒到两条黑狗的脸上。她边洒边说："变回你们最初的人形吧！"于是，黑狗恢复了原状，变成了两个女人。完成这事儿后，仙女说道："打这个女人的男人就是您的儿子艾敏。当初，他听闻了这个女人的美丽与贤德，所以……"仙女继续将发生的事情慢慢道来，哈里发感到无比震惊，他喊道："赞美安拉，他经我的手解救了这两个变为黑狗的女人！"说完这话，他立即把他的儿子艾敏召来。艾敏站在他的面前，哈里发询问了他关于这个女人的故事是否属实，之后再把真相告诉他。此后，哈里发又传来法官和证人，把第一个女人和她曾变作黑狗的两个姐姐，嫁给了之前提到过的那三个曾是王子的乞丐，并任命这三个乞丐为侍臣，给他们所需的一切，还让他们住在巴格达的宫殿之中。继而又命那个被打的女人和他的儿子艾敏破镜重圆，并赏给她许多财物，还命人将那座宅子重建，造得更加富丽堂皇。最后，哈里发将那个筹备宴席的女子纳为妃嫔，命她即刻搬到他的宫中。第二天，他又给她一处独立的居所，派奴婢伺候她。他还按时给她发放俸禄，给她打造了一处属于她自己的宫殿。

第24～32夜

驼背的故事

古时候,巴士拉城中住着一个富裕的裁缝。他好娱乐嬉戏,间或会带着妻子外出游玩,欣赏那些新奇、有趣的景象。一天下午,他俩外出散步,傍晚回来的时候在路上遇到一个驼背的男人。这个驼背的身形极为滑稽,以至于可以让正在生气的人笑出声来,忘掉自身的烦恼和忧伤。于是他俩走到他的身边,饶有趣味地打量着他。夫妇二人邀请驼背随他们一块儿回家,和他们一起共进晚餐。

驼背接受了他们的邀请,和夫妇二人一起回家。这时,天已渐渐黑了下来。裁缝去了趟市场,买了一些煎鱼、面包、柠檬,还有蜜饯。他把买的东西拎回家后,把鱼肉拿出来摆在驼背的面前,大家一起坐下开始享用。裁缝的妻子夹起一大块鱼肉,把它塞进驼背的嘴里,然后用手捂住他的嘴说:"我不许你细嚼,你必须一口把它咽下去。"于是,驼背便一口把鱼肉给吞了。可是,这块鱼肉里面有一根很粗、很尖的鱼刺,这根鱼刺卡在了他的喉咙里。他的死期早已注定,他就这样被噎死了。裁缝大叫道:"唉,这个可怜人不该以这种方式死在我们的手里。""为什么这样慢吞吞坐着不动呢?"他的妻子喊道。她的丈夫问:"我能怎么做呢？""来吧，"她回答说，"把他抱在你的怀里，用这张丝巾遮住。我先出去，你跟着我。现在天已经很黑了，你就说：'这是我的孩子，那是孩子他妈，我们准备送他去看医生，让医生给他开点药。'"

裁缝听到她这话后，立即站起身来，把驼背抱在怀里。她的老婆在他一旁哭喊着："我的孩子啊，愿安拉保佑你！你到底是哪儿痛啊，你的天花到底长在哪儿啊？"因此，每个看见他们的人都说："他们带着一个得了天花的孩子。"他们就这样边走边向人打听医生的住所。人们指引他们来到了一个犹太医生的家中。他俩敲了敲门，一个黑奴女孩从楼上走了下来。女孩推开门，看见一个男人抱着一个（按照她所猜测的）孩子，孩子的母亲陪在一旁照料。于是她问道："你们有什么事吗？""我们带了一个小孩来，"裁缝的妻子回答说，"我们想请医生来给他看看。拿着，这儿有一枚四分之一的金币，把它交给你的主人，请他下来给我的儿子瞧瞧，我的儿子病了。"听了这话，女孩便往楼上走去，身影消失在门廊内。裁缝的妻子对裁缝说："把这个驼背留在这儿，我们赶紧走吧。"于是裁缝照他妻子所说，让驼背坐着靠在墙上，随即和他的妻子一起离开了。

与此同时，黑奴女孩走进屋内对犹太人说："楼下有一对夫妇带着一个生病的孩子前来看病，他们给了我一枚四分之一的金币，让我交给您，希望您对症给他们开些药。"犹太人见到这枚四分之一的金币后，高兴极了，赶紧站了起来，摸黑往楼下走去。他下楼的时候，一脚踢在了"病危"的驼背身上。"哦，"他惊呼道，"我似乎失足踢到了这个生病的人，让他从楼梯上滚下去摔死了！这叫我如何把死在家中的尸体弄出去呢！"他把驼背背起来，把他从庭院中背到他妻子的面前，将这场意外告诉了她。他的妻子说："你怎么坐在这儿不动呢！如果你继续这样待着不想办法，天亮之后我和你都将性命不保！我们一起把他抬到阳台上去，将他扔到我们隔壁那个穆斯林家中去吧。他是御膳房的总管，经常会有野狗跑到他的家里去把能找到的东西都给吃光。只要尸体在那儿待上一晚，野狗们便会从阳台上爬下来，跑去把尸体整个吃掉。"于是，犹太人和他的妻子便一起抬着驼背往上走,他们握着他的双手双脚,慢慢地把他沿墙放了下去,让他靠在墙角上。办妥了这事儿,他们便下楼了。

驼背被这样放到总管家不久,总管就回到了家中。他打开门,手里拿着一根点着的蜡烛,慢慢往楼上走去。他发现有一个人站在厨房边上的角落里,便怒吼道:"这是怎么回事?原来偷走我们东西的是个人啊!尽管我之前一直防着猫儿和狗儿,结果肉和油脂还是被他给偷走了呀,就算我杀光了周围的猫狗也是没用的了,因为从阳台上溜下来的原来是个人。"说完这话,他拿起一根大锤,用它打在驼背的身上,之后又慢慢地向他走近,在他的胸口上又打了一锤。驼背被他打倒之后,总管发现他已经死掉了。见此,他无比地焦虑,叹道:"现已毫无办法了。"他担心自己性命不保,骂道:"这些讨厌的肉和油脂!这该死的夜晚!这个男人的生命竟终结在我的手上。"接着,他望向他打死的那人,才发现他原来是个驼背,便叹道:"你是个驼背难道还不够惨吗?你怎还要做贼,来偷这些肉和油脂呢!高尚的守护者啊,请你庇佑我吧。"他把驼背扛在肩上,走下楼梯,从屋里走了出去。天快要亮了,他往前一直走,把驼背扛到一个街道的路口,再让他双腿直立靠在一家位于巷口的商铺旁。总管把他留在那儿,拔腿跑回了家。

过了一会儿,一个基督徒走了过来,他是苏拉的经纪人。他喝得酩酊大醉,此行是为了要到澡堂去。他跟跟跄跄地往前走,发现有个人站在他的身旁。早些时候,有几个人抢走了他的缠头,当他看见驼背站在那儿,以为他也要来夺他的缠头。于是他握紧拳头,一拳打在驼背的脖子上,驼背被他打倒在地。这个基督徒大叫着唤来集市里巡夜的人。由于还未从喝醉的状态中清醒过来,他一直殴打着驼背,还企图掐死他。正因为职责所在,巡夜的人赶了过来,发现基督徒跪在驼背的身上,还不住地打他,于是喊道:"站起来,放开他!"于是,基督徒便站了起来。巡夜的人走近驼背瞧了瞧,发现他已经死了,惊呼道:"你怎么敢杀人啊?"说完一把将基督徒抓住,把他的双手绑在身后,送到吾力(阿拉伯省督的称呼)的家中。基督徒心想:"我是怎么打死这个人的呢?我一拳下去,他怎么死得这么快啊！"基督徒已经渐渐清醒过来，想起了所发生的事。

驼背和基督徒一同在吾力的家中度过了那晚。吾力命令刽子手宣判基督徒有罪。他支起一个绞架，把基督徒绑在下面。接着，刽子手走上前来，把绳子套在他的脖子上，准备将他绞死。这时，为苏丹效命的总管，看见基督徒站在绞架下面，便从人群中往里面挤。人们为他让开一条路，他对刽子手说："不要杀他，那人是我杀死的。""你是如何杀死他的呢？"吾力问道。他回答说："昨夜我回到家中，看见他从阳台上爬下来，偷我的东西，我便拿起大锤打在他的胸口，他就被打死了。我把他扛到大街上，让他靠着墙站在一个巷子口上。难道我杀了一个人还不够，还要再杀一个人不成？现在，你们把我吊死吧！"吾力听到这番话，便把这个信仰基督的经纪人给放了，对刽子手说："这人已经自首了，把他吊死吧！"刽子手把绳子从基督徒的脖子上解开，再把它套到总管的脖子上。这时，犹太医生穿过人群，叫喊着走到刽子手面前，对他说道："不要杀他，人是我杀的。事情是这样的：他到我家来治病，我下楼的时候一脚踢在他身上，使他滚下楼梯摔死了。因此，不要误杀这个总管，杀我好了。"

于是，吾力又下令绞死犹太医生。刽子手刚把绳子从管家脖子上解开，再把它套到犹太人的脖子上。但是，瞧啊！那个裁缝也来了。他在人群中奋力往前挤，对刽子手喊道："不要杀他，人是我杀的。事情是这样发生的：那日我正在外面散步，傍晚回家的时候，我在路上遇到了这个喝醉酒的驼背。他正拿着一个小手鼓，欢快地唱着歌。我停下来望着他，然后把他带回我的家中。于是，我买来一些鱼，我们几个一起坐着享用。我的太太夹起一块鱼肉和一口面包，把它们都塞进他的嘴里，他当场就被噎死了。之后，我和我的太太便把他抬到犹太人的家中，一个女孩走下楼来给我们开了门。当她上楼去找她主人的时候，我把驼背弄到楼梯上坐着，随后我便和太太一同离开了。因此，犹太人下楼的时候，失足踢到了他，便以为是他自己把驼背给踢死的。"接着，他又对犹太人说，"我所说的没错吧？"犹太人回答说没错。裁缝又望向吾力，并对他说："放了犹太人，绞死我吧。"吾力听了他这话，对驼背的故事感到非常惊奇，便说：

"这等怪事真该被载入书中！"接着又命令刽子手说，"放了犹太人，既然他已经自首，把裁缝绞死吧！"于是，刽子手把裁缝带到了绞架下，抱怨道："一会儿绞死这个，一会儿放了那个，我们到底要杀哪个？"说完把绳子套在了裁缝的脖子上。

那个驼背原来是个供苏丹逗乐取笑的小丑，常伴苏丹左右。那日驼背喝醉之后，直到第二天中午，都不见人影。国王向他的几个同伴打听他的下落，他们回答国王说道："陛下啊，吾力带走了他的尸体，并下令处决那个杀他的人。可是，接二连三有人站出来，都声称是自己杀了驼背，并且向吾力讲述了他们是如何将他杀死的。"国王听了这话后，便将侍臣召来，吩咐他说："你速到吾力那儿去，把那几个犯人都带来见我。"于是，侍臣便匆匆前去，看到刽子手即将把裁缝处死，他大喊着制止了。接着，他又通知吾力说这事已经报告给了国王，要求吾力命人抬着驼背，带上裁缝、犹太人、基督徒，以及总管，一起去面见国王。吾力来到国王的大殿之上，把事情一五一十地都告诉了国王。国王听了这个故事后，觉得很惊奇，同时又被这个故事的喜剧之处感染了。国王下令命人用金色的字将这事记录下来，随后又问在场的人说："你们有没有听过像驼背这么离奇的故事？"听了这话，基督徒走上前来说道："这个时代伟大的君主啊，如果您允许的话，我想给您讲述一件发生在我身上的事，要比驼背的故事更精彩、更离奇、更刺激呢！""把你的故事讲给我们听吧。"国王说道。于是基督徒便讲述了下面的故事：

基督教商人讲述的故事

我们时代伟大的君主啊，您要知道，我是带着货物到这个国家来做生意的，命运安排我到这儿来和您的民众生活在一起。我是科普特人的后裔，出生在开罗，在那儿长大。我的父亲是名经纪人。我长大成人后，父亲过世了，我便继承了他的职业。一天，我正坐在店铺中。瞧啊！一个骑在驴背上，相貌异常俊美，身着一套无比华贵袍子的年轻男子，来到我的店中。见到我，他跟我打了个招呼。于是，我也起身走到他的跟前，向他还礼。他掏出一张手帕，里面包了些芝麻。他问道："一艾尔得补（埃及的容量单位）的这个值多少钱？"我回答道："一百枚银币。"他对我说："带着搬运工和测量的工具到胜利门占瓦里客店吧，在那儿你可以找到我。"他把手帕中包着的芝麻样品递给我之后，便告辞离开了。于是，我便四处去寻找买主，商量好一艾尔得补的价格为一百二十枚银币。随后，我带了四个搬运工前去找他，发现他也正等着我。见我来了之后，他站起身来，打开了一间仓库。我们量了量里面存着的芝麻，发现总共有五十艾尔得补之多。接着，年轻男子说道："每艾尔得补，你可得十枚银币的经纪费。你把钱都先收下，保管在你那儿吧，总共卖五千枚银币，你分得五百枚。因此，我还剩下四千五百枚银币，待我把我储藏室中的货物都给卖出去之后，再到你那儿去取。"我答道："就按你说的办吧。"我吻了一下他的手，随即离开了。就这样，在那天，除了我的经纪费外，我还赚了一千枚银币。

时隔一个月之后，他前来找我，问我说："我的货款呢？"我回答说："在我这儿呢，已经给你准备好了。"然而他却说："你先保管吧，我过会儿再来取。"于是，我又继续等着他。然而又过去了一个月，还是不见他来。之后的一天他再次出现，问道："我的货款呢？"见他终于来了，我站起身来，问候了他，对他说："和我们一起吃顿饭吧？"可是他拒绝了，并对我说道："先留着这钱吧，我现在得走了，过会儿再到你这儿来取。"说完他就离开了。我起身，替他备好了货款，等他来取。然而，他又一次让我空等了一个月。后来，他终于来了，对我说："明天我就到你这儿来取走我的钱。"说完又走了。我像之前一样，备好他的货款，坐着等他回来。然而，他还是让我白等了一个月。我在心里想到："这个年轻人为人真是大方极了！"一个月过后，他来了，身着一身华美的衣服，似一轮满月，又如刚出浴一般。他两颊绯红，额上泛光，脸上生有一颗龙涎香似的黑痣。我看见他来了之后，吻了他的双手，又替他祈福。我对他说："先生，你还不打算取走你的钱吗？"他回答说："请谅解我吧，待我办完我的事之后，便到你这儿来取。"说完这话后,他又离开了。我暗自想到:"下次他来,我一定要把他当做客人来款待。他存在我这儿的钱让我受益匪浅,我用这钱做买卖可赚了很大一笔。"

年底的时候,他又回到我的店中,身上穿的衣服比过去还要奢华。我对他发誓,一定要请他从驴背上下来,设宴款待他。他盛情难却,于是回答说:"那不能花你的钱,得用我存在你那儿的钱付款才行。"我回答说好的。请他坐下后,我准备了一些必不可少的饭菜,以及其他食物。我把这些全摆在他的面前,说道:"请吧。"他往桌前挪了挪,伸出他的左手,和我一起吃了起来。我对他的行为感到无比震惊。(阿拉伯人认为左手吃饭是不礼貌的)我们吃完之后,他洗了手。我递给他一张手帕,让他擦了擦。随后,我们坐下来一起聊天。我说:"先生啊,请你消除我脑中的一个疑问吧,为什么你要用左手吃饭呢?是不是你的右手有什么毛病呢?"他听后,把自己的手臂从袖筒里伸出来,我看见那是一只残废了的手——没了手掌,只剩下光秃秃的手臂。见此我无比震惊,然而他却对我说:"不要感到惊讶,也不要在心中猜测,误以为我用左手和你一起吃饭是出于自负。我被砍掉右手的原因才会令你更吃惊呢。"我问:"它是怎么被砍的呢?"他这样回答道:

"你要知道,我是巴格达人。我的父亲是城中有头有脸的人。我成年之后,听流浪者、旅行家,还有生意人谈起过埃及这个地方,他们的描述让我记忆深刻。父亲死后,我带了许多钱,置办了一些货物,有部分是在巴格达和卯隋里购买的,有一些还比较值钱。我将它们打包装好,便从巴格达启程了。我一路平安地来到了你们这座城市。"说完这话后,他哭了起来,接着又吟诵了这样的诗句:

"视线模糊的人避开了一个深坑,明眼人却掉了下去。
愚人言出无罪,智者却因说错话而失掉性命。
信徒们食不果腹,而大不敬的异教徒却独享专宠。
一个人能做些什么呢?这一切都是安拉安排好了的。"

年轻男子继续说道:"我来到开罗,把货物都寄存在迈斯鲁克客店里。我把包裹卸下来,又将货物都存进仓库里。随后,我给了仆人一点儿钱,叫他去给我们买些吃的。然后,便躺下睡了一会儿。睡醒后,去格斯勒以尼兜了一圈,之后又回到旅店过夜。第二天早晨,我打开一包货物,心想:'我要到集市上去逛逛,看看那里的行情怎样。'于是,我搬出一些货物,命我的几个仆人扛着它们,一直来到盖谊撒律叶·嘉儿者斯市场。经纪人们听说我来了,纷纷过来找我,从我这里拿走样品,再带着样品四下寻找买家。可是所给出的价格,总是不够成本。见此,其中一个年长的经纪人对我说道:'先生,我有一个主意可以让你获利。是这样的,你学其他商人那么做,以记账的方式把你的货物卖出去,委托一个代笔人,一个证人,一个借贷经纪人,你每逢星期一、星期四便去取部分利润。这样,你的货物便可以一本万利了。此外,你还可以得空将埃及和尼罗河好好游赏一番。'我回答说:'这是个合理的建议。'于是,我带着经纪人们,一起回到了客店中。他们把我的货物带到盖谊撒律叶,我在那儿将货物卖给了商人们,和他们签订了分红协议。同时我也与借贷经纪人签了契约,委托他们代为收取相应的红利。此后,我回到客店中,在那儿逗留了一些时日,一直到我该去收取红利的月份。自那时起,每逢星期一、星期四我便会去市场,坐在那些与我签订协议的商人的店里。借贷经纪人和代笔人一同前去把钱收齐,再带来给我。

"日子就这么继续着。一天,我沐浴归来,回到旅店中。我走进我的房间,吃了早餐,喝了一点儿酒,接着便躺下睡了。睡醒之后,我吃了一只鸡,熏了点熏香,便到一家店铺里去收钱,店主名叫白迪伦丁·补司塔尼。他见到我之后,热情地欢迎了我,和我愉快地交谈。当我们聊得正起劲,一个女子走了进来,坐在我的边上。她斜戴着头巾,身上散发出一股怡人的香味。当她撩起面巾的时候,我看见了她乌黑的眼睛,被她的美丽、可爱迷得神魂颠倒。她和白迪伦丁打了个招呼,白迪伦丁也招呼了她,站起身来同她攀谈。当我听到她的声音,心里满满的都是对她的爱意。她问白迪伦丁说：'你有纯金线织成的上好衣料吗？'于是，他便找了一块拿给她。她问道：'我先拿走它，随即再差人送钱给你可以吗？'白迪伦丁回答说：'这可不行呀，小姐。这位才是衣料真正的主人，我还有部分赊账未归还给他呢。''你真该死，'她说道，'我向来买你的衣料都是花了大价钱的，每次都让你赚得比预期还多。就准我稍后送钱给你吧。''你说得没错，'他打了个岔，'但是今天还是必须要有现钱才行。'听了这话，她拿起那块衣料，把它扔在白迪伦丁的胸前，骂道：'你们这种人真是对任何人都不懂得尊重啊！'说完站起来，转身要走。我感到我的灵魂似乎已从我的脚底慢慢升了起来，像是要随她走掉。我向她喊道：'小姐啊，请好心地看我一眼，劳驾你回到店里吧。'于是，她转过身来，笑着说道：'我是看在你的面子上才回来的。'她随即走回店中，在我的对面坐了下来。我对白迪伦丁说：'这块衣料你是多少钱卖给她的？'他回答说：'一千一百枚银币。'接着我又对他说：'算给你一百的利息，给我拿一张纸来吧，我给你打张欠条，剩下的算在我头上。'随后，我亲自给他写了欠条，再从他手里取走那块衣料，把它交给那个女子，对她说：'给你，拿去吧。如果你方便，再把货款送到市场来还给我。或者，如果你赏脸，就权当是我送你的礼物吧。'她回答说：'愿安拉酬谢你，将我的财产赠给你，让你成为我的丈夫。愿安拉将我的这个愿望实现！''小姐啊，'我说，'这块衣料就送给你了，以后我再送你一块与这一样好的。那么，请让我一睹你的芳容吧。'听了我的话后，她撩起了自己的面纱。我看见了她的脸，这一眼足以让我回味千遍。她的示爱让我迷了心智，我已无法再掌控自己的理智。然后，她放下自己的面纱，拿着那块衣料，说道：'先生啊，不要让我孤单一人。'说完，她便离开了，而我则在集市里一直待到傍晚该做祷告的时候。她的爱意完全俘虏了我，使我一直心不在焉。我对她极为爱慕，于是便向白迪伦丁打听有关她的情况。白迪伦丁说她是个名门千金，她的父亲给她留下了丰厚的遗产。

"听后，我向他告辞离开，回到了客店中。晚餐已经备好，摆在了我的面前，可是一想起她来，我什么都吃不下。我躺下来想休息休息，却一直毫无睡意，结果我彻夜未眠。我从床上爬起来，换了一身与昨日不同的衣服，又喝了一杯酒，吃了几口饭菜姑且算作早餐，便又来到白迪伦丁的店里。和他打过招呼后，便同他一起坐下。过了一会儿，那个女子便来了。她穿着比昨日更华美的衣服，身边还跟了一个女仆。她坐下来，没有理会白迪伦丁，倒是和我打了招呼。她用一种我之前从未听过的，既温柔又甜美的动人嗓音对我说道：'派几个人随我去取买这衣服所花的一千二百枚银币吧。'听了这话，我问道：'为何如此着急？'她回答道：'我怕再也见不着你。'随后她把货款还给了我。我坐下来同她交谈，对她使了个眼色。她看明白了，知道我想要去拜访她。她对于我的暗示十分不满，慌忙站了起来，离开店面。我心系于她，便随着她的脚步，跟着她穿过集市。瞧啊！一个女仆走到我的跟前，说道：'先生啊，我的女主人唤你前去，你就应允了吧。'听了这话，我十分惊讶，说道：'这儿可没有认识我的人。'她打断我的话，说道：'你怎将她忘得这么快！我的女主人今天还和你在白迪伦丁的店里碰过面呢。'我一阵欣喜，跟着她前去。我们来到了借贷经纪人那儿，她的女主人也在那儿。见我来了之后，我爱慕的女子便将我拉到身边，说道：'我的挚爱啊，你伤了我的心。我对你的爱已将我整颗心都给占据。从我第一次见你之后，我饭也吃不好，觉也睡不香，美酒佳酿也食之无味。'我回答说：'你的情况比我还严重呢。你不必向我诉苦，我都能明白你的心意。''我的挚爱啊，那么，是我来看你，还是你来见我呢？（因为我们只能秘密结婚）'她问。'我是他乡之客，'我回答说，'除了客店，我没有其他地方可去。因此，如果你好心地允许我到你的处所去，那简直是太好啦。''好吧。'她回答说，'可是，过了今晚才到星期五，在这之前你什么事也别做。你随众人一同祷告了之后，骑着驴子，走到占巴尼叶，然后再向别人打听哈巴尼亚的所在。那儿有个奈吉布公馆，是以阿布·谢梅的姓氏命名的，便是我居住的地方。路上不要耽搁，因为我急切地盼着你来呢。'

"听了这话，我喜不自胜。然后，我们各自离去。我回到入住的那家客店，一夜无眠。当我隐约看到天蒙蒙亮时，便起身换了套衣服，还熏了熏香，喷了香水。再拿出五十枚金币包在手帕里带在身上。我从迈斯鲁克的客店一直走到祖维来门。在那儿，我雇了头驴子，并吩咐赶驴人说：'带我到占巴尼叶去吧。'一眨眼工夫，他就带着我出发了。不久后，他便停在了一条叫做蒙格律的巷口。我对他说道：'进巷去吧，打听一下奈吉布在什么地方。'他离开一小会儿，回来后说道：'请下驴吧。''你走在我面前，'我说道，'带我到那所公馆去吧。'于是他便继续领着我往前走，把我带到了那儿。我嘱咐他说：'明天到这儿来接我回去吧。'他回答说：'行啊。'我付给他一枚四分之一的金币，他拿到钱后便离开了。我敲了敲门，两个少女前来为我开门。她们刚刚长出女人丰腴的体态，就像两轮明月一般。她们说道：'进来吧。我们的女主人正在等你。她极度地爱慕着你，对你的思念害得她昨晚彻夜未眠。'我走进一座装有七扇门，极为奢华的大厅。大厅的四周装有花格窗，透过窗户可以望见一个栽满各种果树的花园，花园里还有潺潺的清泉、欢唱的鸟儿。墙壁用石膏刷得庄严整洁，若是站在它面前，还可以看见自己的脸庞映在上面。屋顶装饰着金属，四周嵌有刻在青石板上的金色大字，光彩夺目，甚是美丽。地板是由彩色大理石铺成的，正中央有一口喷泉，池子的四个角落，爬着四条由纯金打造的金蛇，它们的口中吐出像珍珠、宝石一般的清泉。地板上铺着彩色丝绸织成的地毯，还有坐垫。

"我走进大厅后，一屁股坐了下来。当那个女子来到我身边后，我就开始坐立不安了。她头戴一顶点缀着珠宝的花冠，手指和脚趾都涂了指甲油，胸前垂着一根金项链。她一见到我便抱住我，喜笑颜开地说道：'你来到了我的身边，这是真的吗？或者这仅仅是一场梦？''我正是你的奴隶。'我回答说。接着她说：'欢迎你。真的，自从我第一次见到你之后，便吃也吃不好，睡也睡不香。'我回答道：'我也是如此的呀。'随后，我们坐下来一起谈天说地。可是，因为羞涩之情，我把头埋了下来，望着地面。当一顿家宴摆在我面前之后，我即刻又把头抬了起来。桌上摆着一些极为精致的盘子，上面装有油烤小牛肉、塞满里料的烤鸡，我和她一起美美地饱餐了一顿。仆人们为我们拿来了水盆和水壶，我把双手都洗得干干净净。此后，我同她一起熏了熏浸泡过麝香的玫瑰水，再次坐下来闲聊，向对方倾诉各自的爱慕之情。她的爱对我而言是如此重要，我拥有的所有钱财与之相比简直无足轻重。我们就这样尽情玩乐，一直到夜晚来临。女仆们对我俩照顾周全，为我们端来了晚餐和酒，我们一直喝到半夜。我的人生中从来没有经历过如此美妙的夜晚。天亮之后，我将手帕里包着的金币递给了她，随即起身，同她道别，然后从她家中走了出来。可是，见我就这么离去，她竟哭了起来，说道：'我的主人啊，我何时才可以再见到你这俊美的脸呢？'我回答她说：'天黑之后，我便前来与你相聚。'说完我继续往前走，见到了昨天带我来这儿的那个赶驴人，他正站在大门外等着我。我骑上驴，和他一起回到了迈斯鲁克的客店中。到了那儿，我跳下驴背，付给他一枚二分之一的金币，对他说：'黄昏的时候，请再到这儿来。'他回答说：'我把您的吩咐记在脑子里了。'

"我走进客店，吃了早餐。接着前去收取我货物的红利，事后又回到客店中。我为我的妻子准备了一只烤羊，还给她买了一些蜜饯。随后，我叫来搬运工，向他描述了那所公馆的特征，再付给他佣金叫他送去。办妥这事后，我又再次忙着处理我生意上的事。日落时分，那个赶驴的人来接我了，我再次将五十枚金币装在手帕里，带在身上。我走进那所公馆，发现仆人们将大理石地板擦得干干净净，铜器和一些黄铜制品也都擦得光亮照人。屋内灯火辉煌，晚餐用的盘子已经备好，还摆上了澄清的佳酿。我的妻子见到我，双臂搂住我的脖子抱怨道：'你不在身边，我孤独难耐啊。'接着，仆人们将餐桌摆在了我们面前，我俩尽情地美餐了一顿。随后，女仆们抬走了之前的那张桌子，把酒端来放在我们面前。我们坐着一起品酒，吃我之前送来的蜜饯，尽情作乐。玩到午夜时分，我们相拥而眠，睡了一夜。天亮时，我从床上下来，像之前一样交给她五十枚金币，随后离她而去。

"我坚持夜夜去看她，就这样过了很长一段时间。直到有一天，我在她家中过夜之后，才惊觉自己已身无分文。我在心中暗自想到：'这事准是魔鬼一手操办的。'我吟诵了这样的诗句：

'贫穷让一个光鲜亮丽的人变得暗淡，
如同暗黄的落日余晖。
他若不在，也没有人会把他想起，
即便他来，也分享不到别人的快活。
他躲躲闪闪地经过闹市，
躲到无人问津的地方独自悲泣。
一个人若变得贫穷，
他的亲朋好友，也只当他是路人。'

"我想着这些事，一路走到了本艾尔—喀斯林，准备经过那儿到祖维来门去。到了那儿之后，我看见人们挤在一起，人数太多连城门也给堵住了。正如命运的安排，我看见那儿有一个骑士，我一不留神被人一挤便扑到了他身上。我的手伸进了他的口袋中，察觉到包里有一个小钱袋，于是我便抓住钱袋，把它从他的兜里拽了出来。但是，骑士察觉到他的口袋变轻了，便伸手进去摸了一摸，发现里面空空如也。见此，他盯住站在一旁的我，随即一抬手，手里的权杖便打在我的头上。我倒在了地上，人们将我们团团围住，逮住骑士那匹马上的缰绳，质问道：'因为如此拥挤，你便这样打这个年轻人吗？'可是他却对着人们大声说道：'他是一个小偷。'听到这话我害怕极了。围着我的那些人说：'这个长得这般标致的年轻人，他不会偷东西吧。'有些人相信我是小偷，然而有些人却相信我是清白的，大家议论了一番。之后，有人把我拉走，想要就此解救我。但是，正因为这是命定的灾难，就在那刻，吾力和一些法官走进了城门内。他们看见我和那个骑士被众人围着，吾力便问道：'发生了什么事？'骑士回答说：'以安拉起誓，这人是个小偷。我的兜里装着一个蓝色的袋子，里面有二十枚金币。我被人群挤倒的时候，他趁机偷走了它。'吾力问道：'当时有谁和你在一起吗？'骑士回答说没有。随即，吾力召来了他的管家,对他说道:'把他抓住,搜他的身。'于是,那人便抓住了我。先前一心庇佑我的民众也黯然离去了。吾力吩咐道:'把他身上穿着的所有衣服都扒光。'他照做了之后,人们发现了藏在我衣服里面的钱袋。吾力把钱袋拿了过去,数了数里面的钱,正如骑士所说,果真是二十枚金币。于是,他怒火冲天,唤来他的随从们,说道:'把他押上来!'于是,随从们便把我押到了他的跟前。他对我说:'年轻人啊,说实话吧,你为什么要偷这个钱袋?'我埋下头,望着地面,心里想:'就算我回答说钱不是我偷的,也无济于事。因为他已经把钱袋从我的衣兜里搜了出来。如果我回答说是我偷的,那我可就麻烦了。'随后,我抬起我的头,回答说:'是的,是我拿的。'吾力听了这话后,十分惊讶,随即唤来证人。证人来了之后,吾力又命他们证明我的口供。这一切都发生在祖维来门。那个骑士替我说情,求吾力不要杀我。然后,吾力命令刽子手砍掉我的右手。吾力放了我,随后离开了。然而,人们还继续围着我,拿了一杯酒给我喝。骑士把钱袋递给了我,说道:'你是一个标致的青年,做小偷真是太不应该啦。'我从他手里接过钱袋,对他吟诵了这番诗句:

　　'以安拉起誓,好心的先生,善良的人们啊,
　　我不是一个强盗,也绝非一个小偷。
　　然而命运无常,骤然将我打倒,
　　我陷入忧虑、烦恼和贫穷之中。
　　我还未举弓射之,

　　神灵便抢先射出一箭,
　　射掉了我头顶的王冠。'

"骑士把钱袋递给我后就走了,我也离开了那儿。走之前,我扯下身上的一块碎布,把手臂包住,再把手藏在胸前的衣服里。我的处境就此改变了。因为疼痛难耐,我的脸色变得异常苍白,我脑子里一片混乱。我走回了

妻子的公馆，一头倒在了床上。我的妻子见我脸色不对，便问我说：'你哪里不舒服，为何今日如此反常？'我回答她说：'我头痛。'听到这话，她变得万分焦虑，十分担心。她说道：'别灼烧我的心哟，我的主人呀。坐起来，抬起你的头，告诉我你今天到底遇到了什么？我看着你的脸，就知道准是发生了什么事。'我回答道：'不要和我说话。'她随即哭了起来，说：'看样子你准是厌倦了和我在一起，我看你今天的行为和以往大不相同。'说完她又继续在那里哭。尽管我不搭理她，她仍对着我叙说家常。天黑了下来，她端来一些吃的摆在我的面前。但我担心她见我用左手吃饭，会心生怀疑，只好拒绝说：'现在我没有食欲。'她又问道：'告诉我，你今天到底遇到了什么？为何你这样焦虑、愁苦？'我回答说：'过一会儿我再慢慢告诉你吧。'随后，她为我端来一壶酒，说道：'喝了它，这可以消除你的焦虑，然后再告诉我你的故事吧。'听到这话，我回答说：'如果我非喝不可，你亲手喂给我喝吧。'于是她斟满一杯，喂我喝。接着，她又把杯子斟满，把酒杯递给我。我伸出左手从她手里接过杯子，与此同时，我的眼泪止不住从眼中滑落下来。我吟诵了这样的诗句：

'一个双目清澈、耳朵灵敏、理智的人，
安拉若要让他遭受劫难，
必先让他的耳朵变聋，且弄瞎他的心眼，
还要像拔头发那样慢慢夺走他的理智。
待到将意旨完全贯彻到他身上的时候，
才恢复他的理性，教他从此中吸取教训。'

"说完这话，我失声痛哭起来。我的妻子见我这样哭，大吼了一声，说道：'你为何这样痛哭流涕？你灼烧着我的心啊！还有，你怎么用左手来接酒杯呢？'我回答她说：'我的右手上生了个疮。'她说：'那么你把手伸出来吧，我把脓给你挤出来。'我回答道：'还不到放脓的时候。不要再追问我了，我现在是不会把手伸出来的。'随后举杯一饮而尽。她一直斟酒给我喝，直到我喝得酩酊大醉，倒在我坐着的地方昏昏入睡。在我昏睡的时候，她发现我少了右手。她又搜我的身，看见了那个装着金币的钱袋。

"眼前的情形让她遭受到不曾受到过的痛苦，整夜坐卧不安，为我担忧。我睡醒之后，她端来一盘装着四只炖鸡的美食，放在我的面前，又递给我一杯酒。我吃饱喝足，放下钱袋，准备离开。可是她却问道：'你准备去哪儿呢？'我回答说：'去一个能减轻我心中焦虑的地方。''不要走，'她说，'还是坐下来吧。'于是，我再次坐了下来。她对我说道：'难道你对我的爱，已疯狂到让你在我的身上花光所有的钱财，还要牺牲掉自己手掌的程度了吗？我向你保证，我永不弃你，我会证明我所说的都是真的。'说完这话，她立即派人去请证人。证人们来到这里，她对他们说：'我已收取这个年轻男子的聘礼，请为我们写下婚书，并做个公证吧。'他们按照她的吩咐写好婚书后，她又说道：'我装在这个箱子中的所有财产，还有男女奴仆都属于我的丈夫，请为我们做个证明吧。'于是，证人们为她做了公证。我接受了她的财产，证人们收到小费后便离开了。随后，她挽着我的手，把我带到了一个小房间里。她打开一个大箱子，对我说道：'看看里面装的是什么吧。'我朝里面瞅了一眼。看啊！箱子里面装满了手帕。她说：'这些都是我从你那儿得到的钱。每次你拿给我一块手帕，我便将里面的金币包起来，丢在这个箱子里。拿去吧，这些都是你的钱，现在你又变得富有了。因为我的原因，你遭此一劫，失去了你的右手，我却无法补偿你。你所付出的依旧远胜于我，就算要让我赔上自己的性命，对我而言也不过是一桩小事。'她接着说，'现在，把你的钱收起来吧。'我接受了这些钱。她把她箱子里的钱财放进我的箱子，又把我给她的那些钱也一并放进去。我心中满是喜悦，不再感到焦虑。我走到她身边亲吻了她，和她一起喝酒作乐。后来她说道：'你因为爱我，献出了自己所有的财产，失去了手掌，我该如何偿还你呀？以安拉起誓，就算我付出自己的生命来偿还你对我的爱，也是微不足道的，更不足以尽到我对你应尽的义务。'随后，她写下一张契约，将她华美的衣服、珠宝饰品、房子，还有其他家产统统送给我。我把发生在我身上的遭遇讲给她听，那天晚上，她因为疼惜我而伤心难过了整整一夜。

"我们在一起又生活了不到一个月时间。期间，她的身体变得更为孱弱，害了一身重病。不到五十天，她便死了。我筹办了她的葬礼，把她的躯体埋进土里，命宅子里所有的人都为她诵经。再以她的名义，把大量的钱财捐了出去。最后，离开墓地回到家中。我发现她名下有丰厚的财产、房屋、土地，还有储藏的芝麻。我托给你售卖的那些便是其中的部分。这段时间我一直不能来和你清算这笔账，是由于我正忙于将她留下的遗产售卖出去。既然，我受了你的款待，现在，有件事我想要告诉你，希望你不要拒绝。我想把卖芝麻所得送给你——我向你讲述的这个故事，便是导致我只能用左手吃饭的原因。"

我回答说："你对我真是既友善又大方啊。"随后他说道："我已经在开罗和亚历山大市采办了一些货物。你愿意随我一起走吗？"我回答说："没问题。"还向他承诺说，下个月之前便可以准备好。随后，我变卖了所有的家产，买了一批货物，随那个年轻人一起来到了这个国家。我们在这儿卖掉了带来的货物，又买了些其他的商品。后来，他回到了埃及，命运则安排我留在了这儿。

我作为一个异乡人待在这里，经历了那晚的一切。

"我们时代伟大的君主啊！这个故事难道不比驼背的故事更精彩吗？"国王回答说："必须得把你处死，其他几个也一并处死！"听了这话，苏丹的总管走到国王面前，说道："如果您允许，我想给您讲一个我遇到这个驼背之前，刚刚听到的故事。如果这个故事比发生在驼背身上的事情还要离奇，希望您能饶恕我们的性命。"国王说道："说说你的故事吧。"于是，总管便开始了他的讲述：

苏丹的总管讲述的故事

昨天晚上我去参加一个朗诵《古兰经》的集会，这场集会吸引了许多的宗教学者和法学家前来参加。当大家都朗诵完毕的时候，仆人们摆了一桌晚宴，其中有一盘滋尔巴者（阿拉伯一种加香料煮的肉食）。于是，我们大家便走过去享用那盘滋尔巴者。然而，有一个人却往后退，不愿和我们一起分享。我们邀请他，他却发誓说绝不吃。我们一再强求他，他说道："不要强迫我。正是由于吃这道菜，我遭受的已经够多了。"我们吃完之后，对他说："以安拉起誓，告诉我们你不吃这盘滋尔巴者的原因吧。"他回答说："如果我要吃滋尔巴者的话，我必须把手用苏打洗四十次，用莎草洗四十次，再用肥皂水洗四十次。"于是晚宴的主人便吩咐他的仆人们给这人端来水，和他需要的其他东西。他果真像他自己说的那样清洗了自己的双手。随后，他一脸厌恶地走到桌前坐了下来。他战战兢兢地伸出自己的手，去取滋尔巴者吃。与此同时，我们大家一脸惊愕地注视着他。他的手不住地颤抖。当他将手往前伸的时候，我们看见他的拇指已经被砍掉了，他用仅有的四个手指头抓取食物吃。我们感到惊奇，便问他说："以安拉起誓，恳请你告诉我们，你缺的那根拇指是怎么回事儿呢？是天生就这样的，还是遭受了什么意外？""弟兄们啊，"他回答说，"我不仅这只手没有拇指，我的另一只手、两只脚，也同样地失去了大拇指。你们看吧——"说了这话，他伸出他少了拇指的左手残肢，我们一看果真和右手一样。我们又看了看他的脚，也少了大拇指。看到这样的情景，我们更觉惊奇了。于是，便对他说道："我们都急着听你的故事，想知道你的四肢都少了大拇指的原因，还有你要洗手一百二十次的缘由。"于是他回答说：

"你们要知道，我的父亲是一个富商，在哈里发何鲁纳·拉施德执政时期，他是巴格达城中商界的领袖。然而他却对喝酒十分上瘾，也总爱去剧院听曲儿。到他过世的时候，几乎没有留下什么财产。我埋葬了他，并诵读《古兰经》来超度他。我坚持日日夜夜为他守孝，直到葬礼完毕。此后，我走进他的店铺中，发现店里的货物已所剩无几，并且已是债台高筑。然而，我还是安抚了他的债主们的心，说服了他们给我宽限些时日。此后，我用心经营，终日忙于进货和销售。一周一周，我慢慢地将钱款还给了债主们。

"就这样，我坚持了很长一段时间，最后还清了所有的债务，还赚了一些钱。一天，我正坐在店铺中，忽然看见一个戴着贵重首饰、穿着华丽衣服的年轻女子。她骑着一头骡子，一前一后各跟了一个侍从。她的骡子停在了巷口，她身后跟的一个侍从跟她说道：'我的女主人啊，你进了店里，千万别告诉别人你是谁，以免招人仇视。'她看了所有店铺中的货物，觉得别家的都不如我店里的好，便来到了我的店铺前，那个提醒她的侍从一直紧随其后。她走进我的店里，找了个位子坐下来，还问候了我。她的声音甜美动人，是我生平不曾听到过的。随后，她将面纱撩到一边，露出了她的脸蛋儿。我瞥了她一眼，心中不禁为之一震，被她迷得神魂颠倒。我忍不住再三地盯着她看，吟诵了这几行诗：

'向戴着洁白面纱的美人坦言啊，
唯有死亡才能真正减轻我的相思之苦。
请来见我一面吧，否则我必将难存于世。
看吧，我已张开双臂，等着你的施舍。'

她听了我诵读的诗后，回应了这样一首：

'如果我的心不再爱你，留着它又有何用？
我的爱人除你之外，再无他者。
除你之外，我的目光从未被他人吸引。'

"吟完诗，她问我说：'年轻人，你这儿有上好的衣料吗？''小姐啊，'我回答说，'我是一个小本经营的人。不过，我可以等到其他商铺开门的时候，替你买来你想要的衣料。'于是，我便同她聊起天来。我沉溺在爱情的海洋里，爱让我迷了心智。等到商人们都打开店铺开始做买卖的时候，我前去替她买到了她所需的一切，这些衣料总共花了五千枚银币。她把衣料交给那个侍从，那人便带着它们随她一同走出了集市。仆人把骡子给她牵了过来，她骑上便离开了。她没有告诉我她住在哪里，我因为羞涩也不好意思问她。因此，我便成了商人们的债务人，欠下了五千枚银币的债务。

"我陶醉在爱里，晕沉沉地走回了家。仆人们把晚餐摆在我的面前，我只咽下一小口。我的脑中回想着她的美貌、可爱，什么也吃不下。我想睡觉，却又毫无睡意。这种情况持续了整整一周。商人们向我索要他们的货款，我恳求他们再给我一周的时间。这周过后，那个女子骑着骡子又来了，她的身边陪着一个侍从，两个仆人。她和我打过招呼，说道：'先生啊，我们有事耽搁，迟迟不能来还你买衣料的钱。现在请个借贷经纪人来，将货款收下吧。'借贷经纪人来了之后，仆人把货款交给他，他兑了货款之后我便将其收下了。随后，我便坐着和她闲聊，一直聊到开市商人们都已打开店铺准备做买卖。她叫我替她去买这样那样的东西，我从商人们手中买到了她所需要的一切。她没有跟我提过任何关于货款的话，又带着货物离开了。她走之后，我开始后悔自己所做的一切，因为替她买的一切花了我一千枚金币。她一走出我的视野，我心中就想：'我对她的爱只算得上愚爱呀！她还给我五千枚银币，却又带走一千枚金币的货物。我担心这样做会使我破产，还担心别的商人收不回货款。我叹道：'商人们不知道内情，只有我自己最清楚。这个女人不过是个骗子，她用她的美貌、可爱来欺骗我。她见我年轻，便来捉弄我。并且我竟不曾问过她到底住在哪里！'

"我一直处于惶恐不安中，一个多月过去了还是不见她来。期间，商人们要求我偿还他们的货款，追得很紧，致使我变卖了自己的产业，一度到了倾家荡产的边缘。然而，当我坐着全神贯注回想着这事情的时候，她突然来到了集市的大门口。她从骡子上下来，走到我的店铺里。我一见到她，焦虑就消失得无影无踪，之前的烦恼也忘掉了。她慢慢向我走近，用温和的言语同我交谈，她说：'找个磅秤来，把你的钱兑给你吧。'她把她带走那批货物的大部分货款都兑给了我，又愉快地与我聊天，我高兴得快要死掉。她问我说：'你有妻室吗？'我回答说：'没有。我从没有结识过任何一个女子。'说完，就哭了起来。她又问我说：'你为什么哭泣呢？'我回答道：'只是想到了一桩往事罢了。'我拿了一些金币交给那个侍从，求他答应我替我从中促成这桩美事。听到我的恳求，他笑了笑，说道：'她喜欢你的程度更胜于你对她的爱。她并不需要这些货物，她做这些事仅仅是因为她爱你。因此，你该向她提亲呀。不管你提什么要求，她都不会拒绝你的。'我拿金币给那个侍从的时候，被她瞧见了。她走回原地，重又坐了下来。我对她说：'我有一事想和你商量，希望你能答应我，原谅我的莽撞。'我向她袒露心迹，我的求爱宣言打动了她，她答应了我的求婚。她说：'这个侍从会带着我的信再来，到时候他会告诉你该怎样做。'随后，她起身离开了。

"我找到了那些商人，把欠款付给了他们。我赔上了大半身家，他们却都赚到了钱。她离开之后的那天晚上，我因为暂时的别离，感到无限的悲伤，一夜无眠。过了几天后，她的侍从前来找我，我殷勤地接待了他，随后便向他打听关于他女主人的消息。他回答说：'她生病了。'我对他说道：'她的身世如何，请告诉我吧。'他说：'这位小姐是何鲁纳·拉施德的夫人祖白玉黛夫人抚养长大的，是祖白玉黛夫人的一名侍女。小姐求得了她女主人的应允，能够自由地出入皇宫。后来，她越来越受宠，最后成为了夫人最得力的心腹。她把她和你的事儿告诉了她的女主人，恳求能把自己许配给你。可是她的女主人却说："一切要等到我见过这个年轻人后再说。如果他有意娶你，那我便将你嫁给他。"因此，我们希望能即刻把你带进宫，引荐给她。如果你能进到宫里面，又不让任何人发现你的存在，那你便可达到和她顺利完婚的目的。但是如果你的意图被人发现了，你的脑袋将会被砍掉。那么，这事你将做何选择？'我回答说：'好的，我会随你前去的，不管在那儿会遇到什么事，我都勇敢面对。'他接着说道：'那么，今晚天一黑，你要到底格里斯河河畔祖白玉黛太太建造的那座清真寺去,在那儿向安拉祷告,并留在那里过夜。'‘完全没问题。'我说。

"夜幕低垂的时候,我到了那座清真寺。我在那儿做了祷告,又留下来过了一夜。第二天,天刚刚亮,我便看见有两个侍从划着一条小船悄然而至。船上装着一些空箱子,他俩将空箱子抬到了清真寺里面。我仔细打量着其中一人。瞧啊,原来是我和那少女之间的那个媒人。过了一会儿,我心爱的那个少女,也来到了我们面前。她刚一走近,我便起身相迎,冲过去抱住她。她亲吻了我,忍不住哭了起来。我们在一起聊了一会儿,她把我领到一个箱子前,让我藏在箱子里面,给箱子上了锁,把我锁在了箱内。仆人们带来大量的货物,将其他箱子都塞得满满的。他们把那些箱子也给锁上,把它们连同装着我的箱子,一起往船上搬。所有的箱子都搬上船后,我心爱的少女也一起上了船。侍从们开始划动船桨,慢慢向尊贵的祖白玉黛夫人的宫殿驶去。我被爱情冲昏了头,但此时我已清醒过来,满脑子想的都是自己做的傻事。我对自己的行为感到十分后悔,于是向安拉祷告,希望他能够把我从危难中解救出来。

"与此同时,他们已经来到了哈里发宫殿的门口。他们上了岸,把所有的箱子都搬下了船,然后再搬到宫里面去。当他们到达的时候,门卫的统领还在睡梦中。不一会儿,他就被说话的声音吵醒了。他冲着我的爱人大吼,说道:‘把这些箱子都打开,我得看看里面装了些什么。'他站起身来,把他的手伸向装我的那个箱子。我完全失去了理智,几乎把魂儿都快丢掉了,全身在瑟瑟发抖。然而,我的爱人却说道:‘这些都是给祖白玉黛夫人办货的箱子。如果你把它们打开,翻得乱七八糟,将会惹怒夫人,害我们所有人都被处死。除了你伸手要开的那个箱子,其他箱子装着的都只是各色的布匹。你正要开的那个箱子里,装着些盛满了清泉的瓶子。如果有水渗出来流到布匹上,必将污染衣料的颜色。我警告了你,你自己来决定,你想怎么办就怎么办吧。'他听到这番话,便对我的爱人说:‘带着你的箱子,快滚吧。'侍从们赶忙将箱子抬起来,跟着我的爱人把箱子都抬进了宫中。过了一段时间,我突然听到有一个人大嚷着说:

'哈里发来了！哈里发来了！'

"极度的恐惧笼罩着我，使我全身绞痛。我觉得自己快要死了。哈里发大声唤住了我的爱人，问她说：'这些是装什么的箱子？'她回答说：'我的主人啊，愿安拉维护您的统治！这些箱子里装着主人祖白玉黛夫人的衣料。''把它们都打开，'哈里发吩咐说，'让我看一看吧。'我听到他们的对话，确定自己是必死无疑了。我的爱人是不能违背他的命令的，可是她还是说道：'信徒们的君主啊，这些箱子里面除了祖白玉黛夫人的衣料，没有别的东西。她吩咐过我不可以将箱子打开给别人看。'然而，哈里发却坚持说：'赶紧将这些箱子一一打开，我得看看里面装的到底是什么。'他传唤侍从们将箱子都搬到他的面前。那时，我十分确信，我必死无疑。侍从们将箱子陆续抬到他面前，一个接一个地打开给他看，让他得以审视里面的东西。当他们将装着我的那个箱子抬到他面前的时候，我已向我的人生作别，准备好赴死了。然而，当侍从们正准备将这箱子打开的时候，我的爱人说道：'信徒们的君主啊，这个箱子里装着的都是些女人用的私物，当着祖白玉黛夫人的面开启才算妥帖呀。'哈里发听了她的话后，便下令让侍从们把这些箱子都搬到内宫。于是，我的爱人赶紧命令两个侍从把我藏身的那个箱子抬走。侍从们把我抬到了内宫中的一间寝宫内，便离开了。她赶忙将箱子打开，示意我出来。我按照她的指示，走进了面前的一个小房间。她将我关在里面，将之前装我的那个箱子锁了起来。侍从们将所有的箱子搬进来后，都走了出去。她打开房间的门，说道：'你没有什么好担心的！现在可以出来了，你随我一起上楼吧。你将有幸跪在祖白玉黛夫人面前，亲吻她身前的地面。'

"我跟着她走到一间屋内，看见二十个双胸挺拔的少女簇拥着祖白玉黛夫人向我们走来。夫人戴着笨重的首饰，穿着厚重的袍子，举步维艰。待进来之后，她的宫女们便四下散开了。我走到夫人面前，亲吻了她身前的地面。她抬手一挥，示意我坐下。我恭恭敬敬地坐在了她的面前。她询问了我的情况和家庭状况，对我的回答十分满意。她叹道：'以安拉起誓，我们对这个女孩的栽培总算是没有白费啊。'接着，她又对我说道：

'你要知道，我们是一直把这个女孩当做亲生女儿来看待的，如今安拉把她托付给你了。'听了她的话，我再次跪下去，亲吻了她身前的地面，说道：'我十分愿意娶她为妻。'然后，她要我留在这儿等上十天。我按照她的盼咐在她们那儿待了十天，期间没有任何关于我心爱之人的音信，只有几个侍女每日给我送来一日三餐，照顾我的衣食起居。无论如何，此后，祖白玉黛夫人前去征得了她丈夫——信徒们的君主哈里发的同意，让她的侍女出嫁，还命人赏给她一万枚金币用作嫁妆。

"祖白玉黛夫人请来了法官和证人，他们替我和少女拟好了婚书。宫女们备好喜果和美食，将它们分送给各宫里的人。她们就这样欢天喜地地为我们庆祝了十天。二十天过去了，她们带着我心爱的人前去沐浴，准备为我和她正式举行婚礼。宫女们还为我端来食物，其中就有一盘滋尔巴者。那是用麝香水、玫瑰汤混着蜜糖一起煮的，里面加了各种鸡块，还别出心裁地加了一些特别的配菜。当这些食物被端来的时候，我迫不及待地享用了那盘滋尔巴者，美美地饱餐了一顿。我擦了擦手，但是忘了用水清洗。我坐在那儿一直等到了天黑，宫女们点亮了蜡烛，歌女们摇着手鼓翩然而至，大家围着新娘载歌载舞。新娘派发了喜钱，随后又被拥着转遍了整座宫殿。最后，众人才将她送到我的身边，脱去她的礼服。等到房间里只剩下了我们两人的时候，我忙抬起双臂搂住她的脖子，简直不敢相信我们已经结为夫妻。然而，当我搂住她的时候，她闻到了我手上散发出的滋尔巴者的味道，立即大叫了一声。听到她的叫声，宫女们从四面八方赶来，拥在她身边。

"我感到十分不安，不知道到底是怎么一回事。那些跑进来的宫女们问她说：'你怎么啦，我的姐妹？'她大声地对宫女们说：'把这个疯子带走，别让他跟我待在一块儿。先前我还认为他是个有理性的人！'我问道：'我到底是哪里不对，让你把我看作疯子呢？''你这疯子，'她说，'你吃了滋尔巴者，为什么不洗手呢？我不能接受你这种缺乏理智的人，和你令人厌恶的行为。'说完这话，她拿起身边的一根鞭子，打在我的背上。她不停地打，直到把我打得晕了过去。而后，她盼咐她的姐妹们说：'把他带去交给城里的法官，让法官砍掉他那个吃了滋尔巴者却不清洗的手。'听了这话，我哭喊道：'现已毫无办法，只得盼安拉拯救了。难道你真要因为我吃了滋尔巴者没有洗手，就要将我的手砍掉吗？'她身边的姐妹们帮我求情，对她说道：'我的姐妹，你就饶了他这次吧。'但是她却回答说：'我非把他的手足砍掉一部分不可。'随后她拔腿就走。接下来的十天，我都不曾见到她的身影。后来，她出现了，对我说道：'你这黑面的人！难道我配不上你吗？你吃了滋尔巴者，怎么胆敢不洗手呢！'她把宫女们传唤来，将我的手绑在身后，然后拿出一把尖锐的剃刀，把我双手双脚的大拇指都给砍掉了。同伴们呀，正如你们刚刚见到的这样。那时，我一下子就不省人事了。她替我在伤口上撒了些药粉，止住了我的血。我承诺说：'在我有生之年，我都不会再吃滋尔巴者。如果非吃不可，我必先用苏打洗手四十次，然后用莎草洗四十次，再用肥皂洗四十次。'她还逼着我发誓，叫我再也别吃这种菜，除非我像对你们描述的那样洗手之后。因此，当滋尔巴者摆上来的时候，我吓得脸色都变了。'

"所以，当你们硬要我吃的时候，我才说：'我一定要践行我的誓约。'"

随后我问他说："在那之后情况怎样呢？"他回答说："当我那样对她立下重誓后，她恢复了平静。我博得了她的欢心，我们又在一起生活了相当长的时间。后来，她说：'哈里发宫殿里的其他人并不知道你和我一起住在这儿，因为除你之外，别的生人是不可以进来的。况且要是没有祖白玉黛夫人的帮助，你也不能进到这儿来。'她交给我五万枚金币，嘱咐我说：'拿着这些钱，出宫去置办一所宽敞的住宅吧。'于是，我出了宫，买到了一所漂亮宽敞的房子。她把她珍藏的所有的财产都搬到了那儿，包括她的华服和珍宝。这便是我四肢的大拇指被砍掉的经过。"

苏丹的总管继续说道："我们吃饱之后，便尽兴而归。路上，我遇到了那个驼背，灾难就这么降临到我的身上了。这就是我全部的故事了，愿平安与您同在。"

国王回答说："这个故事比起驼背的故事简直差多了。不，应该说驼背的故事比这个故事更有趣。我要把你们所有人都处死。"犹太人走上前去，亲吻了身前的地面，说道："我们时代伟大的君主啊，我想给您讲一个比驼背的故事更离奇的故事。"国王回答说："说说你的故事吧。"于是，犹太人便开始了他的讲述：

犹太医生讲述的故事

我年轻的时候，遇到了一桩离奇的事。事情是这样的：

我住在大马士革，在那儿学医，学成之后又留在那儿实习。有一天，我正在忙碌，省长家里的一个仆人前来请我出诊。我一路跟着他来到了省长的家中。我走进门，看见大厅的最里面摆着一张镶金的白玉床，一个病恹恹的人斜倚在床上。这人非常年轻，长得比所有同龄人都标致。我坐在他的床头，祝他早日康复。他看了我一眼，表达了对我的谢意。我对他说："先生，把你的手伸出来给我看看。"他把左手伸到我的面前。我十分惊讶，在心里嘀咕说："这人可真自负啊！"可是，我还是替他把了脉，给他开了一道药方。以后接连十日，我都去给他诊治，他慢慢地恢复了健康。省长赐给我一套漂亮的华服，还任命我为大马士革医院的负责人。年轻人病愈后，我和他一同去澡堂清洗。店家为他清了场，里面只有我们二人。仆人们送来干净的衣服给他，他把里层的衣服一并换下交给他们带走。我吃惊地看到他的右手已被截了肢，并为他的遭遇感到十分难过。我还发现他的身上有许多被鞭子打过的痕迹。年轻人转向我，说道："大夫啊，不要对我的情况感到惊讶。等我们出了澡堂后，我便把我的故事讲给你听。"我们洗完澡出来，回到了他的家中。他对我说道："你愿意到餐厅去坐坐吗？"我回答说："好的。"他立即吩咐仆人布置一番，叫他们给我们端来烤羊和水果。享用完毕，我对他说："讲讲你的故事吧！"他说道："大夫呀，听听这些发生在我身上的事吧。"于是年轻人讲了下面的故事：

你要知道，我是卯隋里人。我的爷爷过世时，留下了十个儿子，我的父亲是长子。他们十兄弟成年后，都各自成了家。我的父亲幸得了我这个儿子，而他的九个兄弟膝下都无子女。因而我的叔父们都十分疼爱我，在他们的抚养下，我逐渐长大成人。那日我陪着父亲来到卯隋里最大的清真寺，我们随众人一同做完祷告，人们陆续散了。父亲和叔父们留了下来，坐在一起谈天论地。他们谈到了各国的奇观和不同城市中奇特的风景，最后他们聊到了埃及。我的一个叔父说道："据旅行家们说，埃及和埃及的尼罗河是地球上最好的地方。"我的父亲补充道："没有去过开罗，算不上见过世面。那儿的土地像金子，埃及的尼罗河更是一道奇观；那儿的女人们好比是天堂里双眼乌黑明亮的仙女；那儿的住房豪华如宫殿一般；那儿气候宜人，空气中弥漫着比沉香还要好闻的香气，让人心旷神怡。除了开罗，哪儿可以称得上是世界的大都市呢！"他继续说道，"傍晚时分游览两岸的花园，能看到水面上倒映着树木婆娑的倒影。这样的美景，让人陶醉其间，叹为观止。"

我听到他们的描述，脑海中便浮现出那个国家的美景，不禁心驰神往。那夜，因为对埃及的无比向往，我食之无味，辗转难眠。几天过后，我的叔父们准备到埃及去经商，我在父亲面前哭哭啼啼，恳求他允许我和叔父们同去。最终，他给我备了一批货物，让我跟随叔父们一起离开了。但是，我的父亲却嘱咐我的叔父们说："不要带他到埃及去，就把他留在大马士革，让他在那儿售卖自己的货物。"

我和父亲分别后，离开了卯隋里，一路向前跋涉，来到了侯勒比。我们在那儿待了数日，又从那儿启程，来到了大马士革。大马士革到处由绿树、河流、各种各样的水果、雀鸟等装点，犹如人间仙境一般。我们找了一家客店住下。我的叔父们卖掉了带来的货物，又采办了一些。他们还帮着我售卖，获得的利润足有成本的四倍。随后，我的叔父们撇下我，往埃及去了。我待在那儿，找了一家豪华的宅邸住下。其极尽奢华，无法用言语描述，每个月付两枚金币。

我住在那儿，终日吃喝玩乐，肆意地挥霍钱财。一天，我正坐在宅邸的门前，一个穿着华丽的少女向我走来。我请她进屋，她毫不犹豫地就答应了。她如此豪爽地对待我对她的邀请，我感到非常高兴。进屋后，我将门关了起来。她揭开自己的面纱。我发现她生得十分惊艳，心中便生出了对她的爱慕之情。我出门买了些可口的水果和一些必不可少的饭菜来款待她。吃完之后，我们便在一起嬉戏玩乐。兴尽之余，又喝了点酒。到最后，两个人都酩酊大醉，倒在一起睡着了，一直到第二天天亮。我拿给她十枚金币，她坚持不收。她说："等着我吧，我的挚爱，三天后的日落时分，我会再来找你。你拿着我的这些金币，替我俩准备好一顿晚宴。同我们昨日享用的一样便可。"说完，她递给我十枚金币便离开了，同时带走了我的理智。三天过后，她果真又来了。她穿着绣花的衣服，戴着漂亮的饰物，比之前更加华丽。我按照她先前的吩咐，已经为她准备好了一切。我们再次坐下来，和上次一样吃好喝足后，又一同睡下。第二天早晨，她又递给我十枚金币，并承诺说三天后仍然来见我。我再次备好了一切等她。三日之后，她来了，身上穿的衣服比之前那两套还华丽。她对我说："我的主人啊，我美吗？"我回答说："美，你真美。"她又说道："你可否允许我离开一会儿，让我去带一个比我更漂亮、年轻的少女过来。她请求我们和她一块儿嬉戏、玩乐，与我们一起欢度今宵呢。"说完这话，她又递给我二十枚金币，要我去准备一顿更丰盛的晚宴。随即与我告别，转身离开了。

到了第四天，我已准备好一切。太阳刚落山时，她来了，身边还带了个少女。她们走到我的客厅内，找了个位子坐下。我心中大喜，点燃了蜡烛，既高兴又得意地欢迎了她俩。她们脱掉了外套，摘掉了头上的面纱。我看见那个新来的少女美得就像一轮满月，长得相当标致，是我从来没有见到过的。我赶忙将已备好的款待之物摆到她俩的面前，与她们一同坐下来吃喝、玩耍。由于我对那个新来的少女宠爱有加，不住地给她斟酒，和她一起畅饮，之前的那个少女暗生妒火。她说："这个女孩可真美呀！可我是不是比她更迷人呢？"我回答道："是呀，肯定的。"聊完这话没多久，我便睡着了。第二天早上我醒来的时候，感觉到自己手上沾有黏糊糊的血液。我睁开眼睛，瞧见太阳已经升了起来，便试着去将那个新来的女孩唤醒。我一晃,她的头便从她的身体上滚落下来。这时,另一个少女已经离开了,因此我猜想,她准是出于嫉妒才干出了这样的事。我站起身来,脱掉自己的衣服,在宅邸里面挖了个坑,把那个被杀的女孩放在了坑中,又用土把她的尸体遮盖起来,再把大理石地板按原样放了回去。随后,我换上另外的衣服,带着我剩余的钱财出了宅邸。我找到宅邸的房主,把一年的租金都付给了他,并告知他说:"我准备要去埃及找我的叔父们。"于是,我离开了那儿。

到了埃及,我找到了我的叔父们,他们见到我都十分高兴。他们问我说:"你为何前来呢?"我回答说:"我太想念你们了,并且我担心自己的钱不够用。"我和已经卖掉货物的叔父们在一起待了一年,赏尽了埃及和尼罗河的风光。我的叔父们快要离开埃及的时候,我从他们身边逃开了。他们以为我先回大马士革了。于是,他们便离开了。我从藏匿的地方出来,又在埃及待了三年,几乎花光了我剩下的所有钱财。这三年间,我每年都把大马士革那所宅邸的房租给它的房主送去。三年过后,我的手头格外紧张,只剩下了一年房租的钱,再没有其他的钱财了。

于是,我回到了大马士革的那所宅邸。到了门前,我从马上下来,走了进去,把那个被杀害的少女留下的血迹擦洗干净。搬垫子的时候,我发现了被杀害少女那晚戴着的一条项链。我把它捡起来,仔细地观察,不由触景生情,忍不住哭了起来。我在宅邸里面待了两天,到第三天的时候,我去澡堂洗了个澡,换了套衣服。这时,我已身无分文。(为了执行命运的决议,恶魔不住地教唆我)于是,有一天,我到市场去,把那条宝石项链交给经纪人代为售卖。他起身相迎,要我在他旁边坐下。开市的时候,他拿着项链,偷偷地向买家开价。这条项链的卖价是两千枚金币,然而他却走到我面前对我说:"这条项链是黄铜做的,是法国人造的赝品,它的价格只值一千枚银币。"我说:"正如你所说,这条项链是做给一个女人的,一个该被取笑的女人的。后来转到了我妻子的手里。现今我们打算把它卖掉。因而,你拿去卖一千枚银币好了。"经纪人听到这话,认为事有蹊跷,便把这条项链拿去交给了商界的头目。头目又把项链交给了吾力（阿拉伯国家的省督），并对吾力说："这条项链原本是我的，被人偷了去。现在我们已经找到了窃贼，他扮作了商人的模样。"我对这些情况一无所知，莫名其妙地被官兵们捉去见了吾力。吾力询问我项链的来历，我就把之前对经纪人说过的话又重复了一遍。可吾力却笑了起来，说道："你说的并非实话。"紧接着，他的下属们便扒去了我外层的衣服，拿着藤杖打遍我的全身。我被打得痛不可支，便说道："这是我偷的。"我心里想，与其承认项链的主人死在了我的住处，不如说这是我偷的。否则，他们必将杀了我替她报仇。我刚说完，他们便砍掉了我的手，再把我的残肢放到滚烫的油锅里煮，我痛得晕了过去。随后，他们给我喝了一点儿酒，过了一会儿我才慢慢恢复了神志。我带着被砍掉的手掌，回到租住的宅邸。可是房主却对我说："既然你发生了这种事，离开这座宅子吧，去找别的住处。因为你是犯了不法行为的罪犯啊。""先生啊，"我回答说，"我恳请你给我一两天的宽限，让我可以去找一处地方容身吧。"他应允了我的请求，离我而去。我一个人待在屋内，坐着悲伤地哭泣，我叹道："我的手掌都被砍了，这让我有何脸面再回去见我的家人。那些砍掉我手掌的人还不知道我是清白的。今后，也许安拉会帮助我呢。"

房主离开了之后，我悲伤得不能自已，抑郁成疾，病了两日。第三天的时候，房主突然带着衙门的官兵们还有那个指控我偷项链的商界头目一起前来找我。我走了出去，问他们说："发生了什么事？"他们不由分说地把我捆绑起来，又把一根链子套在我的脖子上，说道："你的那条项链是大马士革市市长的财物，他是这儿的管理人、统治者。这条项链是三年前从他家中被盗走的，一同消失不见的还有他的女儿。"我听到他们的这番话，四肢发抖，心想："他们准要杀了我！我非死不可了！以安拉起誓，我必须要把我的故事讲给市长听！任他处置吧，要么杀了我，要么饶恕我。"我们来到了市长的家中，人们把我带到了市长的面前。市长看见我后问道："这就是那个偷了项链后又拿出去卖的人吗？你们真不该砍掉他的手啊。"接着，他吩咐将那个商界的头目收押大牢，并对他说："是你砍了他的手，你要赔偿人家的损失费。否则我便绞死你，没收你所有的财产。"他把他的侍卫们传唤来，把商界头目拖走了。

市长下令让侍卫们松开了套在我脖子上的链子，解开了绑着我的粗绳，然后望着我说："孩子啊，告诉我你的故事，得说实话。你是怎么得到这条项链的？"我回答说："大人啊，我会把实情告诉您的。"于是，我就把我和两个少女之间发生的事情都告诉了他。听了我的话，市长摇了摇头，用手帕掩面失声哭了起来。等他停止哭泣，他对我说道："孩子啊，你要知道，那个年长的少女是我的女儿。我们之间非常亲密。她长到了该婚配的年龄，我便把她送到开罗，嫁给了她叔父的儿子。她的丈夫不幸死了，她便回到了我的身边。她沾染了与男子厮混的恶习，所以才三番四次地前去找你。第四次的时候，她将她的妹妹也带去陪你了。她们是同一个母亲生下的亲姐妹，两人一直亲密无间。如同你刚刚讲到的，当你和她相遇并快乐地在一起时，她把自己的秘密讲给了妹妹听。于是妹妹便请求我的允许，希望能和姐姐同去。后来，姐姐独自一人回来了。我询问她的妹妹在哪里，她哭泣地回答道：'我没有她的任何音讯。'可是，她悄悄地把自己杀了妹妹的事告诉了她母亲，她母亲又偷偷地把这事告诉了我。她终日为妹妹伤心流泪，说：'以安拉起誓，到死之前，我都要为妹妹流泪忏悔。'孩子啊，你的推断是正确的。因为在你还没有讲述之前我便知道是怎么回事。我的孩子啊，你了解事情的始末了吧。现在我想和你商量一件事，希望你不要违背我的意思。这就是——我想要你娶我最小的女儿，她和她的两个姐姐并非同一个母亲所生。她冰清玉洁，惹人喜爱。我不仅不向你收取任何聘礼，还要给你们两人一份生活补贴。我也会像对亲生儿子一样对你。"我回答说："就照你的意思办吧。我的主人，这种幸福生活是我求之不得的。"随后，市长便派信使去将我父亲留给我的遗产取来（我离家之后，父亲过世了）。现在，我过着十分富足的生活。

犹太人说："我对他的经历感到十分惊讶。我和他在一起待了三天后，他给了我许多钱。然后我与他辞别，踏上了旅途，来到了你们这个国家，在这里过得十分惬意。之后，我便遭遇了发生在我和这驼背身上的一切。"

国王听完这个故事,说道:"这个故事不比驼背的故事更为离奇。我必须要把你们全部绞死,尤其是这个裁缝,他是这件事的始作俑者。"然而,他又补充说,"裁缝啊,如果你能给我讲一个比这驼背的经历还要离奇的故事,我便饶恕你所有的罪过。"因此,裁缝便走上前来,讲道:

裁缝讲述的故事

我们时代伟大的君主啊,您要知道,发生在我身上的故事可比发生在别人身上的事情要离奇得多。遇见驼背的那天早上,我和我的朋友们前去参加一个生意人的宴会。出席宴会的有裁缝、布商、木匠以及其他行业的人。仆人们端来午餐供我们享用。瞧啊,宴会的主人走进屋内,他的身旁跟了一个我们不曾见过的巴格达男子。他样貌英俊,衣着讲究,风度翩翩。令人遗憾的是,他瘸了一条腿。他和我们打了个招呼,我们立即起身相迎,请他入座。正当准备坐下的时候,他看见了我们之中的一个理发匠,于是便拒绝入席,执意要走。我们拦住了他,力劝他坐下来。主人说道:"你刚刚来,怎么这么快就要走呢?""以安拉起誓,先生啊,"他回答说,"您别拦着我,我之所以要走,都是因为和你们坐在一起的那个理发匠啊。"主人听到这话,感到十分惊讶,问道:"这个理发匠待在这儿为何会令你如此心烦意乱呢?"我们也都望向年轻男子,说道:"告诉我们你为什么那么反感这个理发匠吧。"年轻男子说:"朋友们啊,当我还在家乡巴格达的时候,我和这个理发匠之间有过一段让人意想不到的经历。也是因为他我才成了瘸子。我发过誓,绝不会和他同时出现在一个场合,凡是他居住的城市,我绝不在里面居住。于是,我离开了巴格达,来到这个城市落脚。看样子,今晚我不能在这儿过夜了,我必须离开这座城市。"听了这话,我们对他说:"以安拉起誓,我们恳请你,把你和他之间的事情告诉我们吧。"理发匠听到我们这个请求,脸色立刻变得苍白。

年轻男子说道:"各位好人啊,你们要知道,我父亲曾是巴格达商界的一个头目,尊贵的安拉仅赐给了他我这么一个独子。我慢慢长大成人,而父亲却离我而去，他给我留下了财产、仆人，我开始过起了锦衣玉食的生活。只是，我天生厌恶女性。直到有一天，我正在巴格达的街上走着，正前方走来一群妇女，挡住了我的去路。我逃进一条小巷避开她们。走进小巷，我斜靠在一张长凳上休息。刚坐下没一会儿，瞧啊，我对面的一个窗户被推开了，一个漂亮的如满月一般的少女从窗口探出头来，我一生中从未见过这样美丽的女子。她的窗台上种了一些花，她正在给花儿浇水。她左顾右盼地张望了一阵儿，然后将窗户关住，消失在我眼前。我心中不由燃起一团火焰，脑海中萦绕着她的身影，久久不去。自此，我对女性们的憎恶变为了青睐。强烈的爱慕之情使得我心神不宁，一直呆坐在那里，直到日落。这时，城里的法官前呼后拥地骑着马走了过来。他走到少女探出头的那所房子前面，跳下马，走了进去。我猜想，这人定是少女的父亲。

"我一脸忧伤地回到了家，一头倒在床上，不停地胡思乱想。女仆们不知道我发生了什么事，统统走进来，关切地围坐在我身旁。我叫她们别理会我的事，也拒不回答她们的问题。然而，我的思绪却越发混乱了。周围的邻居们也都来看望我，希望我的心情能得到舒缓。他们中有一位老妇人，一看到我便猜到了我的情况。于是坐在我的床头，和蔼地对我说：'孩子，告诉我到底发生什么事了？'我把我的事情讲给她听，她说：'孩子，她是巴格达法官的女儿，被她父亲严格地关在家中。你见到她的那个地方是她住的房间。他父亲住在楼下，留她一个人住在楼上。我和她常常见面，而且只有我可以帮你，让她和你见上一面。因此，别再担忧，快打起精神来吧。'我听了她说的话，变得勇气十足，信心满满，精神得以恢复。我的家人都感到无比喜悦。我起床活动我的手脚，希望能早日完全康复。然后，老妇人便离开了。然而，她回来的时候，脸色大变，说：'孩子，我已将你的情况告诉了她，她愤怒地说："你这不祥的老太婆，如果你再提这个话题，我就以你该受的方式惩戒你。"——尽管如此，我必须再去找她一次。'

"我更混乱了。几天后，那个老妇人又来了，说道：'孩子，你得给我份报酬，因为我给你带来了一个好消息。'听到这话，我回过神来，说：'不管你想要什么,我都可以给你。'她又说道:'昨天,我去找那个姑娘。她看见我哭肿的双眼、忧伤的神情,便问我:"你因为什么事这么揪心、难受呢?"我哭了起来,回答说:"孩子啊,我的小姐。昨天我拜访了那个爱慕你的年轻人,不得不又来找你。他因为你的关系,正挣扎在死亡的边缘。"少女心生怜悯,不由得为之动容。她问道:"你说的这个年轻人是谁呢?"我回答说:"他是我的儿子,是我至亲的人。几天前,你站在窗前给花浇水时,他不小心瞧见了你,对你一见钟情。自此便变得茶饭不思,忧愁烦闷。我把上次和你之间的谈话告诉了他,他听了之后,思绪更加混乱,卧床不起,已是奄奄一息了。这样下去,他非死不可啊。"她听完这番话,脸色惨白,说道:"这全都是因为我的缘故吗?""是啊,"我回答说,"你说吧,现在我该怎么做呢?""去找他,"她说,"带去我的问候,告诉他我的爱更甚于他。下个星期五聚礼之前,请他到这里来。我会命人把门给他留着,让他上来见我。我们将会有一次短暂的相会,但是他必须要在我父亲做完祷告回来之前离开。"'

"老妇人说完这些话,我之前所有的痛苦立刻消失得无影无踪,我的心也平静了下来。我把穿在身上的那套华服脱下来送给她,她便离开了。走之前她对我说:'振作起来吧。'我说:'我一点儿也不难受了。'我恢复健康的好消息迅速在我的家人和朋友中传开了。我保持着良好的精神状态一直等到了星期五。那天,老妇人到我家中来找我,询问了我的病情。我告诉她我感觉良好也很开心。随后,我换了套衣服,又熏了点熏香,坐下来盼着人们快去参加聚礼,这样我就可以去找那个少女了。但是老妇人对我说:'现在还有足够多的时间,你可以去洗澡、理发,以消除你的病容,这样会更好一些。''这是一个合理的建议,'我回答说,'不过我要先理发,再去洗澡。'

"我派仆人去请理发匠,并嘱咐他说:'要挑一个理性且做事有分寸的,切忌那种絮絮叨叨惹得人头痛的。'仆人走了出去,随后把这个老人带来了。他刚一进门就向我问好,我也回应了他一声,他对我说:'愿安拉消除您的忧伤和焦虑,带走您所有的不幸和悲伤。'我回答道:'愿安拉兑现你的祷告。'他又说道:'先生,高兴点,你看你都已经痊愈了。你是要理发呢,还是要放血?因为有一种世代相传的说法,说不管是谁,只要是在星期五这天理发的,会被免去七十种疾病。还说,不管是谁,如果不这样做,就会失明或常常得病。''够了,'我喊道,'别说这些没用的话了,我的精神不太好,赶紧开始给我理发吧。'他站起来,双手向前伸,取出一块手帕,随后将其展开。看啊,里面是一个观象仪,由七个盘子组成。他拿着仪器走到院子中央,抬起头望着太阳观察了很长一段时间。他对我说:'您知道吗?今天是星期五,在今天理发的人将会得到最好的祝福。根据历法进行科学地推算,今日占优势的是火星,计七度六分,也是水星与火星交会的日子。这说明,今天确实是个极适合理发的日子,我也和这有关,因为这象征着您将给一个人好处,他真是个幸运儿。不过,现在的星象让我预知到一件将要发生的事情,这我就不便告诉你了。'

"我怒吼道,'你让我感觉厌烦,你扰乱了我的思绪,还无端地替我占卜。我只是让你来替我理发的。请赶紧给我理发,不要再对着我唠叨不停了。'但是他继续说:'如果你知道事情的真相,你就会要我跟你解释更多,我劝告你要按照我给你的建议去做,这些建议都是我根据星象推算出来的。我才是可以给你好的建议,并且怜悯你的那个人。我愿意为你服务一年,并且不会为此向你索取任何报酬,那样你便知我所说的是对的,可以因此还我公道了。'我听了这番话,说:'你简直要把我给害死啊,我必死无疑了。''我的主人啊,'他答道,'我和我的兄弟们不同,我就是因为少言寡语,才被人们称作"寡言者"。我大哥叫白格波哥,二哥叫希达尔,三哥叫伯格伯格,四哥叫科祖·艾斯瓦尼,五哥叫欧沙尔,六哥叫舍卡里格,第七便是我,我的名字叫萨米特。'

"这个理发匠不停地唠叨,简直让我崩溃。我感觉自己的胆囊几乎要爆裂了。于是我吩咐仆人拿给他一枚四分之一的金币,叫他赶紧离开我这儿。但是,当理发匠听到我对仆人说的话后,大声嚷道:'先生,您说的这是什么话,如果我没有为您服务,我不会收取您分毫的报酬。而且,我必须要服侍您。那是因为满足您的需求是我义不容辞的责任,就算我得不到半点儿酬劳，也是没有关系的。即使您不懂我的价值，我却知道您的身价。您的父亲，给我们做过许多好事，是一位慷慨大方的人。曾有一次，就像今天这样吉祥的日子，你父亲派仆人前来找我。当我前去见他的时候，看见他正和许多朋友待在一起。他对我说："替我放点血吧。"我拿起观象仪，帮他测度一番。结果发现凶象满布，要是放血的话会惹上祸端。我把这些告诉了他，他听了我的建议，决定要等到我认为合适的时候，再让我替他放血。他没有反驳我，相反地，他十分感激我。在场的那么多人也同样地感谢了我。你父亲给了我一百枚金币，作为我替他放血还有其他类似服务的报酬。'我说：'父亲竟愿意结识你这样的人。'理发匠笑了笑，大声喊道：'我曾以为你是个理智的人，但如今却见你被病魔搅昏了头，说胡话。能抑制自己的愤怒，就能原谅别人。不过，我还是原谅你所有的过错，然而我并不知道你急躁的原因。你应当知道，你父亲生前做任何事都会向我咨询。有一句话是这样说的，"给你提建议的人，便是值得你信任的人"。现在，除了我之外，你再也找不到一个比我更适合咨询事务的人了。现在我两脚站着来服侍你，我都没有对你不满，你又怎么可以对我生气呢？但是看在我受过你父亲恩惠的分儿上，我会耐心服侍你的。'我说，'我受够了你的喋喋不休，你的唠叨令我崩溃。我只希望你赶紧替我理发，然后离开这里。'

"我冲着他发泄了我的愤怒。尽管他已经弄湿了我的头发，我却越来越怒不可遏。他说道：'我知道你对我的不满情绪已经让你忍无可忍，但是我不会生你的气的。因为你的头脑还幼稚，只是一个少年。似乎就在不久前，我还让你骑在我的肩上玩，带你去上学堂呢。'听了这话，我对他喊道：'兄弟，请你离开这里吧。我有自己的事务要处理，请你自行离去。'我撕破了我的衣服，他看见我挣扎着要离去，才取出剃刀，将其磨锋利。他不紧不慢地磨着，当我等到灵魂快要出窍的时候，才走到我脑后，拿刀给我剃掉了一小撮。随后，他抬起手说道：'我的小主人啊，急躁是魔鬼的天性。'他吟诵了这首双韵诗：

'冷静从容些，急躁并不能实现你的愿望；用怜悯的心待

人，如此一来，别人也会仁慈地对你。'

"随后他又继续说道：'我的小主人啊，我猜你肯定不知道我在社会上的地位吧，我的手可是经常为王公大臣、圣人学者们打理头发的。曾经有人作诗赞美过我这样的人，说：

"各行各业汇在一起就像一条项链，这个理发匠便是其中最夺目的珍珠。他与生俱来的精湛手艺使得他技艺超群，他的手下垂着的可是君主们的头颅。"'

"我吼道：'不要再说这些与我无关的事情了，我的心都被你搞得紧缩起来了，还吵得我脑子里一片混乱。''我猜你很忙是吧。'他插了一句。我回答说：'是！是！是！''慢慢来，'他回答说，'因为急躁真是魔鬼才有的习性，被祝福的先知曾经说过："一开始就深思熟虑才能做好事情。"以安拉起誓，你的事，让我十分担心。因此，我希望你告诉我，你这样慌慌张张，是要去做什么事呢？但愿你一切顺利，我真怕你会遭逢不测呢。'

"此刻，离约定的时间只剩下三个小时了。他愤怒地扔掉手中的剃刀，拿起观象仪，再一次跑去观察太阳。过了很长一段时间，他走了回来，嘴里念念有词：'不多不少，离聚礼开始还有三个小时。''看在安拉的分儿上，'我喊道，'不要再唠叨了。我的肝脏都让你给嚷破啦。'他拿起剃刀，慢慢地磨了一会儿，才又给我剃掉一小撮头发。而后，他再次停了下来，说道：'你这样急急忙忙，叫我十分担忧。如果你告诉我为何你如此急躁，对你才更为有益。你要知道你父亲生前做任何事情都会先咨询我的意见。'

"我心里想：'我必须要摆脱掉他的纠缠。因为聚礼就快开始了，我要在大家做完祷告走出寺庙之前赶过去。如果迟到一会儿，我就不知道该怎么进去见她。'于是，我跟他说：'快点儿，不要再唠唠叨叨说些没用的话了，我忙着去和朋友参加宴会呢。'一听到宴会，他欢呼道：'今天对我来说也是个吉利的日子。我要和我的朋友们在我家搞一个聚会。但是我什么吃的都还没给他们准备，这可怎么办啊？真让我丢脸。'我对他说：'不要担心这个问题了，既然我已经告诉过你，今天我要去参加一个宴会，那么，只要你赶紧把我的头发剃完，我就把家里所有现成的吃喝都送给你。''愿安拉酬谢你，赏给你各种好处，'他说，'告诉我，你有什么可以拿来招待我的客人呢？'我回答说：'五盘肉，十只烤鸡和一只烤羊。'他说：'把那些都拿到我面前来吧，让我瞧一瞧。'我命人把食物都端来。他叹道：'真是天赐之物啊，你真慷慨。但是我还需要一些焚香和香料。'我给他搬来一个箱子，里面装有总共值五十枚金币的香水以及沉香、龙涎香、麝香的香料。时间一点一点在缩短，我的心也在慢慢地紧缩。我对他说：'拿着这些，把我的头发打理好吧。'他却说道：'我要把里面装着的东西一一过目后才肯收下。'我吩咐仆人打开箱子给他看。理发匠扔掉手中的观象仪，坐在地上，翻看起箱子里的物什，直到我急得快要火冒三丈的时候，才停下来。

"他起身上前，拿起剃刀，又剃了我头上一小撮头发。他接着说：'以安拉起誓，孩子，我不知道是该感谢你，还是该感谢你的父亲，因为今天我举办宴会的食物全是你慷慨赏赐的。我的客人中，没有谁应该享受这样好的食物，因为他们都是小人物，比如卖小麦的萨丽尔，卖豆子的奥卡尔，卖牛奶的阿克瑞希，杂货商尔克丽舍，清洁工人哈米德。他们每个人都为这次宴会准备了一支舞，还有诗歌，尽管很蹩脚。但他们最好的品质就是既不多话也不鲁莽，就像站在你身前的那个仆人和作为你的奴隶的我一样。那个卖豆子的，他经常唱着"如若我不想去参加宴会，必定要将宴会办到家里来"的歌曲。那个清洁工很幽默，鬼把戏很多，喜欢跳舞，一边跳还要一边唱："我的太太，她心里总是藏不住秘密！"我的每个朋友都会说别人不会的俏皮话，只有亲耳听到，你才知道那是多么生动。因此，如果你选择来参加我们的聚会，无论是你还是我们都会玩得更加开心。你打消去见朋友的念头吧，因为如果你遇到一个话多的或者粗鲁的人，会对你的精神不太好。你的病还没有完全康复呢。'我回答说：'我改天再参加你朋友们的宴会。'但是他却不依不饶：'如果你先加入到我朋友们的聚会，你会感受到他们的欢乐，和他们风趣的性格带给你的幽默，这将对你更好。正如这首诗中所说：

"行乐需及时，因为无常的命运总是把我们的计划打乱。"'

"听完这些，我心中满是怒火，不由得苦笑了一声，对他说道：'按照我要求的去做。我必须得去参加聚会了。你也赶紧去找你的朋友们，他们正等着你呢。'他答道：'我要求的仅仅是把你介绍给这些人认识，他们都绝非粗鲁之人。只要你肯与他们见面相处，你定会与你之前的朋友断绝来往的。'我回答说：'愿安拉保佑你们今晚的聚会，玩得尽兴快活，将来有机会我定会请他们来这里的。'他打断我的话，说：'如果你真是这样想的话，今天你就先和你的朋友们去参加宴会吧。你等着我，让我先把你赏我的这些礼物带回去，摆在我朋友面前请他们享用，这样他们可以先吃着喝着，不必在那儿干等着我。随后我再回到你这儿，和你一起去拜访你的朋友。我和我朋友之间没什么可客气的，我离开一会儿他们是不会埋怨我的。因此，我很快便会回来，无论你去哪里，我都会陪你去的。'听完他的话，我长叹道：'现在已毫无办法，你去找你的朋友们吧，和他们一起尽情玩耍。就让我自己去找我的朋友们吧，让我今天和他们待在一起，他们正在等着我去呢。'然而他却回答说：'我不会让你一个人去的。'我说：'我要去的那个地方除了我以外，没人能进去。'他又说：'那么，我猜你今天定是去和某个女孩子会面吧，否则，你不会不带我去。因为我比其他人都更适合陪伴你，我能帮助你达成愿望。我担心你去会面的是妓女，这与性命攸关啊。因为在巴格达城没有人可以做这档事儿，尤其是像今天这样的日子。你要知道巴格达的吾力是一把可怕而锋利的剑啊！''该死的你，你这个邪恶的老东西。'我怒骂道，'你对我说的都是些什么鬼话？'见我如此愤怒，他沉默了许久。

"他给我理完发的时候，已经到了聚礼的时间，布道也快开始了。于是，我便对他说：'带着这些食物去见你的朋友们吧，我会一直等到你归来，让你陪我同去的。'我一直努力说服他，希望能够骗他离开。不料他却对我说：'你肯定是在骗我啊，你是想自己一个人去，这会让你自己卷入到一个无法脱身的灾难中去。以安拉起誓！以安拉起誓！待在这里不要离开，等到我回来。我要陪你去，我要知道你的事情结果怎么样。'我回答说：'好吧，你别去太久，赶快回来。'随后他把我赏给他的食物还有其他的一些东西带走了，不料他却把这些东西都交给挑夫，叫挑夫把东西送回他的住处，他自己却躲在一条小巷里。当时已经是晨祷的时候，我立刻动身。我穿起外套，独自一人匆匆赶路。到了那个小巷，我停在看见那个少女的那所房屋门前，瞧啊，那个理发匠就跟在我身后，我之前竟不曾察觉。我看见房门是开着的，便走了进去。随后房子的主人参加完聚礼回来了，他走进大厅，随后关上了房门。我心里犯嘀咕：'这个坏家伙怎么知道我在这儿？'

"就在这时候，恰巧发生了一件事。主人家中有一个女仆犯了一些过失，主人为此打了她，她大叫着求饶。一个男仆于心不忍走到屋内恳求主人饶了那个女仆，然而主人却连他一起打。男仆同样地也大叫着求饶。那个理发匠以为主人打的是我，吼了起来，还扯破自己的衣服，抓起尘土撒在自己头上，大叫着求救。很快他的身边便围满了人，理发匠对人们说：'我主人在法官家里被杀了。'随后他带着一群人，一路嘶吼着跑到我的家中，把事情告诉了我的家人。我不知道理发匠还对他们做了什么，当他们赶来的时候，都哭喊道：'我们的主人真惨啊！'理发匠撕破了自己的衣服，一路走在最前面，城中的许多居民也跑来跟在他们后面。众人不住地哭喊着，理发匠带头叫，后面的人也跟着叫喊：'我的主人被杀了！'他们就这样一路走到了我被困的这所房子这儿。法官听到了门外喧哗的声音，不知是何缘故，便起身打开了门。他看见门外围了一大群人，十分困惑，忙问：'各位，发生什么事情了？'

"我的仆人们回答说：'你杀死了我们的主人。'法官问道：'各位，你家的主人对我做了什么，以至于我要杀他呢？为何我见到这个理发匠站在你们身前呢？'理发匠说道：'你刚才用藤杖在打他，我听见了他的哭喊声。'法官又问：'他做了什么，以至于我要杀他？'随后又补充说,'他是从哪儿来?又是想到哪里去?''别做老坏蛋了,'理发匠大声嚷道,'因为我知道整件事情的来龙去脉,知道他走进你家的原因,还知道整件事情的真相。你女儿爱上了他,他也爱着你的女儿,你逮到他溜到你家里来,便吩咐你的那些年轻力壮的仆人殴打了他。我要把这件事告诉哈里发,叫他来裁决,要么你赶快把我们的主人带出来,让他的家人把他接走。快把他交出来吧。'

"听完这些,法官说不出话来,在众人面前感到无比羞愧。但是不一会儿,他就对理发匠说:'如果你说的是真的,那你进来把他给找出来吧。'理发匠走上前去,进到了屋子里面。我看见他走了进来,四下寻找一条可以逃走的道路。但是我没有找到可以躲起来的地方,随后我看到在我当时待的那个房间里面有一个大箱子可以让我藏身。于是我就钻了进去,把箱子关上,屏住呼吸。这个理发匠跑进了大厅,径直望向我藏身的地方,朝这里走了过来。随后他左右观察一番,认为除了那个箱子没别的东西可以供我藏身。于是他把箱子举在了头顶,吓得我丢了魂儿。他举着箱子迅速地下了楼,我十分确信他不会停下来,于是便打开箱子,跳到地上。我跌倒在地,腿也被摔断了。我到房门口的时候,看见那儿围了很多人。那天聚在那儿的人数目之多,是我生平从未见过的。于是我朝着人群挥洒金币,以此来转移他们的注意力。当他们都忙着捡金币的时候,我赶忙跑出了巴格达的那条小巷。这个理发匠一路对我穷追不舍。不管我跑到哪里,他也跟着来到哪里。他喊着:'因为主人您的缘故,险些害我跌进无尽的伤痛中。赞美安拉,感谢安拉援助我,让我把您从他们手中给解救出来了。我的主人啊,之前你为了尽快来与她会面,一直激动不已。事实证明这是个糟糕的计划,你看你真的是被卷入到这桩可怕的事中来了吧。要是我没来保护你,你是不可能从你卷入的这场灾难中逃脱的,他们会把你打入一场你无法脱身的浩劫之中。因此,让我服侍你吧。未来还会遇到灾难,就让我来解救你吧。你独自一人前去,是个坏主意,差点儿把我给害死了。但是我们都不会埋怨你,因为你天真,不谙世事,况且你生来就很纯真,性子也急。'我回答说:'你把我害到这个地步,你还不满意吗？你还要一路走街串巷追着我？'如果不能甩开他，我宁愿去死。我愤怒地从他身边跑开，逃进市场里的一家店铺里面，我向店主求援，他帮我赶走了这个理发匠。

"随后，我坐在店主的一间仓库里面，我心想：'如今我已不能摆脱这个理发匠，而他又没日没夜地追着我，我再也不能容忍他出现在我的视野里了。'于是我立即请来证人，写了份遗嘱，把我的财产分给我的家里人，并把他们委托给一个保护人，请他帮我卖掉房子和其他所有的不动产，我还嘱咐他照顾家中的老人和小孩。为了逃避这个坏家伙，处理好事务后我就即刻动身，踏上了漂泊他乡的路途。随后我来到了你们的国家，在这儿找到了住所，已经待了很长的一段时间。我受你们的邀请来参加这次聚会。当我看到这个可恨的老鬼和你们一起坐在屋子的最里面用餐时，我的心情如何能够平静呢？这个家伙带给我那么多灾难，害我瘸了腿。有他在这儿，我和你们坐在一起如何能够开心呢？"

这个年轻男子始终还是不愿和我们一起入席。当我们听完他的故事后，便对理发匠说："这个年轻人所说的关于你的事儿都是真的吗？"他回答说："因为我机警聪慧，我才会这样对他。如果不是因为我做了这些，他早就死了。要是没有我，他必定难逃一劫。如此一来，他才只瘸了一条腿而不至于丢了性命。如果我真的是个话多的人，我就不会这样帮他了。现在我就给你们讲讲我自己的故事，让你们相信我是一个少言寡语的人，说话做事比我的哥哥们要得体得多。"事情是这样的：

理发匠本人的故事

勤政爱民的君主穆斯堂隋尔·彼拉执政时期，我居住在巴格达。他爱护贫穷可怜的百姓，也和有学问、清廉正直的文人志士结交往来。一天，他了解到了十个杀人犯的罪行，勃然大怒，便命令巴格达的市长把这十个犯人押上船，带来见他。我见到那些人时，心里暗自想："这些人聚集在一起，准是为了寻欢作乐。我猜测他们必定将会在船上吃吃喝喝消磨一整天，我不上去陪他们怎么成呢？"于是，我便登上了船，和被押解的他们混在一起。当船驶到对岸他们被押下船的时候，吾力的侍卫们拿着链子走了过来，把铁链一一套在他们的脖子上。然而，我的脖子上竟也被人套了条链子。面对这种情况，我决定一声不吭。你们说，难道这不足以证明我的豁达，证明我的沉默寡言吗？因此，侍卫们用链子将我们众人绑着，把我和他们一起带到了勤政爱民的君主穆斯堂隋尔·彼拉面前。他下令将这十个人的头都给砍掉。随即刽子手便砍掉了那十个人的头，剩下我一个。随后哈里发转头看到了我，对刽子手说道："你怎么不把十个人的脑袋都给砍掉？"他回答说："我已经把十个都砍完了。"哈里发又说："我不认为你已经砍了十个，第十个人还站在我面前呢。"然而刽子手却回答说："以您的恩泽起誓，我已经砍掉了十个。"哈里发下令说："数数看到底砍了几个。"刽子手清点了砍死的人数，瞧啊，总共已有十人。哈里发望着我，说道："都到了这么危机的时候，你怎么还缄默不语呢？你是怎么和这些杀人犯混在一起的？"当我听到勤政爱民的君主说的这番话后，我便对他说道："勤政爱民的君主啊，我是一个沉默寡言的老人，我的学识丰富。说到我理解方面的严密，认识方面的迅捷，言行方面的稳重，那更是没有止境的了。我是一个理发匠。昨天早上的时候，我看见这十个人登上了一艘船，于是我便混入其间，和他们一块儿上了船，我心想着他们准是结伴去参加宴会的。然而，过了一会儿我才知道他们原来都是罪犯。侍卫们前来抓他们，把链子套在他们脖子上，同时也套了一条在我的脖子上。因为我为人极为豁达，所以当时我没有吱声，更没为自己辩解。在那种情况下，我也没有开口说话，因为我极为忠厚老实，从来不计较。他们将我们押到这儿来站在您的面前，您下令说要砍掉那十个人的脑袋，可我依旧镇定地站在刽子手面前，没有向您解释我的情况。我和他们一起镇定地等待杀戮，难道不是我伟大人格的体现吗？然而，在这之前，我早就经历过这样的事，展现过我卓越的人格了。"

哈里发听完我的话后，知道了我是一个为人豁达且少言寡语的人，并不像这个被我拯救过的年轻人所说的那样鲁莽无礼。哈里发问道："你有兄弟吗？"我回答说："有的，有六个兄弟。"哈里发说："你的六个兄弟都像你这样博学多才、少言寡语吗？"我回答说："他们和我可大不相同，您这样猜测未免太轻视我了。勤政爱民的君主啊，您把他们拿来和我相比真是太不应该啦。因为他们不仅话多，为人也爱斤斤计较，所以个个都变成了残废。我大哥是一个瘸子，二哥缺了很多牙齿，三哥是个瞎子，四哥少了只眼睛，五哥被割掉了双耳，六哥被切去了嘴唇。勤政爱民的君主啊，不要以为我是一个话多的人，我绝非如此。我必须要向您证明，和他们比起来我为人更有雅量。他们每个人都有一段离奇的经历，使得他们变成了残废。如果您愿意，我便将他们的故事说给您听。"

理发匠大哥的故事

勤政爱民的君主啊，您要知道，我的大哥名叫白格波哥，是一个瘸子。他是巴格达城中的一个裁缝，他曾经租了一个富人的商铺，以缝纫谋生。那间商铺的上面是房主的住房，下面是他的磨房。一天，我瘸腿的哥哥坐在店中，正忙着缝纫。当他偶然抬起头的时候，看见一个妇女站在那所房子一扇突出的窗户边，像一轮升起的满月那般静美。她正悠闲地注视着过往的行人。他一见到她，便被她给迷住了。他停下手里的活，一整天都盯着她看，一直到傍晚时分。第二天早上，他打开店门，坐下来开始缝纫，他每缝一针，便抬头望窗户一眼。他就这样心不在焉地缝着，什么东西都没有织成，一枚银币也没有赚到。

第三天，他又坐在自己的座位上，忍不住盯着那个妇女看。妇女瞧见了他，知道他已经成了自己的俘虏，便对着他嫣然一笑。他也同样地对着她笑了笑。随后，她退回屋里，消失在他的眼前。她派自己的女仆拿一个包裹前去找他，包裹里包着一匹红色花绸。女仆来到他的店中，对他说道："我的女主人问候你。她想让你凭着你的好手艺，用这匹丝绸为她缝一件衬衣。你要缝得漂亮些才行。"于是，他回答道："听明白了，遵命便是。"他裁剪出衬衣所需的布料，当天就替她缝好了衬衣。第二天，那个女仆再次来到他的店中，对他说道："我的女主人问候你，并差我问你，昨晚是如何度过的？她深深地爱慕着你，竟夜不能寐。"随后她将一匹黄色的缎子放在他面前，嘱咐他说："我的女主人想要你用这匹缎子为她做两条裤子，今天就得完工。"他回答说："听明白了，遵命便是。请替我多多问候她，转告她说，您的奴隶听从您的差遣，不管您想要什么，尽管吩咐。"随后，他便忙着裁剪，认认真真地做起两条裤子来。当他正忙活的时候，那个妇女又站在窗前向下观望，挥手问候他，时而盯着他看，时而冲着他微笑，以至于让他误以为很快就能够一亲芳泽。随后，她退回屋里，再次从他眼前消失，派女仆来到他的店里。他把做好的两条裤子交给了她的女仆，让她带着离开了。那天晚上，他倒在自己的床上，焦躁不安地折腾了一夜都没睡着。

第二天，房子的主人拿着一批亚麻布来找我哥哥，对他说："拿这些布给我做几件衬衫吧。"我哥哥回答说："我听明白了，遵命便是。"我哥哥一直忙活到晚上，没有停下休息过，也没吃任何东西，终于裁好了二十件衬衫。当时房主问他说："你做这些衣服的费用是多少？"我哥哥没有开价。因为那个妇女对他做了个手势，示意他不要收取任何的报酬，尽管他十分需要哪怕是一枚铜币的报酬。这三天以来，他几乎都没吃过什么东西，勤勤恳恳地忙着完成他的工作。当他把衬衫都做好后，便拿去交给房主。

那个少妇已把我哥哥的心思告诉了她的丈夫。然而我哥哥却毫不知情。他们夫妇俩谋划着利用我哥哥替他们免费缝衣服。此外还以取笑我哥哥为乐。因此，当他完成所有的工作，把衬衫拿去交给房主的时候，他们想出了一个方法来作弄他，那便是把那个女奴嫁给我哥哥。新婚之夜，当他正想要和妻子亲近的时候，他们对他说道："今晚你在磨房度过吧，日后你们的婚姻会更为美满。"我哥哥便以为他们的意图是好的，就一个人到磨房里过夜了。那晚，少妇的丈夫去找了磨面的人，教唆他把我哥哥当做牲口去推磨。于是，磨面的人半夜三更到我哥哥待的磨房里，开始自言自语地说："这头'牛'可真是懒啊，这儿摆着一大堆小麦，面粉的买主又正在催货。因此，我要给他套上牛轭，牵他来推磨，让他继续把面粉磨完。"说完这话，他把牛轭套在我哥哥脖子上，就这样让他一直推到天快亮的时候。那时房主来了一趟，看见我哥哥套着牛轭正在推磨，而磨面的人又正拿鞭子打他，便默然退了出去，回到自己家中。一大早，那个和他已经成婚的女奴前来找他，把他从磨子上解开，放了下来。她对他说："我和我的太太见你身上发生了这事，都感到很难过。你难过的事儿，我们感同身受。"然而，因为受了很重的鞭打，他被打得有气无力，一时也想不到什么话来回应她。随后，他回到了自己家中。那个给他们拟婚书的老人走了过来，问候了他，说道："愿安拉保佑你长寿。愿安拉保佑你的婚姻。"我哥哥回答说："愿安拉惩戒撒谎的人！我到磨房只是替那头牛一直推磨到天亮。""把经过告诉我吧。"老人说。我哥哥把发生的一切都告诉了他。他听了之后说道："你和她的星宿不合，如果你愿意，我替你们解除婚约，再替你寻一门更好的亲事，找一个和你星宿般配的人。"我哥哥回答说："如果你有别的办法可行，那我就等着你的好消息吧。"

随后，我的哥哥告别了他，再次回到自己的店中，期待着有谁能给他点活干，赚些钱，买些吃的来填饱肚子。瞧啊！那个女仆来到他身前，她和她的女主人合谋，想用另一个诡计再次作弄他。于是，她对他道："我的女主人热切地想念着你，她已经上了楼，站在窗前凝视你的脸呢。"她的话还没说完，我哥哥便看见那个少妇站在窗口望着他。她流着泪，说道："你为何要和我绝交呢？"然而他却没有搭理她。于是，她便向他发誓，说他在磨房里面发生的事，并不是她谋划的。我哥哥一想到她楚楚动人的美貌，便把发生在他身上的遭遇抛诸脑后。他接受了她的道歉，为能够见到她的身影而欢呼雀跃。于是，他问候了她，和她交谈一会儿后，又坐下忙活了一会儿。此后，那个女仆又前来找他，说道："我的女主人问候你，她让我告诉你，她的丈夫今晚要到一个亲密的朋友家中过夜。因此，等他去那儿后，你就来找我们女主人吧。"

少妇的丈夫问少妇说："等他来了之后，我们该用什么样的计谋，才能让我把他拽着送到吾力面前去？"她回答说："让我们再来作弄他一下。让他惹上伤风败俗的事,这样的话,他便会被送去游街,来警示世人。"我哥哥一点儿也不知晓这个诡计。傍晚的时候,女仆前来找他,牵着他的手,和他一起来到了她女主人的家中。那个少妇对他说道:"先生啊,我是多么热切地渴望见到你啊!"他回答道:"先给我一个吻吧,赶紧的。"他的话还没有说完,少妇的丈夫便从邻居的家中跑了出来,抓住我哥哥,大声斥责说:"我是不会放过你的,我一定要把你带到最高法官的面前受审。"我哥哥在他面前低声下气地求饶,然而,房主却充耳不闻,把他带到了吾力的家中。吾力拿鞭子打了他,并让他骑着骆驼去游街示众。人们都大喊着:"这就是闯进别人老婆闺房中的下场!"他从骆驼上跌了下来,摔断了自己的腿,因而变成了一个瘸子。随后,吾力把他驱逐出城。他出城之后,走投无路。尽管我十分愤怒,对他难以容忍,但还是把他接回了家。我承担起赡养他的义务,供他吃住,一直到现在。

哈里发听了我的故事后,笑声连连,赞赏道:"你说得可真好。"但我却回答说:"我想把发生在我其他兄弟身上的事也讲给您听。您听了之后,便会认识到我是一个沉默寡言的人。那时,我再接受您的赞赏。"哈里发说道:"说说发生在你其他几个兄弟身上的事儿,让我听听那些有趣的情节吧。当你讲述这些令人愉悦的故事时,请你说得再详细些。"

理发匠二哥的故事

于是,我便说道,勤政爱民的君主啊,您要知道,我的二哥名叫希达尔。一天,他正走在谈生意的路上,对面来了一个老妇人。那个老妇人对他说:"喂,伙计,等一等。我有一件事对你说。如果你愿意,就劳烦你替我去办吧。"我哥哥停下了脚步。她对他说:"我要带你去办一件事,并会好好地指引你把这事办好。前提是你不能多说话。"于是我哥哥便说:"你想说什么就说吧。"于是,她便说了这样一番话:"我要带你去一座金碧辉煌的房子,里面流着潺潺的清泉,摆满水果和美酒。你所看到的尽是俏丽的容颜，你所亲吻的全是光滑的脸颊，你所拥抱的皆是曼妙的身段，你将享受那里的种种欢愉而不受人干扰，你意下如何？现在，我已给你提了条件，如果你按照我的吩咐去做，保你大有收获。"我哥哥听完她的话，对她说道："老太太，你为何在众人之中选中了我，让我来享受这桩美事？莫非我有什么让你喜欢的地方？"她回答说："我不是告诉过你，你不得问这么多问题吗？不要吭声，跟我来吧！"

说完，老妇人迈开了脚步，我哥哥跟在她的身后，渴望着能享受到她所描述的那种欢愉。他们走进一座宽敞的宅院，当她领着他走上一道楼梯的时候，他才意识到自己原来置身于一座漂亮的宫殿中。他在宫殿里面见到了四个少女，他从未见过有谁可以比得上她们的美貌。她们的歌声美妙动人，就算毫无知觉的石头心，也会为之动情。其中一个少女，正举着一个酒杯喝酒，我哥哥便对她说："愿美酒带给您健康活力！"随后，走上前去想要伺候她。但是少女制止了他，拿了一杯酒叫他喝掉。他一喝完那酒，少女便一巴掌打在他的脖子上。当他发现少女如此对他之后，便带着怒火走出了房间，口中满是怨言。那个老妇人跟了上来，对他使了个眼色示意他回去。于是，他又走回了房间，坐了下来，默不作声。见此，那个少女又在他后颈上打了一下，打得他昏了过去。他慢慢醒过来，再一次走出房间，打算离开。然而，那个老妇人又追上了他，对他说道："再忍一会儿，你的心愿就能达成了。"他说："达成愿望之前，我到底要等多少个一会儿？"老妇人回答说："等她喝了酒变得兴奋之后，你便能博得她的欢心。"因而，他又回到自己的座位上，坐了下来。四个少女都站起身来，老妇人命令她们把我哥哥的外套给脱掉，拿一些玫瑰水洒在他的脸上，少女们一一照办了。这时，她们中最漂亮的一个少女对他说道："愿你荣华富贵！你已经来到了我的家中，如果你有耐性，能答应我的请求，你就能达成愿望了。""小姐啊，"他回答说，"我是你的奴隶，完全听从你的吩咐。"她说："那么，你要知道，我可是十分喜欢嬉戏作乐的。要是有谁达到我的要求，便会得到我的垂爱。"随后，她命令其他几个少女唱歌助兴。她们唱出的歌声犹如天籁，能够让听众变得心醉神迷。那个领头的少女又嘱咐其他几个少女说："带走这位先生，把该做的事办好后，即刻把他给我带回来。"

于是，少女便把我哥哥带走了。我哥哥不知道她要做什么。那个老妇人走到他面前，说道："耐心点，只剩下一点事儿了。"于是，他便转向那位少女。老妇人又对他说："耐心点，你快要成功了，只剩下一件事了，那便是，剃掉你的胡须。"他说："我如何能做这种事儿？这会让我在别人面前抬不起头来的。"老妇人回答说："她想这么做，仅仅是为了让你变得像年轻人那样没有胡子。这样你的脸上便不会再有刺疼她的东西，她早已深深地爱着你。因此，忍耐一下吧，你就快达成你的心愿了。"于是，我的哥哥便忍耐着，顺应了少女的要求。他的胡子被剃光了，连同他的睫毛和腮边的胡楂，脸上还被涂上了红漆。那个少女把他带回那个领头少女的身边。领头少女看见我哥哥的样儿，先是吓了一跳，随后又哈哈大笑起来，笑得往后仰了过去，喊道："先生啊，你的举止太亲切啦，你以此证明了你的忠诚，你已得到我的心！"随后，少女以自己的生命起誓，非请他起身和她一同跳舞不可。我哥哥也照做了。过了一会儿，少女把房间里所有的垫子都拿来砸向了他。其他几个少女，也同样地朝他扔各种各样的东西，诸如橙子、柠檬、香橼等。他被她们砸倒在地，晕了过去。然而，她们还不停地用手掌打他的后颈，往他脸上扔东西。到了最后，老妇人还在骗他说："现在，你的心愿已将达成了，你要知道，你不用再挨打了。换句话说，你只需再做一件事情——这是姑娘的惯例，当她喝醉酒之后，要别人脱了自己的外套才允许靠近她。你也脱去外套预备着。然后，你一定要追着她跑。她跑在你前面，像是从你那儿逃开一样，但是你可别停下来，她到哪儿你就到哪儿，直到最后把她追上。"于是，他站起身来，照她的指示做。最后，他终于听到她发出一声轻微的呻吟，就像她正跑在他前面一样。他继续追着她跑，突然发现自己正站在街中央。

这条街道位于皮革市场之中，商人们在那儿大声地叫卖兽皮。人们慢慢聚了过来，看见我哥哥的那副模样，便大声地斥责他。他几乎赤裸着身子，胡子、两腮的胡楂全都被剃光了，脸上还涂着红漆。人们大声地嘲笑他，有人还拿兽皮打他，把他打得晕了过去。随后，他们将他放在驴背上，把他带到了吾力面前。吾力惊呼："这人怎么弄成这样？"人们回答说："这人是从宰相家突然跑到我们那儿的，当时他就已是这个样子。"吾力打了他一百鞭，将他驱逐出城。但是我跑出城去追上了他，悄悄地把他带回城中，供他吃喝。如若我不是一个慷慨大方的人，我是不会接纳他这种人的。

理发匠三哥的故事

我的三哥，名叫伯格伯格，他是个盲人。有一天，命运把他带到了一所大房子门前。他敲了敲门，期望房子的主人能够回应他，这样他便可以向主人讨些吃的。房子的主人大声应答着："是谁在敲门啊？"我哥哥没有回答。随后又听到房主大吼了一声："到底是谁？"我哥哥依旧没答话。主人听到我哥哥的脚步声正慢慢地靠近大门，便将门打开，对我哥哥说："你想要什么？"我哥哥回答道："看在尊贵的安拉的分儿上，给点东西吃吧。""你是一个瞎子吗？"那人问道。我哥哥回答说："是的。"房子的主人又说："那把你的手给我吧。"于是，我的哥哥便把手伸给他。那人牵着他走进房内，领着他一阶一阶地往上走，一直把他带到楼顶的高台上。我哥哥以为他要去给他拿一些食物或者钱。当房主走到自己屋中最高的阳台上时，他说："瞎子，你想要什么？""我想要些吃的，"我哥哥再次回答说。那人说："你另寻出路吧。""这是怎么回事？"我哥哥叫了起来。"在下面的时候你怎么不对我这么说？"房主反问道，"你这最坏的家伙，当你敲门的时候，当你第一次听到我的应答之时，你怎么不说要我拿些吃的给你啊？"我哥哥问道："接下来你打算怎么对我？"房子的主人回答说："我没有什么可给你的。""那么带我下楼去吧。"我哥哥说道。那人回答说："路就在你面前。"于是，我哥哥挪到楼梯处，慢慢地往下走。当他走到离门口还有二十步远的时候，他的脚一滑便摔倒了，从楼梯上滚了下来，摔得头破血流。

他走出来，站在原地不知道该往何处去。这时，他碰到了他的两个盲人伙伴。他们问他："你今天遇到些什么事儿？"我哥哥便把刚才发生在自己身上的事儿告诉了他们。他又接着说道："我的哥们儿啊，我想把我们存的钱取一点儿出来，我自己要用。"他刚刚去过的那所房子的主人，悄悄地跟着他，想了解他的情况。我哥哥竟不知道他一直跟在自己的身后，甚至房主随着他走进了住所，他也丝毫没有察觉。我哥哥坐了下来，等着他的伙伴们。同伴们来了之后，他便对他们说："把门关上，检查下室内，以免别的生人跟着我们进来。"闯入者一直关注着他们的一举一动。瞎子们四处摸索，搜遍了整个房间，没有发现任何其他人，便走回去坐在我哥哥的旁边，把自己的钱拿出来数。瞧啊！总共有一万多枚银币。数好之后，他们把钱放在房间的一角，将其中的一万枚银币埋在了土里，每人从剩余的银币中取走自己需要的数目。随后，他们端来一些食物摆在自己的面前，一起坐下吃了起来。然而，我哥哥却听到他的旁边有陌生人的声音，便对他的朋友们说："莫非是有陌生人混了进来？"我哥哥把手往前一伸，一把抓住了闯入者的胳膊。他大声地对着他的朋友们喊道："这里有生人！"他们几个便按住他打，直到筋疲力尽。然后，他们大声地喊道："有一个贼闯进我们家中，想要偷走我们的钱财！"不一会儿，许多人就聚了来，把他们围住。

听到这话，那个被他们指控为小偷的生人把眼睛闭了起来，装成是和他们一样的瞎子。这样一来，任何看到他的人就不会再怀疑他了。他也跟着大喊。他们还没回过神来，吾力的侍卫们便将他们围住，把他们全部都给带走了，包括我哥哥。他们被带到了吾力面前。吾力说："你们这是怎么一回事？"那个生人回答说："吾力啊，请听我说。我们这件事的真相，如果您不动刑拷打他们，您是弄不清楚的。如果您愿意，请先打我，再打我的同伴吧。"因此，吾力便下令说："把这个人按倒，拿鞭子抽他！"当他被打得浑身是伤后，便睁开一只眼睛。侍卫们又继续打了一小会儿，他的另一只眼睛也睁开了。见此，吾力怒吼着："该死的家伙，你这种行为，到底是什么意思？"那人回答说："若你答应给我些补偿，我便告诉你。"吾力应允了他的请求。他说："我们四个都装作自己是盲人，侵扰他人，闯入他们家中，偷看他们的女人，利用阴谋诡计骗女人们做见不得人的勾当，从她们身上获取钱财。我们通过这些手段，赚了很多钱，足有一万枚银币。我对我的同伴们说：'分给我应得的部分，两千五百枚银币。'然而，他们却合起伙来针对我，还把我打了一顿，抢走了我的财产。因此，我恳求安拉和您的庇佑。我的那部分钱财与其给他们，还不如交给您呢。如果您想知道我所说的话是不是真的，就请您对他们逐个用刑，务必要比我的更重，那样他们才肯睁开自己的眼睛。"

于是，吾力立即下令命人鞭打他们。第一个受刑的，是我哥哥。他们把他打得半死。吾力对他们说："你们这些该死的恶棍！竟敢把自己装成瞎子！"我哥哥大叫道："安拉！安拉！安拉！我们之中没有一个人可以看得见！"随后，侍卫们再次将他按倒在地，不停地鞭打他，直到把他打晕过去。这时，吾力说道："放开他，等他醒过来之后，再让他受第三次鞭刑。"与此同时，他还下令鞭打其他人，每人受三百鞭。那个看得见的人对他们说道："睁开你们的眼睛吧，这顿完了之后，他们还会再打你们。"随后，他又对吾力说道："派几个人和我一同前去把那些钱财给你搬来吧。这几个人是不会睁开自己眼睛的，他们害怕在旁观者面前丢人。"于是，吾力便派了一个人跟他前去，果真把钱带到了吾力面前。吾力接过钱，遵照他声称的份额，把其中的两千五百枚银币赏给了这个揭露真相的人，把其余的钱扣下，不理会其他几个瞎子。随后还把我哥哥和其余两人都驱逐出城。勤政爱民的君主啊，但我还是追了过去，赶上了我哥哥，询问了他苦难的经历。于是他便把我刚刚说给您听的这个故事告诉了我。我悄悄把他带回城中，在他有生之年都供他吃喝。

哈里发听了我的故事，大笑起来，说道："赏他一份礼物，让他走吧。"但我却回答说："我必须要把发生在我其他几个哥哥身上的故事讲给勤政爱民的君主听，向他证明我是一个话少的人，否则我是不会接受赏赐的。"听到这话，哈里发说道："你的故事太可笑了，我们的耳朵都听疼了。还是继续给我们讲讲你揭发出来的罪行和恶习吧。"于是，我便讲

了这样的故事:

理发匠四哥的故事

　　信徒们的君主啊,我的四哥是一个独眼人,名叫科祖·艾斯瓦尼。他是巴格达城里的一个屠夫。他既卖肉,又自己养羊。当时城里达官贵人都仰赖他,从他手里购买所需的肉类。因而,攒下了很多钱,养了大批牲畜,置办了几处房产。在相当长的一段时间里,他的日子都过得十分富足。一天,他正待在自己的店铺中。一个长胡子的老头儿走过来和他搭讪,还递给他一些钱,说道:"割这么多钱的肉给我吧。"他接过钱,把肉割给了他。等到那个老头走了之后,我哥哥看着他刚才付给自己的钱,发现那钱的色泽竟是亮闪闪的银白,便将它单独放到一边。接连五个月,那个老头一直到他这儿来买肉。我哥哥总是将他付的钱扔进一个单独的箱子里。后来,他想把这些钱取出来买一些羊。当他打开箱子的时候,发现里面装着的银币全都变成了被裁成圆形的白纸。他气得打自己的耳光,失声尖叫,引来许多人前来围观。他把这件事说给众人,人们听了之后无不感到诧异。

　　后来,和平常一样,又到了那个老头到他店铺里的时间。他宰了一只羊,把它挂在店铺中,又割下几块肉,挂在店铺的外面,心里想:"也许这会儿那个老头还会再来。如果真是这样,我定要抓到他。"过了一会儿,那个老头果真带着他的钱来了。见到他,我哥哥立即动身,一把将他抓住,大喊着:"快来人啊,听听这个恶棍对我做的事吧!"那个老头听到我哥哥的话后,对他说道:"这话更适合对你说吧。当着众人的面,你别使我蒙受羞辱了,否则我要让你丢人现眼。""我有什么可以让你来揭丑?"我哥哥问道。那个老头回答说:"我指的是你把人肉当做羊肉来卖。""你撒谎,你这该死的家伙。"我哥哥怒吼道。"没有人是该死的。"老头儿又说道,"除了那个把人肉挂在自己店中的人。"我哥哥说:"如果真如你所说,我的钱财和性命全部归你所有。"然后，那个老头叫喊着："各位，快到这儿来看啊。这个屠夫杀了人，把人的肉当做羊肉来卖啊。如果你们想知道我说的是不是真话，就到他店铺里去吧！"于是，人们冲进了他的店铺中，瞧见那只羊变成了一个人被挂了起来。他们抓住我哥哥，大叫着指责他："你这个异教徒！你这个恶棍！"那些曾和他要好的朋友也对他改变了态度，还殴打了他。那个老头一拳打在他的眼睛上，把他的眼珠都给打了出来。随后人们抬着那具尸体，拉着我哥哥，去面见大法官。那个老头对法官说道："埃米尔啊，这人杀了人，把人肉充当羊肉卖。因此，我们便把他押来见您。请践行您的职责吧！"听了这话，大法官不理会我哥哥，不愿意听他的辩解，还下令打他五百杖，夺走他全部的财产。如果不是因为我哥哥有很多的钱财，法官必定会将他处死。于是，法官把我哥哥从这座城中驱逐了出去。

　　我哥哥心烦意乱地出了城，不知道该走哪条路。他一直往前行进，直到他来到一座繁华的城市。他认为适合在那儿安家，便做了一个鞋匠。他开了一家店铺，坐在店里忙活，努力赚钱糊口。一天，他外出办事，忽然听到一群马的嘶鸣声。他向人打听缘由，得知原来是国王正外出狩猎。他也想去凑热闹，便跑去观看行进的队伍。然而，国王恰巧朝路边看，看见了我哥哥。我哥哥赶紧低下自己的头，大喊着："我寻求安拉的庇佑，请让我躲过这不幸的一天吧。"国王把马的缰绳扯向一边，掉了个头，又骑了回来。他所有的队伍也随着他折了回来。他命令他年轻的侍从前去捉拿我哥哥，将我哥哥暴打一顿。侍从领旨照做，不仅毒打了我哥哥，还差点儿要了他的命。我哥哥不知道所为何故。他带着一身伤，凄惨地回到了自己家中。他把自己的遭遇讲给国王的一个侍卫听，侍卫听完，笑得向后倒了下去，对我哥哥说："兄弟啊，国王不能容忍只有一只眼睛的人，尤其是瞎了左眼的。因为这个原因，他也许还会将那人处死呢。"

　　我哥哥听到那番话后，便决定逃离那座城，毫不犹豫地离开了那儿。他又去了一座没有国王的城市。他在那里待了很长一段时间。有一天，他外出散步，正回想着自己在之前那个城市里面的经历，突然又听见身后传来很多匹马的嘶鸣声。听到那声音,他吓得大喊。随即赶忙跑开,想找一个地方藏身,然而却遍寻不着。他坚持不懈地找寻,终于,他看见一扇像是路障的门,便推了推,将其推倒,从门口走了进去。他看见前面是一条长廊。突然,面前出现了两个大汉。他们将他抓住,叹道:"赞美安拉,终于让我们找到你了,这三天来,因为你的关系,我们无法平静下来,也无法入睡。你让我们尝到了死亡的滋味!""老兄啊,"我哥哥说道,"你们究竟遇到了什么事?"他们回答说:"你监视着我们,想要我们出丑,想要我们的主人丢人现眼!你和你的同伙使得我们的主人穷困潦倒!这对你来说还不够吗?你每晚拿着刀威胁我们,现在快把它交出来吧。"说完这话,他们搜了他的身,在他的腰间发现了那把他切割皮料的刀。"老兄啊,"他大喊着,"你们这样对我,当心安拉惩戒你们。你们要知道,我的故事可是十分离奇。"他们问道:"你的故事是怎样的?"他便把自己的故事讲给了他们听,希望他们能够放了他。但是他们却不相信他所说的。他们丝毫也不尊重他,反而打了他,扯破他的衣服。于是,他的身体便暴露在他们眼前。他们发现他身体的两侧满是被藤杖打过的伤痕,骂道:"可恶的家伙,这些伤疤可以证明你的罪行。"随后他们将他带到吾力的面前。当时,他心里想:"我没有做过所谓的这些罪行,但是除了尊贵的安拉谁也不能解救我。"当他被带到吾力跟前的时候,法官对他说:"你这恶棍!正是由于你犯下了十恶不赦的罪行,你才会被人用藤杖鞭打。"说完,他又命人打了我哥哥一百鞭,又让他骑在一头骆驼背上。人们在他跟前大声地宣告:"这便是入室行凶者的下场!"我早已听说了他的遭遇,便去到那儿,找到了他。当人们正在押他游街的时候,我陪着他走遍了那座城市。最后,他们把他放了。我接受了他,悄悄地把他带回巴格达,每日拿东西给他吃,端水给他喝。

理发匠五哥的故事

信徒们的君主,我的五哥名叫欧沙尔,被割去了双耳。他是一个乞丐，差不多每天夜里都外出乞讨，白天维持生计的花销皆是夜里乞讨所得。我们的父亲活了一大把年纪，最后得病而死，留给我们七百枚银币。我们兄弟几人各得一份，一人一百枚。我的五哥拿到他的钱后，感到很迷茫，不知道该用这些钱来做些什么。当他正拿不定主意的时候，他突然想到要用这些钱去购买各式各样的玻璃器皿，再把它们卖出去赚钱。于是，他用他的一百枚银币买回了玻璃器皿，把它们放在一个大筐里，搬到一块高地上去卖。他坐在地上，背靠着一堵墙。他坐在那儿苦思冥想，在心里暗自打算："我把这些器皿卖掉，可得两百枚银币。有了两百枚银币，我便拿去再买器皿，卖掉之后，可得四百枚。我要一直这样买了卖，卖了买，等我赚到许多钱后再停手。然后，我再拿赚得的钱买来各式各样的货物、香精，还有珠宝。这样，我便可以赚得巨额的财富。此后，我要买一座气派的宅子，再买来男奴、马匹，还有镀金的马鞍。我要吃香的、喝辣的。但凡城中的歌女，我一个都不会放过，我要把她们统统请到家里来，叫她们唱歌给我听。"他就这么盘算着，那筐玻璃器皿正摆在他的面前。随后他又自言自语说："我还要请所有的媒婆到公主或者宰相女儿们那儿去给我求亲。我要向大宰相的女儿提亲，我听说她天生丽质，美得惊艳。我会拿一千枚金币作为娶她的聘礼。如果她的父亲允许了，我便能达成心愿。倘若他不同意，我就强行把她带走，管他会怎样！待我回到家之后，我要买来十个侍从、国王和苏丹穿的朝服，再请人给我打造一个镶了珠宝的黄金马鞍。我每天都带着仆人骑马外出消遣，叫一些跟在我后面，还叫一些走在前面替我开路。我要走遍大街小巷，逛遍所有的集市。人们会对我行礼，替我祈福。我还要去见宰相，也就是那个少女的父亲，让男奴们前后左右，四面簇拥着我。宰相看到我会谦逊地站起身来迎接我，请我到他家里就座。他自己坐在我的下方，因为我已是他的女婿。接下来我还会吩咐一个仆人拿来一个装满金币的袋子，那都是我的聘金，仆人会把袋子放在宰相的面前。我还会再送他另外一袋，让他了解我的男子气概还有无比慷慨的秉性，让他知道这世上的一切我都是不会放在眼里的。他对我说十句话，我只回他两句，随后再告辞回家。宰相的家中不管有谁来找我，我将赏他一套华服。如果有人是带着礼物前来，我是不会收下的。我必定不会收下。到了新婚之夜的时候，我会挑选出我最华丽的衣服穿上，坐在铺着丝绸的座位等新娘子。等到我如满月一般的娇妻，戴着漂亮首饰，穿着礼服，来到我的身边。我便会让她站在我的面前，叫她一脸羞怯、楚楚可怜地站着。由于我天性狂妄，机智无比，必定不会瞧她一眼。这样一来，侍女们便会说：'先生，主人，就让我们来侍奉您吧！这是您的妻子，不是您的侍女。她正站在您面前，等着您仁慈地看她一眼呢。请您仁慈地看她一眼吧，因为她这么一直站着，弄得她十分难受了。'听了这话后，我会抬起头，瞅她一眼，随后再次低下自己的头，一直等到婚礼结束。随后，她们会将新娘领到卧室，我也会从自己的座位上站起来，去到另一个房间，换上睡衣，再去新房，新娘正坐在那儿等着我。我会坐在房间里的长椅上，却不会瞧她一眼。侍女们会劝我走近她，但是我却只会对她们的话充耳不闻。我命几个侍从拿来一个装了五百枚金币的钱袋赏给她们，命令她们从房间里退出去。等她们都走了之后，我过去坐在新娘的旁边，但却板着一张脸。这时，新娘会说：'这个人真是傲慢自大啊。'随后，她的母亲会来找我，亲吻我的双手对我说道：'女婿啊，我的女儿还很年轻，除你之外没有见过别的男人。如果你这样厌恶她，她的心会碎的。因此，和她说说话吧，让她的心平静下来。'听了这话后，我会用眼角看她一眼。这样一来，她便会尝到被羞辱的滋味，知道我才是时代的君主。随后，她的母亲会对我说：'女婿啊，她是你的女婢，请怜悯怜悯她吧，对她和气一点儿。'随后，她会命令自己的女儿斟满一杯酒，递到我的嘴边。这时她的女儿会说：'我的主人啊，我以安拉的名义恳求您，不要拒绝您的奴婢敬上的这杯酒，因为我真真切切是您的奴婢啊。'但我不会理她。她会再三地求我把酒喝掉，对我说：'您一定要把酒喝掉。'还不住地把酒杯往我嘴边凑。见此，我会把手一挥，打在她脸上，再用脚踢她。"说完这话，他一脚踢在了装满玻璃器皿的筐上，那个大筐本是放在一块高地上，随即摔了下去，里面所有的器皿都被打碎了，无一幸免。他大叫着说："这都是我傲慢的苦果啊！"他打了自己一巴掌，还扯烂了自己的衣服，惹得路人们都盯着他看。这时他哭了起来，大喊道："唉！我真是太不幸了！"

那时，人们正忙着赶去参加星期五的聚礼，很少的人站在那里看他，别的人都对他漠不关心、视若无睹。然而，就在他失去所有的财产，不住地哭泣时，一个女子正走在参加聚礼的路上，恰巧从他身边经过。她生得极美，身上散发出麝香的芬芳。她骑着一头骡子，骡子身上套着金丝绣花的鞍鞯。她的身后还跟了许多仆人。当她看到碎了一地的玻璃，和我哥哥流着泪的情形，便对他产生了同情之心。她向人打听他究竟是怎么回事，别人告知她说："他有一大筐玻璃器皿，想把它们卖掉来维持生计，不料却将其打碎了，于是他便像你见到的那样伤心难过。"听了这话，她唤来一个仆人，吩咐他说："把你带在身上的钱财都拿给这个可怜人吧。"仆人便交给我哥哥一个钱袋。我哥哥接过钱袋，打开之后，发现里面装有五百枚金币。见此，他高兴得差点儿昏死过去，再三向那个施舍他的女子祈福。

当他回到家里的时候，已经是个有钱人了。他坐下回想着刚才发生的一切。瞧啊，这时来了个人，敲响了他的门。于是，他便前去把门给打开，看见原来是一个他不认识的老妇人。老妇人对他说："孩子啊，你该知道祷告的时间快要过了，而我还没有洗澡。因此，我恳请你能够允许我到你家中去洗个澡。"他回答说："我听明白了，遵命便是。"他退回屋里，请她进来。他依然还沉浸在得到那么多金币的快乐中。老妇人洗完澡后，来到他坐的地方，在那儿跪着祷告了两次，随后又替我哥哥向安拉祈福。我哥哥向她表示感谢，拿了两枚金币给她。然而，当她见到金币后，说道："赞美尽善尽美的安拉！你一副乞丐模样，竟有人会爱上你，这真让我感到惊讶。收回你的钱吧，那个姑娘在你打碎玻璃器皿的时候把这钱赏给你，如果你不需要，就还给她吧。""老人家，"我哥哥问道，"我怎样才能找到她呢？"她回答说："孩子啊，她喜欢上了你，但她是一个富人的妻子。带上你所有的钱。你和她在一起的时候，一定要谦虚有礼，言辞得当才行。这样你便可博得她的芳心，她的钱财你想要多少，她都会给你的。"于是，我哥哥便带上所有的金币，动身随老妇人前去。他简直不敢相信她刚刚告诉自己的话。她走在前面，我哥哥紧随其后，他们一起来到了一座大门前。她敲了敲门，一个希腊少女闻声前来把门打开了。老妇人走了进去，吩咐我哥哥跟上来。我哥哥进去之后，发现自己在一所大房子里面。他看见一个装饰得富丽堂皇的客厅，里面还挂着窗帘。他坐了下来，把金币放在自己面前，把头巾取下来放在膝盖上。不一会儿，一个少女走到了他的跟前，她穿着极为华美的服饰，我哥哥从未见过这样标致的人。见她走了过来，我哥哥立即站了起来。少女见到他，冲着他喜笑颜开，对他的造访显得十分高兴。她走到门那儿，把门给锁上，又回到我哥哥身边，牵起他的手，两人一同走进了一间铺满各式各样丝绸的寝室。我哥哥坐了下来，那个少女便坐在他的旁边，和他一起玩耍了很长一段时间。随后她站起身来，对他说道："待在这儿别动，我很快就回来。"说完，从他跟前离开了一会儿。当我哥哥正坐着等她的时候，他面前突然出现一个黑奴，那个黑奴身材高大，手里拿着一柄拔出的剑，剑上闪着刺眼的寒光。他对着我哥哥厉声吼道："该死，是谁把你带到这儿来的？你这最卑鄙的人！最可鄙的家伙，没教养的小子！"我哥哥被吓得连舌头也打了结，竟说不出话来。那个黑奴一把抓住他，脱光了他的衣服，拿他的剑锋猛刺了他八十多剑，直到把他砍倒在地才停了手。黑奴认为他已经死了，方才离开他。黑奴大叫了一声，足下的土地都为之颤动，整个房间里都回荡着他的声音。他问道："梅里哈在哪儿？"听到召唤，一个女孩向他走来，手里端了一个精美的盘子，里面装了些盐。我哥哥被打得皮开肉绽，她毫不迟疑地就将盐撒在了他的伤口上。沾了盐后，他的伤口全都张开了口子，然而他却一动不动，担心黑奴发现他还活着，会把他给杀死。那女孩离开后，黑奴又发出了和第一次一样的吼声，那个老妇人应声走到我哥哥的身边，拉着他的腿，将他拖到一间幽深、漆黑的地窖，把他扔在了地窖里的一堆死尸上。他在那个地方待了整整两天。赞美尽善尽美的安拉！正是盐救了他的小命。那些盐止住了从他血管里面涌出的血液。当他发现自己恢复了足够的力气可以活动了，便站起身来，推开了墙上的一扇窗，从死人堆里逃了出来。他摸黑往外走去，躲在走廊里面。天亮的时候，那个老妇人便前去寻找下一个受害者，而我哥哥便跟着她走了出去，偷偷地回到家中，不曾让她察觉。

他一心一意忙着医治自己的刀伤，身体逐渐恢复了健康。期间，他一直偷偷地观察那个老妇人，看见她经常领着男人们，一个接一个地都带到那间房子里。然而，这件事他对别人只字未提。当他恢复健康，力气也完全恢复之后，便找出一块碎布，做了一个钱包。他在包里放满了玻璃碎片，随后将其别在了腰间。他穿上外国人的衣服，做了一番乔装打扮，谁也认不出他来。他还拿了一把剑，藏在自己的衣服里。他一见到那个老妇人，便学着外国人的口音对她说："老太太啊，你有能称九百金币的秤吗？"那个老妇人回答说："我有一个年轻的儿子，他是做钱币兑换生意的，什么样的秤他都有。因此，趁他还没有出门，快随我一起到他的住处去找他，他可以替你把金币称好。"于是我哥哥说道："带我去吧。"老妇人往前走去，我哥哥跟在她身后。她走到那扇大门外，停下来敲了敲门。之前那个女孩应声走了出来，冲着他嫣然一笑。老妇人对她说："今天我给你带了块肥肉。"随后女孩牵起我哥哥的手，把他带到了房子里面（这所房子正是他之前来过的地方）。少女陪着他坐了一会儿后，站起身来，说道："别离开这儿，我很快就回来。"说完便走了。我哥哥在那儿坐了没一会儿，那个黑奴便拿着出鞘的利剑站到了他面前。黑奴对他说道："站起来，你这倒霉鬼！"于是我哥哥便站了起来，跟着那个黑奴，走在他的身后。哥哥把手伸进衣服里面，握住那把他事先藏起来的利剑，举起向黑奴砍去。他砍掉了黑奴的脑袋，拉着黑奴的脚，把他拖到了地窖里面。随后大喊了一声："梅里哈在哪里？"于是，那个女仆便走了出来，手里端着装了盐的盘子。见到我哥哥手里握着利剑，她赶紧转身，慌忙逃走了。然而，我哥哥还是追上了她，砍掉了她的脑袋。他又大声叫喊："老人家在哪里？"接着老妇人也走了出来。我哥哥问她说："恶毒的老太婆，你可认得我？"她回答说："我不认识你呀，我的主人。"他说道："我就是那个被你们抢走金币的人。你在我的家中洗过澡，做过祷告。后来，你想出一个诡计害我，把我骗到了这个地方来。"那个老妇人大喊着："要是你杀了我，等着安拉来惩戒你吧！"然而，我哥哥还是转向了她，用剑把她劈成了两半。他又前去寻找那个领头的少女。少女看到他的时候，吓得魂不守舍，恳求他的原谅。他答应饶恕她的罪行，问她说："你是如何落入这个黑奴手中的？"她回答说："我曾是一个商人的侍女，这个老妇人过去常常来找我。有一天，她对我说：'我们正在举办一场盛会，里面的玩意儿谁也不曾见过，我想要你去看看。'我回答说：'我听明白了，遵命便是。'我行动起来，穿上我最漂亮的衣服，把一百枚金币装在钱包里带在身上，跟着她一起走进了这座房子。这个黑奴突然跑出来抓住了我。由这个老妇人出谋划策，我和这个黑奴一起干这种勾当已有三年之久了。"说完之后，我哥哥问她说："他有没有钱财藏在这所房子里？"她回答说："有很多呢。你如果能搬走就搬走吧！"接着，她又对我哥哥说："去吧，让我守在这儿，找几个人来搬走这里的钱财吧。"于是，我哥哥便走了出去，雇了十个壮汉，回到屋里。当他走到门口的时候，发现门是开着的，既没有看见那个少女，也没有见到所谓的钱袋。尽管如此，他发现屋里还是剩了一点儿钱和别的东西。因此，他才恍然大悟，那个少女骗了他已经逃走了。他拿走剩下的钱，打开里面的仓库，把仓库里的所有东西统统带走，留下一所空落落的房子。

那天晚上，他带着高兴的心情，美美地睡了一觉。第二天早上，他发现家门口站着二十个士兵，他向他们走去准备一问究竟。他们却抓住他，说道："吾力要召见你。"于是，士兵们抓走了他，把他带去见吾力。吾力见到他便问他说："你的这些东西是从哪里得到的？""请赦免我吧。"我哥哥说。吾力给了他一张手帕，作为赦免的标志。我哥哥便把发生在他和那个老妇人之间的事从头到尾都告诉了吾力，还包括那个少女逃走的事。随后又补充说："我拿的这些东西，您想要什么，都请拿去。您只需留给我能维持生活的东西便足矣。"吾力要去了所有的东西和钱，但是担心苏丹有可能会获知此事，便留了一小部分，把剩下的东西还给我哥哥，并嘱咐他说："离开这座城，否则我就把你绞死。"我哥哥回答说："我听明白了，遵命便是。"我哥哥往附近的一座城里走去。然而，却撞上了几个强盗。他们脱光他的衣服殴打他，割掉了他的双耳。我听说了他的境况后，便前去找他，偷偷地把他接回城里，供养他每日的吃喝。

理发匠六哥的故事

信徒们的君主啊，我的六哥舍卡里格，被人切去了双唇。他原来很穷，在这个世风日下的世上，他几乎没有任何值钱的东西。有一天，他饿得奄奄一息，便出去准备向人讨些食物来保命。他走在路上，看见一座气派的宅子，里面有一条宽阔深邃的门廊。门口站了几个仆人，正在那儿发号施令。他向站在身旁的一个人打听，得知这座宅子是白拉密克子嗣的居所。于是，我哥哥便走到看门人的面前，乞求他们能给他些食物。他们说道："进屋去吧，你想要什么，我家主人都会给你的。"他走进了门廊，在里面穿行了一会儿，来到了一幢房子前面。那房子典雅别致，里面还有一个小花园。他之前见过的建筑，没有一幢能与之媲美。房子的地面铺着大理石，四壁挂着窗帘。他不知道该往哪个方向走，但最后他还是朝着里屋走了过去。他看见屋里有一个面容清秀、留着胡子的男子。那人看见了我哥哥，便起身相迎，询问了他的情况。我哥哥便告诉那人，他正饱受贫困的煎熬。房子的主人听了他的话，流露出无比悲伤的神情。他抓住自己的衣服，将其撕裂，叹道："我住在这么繁华的城里，你还在饱受饥饿之苦！这是我不能忍受的事！"随即，那人答应我哥哥会满足他的全部要求。他说："你必须得留下来，和我一同用餐。"我哥哥回答说："我的主人啊，我不能再等了，我已经饿得不行了。"

听了这话，房子的主人大声喊道："仆人，把脸盆和水壶拿来。"他说："我的客人啊，快上前来，洗洗手吧。"他做出一连串的手势，像是正在洗手一样。洗好后，他又吩咐仆人，叫他们去把餐桌抬来。仆人们进进出出，仿佛真的在准备筵席似的。房子的主人领着我哥哥，带他一起到那张虚拟的桌子旁就座。他挥动着自己的手，嘴唇一张一合，像正在吃东西一般。他对我哥哥说："吃吧，别难为情！我知道你已经很饿啦，我明白人在极度饥饿的时候是有多么难受。"我哥哥做出同样的手势，装作他也正在吃东西。与此同时，他的主人对他说道："吃吧，瞧瞧这个面包做得多白啊。"我哥哥并没有应答，而是在想："这个人真爱开别人的玩笑啊！"于是，我哥哥对他说："我的主人啊，我的一生中从来没有见过比这更白的面包，也没有尝过比这更甜的面包。"听到这话，主人又说："这是我一个女仆做的，我可是花了五百金才把她买来的。"随后，他又大喊："仆人，把黑律塞（一种小麦面混肉煮的食物）给我们端来。这道菜就连国王们的餐桌上也是没有的！"随后，又对我哥哥说："吃吧，我的客人，你已经饿到这程度了，肯定需要好好饱餐一顿。"于是，我哥哥便像正在吃东西那样动嘴嚼着。房子的主人继续要求端来各种各样的食物，一个接着一个，然而并没有任何真实的食物被端上来。他还一个劲儿地请我哥哥享用。接着，他喊道："仆人，把填满白果的烧鸡端到我们面前来摆上。"转而对他的客人说，"尝尝这些美食，你绝对没有吃过。""我的主人啊，"我哥哥回答说，"这道菜的口感的确是无与伦比的。"主人把他的手伸到我哥哥嘴边，假装夹了一口菜来喂给他吃。主人边报菜名，边向他介绍这些菜肴的可口之处。这使得他变得更为饥饿，觉得要是能有一块大麦饼也就够了。房子的主人随后又对我哥哥说："你之前尝过比这些菜更美味的东西吗？""没呢，我的主人。"我哥哥回答说。"那就多吃点，"主人又说，"可别客气。""我已经吃饱了。"客人回答说。于是，房子的主人便传唤来他的仆人，端来了一些甜食。仆人们的手臂四下挥动，仿佛他们是真的在端甜食。主人对哥哥说："尝尝这盘吧，这些点心的味道好极啦。以我的生命起誓，快夹这块吃吧，蜜糖都快流出来了。""我的主人啊，不过我不能剥夺您的那份。"我哥哥喊道，随后又询问了主人，里面为什么放了那么多的麝香。主人回答道："这是我府上的传统习惯，仆人们都是这样做给我吃的。这种甜点，每一种里面都加了一第纳尔（伊拉克国家的货币单位）的麝香，和半第纳尔龙涎香。我哥哥一直扭动着头，咂着嘴，他的舌头在两个脸颊中间来回滚动，像是正在享受甜点。房子的主人又唤来他的仆人，说："拿些干果来。"仆人们再次挥动了手臂，像是正在忙活着主人吩咐的事。主人对我哥哥说："吃些杏仁、核桃、葡萄干，还有别的东西吧。"主人向我哥哥列举了各种干果的名字，说完补充道："吃吧，别害羞。""我的主人啊，"我哥哥说，"我已经吃饱了，吃不下更多的食物了。"但是主人却坚持说："我的客人，如果你还想吃就再吃点吧。这些都是罕见的美味，要好好享用。以安拉起誓！以安拉起誓！你可别再饿着肚子啦。"

  我哥哥想着自己现在的处境，想到这人捉弄他的行为，心想："以安拉起誓，我要给他一次还击，叫他在安拉面前忏悔自己的这些行为！"接着，房子的主人又吩咐他的仆人说："给我们拿些酒来。"像之前那样，他们又挥手做出相同的手势，像是正在履行主人的命令。主人假装递给我哥哥一个酒杯，说道："喝了这杯酒，你会心情愉悦。"我哥哥回答说："我的主人啊，您真是太慷慨了。"我哥哥伸手做出正在喝酒的手势。"你觉得口感如何？"主人问道。"我的主人啊，"我哥哥回答说，"我从来没有喝过比这更好喝的酒。""那再喝点吧，"房子的主人说道，"愿这杯酒给你健康，带给你益处。"房子的主人自己装作喝了一杯，又递了一杯给我哥哥。接着我哥哥假装把那杯酒喝了，装成自己喝醉的样子，出其不意，一把将主人抓住，高高举起自己的手臂，露出腋下白皙的肌肤。他一把打在主人的脖子上，整个房间都听得到一声脆响。见此，那主人大叫起来："你这是在做什么？你这卑贱的东西！""我的主人啊，"我哥哥回答说，"我是您的奴隶，得到您仁慈的允许，我来到了您的家中。您拿东西给我吃，还拿陈年酒来款待我。我喝醉了酒，冒犯了您，可您是这等的尊贵，不至于因我的无知愚妄跟我怄气吧。"

  房子的主人听到我哥哥的这番话，大笑了一声，随后对我哥哥说："很长一段时间以来，我作弄过许多人。我总是戏谑他们，开无礼的玩笑。然而，在那么多人中，我从来没有见过有谁能够应付我的愚弄，没有谁有这份睿智来配合我的花招，而你却是个例外。因此，我饶恕你，让你做我真正的朋友，永远陪着我。"随后，他吩咐仆人们把之前提到过的那些菜肴都端了过来，陪我哥哥一起坐着饱餐了一顿。他们又移到喝酒的房间。那里的女奴们皆如满月，弹奏着各式各样的乐器，唱着各具风格的美妙乐曲。他们二人一直喝到酩酊大醉。房子的主人把我哥哥视作密友，对他十分倾慕，送了套无比昂贵的衣服给他。第二天早上，他们又继续尝美食，品好酒。他们就这样一起生活了二十年。后来，那人死了。苏丹没收了他的财产。

到了这个地步，我哥哥只好逃离了那座城。当他走在半路上的时候，突然遇到几个阿拉伯人，成了他们的俘虏。那个抓了他的人，毒打了他一顿，还对他说："快拿钱来赎身吧，否则我就杀了你。"我哥哥流着泪回答说："阿拉伯的酋长啊，我穷得一无所有了，也没有办法可以筹到钱。我是您的俘虏，我已落入您的手中，您想怎么处置就怎么处置吧。"话音刚落，那残暴的大汉便从腰间拿出一把宽刀（若是拿那种刀刺在骆驼的脖子上，必会把血管一根根地全给砍断），将其握在右手上，靠近我那可怜的哥哥，把他的双唇都给切了下来，事后还不依不饶地问他要钱。

那个大汉有一个漂亮的老婆，那个少妇趁他不在家的时候，曾对我哥哥表露过深深的爱慕之心。然而我哥哥担心会受到惩戒，对她一直恪守礼节。一天，那少妇叫来了我哥哥，让他和她坐在一块儿。然而当他们正在一起的时候，瞧啊，她的丈夫冲进屋，径直向他们走来。他瞧见我哥哥后，骂道："该死的东西，你这卑鄙的家伙，你现在是想玷污我的老婆吗？"说完，拿出自己的刀，重重地在他身上又划了一刀。那汉子把我哥哥放在骆驼背上，把他驮到一座山上去，将他丢在那儿自己离开了。然而，几个旅行者从他身边经过，发现了他。他们拿吃的给他，也给他水喝，还将他的情况告诉了我。于是，我便找到他，将他接回这座城里，给了他一笔充足的经费，用以维持他的生活。

当信徒们的君主听完那些我讲给他的，关于我哥哥们的故事，他笑了，说道："萨米特（寡言者）呀，你说的都是实话，你确实是个不多话也不莽撞的人。现在你可以离开这座城了，到别的地方去安身立命吧。"因此，他将我驱逐出了巴格达。我去过很多国家，也到过许多地区。当我听说他与世长辞，已有新的哈里发即位后，便回到了巴格达。我回到城里，便遇到了这个年轻人。我为他做了一件大好事，如果不是因为我帮助他，他早就被人给杀死了。然而，他却指控给我一些莫须有的罪名，他描述我的都是：鲁莽，多话，呆板，没有鉴赏力。这些都是不对的，我可没有这样的品行。

接着裁缝又说道："当我们听完理发匠的故事后，我们确信他是一个鲁莽、多话的人，也知道了他曾经对那个年轻人的所为是不公道的，于是我们抓住理发匠，把他关押起来。我们又重新坐下来，一边看守他，一边尽情吃喝。那场宴会以最令人愉快的方式结束了。我陪着众人一起，坐到晨祷的时候，才离开那儿回到家中。但是，我的妻子怒气冲冲地盯着我说：'你倒是一整天都在外快活，而我则坐在家中忧伤苦闷。现在我要你陪我出去，趁今天所剩的一点时间陪我消遣一下，如果你不同意，我便和你分手。' 于是，我顺从了她，和她一起走出家门。我们在外面一直玩到晚上。当我们走在回家的路上时，便遇到了这个驼背。他喝了很多酒，嘴里不停地吟着诗。于是，我便邀请他随我们一块儿回家，他也欣然接受了。随后我出门买了一些煎鱼，便回了家。我们坐下来一起用餐。我的老婆夹起一小块面包和一块鱼肉，把它们塞进驼背的嘴里。那些食物令他窒息，所以他就被噎死了。于是，我抱起他，把他扔到医生的家中，医生又把他扔到总管的家中。随后，总管又把他扔在经纪人经过的路上。这就是昨天发生在我身上的故事，这难道不比驼背的故事更离奇吗？"

国王听完这个故事后，命令他的几个侍从随裁缝一起去把理发匠给带来，并吩咐他们说："必须要把他带来，让我听听他的言辞，也好让你们都得到解脱。这个驼背昨天就死了，我们把他埋葬了吧，再在他的坟墓上边立个墓碑。因为他的关系，才使得我们听到了这些离奇古怪的故事。"

裁缝和侍从们去了关押理发匠的地方，不一会儿便将他带回来了。他们把理发匠带到国王跟前。国王见到他后，发现他是一个年过九十的老人，黑面孔、白胡子、白眉毛。他的耳朵很小，鼻子很长，看上去一身傲气。国王笑了笑，说道："寡言者啊，我想要你给我讲点你的故事。"

"我们时代伟大的君主啊，"理发匠问，"这些人为什么都在这儿呢？为什么这个死了的驼背躺在你们中间呢？大家伙为什么都聚在这儿？""你为什么要问这些呢？"国王问道。理发匠回答说："我问这话是为了让陛下您知道我不是一个鲁莽的人，我也不会理会那些与我无关的事。他们控告我多嘴多舌，可我却是无辜的。人们给我起了个名字叫寡言者，我是当之无愧的。这正如一首诗歌所说：

'一个人被冠以别名，这是很少见的。
如果你去探究，你将发现那正是对他性格的描述。'"

国王吩咐说："把昨天晚上发生在驼背身上的事情说给这个理发匠听吧，基督徒、犹太人、总管和裁缝讲的故事也统统告诉他。"于是，众人便将这些人的故事统统告诉了他。

听了之后，理发匠摇着他的脑袋，说道："以安拉起誓，这件事真是太离奇了。把盖在驼背身上的布揭开，让我看看他吧。"众人照做了。理发匠坐到驼背的头边，把他的头扶起来，放在自己的大腿上，然后又盯着驼背的脸看。随后，理发匠哈哈大笑起来，笑得向后仰了过去。他大喊着："每种死亡都有一种死因，这个驼背之死真是太离奇了。这事值得被记载在史册里，让子孙后代都引以为鉴呢。"国王听了他的话后，觉得很惊奇，说道："你为什么会这么说，解释给我们听听。"理发匠回答说："陛下啊，承蒙您的恩泽，这个驼背还活着！"他从胸前掏出一个装了药膏的小罐子，把里面的药膏抹在了驼背的脖子上。然后，把他的脖子包起来。等到溢出汗滴的时候，他拿来一把小铁钳，将钳子伸进驼背的喉咙里，把卡在里面的鱼刺取了出来。与此同时，所有的人都惊诧地盯着他们看。只见驼背立即跳了起来，打了个喷嚏，慢慢地恢复了意识。他用双手摸着自己的脸。见到这样的场面，在场的人都惊讶无比，国王则大笑不止，脸都给笑僵了，旁观者们也莫不如此。

国王喊道："以安拉起誓，这场意外太离奇啦！我从来没见过比这更奇妙的事！"随后又说："你们生平有没有见过死而复生的人呢？如果不是安拉保佑他遇到了这个理发匠，这个驼背今天必定要进入另一个世界了。这个理发匠就是解救他的人。"众人回应说："这真是一桩怪事啊！"

国王下令把这件事记录下来。记载的官吏记好了之后，国王命人把这份史册放在皇家书库中。国王赏赐了华服给犹太人、基督徒，还有总管，他们每人得到了一套价值连城的衣服。他任命那个裁缝为御用裁缝，定期发给他俸禄，并让他和驼背和解。他赏了那个驼背一套昂贵、漂亮的衣服，派给他与裁缝差不多的俸禄，常邀他陪自己喝酒。国王给了理发匠同样的赏赐，发给他固定的津贴和俸禄，任命他为宫廷理发师，也成了国王的酒友。于是，他们无比快乐、舒适地过完了余生，直至死亡夺去他们的欢乐，让他们作别自己的朋友。

第32~36夜

阿里·努尔丁和艾尼斯·吉丽斯的故事

从前，巴士拉城中有一个国王，他关爱穷苦的人，对百姓都很仁慈。正如一个曾作诗赞颂他的诗人所说：

"他用自己的长矛作笔，用敌人的心脏作纸，鲜血为墨。"

这个国王名叫穆罕默德·苏勒曼·齐尼。他有两个宰相，一个叫做穆仪·本·萨维，另一个叫做法德勒·本·哈甘。宰相哈甘是当时品性最为高尚的人，他刚正不阿，民众们都很爱戴他。他决策英明，老百姓衷心祝愿他长命百岁。他是个给民众带来好运、为民众驱邪避恶的人。而萨维宰相，厌恶他人，不爱做好事，他给人带来厄运。百姓对哈甘宰相爱在心里，而对萨维宰相却深恶痛绝。

有一天，穆罕默德·苏勒曼·齐尼国王正端坐在宝座上，朝中文武百官簇拥着他。国王传来哈甘宰相，对他说道："我想要一个当今无与伦比的漂亮女奴，不仅要面容姣好，身段匀称，而且要性情温良，品格端正。"官员们异口同声说："这样一个女奴，不花一万枚金币是买不到的。"国王立即唤来司库,吩咐道:"你立即取一万枚金币送到哈甘府中去。"于是司库遵照他的命令,按时将钱送到了哈甘宰相手里。哈甘宰相也告辞离开了。自从接到苏丹的命令后,他每天都去市场物色。后来,他委托经纪人代为购买国王描述的那种女奴,他吩咐经纪人说,只要是身价超过一千枚金币的女奴,一定要让哈甘宰相先看一眼,否则不得售卖。

因此,经纪人凡卖一个女奴必先领去给宰相看。宰相遵照国王的命令,找寻了很长一段时间,却没找到一个令他满意的女奴。然而有一天,一个经纪人来到哈甘相府,一把拉住哈甘的马镫,吟诵了这几行诗歌:

"您令腐朽的国家变得生机盎然,
上天会永远帮助您这样的好宰相。
您让民众之中的好品质得以恢复,
您的行为定将永远受到安拉的赞扬。"

随后他又说道:"宰相大人,你吩咐要买的女奴,我们已经买到手了。"宰相说:"快带来给我看看。"于是,经纪人便告辞离开了。片刻后,经纪人带来一个少女。只见她身材苗条,双胸挺拔,睫毛浓黑,脸蛋儿光滑。她的腰肢纤细,臀部圆润,身着华美裙袍。她的双唇水润,看起来比糖浆更为甜蜜。她的体态轻盈,连东方的垂柳也要自惭形秽。她言谈轻柔若微风吹过园圃花丛,正如一位作诗赞美她的诗人所说:

"她那光润的皮肤,像丝绸一样柔滑。
她的言语轻柔,既不冗长也不失妥当。
安拉赠予她一双销魂的眼睛,
对男人们而言就像美酒一样摄人心魄。
愿我对她的爱意在每个深夜更为温暖,
即使审判日到来,这份爱也不会停止。
她的睫毛如黑夜般幽黑,

前额生辉像是清晨刚升起的朝阳。"

哈甘宰相见之，对她十分满意。他望着经纪人，说："这女奴身价多少？"经纪人回答说："一万枚金币。不过，卖主说，一万金还不足以偿付买鸡给女奴吃所花的钱，更不用说给她请先生授课，置购华服所用的花费。这女奴学过书法、语言、文法，能讲解《古兰经》和伊斯兰教的基础法律，熟悉宗教、医学、历法知识，通晓多种乐器。"宰相吩咐道："把卖主带来见我。"不多时，经纪人把卖主带来了，他是个外国人。他年事已高，岁月的沧桑已经把他变成一个皮包骨头的人，正如诗人所描绘的那样：

"时光让我变得战战兢兢，
它是多么强大、多么严酷。
从前我走路毫不费力，
而如今只觉疲惫，无力行走。"

宰相对他说："穆罕默德·苏勒曼·齐尼国王付给你一万枚金币，向你买这个女奴，你意下如何？"那个外国人回答说："既然这个女奴是买来送给苏丹的，我把她当作礼物献给国王陛下是我义不容辞的事，我不取分毫。"宰相听了这话，便吩咐取来钱，拿了一万枚金币给这个外国人。此后，这个奴隶贩子对宰相说道："尊敬的宰相大人，如若您准许，我有一言相劝。"宰相回答说："你想说什么，但说无妨。""我有一个主意，"经纪人说道，"大人不宜今天把女奴献给苏丹。她一路风尘刚到此地，难免水土不服，长途颠簸又使她显得疲惫无神。然而，倘若能让她在你府中待上十日，好生休养一番，她的姿容定可大增几分。到那时，再将她带去沐浴，给她换上最美的衣服，带她去觐见苏丹，您便可红运当头，福星高照。"哈甘宰相听了奴隶贩子的建议，思考了一番觉得甚是有理，便将女奴带回府中。他为她安排了一间单独的房间住下，每日按时给她送饭送水和其他的生活用品，让她安享了一段清闲舒适的生活。

宰相哈甘有一个儿子，光艳夺目如同一轮满月。他脸色白皙，双颊绯红，脸上有一颗龙涎香似的黑痣，满头浓密黑发。宰相哈甘的这个儿子对女奴的事一无所知。宰相曾叮嘱女奴说："姑娘，你有所不知，我把你买来是要送给国王的。我有一个儿子，喜欢拈花惹草，见到女孩子必有不轨行为。你要好好躲着他，不要让他看见你或听到你的声音。"女奴答道："我听明白了，遵命便是。"宰相离开了。就像是命中注定的那样，该发生的还是发生了。有一天，女奴前往相府的浴池去沐浴，几个侍女替她沐浴完毕，她换上华美衣裙，更显得姿容艳丽。随后她去拜见宰相夫人，亲吻了夫人的手。夫人问："呀，艾尼斯·吉丽斯，但愿你洗得还算舒适。你觉得我们这儿的浴池如何？"艾尼斯·吉丽斯说："夫人，非常好，您可以亲自去试试。"听了这话，宰相夫人吩咐侍女们说："你们陪我去沐浴吧。"侍女们遵照主人的命令，簇拥着宰相夫人沐浴去了。宰相夫人起先叮嘱她的两个侍女到艾尼斯·吉丽斯的门前看护，并对两个侍女说："不要让任何人进门见这个姑娘。"侍女们回答说："我们听明白了，遵命便是。"然而，当艾尼斯·吉丽斯正坐在她的房间里时，瞧啊，宰相的儿子阿里·努尔丁走了进来，询问他的母亲和家人到哪里去了。这两个侍女答道："她们去沐浴了。"坐在房间里的艾尼斯·吉丽斯听到宰相儿子阿里·努尔丁的声音，心想："我真好奇这个少年是个怎样的人。他父亲告诉我他遇到女子必有不轨行为，我真想见他一面。"随后站起身来——她的面容清丽如刚出浴一般。她走到房门口去看阿里·努尔丁，只见那是位俊美如满月一般的少年。这一眼，让她惊叹万千。阿里·努尔丁也看了吉丽斯一眼，心中亦是万分喜爱。他俩一见钟情，双双坠入爱河。阿里·努尔丁走到两个侍女身边，大声呵斥她们，两个侍女应声从他面前逃开，躲到远远的地方，望着少爷，看他究竟要做什么。阿里·努尔丁走到房间门口，将门打开，走了进去。他问艾尼斯·吉丽斯说："你就是家父给我买来的女奴？""是的。"艾尼斯·吉丽斯回答。阿里·努尔丁像是喝了酒一般意乱神迷，走上前去抱住艾尼斯·吉丽斯，而艾尼斯·吉丽斯也将他抱住，双手搭在他的脖子上，亲吻了他。然而，两个侍女看见少爷闯进艾尼斯·吉丽斯的房间，便急得喊叫起来。少年听到后，赶紧逃了出来，躲在一个安全的地方，担心自己闯入姑娘的房间会闹出什么乱子。宰相夫人听到那两个侍女的喊声，淌着水滴走出浴室，问道："你俩在府中大喊大叫所为何事？"她一边说一边朝那两个看守艾尼斯·吉丽斯房门的侍女走去，说："你们两个该死的！出什么事啦？"她俩一看见夫人，便说："阿里·努尔丁少爷走到我们面前打了我们，我们从他跟前逃开。可是，少爷闯进了艾尼斯·吉丽斯的房间。我们大声喊叫，少爷便慌忙逃走了。"夫人听后，便走进艾尼斯·吉丽斯的房间，问她说："发生什么事啦？""夫人哪，"艾尼斯·吉丽斯回答说，"我正在这儿坐着，突然闯入一个俊美的少年，他问我：'你就是我父亲给我买来的女奴吗？'我答：'是的。'夫人啊，我相信他所说的都是真的。他走到我面前，把我抱住，亲吻我三下，随后离开了，我已深深爱上他。"

听了这话宰相夫人哭了起来，用手打自己的耳光，侍女们也是如此。她们都替阿里·努尔丁担心，唯恐他的父亲会杀了他。瞧啊，正在这时，宰相哈甘走了进来，询问她们出了什么事。他的夫人说："你得发誓你会耐着性子听，我才告诉你。"哈甘回答说："好吧！"于是，夫人将儿子努尔丁所做的事告诉了宰相。宰相听后，十分难过，撕扯自己的衣服，打自己的巴掌，还拉扯自己的胡须。他的夫人劝他说："不要糟蹋自己了。我从自己的积蓄中拿出一万枚金币，就算我把姑娘买来了吧。"听到这话，宰相哈甘抬起头来，对她说："该死的你哟。我需要的不是她的身价。这件事恐怕会让我们落得人财两空。""我的主人，那是为什么呢？"夫人问。他说："难道你不知道我们有个冤家穆仪·本·萨维吗？他若得知此事，必定会禀报苏丹说：'那个您认为是爱戴您的宰相，从您手里取走了一万枚金币，用那些钱买了个女奴，那女子可是无与伦比的漂亮。他因为喜欢那女奴，便对他儿子说：给你吧！你比苏丹更配得到她。'于是他的儿子便占有了那个女奴，现在那个女奴还在他那里。国王会说：'你撒谎。'萨维会继续跟国王说：'若陛下允许，我会立即闯进他的府中，把那个女奴带到您跟前。'国王定会允许他那么做。因此，到那时，萨维会突如其来地闯到我们府上，把姑娘带走，送到苏丹的面前。国王会质问她，而她百口莫辩。随后，萨维还会对国王说：'国王陛下，我曾对您说尽良言，可是却得不到您的恩宠。'这样，苏丹会拿我来以做效尤，所有的人也会在一旁笑话我。那时候，我的性命必会保不住了。"然而，宰相夫人却回答说："不要让任何人知道此事。这件事虽已发生，却还未张扬出去。因此，你的麻烦事只能交托给安拉了。"听夫人这样一说，哈甘宰相的心也平静下来，顿觉如释重负。

这便是宰相哈甘的麻烦事。至于阿里·努尔丁，他畏惧自己行为所带来的后果，白天只敢待在花园里，夜半才回母亲房间去休息。天一亮，他又跑到花园里，不敢让任何人看见。就这样一个月过去了，他始终不敢见他父亲。终于，他的母亲对他父亲说："我的主人啊，你既已失去女奴，还想失去儿子吗？如果你的儿子再这样继续下去，他准会逃离这个国家的。"哈甘问："那我该怎么做啊？"她回答说："今天夜里，你先别睡。等儿子回来，你把他拉住，和他好好谈谈，就把这个女奴给他做妻子吧。因为姑娘喜欢他，而他也很喜欢姑娘。这姑娘的身价，我偿还你。"于是哈甘宰相一夜未眠，终于等到儿子回来。他一把将其抓住，几乎快要把儿子给掐死。努尔丁的母亲急忙赶过来救他，对她丈夫说："你想怎样处置他呢？"哈甘回答她说："我想宰了他！"阿里·努尔丁苦苦哀求："在您看来，我就是这么死不足惜吗？"他的父亲已是眼泪汪汪，随后对他说："我的儿啊，失去我的性命和财产在你眼里也是无足轻重的吗？"少年说道："父亲，请听我一言。"他说了一番话求得了父亲的原谅。于是，哈甘便把蹄在儿子胸上的腿挪开，对儿子生出了怜悯之心。少年站起来，吻了吻父亲的手。哈甘说："我的儿呀，你若能够好好待艾尼斯·吉丽斯，我会把她送给你的。"少年回答说："父亲啊，我怎么能够不好好待她呢！"他父亲说："我的儿啊，听我嘱咐：你只能娶她一人，不可见异思迁娶别的女子，或是将她卖掉。"少年回答说："父亲啊，我向您发誓绝不会再娶别的女子，也不会卖掉她。"阿里·努尔丁向父亲立下誓言，表明自己定会说到做到。之后，便与艾尼斯·吉丽斯生活在了一起。一年过去了，齐尼国王把买女奴的事全忘了。宰相萨维得知了此事，却未敢在国王面前提及，因为他深知齐尼国王十分器重哈甘宰相。

一天，哈甘宰相去浴室沐浴，洗好之后大汗淋漓地走出来。由于外面的冷气侵袭，他不慎患了感冒，卧病在床，昏迷了很长一段时间。他的疾病时好时坏，于是，把儿子阿里·努尔丁叫到面前，嘱咐他说："我的儿啊，人各有生路，亦各有寿限。每个人都必须喝下寿终之酒。我对你别无嘱咐，仅希望你敬畏安拉，行事之前务必留心其后果。你一定要好好地对待艾尼斯·吉丽斯姑娘。"努尔丁说："父亲啊，谁能和您比呢？民众对您的善行赞不绝口，传教士们都在讲道坛上替您祷告。""我的儿啊，"宰相哈甘又说："但求尊贵的安拉能够接纳我。"随后，他发出一声长叹，便死去了。见到哈甘宰相已经逝世，宰相府里哭声连连。消息立刻传到齐尼国王的耳朵里，传到城中百姓的耳朵里，连还在学堂中上学的年幼孩童，也无不为他潸然流泪。他的儿子阿里·努尔丁为他准备了葬礼。所有的文武百官皆出席了他的葬礼，萨维宰相也在其中。正当送葬的队伍走出相府大门之时，其中一个送葬的人吟诵了这样的诗句：

"我想对那个替他沐浴的人说，
——愿他听从我的劝诫，
把水从他的身边端开，
用荣耀的泪水替他沐浴，
吐露出失去他的悲痛。
且把堆在尸上的香料移开，
用对他的盛赞为他熏香。
指派高贵的天使前来接他，
难道你没见到他们正陪着他。
不必用活人的肩抬扛他，
他所得的善报足以承载着他。"

由于父亲辞世，阿里·努尔丁无比伤心难过，悲痛了很长一段时间。然而有一天，当他正坐在父亲原先的府中时，有一个人敲响了房门。他起身前去将门打开，瞧啊，只见访客是父亲生前的好友。来者亲吻了阿里·努尔丁的手，说道："少爷，留下像您这样的后嗣，您的父亲虽死犹生。从古至今有那么多的先人，每个人终究难逃一死。少爷，请您振作起来，不要再过度悲伤了。"听了那话，阿里·努尔丁果然振作起来，走到客厅里，将日常生活所需的东西统统搬到那儿。他的朋友们前来陪伴他，他再次雇来家仆。其中有十个商贾子弟与他相交甚好。阿里·努尔丁筹办了一场又一场的宴会来款待他们，十分阔绰地赠礼予他人。他的管家前来找他，对他说道："阿里·努尔丁少爷，您难道不曾听说吗，'没有节制的开销，终究致人于贫困啊'。开销巨大，厚礼馈赠，必将会使家产全部耗尽啊。"阿里·努尔丁听了管家的话，看着他的管家回答说："你所说的话，我一句也听不进去。这首诗说得多好啊：

'如果我徒有金钱，却没有享用的自由，
我倒宁愿自己抬不起双手，站不直双脚。
让我看看有谁贪得无厌却还能够收获美名，
或者又会有谁是因慷慨给予而亡。'"

阿里·努尔丁又说："管家，你要知道。如果你的手里还有够我午饭吃的东西，你就别让我为晚饭发愁。"管家只好离他而去。阿里·努尔丁继续过着他奢侈大方的生活。不管他的哪个朋友说："这件东西真美！"他便回答说："我把这作为礼物送给你。"若有朋友说："少爷啊，你这所房子真漂亮！"他就会说："我把这作为礼物送给你。"

他终日盛情宴请宾友。从一大清早就开始，天天如此。就这样整整延续了一年的时间。有一天，阿里·努尔丁正和朋友们坐在一块儿，女奴艾尼斯·吉丽斯吟唱这几行诗句：

"若命运一帆风顺,你便认为顺理成章,
从不畏惧命运会带给你灾难。
你曾被夜晚的平静蒙蔽眼睛,
光明之中不免夹杂些许阴霾。"

刚刚唱完,便听见有人敲门的声音。阿里·努尔丁去开门,他的一个朋友悄悄地尾随其后。当他打开门之后,看见那人正是管家,便询问道:"有什么事?"管家回答说:"我的主人啊,我曾替您忧虑之事,如今果然发生了。"阿里·努尔丁问道:"到底是何事?"总管回答说:"您有所不知,我替您管理的钱财,如今剩下的不超过一枚银币。这些便是您花销的账目,上面记载着您是如何将最初的钱财花出去的。"听管家这样一说,阿里·努尔丁低着头,呆望着地面,叹道:"现在已毫无办法,只有依靠安拉了!"那个悄悄跟在他身后准备打探他秘密的人,听见总管对他所说的话,立即回到朋友们身边,对在座的人说:"你们该怎么办呢?阿里·努尔丁已经破产了。"阿里·努尔丁一脸忧伤回到朋友中间。一位朋友站起来,望着阿里·努尔丁,说:"少爷,希望你能允许我失陪一下。"阿里·努尔丁问:"你今日怎么急着要走?"他的客人回答说:"我太太今晚就要分娩了,我必须得陪在她身边啊。因此我想要走了,去看看她。"阿里·努尔丁便没有挽留,让他离开了。过了一会儿,另一位客人站起来,对他说道:"阿里·努尔丁少爷,我今天要去看望我的兄长。"就这样,他的每个朋友都以虚假的理由一一同他告别,相继离开。

客厅里只剩下阿里·努尔丁一人。他叫来艾尼斯·吉丽斯,问她说:"艾尼斯·吉丽斯,你知道我发生什么事儿了吗?"他把管家对他说的话告诉了艾尼斯·吉丽斯。艾尼斯·吉丽斯听了后说道:"我的主人啊,这么多天过去了,我也一直犹豫着,很想跟您谈谈这件事。我曾听您吟诵过这样的诗句:

'当你正享受富贵荣华之时，

趁着手头充足就慷慨地施与吧。

慷慨施与不会赶走你的富贵，

它若要离你而去，吝啬也无法挽留。'"

艾尼斯·吉丽斯继续说："听你吟诵这样的诗句，我便沉默了，不曾向你发表任何看法。"阿里·努尔丁说："艾尼斯·吉丽斯呀，你知道，我可是把钱都花在朋友身上了。我不认为这个时候他们会背弃我，对我袖手旁观。"艾尼斯·吉丽斯说："以安拉起誓，他们是不会帮你忙的。"然而阿里·努尔丁却坚持说："我即刻就去找他们，去敲他们的门。或许能从他们那里借些钱，作为本金，做点儿生意。我不会再一心玩乐了。"说完，他便站起身来，径直走到那十个朋友居住的巷子里。他们十人都住在同一条巷子中。他最先走到其中一个朋友的门前，敲了敲门，里面走出来一个女仆，问他道："您是谁？"他说："告诉你的主人，就说阿里·努尔丁正在门外等候，对他说：'您的仆人吻过您的双手，寻求您的帮助。'"女仆进去把这话告诉了他的主人。然而，主人大声地斥责她说："快回去告诉他，就说主人不在家。"那个女仆回来告诉阿里·努尔丁："先生，我家主人不在家。"于是，阿里·努尔丁只得继续去找别人，他心里想："这人是个骗子，他背弃了我。但愿其他几个不会如此。"于是他来到第二个朋友的门前，说了和之前一样的那番话。这第二个朋友也背弃了他。阿里·努尔丁叹道：

"若你站在他们的门前，他们会赏给你想要的东西。

然而，这样的人早已绝迹。"

他又说道："以安拉起誓，我一定要把他们统统考验一遍，也许会有一个例外。"阿里·努尔丁接连叩响这十个朋友的家门，然而没有一个人对他开门相迎，同他见上一面，就连一块饼也没有给他。他吟诵了这样的诗句：

"一个人富裕的时候就像一棵果树，

硕果累累的时候才会被人团团围着。

然而，一旦果被采光，变得光秃秃，
人们便从树下散去，寻找新的果树。
让这个时代的所有人都统统死绝吧，
我的十个朋友中，竟没有一个正直的人。"

阿里·努尔丁回到艾尼斯·吉丽斯身边，他的忧虑增了几分。艾尼斯·吉丽斯对他说："我的主人啊。我不是早就跟你说过，他们是不会帮你的忙的吗？"阿里·努尔丁说："以安拉起誓，没有任何一个见我的面。"她又说："我的主人啊，你就把家里的家具一点一点拿去卖吧，换点钱来维持开销。"阿里·努尔丁按照她所说去做，把家里的家具全卖光了，他已经变得一无所有了。他望着艾尼斯·吉丽斯说："现在我们该如何是好？"她回答说："我有一个主意，我的主人啊。你即刻动身把我领到市场上去卖掉吧。你知道，你父亲是用一万枚金币把我买来的。但愿安拉给你一条活路，用我换些钱。如若安拉安排我们重聚，日后定会再次相见的。"然而他却回答说："艾尼斯·吉丽斯，同你分开一刻，对我来说都不是件容易的事。"她说："对我也一样。然而，我们已被逼到非这么做不可的地步了。"听了这话，阿里·努尔丁的泪水从脸颊上滚落下来。阿里·努尔丁领着艾尼斯·吉丽斯来到奴隶市场，把她交给经纪人，并吩咐经纪人说："这个女奴，你是知道她值什么价的。"经纪人说："阿里·努尔丁少爷，高贵的品质是让人经久不忘的。这不正是艾尼斯·吉丽斯，你父亲花一万枚金币从我这儿买去的女奴吗？"他回答说："是的。"于是经纪人去找商人们。他看见市场上的商家还不多，于是便等了一会儿，待人都到齐。各种各样的女奴填满了整个市场，有土耳其的、希腊的、切尔克斯的、格鲁吉亚的，还有来自阿比西尼亚的。经纪人见市场上拥挤不堪，便站在高处，大喊着："诸位商家，诸位富豪，并非圆的都是坚果，长的全是香蕉，红的不全是肉，白的也不全是油，赤褐色的不都是酒，棕色的不都是椰枣子。诸位商家，这是一颗举世无双的明珠，她的价值已非金钱所能够衡量。这个女奴，你们愿出多少钱来买她？"一个商人回答说："我出四千五百枚金币。"

但是，瞧啊，宰相萨维也出现在市场中。他看见努尔丁在市场上站着，心想："他站在这里干什么？他已到了山穷水尽的地步，拿什么来买女奴？"随即他环顾了四周，闻声瞧见经纪人站在市场中叫卖，四周围了许多商人，心想："他已经破产了，我看他准是带着女奴前来准备卖掉的。倘若果真如此，岂不正中我怀。"随后，萨维宰相召来在那儿叫喊的经纪人。经纪人来到他面前，亲吻了前面的地面。萨维对他说："你叫喊着兜售的女奴，我要了。"经纪人不敢违抗他的意思，便把艾尼斯·吉丽斯领到萨维宰相面前。萨维仔细打量了艾尼斯·吉丽斯，见她生得楚楚动人，身姿曼妙，轻言细语，甚是喜欢，便问经纪人："她的身价现在喊到了多少？"经纪人回答说："四千五百枚金币。"商人们一听到萨维宰相的话，谁也不敢再加一文一分，尤其他们知道这位宰相暴虐成性，更加望而生畏，不敢再开口竞价。萨维看经纪人说："你还站着干什么？快去用四千五百枚金币把这个女奴给我买下来。你可以得五百的佣金。"于是，经纪人走到阿里·努尔丁跟前，对他说："少爷，看来你的女奴一分钱也卖不到了。""为什么会这样呢？"阿里·努尔丁问道。经纪人回答说："我们开盘的价格就是四千五百枚金币。不巧那位暴虐宰相也到市场里来了。他对这个姑娘十分满意，便对我说：'去问下她的主人，叫他四千枚金币卖给我，其中的五百枚金币归你。'我十分肯定他知道这个女奴是你的。如果他能付现钱买她，那就感谢安拉。可是我知道，他不讲道义。他可能给你开个单子，让你找他的代理人去要钱，并且同时他会传信给代理人叫他们一分钱也不给你；每次你去找他们要钱，他们便会说：'明天再来吧，那时我们会付钱给你。'他们会一直这样允诺你，实际却一天天往后拖延。而你又是个十分看重自己尊严的人。当你不依不饶前去要债让他们难以应付的时候，他们会说：'把你手里的凭据给我们吧。'他们一从你手里接过单据，便会将其撕成碎片。这样一来，你卖女奴所得的钱就打水漂了。"

当阿里·努尔丁听了经纪人的这番话后，望着经纪人说："我该怎么办呢？"经纪人回答说："我给你出个主意，倘若你能接受，保你有好运气。"阿里·努尔丁问道："什么主意？"经纪人回答说："当我去到市场里边之后,你赶紧过来找我,把艾尼斯·吉丽斯从我手中拉过去,顺手给她一巴掌,并且骂她说:'你这该死的奴婢!我把你领到市场上来,就算是已经履行了我的誓言。我不是曾立下誓言,说一定要把你拉到市场上,让经纪人叫喊着把你给卖掉吗?'若你这样一说,这个小小计谋也许会骗过宰相,骗过众人。他们便会相信,你把女奴带这儿来,仅仅是为了履行誓言,并不想把她卖掉。""这是个恰如其分的建议。"阿里·努尔丁说。于是,经纪人便拉着艾尼斯·吉丽斯的手,回到了市场里面,对着萨维宰相长叹了一声,说道:"大人,这个女奴的主人刚刚赶来。"阿里·努尔丁快步追上经纪人,一把将艾尼斯·吉丽斯从他身边拉过来,顺手给她一记耳光,对她骂道:"你这个该死的贱奴!我把你拉到市场上来,不过是为了履行我的誓言而已。滚回家去,不准你再违抗我的旨意。我难道缺那几个钱,会真的将你卖掉?我家中的家具什物随便拿一件卖掉,也是你身价的好几倍!"宰相萨维见到阿里·努尔丁,骂他说:"该死的家伙,你还有什么东西可卖呢!"萨维想狠狠地揍阿里·努尔丁一顿。在场的商人们都很喜欢阿里·努尔丁,便齐刷刷将目光投向了他。阿里·努尔丁对他们说:"我现在就站在诸位面前。而他的暴虐大家是清楚明白的!"萨维说:"以安拉起誓,若不是看在你们众人的面上,我非杀了他不可!"众人互使眼色,说道:"我们谁也无意掺和你们俩之间的事!"听了这话,阿里·努尔丁(阿里·努尔丁是个力大无比的人)一跃上前,一把将端坐在马鞍上的萨维拉了下来,把他摔在地上。那儿有块泥坑,萨维刚好落入其中。阿里·努尔丁挥起拳头,一拳打在他的牙齿上,霎时鲜血直流,染红了萨维的胡须。随宰相来的还有十个侍从,他们见阿里·努尔丁对他们的主人拳脚相加,便将手放在剑鞘之上,欲挥剑将阿里·努尔丁砍成碎块。然而围观的众人劝他们说:"他俩一个是宰相,一个是宰相的儿子,说不定很快便会和好如初。到那时,你们岂不是得罪了他们双方?假如你们谁一个不小心一刀砍伤了你们的主人,你们所有人都会被判处最为残酷的死刑。因此,你们别干预他们的事,才是最明智的选择。"阿里·努尔丁揍完萨维宰相之后,便领着艾尼斯·吉丽斯回到了家中。

萨维宰相慌忙站起身。他身穿的白色衣服，现已经被染成了三种颜色，有泥巴的黄，血迹的红，尘土的灰。他瞧见自己的这副狼狈不堪的模样，索性捡起一块浑圆的伽罗木，将其挂在脖子上，两手各握了一束杂草。他跑到苏丹的大殿下面站着，高声喊道："我们时代伟大的君主啊，有人欺负我！"宫役们立即带他来到国王面前。国王仔仔细细地打量了他，认出原来是自己的宰相穆仪·本·萨维，便问他说："是谁把你弄成了这副模样？"宰相萨维一边哭喊一边呻吟，吟诵了这几行诗句：

"有您在此，命运怎敢欺负我？
您是雄狮，野狗又岂敢咬我？
谁敢在您的槽里惬意地喝水，
您就像甘露，有您庇佑我何曾口渴？"

"陛下啊，"萨维继续说，"一心爱戴陛下，竭诚为陛下效力的人，竟然遭受这种侮辱！"苏丹又问："到底是谁把你害成这样？""您要知道，"萨维宰相回答说，"今天我去奴隶市场，想买个女奴当厨娘。我看见市场上有一个女奴，生得极为标致，她的美貌是我不曾见过的。经纪人说那女奴的主人是阿里·努尔丁。国王陛下您曾给过他父亲一万枚金币，让他替您买一个貌美的女奴，他买的就是那个女奴。他自己十分喜欢，便把她给了自己的儿子。哈甘死后，他的儿子奢侈浪费，把宅子、园林，甚至连餐具都给卖光了。他破产之后，除了那个女奴之外便一无所有。他把女奴领到市场上，把她交给经纪人售卖，商人们竞相加价，把价钱抬到四千五百枚金币。我心想：'我要为国王陛下买下这个女奴。'因为最初买这个女奴的钱本就是出自陛下之手。因此，我便开口说：'孩子，你拿着这四千枚金币，权作女奴的身价吧！'但是，他瞪着眼睛，回答说：'你这个不要脸的老东西！我绝不把她卖给你。'我又对他说：'孩子，我不是为自己买的，我是为恩泽浩荡的国王陛下买的。'他一听我这样说，反倒勃然大怒，拉着我，把我从马背上拽下来。尽管我已是这么一大把年纪，他仍旧毒打了我，直到把我打成了您现在见到的这副模样才收手。我遭到这般羞辱，不为别的，只想替陛下买下那个女奴罢了。"说完这话，宰相萨维倒在地上，号啕大哭起来，周身颤抖不止。

国王见萨维宰相如此狼狈，又听了他的诉苦，怒火中烧，两眼之间的青筋乍现。他望了望朝堂之上的文武百官，四十名佩剑的侍卫随即站到了他的面前。苏丹吩咐他们说："你们立即到阿里·努尔丁家中去，抄了他的家，捣毁他的屋子，把他和那个女奴绑着，让他们的脸贴着地面，一路拖来见我。"众侍卫回答说："听明白了，遵命便是。"侍卫们随即走出宫门，朝阿里·努尔丁家中走去。苏丹有位侍卫，名叫阿莱姆丁·桑格尔，他原来是阿里·努尔丁父亲哈甘宰相的家仆。桑格尔听闻苏丹的命令，眼见着这些侍卫就要去宰杀前主人的儿子，没法不动恻隐之心。于是，便骑着马，匆匆赶到阿里·努尔丁家中，敲响了大门。阿里·努尔丁前来给他开门，认出来他是父亲曾经的家仆，便准备问候一番。桑格尔慌忙说道："少爷啊，现在不是嘘长问短的时候，更不能多说什么话。"努尔丁问道："阿莱姆丁，发生什么事啦？"他回答说："你带着女奴赶快逃命吧！萨维已经布下天罗地网想要捉你。你要是落入他手中，他定会杀了你。苏丹也派了四十名佩剑的侍卫前来捉拿你。听我的建议，趁灾难降临之前赶紧逃命吧。"桑格尔伸手递给阿里·努尔丁一些金币，阿里·努尔丁数了数，总共四十枚。桑格尔说："少爷，你拿着这些钱。倘若我有更多，我一定会给你的。快走吧，现在没有时间客气了。"阿里·努尔丁进屋找到艾尼斯·吉丽斯，把将要发生的灾难告诉了她，女奴心中一阵慌乱。

随后二人立即出了城。在安拉的掩护下，他俩一直走到河边。到了那儿，他俩看见一只帆船正准备起航。船长站在船上喊道："谁要是还有什么事情，同亲友告别的，去买食物的，或是遗忘了什么东西的人，请赶快办好，回到舱内。我们就快要起航了。"众人回答说："船长，我们的事情都办完啦。"船长听后，吩咐他的船员说："快松缆绳，拔锚！"

这时，阿里·努尔丁急忙喊道："船长，你们的船要开往哪里？"船长回答道："开往和平之城巴格达！"随后，阿里·努尔丁带着艾尼斯·吉丽斯一起登上了船。船员们开动了帆船，撑起风帆。帆船就像展开双翅的鸟儿一样，顺着风向，载着他们飞似的朝大海驶去。

与此同时，国王派的四十名佩剑侍卫来到阿里·努尔丁家中，破门而入，结果搜遍所有房间，也没有见到二人的踪影。于是，他们便将房子捣毁，回到王宫将情况禀明苏丹。国王听后，吩咐道："到所有他俩可能隐匿藏身的地方去搜查。"众侍卫回答说："听明白了，遵命便是。"萨维宰相也回到了自己府中。在这之前，国王赐给他一袭锦袍，并对他说："只有我能替你报仇。"萨维向国王致敬，祝愿他长命百岁，自己也渐渐放宽了心。之后，国王派传令官在城中各处叫喊声明："所有民众！国王陛下有令，谁要是遇到阿里·努尔丁，并把他交到国王陛下手中，国王陛下将赐予他锦袍一身，另赏一千枚金币。要是窝藏他或知情不报，将会受到严厉的惩罚。"于是，所有的人都动身去寻找阿里·努尔丁。然而，都没有发现他的踪迹。这便是阿里·努尔丁和这些人之间的故事。

阿里·努尔丁和他的女奴平安地到达巴格达城。船长对他们说："这就是巴格达城，是一座和平之城。现在冬日严寒已经消逝，春天已经来临，玫瑰在四处绽放。万木发芽，河水奔流不息。"阿里·努尔丁和艾尼斯·吉丽斯交给船长五枚金币，随即上了岸。他俩走了没多远，便被命运带到几座花园中央。他们看见一块打扫得干干净净、洒了许多清水的地方，便走了过去。那儿摆放着许多长凳，高处悬挂着装满水的水罐，水罐上方是用藤条搭建的走廊，一直绵延到小巷的尽头。走廊的尽头即是花园的大门，然而门却紧关着。阿里·努尔丁对艾尼斯·吉丽斯说："这真是个舒适的地方啊！"她回答说："我的主人啊，我们找一条长凳，坐在上面休息一会儿吧！"于是，他们二人在长凳子上坐下，洗了洗手和脸，沐浴着和煦的微风，不知不觉进入了梦乡——荣耀属于那个不眠之人。

这座花园名叫"欢乐园"。园中有座宫殿，名唤"消愁宫"，是哈里发哈伦·拉希德的寝宫。每当哈伦·拉希德感到惆怅时，便来到这座花园，走进之前提到的那座宫殿，在那儿坐上一会儿。消愁宫有八十扇形成格子状的窗户，宫里挂着八十盏灯笼，有一座巨大的黄金烛台。每次哈里发走进宫殿,便会吩咐宫女们打开所有窗子,吩咐他的宫廷乐师伊斯哈格奏乐,为宫女们的舞蹈伴奏。如此一来,哈里发的愁绪才会渐渐散去,不再焦虑。这个园子的管理者是一个老人,名叫易卜拉欣。有一天,易卜拉欣外出办事,回来后看见许多人带着女人来园里游玩,其中有些行为可疑者。见此,老园丁十分生气。过了几天,等到哈里发来到园中时,老园丁就把这事禀报给了哈里发。哈里发听后说道:"不管是谁在园门前逗留,你都可以随意处置他。"这一天,老园丁跨出园门准备去处理些事务,他发现两个人合盖着一张伊扎尔,靠在园子门口的长凳上睡觉。他心想:"莫非这两个人不知道哈里发有令,我有权力杀掉来这儿的任何人吗?不过,我要轻轻地打他们一下,以防有人再接近园门。"

他折了一条翠绿的棕榈树树枝,走到那两个人跟前,高高地扬起手来,露出腋下白皙的肌肤。他正准备打他们,他的脑中突然闪过一个问题,叹道:"易卜拉欣呀,你还不知道这两个人的情况,怎可以动手打人呢?也许是异乡客或过路人,是命运把他俩带到这里来的。因此,我不妨掀开他们的伊扎尔,看看他们的面容。"于是,他把伊扎尔从他们脸上掀起来,不禁叹道:"这对男女生得太美啦,我若是打他们真是太不应该了!"说完,他便把伊扎尔重新盖在他们脸上。老园丁走到阿里·努尔丁的脚边,替他轻轻地揉了揉,阿里·努尔丁有所察觉便睁开自己的双眼。看见原来是一位老人在替他揉脚,他红了脸,把腿缩了回去,然后坐了起来。他拉住易卜拉欣老人的手,吻了吻。老园丁问他说:"孩子,你们从哪里来?"阿里·努尔丁回答道:"老人家,我们是外乡人。"话音刚落,他的泪水便夺眶而出。易卜拉欣老人又说:"孩子,你要知道安拉的使者(愿安拉保佑并拯救他)吩咐过,对他乡之客要慷慨相助。孩子,赶快起来,到园中去散散心吧!你的烦恼会渐渐消散的。"阿里·努尔丁问:"老人家,这座花园的主人是谁呢?"老人回答说:"孩子,这花园是我从先人那里继承来的。"老园丁故意这样说,目的仅仅是希望他俩会觉得自在一些。阿里·努尔丁听完老人的话,连声感谢他。随即,他和艾尼斯·吉丽斯都站了起来,在老园丁的带领下,进了花园。

花园的拱门上攀爬着葡萄藤，上面结着各种颜色的葡萄：红葡萄好像红宝石，黑葡萄就像黑檀木。他们走到一座凉亭里面歇息，只见花园里挂满了果实，有的枝丫上硕果累累，有的枝丫上只结了单个的果实在那儿独领风骚。各类鸟儿站在枝头唱着风格各异的歌曲，夜莺的啼叫悦耳动人，斑鸠咕咕的叫声在园子里四处回荡。黑色羽毛的鸟儿鸣叫的声音如同人在讲话一般，环颈斑鸠的叫声就像醉酒之人亢奋激动的声音。树梢上的果实已经熟了，各种好吃的品种都有。有樟脑杏子，有巴旦杏子，还有呼罗珊杏，每种果树都种了两棵。李子色如美女面容，樱桃任谁见了也是爱不释手。无花果色彩斑斓，红的、白的、绿的，色泽极为亮丽。鲜花开遍，似珍珠又像珊瑚。玫瑰花一片嫣红，美女面颊上的绯红也差之千里，紫罗兰色如遇火正旺盛燃烧的硫黄。桃金娘、康乃馨、薰衣草，还有银莲花，它们的叶子皆沾满了风中的晨露，洋甘菊张口绽放出笑颜，水仙花睁着漆黑的眼睛望着玫瑰，香橼花好比是圆形的杯子，柠檬犹如金色的子弹。就连地上，也开满了各种颜色的花。整个园子里散发出春天的气息。流水叮咚，百鸟争鸣，微风从林间拂过，气候宜人，寒风渐远。

易卜拉欣老人带着二人上了楼，来到一个大厅里。厅内的装饰十分漂亮，给人一种无比尊贵的高雅之感，二人见此无比喜悦。他们在一扇窗户前面坐了下来。阿里·努尔丁想起往日纸醉金迷的日子，叹道："以安拉起誓，这个地方实在太让人满意啦！这使我想起过去的经历；这一切扑灭了我心中苦闷的火焰。"易卜拉欣老人随后给他们端来一些食物，二人美美地饱餐了一顿，洗了洗手。阿里·努尔丁又到一扇窗户旁边坐着，他叫来艾尼斯·吉丽斯来和他一起欣赏挂满果实的树木。随后，阿里·努尔丁望着老人，问他说："易卜拉欣老先生，你有没有什么喝的东西？因为吃过饭之后，一定要有喝的才尽兴啊。""你想要酒？"老人问道。阿里·努尔丁回答说："正是。"老人大声说道："我恳求安拉保佑别让我碰它，我已经十三年没有碰过这种东西了。""你听我来说两句好吗？"阿里·努尔丁说道。老人回答说："你想说什么，尽管说吧。"于是他便说道："如果你不是喝酒、酿酒和带酒的人，那还会有人诅咒你吗？"老人回答说:"那倒是不会的。"阿里·努尔丁又说:"那么,拿上这枚金币和这两枚银币吧,骑着你的驴子。快到了买酒的地方时,你就停下来站在那里等着。倘若你见那里有去买酒的人,你就叫住他,对他说:'拿着这两枚银币和这枚金币,替我去买点儿酒。'然后把酒系在毛驴身上。这样一来,你既不是带酒人,也不是酿酒人,更不是买酒的人。应验在别人身上的那些诅咒是不会发生在你身上的。"

易卜拉欣听了他的话后,笑了笑,说道:"以安拉起誓,我从来没有见过比你更机智的人,也没听过像你说的这样甜蜜的话语。"阿里·努尔丁对老人说:"我们现今就指望你了,你应该同意我们的要求,就请把我们需要的东西拿来吧。"老人回答说:"孩子,我的储藏室就在你面前,(那是专为信徒们的君主准备的)你进去吧!想拿什么就拿什么。那里面存着的东西,远远超过你的要求。"于是阿里·努尔丁进了储藏室,见到了那里摆放着的许多镶嵌着各种宝石的金银、水晶、玻璃器皿,和他们需要的酒。他拿了几个自己喜欢的酒杯出来,往这些陶瓷杯子、玻璃杯子里面斟满酒,和艾尼斯·吉丽斯一道畅饮起来。他们对在储藏室里面看到的东西感到惊诧不已。过了一会儿,易卜拉欣老人又给他们采来芳香的花朵,在离他俩很远的地方坐了下来。二人继续无比畅快地喝着酒,直至喝得有了几分酒意,他俩的脸颊都变得通红,两眼如同羚羊的双眸那般迷离,头发也都披散开来。见此,易卜拉欣暗自想到:"我为什么要坐得离他们这么远呢?我何不与他俩一道儿坐呢?我什么时候和这样漂亮的人儿一起欢聚过?他俩简直就像天上的圆月。"随后,他走上前去,坐在地板隆起的一角。努尔丁对他说:"老人家,以我的生命起誓,请过来和我们一块儿畅饮吧。"老人朝他们走了过去。阿里·努尔丁斟满一杯酒,望着老人,说:"请喝吧,你会发现这酒的味道有多好!"然而,易卜拉欣老人慌忙说道:"安拉保佑!我有十三年没有尝过酒的味道了。"阿里·努尔丁假装没有听见老园丁的话,不搭理他。而是举杯将那杯酒喝掉,倒在地上,装作酩酊大醉、不省人事的样子。

见到这情形,艾尼斯·吉丽斯望着老人,说:"易卜拉欣老先生,你瞧瞧这人是怎么对我的？"他问道："太太，他怎么啦？"艾尼斯·吉丽斯说："他总是这样对我，喝上一会儿，就要睡上一觉，留下我一个人，没有人与我对饮。我欲饮酒，没人替我斟酒；我欲唱歌，也无人欣赏我的歌声。"老园丁听了她的话后，对她备感亲切，也十分喜爱她，回答说："作为酒友，真不该这样啊！"艾尼斯·吉丽斯斟满一杯酒，望着易卜拉欣老人，说："以我的生命起誓，请您接受这杯酒，喝光它，不要拒绝，您就喝了吧，我的心也能宽慰一些。"于是，他伸手接过酒杯，一饮而尽。艾尼斯·吉丽斯又给老人斟满一杯，递给他，劝道："老人家，这一杯也是留给您的呀。"他回答说："我实在喝不下去了。我喝了一杯就已足够。"然而她坚持说："这杯您非喝不可。"他只好接过酒杯，将其喝光。接着，艾尼斯·吉丽斯递给他第三杯，老园丁接过酒，正准备将其喝下。瞧啊，阿里·努尔丁突然坐了起来，对他说："易卜拉欣老先生，这是怎么回事呢？刚才我不也向你敬过酒吗，你拒绝了我，还说：'我有十三年没有尝过酒的味道了。'"易卜拉欣老人感到十分难为情，回答说："罪不在我呀，是太太非劝我喝不可的呀。"阿里·努尔丁开心地笑了。三人继续着他们欢闹的酒宴。艾尼斯·吉丽斯转头望着他的主人阿里·努尔丁说："我的主人呀，你喝你的，别理易卜拉欣老先生，待会儿他定有出好戏给你看。"于是，她斟满酒敬阿里·努尔丁，阿里·努尔丁也斟满酒回敬她。二人就这么一直你敬我，我敬你。终于老园丁按捺不住看着他俩，说："这是什么意思？哪来这样的酒宴呀？我已经成了你们的酒友，你们怎么不斟酒给我喝呢？"听了这话，他们二人笑得前仰后合，就快笑僵了。随后，二人继续喝酒，不忘给老人家满上。他们三人一直喝到夜晚快要过去三分之一的时候。这时，艾尼斯·吉丽斯说："易卜拉欣老先生，如果你允许，我可不可以去点亮这儿的一支蜡烛？"他回答说："去吧，但只准点燃一支。"女奴站起来。然而，从第一支蜡烛点起，她将八十支蜡烛全部点燃，随即才又坐了下来。过了一会儿，阿里·努尔丁说："易卜拉欣老先生，你该赏我什么呢？能允许我点一盏灯笼吗？"老人回答说："去吧。但只准点一盏，你可别像她一样不听我安排，招人烦！"于是阿里·努尔丁站起来，从第一盏开始，将八十盏灯笼全部点亮。厅内灯火辉煌，就像正在举行舞会。易卜拉欣老人醉意蒙眬地对他们说："你们俩比我更爱嬉戏玩闹啊！"说着，他站了起来，把所有的窗户全部打开，继续坐在他们身边，边举杯畅饮，边吟唱诗歌，整个消愁宫都变得喧闹起来。

哈里发那天晚上坐在宫中的一扇窗前，趁着月光皎洁，欣赏底格里斯河夜景。他朝欢乐园方向望去，看见河面上倒映着辉煌的灯火，便将目光上移，转而望向坐落在欢乐园里的消愁宫。他看见整个宫殿被灯烛照得通亮，便大声喊道："去把张尔藩·巴尔马克叫来！"片刻后，张尔藩便站到了信徒们的君主面前。哈里发对他说："你这个狗宰相！你还为我效力吗？巴格达城里面发生的事情，你为何不告诉我？"张尔藩问道："陛下您说出这番话，所为何事？"哈里发回答说："若非巴格达被人从我手中夺走，消愁宫里怎么会灯烛通明，窗户大开呢？你这该死的家伙！若不是我的哈里发王位已被夺走，谁敢这么大胆，做出这样的事呢？"张尔藩（他周身因为害怕而发颤）问道："是谁告诉陛下消愁宫内灯烛通明，窗户大开的呢？"哈里发回答说："上我这儿来，你亲眼看看吧！"于是张尔藩走到哈里发身边，朝欢乐园方向望去，果见消愁宫灯火辉煌，灯光盖过了月光。张尔藩有意替那园子的管理人易卜拉欣老人找个借口——张尔藩认为宫殿里的灯火准是经老人的允许才点燃的，便忙说："信徒们的君主啊，前几天易卜拉欣老人对我说：'张尔藩大人，我想趁有生之年，信徒们圣明的君主在世之时，让我的孩子们高兴一下。'我问他：'你说这话，是想做什么？'他回答说：'我想请你代我向陛下求个情，请陛下允许我在消愁宫为我的孩子们举行割礼庆典。'我说：'既然想让孩子们高兴一下，那就随你的意吧。倘若我得以见哈里发一面，我会把这件事禀报给他的。'老园丁就这样高兴地离我而去，而我却忘记向陛下禀告了。"哈里发说："张尔藩呀，你本来只有一项罪过，现在却变成了两个大错。因为你的错误是两方面的：一是你没把这事告诉我，二是没弄清老园丁易卜拉欣的真正目的。他来找你，对你说那番话，并不是他真正的目的。他的目的是想委婉地找你要两个钱罢了,你居然没有给他什么东西,也没禀报我。若我知道,定会让他如愿以偿。"张尔藩回答说:"信徒们的君主,我把这事忘了。"

随后,哈里发说:"以我的祖先们起誓,今夜的剩余时间,我要和老园丁一起度过。因为他为人公正廉洁,许多老人都愿经常去造访他。他关照穷人,给他们优待。我猜想今晚他定有许多亲朋好友前来观礼。因此,我一定要到他那里去,兴许他们中有人会为我们祝福祈祷,让我们在今世和来世都得到善报。说不定我的出席会给他带去一些好处,他也许会因此感到高兴。我们到众宾客之中去吧。"张尔藩回答说:"信徒们的君主,今夜已经过了大半,现在恐怕他们已经准备散席了。"然而哈里发坚持说:"我们一定要到他们那里去。"张尔藩哑口无言,脑中一片混乱,不知如何是好。哈里发站起身来就走,张尔藩在前面领路,侍仆迈斯努尔紧跟在他们身后。他们三人打扮成商人模样,悄悄地溜出宫,穿过大街小巷,来到之前提到过的欢乐园门前。哈里发走到门前,发现门是开着的,心中不胜诧异。他说:"张尔藩,你瞧,到了这个时候易卜拉欣老人怎么还没有关园门?这可不是他的习惯啊!"随后他们三人走进园子里面,一直行至花园的尽头,停在消愁宫楼下。哈里发说:"张尔藩,我上楼去和他们见面之前,想悄悄地观察他们一下。我要看一看这些老人们送出了什么样的礼物,安排了什么不可思议的惊喜。因为不管是退休后消磨时光,还是出席公众活动,他们都是卓尔不群的。现在我们却听不到一点儿在场者的声音,也看不到任何有人在场的迹象。"说完这话,哈里发环顾了四周,发现一棵高大的核桃树。哈里发说:"张尔藩,我爬上这棵核桃树(因为这棵树的树枝靠近窗子)看看他们的情况。"于是,他开始朝大树上攀爬,从一个树枝爬到另一个树枝上,终于爬到了正对窗口的那个树枝上,坐在那里,通过那扇窗口察看宫殿里的情况。他瞧见一个姑娘和一个小伙子,他俩俊美得如同两轮满月。(赞扬尽善尽美的安拉,竟将他俩生得如此俊美)他还看见易卜拉欣坐在那里,手里拿着一个酒杯,说:"漂亮的小姐,饮酒的时候没有美妙的音乐相伴是无法尽兴的,你可否听过有

一首诗歌是这么说的:

'大壶小杯在人们手上传递,
从斟酒人手上接过酒杯。
品酒时怎可缺少美妙的奏乐,
马儿饮水尚且需要哨声。'"

哈里发看见易卜拉欣老人的言行举止,不由得怒火中烧,两眼之间青筋乍现。他从树上下来,说:"张尔藩,我今夜见到的这番场景真是太令人咋舌了,我生平还是头一次开这种眼界。因此,你也爬到这棵树上去吧,好好地看一看,不要让这种福分从你身边溜走呀。"听到信徒们的君主说出这话,张尔藩一时不知如何是好。他爬上树,果然见到了阿里·努尔丁、艾尼斯·吉丽斯,还有易卜拉欣老人,他手里端着一个酒杯。一见到这个场景,张尔藩便确信自己非死不可了。他从树上下来,站到信徒们的君主面前。哈里发说:"张尔藩呀,赞美安拉,正是安拉使我们遵从神圣的教律,让我们不曾沾染上这恶习。"然而张尔藩内心无比忐忑,不知道该说什么来回应哈里发。哈里发望着张尔藩,问:"是谁有这个胆子把这些人带到这儿来,允许他们进我的宫殿?不过,像那姑娘和小伙一样漂亮、俊美、身材姣好的人,我平生还是第一次看到。"此时,张尔藩存有一丝侥幸,但愿哈里发能够平息心中的怒火,便回答说:"信徒们的君主啊,您说得真对。"随后,哈里发又说:"我们一起爬到正对着他们的那根树枝上吧,仔细地看看他们。"于是,二人便爬到了树上,注视着屋里的人。只听见易卜拉欣老人说:"太太,我因饮酒而抛弃了礼数。可是,没有弦乐伴奏的美妙乐曲声,算不上尽兴。"艾尼斯·吉丽斯说:"易卜拉欣老先生,以安拉起誓,要是这儿有什么乐器的话,那我们就可以尽欢了。"易卜拉欣老人听后,立即站起身来——哈里发对张尔藩说:"他究竟要干什么呢?""我猜不出来。"张尔藩说。易卜拉欣走了出去,拿了一把鲁特琴回来。哈里发仔细观察,认定那是宫廷乐师伊斯哈格的鲁特琴，便说："以安拉起誓，如果这姑娘唱得不好，我就把你们都处死；如若她唱得好，我就宽恕他们，而将你处死。"于是，张尔藩叹道："安拉呀，请不要让姑娘唱出悦耳的歌声。""为什么？"哈里发问。张尔藩回答说："那样的话，陛下您处死的是我们所有人，我们还可以彼此交谈，相互安慰呀！"哈里发禁不住笑了起来。艾尼斯·吉丽斯抱住鲁特琴，调好琴弦，随即弹了起来。曲声可以熔解钢铁，叫人振奋，可使愚夫变成智者。随后她开始吟唱，歌声曼妙，就连哈里发也忍不住叹道："张尔藩，我此生还没有听过如此动人的歌声。""陛下您的怒气怕是已经消了吧？"张尔藩问。哈里发回答说："是啊，怨气已经消除了。"哈里发和张尔藩一起从树上下来，他望着张尔藩，说："我真想到楼上他们那儿去，和他们坐在一起，让姑娘在我面前弹唱，好好欣赏一番。"张尔藩说："信徒们的君主啊，如果您上楼走到他们面前，恐怕他们会因您到场而受到惊吓。至于易卜拉欣老人，说不定他会因为突然的惊吓而丧命呀。"于是，哈里发说："张尔藩，你一定要替我出谋划策。有什么办法既可以让我了解这事的真实情况，又不要他们发现这事儿已被我察觉？"哈里发和张尔藩向底格里斯河走去，一路思考着这件事。瞧啊，一个渔夫正站在宫殿的窗户下，撒下他的渔网，期待能捉到几条鱼来维持生计。在此之前，哈里发曾叫来易卜拉欣老人，问他说："我听宫殿的窗户下边有动静，那是什么声音？"老人回答说："那是渔夫的声音，他正在打鱼。"于是，哈里发说道："你快下去，禁止他们再到这个地方来。"因此，渔夫们便不可再在此撒网了。然而这天夜里，名叫凯里姆的渔夫看见园子的大门开着，便心想："这个时辰，大家都不会留意。也许我可以趁此机会，打到几条鱼呢？"于是他拿出自己的渔网，将其扔进河里，随后吟诵了几句诗："将国王豪华的宫殿与渔夫凄苦处境做一番对比吧，渔夫们一整夜通宵达旦地忙碌，宫殿的主人从香甜的睡梦中醒来，发现自己的财产里又添了许多小鹿。"渔夫刚一吟罢。瞧啊，哈里发出其不意地站到他的身后。哈里发早就认识凯里姆，于是大喊道："喂，凯里姆呀！"渔夫听见有人呼唤自己的名字，回过头去。他瞧见那人正是哈里发的时候，周身都在发颤，忙说："信徒们的君主啊，我这么做并非嘲弄您的旨意。可是贫困和家中生活所需使我不得已这么做。不小心给您瞧见啦。"哈里发说："带着我的好运，替我打上一网吧。"渔夫欣喜异常，向前走去，将网撒下。等到渔网再也装不下，稳稳地沉在河底之时，渔夫将网收了起来，网里面的鱼品种甚多，不可计数。

哈里发见此也替他感到高兴，说："凯里姆，把你的衣服脱下来吧。"渔夫脱下外衣。他穿的是一件打满补丁的粗毛织品，里面长着最令人厌恶的寄生虫。衣服里还有成堆的跳蚤，几乎可以将他放在地上搬来搬去。渔夫摘下三年未曾取下过的头巾。他曾经恰巧找到一块破布，便将其接在头巾上。当他把外套脱下，头巾解下之后，哈里发也脱下自己身上穿着的两件丝质马甲，一件产自亚历山大，另一件产自巴勒贝克。他对渔夫说："拿着这些衣服，赶紧穿上。"哈里发自己则穿上渔夫的外衣，裹上他的头巾，再拿一张面纱遮住自己的脸。他对凯里姆说："你忙自己的事去吧。"渔夫亲吻过哈里发的脚，又连声感谢，接着吟诵了这样的几句诗歌：

"你给我的恩泽，是我浅薄的能力和学识不配受的。
你几乎满足了我全部的要求，
因此，只要我活在世上，终身感谢你。
纵然我不在人世，我的骸骨在坟墓里也是要感激你的。"

渔夫刚一说完，哈里发便发现渔夫外衣里的虱子爬满全身。只见他左右手一起举向脖子，把脖子上的虱子一个个捉下来。他骂道："你这个该死的渔夫，怎么你的外衣里还有这么多虱子呢？"渔夫说："陛下，您现在会觉得不大舒服，但是一个星期过去之后，非但不会有什么感觉，而且连想也不会去想它们了。"哈里发笑了，说："这样的外套，怎么可以拿给我穿呢？"渔夫回答说："有些话想对陛下说，然而您是哈里发，我心怀敬畏，羞于开口。"哈里发说："有什么话，你就说吧！"于是渔夫对哈里发说道："信徒们的君主啊，我是这样想的，假若陛下想学打鱼，以求掌握一门手艺用以谋生，如果这果真是您所期望的，那么这件外套对您来说是再合适不过的了。"听了他的话，哈里发忍不住笑了起来。

渔夫随即离开了，哈里发拿起鱼篓，用几根青草盖在上面，提着它朝张尔藩走去，站在张尔藩跟前。张尔藩以为那是渔夫凯里姆，替他感到担忧，忙说："凯里姆呀，你怎么跑到这里来了？快逃命吧。今晚上哈里发陛下到这儿来了。"听张尔藩这样一说，哈里发狂笑不止，朝身后仰了过去。于是张尔藩便问："莫非您就是我们的陛下，信徒们的君主？"哈里发回答说："是呀，张尔藩。你是我的宰相，我和你一块儿来到这儿。连你也认不出我来，易卜拉欣那老头儿已经喝醉了，他如何能够认得出我？你站在这里别动，我一会儿就回来。"张尔藩回答说："听明白了，遵命便是。"哈里发来到消愁宫前，敲了敲门，听到敲门声后老园丁易卜拉欣站起身来，问道："是谁在敲门？"哈里发回答说："我是渔夫凯里姆。听说你有客人来，因此便给你送些鱼来，这些鱼的味道好极了。"阿里·努尔丁和艾尼斯·吉丽斯都很喜爱吃鱼，当他们听说有鱼，便感到无比的兴奋，说："老人家，快给他开门，让他把带来的鱼给送进来。"于是，老园丁便将门打开，一身渔夫打扮的哈里发走了进来，向老园丁问了安。老园丁对他说："你这强盗、小偷，投机取巧的人，欢迎你。快到这儿来，让我们看看你带来的鱼吧！"于是，哈里发便把鱼拿给他们看，瞧啊，鱼儿还活着，在里面蹦来跳去。艾尼斯·吉丽斯欢呼道："以安拉起誓，我的主人啊，这鱼好极了，若能油煎，那该多好啊！"易卜拉欣老人说："以安拉起誓，你说得太对啦！"随后便吩咐哈里发说："喂，渔夫，真希望你这鱼是煎好之后才给我们送来的呀。你快去替我们把鱼煎好，完了之后给我们送来。"哈里发回答说："你的吩咐，我都记在心里了。我这就去煎，很快就送来。"众人再次叮嘱道："快把鱼煎好。"

于是哈里发赶忙动身，匆匆跑回张尔藩身边，说："张尔藩，他们想把这鱼煎了。""信徒们的君主啊，"张尔藩回答说，"把鱼交给我，我去煎。我起誓，除我之外任何人不得插手，这鱼非我亲手煎不可！"随后他来到老园丁的小屋里，在里面找寻了一番，发现里面一应俱全，他需要的工具统统都有。不仅有煎锅，就连盐也不缺，还有野生的马郁兰。张尔藩走到炉灶前，把锅坐在上面，倒上油，细致煎鱼。煎好之后他又将鱼放在一片芭蕉叶子上，再从园子里采来一些柠檬，将其和鱼一块儿交给哈里发端到楼上去，摆在他们面前。阿里·努尔丁、艾尼斯·吉丽斯以及老园丁易卜拉欣上前吃了起来，吃完之后洗了洗手。阿里·努尔丁说："渔夫呀，以安拉起誓，今晚你可替我们办了件好事。"说完，把手伸进口袋里，从里面掏出了三枚金币递给他。这些钱，是他出发之前，桑格尔送给他的。阿里·努尔丁说："渔夫呀，请原谅。以安拉起誓，若在我遇难之前认识你，我一定能从你的心中赶走穷困所致的艰辛。就我目前的处境而言，只能给你这么多，请收下吧。"说完这话，他将金币递给了哈里发。哈里发接过三枚金币，吻了吻，放在口袋里。哈里发做这些的目的仅仅是想欣赏那位女奴的歌声。于是便对阿里·努尔丁说："您待我不薄，给了我丰厚的赏赐。可是我还有一个请求，希望这个姑娘能够弹唱一曲，叫我欣赏一下她的歌声。"阿里·努尔丁喊道："艾尼斯·吉丽斯！""什么事？"女奴问。阿里·努尔丁说："以我的生命起誓，为我们唱几首歌，让这个渔夫享受一番吧，因为他想听你弹唱一曲！"艾尼斯·吉丽斯听了阿里·努尔丁的吩咐，抱起鲁特琴，玉指轻弹，琴栓不停地晃动，她弹唱了这首诗歌：

"一个像小鹿一样的少女，用手指弹奏着鲁特琴。
手指拨动的瞬间，所有人的灵魂都被吸引过去。
她能让聋子听到她的歌曲，让哑巴也能拍手叫好。
你的歌声真是美妙绝伦，让人回肠荡气啊。"

女奴接着又弹了一支美妙的曲子。她的琴艺超群，致使众人为之倾倒。她一边弹奏，一边唱诵了这样一首诗词：

"您来到我们这里，使我们蓬荜生辉。

没有月光的黑夜里，您的光彩驱走了黑暗。

我必须要用麝香、玫瑰花水，还有樟脑，

将我的房舍重新熏香一遍。"

哈里发听了之后，情不自禁，深深地爱上了她的歌喉。他陶醉其中，欣喜万分，难以自控。连呼："愿安拉保佑你！愿安拉护佑你！愿安拉保佑你！"于是阿里·努尔丁便问他说："渔夫，你喜欢这姑娘和她的琴技吗？"哈里发叹道："以安拉起誓，我太喜欢了。"阿里·努尔丁随即说道："我就把她作为礼物送你吧！慷慨者赠送的礼物是不会再收回的。"随后他站起身来，拿起一件衣服，交给渔夫打扮的哈里发，让他把女奴艾尼斯·吉丽斯带走。然而女奴望着阿里·努尔丁，说："我的主人呀，难道你想不辞而别吗？如果我们必须得分离，请等一会儿，让我和你道个别吧。"随后艾尼斯·吉丽斯弹唱了这样一首诗：

"你我虽相隔遥远，但你总是居我心间，在我的怀抱里休憩。

我恳求慈悲的安拉让我们重聚，安拉唯愿帮助他乐意帮助的人。"

她吟诵完这首诗后，阿里·努尔丁以这样的一首诗来回应她：

"我们分别那日，她与我诀别，

她含着眼泪，饱含离别的伤痛。

她问我日后有什么打算，

我回答说：'倘若我能从别离中活下来，

你姑且再来问我吧。'"

哈里发听到他们的诀别诗，想到要将二人分开，不免于心不忍，便望着小伙子，问道："小伙子，你担惊受怕是因为犯了什么罪过吗？或者是欠了某人的债？"阿里·努尔丁回答说："渔夫啊，以安拉起誓，我与这位女子之间发生了一件奇妙的事，我们之间有段不寻常的经历呀。如果这个故事被记录下来,对后人来说,不失为一个训诫啊。"哈里发说:"难道你不打算把你的故事告诉我们,不把你的情况说给我们听吗?兴许你这样做了之后,便能减轻你的忧虑。"于是阿里·努尔丁问道:"我们的故事,你愿意听我用诗歌还是散文来讲述?"哈里发说:"散文是语言,诗歌便是将词如同珍珠一般串联起来,都好!"阿里·努尔丁低下头去,望着地面,随后吟诵了一连串的诗歌。然而,当他讲完之后,哈里发请求他把他的身世更完整地讲一讲。于是,阿里·努尔丁把自己的情况从头到尾都讲给哈里发听。哈里发弄清了事情的始末,便问他说:"你现在打算去哪里?"他回答说:"安拉的土地广袤无边。"随后哈里发又对他说:"我给你写封信,你带着信去见穆罕默德·苏勒曼·齐尼国王。他读了我这封信,就不会伤害你了。"阿里·努尔丁问:"在这个世上,一个渔夫都可以给国王写信吗?这样的事,根本不会有的。"哈里发说:"你说得对呀。但是我要把个中的缘由告诉你。你有所不知,我与他曾在同一个学堂读书,由同一个先生教导。我曾是他的督导。后来,他福星高照,当上了国王,而我做了渔夫。不过,我还从来没有向他开口求过任何事,若我有事求他,他定会帮忙的;纵然我每天都有千事求他,他也会按照我所说的去办。"阿里·努尔丁听渔夫这样一说,便说道:"你写吧,写好之后给我看看。"哈里发端出墨盘,拿起笔,写道:"至仁至慈安拉之名,"接着继续写道,"哈伦·拉希德·本·马赫迪致信穆罕默德·苏勒曼·齐尼国王陛下。爱卿蒙我恩泽,受我委任替我管理部分疆土已久。此信意在知会你,哈甘宰相之子阿里·努尔丁将手持此信前来。阿里·努尔丁与你会面之后,谨望你自行退位,让阿里·努尔丁接替你的王位。像我先前委任此职给你那样,现今我委托阿里·努尔丁担当此职。切不可违背我的命令,愿你一切安好。"写完之后,哈里发将信交给阿里·努尔丁。阿里·努尔丁接过信,吻了吻,将信夹在头巾里,随即踏上回乡的路途。

这时,易卜拉欣老人望着渔夫打扮的哈里发,说:"你这最卑鄙的渔人,你给我们带来的两条鱼,只值得上二十枚半迪拉姆(摩洛哥货币单位),我们却给了你三枚金币,你还要把姑娘带走。"哈里发听到这些话，冲着他大吼起来，随后对迈斯努尔做了个手势，迈斯努尔立即回过神来，向易卜拉欣逼近。与此同时，张尔藩已派园中一个侍从去哈里发宫中找侍卫取哈里发的朝服。少年前去将朝服取了来，跪在哈里发跟前，亲吻了地面，随后把哈里发身上褴褛的外套脱下，再将取来的衣服给他换上。易卜拉欣老人坐在一把椅子上，而哈里发则站到他面前看他的反应。易卜拉欣老人不禁大惊失色、困惑不已，不由得咬自己的手指头，喊道："我究竟是醒着，还是在做梦呢？"哈里发望着老人，说："易卜拉欣老头儿，这算是一种什么情况呀？"听了这话，老人从醉态中醒来，赶忙跪在地上，求哈里发饶命。哈里发宽恕了他，随后下令将艾尼斯·吉丽斯带回他的王宫。艾尼斯·吉丽斯来到宫中，哈里发单独为她安排了宫殿，并派了奴婢前去伺候。哈里发对她说："你要知道，我已任命你的主人阿里·努尔丁担任巴士拉国王。倘若安拉愿意，我将赐予他一身锦衣，把你也一并送去陪伴他。"

至于阿里·努尔丁，他一路跋涉，最终到达了巴士拉城。他走进王宫，大喊了一声。苏丹听闻后，便召他进宫会面。阿里·努尔丁来到国王面前，跪着亲吻了身前的地面，然后取出信，将其递给了国王。国王一看到那是信徒们的君主哈里发亲笔书写的信件，立即站了起来，连吻三次，说道："我完全听从尊贵的安拉和信徒们的君主之命。"随后，他召来四位法官和王公大臣，想即刻退位。可是，瞧啊！穆仪·本·萨维宰相走到了苏丹跟前。苏丹将哈里发的信递给萨维，萨维看过，将信撕了个粉碎，继而放在嘴里嚼了嚼，吐在地上。苏丹勃然大怒，斥责道："你这该死的，你怎敢如此放肆？"萨维说："这个人根本没见过哈里发，也没见过哈里发的宰相。他不过是个卑鄙、狡猾的家伙，碰巧拿到了一张有哈里发笔记的文书，便假造了这封信。他自己想写什么就写什么。因此，既然哈里发没派使者带着他亲笔的诏书来通知您，您万不可自行退位。如真有此事，哈里发必定会派侍卫或宰相相随，可是如今他却是只身前来。""那该怎么办呢？"苏丹问道。萨维回答说："把这个年轻人交给我带走，我派一个侍从带他去巴格达验证。如果他的话字字确凿，我定可以带回哈里发亲笔的诏书，以及委任状。如果他撒了谎，哈里发的人必会让侍卫把他押回来。到时候，我定要亲自处决我的仇人，以示报复。"

苏丹听了宰相的话，觉得他的建议很中肯，就让宰相带走了他。萨维立即传来年轻力壮的侍从，将阿里·努尔丁摁倒在地，不停地对其毒打，直到他昏迷过去方才收手。萨维随即下令给他戴上脚链，叫来狱卒。狱卒赶来，跪着亲吻了身前的地面。这个狱卒名叫古泰图，萨维吩咐他说："古泰图，我要你押着这个人，带回你任职的监狱，把他关在地牢里，日夜不停地教训他。"那个狱卒回答说："我听明白了，遵命便是。"于是，他将阿里·努尔丁关进监牢，再把牢门锁上。然而此后，古泰图下令将牢房里面的那张长凳打扫干净，并铺上祷告用的地毯，放上枕头，让阿里·努尔丁躺在上面，随即松开他的脚链，好好地照顾他。宰相萨维每天都派人来见古泰图，吩咐他毒打阿里·努尔丁。古泰图做出拷打过阿里·努尔丁的样子，实际上却对他备加关照。

狱卒就这样照顾了努尔丁四十天。第四十一天的时候，哈里发派人送来了一份礼物。齐尼国王见之，十分高兴，便召集大臣们商议此事。然而有位大臣说："说不定这礼物是送给新国王的。"听了这话，萨维宰相说："早在阿里·努尔丁刚回来的时候，就该杀掉他。"齐尼国王惊呼："以安拉起誓，多亏你的提醒，我差点把他的事忘了。快下去把他带来，我要砍下他的头颅。"萨维说："听明白了，遵命便是。"随后他又站起来，说："臣希望能把这事向全城通报，谁要是愿意观看阿里·努尔丁斩首，都可以到宫里来。如此一来，将他斩首以示众人，才能达成我心中所愿，令那些嫉恨我的人痛苦。"国王说："你想怎么办就怎么办吧。"于是，宰相萨维带着无比快活的心情退朝离开，来到吾力府上，命令他发布处死阿里·努尔丁的公告。人们听到传令官的公告后，无不悲伤哭泣，就连学堂里的幼童，市场里的商贾也都流出了悲伤的眼泪。众人互相推挤，以求争得方寸立足之地，观看斩首的场面。有的人还跑去了监狱，送阿里·努尔丁最后一程。随后宰相萨维带着十个役仆来到监狱。狱史古泰图走来，问他说："宰相大人，您有何吩咐？"宰相萨维说："把那个卑鄙的小子给我带来。"古泰图说："我

狠狠地教训了他,由于打得过狠,他的伤势很重。"说完,狱卒进牢房,听阿里·努尔丁正在吟诗,他吟诵了这样的诗句:

"这儿有谁能解救我于苦难之中呢?
我的伤痛已变得极为严重。
我的病态几乎无药可救。"

这个狱卒扒下阿里·努尔丁身上的干净衣服,给他套上两件脏外套,把他领出牢房带到萨维宰相面前。阿里·努尔丁看了看来者,发现竟是恨不得把自己碎尸万段的宿敌,禁不住哭了起来。他对萨维说:"你以为灾难不会找上你吗?难道你没听过这样一首诗歌:

'他们利用自己的权力,专营暴政。
这一切很快就会被摧毁,就像从未存在过一样。'"

他接着说:"宰相啊,你得知道,旦夕祸福可都是掌握在尽善尽美、尊贵的安拉手中。"萨维宰相回答说:"阿里,你想用这种话吓唬我吗?我今天就要砍下你的头颅。我根本不管巴士拉的民众怎样看,更不会听你的劝告。我愿意留心诗人说过的这番话:

'听天由命吧,不管命运裁定的结果如何,都要用愉悦的心情去面对。'

另有一位诗人也说过这样精辟的话:

'谁要是比他的敌人多活哪怕是一天的时间,他也就算达成所愿了。'"

随即萨维命令侍从将阿里·努尔丁绑在骡子背上，准备游街。这时，侍从们（勉为其难从命）对阿里·努尔丁说："让我们拿石头砸死他，将他碎尸万段吧。即使这样做会使我们赔上生命，我们也不在乎。"阿里·努尔丁说："万不可这么做。你们没听过有位诗人这样说过：

'安拉安排的死亡日期，是我无法逃避的命运。
只要那天一来，我必死无疑。
狮子们将我拖进它们的森林，
却无法结果我的性命。
只因为我命不该绝。'"

于是侍从们便押着阿里·努尔丁开始游街，他们走在他前面，大喊着："这就是对伪造哈里发信件，欺瞒苏丹的最轻惩罚。"他们押着阿里·努尔丁，走遍巴士拉的大街小巷，一直游行到王宫窗下，才将他放下来，带到断头台前。刽子手走上前去，对阿里·努尔丁说："我只是一个服从命令的奴隶。如果你有什么要求，就对我讲吧，我会尽力替你去办。你的生命剩下的时间已经不多了，只要国王将头探出王宫窗户，你就要丧命了。"听了这话，阿里·努尔丁左顾右盼，吟诵了这样的诗句：

"你们之中有没有一位仁慈的朋友可以救救我？
我以安拉的名义恳请你们回答我！
我的生命即将死去，我的死亡近在手边。
有谁能够可怜可怜我，我必将千恩万谢。
想想我的遭遇，解救我于苦难之中吧。
就算仅仅给我一口水喝，也能缓解我的痛苦。"

听了他凄惨的诗歌，人们纷纷流下同情的泪水。随即刽子手端来一些水，递给阿里·努尔丁喝。然而，萨维宰相立即走了过去，一掌打翻了装水的土罐，土罐落地摔成碎块。萨维叫来刽子手，吩咐他立即斩杀阿里·努尔丁。于是，刽子手便把阿里·努尔丁的眼睛给蒙住。然而，民众们都大声地抗议萨维宰相，对着他一阵痛声大骂。众人纷纷议论他、指责他。就在这时，瞧啊，一缕烟尘腾空而起，漫天盖地的尘土扑面而来。苏丹正坐在宫里面，望着飞扬的烟尘，慌忙问他的侍从们说："你们去看发生了什么事？"萨维宰相说："先砍下阿里·努尔丁的脑袋再说吧。"可是苏丹不依，说："你等等吧，让我们先看看究竟出了什么事情。"

原来，那是哈里发的宰相张尔藩及其随行人员的马队踏起的灰尘。他们之所以到这儿来，原因是三十天过去了，哈里发已经将阿里·努尔丁这事抛诸脑后，期间也没有谁对他提起过。直到有一天晚上，哈里发去到艾尼斯·吉丽斯宫殿，发现她正在悲伤地哭泣。她边哭还边用一种轻柔的语调吟诵道：

"你的影子在我面前，时近时远，
　你的名字常挂在我的嘴边。"

吟诵完，她哭得越发厉害。瞧啊，哈里发推开门，走进房间，看见艾尼斯·吉丽斯满脸泪花。艾尼斯·吉丽斯眼见是哈里发，立即扑倒在他的脚边，三次亲吻哈里发的脚，然后吟诵这样的诗句：

"你出身纯洁，你的血统高贵。
　你的家族人丁兴旺，
　你的种族洁白无瑕。
　我想提醒你曾答应我的诺言，
　愿这誓言不曾久远到令你忘却。"

哈里发问她说："你是什么人？"她回答说："我是阿里·努尔丁·本·哈甘送给您的礼物。我希望陛下践行曾对我许下的诺言，将我和象征荣誉的礼物一并送到阿里·努尔丁那里去。我到宫里也有三十天了，没有睡成一个好觉。"听了这话，哈里发立即召来张尔藩，对他说："已经过了三十天，我都没听到阿里·努尔丁的消息。我想他准是被齐尼国王杀掉了。但是，以我的头颅起誓！以我祖先们的坟墓起誓！假若阿里·努尔丁遭逢了什么不测，我一定会把肇事者处死，哪怕他是我最敬最亲的人。因此，我要你即刻动身去巴士拉，弄清齐尼国王对阿里·努尔丁做了什么，再回来禀报我。"

于是，宰相张尔藩听从他的吩咐，立即起程。当他来到巴士拉，来到王宫附近，看见骚动拥挤的人群，便问："大伙挤在这儿，所为何事？"于是，人们便把阿里·努尔丁的情况告诉了张尔藩宰相。张尔藩听了众人的话后，急忙赶去面见齐尼国王。问候了国王之后，随即向他说明了此行的原因，并告诉他说，如果阿里·努尔丁遭逢什么不测，哈里发必会处死肇事者。张尔藩下令逮捕了苏丹还有萨维宰相，下令放了阿里·努尔丁，让他代替穆罕默德·苏勒曼·齐尼，做了巴士拉的国王。此后，张尔藩在巴士拉享受了三日的盛情款待。到了第四天早上，阿里·努尔丁对张尔藩说："我十分惦念信徒们的君主，很想见到他。"于是，张尔藩对说穆罕默德·苏勒曼·齐尼说："准备一番吧，我们即将离开。今天早上做完礼拜之后，我们起程去巴格达。"他回答说："听明白了，遵命便是。"众人做完晨礼，纷纷骑上马，带着萨维上路了。这位宰相现今深深地为自己的行为感到懊悔。至于阿里·努尔丁，他则骑着马与张尔藩并肩前行，一路来到和平之都巴格达城。

随后，众人一起去面见哈里发，把阿里·努尔丁的遭遇禀明了他。哈里发听了之后对努尔丁说："拿着这把宝剑，砍掉你敌人的头颅吧。"阿里·努尔丁接过宝剑，朝萨维走了过去。然而，他只是瞪着他说："我按照我的本分做人。你也应该守本分才是。"说完，阿里·努尔丁扔掉手里的宝剑，转而望向哈里发，说："信徒们的君主呀，他屡次愚弄我。"哈里发说："他的事不必你亲自动手了。"哈里发对迈斯努尔喊道："喂，迈斯努尔，你上前吧，砍掉他的脑袋。"于是，迈斯努尔走上前去，砍落萨维的头颅。见事情已经处理妥当,哈里发便问法德勒·本·哈甘的儿子阿里说:"你还有什么要求,尽管对我说吧。"阿里·努尔丁回答说:"陛下,我不想做巴士拉国王,我别无他求,只想能够有幸侍奉您。"哈里发说:"我十分乐意答应你的请求。"随后,哈里发召来艾尼斯·吉丽斯。姑娘来到哈里发座前,哈里发重重地赏赐了这对俊俏的男女。他将巴格达城里的宫殿赏给他俩,并按时发给二人生活补贴,并指派阿里·努尔丁在御前侍奉。阿里·努尔丁一直侍奉在哈里发身旁,直到他天年殆尽。

第537～566夜

航海家辛巴达和挑夫辛巴达的故事

从前，在哈利非时期，也就是在国王哈里发赫鲁纳·拉德执政的时期，巴格达城里有个叫辛巴达的挑夫。辛巴达靠每天为别人搬运货物为生，日子很不好过。有一天，天气酷热，辛巴达挑着担子走在街上。由于担子重，他显得疲惫不堪。再加上炎热的天气，他汗如雨下，难以忍受。他经过了一个富商的官邸，发现那里打扫得干干净净，而且洒过清水，十分凉爽宜人，便准备在官邸门边的大长凳上休息片刻。当他刚放下担子，坐在宽敞、干净的石凳上，要感受那清凉的感觉时，大门内一股舒适的和风扑面而来，散发出阵阵芬芳的香味。他在石凳边坐下，听到这个大富商的府里传出一阵悠扬悦耳的丝竹管弦声和婉转悠扬的歌声。那声音仿佛是鸟儿在吟唱歌颂安拉的鸣叫，什么斑鸠、山鸟、画眉、夜莺、环颈斑鸠和欧石鸻啊，各种叫声应有尽有。美妙的音乐，使辛巴达心声摇动、兴奋不已。他走到大门口向府里望去，只见富商官邸的大花园里面奴婢成对、家仆成群，那种豪华气派和显赫的王公大臣府邸没有什么两样。突然，一阵微风又送来美味佳肴的香味和各种陈年佳酿的醉人酒香。

只见辛巴达抬头仰天，大声唱道："主啊，万能的造物主啊，普施众生的造物主,你给人生计,从不计较。主啊,我祈求你宽恕我的一切罪过,我衷心向你忏悔。主啊,你的裁决和你的能力是不可抗拒的。你从不问你要做什么,因为你是万能的。主啊,你要谁富,要谁贵,要谁贱,全凭你的旨意。万物非主,唯有安拉。主啊,你多么伟大!你多么权威!你的安排何等周到!你要你的信徒享受荣华富贵,全凭你的意愿。这家的主人富贵荣华之至,房舍溢香,食精味美,花天酒地,奴婢成群。人间的一切,全由你按自己的意愿创造。有的人终日辛劳,却食不果腹,衣不遮体。有的人清闲无比,却吃香喝辣,车马代步。主啊,我是一个可怜的挑夫,终日劳苦,低贱至极!求你保佑,求你恩赐。"接着他吟诵道:

"世间有多少人啊,苦苦度过一生,寄身于他人屋檐下,身处在篱阴中。

我的辛苦乃世间罕见,整日疲于拼命。每每超负荷,肩上担子实在沉重。

世上幸福人,无不受苦中苦,天下受苦之人,谁能比我更加不幸?

却有这样的人,尽享清福伴尊荣。

人皆来自精血,均与我没有什么不同。

但生活确有天壤之别,酒与醋怎会相同?

我面对着富人,诋毁本不容。你是真正的判官,但求你裁决公正。"

挑夫辛巴达吟罢,俯身就要挑起担子赶路。突然那富人家门口走过来一个面容俊俏、体态端庄、衣着华丽的年轻家仆,这个家仆拉住辛巴达的手说:"随我来吧!我家主人派我来请你到府上聚一聚。"辛巴达犹豫片刻,最终觉得不好推辞。他把担子寄放在门口的守门人那里,跟着这个男仆进入了府内。他发现富商的府邸里面摆得非常阔绰,装饰得富丽堂皇,气势宏大。他看见一个豪华的房间里席上坐着的好像都是些达官显贵。席间摆满各种各样的奇珍异果、醇香美酒和山珍海味；各种花卉扑鼻的馨香，与各种食品的美味混合在一起，令人陶醉；乐师艺人手持乐器，纵情地吹拉弹唱，打扮华丽的女仆整齐排列。辛巴达看见坐在首席的是一位鹤发童颜的老人，他胡须渐白，身材高大，胸宽肩阔，浓眉大眼，五官端正，威风凛凛，神采奕奕，气宇轩昂。挑夫辛巴达看到这种情景，眼睛都花了，暗想："安拉啊，这里真像天堂啊，简直就是显赫的王公大臣的府邸啊！"他照规矩向在座宾客行礼问安，为他们祈祷，并跪下去吻了地面。他站起来点头以示友好，这个官邸的老爷请他上座。老爷又让他坐在自己身边，并且和在座宾客一起欢迎他，用各种鲜美可口的食物款待他。辛巴达酒足饭饱，说道："赞美安拉，仁慈宽容的安拉。"说毕，站起来洗完手，恭敬地感谢主人的盛情款待。府上的老爷欢迎道："今天真是有幸能欢迎你的到来。请问尊姓大名，是干什么的呢？""噢，老爷，"辛巴达回答，"我叫辛巴达，是搬运工，靠为雇主挑货物为生。"就在这时，老爷微笑着说："噢，辛巴达，我们两人正好同名！只不过我是航海家辛巴达。你能重吟一遍你刚才在门外唱的那首歌吗？"挑夫辛巴达听后惴惴不安，惭愧不已，对老爷说："向安拉起誓，因为我一时疲惫不堪，才会是非不辨，行事鲁莽。我心中已十分愧疚，若有冒犯之处，还望老爷包涵原谅。"但老爷一点也不觉得丢脸，回答说："我已视你为我的兄弟了。我刚听见你在门外唱那首歌时，就觉得唱得极好。因为不仅歌声好，歌词也极具文采，所以还请兄弟重吟一遍。"挑夫辛巴达只好遵命，把感叹诗重吟了一遍。老爷听后很是感动，说："辛巴达，我想跟大家讲讲我在拥有这些财富，住进这个大宅子之前的昔年往事。虽然微不足道，但却有趣得很。说到我，我又不得不提及我那七次凶险万分的航海历险了。我现在这点家产就是当年七次出海，历经千辛万苦赚回来的。我每一次的航海旅行都可谓是一次传奇历险故事，始终刻在我的脑海里。总之，我生活中发生的一切都是命中注定的，谁也无法逃脱命运的安排。"

航海家辛巴达的第一次航海旅行

　　我父亲生前是一个有名的贵族大富商。他有很多钱,产业也很大。他去世之后,我继承了他的钱财、房子和土地。那个时候,我还只是个不谙世事的孩子,等我长大之后,我对父亲留下的遗产挥霍无度,整日游手好闲,结交一些不三不四的朋友。我们穿好的、吃好的,每天从酒池出来,马上又钻进肉林。我认为这些家产够我一辈子享用的了,从来都没有想过要改变这种坐吃山空的状态。然而,当我发现自己是那样的糊涂、愚蠢时,我已把先父所留下的遗产都挥霍完,变得孑然一身、两手空空了。但我并没有意识到自己的困境,却陷入了一种恐惧和困惑。我想起一个之前听说过的"三事比三事好":临终之日胜过出生之日,活狗胜过死狮,坟墓胜过宫殿。于是我强打起精神,把我仅剩的衣物之类的有用家当、房子和手头上的一些其他值钱的东西全部变卖,换了三千枚金币,打算去那些没有人认识我的城市做长途旅行。我又想到了一首诗里的诗句:

　　　　"欲做人上之人,必受苦中之苦。
　　　　想得到尊位者,熬夜切不要发愁。
　　　　要取得珍珠,潜海乃唯一道路。
　　　　求贵不肯吃苦,此生必虚度。"

　　就这样,我为自己买了生活日用品和其他一些出海要用的必需品,打定主意要去做一个航海家。我搭上了一条开往巴斯达城的满载商人的船,我们在海上航行了几天几夜。我们经过了一个又一个岛屿,一片又一片的陆地,从一片海域驶到另一片海域,每到一个岛屿都上岛做买卖,有时是以物易物。航海仍在继续。一天,我们路过仿佛天堂里的花园的一个小岛,船长盼咐大家一起靠岸休息。于是,在船主的命令下,大家抛下铁锚,拴好缆绳,放下踏板,纷纷下船,登上岛去。他们拿出了事先准备好的火炉，在上面生火。每个人都投入到各自不同的角色：有的做饭，有的洗刷，有的欣赏岛上的风景怡然自得地玩乐起来。我也跟着他们在小岛的岸边欣赏岛上的风景。游客们三三两两聚集在一起吃喝玩乐、做运动。正当我们吃喝、玩耍、流连忘返的时候，站在边上的船长，突然高声喊道："游客们，你们赶快上船，快上船，赶快上船！想要活命的，赶快扔掉你们手中的东西，立刻回到船上来吧，有大灾难！难道你们还看不出来吗？这根本不是什么小岛，而是一条百年大鱼。这条大鱼浮在海面上年隔时久，不沉不游，背脊上积了厚厚一层沙土，长出水草，远远望去便似一个小岛。想必是我们在它背上生火，它感觉到热气，一恼怒就晃动了起来。现在这条百年大鱼一动就要把你们掀到海里。趁这条大鱼还没有抖动之前，大家扔掉东西，赶快逃命！"大伙听到船长说的话，货品、黄铜器皿和火炉什么的都顾不上，急急忙忙向船奔去。有的跑上了船，有的还没有跑上船，这条大鱼就已经摇动了起来，接着迅速沉了下去。这条船随着波浪不停晃动，离大鱼越来越近。

  没来得及登船的人全都淹没在海里，只有少数几人逃脱劫难。我随着那条大鱼慢慢沉到海底。正当危在旦夕、快要淹死的时候，幸蒙安拉保佑，我不仅没有淹死在大海里，还发现了一个游客用来洗刷的木桶。我毫不犹豫地抓住了这根救命稻草，爬进了这个木桶里。出于对美好生活的渴望，我趴在上面，两脚像桨一样左右摆动，拼命和汹涌的波涛搏斗。可是船长不顾我们的死活，竟下令起帆加速航行离去，只留下我们这些还淹在海里的人。我眼睁睁看着那条船一直向前航行，直到消失在我的视线中。当黑暗来临时，我绝望极了，心想这下死定了。就这样，我和木桶随着海风和海浪漂泊到一个很高的小岛边。这是个树木郁葱的小岛，岛边还长着几棵树，我顺手拽着垂在水面的树枝，吊在了树枝上。形势万分危急，我抓着这根树枝奋力爬上岛去。我自己的两脚已经被鱼咬得血肉模糊。我筋疲力尽、疲惫不堪。

  我像死了一样，全身瘫软地倒在岛上，不知道昏迷了多久。直到第二天，太阳已经升起来，刺眼的光芒使我慢慢地苏醒过来，可是两脚又痛又肿，不能动弹。我只好双膝跪地慢慢爬行。我发现这个小岛上长着许多野果，还有淙淙流淌的清泉。于是我靠野果充饥，泉水解渴，静静地休息了几天。吃完果子身体复原，精神好多了，力气也恢复了。我又努力沿着岸边漫游，在野果树之间嬉戏游玩。后来我在这些树中折了根树枝，当拐杖。一天，我正在海滨散步，突然发现远处有一个隐隐约约的影子。我以为那是岛上的野兽，或是海里的一只海怪，便慢慢地走向它，不住地盯着它。走近一看，才惊喜地看出那是匹膘肥的骏马，被人用绳子拴在海岸边。我正要走向那匹骏马，可它一看见我，便大声嘶叫起来不让我靠近。我吓了一跳，想要离开。此时，迎面走来一个男人，那个人问道："你是什么人？什么时候来这儿的？到这儿来干什么？"我便告诉那个人："哦，你好！我是旅客，搭船来的，但是中途遇难，和船上的朋友不幸落海，幸好我发现了一个木桶并爬了进去，就这样我一路随水漂泊来到了这个岛上。"听完我的回答之后，那个人握着我的手，对我说："跟我来吧！"于是我跟着他走到了一个地窖里。接着，他领我进入一个隐蔽的房间，请我到房间的上席坐下，给我端上很多吃的。我早已饿得饥肠辘辘，就狼吞虎咽饱餐了一顿，顿时感到精神饱满、轻松自在。吃完后，他打听我的身世、经历，我把自己的遭遇从头到尾、详细地叙述了一遍，他听后感到非常惊讶。

讲完我的经历之后，我说："向安拉起誓，主人，我很高兴能够把我的真实情况和我的经历告诉你。那现在你能不能告诉我为什么你会住在地洞里，还有，为什么你要把那匹马拴在岸边？"他回答说："我们是专门替国王迈赫培养种马的人，都分散居住在岛上的各个地方。每当月圆之际，我们就会选择奔跑快速的牝马，带到这儿来拴在岸边，它们每匹都是还没有下崽的母马。我们住在地洞里，等着它们吸引海马来交配。最近正值海马出没，若安拉愿意，我会带你去面见国王迈赫，带你去欣赏我们国家的景色。另外，这里渺无人烟，幸亏你今天遇见我们，否则你可能就会不明不白地死在这里，谁也不会知道。我们能在这儿邂逅，这是你命不该绝，你还可能安全回到故乡。"听到这些，我恳求他可以帮助我，还对他的善意之举表示感谢。我们正聊得尽兴的时候，有匹海马从海里来到岸上，就像他说的那样，跳到牝马面前，想要与它交配。不一会儿，他的同伴们就每人牵着一匹骏马，来到我们面前。他们见了我，便询问起我的来历，我便把我刚才讲过的故事又跟他们叙述了一遍。他们坐在我旁边，把菜肴摆在桌子上吃了起来。在他们的盛情邀请下，我也跟他们一起享受这美食。吃完饭后，他们骑马动身，我骑着一匹马跟着他们。

我们互相分享自己的人生旅程，一路上有说有笑，到了国王迈赫的城时还意犹未尽。他们进去向国王禀报，分享了我的故事。国王听完后很想见见我。得到国王许可，他们才将我带到国王面前。我进门拜见国王，我们彼此寒暄。国王用最隆重的礼节向我表示欢迎，询问我的情况。我又把自己的经历、见闻复述了一遍。国王对我的经历感到十分惊讶，对我说："孩子，你的离奇经历真的让我感到惊讶，你已经平安无事了。我也敬佩你并没有被这些困难吓倒，还好你福星高照，否则厄运难逃。蒙安拉赏赐，让你转危为安。"国王非常看重我，还要我坐在他旁边，跟他交谈。国王封我为海港的总督，去检查每只过往的船只。经过深思熟虑，我接受了国王的恩赐。国王在方方面面都给了我很大的惠赐，我心中很是高兴。除此之外，我还得到了国王赏赐的华服。我成为了国王的得力助手，随他参与国事，替老百姓谋福利。我留在那儿，生活了很长一段时间。不过，每次到岸边，我都要去询问过往的前往巴格达方向的商人、游客和水手，希望有幸可以遇到知道巴格达这个城市的人，好坐上驶往对岸的船只，返回故乡。但是都没有人知道我的故乡，也不知道有谁去过那里，我心中很是郁闷。想到很久没能回家，我心中开始烦躁起来。就这么一直过了许久，有一天，我去面见国王迈赫，发现跟国王在一起的是一群印第安人。于是，我和他们打招呼，他们也热情地和我交谈，问我从哪里来。之后，我问了一些关于他们国家的问题，他们告诉我他们国家都是来自不同民族的人，他们不但互不排斥，还互相帮助。他们国家有一个民族叫婆罗门，这个民族从不喝酒，生活丰富多彩，常常以做运动为乐趣，还饲养了骆驼、马和牛等家畜。从他们口中得知，印度共有七十二个民族，我听了十分惊奇。国王迈赫的统治区内，有个叫科比鲁的小岛，岛上热闹非凡，一天到晚都可以听到锣鼓声。岛上的居民和旅行者告诉我,岛上有些穆斯林人。在那个小岛上,我还看见过二十腕尺长的大鱼,岛上的渔夫十分惧怕它,因此他们敲打木块去驱赶这条大鱼。此外,我还看见一条长得像猫头鹰的鱼。这次经历遇到的这些光怪陆离的东西,要一一道来,话就长了。我还是照样拄着拐杖,每天在海边漫游,欣赏岛上的美景。一天,我发现一只大船向港口驶来,船上商人很多。船驶进海港找到停泊的位置。船长下令收帆抛锚靠岸后,放下支架下船。水手把船上的货物搬到岸边,交给我登记。我问船长:"船上还有其他货物吗?"船长回答道:"是的,先生,船里还存放着一部分货物,不过货物的主人已在这里的海上遇难,他的货物由我们代为保管。我们打算把这些货物卖掉,换了钱带回巴格达,交给他的家属。"我又问:"货物的主人叫什么名字?"他回答说:"他叫航海家辛巴达,他在一次和我们的航海中遇难了。"听了船长这番话,我仔细端详他,立刻认出他就是我们遇难的那条船的船长。我失声大喊起来:"船长!我就是你们所说的那些货物的主人,我就是航海家辛巴达。那天,当大鱼动起来的时候,你大声叫我们赶快上船,但有的人上去了,有的人落到海里。我和其他落海的游客一起掉进海里。幸亏安拉保佑,我发现了一个游客用来洗刷的大木桶,爬了进去,把双脚当桨拍打海面,然后随着海浪漂到了这个岛上。幸得安拉保佑,到了岛上,我遇见了国王迈赫的养马人,他们带我一起来到这个城市,带我去见国王迈赫。国王了解了我的遭遇后,十分同情我。蒙国王恩惠,他派我管理港口。我尽职尽责地工作,博得国王的信任。你船里的那些货物,它们都是我的财产啊。"

但是那位船长说:"什么?照你这么说,从此世间没有忠实、信义可讲了。你是听我讲了故事之后,才这么说的吧?你听到我说货物的主人已经掉进海里死了,就想占有那些货物,这是不道义的事。我们亲眼看到货主和其他许多旅客同时落海遇难,一个也不曾脱险,你怎么能说你是货物的主人呢?"于是,我说道:"船长,你听我慢慢给你讲我的遭遇,听了我说的,你就会相信我了,伪君子才会说谎。"接着我就一五一十地对船长讲起了从巴格达出发后在途中的经历,包括什么地点遇难,还有旅途中我和他之间交接过的手续和经历。船长和商人听后，才相信了我说的话，相信了我就是那些货物的主人。于是，大家都祝贺我安然无恙，说："向安拉起誓，我们都没有想到你会脱离危险，是安拉让你重生。"随即他们把货物归还给我。所有东西完好如初，货物上都有我的名字。我打开货箱，挑了几件最名贵值钱的东西，让水手帮我搬到国王的宫殿，作为礼物献给国王，并告诉他，我原来乘坐的那只商船来到港口，货物全部都已返还到我手中。为感谢救命恩人，我把货物的一部分作为礼物进献。国王本来对我说的有些怀疑，现在他相信我所说的都是事实，因此更加尊重喜欢我，我也十分荣幸能够得到国王回赠的礼物。

　　我卖了我的货物，还有其他东西，赚了一大笔钱，又收购了一些当地的土产品。船上的商人都要求起航时，我把那些东西装到船上，去和国王道别，感谢他对我的厚爱，请他允许我起航返乡。国王欣然应允，和我道别，还在我离开时馈赠我许多礼物。于是，我告别国王，登上货船，在安拉的保佑下，我们扬帆起航。幸运的是，我们的船在茫茫的大海中，昼夜兼程地航行，最后平安到达巴士拉。我们在巴士拉待了几天。最后，我携带货物，满载而归，安全回到了我的故乡巴格达。我回到家中，踏进家门，我的亲戚朋友都来迎接我。我这次旅行赚了不少钱，回到家乡后，我就用它们兴家置业。我雇了佣人、侍从和其他仆人，为自己娶妻纳妾，还买了黑人奴隶。后来我买了房子和一些其他不动产，好让自己有个栖身之所。我拥有的家财比之前我父亲留给我的还要多。从此以后，我又过上了舒适、悠闲的日子。我改正了之前的不良习惯，结交文人雅士作为朋友，将过去在海上经历过的艰难困苦、颠沛流离的生活忘得一干二净。我就这么每天鲜肉美酒，过得开心愉快。

　　这就是我的第一次航海的故事，安拉在上，若你愿意听，我明天会给你讲我的第二次航海经历。

航海家辛巴达的第二次航海旅行

　　自从第一次航海后,我又过上了舒适愉快的生活。有一天,我脑海中又有了去其他地方旅行的念头。我很想到世界各地去游览,去找到我生存的价值。于是,下定决心后,我拿出一部分积蓄,购买一些适合带去旅行的货物和商品,包装妥当。我带着它们来到海港,碰巧那儿正好停泊着一艘用几块帆布盖住的豪华的新船,它配备精良,满载着船员,准备起锚。我与一些商人们一起把自己的货物装载到船上,一起出发。航行十分顺利,我们走啊走,走过了海湾又到港口,走过了岛屿又到海国。每到之处,我们都抛锚上岸去做买卖,和当地的商贩、官吏们交易商品。就这样我们走啊走,来到一座非常美丽的小岛。小岛的景色美丽极了,有绿色的大森林,数不尽的奇珍异果,五彩缤纷的花儿竞相开放,鸟儿在林中婉转歌唱,还有清澈见底的小溪缓缓地流淌。只是岛上不见一个人影,也没有一缕炊烟。船长下令在此抛锚靠岸,并和乘客们都一起上岸,到岛上欣赏绿树成荫的美景。我同大家一起来到小岛上,坐在林丛中清澈的小溪边。我带了许多吃的,就在那儿一边吃东西,一边欣赏风景。那时候凉风习习、天气清爽,让人感觉十分舒服。睡意来袭,我不知不觉地就睡着了。就这样,伴着微风阵阵,在充满着芬芳气味的林荫下面,我沉睡了很久。一觉醒来,周围一个人也没有。原来,乘客们已经坐着商船走了,乘客、商人和船员们一个都没有发现我还没有登船,把我一个人留在了岛上。我左顾右盼,还是不见可以救我的人,似乎连岛上的动物也消失了。我十分苦恼,心想这次没救了,恐惧、痛苦一齐涌上了我的心头,万念俱灰,肝胆欲裂。我孤零零的一个人什么也没有,流落到这个孤岛,没有吃,没有喝,疲惫不堪,几乎失去了生活的信心。绝望之余,不禁悲叹:"一个人不是每次都碰上好运气的。第一次流落岛上被人救起,带到有人烟的地方,这次要想再次遇到能发现我在这荒岛上的贵人,恐怕是太难了。"想到这儿,我哭了起来,不禁悲叹,绝望极了,暗自抱怨自己的行为,为什么不在家里,好吃好喝好穿,快乐享福,偏要背井离乡,到海上来奔波。

现在流落到这个荒岛，身无分文，没有货物和商品，更别提吃的和喝的，这不是自找苦吃吗？我后悔自己放弃原来在巴格达的安逸生活，跑到海上来奔波。经过第一次航海的遭遇后，现在我感到心疲乏得要命，简直快要疯了，最后安慰自己："我们是属于安拉的，我们都要归宿到安拉那儿去。"我不敢待在原处，害怕孤独向我袭来，便站起来，在岛上不安地、漫无目的地四处走动。我拼命爬上一棵大树，向四周眺望，看见的只是晴朗的天空、湛蓝的海水、茂密的森林以及飞鸟和沙砾。我就这样仔细地望呀望呀，突然，发现岛上很远的地方有一个巨大的白色物体。我赶忙跳下树，向那个物体走去。来到它面前，才发现那是幢又高又大的白色的圆顶建筑物。我靠拢后，绕着它走了一圈，却找不到它的大门。这房子光滑明亮，我既没有力气又没有工具，没办法爬上去。我在我所在的位置做了标记，又绕着这个建筑物转了一圈，估算它的周长，结果量出它的周长是五十五整步。我又在它周围徘徊了一会儿，希望可以找到进去的办法。

这时天快黑了，夕阳西下。我定睛一看，发现太阳不见了，天空一片漆黑，太阳像是被一层薄纱遮住。我以为是空中有了乌云，才会如此，但是当时正值夏日。我不停地思索着，再抬头细看，只见天空中一只身躯庞大的大鸟正在空中展翅飞翔。就是它遮住了太阳，挡住了岛上的光亮。突然我想到了一个旅行者和航海家告诉我的故事。在一个岛上有一种大鸟被称作鲁克，这种鸟专门捕捉大象来喂养雏鸟。我终于意识到刚才那个白色的圆形建筑物原来就是这只鸟下的蛋。我不由得惊叹安拉造物之奇。这时，那只神鸟落下来，两脚向后伸直，缩起翅膀，安然趴在蛋上。看见它好像是睡去了，我心中一阵窃喜。于是，我起身解下头巾，对折起来，搓成一条绳子，拴住自己的腰，再牢牢把绳子绑在鲁克的一条腿上，迅速打了个结，暗想说："也许这只大鸟能把我带到有人烟的地方去，那样就比待在孤岛上好多了。"夜里，我不敢睡觉，怕自己睡着毫无知觉时，这只鸟突然起飞。第二天清晨，黎明来临，神鸟醒来，狂吼一声，飞离鸟蛋。然后展翅翱翔，带我直冲云霄。它越飞越高，我仿佛觉得已经接近天边了。它飞了很久才慢慢降下，带我落到一处高原地带的地面。双脚一挨到地面，我就赶忙战战兢兢地解开绳子，离开它的腿。这只鸟并没有发现我。解开绳子后，我就赶忙离开。这时，只见它从地面上抓起一样东西，又飞到高空。我仔细看了看那个东西，原来那是一条又粗又长的蟒蛇，它正抓着这只蟒蛇朝海面飞去，我不明白它这样做是为什么。

我在这个地方四处走了走，发现自己身在一处极高的地方，脚下是又宽又深的峡谷，四面是高不可攀的悬崖，悬崖高得看不见顶，根本没有人可以爬上去。我又开始埋怨自己不该冒险，自言自语地叹道："我早该待在原来的地方，胜过在这个贫瘠的峡谷。在原来的岛上我还可以摘野果充饥，取河水解渴。而这里既无野果充饥，又无河水解渴，听天由命吧！只希望伟大的安拉可以来拯救我。事实上每次我都是刚从一个灾难中出来，又陷入到另一个更为惨烈的灾难中。"我站起来，壮了壮胆，走进山谷。我发现地面到处都是钻石，便想着可以在这些钻石上穿孔做成矿产和珠宝，还可以钻孔做成瓷器和玛瑙。钻石是坚硬的石头，任何铁块、岩石甚至是任何人都不能用任何东西切割它，毁坏它，除非是用铅石。山谷里到处都是蟒蛇和毒蛇。每条蛇都像是棕榈树，又粗又长，就算是一头大象经过，也会被这里的毒蛇咬得只剩骨头。这些蛇害怕被神鸟和秃鹰捕捉后撕成碎片，所以都夜间出来行动，白天则藏在洞里。我怕蟒蛇吃了我，就一边在山谷中徘徊，一边后悔。我又沿着山谷，想找个晚上可以栖身的地方。我害怕蟒蛇，也忘记了自己已经很久没吃过喝过，只想着怎样逃生了。我发现附近有个山洞，我走近一看，发现洞口很小，我赶紧钻进洞去，推过旁边的一块大石堵住洞口，让自己一个人在里面躲一躲，心想："现在在洞里面，我就安全了，等明天出去，再作打算。"我向四周扫视了一遍，定睛一看，一条大蛇正在孵着蛋卧在洞中。我顿时吓得全身发抖。我抬起头，只好认命了。我一个晚上都没有睡觉。好不容易熬到第二天天亮，我搬开大石头，用它堵住洞口，飞快地逃了出去。由于整夜未眠，加之又饥又渴，我走起路来像醉汉一样。正在沿着山谷走的时候，突然天空中一头被宰的牲畜落在我面前。我环顾四周，不见一个人影，吓得定在原处不能动弹。想起从前有些商人和航海家对我讲过的一个故事：从山上到出产钻石的地方，一路上道路崎岖，人们没法去采集它们，珠宝商人就想出了一个办法去采集钻石。他们把羊宰了，把肉切开，丢到山谷中。血淋淋的羊肉粘满钻石后，商人们就一直在山上等着，直到秃鹰和神鸟飞到山谷，抓着羊肉，飞到山顶。这时候，商人们叫喊着奔去，赶走秃鹰，捡起羊肉，收拾粘在羊肉上的钻石，然后把羊肉扔给秃鹰，带走钻石。这就是珠宝商人获得钻石的唯一办法。我看见那只被宰的牲畜，想起听过的传说，赶紧跑上前去，捡起肉上的钻石，装进口袋和衣服里。我又继续挑选了一些钻石，装满了我的口袋、腰带、头巾和衣服。这时，又一只大羊被扔了下来。我用头巾把自己绑在羊上，躺在地上，把羊拖来盖住自己，紧紧地抓住它。等了一会儿，飞来一只秃鹰，抓起这只被宰的羊飞入高空。我紧紧拽住头巾，一直落到山顶。降落到山顶后，它正要啄食羊肉，忽然崖后发出叫喊声和敲击木板的声音。秃鹰闻声高飞远逃，直冲云霄。我赶紧解开头巾，离开羊肉，衣服上还沾着血渍，从地上爬了起来。接着那个叫喊的商人迅速跑过来。他见我站在那里，没有跟我讲话，吓得不知所措。他走到羊肉面前，翻着死羊，看见它身上什么也没有，气得哭喊起来："唉！真令人失望，万能的安拉啊！是谁拿了我的钻石？愿安拉驱逐他。"抱怨完，拼命拍打手掌，说："真不幸啊！发生了什么？"我走过去，站在他面前，他问道："你是谁？为什么到这儿来？"我回答："你别害怕，不要惊慌，我是人类，而且是个好人，也是个商人，我有着悲惨不幸的经历和遭遇，我几句话也说不清自己为什么会来到这荒山野岭。你不要害怕，我有个好消息要与你分享：我这儿有许多钻石，我会分一部分给你，给你足够多的，这里面的任何一块钻石都比你之前开采的要好，保证让你满意，你就不要伤心害怕了。"听了我的话，商人非常感激，为我祈祷，并亲切地和我交谈。其他取钻石的商人，见我和他们的伙伴交谈，也都走过来，他们都往山谷扔了死羊。他们走过来问候我、祝贺我平安逃生，邀我与他们结伴而行。我对他们讲了自己的整个遭遇和流落到山谷的全部经过，并且给了让我逃离山谷的商人许多钻石。商人非常高兴，为我祈祷，表示他的感激。其他商人也说道："以安拉起誓，是安拉让你绝处逢生。凡是到这山谷来的人，无一能幸免于难。"我和商人们待在一个舒适安全的地方，平静地过了一夜。我脱离险境，离开蟒蛇成堆的山谷，又回到了人世间，心情轻松极了。第二天，我醒来后，和他们一起下山，离开了那个满是蟒蛇的山谷。我们来到岛上一个美丽的大原野，只见地上长满了高大的樟脑树，每棵都可以供一百人乘凉。要取樟脑，需要在树干上凿个洞，取出从洞里流出来的液汁。液汁流完后，大树变得枯萎，最后变成了枯木。这原野上有一种动物叫犀牛，犀牛的外形就像我们家乡牧场上的黄牛、水牛一样，不过犀牛的身体比牛高大，专吃树上的嫩叶。犀牛体形庞大，头上正中长着独角，有十尺长，差不多跟人的身高一样，此外，岛上还有许多公牛。探险家们、旅行家们和有着在山地行走经历的人们都说，犀牛能抵死大象，并可以把大象顶在头上，毫不费力地漫山遍野乱跑。大象死后，身上的脂肪被太阳烤化，流到犀牛眼中，犀牛因而成了瞎子，只好躺在河边。此外，那儿还有野牛和其他各种各样的野兽，举不胜举。

我在刚才提到的盛产钻石的山谷中捡了很多钻石，同行的商人用他们的商品、货物、银子、金子与我交换。我们继续前行。我欣赏着沿途的美景，感叹安拉创造世界的神奇，从一个城市旅行到另一个城市，沿途做买卖，最后还是来到巴士拉，在那儿停留了几天之后，回到家乡巴格达。我满载着钻石、钱和大量的商品货物，回到家中，走进房屋，和家人朋友见面。我分送礼物给他们，并给穷人分散救济金。我又过上了从前那种舒服的日子，与朋友亲人们一起，渐渐地把所经历的危难险境淡忘了。人们听说我回来，都来到我家中，听我讲我航海的经历和每个国家不同的风土人情。他们听后都对我的经历感到惊叹，并纷纷祝贺我的安全归来。

航海家辛巴达说道："这就是我的第二次航海的经历，若安拉愿意，明天再给你们讲第三次航海旅行的经历。"

航海家辛巴达的第三次航海旅行

　　现在我要给你们讲我的第三次航海了,我的第三次航海旅行是最离奇的,以安拉起誓,万能的安拉无所不知。你们知道,昨天跟你们说过,我第二次航海旅行归来,赚了很多钱,而且能够脱险平安回来,过上安逸的生活。安拉补偿了我所遭受的痛苦,我在巴格达生活了一段时间,那些日子我过得舒坦快乐极了,我应该很满足了。可是过了一阵清闲的日子后,我又萌生了出去旅行的念头,我想去做买卖、去挣大钱,心里又开始躁动不安。于是我又购买了许多航海需要的东西,打包好,带着它们又一次毅然离开了家乡。我在巴士拉海港看见一只大船满载着商人、乘客、富人和其他不同种族、不同宗教信仰的人,心中期盼着安拉的保佑和眷顾,希望安拉能赐予我好运气,让我一帆风顺,乘上这只大船。船从目的地出发,途经了许多城市和岛屿。每到一个地方,我们都要上岸去旅游、做买卖。有一天,船正在海中航行,海浪拍打得船摇摇晃晃。只听站在甲板上向远处眺望的船长忽然高声狂叫起来,下令起帆抛锚。他又是扇自己的耳光,又是拔嘴上的胡须,还撕身上的衣服。我们赶忙问他:"船长,发生什么事了?""旅客们,愿安拉保护你们,真是太倒霉了,我们的船被风浪控制了,现在被吹到危险地带,正要去猿人山。凡是来到这儿的人,别想逃脱厄运,这次我们都死定了。"船长话音刚落,我们就被四面八方跑来的猿人包围了,那些猿人身材短小。我们待在船上,不敢行动,害怕它们人多势众。要是不小心伤了它们、攻击它们或驱赶它们,它们还会一起反过来伤害我们。猿人们爬到船上,抢走了我们的商品货物,将我们洗劫一空。它们身材短小,全身是毛,丑陋之极。它们说着我们都听不懂的话,黄眼黑脸,只有我们的四分之一长,长得一点也不像人类。它们爬上缆线,咬断缆索,又咬断了船上的所有绳索,破坏了风帆。于是船随着海风慢慢倾斜,最后搁浅在海岸。它们抓住所有的商人、乘客,驱赶上岸。船不知被猿人拖到什么地方去了。

　　之后,猿人们便把我们留在岛上,跑得无影无踪。我们被困在荒岛上，饥渴难耐，只好摘野果、野草充饥，舀河水解渴。不久，我们发现岛中央有幢房子，我们立刻前去观看。原来，那是一幢结构非常结实牢固的高楼，门是用紫檀木做的，都大开着。我们往里走，看见有一个很宽敞的庭院，周围门窗林立。只见厅堂里摆着高大的凳子，炉灶上挂着各种烹调器皿，周围堆着无数的人骨头，但是屋中不见一个人影。见此情景，我们感到非常惊奇。大家走进厅堂坐下，不一会儿就都睡着了。我们从日出一直睡到日落。突然地面开始震动起来，我们听见一阵隆隆的响声从天上传来。我们还看见，从楼上下来一个巨大的人模人样的怪物。这个黑色的巨大怪物，就像一棵棕榈树，两眼喷火，龇牙咧嘴，张着血盆大口。双唇就像骆驼唇挂在胸前，双耳就如烂泥般地搭在肩上，爪子上的指甲又尖又长，就像狮子的爪子。看见这只怪物，我们一个个吓得魂不附体，内心极度恐惧，感到了来自它的巨大威胁，一个个就那样待在原地。只见这个巨型怪物走到大厅里，不慌不忙在高凳子上坐了一会儿，然后走到我们面前，在我们中间东瞧瞧西看看，猛地把我抓起来，放在手中仔细观看。我在它手中，仿佛只够它吃一口，我就像一只等待宰割的羊羔。看了一阵，它似乎觉得我太瘦小——经历过几次航海的遭遇后，我确实是十分瘦小。它觉得我没有肉可以吃，一下就把我扔在地上，又抓起另一个同伴，也像对付我那样端详了一下，觉得也不合适，又扔下了。它把我们一个个审视后，都不满意，最后把目光落在了船长身上。他肩宽腰圆，四肢粗壮，力气很大。他似乎很合怪物的胃口。它像屠夫抓起牲畜一样抓起船长摔到地上，抓着船长的脖子一扭，就把脖子扭断了。接着取下一把长铁叉，把船长的尸体串在叉上，放在燃烧的木炭上，翻转着烤熟后，把烤熟的肉取下来放在面前，像人们吃鸡鸭那样，用它的爪子慢慢地撕着吃。吃到把骨头啃个精光，再将骨头扔在屋内的一边，什么也不剩。吃完后，怪物便躺在高凳上，呼呼大睡起来。这怪物的鼾声就像羊羔或是其他牲畜被宰杀时的嘶叫一样，就这么一直酣睡到第二天清晨，才旁若无人地走了。

我们估计它走远了，才敢开口说话。我们忍不住大声哭泣，埋怨道："我们宁肯落到海里淹死，或者被猿人吃掉，也比被这怪物拿去烤着吃好啊。以安拉起誓,这样死太悲惨了。我们无法逃出这个地方,必死无疑,只盼伟大的安拉快来救救我们吧!"我们站起身来往外走,企图找个藏身的地方,或找条逃走的道路。除了被怪物烤着吃,我们什么都不怕,甚至是死。夜幕降临了,我们没有找到一处藏身之处,走投无路,只好回到那幢房子里。我们刚坐下没一会儿,脚下的地面又震动起来,接着那黑色的怪物又走到厅堂里,像昨天一样,开始一个个地审视我们。它在我们中找了一个它满意的人,抓起他,又像昨天对船长那样把他烤熟了吃,然后坐在高凳上睡着了。打的鼾声还是一样,像是一只待宰的小羊发出的声音。天亮了,就站起身来,像上次一样自顾自地离开了。怪物走后,大家围在一起商量对策。有人说:"安拉在上,我们宁愿淹死在大海里,也不要像这样被烧死,这种死法太凶残了。"又有人说:"大家听我说,我们一定要想办法对抗它、杀死它,不能让它达到它的目的。"我建议大家:"既然我们要除掉它,我们可以把这些生火要用的木头运走,做几个木筏,每个木筏可以乘三人。大家齐心合力设法杀掉它,然后乘木筏离开这里,向着安拉指引我们的方向走。不然,我们就只能一直待在这个岛上,直到有船只经过这里,才能离开。就算是我们杀不死怪物,我们还可以乘木筏从海上逃生,就是落在海里淹死,我们也不会被它抓去烤着吃。如果我们逃跑的时候淹死在海里,也比让它抓住烤来吃强些。"大家都赞成我的建议,说道:"安拉在上,这个方法是再好不过了。"于是我们一起动手,把厅堂里的木板、木头搬到屋外,做成一张张竹筏,拴在海边,还放了一些生活必需品在上面。一切准备妥当,才悄悄回到屋里来。

夜晚来临,我们脚下的地面又震动起来,那个怪物出现了,像饿狼似的把我们一个个仔细观察一遍。选中目标,像往常一样烤熟了撕着吃。吃完后,躺在高凳上睡着了,它鼾声如雷。这时,我们站起来,手里拿着早已准备好的铁叉,把铁叉放进火堆里烧红,烧到就像燃烧的木块。我们紧紧握住手中的铁叉,趁怪物还睡得鼾声阵阵,走近它,一齐对准它的两只眼睛,用力刺了进去,一下就戳瞎了它的双眼。它痛得狂叫起来,把我们吓得要命。只见它挣扎着爬起来,试图来抓我们,吓得我们在屋内左右乱窜。可是它已经瞎了，什么也看不见。尽管这样，我们对它还是充满了恐惧，对能否安全逃生绝望极了。这时它跌跌撞撞地摸到门，走出了大门。它大吼了几声，吼声震天动地，十分恐怖。我们跟着它跑了出去，它一路搜寻我们。不一会儿，它回来了，还带来了一个母的怪物，比它更高大、更丑陋。我们跟在它后面，被吓得浑身毛骨悚然。还没等那只母怪物发现我们，我们就赶忙解开早就准备好的木筏，冲上筏子，飞快地离开海岸。可是两个怪物手里拿着石块，把石块对准我们乱扔，砸死了很多同伴，最后只剩我和其他两个同伴脱险。我们三个幸运儿乘着筏子，来到了另一个小岛上。

　　一天过去了，我们还在小岛上走，天一黑就躺在地上睡着了。可是刚睡一会儿，便被惊醒。一条又粗又长的大蟒蛇把我们缠住。它伸到我的一个同伴面前，咬住他肩部以上的部分，接着吞食同伴的整个身体。我们听见他的骨骼在蟒蛇腹中碎断的响声。一顿美餐后，蛇就爬走了。太残酷了，我们都为同伴悼念，一时间我们又陷入极端的恐惧中，说道："安拉在上，这真是太恐怖了，我们亲眼目睹了同伴的惨死，他们一个比一个死得更惨。好不容易摆脱了怪物的危害，还没来得及高兴！伟大的安拉，我们有幸躲过了怪物的血盆大口，免于淹死在海中，但是这次我们怎么才能摆脱蟒蛇的威胁？"我在心里暗暗地祈祷。我们起身，赶快逃走，在岛上东躲西藏，饿了摘野果充饥，渴了喝溪水解渴。天快黑的时候，我们看见一棵大树，便爬到树上睡觉。我爬到了树顶，躲在树枝中。可是，夜幕降临，四周一片漆黑，一条大蟒蛇爬了过来。我那唯一的同伴，又被夜里悄悄爬到树上的大蟒蛇吞入口中吃掉了。我目睹了这场惨剧：它到处寻找猎物，接着爬到我们的树上，发现了我的同伴，张开嘴把同伴的整个头都包进嘴里，就在树上咬死了我的同伴。我听见了他骨骼碎断的声音，紧接着我就看着蟒蛇把同伴整个吞进腹中。消化完之后，它就沿着树干游下去，离开了。接下来的一整夜，我都待在树上，不敢轻举妄动。第二天，天刚亮，我赶紧溜下树，心中满是恐惧和畏怕，失魂落魄地向海边走去，打算投海自杀，了却人间苦难。可是觉得生命可贵，又临阵退却了。最后我找到几块宽木头，分别绑在我的脚底、左边、右边、身前、身后，最后又像绑在脚底那样找了个宽木板绑在头顶，好像钻进了一个木笼，被保护在那些宽木板里面。当天夜里，这条大蟒蛇熟练地发现了我，游到我面前。可是我的每一面都被那些木头护着，它无法吞噬我，只得绕着兜圈子。我像死人一样眼睁睁地望着它，吓得魂飞魄散。那条大蟒蛇一会儿离开我，一会儿又来到我面前，就这样周而复始。每一次它游过来想吃掉我，却发现那些木头护着我。就这样，从日落到了黎明，天微微亮，太阳升起来，蟒蛇带着遗憾和愤怒远去了。我把手从木笼里伸出来，解开绳子，想起刚才遭遇的一切吓得半死。

我站起来，沿着岛上的路来到了海边，突然看见在远处海里有只船在行驶。我赶紧折了条大树枝，举起来一边向船上的乘客示意，一边大声呼叫。船上的人看见我，说道："我们一定要上岸去看看，说不定是人。"他们把船驶向我，把我带上船去，问我的情况。我把自己这次旅行死里逃生的遭遇，从头到尾叙述了一遍，他们听了感到十分吃惊，拿出自己的衣服给我穿上，还给我提供了吃的。我吃饱之后，喝了他们拿来的淡水，顿时精神焕发，感到无比兴奋、舒坦，心里由衷地赞美安拉，感恩安拉赐予我重生和帮助。经历过这些遭遇后，现在我还觉得是个梦境，但是还是让我勇气倍增。我们乘着这艘船，一路顺风地在海上航行，来到一个叫塞辽赫的岛上。岛上种满了檀香木，船长下令把船停泊在此。商人们携带货物上岸去做生意。船长看见我，对我说道："我有个建议，现在你身无分文，背井离乡，又遭遇那么多苦难，我愿接济你，让你赚点钱，好回家。以后可别忘了我哦！"我答道："我不会忘记你的，我会向安拉为你祈福。"船长说："我们船上本来有个商人搭我们的船去旅行，但他却中途失踪，生死不明，杳无音信。我想让你拿这些货去卖，所得的利润你得一部分作为辛苦费和服务费，剩下的交给我带回巴格达，找到他的家属，还给他们。你愿意带着这些货物上岸去做买卖吗？"我回答："好吧，我明白，真是太感谢你，你真是个好心人，我会一直为你祈祷的。"

船长吩咐水手和搬运工把货物搬到岸上给我，船上记账的人问道：

"船长，刚搬出来的这批货物，我要记哪个商人的名字？"船长说："记那个航海家辛巴达的名字吧，他跟我们一起出来，却不知是掉到海里，还是被落在岛上了。他有没有同行的人，我托这个外乡人把他的货物带去卖，赚来的钱他得一部分，剩下的我带回巴格达。如果找到他本人了，就给他，没有找到的话，就给他的家人。"记账的回答道："这样做很好，没有更好的办法了。"我听见船长的话，他说货物记在我的名下，心想："安拉在上，我就是航海家辛巴达啊！"为了不出乱子，我等到商人们都上岸，开始专心做买卖之后，才走到船长面前，告诉他："船长啊！我就是搭这条船的航海家辛巴达，我没有落海淹死。那次我们停在那个小岛上，我跟着商人和游客们下船上岛，还带了些吃的。我坐在岸边十分享受，一边吃东西，一边欣赏风景，慢慢地就睡着了。等我醒来的时候，不见一个人影，发现船已开走了。所以，这些商品和货物应该都是我的，船上有些开采钻石的商人可能在钻石谷上见过我，他们可以证明我就是航海家辛巴达。于是，我也给商人们讲我被这艘船落下的事情。我对他们说我在一个岛上，一觉睡醒后，发现岛上的人都不见了，和之后发生的事情。商人们和旅客们听了我的话，都围拢来，对我的话半信半疑。这时其中有一人听到我说钻石谷，站起来，走到我面前，说道："大家听我说，原来我告诉你们在钻石山上，我和同伴宰羊抛到山谷中采钻石，有个人爬在我的那只羊上回到山顶的奇怪事，你们一个个都还不信，还嘲笑我，说我撒谎。"他们回答说："是啊。你确实给我们讲过这事，我们当时都不相信。"这个商人说道："现在你们该相信了吧。我说的就是这个人，他拴在我被宰的羊上面回到山顶，还给了我许多珍贵的钻石，作为我损失羊的报酬。接着他和我们一起回到巴士拉，然后回到他的家乡，在他的家乡设宴为我们送行，最后我就回家了。他说他叫航海家辛巴达，说自己是如何乘船离开家乡，又是如何被困在岛上。事实证明，我没有说谎，他说的也都是真话。所以这些货物应该都是他的，他所描述的时间、地点都属实。"船长听了商人的话，走到我面前，审视我一番后，问道："你的货物有什么标记？"我把货物的种类、特征以及巴士拉上船以后和他的交往、接触叙述了一遍，他这才相信我就是航海家辛巴达。于是我们热情地拥抱。他问候我、祝福我能平安归来，说道："安拉在上，这真是个离奇又精彩的故事。是伟大的安拉让我们能够重逢，让我能够将你的货物和商品完璧归赵。"

货物原封归还我之后，我靠着自己的才智和他们告诉我的方法，又赚了一大笔钱。我十分开心，为自己能够安全返回家乡并且找到自己的货物感到高兴。我们一直在航海的途中做买卖，最后来到信德。在那片我们误以为是印度洋的海域，我见到过的离奇的事情真是数也数不清。我看见了形如水牛的和长相如驴的怪物，还有一只从海贝里飞出来的鸟下蛋之后，在水面上孵蛋，却从来看不到有小鸟从水面上飞走。离开这个小岛后，我们一路顺风回到了巴士拉，在那儿待了几天后，最终回到巴格达。我修葺了家中的房屋，和家人、亲友团聚。能与朋友、家人相聚，我喜不自胜。从此我仍慈悲为怀，为穷人发放救济品，为孤儿寡妇添新衣。和朋友亲人聚在一起、过着锦衣玉食的舒适的生活的我，把过去旅途中的惊险遭遇忘得一干二净。我从这次旅行中的收获可是无可估量的。

这就是我第三次航海的经历，若是安拉愿意，你们再过来，明天我讲我的第四次航海旅行的情况给你们听，那将比这一次更冒险、更离奇。

航海家辛巴达的第四次航海旅行

朋友们，你们知道，我回到家乡，我的亲朋好友都来我家看我，我的心中感到无比自由快乐。这次航海回来，我挣到了不少钱，过着比从前更安逸、富裕的享乐生活，把过去旅途中惊险的遭遇忘得干干净净。过了一些时候，我内心的小冲动作祟，想要出去结交不同种族的人，又生出了外出做生意的念头。于是，打定主意后，收购了很多适合航海的珍贵货物，打包好货物，再乘船出海。与往常不同的是，我这次是从巴格达出发到巴士拉。我将货装载到船上，加入了满载巴士拉人的大船，开始了我们的旅程。船在海中乘风破浪航行，继续不停地在海上漂泊，走过一岛又一岛，我们一路顺风航行了几天。有一天，海风骤起，波涛汹涌，于是船长吩咐立即抛锚停船，以免沉船。当时我们诚心祈祷，祈求安拉保佑，但海风还是不停地刮，吹破了船帆，最后船沉了，船上的人、货和钱财全都沉入海中，我也沉入了海中。我在海里游了大半天，正要放弃，快要淹死的时候，幸得安拉保佑，忽然看到了一块浮在水面上的破船板。我同几个商人赶忙爬到木板上。我们用脚划船，在海中随波逐流，漂了一天一夜。也不知过了多久，有一天半夜，海上风浪猛烈，我们被风浪推上了一个小岛。大伙已经累得精疲力竭、饥寒交迫、口渴难耐，心中充满了恐惧。

我们沿着海滨向前走，发现这个岛上长着茂密的药草。我们采了些药草充饥，维持体力，就这么在海边过了一夜。第二天清晨，阳光照射大地，我们站起来四处走走，无意间发现远处隐约有建筑物的影子，便继续走过去，走到门前。在门前站了一会儿，屋里出来一群一丝不挂的大汉。他们一言不发，抓住我们，将我们拖到他们国王面前。国王命令我们坐下，拿出一些我们从来没有见过，也不知道叫什么的东西让我们吃。我自己没有胃口，也没有吃多少，倒是同伴们饿极了，吃得狼吞虎咽。蒙安拉赐福，这样我才得以活到现在。同伴们吃了那些东西，一个个像傻瓜一样，疯疯癫癫，都变样了。后来那些大汉又拿椰子油给我的伙伴们喝，并往他们身体上涂抹，伙伴们喝了椰子油后，眼珠不停地转动，食欲却更加旺盛。看着这种情景，我十分害怕，怕那些大汉也把我弄成那样。我仔细观察，发现他们是崇拜火教祭司的，他们的国王是高福。凡是来路不明的人来到他们的地盘，在路上或山谷被他们发现，都要逮到国王面前，喂他们吃那样的食物，给他们涂抹那样的油，让他们丧失理智、不能思索、痴痴呆呆，接着让他们吃更多的食物，给他们涂抹更多的油，直到把他们喂得又粗大又肥胖，然后杀了烤熟，供国王享用。但是除了国王，这里的人是习惯吃生人肉的。看到这些，我为自己和同伴们感到忧愁。后来，同伴们变成痴呆的愚人，任人摆布、宰割，每天都有专门的人像对待牲畜一般，把他们带到草地上去放养。

我自己因为过度担心害怕，忧郁成疾，骨瘦如柴。见我如此，那些大汉反而渐渐淡忘了我，忽略了对我的管理，把我扔在一旁。一天，我找到逃走的办法，沿着岛上的路，离开那个小岛，走了很远。我发现一个牧人，正坐在一个海里的高山坡上。经过观察判断，我发现他是国王的下属，和许多其他下属一样，在那儿看管我那些沦为俘虏的同伴。他一看到我，发现我和我的其他同伴不一样，知道我还有理智，就没有打算折磨我。他远远地向我示意说："你向后转，走你左手边的那条路，就可以找到出路。"我于是转身，按照牧人的提示，向后一转，果然发现左面有条大路，于是立刻冲上路去，没命地奔跑，向前赶路。就这样铆足了力气跋涉着，直到离开那个牧人的视线，我才放心下来。太阳落山了，黑夜来临，我这才停下来休息，打算睡一觉。但因过度恐惧、饥饿和疲劳，我怎么也睡不着。半夜里，我爬起来，继续前行，一直走到早晨天亮，太阳渐渐地从地平面一直升到山顶上。这时，我累得精疲力竭，又饥又渴，只得吃些野草、野菜，一直到吃饱，精神好了些为止。我歇一歇气，然后起身又沿着岛往前走，走了一天一夜，走累了，就吃些野菜。

　　我就这样走走停停地过了七天七夜。到第八天清晨，我忽然瞥见远方隐约有个巨大的物体，便朝那里走去。我一直走到日落西山，才走到那里。因为遭遇过两次不幸，我只好远远地站着仔细打量，原来这些人在那里采胡椒。我走过去，他们看见我，立刻从四面八方凑过来，围住我，问道："你是谁？你从哪儿来的？"我回答他们："朋友，我是个可怜的异乡人……"随即把自己所经历的事和各种离奇恐怖的遭遇全部告诉了他们。他们听了说道："以安拉起誓，真是离奇，你是怎么从他们那里逃脱的？又是怎么经过那个岛的？他们人很多，爱吃人肉，落在他们的手里，谁也别想活命。我们从来不敢从他们那个地方经过。"接着我告诉了他们我所有的遭遇，包括他们是怎么对待我的同伴，怎么给他们吃我不知道的食物。他们听后对我的遭遇感到惊讶，纷纷祝贺我能安全地从那里逃出来。他们请我坐下，并在采完胡椒后，给了很多好吃的让我吃。我非常饿，便吃了起来。休息了一会儿，我就随他们坐着船，来到他们居住的岛上，他们领我去见他们的国王。我向国王问好后，国王对我的到来表示欢迎，并十分热情地招待我，还问我所经历的离奇故事。我向国王讲述了我这些天的遭遇和我从巴格达出发后直到来到他们岛上的历险经过。国王和所有在场的人都感到十分惊诧，他让我坐下，吩咐侍从拿东西招待我，于是我饱餐一顿，洗过手，感谢、赞美了安拉一番，便告别国王，在他的城市参观、游览。这是一座繁华喧嚣的城市，商品琳琅满目，街上车水马龙，过往行人熙熙攘攘、络绎不绝，买家和卖家都在做买卖。我庆幸有机会来到这里，心里感到轻松自在。渐渐地，我熟悉了这里的一切。这里的居民、大小官员和万人之上的国王都尊敬我。我见他们的大小官员都骑着没有马鞍的骏马，觉得很奇怪。我对国王说："陛下，你们骑马为什么不用马鞍？马鞍不但舒适、安全，还有其他的一些功能。"国王回答："马鞍是什么？这种东西我们从来没有见过，也没骑过。"我对国王说："请允许我替陛下制造一具，让陛下亲自骑用，享受一下它的舒适。"国王说："好的，就照你说的做吧。"我请求道："请给我一些木料吧。"国王立刻下令满足我的要求。我又请求国王要一个能干的木匠。于是，我坐在木匠身边，指导着他，教他如何制作鞍架。做好后，我找来羊毛，梳理顺，做成毛毡，又把皮革擦亮后，盖在鞍架上，用皮带围绕着系上。又找了铁匠来，教他打了一副马镫，这个铁匠最终打造了一副极好的马镫。我将它们打磨好，包上马口铁，在鞍上系上丝带。一切准备妥当，我站起身，牵来一匹御用的骏马，配上马鞍，拴好马镫，系上缰绳，牵着骏马去谒见国王。国王一见，十分高兴和满意。他谢过我，坐上马鞍，大赞马鞍的舒适，赏赐我许多礼物，作为我为他打造马鞍的答谢。国王的官员维奇尔看到马鞍后，希望我能为他也造一个那样的。于是我为他打造了一副那样的马鞍。消息传开，全国上下许多王公贵族，纷纷要求我替他们制造马鞍，我应允了。我们又雇用了一些人，制造出大批马鞍，卖给大小官员和其他人，赚了不少钱。我变成了受人尊敬、爱戴的名人。

我在这个国家有了很高的地位，受到国王、国王的侍从和贵族的尊敬，过着怡然自得的舒心日子。直到有一天，我与国王坐在一起，感到十分开心和荣耀。国王对我说:"你已经成为我们所尊敬、爱戴的人,是我们的一员,我们舍不得离开你,也不让你离开我们。现在我对你有一个请求,希望你不要拒绝我。"我赶忙说:"陛下对我关怀备至,我实在感激不尽,我已臣服于陛下,您的旨意,我一定遵从。"国王答道:"我想把一个聪慧可人、举止优雅而且很富有的单身姑娘许配给你,这样,你就可以成为我们国家的居民。你还可以住在宫中,和我生活在一起,希望你不要拒绝我,听从我的安排。"听了国王的话,我很不好意思,低头不语,不好意思面对国王。国王说道:"孩子,你怎么不回答我?"于是我回复国王:"陛下,我听从您的安排。"国王听后,立刻请来法官、证人,为我主持婚事。新娘出身于名门望族,血统纯正,长得十分漂亮可人,名下有很多钱财和房屋。国王又赏赐了我一座富丽堂皇的宫殿,配有仆人、侍从,还承诺给我分配供给品,发放俸禄。从此,我非常富有,又过上了幸福快乐的日子,把过去遭遇的不幸、苦难抛诸脑后,心想,如果我有机会回到家乡,我一定要把妻子带上。一个人不知道接下来会发生什么,但是命中注定的事一定会发生。我和妻子彼此相爱,相敬如宾,生活非常甜蜜、快乐,就这样过了很长一段时间。

有一天,上天注定,我的邻居也是我的朋友的妻子死了,我去安慰他的丧妻之痛,见他愁眉苦脸,心事重重,面带凄惨的神色,于是劝慰他说:"节哀顺变,愿安拉补偿你的损失,增加你的福寿。"但是他哭得更厉害,对我说:"朋友你不知道,我只能活一天了,怎么还能再娶,安拉怎么还能补偿我,赐我另一个更好的妻子呢?"我回答:"兄弟,你冷静些,不要说自己要死了,你的身体还非常健康。"但是他对我说:"兄弟,用生命起誓,明天你就永远地失去我了,一辈子也看不到我了。"我问:"怎么会呢?"他回答说:"今天人们葬了我的妻子,明天就要把我葬到她的坟墓了。这就是我们这儿的风俗,妻子死了,丈夫就得陪葬;同样的,丈夫死了,妻子也得陪葬。也就是说,一对夫妻死了一个,剩下的一个也不能享受生活的乐趣了。"于是我说:"这风俗太恶毒了,谁也忍受不了。"正当我和邻居说话的时候,附近许多人都陆续赶来慰问他的丧妻之痛，安慰他将要陪葬的恐惧。接着他们按照风俗，拿来一副棺材，为死者穿好丧服，连同首饰、钱财一起装进棺材，带着她的丈夫。我们一起到了城外，把邻居送到靠海边的那座高山上，只见他们走到一个坑洞处，掀开一块大石头，洞口有石头做的边缘，就像井口的边缘一样，把死者扔进那个深不可测的坑洞里，然后拿棕榈纤维做的绳子系在邻居的腰部，把他也放进深洞去，同时放下一大壶水、七个面饼给他。我的邻居下到坑洞后，解开绳子，上面的人就把绳子收回去，然后用大石头盖上洞，离开那里。我感叹道："这种死法比上次被杀死烧熟了吃更痛苦。"我进宫晋见国王，问道："陛下，你们这个地方为什么要拿活人陪葬呢？"他回答道："哦，这是我们的风俗，妻子死了，丈夫要跟着陪葬；丈夫死了，妻子也要跟着陪葬。这是为了让他们活在一起，死在一块儿，夫妻之间，永不分离。这是老祖先遗留下来的传统。"我说道："陛下，那像我们这种异乡人，如果妻子死了，你们也会用同样的方法葬他吗？"国王回答："是的，我们会把他和他的妻子葬在一起，像你刚才看到的那样葬他。"跟国王谈话后，我被恐怖笼罩着，忧愁不已，有些神志不清，唯恐妻子先死，拿我去陪葬。我自己安慰自己："谁都不能预测命中注定了的事情。"后来我忙于工作，也就淡忘了这件事。

可是过了不久，我的妻子病了，几天工夫，就死了。照例也有很多本地人来慰问我，来慰问我妻子的家人，国王也照他们的风俗习惯来慰问我。接着他们叫来一个女仆为我的妻子洗净身体。她们洗完之后，为她穿衣打扮，给她穿上华丽的服饰，戴上金饰、项链和珠宝。穿戴整齐后，把她装在棺材里，又抬到城外海边的山上，揭起坑洞上的大石，把棺材扔进洞里，然后我的朋友和我妻子的家人都围拢来和我告别，为我妻子的死安慰我。我大声呼唤："我是外乡人，不用遵守你们的风俗。"可是没有一个人回应我。他们抓着我，强迫着把我绑起来，同样放上七个面饼和一大壶水，按照习俗，放进洞里。这个大坑洞位于山脚下，上面有人说道："解掉绳子吧。"我不愿意，他们就把绳子扔进洞里，盖上洞口的大石头，离开了。我看见这个洞里面堆积着无数的尸骸，恶臭难忍。此时此刻，我又开始埋怨自己："以安拉起誓，我这是自作自受。"我在洞里不知白天黑夜，也不知过了多久。我只有饥渴难耐时，才会吃一点东西喝一点水，害怕面饼和水都没了。我自言自语道："我为什么要在这里结婚安家？照我说的就是，每一次我从一个灾难中逃出来，又会遇到更大的灾难。以安拉起誓，如果我就这么死了，那就太不幸了。这样死还不如淹死在海里，或是死在钻石山上，那都比我这样不幸地死去好多了。"我就这么一直自怨自艾，倒在尸骨上，祈祷安拉的帮助。我想要自杀，却发现自己不能忍受这种惨死。我饿得胃都痛了，渴得不行了，便坐起来摸索着，拿起面饼吃，又喝了一些水。我起身四处走动，发现这是一个很空旷的大山洞，后面有一个长的山洞。经过日积月累，里面腐朽的尸体堆积成山。我在山洞的角落找了一个远离最近才扔下来的尸体的地方坐下，睡了起来。

终于，我发现面饼和水已经消耗了一大半，最多不过一天，我就会吃光面饼、喝完水。在漆黑的坟墓里我绝望地过了几天，快要死去。有一天，我坐在地上，盘算着面饼吃完，水喝光后，我要怎么办，突然洞口的大石头被移开了，一线光亮透进洞来照在我身上。我心想："发生什么事了？"再定睛一看，见一群人站在洞口，接着他们放下一具男尸和一个哭哭啼啼的女人，同时也放了吃的东西和水。那个女人没有看见我，我却把她看得一清二楚。送葬的人用大石头盖上洞口，扬长而去。我站起来，手中拿着一根死人的长骨，悄悄靠近那个女人，用长骨击她的头部，她立刻昏死过去，我又打了两三次，她才死去。我捡起她的面饼和水，又拿了她的项链、珠宝首饰，回到自己原来待的一角，在那儿睡觉。仅仅靠每天吃尽量少的食物来维持生命，以免东西很快就被消耗完不是饿死就是渴死。

就这样我在坑洞中苟延残喘地活命，维持了一段时间。每当外面有人埋葬尸体，我就杀死陪葬的人，夺取那个人的食物，维持自己的生命。直到有一天，我正在睡觉，一些响动之声，将我从梦中惊醒，我想："这是什么声音？"于是我站起来，拿一根死人长骨，走上前去。原来是一只野兽，它听到我的脚步声，便逃走了。我跟在它后面追赶，忽然眼前出现一丝亮光，如同黑夜中的星星。我朝着那亮光走去，越走近，那亮光就越明显。原来这是山洞里的小洞，可以通往外面。我心里想："这个洞可能有很多原因：一来这有可能是另一个他们用来葬尸的地方，二来这大概是一个裂口。"我又仔细考虑一会儿，走到光亮处，看清楚原来这是山背后的一个洞口，是野兽刨开的。它们从这里进来吃死人，一顿美餐后就从这个洞口离开。发现了那个山洞，我的心里变得冷静，情绪顿时安宁下来，心中感到轻松自在，相信自己有救了。我十分费力地爬出洞口，来到一个山边的海岸。这座山被海洋隔在城市与海岛之间，很少有人来到这里。我赞美、感谢安拉一番，十分高兴，心里又燃起了对生的希望。我又钻进洞去，拿走剩下的食物和陪葬者的殉葬品，包括珠宝项链、珍珠项链、镶有水晶的银饰和金饰，还有其他稀有珍品，将它们用死人的衣服包起来，还换一身死人的衣服，从山背后的洞出来，站在海边。每天，我都会进入山洞，在洞中搜寻有价值的东西。只要他们上面放尸体下来埋葬，我就会杀死陪葬的人，无论是男的还是女的，拿走吃的和喝的，然后从洞口出来，坐在岸边，等待安拉的拯救，希望有船只经过。我一边等，一边不停地把我在洞里发现的首饰用死人的衣服包好，带出山洞。

　　就这样等了很久。一天，我站在海岸等待，思考事情，突然发现在波涛汹涌的大海上，有一只船经过。我把一件死人的白衣服系在一根木棍上作为标记，沿着海岸一边奔跑一边摇动。船上的人听见了我的呼救声，看见我在山上，便将船驶了过来，靠近我，放下一只小艇。小艇上的人一直划着小艇来到我面前，问道："你是谁？你为什么会在这个地方？我们从来没见过有人来过这个地方，你是怎么到这个山上的？"我回答他们："我是个生意人，不幸中途沉船遇难。我抓住了一块木板，带着我的东西一起依靠木板漂流在海上。幸而安拉保佑，最后经过我的努力和技巧，我和我的物品一起漂流到这儿来了。"于是，他们帮我把那些从用死人丧服包裹的财宝拿上船，带我一起去见船长。船长问我："你怎么到这儿来的？这座高山后面还有一座大城市，我历来都在这个海上航行，多次经过这山下，除了飞禽走兽，从没见过任何人。"我回答船长："我是个商人，航行途中，我所乘的大船沉入海中，我和我的货物，包括你所见到的这些东西和衣物都沉入了海中。但是我找到了一块船上的破木板,靠着天命和自己的好运气,漂到了这座山下。我在这儿等了很久,才等到你们的船经过这里。"

因为当时我怕游客中有人来自那个城市,所以没有讲在那个城市和山洞的经历。我拿出很多财物送给船长,说道:"船长,是你帮助我逃出那座山,这点礼物送给你,略表谢意。"他拒绝了,对我说:"我从不接受任何人的礼物,只要我们在海里和岛上看见有落海的人,都会援救他们,让他们和我们一起,给他们吃的、喝的。如果有人没有衣服,我们就会给他衣服穿。到了安全的港口,我们还要把我们的一些财产送给遇难者作为礼物,让他们生活下去。因为伟大的安拉,我们才这么做的。"

于是,我随船航行,我们走啊走,走过了海湾又到港口,走过了岛屿又到海国。能够安全逃离那个山洞,我感到无比高兴,但是每次想到我在山洞中度过的日子和我死去的妻子,就感到郁闷不堪。我们的船一直航行,来到贝尔,第六天又到了克拉王国。克拉王国和印度毗邻,盛产铅矿,同样也是印度藤条和樟脑的盛产地。那个王国的国王威慑四方,权力范围甚至扩大到了贝尔。我们在贝尔停留了两天。安拉保佑,我们最终安全抵达巴士拉,在那儿逗留几天后才动身回到巴格达家中。又和家人、朋友们见面了,我向他们问候。大家见我平安归来,都欢欣地向我祝贺。我把带回来的货物都存放在库房中。我广施博济,救济穷人,为寡妇孤儿添新衣。从此,我又过上了那种无拘无束的享乐生活,像从前一样经常与熟人、朋友和弟兄们来往,一起运动娱乐。

"这就是我第四次航海旅行的奇险经历,是最离奇惊险的航海。"航海家辛巴达对挑夫辛巴达说,"兄弟,在我这儿吃晚饭吧。明天你照常来我家,我讲第五次航海旅行的经历和遭遇给你听,那次更惊险、更刺激好玩。"

航海家辛巴达的第五次航海旅行

兄弟们，我第四次航海旅行归来，赚了很多钱，又整天吃喝玩乐，沉浸在享乐的生活中，把过去旅行中的各种经历和遭遇慢慢地忘记了。过了一段日子，我又被欲望驱使，想到其他岛国观光游览、结识更多的朋友。于是我下定决心开始我的第五次航海旅行。我收购了许多方便航海旅行的名贵货物，打包完毕后，从巴格达出发到巴士拉。沿着海岸往前走，我看见海边正停着一只气派豪华的大船。抑制不住内心的激动，我立刻出钱买下。这个船的设备都是全新的，于是我雇用了船长、水手、黑奴，还有侍从——其中包括监督管理的侍从，把货物装载到船上。有一群商人也付我租金，带着货物，搭乘着这艘船，我们一起起锚开航。我们每个人都喜笑颜开，不停地跋涉，途经无数的海岛和海域。每到一个城市，我们都要去游览观光、做生意。我们的船不停地在海上行驶。一天，我们的船来到一个荒无人烟的大海岛，岛上不见一个人影，只有一座白色圆顶的大建筑。我们抛锚上岛去游览参观。我看出那是神鸟蛋，不知道神鸟蛋的人对它非常好奇，纷纷上岛。他们拿石头砸它，鸟蛋破裂了，流出许多液汁，里面还有未成形的雏鸟。他们把雏鸟从蛋壳里扯出来弄死，将它的肉割下吃了。当时我在船里，不知道他们正在吃的就是鲁克雏鸟，他们也没有人来问我那是什么。但是有一个旅客对我说："船长，你快来看啊！我们以为是圆屋顶的，原来是个鸟蛋。"我听后连忙起身到甲板上看。看到他们如此的举动，我对他们大喊："你们不可这样胡来，神鸟会报复砸坏我们的船，杀死我们。"可是他们没有听见我的叫喊声。

就在此时，太阳忽然不见了，霎时间大地黑暗一片，空中像是布满了层层乌云。我们都抬头，看空中出现了什么。原来是神鸟的翅膀挡住了阳光，天空才会突然一片黑暗。神鸟飞回来，见自己的蛋被打破，便对我们狂鸣一声。它的伴侣雌鸟也飞来，在我们的船上空，对着我们大声嘶叫，那嘶叫声如雷霆震耳。我吩咐船长、水手们："赶快开船。大难就要临头了，我们快逃命吧。"于是，船长慌忙开船，商人们也争先恐后地奔到船上。船长立刻割断绳索，扬帆启航，想要离开那个荒岛。神鸟看到我们将要驶向海中，没能跟上来。我们的船全速行驶，全体人都想逃离神鸟，离开那里。可是不一会儿，两只鸟赶了上来，紧追不放，每只爪中都抓着一块山上的大石。雄鸟对准我们的船，将石头砸下来。幸而船长操纵灵活，一转舵，躲过了那块大石，大石落在船边的海中，激起千层波浪，我们的船在海中上下颠簸，差点把船颠沉在海里。接着，雌鸟也抛下它爪中那块大石头。虽然这块石头比雄鸟的那块小一点，但是雌鸟击得准，正击中船尾，砸碎了船尾。船舵也被砸碎成无数块，我们的船转眼间便覆没在海里。

不愿舍弃我拥有的幸福生活，我在海中挣扎逃命。蒙安拉保佑，我抓住一块破船板，爬上去，手脚并用地划，随着风浪在大海上漂流。我们的船沉在一个小岛附近，冥冥之中有安拉在保佑我，我被风浪推到那个小岛上。我奄奄一息，爬上岛后，筋疲力尽，又饥又渴，瘫软在海边。躺了一会儿，我的精神恢复、心情安定下来后，才起身在小岛上慢慢走动。我发现这个岛仿佛是天堂乐园一般，树林茂密，果实累累，河水潺潺，小鸟歌唱，好像在赞美安拉创造了如此美好和永恒的事物。这里结满了野果，遍地开满各种鲜花，我吃野果充饥，喝河水解渴，想着还有这些可以维持生命，心中对安拉充满了感激。我流落在岛上，等到夜幕降临。黑夜来临，我站起身来，周围一片寂静，没见一个人影。想到所遭遇的不幸，身心疲惫之极，又濒临死亡之门，不想动弹。

我躺在地上，一觉睡到了天亮，清晨醒来后，站起身，走到一条小河的河边，看见河边坐着一个老人。那位老人相貌威严，只用树叶遮挡下半身。我心想："这个老人也许也是那次船被砸坏落到海里的游客，他可能和我一样，漂到了这个岛上。"我走过去问候他，他不说话，只是打手势回应我的问候。我问他："老人家，你为什么坐在这儿？"他摇摇头，叹着气，用手比画着，好像在说："让我骑在你的脖子上，带我去小河对面。"我想："就行个好，带他到他想去的地方，善有善报。"于是我走到他前面，把他背在肩上，带他去他要去的地方。到了目的地，我说："您慢慢地下来吧。"他不但不下来，反而用两条腿夹住我的脖子。我一看他的两条腿就像水牛皮子，又粗又黑，我心里不由得害怕起来，想把他从肩上摔下来。但是他紧紧夹住我的脖子，勒住我的喉咙，我连气都喘不过来，我眼睛一花，倒在地上，便不省人事。他放松两腿，对着我的背和肩膀乱踢，我感到剧烈的疼痛，只好爬起来。他仍然骑在我的脖子上不下来，我只好听他使唤。他比画着让我去野果树下，摘最好的野果子给他吃，我不听他的话，他就用脚踢打我，比用鞭子抽我还痛。他终日骑在我的脖子上，比画手势，让我带他去他想去的地方。如果我不听或是动作慢了一点，他就踢打我，我就这样成了他的俘虏。我们来到小岛中间有树的地方，他终日骑在我的脖子上。他睡觉时夹紧两腿，卡着我的脖子，睡一会儿，醒了之后就又对我拳打脚踢，我只好背着他迅速爬起来。我不能违背他，不然就会遭到他的虐待。我责怪自己，当初为什么要可怜他，帮助他。他就这么一直虐待我，我疲劳、痛苦到了极点，暗自叹道："我善待他，他却虐待我。以安拉起誓，从今以后，我不会再做好事了。"我痛苦不堪，疲劳到了极点，时时刻刻都在心中期待安拉可以让我痛快地死去。

有一天，我背他来到一个地方，发现那里长满了南瓜，可有许多南瓜已经干了。我挑了最大的南瓜，在最上面挖了个洞，把里面的东西清理干净后，又摘了些葡萄，弄成葡萄汁装在里面，把孔封上。我将它放在太阳下，晒了几天，最后酿成了酒。每天，我都喝自己酿的酒，借酒消愁，让自己暂时忘记所有的苦难，而我喝醉酒醒后总是精神焕发。有一天，我照例自斟自饮，他比画着问："这是什么？"我回答他："这东西好啊！它能强心提神。"说完我背着他在树林中乱走，当时我已有几分醉意，异常亢奋。我打着拍子边唱边跳，十分高兴。他见我兴奋的神情，比个手势，要我把南瓜递给他，他要喝里面的饮料。我不敢不从，把南瓜递给他。他接过去喝光了剩余的葡萄酒，然后把南瓜扔在地上。之后，他酒兴发作，变得异常兴奋，在我的肩上摇摇晃晃，不久，就酩酊大醉，四肢开始放松。我感觉到他已经没有意识，便伸手拿开他紧夹在我脖子上的腿，带着他一起坐下来，把他摔到地上。我几乎不能相信自己已经获得了自由，脱离了苦海。我怕他酒醒后又来折磨我，就从树林中找来一块大石头，趁他睡着了，照准他的脑袋一砸。顿时，他的脑袋血肉模糊，他死了。他这么坏，安拉都不会怜悯他。

之后，我开心地走在岛上，来到海边，回到之前我待的那个地方，我独自生活在岛上，吃野果充饥，喝河水解渴，等候船只经过。一天，我回忆着以前的经历和各种遭遇，自叹道："蒙伟大的安拉恩赐，让我死里逃生，让我回到家乡与亲人朋友团聚吧！"这时，我看见有一只船正在远处的海上向这边行驶，一直到这个岛上，才抛锚停船。于是我向他们走去，他们看见我也纷纷向我靠拢，问我的来历，问我为什么会到这个岛上。于是我对他们讲了自己的经历和遭遇，他们听后觉得不可思议，对我说："骑在你肩上的那个老头叫海老头，除了你没人被他骑过后，还能安全逃离。赞美安拉，是安拉让你能够安全逃生。"他们拿东西给我吃，让我吃饱后，又给我拿来合我身的衣服，送给我穿。最后他们带我上船一起同行。我们的船在茫茫大海中航行了几昼夜，来到一座城市，名叫猿人城，那里屋宇雄伟，每幢房子的门窗都面朝大海。每当夜晚来临，这里的人都要从面向大海的门离开，乘船到海上去过夜，怕夜晚猿人下山来。

我上岛后，在这个城市四处游逛，不知道船何时开走了。我又后悔到这个岛上来玩，想起第一次碰到猿人的经过和后来同伴们的遭遇，不觉伤心地哭起来。这时一个当地人走到我面前，对我说："先生，你好像是外地人。"我回答道："是的，我是个可怜的外地人。我乘的船经过这里，在这里抛锚停船。我上岸后在城里四处参观游览，回来后发现船开走了。"他听后说："起来跟我们走，我们一块儿到船上去。夜里你如果留在城里，猿人会来伤害你的。"不等他说完，我一骨碌爬起来，跟他上船。他们划船到离海岸约一英里远的海上，我和他们在海上过了一夜。第二天清晨，他们又划船靠岸，各自回家。他们夜夜如此，已经成为习惯。要是有谁到了夜里还留在城里，猿人进城后，就会被猿人伤害。猿人都是白天离开猿人城，然后到城外果园偷了园中的果子，躲在山中睡觉，夜晚又回来。我在猿人城中碰到一件最奇怪的事，是关于一个猿人城当地人的。一天夜里，跟我同船过夜的一个人对我说："先生，你是外地人，那你有什么技能？有工作做吗？"我回答他："没有，兄弟。安拉在上，我什么都不会做，也不知道怎么做。我原本是个商人，很富有。我又自己买了一只大船，满载钱财和货物出海了，可是我们中途遇险沉船，我自己幸蒙安拉保佑，抓住一块破船板，因而得救，没有淹死在海中。"那个本地人听了我的话，站起身来，递给我一个布口袋，说："拿着这个口袋，跟这些本地人到城外捡石头去。走吧，我帮你引荐引荐，让他们照顾一下你。你就跟着他们学，这样挣些收入当做路费，可以让你回家去。"

那个人带着我，我们一起到了城外，我捡了些小石头装满袋子。不多一会儿，有人从城里出来。我们走过去，带我来的那人把我引荐给他们，说道："这是一个外乡人，你们带着他，教教他怎么捡石头，让他可以维持生活。你们做了好事，会有善报的。"这些人对我很热情，带我同行，我和他们一样，都带着一袋石头。我们一路前行，来到一个非常宽阔的山谷里，山谷里长满高不可攀的大树。山谷里有很多猿人，它们一见我们便跑开，爬上树去躲了起来。同伴们从口袋里拿出石头，不断地向树上的猿人扔去，树上的猿人摘树上的果子，向我们扔来。我仔细一看猿人扔下来的果子，原来是椰子。我也加入同伴们，跟着他们学着。我选中一棵爬满猿人的大树，靠近大树，拿出石头扔向那些猿人，猿人们便摘树上的果子，扔向我。最后，我们大家伙儿把各自的椰子捡起来。收起来的椰子很多，多得每个人的口袋都装不下了。接着，我们回到城里，我找到介绍我认识伙伴们的那个朋友，送我捡到的椰子给他，并衷心感谢他对我的帮助。但是他对我说："你把这些椰子拿去卖，自己享用赚来的钱。"他又给我一把他家中房间的钥匙，说道："你可以把你的椰子放在小屋里面，以后你每天都可以像今天一样，跟他们一块儿出去收椰子，然后把好的椰子选出来，卖个好价钱，剩下的你就可以放在这间屋子里。卖得的钱，可以存起来，将来你回家时可以作为路费。"我感激地说道："我实在太感谢你了，愿安拉保佑你。"我照他说的，每天跟伙伴们背着一口袋石头，跟着他们一起去换猿人扔下的椰子。他们一个个地都热情地向我推荐、带我去椰子结得多的地方。我这样勤勤恳恳地工作了一段时间，收了大批上等的椰子，而且卖出去许多，赚了一大笔钱，过得一天天开心起来，也在这个城市一天天变得富有起来。

　　就这样过了很久，有一天我站在海边，看见一条船到了猿人城，在海边抛锚停泊。那条船满载着商人和货物。他们下船上岸，在岛上做买卖，用他们的货物来和当地人交换椰子和其他特产。我找到帮助我的那个朋友，告诉他有船经过这里，我想要搭船回家。他回答我说："你自己做主吧。"于是，我感谢了他对我的帮助，与他告别之后，到了船上，找到船长，说明我想要搭乘他的船，然后把我的椰子和其他物品搬到船上，当天就起航了。我们在海上航行，经过了一个又一个岛屿和一个又一个海域，我们的船每到一个地方，我都去卖椰子，或者用椰子交换货物。安拉保佑，我赚了不少钱，比之前的还要多。有一天，我们路过一个小岛，那里盛产肉桂和胡椒。船上有人告诉我们，他见过胡椒树，知道胡椒树的特点。他说胡椒树枝叶厚大，天下雨的时候，大叶子替胡椒遮雨，不下雨的时候，树叶就会在树枝上翻转过来，从树上垂下来，让胡椒晒太阳。于是我在岛上拿椰子换了大量的胡椒和肉桂。我们相继经盛产卡马利沉香木的古玛尔小岛，和一个面积有五百里地、盛产撒非沉香木的小岛。这个小岛的沉香木比卡马利沉香木更好，但是和盛产卡马利沉香木的古玛尔小岛比起来，这个小岛的居民居住条件很差，也没有宗教信仰。他们生活堕落，喜爱酗酒，也从不请人祈祷，更不会自己祈祷。我们又找到一个采珍珠的渔船，我给潜水的人很多椰子，对他说："能不能下水去帮我采些珍珠，我用椰子和你换。"于是潜水的人潜入水里，采回很多稀有珍珠，对我说道："先生，安拉在上，这些都是上好的珍珠啊！"我带着他们换给我的珍珠，我们继续出发航行。感谢安拉赐福，我们一直航行，随船到达巴士拉，稍微逗留几天后，回到巴格达，返回家中，向家人和朋友问好，他们都祝贺我能够安全归来。我把带回来的货物和钱财运回家中，继续广施博济，为孤儿寡妇添置新衣，四处散发救济品和礼品。这次航海之后，我赚了很多钱，沿袭了以往的习惯，和亲朋好友们来往交流，整日过着幸福快乐的享乐生活，把之前所有的经历和遭遇忘得干干净净。

航海家辛巴达讲了第五次航海旅行的经历后,说道:"我第五次航海旅行既惊险又有趣,现在请大家用饭吧,明天如果你们愿意,再到府上,我将会给你们讲我的第六次航海旅行的经历。第六次航海旅行将会比这次更惊险。"

航海家辛巴达的第六次航海旅行

兄弟们,朋友们,你们知道,我第五次航海旅行归来,又处于无忧无虑的生活中,终日欢宴、嬉戏,将过去旅途中各种艰难困苦的遭遇忘得干干净净。直到有一天,我在家中坐着,心情舒畅、十分愉快,此时,家里来了一伙商人,好像是旅行归来,风尘仆仆。见此情景,我想起往日旅行归来,回到故里,与家人亲朋见面时的乐趣,又激发了我出去旅行做生意的念头。于是我下定决心,立刻出发。我购买了适合航海旅行的珍贵稀有的货物,打包好,从巴格达出发,来到巴士拉,正好遇见有只大船满载商人、名流和他们的货物预备起程。于是我搭船和他们一起出发了。我们不停地在海上航行,经过许多城镇和岛屿。我们一路上经过不同的城市,一边做生意,一边参观旅游,既赚了很多钱,又享受了外出旅行的快乐生活。有一天,我们的船正在海上航行,船长突然大声叫了起来,扯掉自己的头巾,拽自己的胡须,打自己的耳光,悲恸地大哭起来。见他这样反常,船上的商人和乘客都围着他问:"船长,出什么事了?"船长伤心地回答:"告诉你们吧,旅客们。我们的船迷路了,走错了航线,我们现在是在一个未知的海域航行。若安拉不来拯救我们,我们全都完蛋了。所以啊,大家都来虔诚地祈祷,祈祷安拉会来拯救我们。"船长说着爬到桅杆上,准备放下船帆。可是海风猛烈地吹打,吹折了船帆,船舵也被打碎了。失去平衡的船随波漂向一座高山附近。船长从桅杆上爬下来,说:"至高无上的安拉,我们没有办法了,只能求你的庇佑了,以安拉起誓,我们大难将至,难逃厄运。"当时船上乘客都绝望到了极点,认为死期将至，悲哀地哭泣，彼此做最后的告别。接着，大船撞上了那座山，船身粉碎，碎木板在海面上四处漂着，旅客都落到海里，几乎全部淹死，没淹死的攀缘着爬到山上。

我也爬到了山上，发现原来这是个大岛，上面有很多破船板和商品货物，海岸边还漂着失事船的残骸和遇难者的尸骨。风浪把船上的许多货品和财物推到岸上。我又往上爬，爬到了岛的最高处，四处走了走，发现岛中有一条清澈的河流，从一座山山脚下流淌出来，又流向对面不远处的山谷里。其他乘客们三三两两地四处走动，走进岛中，看到眼前的一幕，都感到十分惊讶。他们说他们看到海边漂着许多财物和商品。我跟着进到岛的内部，也就是小河的源头处，发现那里竟散布着各种镶嵌有红宝石和大珍珠的珠宝和矿石，灿烂夺目，极具皇室质感。这些珠宝就像路上的碎石一般散布在小河边，溪流也都因数不清的宝石和矿石而闪闪发光。岛上还有各种名贵的撒非沉香和卡马利沉香，除此之外这里有如涌动的泉水一般生长的纯天然的龙涎香，龙涎香像蜡一样，遇热溶解，被太阳光照射后，流到海边。深海里的海怪游到海面，吃掉龙涎香后，回到海底。但是这些龙涎香会在它们的胃里发热发烫，于是就被海怪从嘴里吐出来，凝结成块，浮在海上。龙涎香变了颜色、形状，被海浪推到岸边。识货的商人们捡起来嗅一嗅，就知道这东西值不值钱。没有被海怪吃掉的龙涎香，漂到山边，在地上凝结。太阳出来，又被晒化，流遍山谷，气味馨香，香得就像是麝香散发出来的香味。每天，太阳升起来又落下山，龙涎香也不断地溶解又凝结。这些龙涎香发源于荒岛的崇山峻岭中，无人能攀缘上去。

我们在荒岛上四处徘徊，好奇地观察大自然的各种现象，不禁感叹安拉造物的鬼斧神工。同时，荒岛上尸首遍地的景象又让我们惶恐不安，心中充满了恐惧。我们在海滨找了些粮食，不敢肆意大吃，只是每一天或每两天吃一点，害怕会很快耗光这些粮食。我们每天都在悲伤绝望中度过，既要忍受饥饿，又要担心下一顿。难友中有人死去，我们就会帮他洗净身体，用被海浪推到海边的衣服或亚麻布包裹尸体。死亡的人越来越多，最后剩下的寥寥几个人，也都感染了海边的细菌，被腹痛折磨。不久，难友们一个接一个死去了，只剩下我独自孤独地生活在荒岛上，而粮食也快要吃完了。我伤心哭泣，叹道："我还不如死在前面，有伙伴帮我洗净尸体，为我收尸。伟大的安拉，我期盼你的拯救。"又过了几天，我开始动身，在海边为自己挖掘坟墓，自言自语地说道："我现在已经疾病缠身，反正快死了，我就先睡在这个坟墓里等死，让风沙吹来沙土，掩埋我的尸体，这样我就不用横尸荒岛了。"说完我又开始埋怨自己，埋怨自己背井离乡，远离家人，做航海旅行。我已经经历过第一次、第二次、第三次……五次航海中的遭遇，没有哪一次不是经历危难、感到绝望的，而且五次遭遇，总是一次比一次惊险。这次死到临头，知道没救了，我才醒悟忏悔，我的生活很富裕，可谓富甲一方，尽够挥霍享受，钱财一辈子也花不完，何苦自己要来受这种罪。

我想啊想，终于想出一个主意，感叹道："这条河流一定有它的源头和尽头，一定会流向有人烟的地方。我应该造一只我一人坐的小船，放在河中，任其顺流而下。若能走得过去，祈祷安拉的保佑，或许可以得救；如果此路不通，即使死在河里，也比坐在这儿强多了。"于是我马上动手，收集一些岛上的撒非和卡马利沉香木放在岸边，将它们用从破船中找来的绳索捆扎起来，并找来几块整齐的船板，铺在上面，做成一只比河床更窄的小船，紧紧地捆扎绑牢。我收集了许多珠宝、玉石、货品、石子大小的珍珠和一些上等的天然无加工的龙涎香，装了满满的一船，还带上剩下的干粮。我把满载着宝物和干粮的小船推下河，找了两根长木板做船桨，沿着小河划着小船。我边划桨边吟唱道："去吧，闯出危险，勇往直前。远离故园，不要哀怜。宇宙何处不能栖身？不必忧心忡忡，人生如梦，灾难总有尽头。命运支配着人，你唯一的依靠是自己。"我划着小船沿着小河顺流而下，漫无目的，不知道自己的终点在哪里。我乘着小船漂流好大一程，进入山洞中，只见里面一片漆黑。后来划到一处狭窄的地方，不能通过。船身卡在洞的内壁，我的头则撞在上面，小船被河岸和岩石紧抵着，我卡在那里，进退两难。在心里，我埋怨自己所做的决定，心想："要是后面越来越窄，要是小船出不去，也退不回去，我岂不是要困死在这山洞里吗？"我只得把脸紧紧贴在船上，通过了那个狭窄地带。在黑暗的山洞里，我分不清昼夜，一刻不停地划，不敢懈怠，生怕自己会困死在这个山洞里。小船一直前行，忽而经过宽阔地带，忽而经过狭窄地带。在黑暗中随波逐流，昏暗的光线使得我困倦不已，最终抵抗不了睡意侵袭，我脸贴着小船，不知不觉地沉入了梦乡。小船载着我一路前行，不知道过了多久。

一觉醒来，眼前光线明亮。我睁开眼，发现我的船儿到了一处宽阔的地方，不知被谁系在了河边，周围站满了印度人和阿比西尼亚人。他们见我醒了，都围拢过来，用他们的语言和我说话。我听不懂他们的话，再加上自己总是遭遇不测，心中十分烦恼，以为还沉陷在梦中，这些都是梦里的情景。他们不停地对我说话，我听不懂也不知怎么回答。后来过来一个人，操着阿拉伯语对我说："愿你平安，兄弟！你是谁？你是什么时候来这儿的？你来这儿做什么？我们是耕田种地的庄稼人，我们在这儿灌溉田地、耕种田地，见你睡在这只小船上，便拉住它，系在岸上，等你醒过来。你现在终于醒了，告诉我们吧，你怎么上这儿来的？"我回答他："愿安拉保佑你，兄弟！你能先给我点东西吃吗？我饿极了，等我吃饱之后，再慢慢告诉你们。"他立刻给我拿来吃的，我不顾一切大吃大嚼，慢慢有了精神，心情也慢慢安宁下来，心中无限感慨，由衷地赞美安拉，能够指引我，让我来到这个有人烟的地方。我把自己的遭遇从头到尾，详细叙述了一遍，包括我是如何乘船顺流而下，如何渡过山洞中狭窄的地方。他们听了，一起讨论了一会儿，对我说道："我们必须带你去见国王，让他也听听你的传奇故事。"于是我和他们乘着木筏，带着我的珠宝、玉石、金饰品和货物，进宫拜见斯里兰卡国王，告诉国王发生的事。见到国王，国王热情地问候我，问我的身世和遭遇。于是我又把我的经历遭遇从头到尾地叙述了一遍，国王感到十分惊奇，祝福我能够平安脱险。我又从木筏上拿出一部分珠宝、玉石和天然龙涎香送给国王。国王欣然接受了我的礼物，热情款待我，并让我住在他的宫中。从此我一直住在宫中，同达官显贵来往，受到他们的尊敬。

斯里兰卡国位于赤道线以下，昼夜分明，白天十二个小时，夜晚也是十二个小时。国土长八十里,宽三十里,横跨在一座高山和一个深谷之间。这座高山很高,致使远在三日路程的地方都可以看到。山上宝藏非常丰富,有大量红宝石、各种各样的玉石,还遍布着茂密的树林。山上被金刚砂覆盖,山谷中的宝石被切割成好看的形状遍布各地,钻石散布在河里,珍珠遍布山谷中。我爬上山顶,欣赏着大自然无法言喻的美丽风景,十分感慨。下了山,我回到宫中拜见国王,恳请国王允诺我回到故乡。在我的万般恳请下,国王最终同意让我回乡,并交给我一件珍贵的礼物和一封密封的信函,对我说:"我想托你把礼物和信函带给哈里发赫鲁纳·拉德国王,再把我的祝福和问候也一同带去。"我回答说:"我一定把陛下的礼物和信函带到哈里发御前。"信封是卡韦皮的,质量比羊皮的都好,颜色呈淡黄色,整封信都用青色墨汁写成。他在写给哈里发国王的信里写道:我是斯里兰卡国王,愿您平安。我的御前有大象千头,我的宫殿在护城墙里面,宫殿上镶嵌着成千上万的宝石。我为您准备了一些薄礼,不成敬意,还请笑纳。我视您为我们的手足和真诚的朋友,对您无限地尊敬,期待您的回复。愿您平安!国王送给哈里发赫鲁纳·拉德国王的是一枚红宝石,装饰着稀有的珍珠,还有一张用一口气能吞下一只大象的蟒蛇的蛇皮包裹的床。这张蛇皮上面有带着斑点的金色花纹,常年躺在上面睡觉可以强身健体,预防疾病。另外,还有极多的印度沉香木和一个皎洁如月的侍女。他设宴为我饯行,托付商人和一艘船的船长将我送回家乡。

  于是,我告别国王,随商人们乘船起锚,继续航行,经过了无数岛屿和岛国,才到达巴格达。我回到自己家中,和家人弟兄团聚。跟着,我带着礼物进宫晋见哈里发国王,见到国王,我用吻手礼问候国王,把带来的礼物和信函一一呈现给国王。哈里发国王读完信函,开心地收下礼物,极其热情地款待我。他说:"辛巴达,这位国王在信里说的当真如此吗?"我亲吻地面,回答道:"陛下,我亲眼见过那个国家,所见的远远多过这位国王在信中描述的。每次这位国王召见下属,都会坐在一头高十一腕尺的大象宝座上面。国王坐着宝座,文武大臣则分别列成两队站在两边,奴仆成群。大象的头上站着一个手握金标枪的侍卫,大象后面有一个手握金色权杖的人,权杖的顶部镶嵌着一块拇指厚的很长的绿宝石。一旦国王登上宝座,许多身着金线缝制的丝绸衣服的驾驭者便爬到大象背上驾驭大象。当国王的宝座前进时,走在前面的一个侍从会大声宣叫:'国王万岁,国王的权力至高无上。'他一边跟着宝座前进,一边大声说着些什么。说的什么我记不清了,只记得他说的是颂词,最后说的是'国王是王权的主宰,既不像苏勒曼也不像米拉杰那样掌权',说完后,另一个站在他身后的人宣扬,说道:'国王终会仙逝,我说,国王终会仙逝。'其他人说道:'但国王的政绩会流传千古。'接着那个人又说:'我们的国王公正、睿智、治国有方,他的公正甚至胜过法官,请国民们学会明辨是非。'"哈里发国王听了我的讲述后,十分惊奇,感叹道:"这位国王真是圣明啊!这点我从他写给我的信中就看出来了。听了你在那个国家的亲眼所见,我十分欣赏他统治国家的政策。以安拉起誓,他天生具有统治国家的才智。"接着哈里发国王为我授予了荣誉,并派人将我送回家中。我回到家后,像以前一样遵纪守法,广施博济,过着幸福快乐的生活,把旅途中的经历和遭遇又忘光了,不再像以往那么渴望外出航海旅行,脑中也没有出现过航海的念头,终日过着吃喝玩乐的令人享受的生活。

这就是我第六次航海旅行。

航海家辛巴达的第七次航海旅行

当我航海旅行归来,结束生意后,我心想:"有了前几次的航海经历,我已经满足了。"于是又过起幸福愉快的生活。但是有一天,我还在家中,有人来敲门。守门人开了门,哈里发国王的一名侍从进来,对我说:"哈里发国王要召见你。"于是我跟随那个侍从来到国王的宫殿,我亲吻了国王面前的土地,向国王问候,国王对我表示热烈的欢迎,并用十分荣耀的待客之道款待我。国王说道:"辛巴达,我有件事想让你去完成,不知道你是否愿意去做。"我用吻手礼问候国王,回答:"陛下,无论什么事,我都愿意为陛下效劳。"国王接着说:"既然斯里兰卡的国王给我写了信函，送了礼物，礼尚往来，我想给斯里兰卡的国王回信和回礼，希望你能去拜访一下斯里兰卡的国王。"我当时站在那里战战兢兢，回答说："以安拉起誓，陛下，我已经厌倦了航海旅行，一旦我开始在海上航行，甚至是其他旅行，就都会回想起过去种种痛苦的遭遇和不幸的经历。我一想起来就内心恐惧不安，所以无论如何我都不想旅行了。而且我发过誓不再离开巴格达。"接着我把我的航海旅行的经历和遭遇从头到尾向哈里发国王详细叙述了一遍。他听后觉得十分惊讶，感叹道："伟大的安拉在上，从古至今，我从来没有听说过有谁经历过你所经历的这些离奇的事情。你应该早些把你的经历说出来。但是为了我们两国的友好来往，这次你真的非去不可。你需要把我准备的回礼和回信带给斯里兰卡国王，愿安拉保佑，让你可以快去快回，这样我们就不会失礼了。"于是我回复国王说："我会遵照陛下的意愿，为陛下效力。"国王把回信和回礼给我，并为我准备了路上的盘缠，我以吻手礼告别国王，离开了宫殿。

我乘船从巴格达启航，在海上航行了无数个日日夜夜。幸蒙安拉相助，我们的船满载着商人，安全抵达斯里兰卡。船抛锚停泊，我们立刻登上陆地，我带着哈里发国王的信函和礼物，来到斯里兰卡国王的宫殿，拜见国王，我亲吻国王面前的土地。国王见到我："辛巴达，热烈欢迎你，赞美安拉，我们都很想念你。"接着握着我的手，让我坐在他的身边，热情地款待我，十分开心地与我交谈。他对我说："辛巴达，你这次回来是为何事？"我俯头亲吻他的手背表示感谢，并回答说："陛下，哈里发国王派我来拜访您，并为您带来了回信和礼物。"说着我将礼物和信函呈献给国王，国王读完信，心情十分愉悦。这些礼物包括：一匹价值一千金币的骏马——这匹骏马配备了镶有钻石的金马鞍，一本书，一套华丽的服饰，一百件各式各样的埃及产的白纱霓裳，产自苏伊士、库费和亚历山大港的丝绸，希腊毡毯，一百匹丝绸和亚麻布，一个杯壁巧夺天工的水晶杯，这个水晶杯上绘有人面狮身像，人面狮身像的面前还跪着一个武装有弓箭的将士。除了这些，还有刻有保护神苏勒曼之子道勿的木桌。信里写道：来自国王拉德的祝福，愿安拉保佑，愿苏丹带来好运。敬上《智慧之光》《致朋友的珍贵礼物》和其他一些本土的皇室专用珍品，请笑纳！愿您平安。斯里兰卡国王赏赐了我许多礼物，并用最高的接待宾客的级别款待我。我感谢国王的热情款待，为国王祈祷。在斯里兰卡逗留几日后，我请求国王允许我返回家乡，但是他最初没有允许，在我的百般劝说下才同意我离开。于是我告别了国王，同许多商人和同伴一起，离开斯里兰卡。我们没打算在航行途中做买卖、旅行观光，想要直接返回故乡。

我们在海上一路航行，经过了很多岛国。一天，我们正在海上航行，海上突然出现许多只小船将我们的船团团包围。船上的人长得就如魔鬼一般，他们手握刀剑，身着盔甲，配备弓箭，不断地攻击我们，我们中许多都已负伤。尽管我们不断地反击，还是被他们抓住。他们心满意足地将我们押上一只小船，将我们低价卖给人家当奴隶。一个有钱人把我买下，把我带到他的家中，给我吃喝，拿衣服给我穿，友好地对待我。我休息了一会儿，内心最终恢复平静。一天，那位有钱人对我说："你对艺术或贸易有了解吗？"我回答他："主人，我原本是个商人，知道怎么做生意。"那位有钱人说："那你知道怎么使用弓箭来射击吗？""知道，"我回答说，"我知道如何使用弓箭。"他立刻拿来一副弓箭，和我一起骑上一头大象。当时天快黑了，他带着我来到一片茂盛的树林中。我们找到一棵参天大树，有钱人给了我一副弓箭，叫我爬上去，对我说："从现在开始，你就坐在这里，白天这里会有大象出没，一旦有大象经过这里，你就用箭射它，射中之后，要是大象倒下了，你就来通知我。"说完，留下我离开了。我恐惧万分，一动不动地藏在那棵树上，直到天亮，有头大象走过来，在树林中徘徊。我立刻拿起弓箭射击它，射出好几箭才射中。傍晚，我找到主人，告诉他我射中了一头大象，他对我十分满意，热情对待我，去树林里把死象挪走了。

从那以后，我每天都要射死一头大象，然后由我的主人抬走死象。一天，我坐在树上，隐藏在树枝里，突然发现一群数不清有多少头大象的象群走过来。我听见它们咆哮怒吼，感到它们一步步踩在地上，大地都在抖动。它们来到我所在的那棵树下，每头大象几乎都有五十腕尺高。我看见一头异常巨大的大象走上前，用它的象鼻绕着树干，将树连根拔起，摔在地上。我被摔在象群中，痛得没有了知觉。这头大象又走到我面前，用象鼻把我卷起来，放在它的背上，带着我离开了，其他象也一路跟着这头象走来。我们一路前行，好像没有我的存在。来到一个地方，这头大象将我从背上摔下来，带着其他大象离开了。我歇息一会儿后，恐惧感慢慢减弱，发现自己躺在许多大象的尸骨中，意识到自己身处大象的葬身之所，那头大象将我带到这里，是为了为它的同伴报仇。

我从地上爬起来，走了一天一夜，终于回到了主人家中，又饥饿又害怕。主人见我回来，十分开心，说："以安拉起誓，你可让我们担心死了，我去树林中发现那棵树已经被连根拔起，猜到你可能被大象杀害了。告诉我，你发生了什么事？"于是我把那天经历的事情讲述给主人听，他听后觉得十分惊奇欢喜，问我："你还记得那个地方吗？"我回答说："记得，主人。"于是他带着我出发，我们骑着一头大象，到达那个大象的葬身之所。我的主人看到那么多象牙，高兴得不得了。然后我们带着尽可能多的象牙，回到家中。他对我更加热情友好，并对我说："孩子，是你带领我找到了发财之道，愿安拉补偿你，凭着安拉的指引，你自由了，之前我们这儿很多人都因为那些象牙被大象杀害了，但是安拉在保护着你，你带领我们来到大象的葬身之所，为我们带来了巨大的利益。"我回答道："主人，愿安拉保佑你，请允许我离开这里回到家乡。""好的，"他说道，"我同意你的请求，但是我们这儿有个展览会，这个展览会主要是让商人们来同我们交易，买我们的象牙。现在这个展览会开展在即，我想等那些商人们来后，让你跟他们一起乘船离开，到时我还会送你一些礼物，让你带回家中。"说完，我感谢主人，为主人祈祷，并对他充满了感激和敬佩。

接着，过了几日，商人们如期到来，他们互相交换东西做买卖。结束后，商人们准备离开。主人找到我，说："商人们要走了，那么你就和他们一起离开，返回故乡吧！"于是我动身，准备同他们一起出发。那些商人带了很多象牙，打包装载上船，我的主人送我和他们一起离开。他给了我一些路上的盘缠和他让我做事的工钱，还送了我许多商品。我的船一路航行，经过了许多岛屿。一次，我们驶过一个岛国，停船上岸，商人们纷纷把他们带着的象牙拿上岛去卖。我也出售了我的货物，卖了个好价钱，又购买了一些我喜欢的东西，包括优雅美丽的礼物和漂亮的珍品，还买了一头牲畜当做我的坐骑。最后，我们满载着货物出发了，经过了沙漠和岛国，回到巴格达。我去拜见哈里发国王，以吻手礼问候他，带回斯里兰卡国王的问候，向国王讲述了我这次航海旅行的遭遇。国王听完，十分高兴，感谢安拉的保佑，让我能够安全归来。国王又派人将我的故事写入金色书信里。我回到家中，与我的家人弟兄们团聚。

航海家辛巴达说："这就是我的最后一次航海旅行，赞美唯一的主宰、创造者、造物主——安拉。"讲完故事，他让侍从给了挑夫辛巴达一百枚金币，对他说："兄弟，你之前听过像我经历过的这些苦难、遭遇和困苦，或者说你听说过有谁遭遇过我经历过的这些麻烦吗？现在我所有的这些幸福日子都是经过千辛万苦和百般耻辱才换来的啊！"挑夫辛巴达听后，起身亲吻航海家辛巴达的手对他说："先生，以安拉起誓，原来是你承受了那些让人恐怖的事情，才拥有现在所拥有的荣耀，感谢安拉为你驱除坏运气，祈祷安拉可以继续让你过着幸福快乐的日子，天天开心。"自此，航海家辛巴达和挑夫辛巴达成为了好朋友，这让挑夫辛巴达感到无比光荣。他们两个人互相支持，互相理解，和睦相处了一生。

第566~578夜

铜城的故事

古时候,叙利亚的京城大马士革有一个哈里发国王,叫奥补督·梅立克·本·马尔万。有一天,他和文武百官,包括金斯和苏丹,在一起探讨与古代史有关的问题。他们谈到了苏勒曼·本·达伍德大帝,以及他的德政和他统治人类、神灵、禽兽及其他事物的政绩。有人说:"根据前辈的传说,苏勒曼大帝得天独厚,权力大得无以复加。他能将作祟的魔鬼、邪神禁闭在铜质胆瓶中,然后用熔化的铅封住瓶口,盖上大印,让他们接受审判和处罚。"

塔里布·本·赛赫利说:"有一个人登上了一条船,和旅客们一起航海旅行。他们航行到西西里岛,海风突起。由于黑夜里不辨方向,迷失航程,被海浪打到一个不知名的岛上。第二天清晨,从岛上的山洞里钻出一些赤身裸体、皮肤黝黑、长得如同野兽一般的黑人,说着他们听不懂的话。而整个部落里,只有国王懂阿拉伯语言。听说旅客们到来,国王带着一队人马到海边欢迎。旅客们看到他们如此热情,对他们报以亲切的问候。国王询问旅客们的宗教信仰,他们中的大多数人回答说信仰伊斯兰教,还说自己初到此地,对不了解这里的宗教表示抱歉。国王说:

'我们这个地方，从来没有其他人来过。'于是，拿当地最好的美食热情款待他们，还带他们参观游览。他们看见一个渔人撒网捕鱼时，从海里捞起一个铜瓶，瓶口用铅封着，铅上盖着苏勒曼·本·达伍德的图章——愿人人平安。渔人拿起铜瓶，将它摔碎，一股青烟从瓶中飘出来，升到空中。突然，又有一个惊恐的声音喊道：'安拉的先知者，我忏悔了！我忏悔了……'接着，青烟变成一个狰狞的人形，比山还高大，不一会儿就消失在眼前。旅客们看到这种情景，吓得魂不附体。可是当地的黑人却不以为怪。一个旅客请求国王解释这种事情，国王回答他说：'这是苏勒曼·本·达伍德大帝在世时一些作恶多端的魔鬼、邪神。苏勒曼·本·达伍德大帝把他们禁闭在胆瓶里，用熔铅封起来，投到了海中。如今渔人们撒网捕鱼经常捞到这种瓶子。渔人将瓶子摔碎，魔鬼、邪神就冲了出来。那些魔鬼、邪神以为苏勒曼大帝还在人世间，便忏悔认错，说：'我忏悔，我忏悔！'"

国王奥补督·梅立克·本·马尔万听了，觉得奇怪，说道："赞美安拉的神圣万能，这些事情在诗人恩莱比哈·爱德·独拜亚里的诗中已经完全体现出来，《智者》和《首次》就可以证明。"说着，就诵读起来：

"苏勒曼说：一切妖魔归他管。身为信士们的长官，勤于问政千万莫怠慢。

天下从长官者，你应该宽待于他，谁欲抗拒，理应在牢中久关。"

所有史册中都说，苏勒曼把那些魔鬼、邪神禁闭在铜瓶中，扔进大海里。国王证实了塔里布所说的话，说道："以安拉起誓，我多么希望看到那种瓶子啊。"塔里布·本·赛赫利回答："亲爱的陛下，有办法可以让您跨出国土就看到那种瓶子。只要派人前去找你的弟弟——国王奥补督·阿曾子·本·马尔万，让他在北非下令，命穆萨从北非起程前去我们提到的那座山下去寻找，您就可以看到您想看到的那种瓶子了，因为他的国土边境和那个地方交界。"国王十分赞同他的建议，说："塔里布，你所言甚是。那我就命你为这次任务的使臣，去找穆萨·本·奈绥尔为我完成这个任务。我会赐你一杆白旗和足够的旅费及其他必需品，你去完成任务吧。我会为你照顾你的家人，你不必顾虑。"塔里布回答道："谢谢陛下，为臣遵命。"哈里发国王说道："安拉会保佑你、帮助你的。"然后，又写了两封信让他随身带去。一封给他的弟弟埃及国王奥补督·阿曾子，一封给北非国王穆萨。他叫穆萨把政事交给儿子，带上向导，准备充分的财物和人马，亲自前去寻找苏勒曼大帝的铜瓶，即刻起身，不得违抗。写毕，他盖上印，将信封起来，交给塔里布·本·赛赫利，还赐他大队的人马和随行，命他高举白旗，立刻动身。

塔里布马不停蹄地行进，途经叙利亚，抵达埃及。埃及国王亲自迎接，安排使者入住，热情款待他们，并派向导领路，把他们一直送到上埃及。上埃及的执政官穆萨·本·奈绥尔得知使者到来，赶忙欣喜迎接。塔里布拿出圣旨奉读。在知道圣旨的旨意后，穆萨把圣旨顶在头上，说道："属下明白了，谨遵陛下的命令。"他召集文武百官，开始分配任务，并征求他们的意见。一个大臣说："穆萨大人，我倒是知道有个叫奥布顿·撒迈德·本·奥补督·古都斯的人很合适。他经验、阅历十分丰富，旅行过很多地方，对沙漠、荒地、海洋都相当了解，熟悉各个国家的风土人情，拥有较多的信息资源，依靠他可以到达目的地。"穆萨下令把此人带来。来者是位年逾古稀的老人。穆萨问候他，对他说道："奥布顿·撒迈德老人，我奉国王奥补督·梅立克·本·马尔万的命令，前去寻找苏勒曼大帝禁闭魔鬼、邪神的铜瓶，但我不知道那个地方在哪儿。有人向我举荐你，说你经常提到这个地方，是吗？"这位老者回答："穆萨大人，那个地方荒无人烟，非常遥远，而且路途崎岖难行。"穆萨说："从这儿去那儿要多久？"老者回答："一去一来差不多要两年多，而且沿途必定困难重重、恐怖至极。我们这个地方附近有强敌，大人若离开职守，敌人便会前来侵犯，因此最好有个人在你外出期间替你执政。"穆萨回答："不错！"于是，他命儿子哈伦代理执政，要求他宣誓保证他的忠诚，并嘱咐官员和士兵服从他的指挥和调度。穆萨的儿子哈伦是个优秀、果断的勇将，老者对他伪称哈里发国王下令要去的地方只有四个月的路程，且一路靠近海边，遍地长着草木，流着清泉。他还对穆萨说："凭着大人的福分,安拉会保佑我们顺利到达目的地。"穆萨问老者:"你知不知道从前有哪个帝王去过那儿呢?""知道,穆萨大人,希腊的马其顿国王亚历山大去过那里。"

穆萨带着一队人马起程,一路跋涉,途中经过一座宫殿,老者说:"我们进去看看吧!这座宫殿对我们有劝诫作用。"于是他们一起走到门前。宫殿的大门打开,里面的长廊和阶梯全都展现在眼前。长廊的两旁是用彩色大理石砌成的,墙壁和屋顶全用各种金饰、银饰和矿装饰,非常富丽堂皇。这种景象是他们生平不曾见过的。门前竖着一块木板,上面用古希腊文刻印着诗。老者问道:"穆萨大人,要不要我念这块牌上的诗听?"穆萨走上前看了看,回答:"愿安拉保佑你,此次旅行我们能有一些收获,这全是托你的福。"老者走上前,念道:

"此处葬着一位过世的帝王,人们对他的政绩依然会感动流泪。
　　宫殿里还残存着他最后的音容笑貌,他却和其他已故的帝王聚会在坟墓里。
　　那时死神突然降临,叫他们生离死别,抛弃生前所有,归宿到尘土里。
　　一旦他们归入尘土里,他们也不得不卸下王冠,回归平凡。"

穆萨听了,痛哭流涕,昏迷过去了。醒来后,他叹道:"只有安拉是永生的主宰。"他慢步走进宫殿,欣赏里面的绘画、雕像。他对精美别致的建筑,赞叹不已,并被它们深深吸引。接着穆萨看见第二道门上也刻印着诗词,对老者说道:"老人家,请你念出来听听吧。"老者向前,念道:

"许多曾在这个宫里逍遥、享乐的,早在古时从璀璨的星空中陨落,悄然归去。
　　请看继他们而后起的,也饱经沧桑世变,最后离开人世。
　　他们都享受了自己拼搏来的荣华富贵,最后什么也不带走,就相继而去。

　　他们享受过多少人间乐趣！他们吃过多少山珍海味！到今朝，全都归宿到坟墓里，变成蛆虫的肉食。"

　　穆萨听了，又忍不住抽泣，觉得宇宙在他眼前变得暗淡泛黄。他自言自语地叹道："我们生来，就是要做有意义的事情！"
　　他们继续在宫殿内仔细参观。走到宫殿深处，他们发现里面一片凄凉，不见人影，房门紧闭，悄无声息。只是正中有一幢高大的圆顶建筑，直冲云霄，周围排列着四百座坟墓。穆萨走上前去，看到坟墓都是用大理石砌成的，碑上刻着诗：

　　"我曾经多少次征战沙场！我曾残杀过多少生命！我曾经历过多少沧桑世变！
　　我曾吃过多少山珍海味！我曾喝过多少美酒佳酿！我曾听过多少丝竹管弦！
　　我曾下过多少命令！我曾发布过多少禁令！我曾攻占过多少坚固的城堡！我曾包围那些城堡，攻占下来，掠走里面精美的女性饰品。
　　可是由于无知狂妄，我作威作福，横征暴敛，结果辛苦所得来的金银财宝，一朝之间化为虚无。各位，在举起酒杯痛饮之前，要经过深思熟虑。
　　殊不知死神何时降临，你就会被埋葬在尘土中。"

　　穆萨和随从们听了这首诗，都伤心哭泣。穆萨走过去，看见一间圆顶的寝宫，寝宫外有八道檀香木大门，门上钉着金钉，镶嵌着银星和各种珠宝。第一道门上题着一首诗：

　　"我将毫不保留，遗留下自己的全部产业，却依然挡不住世人的评头论足。

很久以前,我性格火暴,但是过得十分幸福,我像猛狮般保卫寒舍。

历来一毛不拔,即使把我投入火坑,也不可能让我改变吝啬秉性,甚至是捐出一颗芥菜种。

如今,神圣的造物者、创世者安拉,终于让我一败涂地。

死期将至,我毫无办法。

征收的兵丁无用武之地,亲戚朋友也不能助我一臂之力。

在人生的旅途上,我一直疲于奔波,最终还是要回归于坟墓,且无力回天。

所以啊,不要急功近利,想要突然变得家财万贯,还是要点点滴滴地积累。

否则一夕之间就会阴阳相隔,让阴间阎王来索你的命,让葬尸人来收拾你的尸首。

到最终算账的时候,你只有肩着深重的罪孽,孤零零一个人出现在安拉御前。

千万别被人世间的荣华富贵欺骗,好好睁大双眼看清它们怎样对待你的亲戚和邻居。"

穆萨听了这些诗句后,更是伤心不已,哭得不省人事。不一会儿他慢慢苏醒过来,走进一个圆顶寝宫。里面横着一座建造得丑陋的长形坟墓,上面立了一块用铁打造的墓碑,老者走上前,为他们念上面题的碑文:

"以万能的安拉之名,告诫到此游览的诸君:你经历了不幸与困苦,应受到劝诫。须知人世间充满着谄媚、欺骗和背叛,你们不要被这个世界美丽的现象和人们华丽的服饰所欺骗,要知道世界是不真实的,世人所说的也是谬论。这一切美丽的皮囊都是寄存之物,最后要被原主收回去。这些情景似乎是南柯梦境,就像是海市蜃楼，也像是萨拉的平原：那是口渴的人虚幻的源泉，经常被魔鬼作为诱惑人类的工具。这些人世间的幻境就是世间的特点，需要洗眼看清，千万别受欺骗，别受它牵制，否则你会掉进它设的陷阱，被它背叛，追悔莫及。我曾拥有四千匹马，妻妾成群。她们都是出生高贵的公主，各个身形丰满，长得如花似玉。膝下还有一千个雄狮般的子嗣。我快乐如意、逍遥自在地活了一千岁。我生平积聚的财富，令举世的帝王望尘莫及。我曾妄想，我会长生不老，永享人间荣华富贵。但不知什么时候，我才意识到，过分得意忘形，好友离间，外敌入侵，烧杀掳掠，妇孺老少纷纷逝去，宫殿凄凉。我曾住过的宫殿是那么安定祥和，到现在安拉的属下奉命来惩罚我，天堂地狱的官员都找上门来，证明真理之神也来惩处我。我宫中泰然生活着的人们，每天一个个地逝去，最后一大部分人都死去了。最终当我看到灾难降临，难逃死路，我宫中的人相继落海溺死的时候，我才召集文书，命他记下这些诗文、警言、教训，并刻在门上、墓碑上，竖在坟头，作为后人的指路牌。我曾握有百万大军的军权，战士们各个骁勇善战，配有精良的战马，穿着威武的战衣，佩戴优良的武器。当时我号召他们披坚执锐，武装齐全，跨上战马，准备保卫我的生命。然而，当安拉的使者来临，天堂地狱的神灵都降临的时候，我的军队真的能保护我不受各界神灵的伤害吗？结果是徒劳无益，他们没有用武之地。他们说道：'难道安拉不会派出门神来守门吗？我们不可能将那些神灵击退在门外。'于是我对他们说：'搬出我的金银珠宝（这些是我生平聚敛的财富，都藏在一千个深坑里，每个坑中都包括一千块沉甸甸的纯金，各种各样的珍珠、珠宝，大量的白银，这些财富多得胜过历代帝王）！'他们搬出我生平积累的金银财帛、珠宝玉器，我对他们说：'你们能否以这些为代价，为我赎买一天的生命？'结果他们都纷纷摇头，只得顺从命运。至此，我不得不低头认命，接受现实，把灵魂交给死神，让尸首归宿到坟间。如果你要问我是谁，我便是奥补·翁顿的后裔，尚多德的儿子库什。"

这块碑上还题着另一首诗：

"你们一定还会在我死后思索我在世时这里的荣辱兴衰和时代变迁。

我是翁顿之子，曾统治着世间的人们和世上每寸土地。

我手中握有顽强部队的军权，叙利亚的米什到阿德南都驻扎着我的军队。

在我的统治下，邻国国王都礼让我，他们的臣民也敬畏我。

附近的部落、军队都在我的掌控之中，士兵和部落的人们都惧怕我。

我每次出征都会有百万人马跟随。

我聚敛了无法估量的财宝，珍藏起来以便应付灾难。

现在我决心奉上我所有的财产，只为换取自己的长生不老。

但是安拉的使者恪守职责，坚持执行他的任务，我就这么和我的同伴们阴阳相隔。

死亡——人类的终点，降临在我身上，从壮丽的宫殿到卑微的坟墓。

我为我的行为忏悔，我发誓，我有罪。

当你举起酒杯，打算开怀畅饮时，一定要深思熟虑，殊不知灾难何时降临。愿你平安！"

听完碑文，想到前人的下场、结局，穆萨又伤感起来，几乎背过气去。他们在宫殿中四处参观，仔细观看，欣赏各个富丽堂皇的寝宫。后来他们发现了一张汉白玉餐桌的桌腿，上面题着："此桌曾供数以千计的独眼帝王用餐，迄今各帝王已先后弃世，长眠地下矣。"

最后，穆萨把这些诗词都记录下来，离开了宫殿，没有带走一件物品，宫中的物品都原封保留着。

他们一路人马继续前行，由奥布顿·撒迈德带路，向前跋涉了三天，来到一座高山脚下。他们抬头一看，只见那里站着一个铜铸的骑士，手握长矛，矛头闪出刺眼的光泽，上面写着："到此者，如不认识前往铜城的道路，摸一下骑士的手，骑士就会旋转起来，待他旋转停止，朝他面对的方向走去，便通行无阻，可以安全到达铜城。"穆萨摸了一下骑士的手，他便闪电般旋转起来，不一会儿便面对他们来时相反的方向停了下来。

于是大队人马朝着那个方向，继续前行，发现果然是一条正确的路线。他们日日夜夜在那条漫长的大道上不停地向前行进，一直来到一个宽广的城市。有一天，他们正在忙着赶路，路上看到一个黑色石柱，石柱下面有个人被埋在里面，手臂以下被埋在地下，身上长着两只巨大的翅膀，四只手臂：两只像人手，两只像狮子的前爪。他头上长着鬃毛似的头发，脸上生着三只眼睛，两只像燃烧的煤球，另一只在额头上，像猫眼，冒着火花。这个人又黑又高，一声怒吼："赞美伟大的安拉，是安拉将我禁锢在这里，折磨我，让我受尽苦难，到复活节那天才能解除禁锢。"穆萨的人马一看见这个高大的怪物，就被吓得魂不附体，赶忙撤退。穆萨忙对老者说："奥布顿·撒迈德，这是什么？"老者回答："我也不知道他是什么东西。"穆萨又说："你过去问问他，也许他会回答你，这样你就知道他的故事了。"老者回答："祈祷安拉保佑，大人，我和你们一样也害怕他啊。""你不用害怕，"穆萨安慰道，"他被困住了，伤不了人。"于是老者走过去，问道："你好，你叫什么名字，来自哪里，为何被埋在地里？"那人回答："我是一个邪神，名叫多锡叔·本·艾尔迈施。我因为触犯了神，受到安拉的惩罚，才被禁锢在这儿的。"穆萨吩咐："奥布顿·撒迈德，你问他被禁锢在石柱下面的原因吧。"于是老者问邪神原因，邪神便回答他："我的故事十分稀奇古怪，待我慢慢道来。"

话说伊补律斯的子嗣用红宝石塑成一尊佛像，我被命为守护者，有很多国王前来膜拜。其中权威最大的岛国之王也诚心诚意地来膜拜那尊佛像了，随行的一万士兵都手握刀剑在国王前面保驾护航，为克服困难祷告。国王部下的兵将都服从我的号令，听从我的要求，他们全都反抗大帝苏勒曼·本·达伍德——我躲在佛像中，发号施令，指挥他们。当时那个国王的女儿十分崇拜那尊佛像，不畏艰辛地膜拜。她是当时最美丽的女子，聪慧可人，举止优雅，可谓完美。于是，我把这位公主的倾国倾城的相貌描述给苏勒曼听。

苏勒曼听了，派使臣去见那位国王，让国王把公主嫁给他为妻，毁坏那尊红宝石佛像，并接受安拉是唯一的主宰。要是国王遵照苏勒曼大帝的意愿，他们之间就彼此尊重，互不侵犯，否则苏勒曼就会带领千军万马去讨伐。苏勒曼说让国王好好考虑一下，给他一个回复！还威胁他说要是大军前来讨伐，他们必死无疑，还说会把他们的尸体拿去填补空白，让他们就像从这个世界上消失了一样。苏勒曼大帝的使臣来传话时，国王高傲自大，对使臣表示傲慢。他召集宰相、朝臣，商讨对策，说道："苏勒曼·本·达伍德派使臣前来求亲，要娶公主为妻，并叫我们毁坏佛像，皈依他的信仰。"宰相们回答："陛下，苏勒曼能够这样对付我们吗？我们国家处在汪洋之中，苏勒曼来也对抗不了我们。关于这件事情，我们认为正确的办法，还是先向那尊红宝石菩萨请示，看看他如何回答。如果他主张跟苏勒曼作战，我们就发战，否则，就不采取武力。"听罢，国王立刻去到红宝石佛像所在的庙堂，献上祭祀品，跪下叩拜之后，哭了起来，然后吟唱：

"神啊！我清楚你的权威，现在，苏勒曼想要我把你摧毁，
神啊！我来寻求你的庇护，请你下令，我会遵从你的命令。"

（那个被埋在石柱下面的邪神对老者奥布顿·撒迈德讲述着，其他人也围在周围听着）

那时我躲在佛像中，对他说道："我了解事情经过，也不畏惧苏勒

曼。他要向我发动战争，我会迎面回击。"

国王听了我的回答，勇气倍增，底气十足，决心向安拉的臣子苏勒曼发动战争，全面回击他。于是，当使臣再次找到国王时，国王猛烈地打击鞭笞使臣一番，羞辱他，威胁苏勒曼，对使臣说："你胆敢有这种念头！现在你还会说那些危言来威胁我吗？告诉苏勒曼，此后不是他来侵犯我，便是我出兵去讨伐他。"

使臣回去见到苏勒曼，报告了出使经过。苏勒曼听了，怒火中烧，决定要使用武力对抗。随即便调动人、神、野兽、鸟类和爬行类动物，准备出兵讨伐。他命士兵头领维奇尔·本·白鲁海雅调遣百万大军，命神将歹睦勒雅突从各地率集神兵六千万，又命巴克黑雅在民间召集一百万兵将。各部人马武装齐备，由苏勒曼率领，乘飞毯出兵。鸟队在上空飞翔，兽队在飞毯下的陆地上飞奔，一队人浩浩荡荡来到敌国，将敌国重重包围，所有的地方都是苏勒曼的兵马。苏勒曼派使臣去见国王，说："我的兵马到了，请你出来应战，否则就顺从我，遵循我的命令，毁掉佛像，信仰我们的宗教，崇拜唯一的安拉。并根据要求把公主许配给我为妻，这样你就可以继续安然无事，安居乐业，坐稳你的江山。安拉才是唯一的主宰，如果你承认这些，你的国家还是会安定和平，否则你的江山就会灭亡。因为风能受我的指挥，所以我能乘飞毯，来到你的国家，轻而易举地消灭你，好杀一儆百。"但是国王对使者说："我是不可能顺从你们，满足你们的要求的，你去告诉苏勒曼，我会出来应战。"于是使臣回去告诉苏勒曼这个消息。国王即时备战，动员全国可以动用的人马，召集山顶和海岛上的精灵、魔鬼，总共一百万士兵，打开军库，分发装备，全部武装起来，准备战斗。当时苏勒曼指挥军队，命兽队为两路，在人马左右，命鸟队散布在空中。他命令鸟队攻击敌人，用喙啄瞎敌人的双眼，用翅膀抓破他们的嘴脸，又派野兽队撕咬敌方的战马。各部士兵都回应道："我们一定遵照大人的旨意，完成任务，神圣的安拉的使者。"苏勒曼坐在镶珠宝的镀金边的白玉石车上，左右分别有宰相维奇尔·本·白鲁海雅和神将歹睦勒雅突待候听命。民间的兵队跟随在右边，阴兵神将则跟随在左边，野兽队和蟒蛇队在前面开路。

等到他们一切布置妥当，便对我发起进攻，我们摆开阵势应战。连续奋战了两天，到了第三天，我们大难临头。是上天要我亡啊。最初和苏勒曼交锋的是我自己带领的队伍。当时我鼓励同伴们："你们就在此地好生坚守阵地，让我前去会会歹睦勒雅突。"于是我冲锋陷阵，他应声冲了出来，庞然像一座高大的大山，火焰猛烈，在空中弥漫燃烧，最后放出一箭盖过了我的火焰，继而朝我咆哮着大吼一声。我听了，觉得天已经塌下来压在我身上，大山也因他的吼声而震动起来。于是他一声令下，他的部队就冲过来，我的部下也向他们冲过去。两军短兵相接，嘶吼着搏斗起来，呼声震野，火光冲天。人马在平地上肉搏，士兵们几乎肝胆相裂。鸟队在空中进攻，野兽队在地上追逐。我和歹睦勒雅突对打，双方都打得精疲力竭。最后因体力不支，我的军队败了，部下也溃败了。然而安拉的使者苏勒曼喊道："抓住那个暴君，那个卑鄙下贱的恶徒！"于是人擒人，神追鬼。我们大家甚至是国王，都被步步紧逼地追着。苏勒曼的军队对我们紧追不舍，他的野兽队跟随在人马左右，鸟队就在上空飞翔着撕扯我们。有时用爪抓，有时用喙啄，有时拿翅膀打我们士兵的脸面。野兽队攻击我们的战马，撕咬我们的士兵，我们伤亡惨重，尸体像草木一般横得漫山遍野。我差点从歹睦勒雅突眼前逃跑，但是他毫不放松，跟着我追了三个月，终于擒住了我。我疲惫不堪，体力不支，他急忙抓住我，我就这样成为他的俘虏。我对他说："现在你高高在上，而我已经沦为你的俘虏，我只求你能带我去见苏勒曼，愿你平安！"但是当我见到苏勒曼后，他用残酷至极的方法惩罚我：他找来这个石柱，掏空下面的部分，把我禁闭在里面，用他的章印将我封住，还用铁链锁住，最后歹睦勒雅突将我连同石柱带到这里，把我埋起来，只留下脑袋，让你们可以看见我。直到复活节那天，我才能被释放出来。在此期间，他还派守卫看管我，这样我就成了你们眼见的这般。

听了邪神的故事，在场所有的人都十分惊讶，并对他的恶劣本性感到恐惧。穆萨说:"只有安拉才是唯一的主宰,苏勒曼大帝拥有至高无上的权力。"老者奥布顿·撒迈德问道:"邪神,我想问你件事情,不知道你是否愿意告诉我。"邪神回答:"你想问什么呢?"老者说:"是不是有个地方有苏勒曼在世时禁闭魔鬼、邪神的铜瓶?"他回答:"是啊,在卡卡海附近,那里曾经由努赫统治,是个安定祥和、与世隔绝的城市。"老者又问:"在哪儿?"邪神回答:"就在离这儿不远的地方。"于是他们离开,继续向前不断地跋涉。只见远处有一个巨大的黑色物体,上面还有两团火焰。于是穆萨问老者:"那个巨大的黑色物体是什么,上面的火焰又是什么?"老者回答道:"大人,真是太好了,这里应该就是铜城了。这里和我在《神秘的宝藏》这本书上看到的描述是一样的,这本书上描述的铜城是用黑色石头砌成,城墙上还有两个铜造的高塔,因此这座城市取名为铜城。"他们继续前行,到达了目的地,抬头一看,这座铜城高大坚固,直冲云霄,大概有八十腕尺高。书中描述说有二十五道城门,每道门都紧闭着,无法打开,但是他们一道门也没有看见。这里一点也不像一座城市,建造得十分巧妙壮观。他们停下来,试图找到它的城门,但是没有找到。穆萨对老者说:"奥布顿·撒迈德,没发现有可以进城的城门啊。"老者回答:"大人,这跟我在《神秘的宝藏》中描述的不一样啊,书上说铜城有二十五道城门,每道门都紧闭着,只有从城里才能打开。""怎样打开?"穆萨说,"我们能不能先进入铜城,察看一下里面的景象呢?"

穆萨打发一个侍从骑骆驼绕城察看,希望找到城门,或者发现一条进城的道路。于是侍从骑着骆驼,辛辛苦苦绕铜城看了两天两夜,没有休息。第三天他回到军队中,告诉穆萨铜城的城墙又高又长,说:"穆萨大人,想要一睹城中景象的最简单办法就是爬到更高的地方去。"穆萨率领塔里布和奥布顿·撒迈德登上铜城对面的一座高山,向下俯瞰。穆萨等人登上山顶,居高临下,望见一座无比广阔的城市。城中的宅邸富丽堂皇,流着潺潺的河水,长着葱茏的树木,还有一座百花开放的花园。这座城市城郭坚实,外人无法进入。整个城市荒无一人,寂静无声,只听见猫头鹰在一边喧嚣,雀鸟在空中盘旋飞鸣,乌鸦在道旁呱呱长啼,好像在为逝去的居民哀叹。穆萨看到这种荒无人烟的凄凉景象,停下脚步,叹道:"赞美不受时代变迁改变的安拉!赞美创造宇宙万物的安拉!"他感叹着赞美安拉,一转眼发现远方有七块大理石墓碑。他走上前观看,见上面刻满诗文,他盼咐老者观看诗文,于是老者上前观看、细读,说碑上刻的全是劝人醒世的箴言。第一块石碑上用希腊文刻着下面一段文字:

"你长期被时日玩弄,终日醉生梦死,不知醒悟,是多么昏庸无知。人们为你斟满了酒杯,一会儿你就要把酒痛饮。你不知道吗?在长逝之前,你应该睁大双眼看清世界。请看那些统领大国、欺凌百姓、率领三军的帝王们,如今身在何方?安拉一声令下,死期降临,他们便不得不舍弃荣华富贵的生活,远离亲朋好友,离开繁荣的人世,从富丽堂皇的宫殿,来到黑暗狭窄的坟墓里。"

碑石的下面还刻着如下的诗文:

"那些帝王和他的臣民们,如今身在何方?他们已经离开了他们曾经建造和居住的地方。

到了阴间,他们还要为他们在世的行为付出代价,一命呜呼后,也只是一堆腐烂的尸骨。

那些为国效力的军队,如今在何方?他们既没有击退劲敌,也没有收获俘虏。那么他们积聚的财物又在何方?

安拉的判决让他们傻了眼,金银珠宝和富丽堂皇的宫殿都不能换回他们的性命。"

穆萨听了箴言,头晕眼花,泪流满面,他说:"以安拉起誓,人生在世,能够藐视世间的诱惑,便是最成功、最正确的事。"于是他拿出笔墨纸砚，抄下第一块碑石上的诗文，然后走到第二块石碑面前，第三块石碑，第四块……将上面的碑文都抄下来，然后下山。一路上，美丽的风景都映入眼帘。

他们回到驻扎的营地，大家在一起从长计议，仔细思考进城的办法。穆萨对塔里布和其他人说："塔里布·本·赛赫利，我们该用什么方法进城去，看里面那些让人叹为观止的建筑呢？也许我们能从城中获得可以贡献给哈里发国王作为纪念的东西吧。"塔里布·本·赛赫利回答："愿安拉保佑穆萨大人。我认为可以造一架梯子，爬上城墙，进入城中，或许我们能从城里找到城门。"穆萨说道："这是一个好建议，真是跟我不谋而合啊。"于是穆萨召集木匠和铁匠，吩咐木匠将木头刨成直的木板，命铁匠把铁片钉在木头上，制造梯子。匠人们整整忙了一个月，造成一架长梯。他们一起把梯子竖起来，搭在城墙上，不长不短，跟城墙一般高，就像是早就准备好的一样。穆萨满心欢喜，说道："愿安拉保佑你们，你们工作很勤劳，这个梯子就跟用尺子量出来的完全一样。"接着他问随从："你们中谁愿意沿梯爬上城墙去，再想办法下到城中，看看城里是什么情况，再告诉我们怎样开城门？"一个随从回答："穆萨大人，让我来吧，让我进城去开门好了。"穆萨回答："好的，你去吧，愿安拉保佑你。"于是那个随从沿着梯子，一直爬到城墙上。他在城墙上站起来，俯视城中，拍掌高声说："好漂亮！"随即纵身跳进城中，摔得粉身碎骨。穆萨眼看那种情景，叹道："这本来是很正常的事情，怎么就变成疯狂的行为了？要是我们都这么爬上去，然后纵身一跳，我们所有人都会丧命，也无法完成哈里发国王的使命。我们不必在这座城市上面浪费精力了。"但是有一个随从说："也许我们之中还有更沉着稳重的人吧。"于是有一个随从爬上去，又纵身跳了下去，随即第三个、第四个、第五个……一人接一人地从梯子爬到城墙头上，都跟最先上去的那个人一样，都跳到城中摔死，一共牺牲了十二人。眼看这种情形，老者长叹一声说："这个使命恐怕只有我去完成了，饱经沧桑的人跟没有经历过世事的人是截然不同的。"但是穆萨不同意："你不能这样，我也不会同意让你去，你是我们的向导，万一你上去牺牲了，我们全部人马就都完了。"但是老者回答说:"以安拉的名义起誓,说不定我上去就不一样了,就可以完成使命了。"最后所有人都支持他,同意他沿梯进城。

于是老者开始行动,振奋精神,鼓励自己说道:"以大仁大慈的安拉的名义完成使命。"随即爬上梯子,不断地赞美安拉,朗诵着《古兰经》首章,沿梯一直爬到城墙上,拍掌俯视。但是下面的人都一齐高声说:"奥布顿·撒迈德老者,不要啊,你别跳下去啊!"继而又叹道:"我们是属于安拉的,我们都要归宿到安拉御前去。要是奥布顿·撒迈德老者跳下去了,我们就全都完了。"不一会儿,老者笑起来,坐在墙头,一直赞颂安拉,朗诵《古兰经》的《胜利》章。过了一会儿,他气力十足,站起来,扯着嗓门喊道:"穆萨大人!你们别担心,大仁大慈的安拉替我消除了妖魔邪神的欺骗引诱,我的赞颂和诵读都起作用了,以大慈大悲的安拉的名义发誓。"穆萨听了对老者说:"老者,你看见什么了?"他回答:"我来到城墙上,看见十个明月般美丽的少女,她们向我挥手,好像是在说:'来吧,来找我们吧!'城内看起来就像是一片汪洋,打算也像之前的同胞们那样跳下去。但是我看见他们都摔死在下面,便抑制住自己不受她们的蛊惑,念了几章诗文赞颂安拉。安拉保佑,她们的阴谋诡计消除了,我没有跳下去,她们也立刻消失了,是安拉保佑我不中她们的诡计和魔障啊。毫无疑问,这是妖魔邪神设下的魔障啊,是为了阻止那些想要进入城中,一览城中美景的人们进城。就是因为这个魔障,我们的伙伴才会相继死去。"

老者在城墙上走着,一直走到两个铜塔前面,看到铜塔上有两扇金门,既没有上锁,也没有什么可以打开的迹象。于是他停下来,祈祷安拉的帮助。仔细打量了一番,他发现门上镶着一个铜质骑士,伸出手,指着一个方向。他顺着手指的方向一看,发现刻印的诗文,走过去读道:"扭转骑士身上的钉子十二次,门便会打开。"他仔细察看,发现骑士身上果然有颗结实牢固的钉子。他扭转了十二次,伴随着雷鸣般的响声,门果然就打开了。老者走进去。他是个博学的、精通各种语言的学士。他走过一道长廊,沿着楼梯下去,来到一个地方,那儿摆放着很多做工精细的长木椅,椅上躺着几个死人。那些死人的头上放着上等坚固的盾牌、锋利的刀剑和紧绷的弓箭。门后矗立着铁棍和木栅,还有精细的锁链和结实的设备。这时,老者心想:"说不定钥匙在这些人身上。"于是他仔细打量,看见有个年纪最大的老人,同其他死尸一起,躺在高木椅上。老者说:"城门的钥匙很有可能是在这个老人身上,也许他是看门人,其余的都是他的手下吧。"他随即走近老人,掀起他的衣服,看见他的腰间系着钥匙。一见钥匙,老者欣喜若狂,乐得几乎丧失了理智。他取下钥匙,走到城门前,打开了锁,然后拉开大门,大门上的木栅和其他相关联的设备都打开了。由于门高大无比,上面的设备太庞大,乍时发出雷鸣般的响声。于是,老者高声赞美:"安拉最伟大!"接着城外的人群也和他一起高兴欢呼。老者安全地打开城门,穆萨感到无限的喜悦,人们也衷心感谢老者奥布顿·撒迈德为大家所做的一切,于是大家争先恐后,拥进城门。穆萨高声大呼:"各位,要是我们全都进城去,我们都不清楚里面的情况和接下来可能会发生的事故,我们先进去一半人,其余一半人就待在城外等候命令。"

于是他率领一半人马全副武装,走进城门。他们看见那些从城墙上跳下去摔死的同伴,便埋葬了他们的尸体。还看见守门人、侍从和差役们一个个躺在铺有丝绸的高床上,早已死去。接着他们去到铜城的市场。这是一个大型的市场,里面建筑高大,商店互相毗连,一间间全都敞开。各种装饰、陈设原封未动,里面的炊具有序地摆放着,旁边还有各种食物。商人们都死在店铺里,皮肉干了,骨头朽烂了,变成了警示后人的标志。接着他们参观了四个市场,商店中堆满了金银珠宝。离开了这四个市场,他们来到丝绸市场,只见里面全是丝绸锦缎:有红金丝和白银线,五颜六色。店主都死了,躺在皮垫上,一副好像还要说话的神情。接着他们来到陈列着各色珠宝、珍珠和红钻石的市场,然后是金融市场,发现货币兑换商们都死在了各种丝绸锻造的毡毯上,店铺中全是黄金白银。接着,他们来到化妆品市场中,商店里摆满了香料、麝香、龙涎香、檀香、樟木等各种化妆品,店铺的主人也都死了,铺里不见一种食物。他们走出化妆品市场,在市场附近发现一幢建筑坚固、富丽堂皇的宫殿,走进去参观,见里面悬着迎风招展的旗帜,挂着出鞘的宝剑、紧绷的弓箭,系有金链、银链的盾牌，镀有纯金的钢盔。宫殿的走廊里摆着一张镶有璀璨黄金、饰以丝绸锦缎的象牙长椅，椅上躺着几个死人，皮肉干贴在骨头上，可是不知道的，会以为他们只是睡着了。他们仔细察看他们的食物，发现他们是饿死的。穆萨见此情景，停下脚步，赞美安拉的伟大和圣洁，然后继续参观那幢美丽的宫殿。那幢宫殿建筑坚固、结构巧妙、形式壮丽，装饰以深蓝色为主要色调，墙上还写着下面的诗：

"朋友们，请仔细思考你们亲眼所见的事情，在你离开人世前，为自己将来到阴间做好准备。

充分准备好，这样你来日到了阴间才有的享受，因为在这个宫殿生活的每个人迟早都会离开人世。

在这儿生活的人们，奢华地装饰他们的居所，结果散到尘土中也要为他们生前的行为付出代价。

他们建造宫殿，家财万贯，死期来临的时候，却不能靠宫殿、财宝救自己性命。

他们贪得无厌，总是不能满足，想要得到更多，直到进入坟墓时，才知道金银财宝只是身外之物。

他们从富丽堂皇的高大宫殿中来到黑暗狭窄的坟墓里。那金碧辉煌的宫殿才是罪恶的起源。

殓葬的时候，哭丧的人前来哭着说：'你们的宝座、王冠和宫服在哪里？'

那些薄纱遮面、穿着华丽、美得无可言喻的贵妇小姐们，如今流落在什么地方？

这时候坟墓替他们清楚解答疑惑：那一张张的面孔，玫瑰腮红早已不在她们脸颊闪现。

他们终日吃喝玩乐，尽情逍遥后，也被蛆虫啃食。"

穆萨听了诗文，伤心不已，晕倒过去。过了一会儿，他清醒过来，下令抄录诗文，随后往宫殿里面走去。来到一个大厅，里面有四间宽敞的寝宫，一间间紧密相连，镶嵌着五色金银。进入大厅，里面非常宽敞，当中有个白玉大喷池，上面支着锦缎遮篷。大池的前后左右各个方位，各有一间寝宫，互相连通。寝宫前都有一个大理石小喷池，喷出清澈的泉水。泉水潺潺地流着，汇合起来，流到一个彩色云石大池中。穆萨对老者说："我们一起进屋看看吧。"他们走进第一间寝宫，见里面有黄金、白银、珍珠、珠宝、红钻石和珍贵稀有的玉石，他们还发现有一箱箱的红的、黄的、白的……各色绸缎。接着他们走进第二间寝宫，打开里面的密室，见里面装满了各式各样的作战武器，有镀金钢盔、大威德出产的铠甲、印度出产的宝剑、汉屯出产的戈矛和海瓦勤子密的权杖等。接着他们走进第三间寝宫，但是里面的密室被锁上了，门上垂着五彩的刺绣门帘。他们打开密室的门，进去一看，里面摆着镶着金银和宝石的各种武器。最后走进第四间寝宫，打开密室，见里面全是吃喝用的餐具，各种黄金白银的器皿，水晶茶托，镶着稀有上等珍珠和玛瑙的茶杯，应有尽有。他们开始挑选合适的、每人尽量能携带的东西带走。他们打算离开屋子时，无意间发现屋中有一道镶有象牙、黑檀，用金片装饰的栗木大门，门上垂着丝帘，帘上绣着各种彩色刺绣图案。门上的锁是用白银打造的，没有钥匙孔，很难打开。老者走过去，凭着他的机智勇敢和精湛的技术打开了银锁。他们一起走进大理石长廊，长廊两边挂着帘子，帘上嵌满红金白银制成的各种飞禽走兽，眼睛都是珍珠和红钻石做的，闪闪发光。每个人看了，都为如此巧妙的工艺赞叹不已。接着他们走进一个大厅，穆萨和老者被那儿稀奇的建筑所吸引，对它们啧啧称奇。

经过长廊，他们又来到一个大厅堂，里面是用磨光的大理石和各色珠宝装饰的。很难想象，光滑的走道上仿佛流淌着溪水，如果直接走过去，准会滑倒。因此穆萨命令老者铺些东西在走道上，好让大家走过去。老者遵从命令，想出了办法，让大家安全通过。走到一个圆顶宫殿，发现宫殿都是用镀纯金的石头建造的，金碧辉煌，灿烂夺目，这是他们生平从来没有见过的建筑，没有哪个建筑能比这个宫殿更壮丽的了。宫殿是圆顶的，四周的窗户是用水晶架镶嵌的，饰以绿翡翠，十分奢华，令历代帝王望尘莫及。中央有一间黄金装饰的穹形亭榭，四周张着丝绸帘，帘上绣着鸟儿，鸟脚是用绿翡翠做的，鸟脚下的鸟巢是上等珍珠打造的，在锦缎上向四周漫延。在帘儿垂下的地方摆放着镶珍珠宝石和红钻石的卧榻，榻上坐着一个如天上灿烂的太阳般的妙龄女郎。她头戴镶珍珠的黄金王冠，颈上挂着有光彩夺目的宝石吊坠的珍珠项链，额上饰着两颗硕大的宝石，闪出太阳般明亮的光泽，衬着她的明眸皓齿，好像转着秋波，注视人来人往似的。穆萨一见这位少女，为她的窈窕美丽惊叹，被她的红腮黑发给吸引住了。其余的人望着她栩栩如生，以为是活人，都问候她说："愿你平安，美人。"塔里布·本·赛赫利对穆萨解释说："愿安拉来解释这种现象！这个少女已经死了，没有气了，她怎么能回答你们的问候呢？"接着他又说："穆萨大人，她只是用巧妙的技术制作出来的，她死后，人们取出她的眼珠，在眼眶里灌满水银，再重新安回眼珠，所以她的眼睛闪烁发光，致使人们无论从哪个角度看去都像是眼睛在闪动，尽管她已经死了。"穆萨听了说道："赞美安拉的伟大，他用死亡征服了人类。"少女坐着的那张床榻后面有个台阶，台上站着两个侍卫，一个是白人，一个是黑人，一个手中握着钢枪，另一个手里拿着一柄宝剑，上面镶着耀眼夺目的宝石。前面还有一块金牌，牌上写着下面的诗文：

> "以安拉之名，赞美创造人类的安拉，大仁大慈的安拉，唯一主宰的安拉，永存不朽的安拉，决定世人命运的安拉。人类，你沉溺于无止境的欲望，这是多么愚昧无知！你忘记宿命的存在，这是多么无知！难道你没有注意到死神在向你召唤，将来取你的灵魂吗？不久的将来你就要离开尘世。充分准备好吧，因为你即将与喧嚣繁华的世间说再见。那些统治各地的帝王们都在何方？那些不可一世的权贵们在哪里？他们离开宫殿，抛下妻室，回归尘土。那些阿拉伯和非阿拉伯的帝王公侯们在哪里？他们全都死了，变成腐烂的尸骸。拥有最高王权的帝王在哪里？他们也

都死了。哥鲁尼、赫玛尼、尚多德、克乃奥、祖勒奥拓德，他们都在哪里？安拉也收回他们的性命，就如同安拉取回平常人的性命那样，他们的宫殿也都空了。他们有没有为自己在阴间贮备旅费？哦，你若不知道是谁，那我就要告诉你我的姓名和来历。我是亚玛力国王的公主特德摩尔，我的父王公正廉洁。我继承王位，掌握着一般帝王望尘莫及的大权。我继承了父王公正廉明的秉性，广施博济，爱民如子，解放奴隶，国泰民安，风调雨顺地过了漫长的时期。突然死神前来召唤我，国内灾难连连。事情是这样的：国内七年不曾降雨，土地干旱，一毛不拔。我们吃光了仅存的粮食，杀光了所有的牲畜，最后山穷水尽。于是，我命人拿出库存的财宝，仔细测量，派可信的侍从带着那些财宝四处奔走，寻找食物。但是他们走遍各地，都没有完成我的使命，只能原封不动地带回财宝。因此我们保留钱财和积蓄，关闭城门要塞，静候裁决。就这样，我们抛下财产和建筑，就如你们亲眼见到的这样安然死去。这就是我们的故事，这里遗留下来的一切，就都成了陈迹。"

他们又接着往下看，下面还写着：

"人类，别让欲望欺骗了你。你所积聚的一切财富，终会变迁转移。

我目睹了这世间的贪婪欲望和繁华浮沉，这是古人和前辈们奔波追求的路途。

他们对财富贪得无厌，为达目的，不择手段，非法操作。死期突然降临，万贯家财不能赎回他们的生命。

他们出动千军万马，拿出万贯家财，也不得不离开宫殿，放弃财产，告别人世。

归宿到狭窄的坟墓里，回归尘土中，他们自己也变成了丰厚遗产的抵押品。

他们的处境恰像黑夜里的旅客，跋涉到一处没有粮食招待客人的人家，放下行李，打算暂住一宿。

房屋主人却对他们说：'客人们，这儿没有可以让你们住宿的地方。'于是他们又打包好行李，离开了。

他们全都恐惧、担心，既不能停下来歇息，也不能动身继续跋涉。

所以你们应当趁早准备日后到阴间享用的旅费，在人世时就严格约束自己。"

他们继续读着接下来的诗文：

"即将离开的到访者，你们在安拉的帮助下，可以轻易到城中游息，你们可以带走这里的财物，但是不能动我身上的东西，因为这是我遮羞的衣物，是我从这个世上可以带走的一些衣物而已。请你们畏惧安拉。若你们动了我身上的东西，你们一定会招来劫难，安拉是不会放过你们的。我已经忠告过你们，愿你们平安！我已经祈求安拉，让你们免遭各种病痛的磨难。"

穆萨听了诗文，再次抑制不住痛哭流涕，晕了过去，待他慢慢清醒过来后，抄录这些诗文，并把城中的见闻都记录下来。他吩咐侍从："去把口袋拿来，把这里的金银珠宝、器皿和稀有珍宝选一些，带回家去。"这时，塔里布·本·赛赫利对穆萨说："穆萨大人，我们不拿那个少女身上的衣物首饰吗？她身上的衣服首饰可是世间罕见的宝物，比你拿走的那些东西都要珍贵，这也是你贡献给哈里发国王、讨好哈里发国王最好的礼物啊！"可是穆萨回答道："你难道没有看见少女在金牌上对我们的忠告吗？这是她的明确嘱托，我们不能做贪得无厌的人。"但是塔里布·本·赛赫利争辩道："难道我们就要因为她的几句话，就要撒下这些宝贵的衣物饰品？她早就死了，还拿这些东西来做什么？这是人世的首饰，是活人的装饰品。有件衣服给她遮羞就够了，我们比她更应该享受这些宝物。"他说着，走过去，爬上台阶，站在两个侍卫之间，伸手去取少女身上的衣物首饰。这时候，手握钢枪的那个侍卫突然击中他的背部，接着，另一个侍卫，拿起宝剑，一剑砍掉他的脑袋，他就从高台上掉下来死了。穆萨看到这种情况，说道："他死无葬身之地，这是安拉的意愿。旁边有那么多财物不取，却贪得无厌，偏要去取人家需要的东西。毫无疑问，这样一定会为此付出代价。"于是他下令进城的士兵，拿了一些宫中的财宝和玉石，用骆驼驮着带走，并命人照原样关上大门。

他们沿海岸线继续前行，一直走到一座靠近大海的高山下面。山上有很多洞穴，洞里住着一群黑人，他们身披兽皮，头裹皮巾，说着我们听不懂的语言。他们一见穆萨的人马，立刻跑开，躲进了那些山洞里，而妇女和她们的孩子站在洞口。穆萨觉得奇怪，说道："老者奥布顿·撒迈德，他们是什么人？""这就是我们奉命寻找的目标啊。"老者说。他们在山上卸下货物，搭起帐篷，扎营住下。他们还没有歇下，那群黑人的国王就从山上下来，来到他们面前，用阿拉伯语言向他们问好。黑人的国王来到穆萨面前，向穆萨致敬，穆萨也向他表示了问候。那位黑人的国王问穆萨："你们是人，还是神？"穆萨回答说："我们是人。但是你们住在远离人烟的大山里，身材又很高大，你们一定是神。"但是黑人的国王回道："我们是哈睦的后裔，这片海叫做克尔克尔。"穆萨又说："你们这个地方是怎么了解宗教的？"国王回答："这片海里，曾有一个人被一束光芒照耀着从海里走出来，用一种若即若离的声音对我们说：'哈睦的子孙们，安拉是唯一的主宰，我叫艾比·阿巴斯·侯祖尔，前来教化你们。'""在那之前，我们都是礼拜另一位神，之后，我们便崇拜安拉，"国王又说，"他还教了我们很多敬拜时候说的话。"国王问穆萨："你们敬拜的时候说什么呢？"穆萨回答："安拉是唯一的主宰，拥有无上的权力，是别人无可比拟的。安拉创造了生和死，创造了万事万物，安拉是受人赞赏的。我们若不信仰安拉，或是用这些话来敬拜他，我们是不会走上今天的道路的。而且每逢礼拜，我们都会看见大地上闪着一束光芒，就会听见有一个声音说：'赞美完美、神圣的安拉，他是人神万物的主宰。无论安拉恩赐我们何物，来自安拉的恩惠是无偿的。安拉拥有至高无上的权力，他是最权威、最伟大的。'"

接着穆萨对国王说："我们是伊斯兰教信徒哈里发奥补督·梅立克·本·马尔万的部下。我们奉国王的命令前来此地寻找装有苏勒曼禁锢的邪神、妖魔的铜瓶，好将这些铜瓶带回去贡献给哈里发国王，让他看看里面到底是什么。"黑人的国王立刻回答说："我们愿意帮助你们。"国王热情招待，设宴用鱼肉款待他们，还命潜水者潜到海底，捞得十二个苏勒曼时代的铜瓶，送给他们。他们完成了哈里发国王分发的任务，上至穆萨和奥布顿·撒迈德老者，下至随从、兵士，都欢欣鼓舞。穆萨为了答谢黑人的国王，送他许多名贵礼物，礼尚往来，国王也送给穆萨许多稀奇古怪、形如人形的海中珍品，并对他说："你们来的三天，我就是用这种鱼肉招待你们的。"穆萨回答说："那我们必须带些回去，贡献给哈里发国王。他见了这些，可能比见到铜瓶更高兴。"

他们与国王告别后，一路跋涉，回到叙利亚，谒见哈里发国王奥补督·梅立克·本·马尔万。穆萨立刻报告旅途中的经历、见闻，包括他们见到的诗文、史诗和历史箴言等，并叙述塔里布·本·赛赫利的遭遇。哈里发听了，说道："要是我能跟你们一块儿去，亲眼见识见识，那该有多好！"哈里发国王拿起铜瓶，一个接一个地打开。只见妖魔从瓶中钻了出来，叫道："安拉的先知者，我忏悔了！我们再也不敢那样做了。"哈里发国王看到这种情景，感到十分惊奇。他们将黑人国王馈赠的形如人形的海里的少女放在水槽中，装满水饲养，但气候炎热，全都死了。从此哈里发大发慈悲，拿出大量钱财，分发给居民，叹道："苏勒曼拥有世人无法拥有的安拉赐予的无上的恩惠。"穆萨完成使命归来，恳请哈里发国王准他的儿子继承他的职位。哈里发欣然接受他的恳求，命他的儿子担任他的职位。这就是铜城的历史。

第738～756夜

海姑娘珠儿安娜的故事

古时候，波斯有个国王，叫沙赫泽曼，他管辖的地方叫呼罗珊。他有后宫佳丽一百，但国王很是苦恼，因为他的妃子们谁也不曾为他生儿育女。一天，他忽然想到自己活了大半辈子，居然没有一个子嗣，像他当初继承祖先的江山那样，可以在将来继承他的王位，将帝业世世代代相传下去，十分悲痛苦恼。

有一天，一个侍卫到国王面前，奏道："陛下，宫外有一个商人带着一个丫鬟，那个丫鬟称得上是举世无双的美人啊。"国王立刻回答："把那个商人和丫鬟带上来见我。"于是商人和丫鬟被带到国王面前。国王一看见她，就见她身穿用金丝线绣花的伊扎尔，身段像鲁迪南出产的长矛那样苗条婀娜。商人揭开她的面纱，整个宫室就被她的美丽光辉照耀得光芒四射。她梳着七根发辫，像马尾一样，从头顶一直垂到脚踝处。她略施粉黛，臀部浑圆，腰杆纤细。她如此美丽，简直可以治愈久病不治的病患，扑灭饥渴人的口干舌燥，就像诗人写的那样：

"我深深地为她着迷，她如此美丽，是那么庄严高贵。

她身材姣好,但臀部丰满浑圆,显得身上穿的伊扎尔太窄。

她身材完美得恰到好处,几乎找不到一点可以加以完善。

她那乌黑油亮的长发,一直垂到脚踝,美丽的面孔甚至比日光更闪耀。"

国王看着她那美丽的面孔、可爱的姿态和苗条的身段,感到十分惊讶,对商人说:"老人家,这个姑娘你卖多少钱?"商人回答说:"哦!殿下,我花了两千枚金币把她从上个商人那里买了过来。三年来我带着她四处旅行,到这儿之前,她已经花了我三千枚金币,现在我打算把她当礼物献给您。"国王听后,授予商人一件华丽的带有勋章的宫服,下令赏赐给他一万枚金币。商人收下金币和宫服,以吻手礼告别国王,感谢他的慷慨与赏赐,然后离开了宫殿。国王把姑娘托付给女侍女,吩咐她们:"你们好生服侍这位姑娘,为她打扮,并布置一间独立寝宫给她居住。"国王还吩咐管家要满足她的所有需求。他们的国家坐落于海边,又被称作"百色城市"。女仆们把姑娘安置在一间独立寝宫里,宫中的窗户面临大海,视界开阔。待到姑娘需求的所有东西都被搬到寝宫后,国王就下令关闭寝宫的大门。

国王到姑娘宫中去看她,可是她既不起身迎接国王,也不看国王一眼。国王感叹说:"与她相处的人好像都没有教过她一些礼节礼数。"他看着姑娘,发觉姑娘的美丽可爱真是倾国倾城,她的身材修长,面容好像一轮满月,也像晴空灿烂的太阳。国王对她的美丽可爱和好身材感到十分惊奇,开始赞美安拉创造世间万物的奥妙和安拉至高无上的权力:"赞美安拉!"他走到女郎身边坐下,让她坐在自己的大腿上,并将她紧紧揽入胸怀,亲吻她那比蜂蜜还甜的唇齿。接着他吩咐摆出丰盛宴席,陪她吃喝,还喂她吃喝,可自始至终都没有说一个字。国王跟她交谈,问她的姓名,那位姑娘却始终低头看着地板,不回答国王。但是看见她的姿色和可爱,国王也不生她的气,继续温和对待她,国王心里想:"赞美安拉,创造了这个绝世佳人,可是她不发一语,真是美中不足。"接着国王问女仆们姑娘是否会跟她们说话,女仆们回答说:"她到这儿来之后,都没有对我们说过一个字,我们也没有听她说过什么。"于是国王召来他的妃嫔和宫中的侍女,叫她们唱歌给她听,陪她玩耍,逗她开心,引导她说话。宫娥彩女们遵从命令,在姑娘面前弹奏各种乐器,唱歌、表演,她们唱得欢快极了,在场的所有人都十分快乐,只有姑娘安静地看着她们,默然不笑。国王心里很是郁闷,但还是始终对她无微不至,对后宫佳丽和爱妃不管不顾。

国王始终陪伴姑娘,就这样,一年过去了,但在国王看来,好像才过了一天,可姑娘还是一语不发。一天,国王发现自己对她的爱慕之心溢于言表,他对姑娘说:"我的爱妃啊!我对你的爱真是无法言喻啊,我为了你对其他宫女、侍女不管不顾,还冷落了后宫佳丽和妃嫔,你占据了我的心,占据了我的全部生活。这一年里,我一直耐心等待。我向安拉祈祷,愿他可以恩赐我,让你可以对我软下心肠,跟我交谈。如果你无法说话,请你比个手势,好让我放弃让你说话的希望。我还向安拉祈祷,祈祷安拉赏我一个皇子,可以在我百年之后,继承我的王位。我活了大半辈子,年岁已高,可至今还孤零零一个人,膝下无子。我以安拉起誓,你如果爱我,就给我一个回复吧!"说罢,姑娘低下头盯着地面,冥思苦想一会儿,才抬起头,望着国王,面露笑容,国王觉得整个寝宫霎时间都被照亮了,她开口说道:"宽宏大量的国王,勇如雄狮的陛下,安拉已经答应了你的祈祷,使我怀孕了,现在就要分娩了,但不知腹中是男是女。要不是我已经怀有身孕,我才不会跟你说话。"国王听到姑娘开口说话,立刻喜笑颜开,十分欢喜,吻她的头和双手,说道:"赞美安拉,是安拉满足我的愿望了:第一,你开口说话了;第二,是你为我怀了子嗣。"国王立刻起身,离开姑娘的寝宫,欢天喜地地奔向朝廷,坐在宝座上,命维奇尔从国库拿出十万枚金币,去救济鳏寡孤独的穷苦人,以示对安拉的感谢,维奇尔遵命照办。一切吩咐妥当之后,国王回到姑娘的寝宫里,在她身旁坐下,拥她入怀,抚摸她的胸脯,说道:"我的爱妃!我就像奴婢们一样对你无微不至,这一年来,我们白天黑夜醒着睡着都在一起,你都沉默不语,不跟我交谈,直到今天你才开口跟我说话,之前你不说话是为什么呢？"

姑娘回答道："陛下，你听我慢慢道来，我是一个伤心可怜的外地人，我远离母亲、兄长和家人，孤苦无依。"国王听了她的话，明白了姑娘的心意，说道："你瞧你说的，你说你是个可怜的人，但是我的国家和国内的一切财富，你都可以享用，就连我自己也甘心供你使唤。你说你远离母亲、哥哥和家人，这个你只要告诉我他们在哪儿，我就可以派人去接他们过来。"她听了说道："国王啊，你真是洪福齐天！我叫海姑娘珠儿安娜，家父是海洋里的一个国王，他驾崩之后，把江山留给了我们孤儿寡母，我们掌管着整个国家，可被他国侵占。我有一个哥哥，叫萨利赫，我的母亲是海中的王后。我和我哥哥意见不合，彼此争吵，我赌气发誓要嫁给陆上居民，随后我离开海洋，趁月明之夜登上陆地后，就有人从我身边走过，还把我带到他家里，想要奸污我，让我成为他的妻子。我反抗着，使劲击打他的头部，差一点就杀死了他。后来他就把我卖给了把我献给陛下的那位商人，这位商人是个善良正直的仁人君子。要不是因为你爱我，宠爱我胜过宠爱你的其他妃子，我是不想跟你在一起的，哪怕只有一个钟头，我大概也早就从这个窗户跳到海里找我母亲和家人了。但是现在我已经怀了你的骨肉，无颜去见母亲和家人。即使我告诉他们一位国王买下了我，把我视为他的唯一，还为我冷落了其他妃子，甘愿抛弃他所拥有的一切，他们也不会相信我，还会以为是我在撒谎。这就是我的身世，愿你平安！"国王听了她的话，对她表示感谢，亲吻她的额头，对她说道："以安拉起誓，我的爱妃啊，你就是我心爱的宝贝！我一时一刻都不能离开你，如果你扔下我离开，我会马上死去的，这要怎么办啊？"她回答说："陛下，分娩之日近在眼前，我的家人必须要来了。""我要怎么做？"国王说道，"他们可以离开大海，不被海水浸着吗？"海姑娘回答："我们受大帝苏勒曼·本·达伍德的庇佑，他将我们护在海里，我们在海里行走就像你们在陆上一样，感谢大帝的保佑。殿下，我的哥哥和家人来了之后，我会告诉他们是你买下我，尊重我，优待我。我希望你可以向他们证明我的这种说法，让他们眼见为实，知道你是君王，是帝王的后代。"国王听后,说道:"我的爱妃,只要你高兴,怎么都好,我会满足你所有的要求。"海姑娘说道:"陛下,愿你万寿无疆,你要知道,我们在海里生活,都是睁着眼睛,看着万事万物,就像在陆地一样,我们会观赏天空中的太阳、月亮和星辰,这些对我们来说没有一点难度。而且陆地上有许多各种各样的人类,海里也有,只是海洋中的跟陆地上的有些许差别。"国王听了她的一番话,感到十分惊奇。

接着海姑娘珠儿安娜从肩上掏出两片卡马利沉香木,放在炉中点燃,使劲吹了一声口哨,嘴里念着大家都听不懂的词儿。念着念着,国王看见炉中冒出一股青烟。这时,她对国王说着:"陛下,你快起来藏到密室中,不要让我的母亲、哥哥和家人发现你。他们马上就要来了,你快藏起来,看看各种不同形象的奇怪事物,你一定会感到惊奇的。"国王立刻起身,走进密室里,看她接下来的行动。海姑娘一边烧香,一边嘴里不停地念叨着,最后海水波涛汹涌,海浪拍岸,一个面容俊俏、漂亮标致的年轻小伙子从海里走出来。他的脸庞就像一轮满月,额头光洁,面色红润,像珍珠宝石那样美丽光彩照人。他长得跟海姑娘一样标致,简直就同一首诗中描述的一模一样:

"月满之夜,一月仅有一次,而这么美丽动人的脸庞,我每天都可以欣赏到。

世人都只会偶尔停留在别人心间,而如此倾国倾城的世间尤物,让人人都为之动容。"

紧接着,海里出现一个满头白发的老妇人,跟着五个少女,各个都如月儿般美丽,和海姑娘一样倾国倾城。国王看着那个年轻小伙儿、那位老妇人和那几个少女一起在水面上行走,向海姑娘珠儿安娜走来。他们走到窗前,海姑娘十分开心愉悦,赶紧起身迎接。一见到海姑娘,他们就认出了海姑娘,跑到她面前,相拥哭泣,对海姑娘说道:"珠儿安娜呀,四年了,你离开我们之后,怎么不捎个信儿啊?我们又不知道你在什么地方。以安拉起誓,自从离别后,我们真是一天天地在煎熬啊!我们每天吃也吃不好,喝也喝不好。我们太想你了,日日夜夜因你而哭泣。"海姑娘亲吻她哥哥、母亲和表妹们的手，大家坐下来，问她的经历、遭遇和目前的状况。

她对他们说道："你们要知道，我离开你们，从海里出来后，就坐在岸边，被一个男人带走卖给了一个商人。那个商人带我来到这座城市，以一万枚金币把我卖给这座城市的国王。国王关爱我，为我放弃了他的后宫佳丽。为了我，忽略了他所有的事务和国家大事。"她哥哥听了她的话，说道："赞美安拉，让我们可以重逢。妹妹啊，现在我只希望你可以跟我们一块儿回到家乡，回到家中。"国王听到她哥哥的话，生怕她会答应她哥哥，抛下他离开了。国王是如此爱她，一刻都不能离开她，他越想越害怕，脑袋一片空白，感到迷惘、恐慌。然而海姑娘听了哥哥的话，说："以安拉起誓，哥哥，买我的人是这个城市的国王，他是位了不起的大君王，他聪明睿智，慷慨大方，十分富有，只是膝下无子。他尊敬我，对我体贴入微，待我很好。从我到这里以来，他没有说过一句伤我的话，他自始至终都尊敬我，凡事都与我商量，我们在一起十分幸福快乐。而且，他离不开我，就是一时半刻也不行，要是我离开了他，他会伤心而死的；我也一样，从我跟他相处以来，他十分优待我，我依赖着他对我的爱而活，要是我离开了他，我也是没有办法活下去的。赞美安拉，如果父亲还活着，那我现在只是受到我父王——海中之王的恩宠。但现在，我还有来自陆上国王的恩宠，可能我在他面前比在父王面前更加得宠。还有，国王膝下无子，蒙安拉保佑，赏赐我一个男孩儿，让他继承国王的宫殿、王位和其他拥有的一切，成为王位的继承人。"海姑娘的哥哥和表妹们听了她的话，眼中满是喜悦，对她说："珠儿安娜，你知道你在我们心中的地位和我们对你的爱，你也知道你是我们最亲爱的人，我们希望你能无忧无虑、开心快乐地生活。要是你在这儿过得不舒服，那你就跟我们一块儿回到故乡，返回家中。但如果你在这儿过得舒适如意，那这就是我们所希望的。你过得幸福快乐，这就是我们共同的愿望。"珠儿安娜回答道："以安拉起誓，我在这儿舒服快乐，过着正是我所梦想的那种幸福快乐的生活。"密室中的国王听了海姑娘的一番话，非常高兴，内心平静下来，对她满是感激，心中的爱也更加浓烈，更加认定她就是自己的唯一。国王发现她也像自己爱她那样爱自己，并想要留下来和他在一起，为他生育孩子。

　　接着海姑娘珠儿安娜吩咐侍女准备丰盛的筵席，自己也亲身到厨房安排膳食，吩咐侍女们将丰盛的食品、甜点和果盘送上餐桌，最后陪家人一起吃喝。席间，他们对她说："海姑娘，我们还不认识你的丈夫，还没让他认识一下我们，就未经他的许可来到他的宫殿，你要替我们感谢他的慷慨啊。我们在他的宫殿饱餐了一顿，却还没有机会和他见面，共享筵席，一起交流。"他们说着便放下碗筷，不再进餐，对她充满了愤怒。国王看到这情景，对他们充满了恐惧，失去了理智。海姑娘马上站起身来，安抚他们，随即来到国王藏身的密室中，对他说道："陛下，你看见了，也听见了吧？我在我家人面前，极力夸赞你，你听见没有？他们说想要带我回到家乡，回到家中。"国王回答她："我听见了，也看见了，愿安拉替我报答你。以安拉起誓，在今天这个幸福的日子里，我终于明白了你的真心和你对我的爱意，我不会再怀疑你对我的爱意了。"她回答："陛下，付出真心不就该得到回报吗？你全心全意地对待我，恩宠我，对我满是爱意和无微不至的关怀，你宠我胜过了宠你的其他妃嫔。这样的话，我怎么舍得抛弃你，离开你呢？现在我希望你出来，跟我的家人见一见，问候一下他们，让你和他们结成亲密的情谊。陛下，你要知道，我的哥哥、母亲和表妹们对你的印象很好，因为我在他们面前夸赞你，他们还说：'我们要在回家之前必须和国王见一面，当面问候问候他。'所以他们想要见见你，了解一下你。"国王对海姑娘说："我明白了，我会照你的意思去做的，我也正想和他们见一见。"国王起身，离开密室，来到她的家人面前，很礼貌地问候他们。他们见到国王，都站起来，十分礼貌地回应他。于是在餐桌旁坐了下来，陪他们，留他们在宫中待了三十日。最后，他们打算离开宫殿，返回家中，于是向国王和王后海姑娘辞别归去，这期间，国王当他们是上宾款待。

　　不久，珠儿安娜妊娠期满，生了个小男孩，长得像满月一样可爱，国王第一次当爸爸，十分开心。国王下令举国欢庆，处处张灯结彩，全民欢乐，庆祝了七天。第七天的时候，王后珠儿安娜的母亲、哥哥和他的表妹们得知她生了王子，来到宫中。国王接见了他们，喜悦之情溢于言表，对他们说："我说过要你们来了才给孩子取名字，就请你们来为我的儿子取个名字吧！"他们经过深思熟虑，最后决定为孩子取名为比德尔·巴斯姆，国王和王后都赞同这个名字，还把孩子抱出来给大家看，他的舅舅萨利赫摸摸他的小手，随后抱着孩子站起身来，在宫中来回走动。不一会儿，他就抱着孩子，离开宫殿，慢慢走向大海里，消失在国王的视线中。国王看见他抱走了儿子，消失在大海里，绝望至极，失去爱子，他感到伤心难过。珠儿安娜见此情景，对国王说："不要为儿子担心害怕了，要知道，我可比你更疼爱儿子呢！儿子跟我哥哥在一起，就不用担心他会淹死在海里了。如果我哥哥想要对孩子不利的话，他早就下手了。过不了多久，他就会带着孩子安全归来。"不一会儿，大海波涛汹涌，海水翻腾，孩子的舅舅抱着国王的儿子从海里出来，孩子毫发无损，一脸安静，就像满圆的月亮，安静地沉睡在他的臂弯里。孩子的舅舅抱着孩子，望着国王说："我抱着孩子到海里去了，你可能会担心孩子受伤，让你担惊受怕了吧。"国王回答："是的，我十分担心他，害怕他去了海里，就不能安全归来了。"萨利赫对他说："陆上之王，我在他眼里滴了我们特有的眼药水，还为他念了刻有苏勒曼·本·达伍德大帝的护身符上的护符。在我们那儿，刚出生的孩子都会这样的。这样之后他若掉进海里，你就再也不用担心他会淹死了。我们在海里，和你们在陆地上是一样的。"

说罢，他从口袋里掏出一个袋子，在上面写写画画，还盖上印章，随后他打开袋子，把里面的东西都倒出来。大家看到，那倒出来的全是一串串珠宝：有各种各样的红钻石、宝石，还有三百颗椭圆的绿宝石，三百颗大颗的珠宝。这些大颗的珠宝差不多有鸵鸟蛋那么大，都闪烁着强烈的光芒，比太阳、月亮更明亮。萨利赫对国王说："陛下，这些珠宝就是我们献给你的礼物。之前因为不知道珠儿安娜在哪儿，也不知道怎么找她，所以就没有机会和你见面，这就是我们献给你的第一份礼物。现在她和你结为夫妻，我们就是一家人了，所以带来这些礼物当做见面礼。若是安拉愿意，以后每隔一段时间，我们就准备同样的礼物献给你。我们那里盛产珍珠宝石，甚至多过陆上的沙砾，我们也可以很准确地辨认出它们的好坏和出产地，所以收集起来很容易。"国王看到这些珍珠宝石，惊得傻了眼，大脑一片空白，说道："以安拉起誓，这里面随便一颗，都可以和我的江山媲美等值了。"继而感谢萨利赫如此慷慨。他看着王后珠儿安娜，说道："你哥哥送我这些奇珍异宝，是世人都望尘莫及的，我真是受之有愧啊！"珠儿安娜也对他哥哥慷慨送礼表示感谢，她哥哥却说："陛下热情招待我们在先，我们还要感谢陛下呢！陛下对我妹妹百般宠爱，我们又到你的宫中打扰，让你设宴招待我们，真是十分感谢啊！就如诗中描述的一样：

'我曾经为了她伤心哭泣，如此地钟情于她，早在忏悔之前，我的灵魂就已经愈合了。

但殊不知，她也曾经为我流泪，我感慨万千，不禁叹道：种好因得善果。'"

萨利赫接着说道："要是我们为陛下服务，那是一千年也换不来的啊！我们怎样做都不能报答陛下的恩情。区区薄礼，和皇恩浩荡比起来又算得了什么呢！"国王听后，十分感谢他，并盛情挽留他们。就这样，萨利赫和他的母亲、表妹们又留在宫中，和国王、王后生活了四十天。到了第四十一天，萨利赫面见国王，亲吻国王面前的大地。国王对他说道："萨利赫，你有什么事吗？"他回答："承蒙陛下热情款待，只是我们太想念家人，现在请求陛下的允诺，让我们返回故乡。尽管我们不舍得与陛下、妹妹和外甥分开，以安拉起誓，要与陛下分离，我们也感到十分难过，但是我们来自海里，不习惯陆上的生活，这是没有办法的。"国王听到这一番话，站起身来，与萨利赫和他的母亲、表妹们一一告别，挥泪送别了他们。临走时，他们对国王说道："陛下，不久之后我们又会重逢，我们不愿和你分别太久，以后每隔一段时间，我们就会来看望你。"话音刚落，他们就扎进海里，游向深海中，消失不见了。

国王还是百般恩宠、优待珠儿安娜。小王子也健康成长，他的舅舅、外婆和表姨们也每隔几日就来到王宫，和他们一起生活一个月或是两个月，又返回家中。日子一天天过去，小王子也年岁渐长，年满十五岁时，已经出落得标致英俊，身材挺拔，面容俊秀，世人都无可比拟。他能读能写，精通历史、文法、语言和箭术，他还刻苦学习武艺和骑术，懂得当代公子王孙必须懂得的各种技艺。国内的男女老少，只要谈起他，无不对他表示称赞，夸赞他生得标致俊俏，能文能武。国王十分疼爱他，召集宰相朝臣和文武官员，跟他们商量王位继承问题，命他们发誓同意让比德尔·巴斯姆继承他的王位。于是文武百官皆大欢喜，都宣誓要辅佐比德尔·巴斯姆王子继承王位。沙赫泽曼国王本来就是个开明圣贤的国王，他平易近人，乐善好施，关心百姓生活疾苦，深受百姓的拥护和爱戴。第二天，国王就宣布了这件事，登上宝座，和文武百官、宰相朝臣和各部士兵一起，在城中巡游，返回王宫。途中，国王停下来等候王子的到来。国王坐在传位毡上，由宰相和朝臣抬着进入宫中，在宫殿门外停了下来，然后从传位毡上下来。这时，父子俩深情相拥，国王和朝臣扶太子下马，坐上宝座，众官员分立两旁。比德尔·巴斯姆登位后，即刻处理事务。他替百姓排难解纷，公正廉明，执法如山，惩奸除恶。一直忙到正午，才从国王宝座上站起来，去了母后珠儿安娜的寝宫。他的母后见他跟随在父王身后，头戴王冠，面如满月，急忙起身迎接他，亲吻他，祝贺他能够得到苏勒曼的恩赐，祈祷他和他的父王万寿无疆，完胜大敌。比德尔·巴斯姆坐下来休息，与母亲闲谈，直到午后，才与母后告辞，率领众朝臣及随从来到骑马场，由父王指导着同士兵们一起操练。直到夜幕降临，才率领众人马离开，回到朝廷。日复一日，他都坚持骑马到骑马场观看士兵操练，随后返回朝廷，处理国家大事，为官宦和穷苦百姓排忧解难。他秉着公平公正的原则，日理万机。就这样，一年过去了，他每天都坚持着。这天，他率领众人骑马去狩猎，并周游全国各地，视察各地的政绩和治安，就同他的父王一样。他尽着为王应尽的职责，充分表现出同龄人所没有的高贵、勇敢、公正的品质。

不料，等比德尔·巴斯姆归来时，他的父王不幸身染重病，脉搏虚弱。老国王自知自己时日不多，便把儿子唤到床前，留下遗言，嘱托他要好生奉养母亲，关心平民百姓，爱护将士大臣。又再次嘱咐群臣们，记住曾经的誓言，要齐心协力遵从国王的命令，辅佐国王治理国家大事，并信守他们发下的誓言。老国王留下遗言后，没过几天就瞑目长逝了。老国王的儿子比德尔·巴斯姆、王后珠儿安娜和文武百官都为他的死感到悲痛。他们替他建筑了陵寝，在安葬老国王后，还守孝致哀了一个月。珠儿安娜的哥哥萨利赫、母亲和表妹们都前来吊唁国王，为老国王之死感到悲伤。他们对珠儿安娜说道："海姑娘，陛下虽然溘然而去，但他后继有人，留下了这个正直能干的孩子，也没有遗憾了。他是一头猛狮，也是一轮朗月，这是无人可及的。"大臣和文武百官们拜见比德尔·巴斯姆国王，说道："先王去逝，陛下深感悲痛也是人之常情，但是只有妇人才会伤痛悲哀。陛下还请节哀，不要伤心过度。而且有陛下继承大业，就像先王与我们永远同在一样。"一番安抚之后，国王心中好过了一些，大臣们就派人服侍国王沐浴。沐浴之后，国王换上绣金花镶珠宝玉石的宫服，戴上王冠，坐在国王宝座上，继续处理国家大事，替百姓分忧解难。本着公正的原则，国王为穷苦百姓谋取利益，得到全国百姓的爱戴。他勤政爱民，又度过了一年。一年后不久，海里的亲朋好友来拜见他、看望他，国王十分高兴，眼里满是喜悦。至此后，他的日子一直过得幸福、舒坦，直到百年终老。

附录

阿拉丁和神灯的故事

  话说,相传在中土城中,有一个穷裁缝的儿子名叫阿拉丁。阿拉丁从小就是个做事糊涂的淘气鬼。他十岁那年,父亲想要教他学一门手工技术,但是因为家境窘迫,不能供他去学艺术、工艺或商贸,只好把他带到自己的店里,由自己来教他做裁缝生意。但是阿拉丁粗心大意,总是跑去找那些调皮捣蛋的伙伴们在街上游荡鬼混,没有一天安心待在店里。他随时等机会,在爸爸出去做生意或见顾客的时候,便溜出去找其他小淘气一起到公园去玩。这对阿拉丁来说已经是家常便饭。他既不听父母的话,也不愿意继承父亲的职业,学习做裁缝生意。他的爸爸见他这么没有出息,大失所望,伤心欲绝,最终忧郁成疾,离开了人世。但是阿拉丁不因爸爸的去世反省难过,还是和从前那样。他的母亲看到丈夫已死,儿子又没有出息,就卖掉了裁缝店和剩下的家当,以纺线为生,借此养活自己和她那不中用的儿子。同时,阿拉丁脱离父亲的管束,变得越来越懒惰闲散、放荡不羁。每日除了在家中吃饭,其余时间都不在家中,而他的母亲只有靠纺线赚取生活费。他们母子俩就这样生活着,一直到阿拉丁十五岁的时候。

  一天,阿拉丁照常在街上和那些调皮懒惰的朋友一起玩耍。一个叫达维斯的摩尔人走到他们身旁，打量着这群孩子。后来，他把目光只仔细盯着阿拉丁看，观察着他的长相。原来，此人从巴巴里境内远道而来，是可以通过念咒语把一座山堆到另一座山上，还精通占星术的男巫师。经过一番对阿拉丁的仔细观察，他自言自语道："说真的，这就是我需要的那个孩子，为了找到他，我不惜远离家乡一路跋涉到这里。"于是他把其中的一个孩子叫到一边，向他打听阿拉丁，问他那是谁家的孩子，还打听了有关阿拉丁的一切消息。于是，他走向阿拉丁，把他拉到一边，对他说："孩子，你大概是个裁缝的孩子，是吧？"他回答："是的，先生，不过我的父亲已经去世了。"摩尔巫师听到这话，蹲下身来，抱着他，亲吻他，最后眼泪从脸颊上滑落下来。阿拉丁见到这个异乡人的举动，茫然地看着他，问那位巫师："先生，你为何流泪，又是如何知道我父亲的？"这个外地人用颤抖低沉的声音回答他："孩子啊，你既然已经告诉我你父亲去世的消息，又怎么问我这种问题？我的兄弟已经离开人世了吗？因为你父亲是我的兄弟，我长期流落在外，现在我大老远从外地归来，带着欣喜之情，怀着满腔期望，想要与他重逢，现在你却告诉我他已经不在人世了。但你是我兄弟的儿子，我们终归还是流着相同的血。尽管我离开你父亲的时候，他还没有成婚，但刚刚在那群小孩儿里面，我还是一眼就认出了你。我的孩子，阿拉丁啊！我连你父亲的葬礼都没有参加，错过了见我兄弟最后一面的机会，我多么希望在我有生之年可以再见他一面啊。生离死别给我带来痛苦，这是人生无法避免的，因为生死是有定数的。"他说着，抱紧阿拉丁对他说："孩子，现在只有你才是我唯一的慰藉，你将取代你父亲在我心中的地位，因为你是他的根啊！不是有句话说'留下子嗣的人，虽死犹生'吗？"说着，这位巫师就拉着他的手，掏出十枚金币，塞给阿拉丁，说道："孩子，你家在哪儿，你的母亲，也就是我兄弟的遗孀在哪儿？"于是阿拉丁向他指出家的位置。这位巫师对他说："孩子，你拿到这些钱，就把它交给你的母亲，替我问候你母亲，告诉她你的叔父从外地回来了。我明天就会亲自登门拜访，感谢她，看看我兄弟曾经住过的地方，也看看他死后葬身的地方。"阿拉丁亲吻了男巫师的手，辞别后,欢快地跑回家中,进入房门,这不同于他往常的习惯,因为平时他不到饭点,是不会回家的。他一进门就欢天喜地地大声说:"母亲,告诉你一个好消息,原来我有一个叔父,他从外地回来了,还要我替他向你问好呢!"他母亲回答:"儿啊,你是在戏弄我吧?你叔父是谁?你哪儿来的叔父啊?"阿拉丁立刻回答:"母亲,你怎么能说我没有叔父或还在世的亲戚呢?要是那个人不是我父亲的兄弟的话,他怎么会拥抱我,一边亲吻,一边流泪哭泣呢?他还要我把这个事情告诉你。"他母亲回答:"儿啊,我知道你确实有一个叔父,但是你那个叔父已经去世了。除了这个,我就不知道你还有别的叔父了。"

摩尔人巫师跟阿拉丁分开了之后,心里一直兴奋难耐,想要再一次见到阿拉丁。次日,这个摩尔人巫师就出门去找阿拉丁了。当巫师走到街上时,就碰见阿拉丁像往常一样跟他的闲散懒惰的朋友在街上玩耍。巫师连忙走上前去,拉着阿拉丁的手离开,抱着他,亲吻他,继而从口袋中掏出十枚金币,对他说:"快回家去找你母亲,把这些金币交给她,告诉她'我的叔父要来我家吃饭,拿这些钱去准备一桌丰盛的饭菜吧!'但是在这之前,你要再给我指一下去你家的路。"阿拉丁回答:"叔父,我明白了。"随后就走在他面前为他指路,待巫师知道去他家的路后,便离开了。阿拉丁一回家就把金币给他母亲,告诉她叔父要来家中吃饭。母亲听后赶紧起身,到市场买了些做菜需要的材料,就回家准备饭菜去了。她从邻居家借来杯盘碗盏,将饭菜准备好。到了吃饭的时候,她对儿子说:"饭菜已经准备好了,你叔父可能找不到来家里的路,你出去在路上和他碰面。"他回答:"好的,知道了。"他们话还没有说完,就听见了敲门声。阿拉丁赶忙出去,开门一看,原来是叔父,还带了一个手拿酒和水果的仆人。阿拉丁帮忙把东西提进屋里,那个仆人就离开了。男巫师走进房内,问候他的母亲。他一边哭泣,一边问:"我兄弟生前经常坐哪儿?"阿拉丁的母亲给他指了丈夫生前最喜欢坐的座位,他走过去,跪在地上,边吻地板,边哭喊:"我就这么失去你了,想到我们已经永远无法相见,我真是开心不起来,我的命运真的太悲惨了。兄弟,你是我眼中最珍贵的人。"他就这么伤心着、哀号着,阿拉丁的母亲见他哭得这么伤心，确定他真的就是阿拉丁的叔父。她走过去，把他从地上扶起来，说道："你这样，就算哭死过去，也没有用啊。"她一边安慰着他，一边把他扶到饭桌旁坐下。男巫师开始与她交谈："嫂子啊，你从来都没有见过我，也没有听我死去的兄弟提到过我，这是不足为奇的。因为四十年前，我离开了这座城市，这个我生长的地方，开始四处游走，途经印度、中土和阿拉伯，进入埃及境内，在那座辉煌壮丽的城市停留了很长时间。最后我一路向西，来到了西部境内，在那里定居下来，一住就是三十年。嫂子，你不知道。有一天，我坐下来，想到我的祖国和家乡，还有我的兄弟，回乡的思绪突然高涨起来，想到我长时间和兄弟分离，自己一个人哭了很长时间。最终，我想回乡的迫切心情让我下定决心要回到这座城市，回到这个我出生的地方，见一见我的兄弟，让我睡个安稳觉。当时我对自己说道：'你这个人啊！你这样背井离乡，到底还要在外流浪多久？你只有一个兄弟，再没有其他亲人了。现在就动身回乡，在你有生之年见见你的兄弟吧！世事无常，谁知道生命里的变化无常呢？要是你死之前，都不能见兄弟一面，这将是你今生最大的遗憾和悲痛。感谢安拉，恩赐你这么丰厚的财产，要是你的兄弟还处于窘困的生活中，你还可以多帮助他、接济他。'想到这里，我就一骨碌爬起来，准备行装，动身来到这个城市。我旅途上历经千辛万苦，全靠安拉保佑，才能安全抵达这座城市。前天，我在街上闲逛，无意间看到侄儿阿拉丁和一些孩子在一起玩耍。感谢万能的安拉，嫂子！可能是血缘关系吧，我一看见他，心就不由自主地加速跳动，我的直觉告诉我他就是我兄弟的儿子。同他见面的一瞬间，身上的疲劳和内心的苦恼，顿时就忘得一干二净，高兴得差一点跳了起来。但是当他告诉我，我的兄弟已经逝世的噩耗时，我痛苦不堪，感到十分遗憾，悲伤得差点昏了过去。当时我那种极其痛苦的情景，想必阿拉丁已经告诉你了。现在阿拉丁就是我唯一的安慰了，他是我兄弟遗留下来的后代啊。就像人们说的'他虽死犹生'。"

阿拉丁的母亲听了这番话，伤心流泪，他趁机将视线转向阿拉丁，以安慰他母亲，其真正目的是不让自己的欺骗行为露馅儿，他说："孩子，你学的什么手艺，现在做什么生意？你应该会一种手艺来养活你自己和你母亲吧？"阿拉丁一脸羞愧，低下头，不言语，只是盯着地板看。他的母亲急了，说道："才不是你想的那样，他什么都不知道，我从未见过如此愚昧的孩子。他整天只知道跟他那些和他一样懒惰闲散的孩子在街上鬼混。他的父亲就是因为他抑郁而死的，我现在的境地也很悲惨啊。我辛苦劳作，没日没夜地纺线，就为了能挣些买面包的钱来糊口。小叔子，我们过的就是这种生活，要不是你来，我们还不能吃一顿像样的饭菜。我真想把门锁起来，不让他进家，让他自己出去谋生，养活自己。我只是个老妇人，已经没有精力去辛苦劳作了，现在要努力维持这般的生活也不容易了。我已经老了，按道理说，应该要人来供养我的，现在我却不得不去供养他。"男巫师听了，望着阿拉丁，对他说："侄儿啊，难道你还要一直这样懒散下去吗？没有一个年轻人是像你这样的，对你来说，这实在是丢脸的事。孩子，你是个聪明人，出生于诚实正直的人家，却让你母亲这样年老体衰的人来辛勤劳动养活你，这个是很羞耻的。现在你已经长大了，应当为自己的未来作一些打算，自己养活自己。听着！现在我们城市，教各种各样手艺的师傅都有，而且有很多。你自己选一样你喜欢的，我可以送你去学习，孩子！等到你学有所成，你就可以自己赚取生活费用了。如果你不喜欢你父亲要你继承的那个手艺，你可以自己重新选一个喜欢的去学。侄儿，告诉我，我会尽力帮助你的。"可阿拉丁还是无动于衷，不作回答。他明白阿拉丁不想做改变，还是想过以前那种懒散的生活，于是他又说："侄儿，大概你不喜欢学手艺，既然你不能接受我的建议，那我就为你开一间有各种昂贵、奢侈的东西的店铺，你来当老板，这样你就可以扬名天下了。"阿拉丁听到叔父的这番话，想到自己可以当一个商人，他知道商人是穿得好、吃得好，喜出望外。抬起头对着叔父抿嘴一笑，又低下头，脸上露出满足的表情。

这位摩尔男巫见阿拉丁脸上露出的笑容，就知道他高兴当商人，对他说道："既然你愿意当商人，开店铺，做生意。侄儿，这就证明你还是有志向的，若安拉愿意，明天我就带你去市场上，着手准备，给你置一身适合商人身份的端庄的衣服，然后再为你进行开店铺的事，以实现我对你的诺言。"原本阿拉丁的母亲还对他的真实身份抱怀疑态度，但听了他答应为儿子开店铺，还要为他购置商品货物和其他用品，阿拉丁的母亲对他不再怀疑，完全相信他就是自己的小叔子，因为一个陌生人是绝不会为自己的儿子做这种好事的。她开始教导儿子，吩咐他要改掉以前的陋习，成为一个有出息的人，要把叔父当父亲来看待，听叔父的话。并提醒他不要再跟以前那些游手好闲的朋友在一起玩耍，要把以前浪费的时光弥补回来。说完，她站起身来，摆好饭桌，准备就餐，大家一起围着饭桌坐下，开始吃喝。男巫师一直和阿拉丁交谈生意上的事情，让阿拉丁兴奋得不想睡觉。夜幕降临，摩尔巫师起身返回住处，临走前还许诺自己明天会来带阿拉丁去买商人穿的衣服。

第二天，巫师来敲门，阿拉丁的母亲开门，但是他却不肯进屋，只说要带阿拉丁去市场。阿拉丁听到，欣然来到他面前，祝愿他，亲吻他的双手。巫师牵着他的手走到市场上，进了一家服装店，里面有各式各样的衣服，他告诉店主说要买一套适合商人的华丽的衣服。店主马上拿出他需要的款式供他们选择。巫师对阿拉丁说："孩子，去选一套你喜欢的吧！"阿拉丁听到叔父要他自己挑选，十分高兴，立刻挑了一套自己中意的衣服，巫师当即付款买下了衣服。接着又带阿拉丁去了澡堂，一边洗澡，一边喝果子露。阿拉丁洗了澡换上新衣服，欢天喜地，一脸神气。他走到叔父的面前，亲吻叔父的双手，表示他的感谢，感谢他对自己的慷慨。

从澡堂出来后，巫师带着阿拉丁来到有很多商人的市场，高兴地向他介绍在那里进行的买卖交易，对他说："侄儿，你应当多认识熟悉一下这些商人，好从他们那里学到做生意的经验，不久以后他们的职业便会是你自己的职业。"说着就带阿拉丁去逛城里的名胜古迹，参观寺庙里优雅别致的景象。接着又去了一家饭馆，吃银盘盛着的可口菜肴。两人一顿美餐后，巫师又带着阿拉丁来到游乐场，游览了里面的大型建筑，还去了主题公馆，带他参观了里面富丽堂皇的寝宫。最后，巫师带他来到自己入住的专门为外国人开设的商人客店，邀约了许多商人一起用餐，待到大家就座后，向大家介绍自己的侄子阿拉丁。客商们酒足饭饱的时候，已经天黑了，巫师才送阿拉丁回家，见了他的母亲。他的母亲见他俨然是一个商人，不禁喜出望外，对他的小叔子万分感谢，说："小叔子，你对我儿子所做的一切，我真是千言万语也不能表示我的感激之情，你的恩情我这辈子也无法忘怀。"巫师回答："嫂子，这没有什么值得感谢的，他也算是我的孩子，我要替我的兄弟教育他，负起他爸爸的责任，希望没有给你带来压力。"阿拉丁的母亲说："向安拉祈祷，愿永恒的圣人可以保佑你，让他减少我的寿命，添加给你，使你可以长命百岁。小叔子，这个孤苦的孩子在你的庇佑下，我就放心了。今后他会听你的话，服从你的命令。"巫师回答道："嫂子，阿拉丁这个孩子天资聪颖，又出生于善良的人家，愿安拉保佑，让他可以像他爸爸一样，做个有出息的人，让大家刮目相看。但是有一点我要先说一声抱歉，明天是做祷告的日子，这天所有的商人都会停业去公园闲逛散步，所以明天不能进行开设铺子的事。明天我就来带阿拉丁去公园逛逛，在城外走走，让他见见他之前没有去过的地方，同时他还可以认识在公园散步游玩的富商名流，同他们交谈结识。"

　　巫师在他租住的客店睡了一晚，次日清晨，他果然来到阿拉丁的家里，敲开房门。阿拉丁一晚上都没能入眠，自己在一天之内穿上了新衣服，又是去澡堂洗澡，又是在饭馆吃饭，甚是高兴。想到叔父还要带自己去公园游玩，更是兴奋得合不上眼，一直到天亮。他一听见有人敲门的声音，就像蹿出的火焰一样飞奔着去开门。叔父见到他，便拥抱他、亲吻他，拉着他的手出了门，他说："侄儿，今天我要带你去的地方，是你从来没有见过的。"他说的那些话，引得阿拉丁开心大笑，他们一路上说说笑笑，出了城门，在公园里漫步。巫师带着阿拉丁在公园里游览，为他介绍精致优美的游乐园和辉煌壮丽、令人惊奇的宫殿。每走到一个亭榭、一座高楼或一座宫殿前，巫师都会停下来，对他说："侄儿，这个会不会让你感到惊叹？"阿拉丁生平从来没有见过这么壮观的景象，快活得飘飘然了。他俩不停地在公园里漫步，欣赏美景，累得筋疲力尽，最后他们进入一座美丽的花园，立刻感到心旷神怡、神清气爽。花园里有清澈的小溪，两旁有万紫千红的花丛，小溪潺潺而流，还有一座口里喷着喷泉的铜狮，闪着金光。他们在湖边坐下来小憩,阿拉丁开心不已,与巫师嬉戏打闹,形同父子。巫师松开腰带,掏出一个装满食物水果的袋子,说:"侄儿,你一定饿了吧,快过来吃点东西。"阿拉丁狼吞虎咽地吃起来,巫师也跟着吃,两人吃完觉得精神十足,心情舒畅。见休息得差不多了,巫师对阿拉丁说:"侄儿,你休息好了的话,我们就出发,继续前行,完成我们的行程。"于是阿拉丁站起身,巫师又带着他参观了一个又一个花园,最后参观完所有的花园,来到一座大山脚下。可阿拉丁此前从来没有出过城门,甚至没有走过这么长的路,对巫师说:"叔父,我们还要到哪儿去?我们已经远离那些花园,来到这个山里,如果我们要走的路还有很远,我已经没有力气再走了,再走下去,我就会累得晕倒的。而且前面都没有要参观的花园了,我们往回走,回城吧!"巫师回道:"不行啊,孩子。这是去花园的路,前面还有很多要参观的花园,我们还要去参观一座绝非那些帝王的宫殿可以媲美的宫殿,那是你之前所看过的花园无法与之相提并论的。赞美安拉,拿出你的勇气,你已经长大了。"巫师一路都说着振奋人心的话来鼓舞阿拉丁,还给他讲奇妙的故事,连蒙带骗地把他带到目的地,这就是他要经过的地方。他们到了之后,巫师对阿拉丁说:"侄儿,坐下来休息一会儿,这就是我们的目的地,若安拉愿意,我将会让你看到这世上最奇妙的景象,这是世界上所有人都没有见过的。你将要看到的景象,是前人想象不到,谁也没有欣赏到的。你休息好了,就去找点木柴和干木棍生个火。马上我就会让你看到无法描述的事物。"阿拉丁听到这番话,渴望看到叔父接下来要做的事,把疲劳忘得干干净净,马上起身去捡木柴和干木棍,听到巫师喊:"够了,侄儿!"才停下来。巫师点着了火,从口袋里面掏出一个木匣子打开,从里面拿出一支香,口中一边喃喃地恳求,一边说着他听不懂的话。不一会儿,四周一片黑暗,大地开始震动起来,地面崩裂开来。阿拉丁见这种情景,震惊不已,心里惊恐害怕极了,转身就想逃走。巫师察觉到他的意图,怒不可遏,愤怒到了极点。因为没有这个孩子,他的计划将化为乌有,一心想要得到的地下宝藏,只有阿拉丁可以帮他得到。所以当他发觉阿拉丁想要逃走的时候,抬手就给阿拉丁头上一拳，打得他牙齿都要飞出来了，头晕目眩，倒在了地上。不一会儿，巫师的一段咒语，让他清醒过来。他醒来马上哭着说："叔父，我做错了什么，你要打我？"巫师立刻安慰他："侄儿，我是为了让你长大成人啊！我既是你的叔父，也是你的父亲，你要听我的吩咐。过不了多久，你就可以忘掉这些困难和艰辛，见到精彩绝伦的景象。"说着，在巫师面前裂开的地面，出现了一块大理石板，里面镶嵌着一个铜环。巫师在空中画了一个几何图案，对阿拉丁说："只要你按我的吩咐去做，我保证你会变得比所有帝王累加起来还要富有。侄儿，我之所以打你，是因为这地下埋着许多珍宝，都是以你的名义埋存的，但你刚刚却要弃之不顾，逃回城中。现在你发挥你的聪明才智，好好看着我是怎么念咒语让地面裂开的。"

他继续说道："那个镶着铜环的石板下面就是宝藏所在，你伸手握住那个圆环，把石板揭起来。世界上除了你没有人能把它打开，更不要说走进这个藏宝地了，因为这些宝藏是为你保留的。你必须得听我的安排，切不可疏忽大意。侄儿，宝藏中的宝物多得无可估量，那全都是你的，超过了所有帝王所聚敛的财物。它们是你我两人的。"

可怜的阿拉丁听到这话，顿时把他之前的疲劳和因挨打疼痛而伤心流泪的这些遭遇忘了。他惊得目瞪口呆，想到自己马上就要成为富可敌国的有钱人，便非常高兴，说道："叔父，告诉我应该怎么做，我会照你说的做。"巫师对他说："侄儿，因为你是我兄弟的儿子，我对你就像对亲儿子一样，甚至比对亲儿子还亲，因为除了你我再没有其他亲人了。你就是我的后代、我的继承人，儿子！"说着，他走近阿拉丁，亲吻了一下他，说："我这么大费周章，不为你还为谁？我要让你成为世界上最有钱的人。现在你要听从我的一切吩咐，你过去将手伸进铜环，就像我刚才教你的那样把石板移开。"阿拉丁回答："叔父，那圆环太重了，我年纪还小，一个人弄不动，你来帮帮我，我们一起移开石板吧！"但是巫师回答说："侄儿，如果我动手帮了你，那可就糟糕了，我们一起移开石板简直是白费力气。你握住圆环，用力往上提，那石板立刻就会移开。我不是告诉过你，除了你没人能移动这个石板吗？现在你试着一边重复念你的名字和你父母亲的名字，一边手握圆环移开石板，这样，你就可能毫不费力地揭开那个石板了。"听到此话，阿拉丁鼓起勇气，深呼一口气，使出全身的力气，按着叔父说的那样，重复地念了几次自己和父母亲的名字后，果真就将石板抬起放在了一边。

阿拉丁揭开石板一看，原来石板所盖的是一个地道口，有十二级台阶通向地下。巫师赶忙吩咐他："阿拉丁，集中精神，按照我说的去做，有一点出错的话，我们就前功尽弃了。你进去沿着下面的走廊小心翼翼往前走，走到尽头，你就会发现里面有四个房间，每个房间都摆着四个黄金坛子和其他一些纯金纯银。你千万小心不要去碰那些坛子，更不要去拿里面的东西，你只管继续往前走，不要让你的衣服擦到那些坛子，也不要在路上停留，否则你马上就会变成一块黑石头。当你走到第四个房间里面，你会看见一道门，你开门进去，同时要像刚才揭开石块那样，重复你自己和你父母亲的名字，这样你便可以进入一座果园。园中的果树结满各种果实，你沿当中的通道向前走去，走了大约五十腕尺，你会看见有一间大厅，厅中有一架大约有五十级台阶的梯子，除此之外，大厅的顶上挂着一盏灯。那盏灯是盏神灯，因为只要你手握那盏灯，宝藏里面的宝物就全都是你的了。你沿梯子上去，取下油灯，倒掉里面的油，然后把它装在胸前的衣袋里带回来。灯里面的油是普通的油，你不用担心它会弄脏你的衣服。你出来时，可以从果园里挑点你喜欢的果实带回来。"巫师吩咐完后，从自己手上脱下一枚图章戒指，戴在阿拉丁的手上，说："侄儿，这个戒指可以保护你不因任何恐怖威胁而感到担心害怕，但是你要记住我对你说过的话。好了，你打起精神，鼓足勇气，下去吧！不要害怕，相信自己可以做到。你已经长大成人，不再是个小孩子了。等你完成这一切，你很快就会拥有世上最无价的宝藏，成为世上最有钱的人。"

阿拉丁听了巫师的吩咐，站起身来，进入地洞，发现了有四个金坛的四个房间，按照巫师吩咐的小心翼翼地经过了那四个房间，来到果园，沿着通道向前走，走到大厅里，爬上梯子。阿拉丁取下油灯，把里面的油倒出来，把油灯放到胸前，然后走下梯子，回到果园中。他发现树上的鸟儿唱出婉转清脆的歌声，好像是在歌颂神圣的造物主，对此，他感到十分惊奇。他不像进来的时候，对周围的景色不管不顾，从容地在果园中欣赏美景。他看到树上结的是宝石果子，而不是果实，每棵树上结出的宝石都各不相同，五颜六色：有绿的、白的、黄的、红的等，每颗宝石都闪出耀眼的光芒，使正午的太阳都黯然失色。每颗宝石的体积大得无法形容，以至于帝王们把自己所拥有的最大的宝石拿出来，都达不到这里宝石的一半。阿拉丁穿梭在果园之间，尽情欣赏着这些发出刺眼光芒的宝石，陶醉在其中。他仔细观看着这一颗颗本该生长果实的树上结出的硕大名贵的珠宝玉石，有绿翡翠、钻石、红宝石、珍珠和其他奇异的宝石，让人眼花缭乱，目瞪口呆。但阿拉丁只是个孩子，从来没有见过这种景观，涉世不深，不知道这些珠宝的价值，还以为只是玻璃制品或水晶制品。他把那些果子收集起来装了满满一口袋，仔细察看它们到底是不是像无花果、葡萄那样可以吃的普通果实，最后理解到这只是玻璃制品，根本就不是什么珍奇的宝石。他把各种果实都摘一些，装在袋子里，觉得这些只是不能吃的东西，心想："我要把这些玻璃果子摘些，带回家去玩。"说着就开始摘那些果子，装进口袋里，装得满满的，这还不够，他又装了些在腰带里，装得哪儿都装不下了才作罢。他以为这些都是玻璃做的，想着要把这些都带回家去当装饰品。由于畏惧叔父，他装好后加快脚步，经过四个房间时，连看都没看一眼，尽管叔父早先告诉他返回时可以带些房间里面的宝物。他来到洞口，爬到最后一个台阶，发现这一级台阶比其他的都要高一点，他一个人身上带的东西太重，要是没有别人的帮助，根本爬不上去。他叫巫师："叔父，你伸手拉我一下，帮我上去吧！"男巫师回答："侄儿，你先把油灯递给我，减轻点你的负担，可能是它压得你爬不上来。"但是阿拉丁回答："叔父，这盏油灯一点都没有压着我，你把手伸给我，等我上来我就把油灯给你。"但是这个男巫师一心只想要那盏油灯，他开始请求阿拉丁把油灯递给自己。但是阿拉丁把油灯放在了袋子最里面，上面又装了不少珍奇石头，已经伸不出手拿油灯了。巫师要他把压在油灯上的东西递给他，坚持要把油灯拿到手上，可阿拉丁根本够不着洞口，不能把油灯拿给他，他马上怒不可遏。尽管阿拉丁承诺等到自己爬出洞口，就把油灯交给他，绝不耍花样。可这个摩尔骗子见阿拉丁不把油灯交出来，将要得不到自己想要的东西，立刻变得狂躁起来。当他再三向阿拉丁索取无果，怒从中来，放弃了拿到油灯的希望。他喃喃地念着咒语，把香扔进篝火里，石块立刻受到咒语的作用，慢慢地滑过去，封住了洞口，阿拉丁被困在地下不能出来。原来这个在故事开端自称为阿拉丁叔父的陌生男子根本就不是阿拉丁的叔父，他编了一个谎言，伪装了自己的身份，想要通过这个孩子盗取油灯。

这个狠心的摩尔人封住地洞后，扔下阿拉丁不管，想要让这个宝藏拥有者饿死在里面。原来这个可恶的摩尔人来自非洲西部，非洲西部位于巴巴里，因这些神秘的魔法而闻名。他从小在非洲西部就练习巫术，学习各种魔法，最终达到了精通各种巫术领域的各种知识的地步。一天，他通过自己所学到的巫术知识，凭借自己四十年在巫术方面的潜心钻研，发现在遥远的国度，有一座叫卡拉斯的城内埋着一个巨大的宝藏，里面的财物多得数不胜数，没有一个帝王所聚敛的财宝能与之相提并论。里面还有一盏神灯，任何人只要拥有了这盏神灯，都会成为世上最有身份、最有钱的人，就算是至高无上的帝王也无法拥有那样的财富、权力和能力。他还通过自己所掌握的巫术知识，得知只有通过一个人才能打开宝藏，此人来自当地的一个贫苦家庭。他意识到要得到这个人的帮助不必经历多少麻烦，十分轻松，于是立刻毫不犹豫地准备好行装，踏上了旅程。就如前面所讲述的一样，他找到了阿拉丁，编造了所有的谎言，以为这样就可以得到那盏神灯。不过最终他的计划和希望都破灭了，他所有的努力都成为徒劳。他恼羞成怒，决心置阿拉丁于死地，于是他封住地洞，把阿拉丁困在地下，想让他慢慢死去，因为"死人是不会犯罪的"。他这么做是因为他认为这样做阿拉丁就走不出地洞，就不能把神灯从地下带走。他心灰意冷、大失所望，离开中土，回到了非洲。这就是男巫师的经历。

阿拉丁见地洞被封，开始大喊他的"叔父"巫师，天真地以为"叔父"会伸手把他从地下拉上去。但是不管他怎么呼叫,却始终没有人回应他,这才意识到巫师对他施行的诡计。他明白那个男子根本就不是自己的叔父,只是一个谎话连篇的巫师。他想到自己没有办法走出去,绝望至极,不禁伤心流泪。伤心哭泣了一会儿,他站起来走下阶梯,希望安拉会给他留一条出路。他在底层,左看看,右看看,发现四周除了一片黑暗,什么也没有,就连那四个房间的房门都紧闭着,原来是那个巫师施咒把下面所有的通口关上了,阿拉丁之前走过的通道也全都堵死了,甚至通向果园的门也不例外,没有给阿拉丁一点可以逃生的机会,只想让他死在里面。阿拉丁本想去果园寻找安慰,可见所有的通道包括果园的门都被堵死了,忍不住哀号大哭起来。他抑制不住哀伤的情绪,放声大哭,最后只得回到自己进来时的通道,坐在台阶上,绝望地等死。

觉得毫无生的希望,他不停地哭泣哀号。"天无绝人之路"说的正是现在的阿拉丁。那个摩尔巫师让阿拉丁进地洞时,给了一枚戒指让他戴在手上,说:"这枚戒指可以保护你,使你避免一切危险苦难,不会遭到不幸,它会一直保佑你的。"阿拉丁在还没遇险的时候,至高无上的安拉就为他安排了一条生路。就在阿拉丁伤心哭泣,哀叹自己的坏运气,觉得自己快要死,又想到自己的悲惨遭遇的时候,他不由自主地搓着双手并举起来祈求安拉,说着:"我坚信只有安拉才是唯一的主宰,你是万能的,你是无所不能的,你是所向无敌的,你是生死的主宰,你是所有有需求的人的希望,你可以使深陷困苦和焦虑的人找到快乐的源泉。你给了我希望,你是我最强大的保护伞,啊,安拉!我请求你的帮助,将我从灾难中解脱出来。"他气得不由自主地搓手,显露出内心的悲哀、痛苦,却没想到,他搓手时,无意间擦着手指上的戒指,一个自称是戒指的奴仆立刻出现在他的面前,说道:"奴婢在此候命,主人有事就请吩咐。我是你手上这枚戒指的奴仆,谁拥有了这枚戒指,谁就是我的主人。"阿拉丁抬起头,看到一个神灵站在面前,长得像苏勒曼大帝时代的神灵。面对突如其来的可怕神灵,阿拉丁被吓到了,戒指的奴仆开口说道:"你有什么要我为你做的吗?事实上,我已经是你的仆人了,因为戒指在你的手上,而拥有这枚戒指的人就是我的主人。"阿拉丁听到这解释，才慢慢恢复过来，回想起那个摩尔巫师把戒指给他时候说过的话，立刻欣喜不已，鼓足勇气，对神灵说："戒指的仆人啊，我希望你可以把我带到地面上去。"他话音刚落，大地突然裂开，自己一下子就来到了地面，站在宝库的入口处。阿拉丁在黑暗的地下宝库待了三天，等到他来到地面时，强烈的阳光刺得他睁不开眼，他只得慢慢地睁开眼皮，直到眼球适应了光线的转变，从适应黑暗的能力恢复回来。

他睁开眼，确定自己的确站在地面上，心情十分舒畅。他惊讶地发现，当初巫师开启的通向地下宝库的门已经消失不见了，地面没有一道缝隙，根本找不到再次通往地下宝库的通道。他想了又想，茫然不知自己是否还在原来的地方，最后他看到他们曾经燃烧柴火和木棍留下的灰烬和巫师点燃香火的地方，才确信自己还在原来的地方。他在四处看了看，发现较远的地方就是他逛过的公园和建筑物，并认出那是自己来时走过的原路。他不禁感谢万能的安拉，是安拉在他放弃生的希望时，伸出了援助之手，将他救回地面。阿拉丁欢天喜地地离开，踏上回家的路。他进到城中，回到家里。当他见到母亲时，既因为自己能够安全逃生欣喜不已，又因长途跋涉，又饥又渴，疲惫不堪，一下子倒在地上。阿拉丁的母亲自从他离开后，就为他担心，整日以泪洗面。当她看见阿拉丁回来时，喜出望外，却没料到他会晕倒在地上。她并没有因为这种状况惊慌失措，而是把水浇在他脸上，从邻居家借香料来让他闻。阿拉丁这才慢慢苏醒过来，开口要东西吃："母亲，我已经三天没有吃东西了。"他的母亲听了，赶忙起身把早已为他准备好的食物端到他面前，说："儿子，你快吃些东西，慢慢恢复精神，等到你恢复好了，就告诉我你的经历。但是我现在不会让你讲，你现在还很虚弱。"阿拉丁立刻大吃大喝，慢慢地恢复了精神。等到他休息得差不多了，他对母亲说："噢，母亲，我早就应该料到，你把我托付给那个恶毒的人是错误的，他一心想要置我于死地。你当成是我叔父的人，原来就是个恶棍，我差点儿就死在他手里，要不是至高的安拉将我从他的魔爪中拯救出来，你和我都会中了他的圈套，相信他会替我谋幸福的花言巧语，还以为这个恶人真的是一心一意地对我好。但是，母亲，你要知道，这个男子是一个摩尔巫师，他其实是个恶毒、虚伪、满口谎言的骗子，在我看来，就算是地狱中的恶魔也比他好。愿安拉会惩罚他，让他为自己的恶行付出代价。母亲，你听好了，我要详细讲给你听这个恶棍所做的一切，我要为你讲的绝没有半点掺假，我要让你看看这个恶棍是如何亲手戳穿他自己许下要为我好的承诺，看看这个人是怎么说一套做一套的，他做这么多都是有阴谋的。他本想了结了我的性命，感谢安拉对我庇佑，我最终死里逃生。母亲，现在你清楚这个人是多么狠毒了吧！"接着阿拉丁就详细地叙述他之前的经历和遭遇。他想到自己能够死里逃生，喜极而泣，一边哭，一边告诉他母亲自己是如何被摩尔巫师带到藏有宝藏的山下，巫师是如何念着咒语点燃香火的。期间他插话说："之后，他就伸手打我，把我痛得晕倒在地，当时我十分恐惧。他念完咒语，点燃香火，大地开始震动，高山也摇摇晃晃的，四周一片黑暗。只听得一阵雷鸣般的巨响，大地就在我面前裂开了。我看到这般可怕的景象，吓得几乎晕了过去。他见我吓得蜷缩在地上，就对我又打又骂。但是那地下宝库只有我才打得开，因为那是以我的名义而不是以他的名义保存的，那个恶毒的巫师知道只有我才能打开宝库，让我打开宝库才是他找我的真正目的。对我一顿打骂之后，那巫师才意识到应该对我好一点，这样才能让我乖乖地下去打开宝库，让他得到他想要的宝物。我下去之前，他摘下他自己的一枚戒指，戴在我手上。我进入宝库，就看见四个装满金银等宝物的房间，但这不算什么，因为那恶魔叮嘱我不要碰到里面的东西。于是我一直前行，来到一座栽满果树的果园，但令人费解的是那些树上结的不是普通水果，而是漂亮的五颜六色的玻璃制品。我走过果园，进入一个大厅，看见了巫师一心想要的那盏油灯，我立刻拿着油灯，把里面的油倒了出来。"说着，阿拉丁就从胸前的口袋里掏出油灯，拿给母亲看，并把他从果园中带来的珠宝玉石掏了出来，有满满两口袋那么多，这是世上任何帝王的财物都无法与之相比的。可阿拉丁不明白它们的价值，只当它们是玻璃制品。他继续叙述下去："母亲，等我拿到油灯，来到宝库的出口时，身上装满了东西，被压得沉甸甸的。一个人怕上不去，就叫我'叔父'也就是那个恶毒的摩尔人伸手拉我一把，但他不愿拉我上去，只说：'把你身上的油灯递给我，我就拉你上来。'但那盏灯在袋子的最里面，被其他东西压着，我伸不进去手掏灯出来给他，所以我对他说：'叔父，我现在不方便把灯给你，等我上来我就把灯给你。'但是他还是不拉我上去，一心只想要那盏灯。原来他本来是打算从我手中拿到灯，就把出口封住，让我死在里面。这就是我所遭遇的事情，母亲，一切灾难都源自那个狠毒的巫师。"阿拉丁讲完事情的经过，想起巫师的阴险毒辣行径，忍不住怒火中烧，说道："母亲，我真为这个恶毒的巫师感到悲哀，他这么凶狠、邪恶、虚伪、残忍地欺骗我们，真是玷污了人类善良的本性，我对他真是既同情又鄙视。"

阿拉丁的母亲听了儿子的叙述，知道摩尔巫师对他所做的一切，说："儿子，他真是个罪大恶极的伪君子、大恶棍，幸好万能的安拉保佑，你才能逃脱他的阴谋，当初我还相信他真是你的叔父呢！"阿拉丁困在地下，三天三夜都没有睡个好觉，这会儿他疲倦地不停打盹儿，母亲只好让他去睡觉，自己也跟着就睡觉休息了。阿拉丁一直睡到第二天正午，一觉醒来，饿得不行，立刻就要吃的。他母亲对他说道："儿子，我没有什么可以让你吃的了，因为家里的食物，昨天都让你吃光了。等会儿我纺好纱，拿到市场上去卖了，就可以给你买吃的了。"阿拉丁回答说："母亲，把你纺的纱留下来吧，不要卖，把我昨天带回来的油灯给我，我拿去卖了，买些吃的，我想油灯比纱值钱些。"母亲听了起身为他拿来油灯，看见油灯很脏，就说："儿子，油灯在这儿，我看它有点脏，我们还是清洗干净，擦亮一些，这样说不定可以卖个好价钱。"说着就抓了一把沙土，开始擦拭油灯，她刚擦了一下，面前就出现一个神灵，那神灵形貌十分可怕，又高又大，一出现就对阿拉丁的母亲说："告诉我，你需要我为你做什么，奴婢在此候命，只要你拥有了这盏神灯，不只是我，所有的神灯仆人都会遵听你的盼咐。"可阿拉丁的母亲从来没有见过这么可怕的巨型怪物，吓得直发抖，顿时哑口无言，回答不上来，一个字都没有说出口，就吓得倒在地上。由于阿拉丁遇到过类似的情况，上次困在宝库中搓到戒指，就见过这样的巨神，他冷静地站在旁边，听到巨神对母亲说的话，赶忙走上去，把灯拿在自己手里，对巨神说："神灯仆人，我很饿，我希望你能给我些吃的，最好是美味可口的无法想象的美食。"神灯听了吩咐，立刻就消失了，没过一会儿就带来一桌丰盛的佳肴：在一个精致名贵的金托盘中，摆着十二种不同的美味可口的菜肴，还有两个银杯、一瓶上好的陈酒佳酿、雪白的面饼和透明的醇酒。巨神将饭桌摆在阿拉丁面前后就立刻消失了。阿拉丁把水浇在母亲脸上，用香熏她的鼻子，她才慢慢醒过来。阿拉丁对母亲说："母亲，起来吃点东西，这些都是安拉赐给我们的。"他的母亲见到纯银打造的奢华的饭桌，对此感到十分惊讶，惊叹："儿子，是哪个好心人，在我们饥饿的时候送来可口的饭菜，减缓我们贫困的窘境？事实上，我们是受了安拉的恩惠，是苏勒曼见我们的遭遇和穷困的境地，所以才送来这一桌丰盛的饭菜。""母亲，"他回答，"现在不是猜是谁送来这些饭菜的时候，我们快吃吧，都饿了。"他们走到饭桌旁，坐下来一起吃喝。阿拉丁的母亲生平从来没有吃过这么美味的美食，再加上他们极其饥饿，胃口特别好。很显然这样的珍馐美味是来自帝王富贵人家，但是他们生平都没有见过这么丰盛的美食，不知道这桌饭菜的珍贵。他们舍不得吃光这些饭菜，留了一些，为晚餐和第二天食用。他们吃完后，洗完手，坐下来闲聊。阿拉丁的母亲望着他说："儿子，你跟我说说，那个神灯仆人是怎么回事？赞美安拉，我们已经得到安拉赏赐的美食了，现在我们吃饱喝足了，你也没有理由对着我说'我饿了'。"于是，阿拉丁向母亲叙述了她被吓晕后，自己和巨神之间发生的事情。她听了，感到十分诧异，对他说："的确是这样的，儿子，因为鬼神出现在人类面前是常有的事，不过我从来没有见过，大概这和你在宝库中看到的神是一样的吧。"但是他回答："母亲，不是的，在你面前出现的那个是神灯仆人。"他的母亲听见这话，惊叹："怎么会不一样呢，儿子？"他立刻回答："出现在你面前的这位神灵和我在宝库中看到的不一样，我看见的那个是戒指仆人，而你看到的是当时你手里拿的神灯的仆人。"

阿拉丁的母亲听到这话，说道："啊哈！那个长相凶恶的神灵，一下子出现在我的面前，差点就把我吓死了，原来那是神灯仆人啊。""是啊。"他说。他的母亲继续说："儿子，我恳求你，把神灯和戒指都扔掉吧！看在我从小哺育你的分儿上，你就答应我的恳求吧。我一分钟都不能多看他们一眼，一看就害怕。跟妖魔邪神来往是犯禁的，我们的先知者早就警告过我们，让我们不要靠近它们。"阿拉丁对母亲说："母亲，你的请求我会谨慎考虑的，但是对于你所说的丢掉神灯和戒指，我既不愿放弃神灯，也不愿放弃戒指。你也看到了当我们饥饿的时候，神灯仆人对我们做的好事。母亲，你也知道，那个大骗子摩尔巫师把我骗到宝库，放着四间满满的金银不管，只让我去帮他拿神灯，可见他深知那盏神灯的价值，如果这盏神灯不是无价之宝，巫师也不会千里迢迢、长途跋涉，从他自己的国家来到这里，只为了盗取神灯，更不会在向我索取神灯无果，绝望至极的时候，把我关在宝库中。所以，母亲，我们理应留下这盏神灯，并且好生保护它，它就是我们的依靠，它会使我们富裕起来，而且我们不能让任何人知道这盏神灯。至于这戒指，我是不会摘下它的，要不是这戒指，我就不会活着回到你的身边，现在一定死在地下宝库中了，这样，我怎么能从手上把它摘下来呢？谁知道今后我还会遇到什么危险、困难和灾难呢？我把它留下来，说不定到时候还可以解救我。不过为了满足你的希望，我会把神灯藏起来，以免你下次看到，又被吓着。"阿拉丁的母亲听了他的一番话，仔细思考之后，明白儿子的道理是对的，于是说："儿子，你想怎么做就怎么做吧，只是我不希望再看到那两个神灵和那恐怖的情景了。"

阿拉丁继续吃着神灵带给他们的美味佳肴，吃了两天，他们就把饭菜都吃光了。没有吃的可以吃的时候，阿拉丁就带着一个神灵给他们用来盛饭的托盘，到市场去卖，却不知道那托盘是纯金的。阿拉丁在市场上遇到一个比恶魔还无耻的犹太人，要阿拉丁把托盘卖给他。那个犹太人一看到阿拉丁手上的托盘，就把他带到一边，以防宝物被别人发现了。那人仔细地检查托盘，最后确定那是纯金的，但是他不确定阿拉丁是否清楚它的价值或是否对这种名贵物品有经验，于是问阿拉丁："先生，你这个盘子要卖多少钱？"

阿拉丁一本正经地回答："它值多少钱，你是清楚的。"犹太人还在价格方面盘算，他本想花个小价钱就买到手，可听阿拉丁回答他的口吻，又像是个行家，害怕阿拉丁真懂盘子的价格，要他的高价，心想："说不定他是个外行，不清楚这盘子的价值。"说着就从口袋里掏出一枚金币，递给他。阿拉丁看到他手中的金币，就立刻把金币拿到手，匆忙地走开了。犹太人立刻看出这孩子不清楚托盘的价值，后悔自己给了他一块金币而不是六十分之一克拉。阿拉丁拿到金币，径直来到一家面包店，买了面包，拿着剩下的零钱，回到家中，把面包和剩下的钱交给母亲，对她说："母亲，拿着这些钱去买些需要的东西吧！"他的母亲立刻来到市场，买了些需要的食物，和儿子一起吃，十分开心。每次一个盘子换来的钱用完之后，阿拉丁都会再拿一个盘子去找那犹太人。这个该被诅咒的犹太人每次都以最低的价格和阿拉丁交易，可他还是不满足，但又觉得自己第一次的价钱既然是一枚金币，现在不给这个数目，害怕这个孩子去找其他人做这桩生意，到时候就会失去这样的便宜生意了。阿拉丁一直靠卖盘子赚钱，最后把所有的盘子都卖光了，只剩下最后的底盘。因为那底盘又大又重，阿拉丁只好把犹太人带回家中，让他看这个底盘。犹太人看了它的大小，最终决定以十枚金币的价格买下底盘，阿拉丁收了钱，犹太人就离开了。阿拉丁和母亲又靠着这十枚金币过日子，最后把钱花光了。

　　阿拉丁拿出神灯，擦了一下，神灯仆人就像之前那样出现在他面前，灯神对他说："你想要我做什么呢？主人，我是这盏灯的仆人，谁拥有了这盏灯，我就听谁的命令。"阿拉丁回答："我饿了，你再送一桌上次那样的饭菜给我吧！"说着，一眨眼的工夫，神灯仆人就送来一桌饭菜，和上次的一模一样，有十二个精致的盘子，盘里盛着各式各样的佳肴，还有几瓶醇酒和雪白的面包。这时阿拉丁的母亲知道儿子要擦灯，她已经躲出去，害怕看到凶恶的灯神。过了一会儿，他母亲回来，看到大托盘中的各种菜肴，闻到美食的香味溢满家中，又害怕又开心。阿拉丁对母亲说："看吧，母亲，你当初还要扔掉神灯，现在这就是它的好处。"他母亲回答："儿子，愿安拉多多赐福灯神，但我还是不愿看到它。"说完，阿拉丁和母亲坐在餐桌旁，吃饱喝足，把剩下的饭菜留下，作为明天的饭菜。等到他们将所有的饭菜都吃完后，阿拉丁拿了一个托盘放在衣服下，就出去找犹太人，要把盘子卖给他。说来也真是缘分，他在路上经过一家珠宝店，碰见一位敬畏安拉的正直人。当这位老商人看见阿拉丁，就问："孩子，你想要做什么？我看见你经常路过这里，和一个犹太人来往，还看见你卖给他很多东西，我想你现在肯定有什么东西，才去找那个犹太人要他买吧！孩子啊，你不知道，那个和你交易的犹太人，真是应该被诅咒，他总是弄虚作假，贱买贵卖，从中获利。孩子，你有什么东西要卖，不妨先给我看看，你不用担心，我会给你一个公正的价格，以万能的安拉之名，我是不会欺骗你的。"于是阿拉丁把托盘拿出来给老商人看，老商人拿过去仔细打量，并在天平上称重，这才问道："这个盘子他给你多少钱？"阿拉丁回答："他给我一枚金币。"老商人听到犹太人只用一枚金币的价钱就买下这盘子，惊呼："这个该诅咒的犹太人，居然敢欺骗孩童！"继而又望着阿拉丁，对他说："孩子，那个卑鄙无耻的犹太人欺骗了你，戏弄了你，这个盘子是纯金的，我称过它的重量，它最低都要值七十枚金币啊。如果你愿意的话，就以这个价卖给我吧！"说罢，就数了七十枚金币给阿拉丁。阿拉丁拿着钱，连连感谢老板的善良，数落犹太人的阴险狡诈。每次卖盘子赚来的钱用光了，阿拉丁就又拿盘子去卖，一个又一个，他和母亲的境遇有所好转，不再像以前一样穷困，过上了中产阶级的生活，但用钱有节制，一点也不浪费。

阿拉丁改掉了闲散懒惰的本性，不再和以前那些游手好闲的朋友来往，选择正直的人做朋友，每天都会去和各种大小商人交谈，虚心地请教他们各种做生意的技巧和投资的方法。他还经常去金银市场和珠宝市场游走，坐在那里观看珠宝金银，观察那些商人是如何做买卖的。在那里，他终于清楚自己从宝库果园中带回来的满袋的果子，不是玻璃也不是水晶，而是名贵的玉石。同时，他明白自己所拥有的财富，是帝王们都望尘莫及的。经过观察，他发现珠宝市场里最大的珠宝都没有他最小的一半大，阿拉丁还是坚持每天都去珠宝市场转转，同那里的商人打交道，获得他们的好感，向他们请教如何做生意，如何辨别商品的好坏。一天，他起床穿好衣服，照常去珠宝市场，途中听见一个传令官叫道："奉尊严伟大的皇上之命：现因苏丹公主白狄鲁勒·补都鲁前往澡堂沐浴，命城中商贾停业、居民闭户，违令者将判死罪，斩首示众。"阿拉丁听到这段宣告，十分好奇，想要一睹苏丹公主的风采，他心想："民间百姓都赞赏公主美丽可爱，这使我很想看看她。"

想到这，阿拉丁决定要想办法看苏丹公主白狄鲁勒·补都鲁一眼，他想到可以躲在澡堂门后，趁公主进门的时候看公主。他打定主意，立刻赶到公主即将驾临的澡堂，躲在没人看得见的门后。公主通过城中，四处游览，最后来到澡堂。她走进澡堂，揭开面纱，露出真容时，面孔就像阳光一样光芒四射，抑或像灿烂的珍珠，美丽可爱，就如诗中描述的一样：

"一笔眼影显得她更加动人美丽。
她面颊粉嫩就如花园绽放的玫瑰，
一头黑发就像深邃的黑夜，
远山眉黛十分耀眼。"

公主摘下面纱的一刹那，阿拉丁惊呆了，看着她说："她果然是造物者的佳作，赞美安拉，能够让她如此美丽动人！"他对她一见钟情，思绪混乱，脑子里全是公主的美丽面孔，到了神魂颠倒的地步。他回到家，就像丢了魂儿似的，母亲跟他讲话，他不作回答，当母亲把早餐准备好端到他面前，他还是不为所动，母亲见此情况，对他说："儿子，你碰到什么事了？告诉我你到底怎么了，如果你没事的话，我跟你说话，你怎么不回答我？"阿拉丁过去总是以为天下的女人都像他母亲那样，尽管经常听说苏丹公主白狄鲁勒·补都鲁长得美丽可爱，可还是不知道那种美丽是什么样的，那次对公主的惊鸿一瞥扰乱了他的思绪，他转过头对母亲说："不用管我，让我自己待一会儿。"母亲还是要他坐下来吃饭。无奈，他只好坐下来，随意吃了几口，就回到床上躺下，失眠到天明。他的母亲见儿子这样，感到很困惑，不知如何是好，还以为他得了重病，便走到他面前，对他说："儿子，要是你觉得哪里疼痛或不舒服，我就找个郎中来帮你看看。最近城中有位来自阿拉伯的郎中，曾被苏丹召进宫中，外面传说他精通医术。如果你真是害病了，我就去找他来帮你瞧瞧。"

阿拉丁听到母亲要为他请郎中，急忙说："母亲，我很好，没有生病。我这样是因为我一直以为天下的女人都跟你一样，一直到昨天，当我看到去澡堂沐浴的苏丹公主白狄鲁勒·补都鲁，才知道我的这种看法是错的。"阿拉丁向母亲详细描述了自己的经历，接着说："那天有个传令官说：'现因苏丹公主白狄鲁勒·补都鲁前往澡堂沐浴，命城中商贾停业、居民闭户。'说不定你也听到那则宣告了，但是我可真是幸运，因为当她走进澡堂揭开面纱的时候，我看见了她的容貌，就这样我被她的贵族气质深深迷住了。母亲，我已经深深爱上她，无法自拔了，我一定要拥有她，否则我真的无法安下心来。因此，我打算请求苏丹把公主嫁给我。"他母亲听到他有此打算，觉得他失去了理智，对他说："儿子，以安拉起誓，你已经完全失去理智了，赶快恢复过来，不要发疯了。"阿拉丁回答："母亲，我没有丧失理智，也没有发疯，你说的话改变不了我的想法，我要娶到公主白狄鲁勒·补都鲁才会平静下来，我心意已决，一定要去请求公主的父王苏丹。"母亲对他说："儿子，以我的生命起誓，你不要再说了，别人听见你这么说，会以为你疯了。不要再说这种蠢话，有谁去向苏丹请求过这种事？我真的不知道你打算如何去请求苏丹，就算我相信你说的话不是疯话，那你让谁帮你去提亲呢？"阿拉丁回答："母亲，我既然有你，还需要谁去帮我提亲呢？还有谁比你更值得信任呢？我希望你能亲自去帮我向苏丹提亲。"他母亲听了回答："儿子，不要让我去，难道我也像你一样失去理智了吗？赶快断了这个念头，儿子，想想你出生在什么样的家庭。你父亲是个裁缝，是个城中最穷、最吝啬的裁缝，我也一样，只是个穷人，你要我们凭什么去请求苏丹将公主嫁给你？苏丹只会把公主嫁给帝王世家，只有他们才够庄严，地位够高，但如果他们有一点不够格的话，苏丹也不会同意把公主下嫁给他们。"

阿拉丁耐心地听母亲说完，便说："母亲，你说的这些我都明白，我也清楚我出身贫苦人家，但是你说这些话也不能改变我的主意，我是你关心爱护的儿子，所以才希望你能帮助我。如果你不这么做，我娶不到我心爱的人，就只有死路一条了。母亲，我是你的亲儿子啊！"阿拉丁的母亲听了儿子的话，忍不住为他伤心哭泣，说道："儿子啊，你说得对，我是你的母亲，除了你我没有别的骨肉了，我最大的心愿就是为你找个好妻子，让你幸福地生活。但如果我去向跟我们家庭背景相当的人家提亲，人家就立刻会问你是靠经商、种地还是种植果园为生，那时我要怎么回答他们呀？我连跟我们一样的贫苦人家都不能应付，又怎么敢贸然前去向苏丹求亲？儿子，我怎么才能见到国王呢？就算我有机会面见国王，要是他们问我你的身家背景，你要我如何回答？说不定会当我是个狂妇，把我抓起来。而且如果我可以见到国王，我要带什么礼物贡献给国王呢？"

阿拉丁的母亲继续说道："儿子，苏丹温和仁慈，从不会拒绝仰仗他，求他怜悯、保佑的人。不过他只会赏赐值得被赏赐的人，比如在战场上为他勇敢作战的人，或是对国家有贡献的人。你看看你自己，告诉我你在苏丹和大家眼里，到底立过什么功绩值得这种恩惠。再说，你所追求的恩惠，我们是得不到的，国王不可能给你你想要的恩赐。就像我跟你说过的，无论谁想得到苏丹的恩赐，都必须带着能取悦国王的礼物去见国王。你自己拿不出像样的礼物敬献给国王，你怎敢去面见国王，请求国王将公主下嫁给你？"阿拉丁回答说："母亲，你说得很有道理，考虑得也很周到，我已经经过深思熟虑。但是，母亲，苏丹公主白狄鲁勒·补都鲁已经占据了我的心，我娶不到她，是不会安心的。不过有些事情我忘记了，你倒是提醒了我，这个事使我更有勇气去向国王求亲。母亲，你说按民间习俗，我应该带着好礼去向国王求亲，你以为我没有可以进贡的好礼，其实不然，我不仅有礼物，而且有帝王们所没有的、所有的珍宝所不能媲美的礼物，事实上我当初以为是玻璃制品或水晶制品的东西，其实是奇异的珍贵宝石，我相信即使是里面最小的一颗，那都是世上所有帝王都不曾拥有的。我经常跟珠宝商往来，才得知我从宝库里面带出来的一口袋东西都是无价的珠宝，所以你放心好了。家里有个瓷碗，请母亲拿出来，我把宝石放在里面，让我们看看它们的色泽。"阿拉丁的母亲起身，把瓷碗找来，自言自语："不知道儿子说的这些珠宝是不是真的，等会儿看看就知道了。"她把瓷碗放在阿拉丁面前，阿拉丁从袋子里面掏出珠宝，摆放在碗中，直到装满，阿拉丁的母亲仔细观看，只见碗里不停地闪耀，珠宝闪出的强烈光芒刺得她不住地眨眼。阿拉丁的母亲也看糊涂了，尽管她不知道这些珠宝是不是真的那么无价，但是她觉得儿子所说的一般帝王也没有类似这种珍宝也许是事实。阿拉丁转向母亲，说："看到了吧，母亲！我献给苏丹的礼物如此稀有珍贵，我一定会得到国王的恩赐。母亲，现在你就没有理由不去帮我提亲了，鼓起信心，带着这碗珠宝去皇宫吧！"他母亲回答："儿子，这礼物的确是十分珍贵，就像你说的一样，没有什么可以与之相媲美。但谁有胆去见国王向苏丹公主白狄鲁勒·补都鲁提亲呢？我可不敢对国王说：'我想让你的女儿嫁给我儿子。'我知道，等到我见到国王，我的舌头一定就像被捆住了。就算有安拉相助，让我鼓起勇气对国王说：'我希望我的儿子阿拉丁娶你的女儿苏丹公主白狄鲁勒·补都鲁为妻，而与你结下姻亲的关系。'他们一定会以为我疯了，那时候我就真是丢脸了，这不仅会使我自己陷入危险，还会连累你有危险。儿子，尽管很危险，但是为了满足你的心愿，我一定要鼓起勇气，替你跑这一趟。国王看到礼物，假若接见了我，我会向他表示你想娶公主的愿望，但是照理的话，他会问我你的情况和收入，那我怎么回答呢？国王知道你是谁后，一定会问我这些问题的。"阿拉丁回答："苏丹见过如此光彩照人的宝石，一定会被宝石吸引，就不会问你这些问题了。这时候，你只管向他请求将公主嫁给我，向他许诺会把珠宝献给他。母亲，你不要把求婚过程想象得困难重重。你应该知道的，我的这盏神灯，它是我们的所有来源，无论我需要什么，它都会满足我的，它就是我的希望。现在我要想想如果国王真问如你说的那样问题，我们应该怎么回答他。"

那天夜里，阿拉丁和母亲彻夜长谈，一直在聊这件事。黎明来临，阿拉丁的母亲站起来，觉得勇气倍增，这大多是因为儿子跟他讲了神灯的好处，神灯可以满足他们所有的需求。阿拉丁见母亲听自己讲了神灯的好处后，信心倍增，反而担心她管不住自己的嘴，向别人说这件事，于是对母亲说："母亲，你一定要小心，千万不要跟别人提起神灯和神灯的作用，这是我们的宝物。你要管住自己，千万不要在别人面前说漏嘴，提到它。如果我们真的没有了它，那它带给我们的巨大利益也就没有了。"他母亲听了回答："放心吧，儿子。"她说完，就带着装满珍贵宝石的瓷碗，趁路人不多的时候，早早出发了。她抱着用手帕包着的瓷碗，来到王宫门前。她到那儿的时候人还不多，她看见宰相、大臣、官吏、显贵们一个个进去面见，不一会儿，宰相、大臣、官吏、显贵们就朝拜完了。她看到了朝拜的情景：待国王驾到，坐在宝座上，大臣们就向国王行鞠躬礼，其他王公贵族也跟着行礼，然后一个个交叉手臂，贴在胸前，垂头听命，待国王赐座，他们才各按等级就座；接着便有朝臣上奏，国王照常处理好各种事务，朝拜就算结束了。国王起身进入后宫，其他人依次离开。阿拉丁的母亲见苏丹从宝座上起来径直进了后宫，就离开回家了。阿拉丁见到母亲和她手中的瓷碗，想到她一定碰到了意外，但他没有追问母亲，等到她回到家中，放下瓷碗，母亲才对他讲述了经过，然后说道："赞美安拉，儿子，我本是勇气十足，今天我已经到了王宫，但是没有机会与国王见面。若安拉愿意，我一定还会去面见国王。事实上，今天很多人都像我一样，没得到机会跟国王见面。儿子，明天的情况应该会好一点，为了你的心愿，明天我一定会找机会面见国王。但如果明天跟今天一样，要怎么办呢？"阿拉丁听到母亲这么说，心中很是欢喜，尽管他每时每刻都在祈祷愿望成真，尽管他深爱着白狄鲁勒·补都鲁，希望娶她为妻，但他还是得耐心等待。那晚他们睡下，一直到次日清晨，阿拉丁的母亲起床又带着瓷碗来到苏丹接见百姓的宫殿，发现大门紧闭。她向旁人打听，得知苏丹并不是每天都接见百姓，每周只有三次。

她只得返回家中。那日之后，她每天都要前往王宫，站在旁边，等到接见结束，只得转身回家，次日去的时候就发现宫殿的大门关着，这样的情况持续了一个月。苏丹发现阿拉丁的母亲每逢接待百姓的时候都会到场，到了最后一次，阿拉丁的母亲还是像往常一样，站在大厅门外，直到接见结束，都没能鼓起勇气站在国王面前说上话。苏丹由宰相陪同，离开接待厅，前往后宫，回过头对宰相说："宰相，近来的每次接见日，我都会看到一个老妇人出现，外衣还放着一包东西。宰相，告诉我她的情况，还有她前来拜见的目的。"宰相回答："陛下，说真的，好多妇人头脑都不大对劲，那个妇人可能是来向陛下诉说她丈夫或亲人的事情。"但苏丹对宰相的回答很不满意，命令宰相，下次再看见那位老妇人来，就带她进来拜见。宰相举手贴在头顶，回答："遵命，苏丹陛下。"

尽管心里苦恼、厌倦，但为了儿子的意愿能够实现，阿拉丁的母亲每次接待日都会到场，在苏丹所在的厅门前等候。一天接待日，她照常站在厅门前等候，苏丹看见阿拉丁的母亲，命令宰相："这就是我昨天向你提过的那位老妇人，立刻带她来见我，我要了解她的情况和她的恳求。"宰相遵命，立刻把阿拉丁的母亲引到国王面前，阿拉丁的母亲向国王致敬，祈祷国王万寿无疆，世世代代荣华富贵，亲吻国王面前的大地。苏丹对她说："老人家，近日每次接见日我都看见你在接待厅，但都没有说话，告诉我你有什么需要，我会尽力满足你的要求。"她再一次亲吻地面，为国王祈祷，说："我们伟大的君主，向国王起誓，我真的有一个恳求，但首先恳请陛下在听完我的恳求后，能够保证我的安全，并允许我一个人独自在御前讲明我的希望和目的，因为大家可能会认为我的话很荒谬。"国王急于知道她的请求，表现出十分温和的样子，答应保证她的安全，并命在场所有人退下，只留宰相在旁。

苏丹回头，对她说："现在说你的请求吧，伟大的安拉会保佑你的。"但是阿拉丁的母亲回答："我们伟大的君主，我还要恳请你的赦免。"国王回答:"安拉会赦免你的。"于是她开始说道:"我们的陛下,苏丹啊,我有一个儿子叫阿拉丁。一天他听见传令官说国王的女儿白狄鲁勒·补都鲁公主前往澡堂沐浴,命令商人停业一天,并让百姓禁闭在家。我儿子听到这个,抑制不住内心的好奇,想要一睹公主的真容。他找了个隐蔽的地方,也就是澡堂的门后,躲在那里想要近距离看看公主。因此,当公主一进澡堂,他便看见公主。自从他见过公主,陛下,直到现在,他都饱受折磨。他要我前来向陛下求亲,希望可以娶公主为妻。我无法打消他的幻想,他深爱着公主,公主已经占据了他的心,他还告诉我:'母亲,真的,要是我娶不到公主,我就活不下去了。'所以我才斗胆前来,恳求仁慈温和的陛下,可以明白我和儿子的难处,希望国王饶恕我刚才对陛下的不敬。"

国王听了她的讲话,温和地看着她,笑着对她说:"你带了什么来,你那包里是什么?"阿拉丁的母亲明显地感觉到国王对她的愤怒,明白国王强忍着怒火,挤出笑脸,于是她打开手帕,把装满珠宝的瓷碗呈献给国王看。国王看着她打开手帕。一瞬间,里面的珠宝闪烁的珠光宝气照亮了整个大厅。国王惊呆了,看着这些体积硕大、明亮、美丽的宝石,感到十分诧异,惊叹:"这是我有生以来,第一次见到这么美丽、硕大、珍贵的宝石,在我的库藏中,找不出一颗能与这些珠宝相比的。"说完,国王转向他的宰相,对他说:"宰相,你来说说,如此珍奇瑰丽的珠宝,你生平见过没有?"

宰相回答:"陛下,我生平从没有见过这样的珠宝,我也相信陛下的库藏中,没有一颗能与这里面最小的一颗相比。"国王说道:"说真的,敬献这些珠宝的人,真配得上娶我的女儿白狄鲁勒·补都鲁公主。在我看来,没有一个人比他更有资格娶公主。"宰相听了苏丹的话,一时张口结舌,苦恼不堪,内心十分痛苦,因为国王曾答应要把公主嫁给他的儿子。宰相愣了一会儿,说道:"伟大的陛下,当初承蒙陛下答应将公主嫁给我儿子,现在我冒昧恳请陛下多给我儿子三个月,三个月后我儿子一定会拿出比这珍贵稀有的礼物敬献给国王。"国王知道无论是宰相还是其他王公贵族都不可能做到，但出于国王理应有的宽大仁慈，他答应宰相的要求，将公主的婚事向后延迟三个月，再作定夺。他转向阿拉丁的母亲，对她说："你回去告诉你的儿子，国王一诺千金，我愿意将女儿嫁给他，但是现在必须替她准备一份出嫁的行头和婚后必不可少的用品，所以请他耐心等待三个月。"

阿拉丁的母亲得到这个回答，对苏丹万分感激，连连为他祈祷，然后急忙赶回家。她眉开眼笑地回到家。阿拉丁见母亲不像以往，没有耽搁就回来，也没有带瓷碗回来，而是喜上眉梢，知道是有好消息。他问母亲："母亲，愿安拉带来好消息，难不成是那些罕见珠宝起作用了，苏丹亲切接见了你，耐心倾听了你的请求？"阿拉丁的母亲把她经历的事从头到尾向阿拉丁讲述了一遍，包括苏丹接见他，见到那些稀罕、硕大的宝石时表现出来的惊讶，以及宰相的反应和苏丹的承诺："他希望将女儿嫁给你。但是，儿子，在这之前，国王和宰相私下曾经约定要将公主嫁给宰相的儿子，所以宰相恳请国王将此事延后三个月。我害怕宰相会对你不利，说服国王改变主意。"

阿拉丁听了母亲的讲述，得知国王许诺三个月后将公主嫁给他，松了一口气，心里充满喜悦，开心得不得了，说道："苏丹已经承诺三个月后让我娶公主为妻，尽管三个月很漫长，我还是高兴透顶了。"他非常感谢母亲，为了他历经千辛万苦，最终获得成功，他赞叹道："以安拉之名，母亲，在这以前，我就像是躺在坟墓里，是你把我救出来，感谢安拉，我现在明白了，世界上没有比我更幸福的人了。"于是他耐心等待三个月后的到来，现在两个月已经过去了。

一天日落，阿拉丁的母亲去市场买油，发现店铺都关门了，城里处处张灯结彩，老百姓点燃蜡烛，在窗户上挂满鲜花。她看见街上的部队、官吏和侍卫成群结队，烛火交相辉映，光彩四射。看到这种欢庆的热闹场面，她感到十分惊讶，急忙走进一家还开着的油店，一边买油，一边问店家："大叔，请问今天城里有何事发生，为什么这些人到处装饰，所有的市场和房屋都关着大门，还有军队都在街上游行？"油商回答："老妇人,我想你不是本地人吧?"但是她回答:"不,我就是这个城里的人。"油商大呼:"你是本城的人,居然没有听说大宰相的儿子将于今晚迎娶苏丹的女儿白狄鲁勒·补都鲁公主,现在宰相的儿子正在澡堂沐浴,那些官吏和士兵成群列队,等他沐浴完毕,护送他进宫去迎接公主。"

阿拉丁的母亲听了这话,伤心不已,六神无主,不知道该如何将这个令人沮丧的消息告诉儿子。她这个苦命的儿子,这三个月来,一点钟一点钟地煎熬着,眼看就到头了,可……想了一会儿,她回到家中,看到儿子,对他说:"儿子,我要告诉你一个确切的消息,你听了会伤心痛苦的,我也很伤心。"阿拉丁回答:"告诉我,是什么消息?"她又说:"事实上,苏丹已经违背了他说要将白狄鲁勒·补都鲁公主嫁给你的承诺,今晚宰相的儿子就要迎娶公主。孩子,当我听到那宰相说国王和他私下有约的时候,我就已经料到他会让苏丹改变主意。"阿拉丁问她:"你是怎么知道宰相的儿子要在今晚迎娶苏丹的女儿白狄鲁勒·补都鲁公主的消息的?"阿拉丁的母亲把去城里买油见到城中处处张灯结彩、侍卫官吏成群列队等待宰相儿子沐浴完毕,以及油商告诉自己的事讲了一遍。阿拉丁听到这话,苦恼到了极点,平静了一会儿,他想到他的神灯,精神振奋起来,欢呼:"母亲,以你的生命起誓,你放心,那宰相的儿子是娶不到公主的。我们不要谈这个了,快把晚餐端出来,我们先吃饭,吃完晚饭后,我回卧房休息一会儿,一切都会好的。"

晚饭过后,阿拉丁回到自己的卧室,关上房门,取出神灯,用手一擦,神灯仆人就立刻出现在他面前说:"你需要我为你做什么?我是这盏神灯的仆人,任何人只要拥有了神灯,我都任他差遣。"阿拉丁说:"听着!我曾经向苏丹求亲,国王答应我三个月后将白狄鲁勒·补都鲁公主嫁给我。但是国王不遵守承诺,要把公主许配给宰相的儿子,今晚就会举行婚礼。如果你真是神灯仆人,我命令你:今晚见到新郎新娘就连床带人一起带到这儿来。这就是我要你做的事。"灯神听了回答:"听明白了,在下遵命。除了这个,如果还有其他需要,请尽管吩咐。"但阿拉丁说:"没有其他吩咐了,有的话我再告诉你。"话刚说完,灯神就消失不见了。阿拉丁去找母亲，和母亲聊天，一直到天明，天亮了，阿拉丁估计神灯是时候回来了，于是回到卧房，不一会儿，灯神便出现，还把新郎新娘连床带人都带了回来。阿拉丁看见，喜出望外，十分高兴地对灯神说："把那个讨人厌的家伙弄走，关到密室里。"说完，灯神就马上把宰相的儿子带到密室里关起来，并向他吹了一口寒气，让他就变成十分痛苦的样子，灯神这才离开，来到阿拉丁面前说："如果还有其他吩咐，请告诉我。"阿拉丁回答："早晨你再把他们原样带回原来的地方。"灯神回答："听明白了，在下遵命。"之后就消失了。

阿拉丁站起身来，几乎不能相信这件事能成功，但是当他看见白狄鲁勒·补都鲁公主就在自己的房间，尽管自己一直都为她着迷，但他还是保持着对公主的尊敬，说："美丽的女孩，不要以为我带你来这儿是要对你不敬，不是这样的，我只是不想让别人有机会得到你，而且你的父王苏丹早已承诺让我娶你为妻。所以你就不要害怕，安心休息吧！"但白狄鲁勒·补都鲁发现自己在一间又黑又小的房间，听到阿拉丁的话，惶恐不安，吓得全身发抖，呆坐在那里，一句话也说不出来。阿拉丁脱掉外衣，把一把剑放在自己和公主之间，就倒在公主的床边睡觉，没有侮辱公主，因为他只想在公主新婚之夜将公主和宰相的儿子分开。公主就这样度过了她最糟糕的一夜，对公主来说，没有什么时候比那一夜更糟糕。与此同时，被关在密室的宰相的儿子，因为害怕带他来的灯神，一晚上都担惊受怕。

第二天早上，阿拉丁没有擦神灯，灯神就自动出现在阿拉丁的面前，说："主人，如果你有什么要吩咐的，请尽管吩咐我，我会遵命照办的。"阿拉丁对他说："去把新郎和新娘原样带回去！"一眨眼的工夫，灯神就遵照他的指示，把宰相的儿子和公主送回了原来的地方，就像他们原来一样，没有让任何人发现。但是当公主和宰相的儿子发现自己被送回了寝宫，吓得要死，几乎晕了过去。灯神把他们送回去，离开寝宫后，苏丹来看望公主。宰相的儿子听见开门声，想立即从床上起来迎接，因为他知道那时候只有苏丹会来。可是由于昨晚一直待在冰冷的密室里，他想焐在被窝里暖和一点，因而不能起床,然而,他还是坚持站起来,穿好衣服。

苏丹来到女儿白狄鲁勒·补都鲁公主面前,亲吻她的额头,向她说早安,并问她对新郎的印象,询问她对他是否满意。但公主都不作答,只是用愤怒的眼光盯着他。国王又问了一遍,她还是沉默不语,不作回答。苏丹只好离开她的寝宫,回到自己的寝宫,找到王后,告诉她女儿白狄鲁勒·补都鲁对自己的反应。王后让国王不要生公主的气,安慰说:"伟大的国王,大多数新婚的新娘都是这样的,她们是害羞,这没什么好奇怪的。不要责怪她,过不了多久,她就会恢复到原来的样子,陛下,现在就由她害羞,让她沉默。不过,我还是想去看看她。"

王后更衣后,来到女儿白狄鲁勒·补都鲁的寝宫,走到她面前,向她问好,并亲吻她的额头,公主还是一语不发,不作回答。王后见此情景,自言自语道:"一定是发生了奇怪的事,她才会变成这样。"于是问公主:"女儿啊,你这是怎么回事?告诉母后发生了什么事,为什么我来看你,向你问好,你却不回答我?"这时,白狄鲁勒·补都鲁公主转过头,对她说:"不要责怪我,母后!你来看望我,这使我感到无限光荣,我本该恭恭敬敬地迎接你。但是我这样是有原因的,请你听我慢慢道来,看看我度过的最糟糕的一晚上。母亲,昨晚我和驸马到床上歇息后,就有一个看不清长相的人,把我们连床带人一起举了起来,将我们带到一个漆黑、肮脏、狭窄的房间。"接着公主把昨晚的遭遇,包括驸马如何被带走,留自己一个人在床上,随后怎样出现另一个年轻人来代替她丈夫,将一把剑摆在她和他之间,然后躺在她旁边等,从头到尾叙述了一遍。"早晨,那个人又把我们连人带床一起搬了回来,把我们放下,立刻就走了。我们回来没过多久,父王就来了。那时候我恐怖过度,神魂不定,心绪不宁,话都说不出来,我这样一定惹得父王生气了。母后,我请求你,告诉父王我早上表现怪异的原因,这样他就不会责怪我没有回答他,原谅我。"

王后听了女儿白狄鲁勒·补都鲁的讲述,对她说:"孩子,不要惊慌。你没有告诉你父王这件事是对的。要是你把这个事情说出去了,别人会说你丧失理智了。女儿,你一定要小心谨慎,不要让你父王知道这件事。"但公主委屈地说:"母后,我是认真告诉你这件事的,我没有失去理智,这事情的的确确发生过。如果你不相信我的话,你就去问驸马吧!"接着王后对她说:"女儿,从现在开始,抛弃你脑中的幻想,现在你马上更衣,然后参加国内为你举办的婚宴,享受国内举行盛大婚礼的喜悦,听听乐声和歌声,看看人们彩饰城郭,为你庆祝,想让你开心。"王后说完,立刻召来侍女,为公主更衣、梳洗打扮。接着王后回到自己的寝宫,来到国王面前,告诉国王公主昨夜受梦魇的折磨,最后说:"她没有回答你,你就不要责怪她了。"接着她又秘密地将宰相的儿子召来,询问他这件事,问他公主所说是否属实。但是他怕王后知道实情后,自己会失去公主,因而说谎:"母后,你说的这些事,我一点也不知道。"所以王后更加确信公主是被噩梦所扰。庆祝宴会持续了一天,宴会上,歌女乐师吹奏各种乐器,王后、宰相和宰相的儿子尽力营造欢快的气氛,好让白狄鲁勒·补都鲁公主忘掉忧愁,开心起来。整整一天,他们不遗余力,在公主面前逗她开心,希望她可以忘记脑中的不快,从而满足开心。但是他们努力了一天,公主却丝毫不受他们的影响,还是保持沉默,十分伤感,始终被夜晚发生的事所困惑。至于宰相之子,他因为整夜都被关在密室里,所遭受的比她更为悲惨。但是他否认事实,驱除那夜灾难留在脑中的记忆。因为他害怕别人知道后,会损害自己的名誉,尤其是人人所称羡的身份和地位;还因为害怕失去美丽可爱、倾国倾城的公主。

这天阿拉丁也出去看热闹,那庆婚宴一直从王宫到城里各处。当他听到人们夸赞宰相之子的荣耀,说他能够成为苏丹的驸马,这是几世修来的福气时,忍不住笑出来,这笑声表现得和婚宴上的欢声笑语格格不入。阿拉丁自言自语地说:"你们这些乌合之众,根本不知道他昨天晚上的遭遇,还在这儿羡慕他。"天黑了,是睡觉的时候了,阿拉丁到卧房,擦了擦神灯,灯神就立刻出现在他面前。阿拉丁吩咐灯神,像昨晚一样,趁宰相之子和公主交欢之前,把他们连床带人带到家里。灯神随即就消失了,等到他再次出现时，他已经带着躺着白狄鲁勒·补都鲁公主和宰相之子的床回来了。接着他按照阿拉丁的吩咐，就像前夜一样，把宰相之子关进密室，向他吹了一口寒气，让他害怕得不停发抖。阿拉丁照样躺在公主身边，将一把剑放在他和她之间，就睡下了。到了早上，灯神照例出现，将他们照样搬回原处，看到宰相之子所受的痛苦，阿拉丁十分满足、开心。

早上，苏丹想去看看女儿白狄鲁勒·补都鲁公主，看她是否还像昨天那样对他无礼。于是他驱散睡意，起床更衣，来到女儿的寝宫，开门进屋。这时候，公主和宰相之子刚被灯神送回来，尽管宰相之子冻了一晚上，冷得刺骨，但听到国王驾到，还是匆忙起床，穿好衣服，迎接国王。苏丹进了寝宫，径直来到女儿白狄鲁勒·补都鲁的床前，掀起床帘，向她问候说早安，亲吻她的额头，询问她的情况。但国王看见她愁眉苦脸，沉默不语，不作回答，只是愤怒地盯着他，看起来十分可怜。国王见公主又不回答自己，怒火中烧，怀疑她发生了什么事。于是拔出宝剑，对她说："你到底怎么了，你发生了什么事？你不说我现在就杀了你。我跟你讲话，你这样不回答我，是对我的尊敬吗？"白狄鲁勒·补都鲁公主见父王如此生气，手握宝剑，赶忙清醒了过来，排除恐惧之心，转头对父王说："我尊敬的父王，请别生我的气，也不要动怒，我之所以这样是有原因的。先听我向你叙述我经历的事情，我相信待我跟你讲完我这两天晚上发生的事情，你就会原谅我，你的仁慈之心会怜悯我，我需要父王的怜悯之心。"于是白狄鲁勒·补都鲁公主把这两个夜晚所遭遇的一切，从头到尾说了一遍，还说："父王，要是你不相信我，你可以去问驸马，他会把所有经过都告诉你，但我不知道他们把他从我身边带走后对他做了什么，也不知道他们把他带去了哪里。"

苏丹听了女儿的一番话，伤心难过，掉下了眼泪。他将剑插回剑鞘，抱着公主，亲吻她，说："女儿，你昨晚发生了这种事，怎么不告诉我呢？你早说，我就可以避免这种事再次发生，也不会让你担惊受怕了。不过，以后不会再发生这种事。从现在起，你不要再为此事忧愁，今晚我会派侍卫守夜保护你，不会再遭此不幸，也不会整天伤心害怕。"苏丹回到自己的寝宫，立刻把宰相召来，宰相进宫，见到国王，国王就立刻问他："宰相，也许驸马已经告诉你他和公主遭遇的事了，你对此事有何看法？"但宰相回答："伟大的陛下，我从昨天到今天，还没有见过犬子。"于是苏丹把公主对自己讲的，从头到尾叙述了一遍，说道："你马上去令郎那儿了解一下实情，因为我怀疑公主是担心过度，不知道到底发生了什么。不过我相信她讲的事的确发生过。"

宰相立刻告辞，找到儿子，把苏丹所说的事讲了一遍，询问他是否属实。宰相的儿子回答："父亲，安拉在上，白狄鲁勒·补都鲁公主没有说谎。公主说的全是真的，过去的两夜，本该是我们享受新婚之夜的时候，却成了我们过得最糟糕的夜晚。相比睡在床上的公主，我的遭遇更为悲惨，我整晚都被关在黑暗、可怕、臭得令人作呕的小密室里，冷得刺骨。"于是他向父亲讲述了自己的种种遭遇，最后说道："尊敬的父亲，我恳请你，请求苏丹解除婚约。能娶白狄鲁勒·补都鲁公主为妻，做国王的驸马，我真是万分荣幸，不过我再也没有精力去忍受那样的夜晚。"

宰相听了儿子的话，大失所望，十分难过苦恼，因为他一心想让儿子成为驸马，是想让他得到提拔，大展拳脚，现在正仔细考虑，要如何解决这个问题。让儿子和公主解除婚姻关系是不可能的，因为宰相才享受到至高无上的荣誉和快慰感。于是对儿子说："孩子啊，你要冷静，待我们看看今晚会发生什么再说吧，我们会派侍卫为你守夜保护你，不要轻易放弃这至高无上的荣耀，这是你才有机会拥有的啊！"

宰相说完，赶到国王面前，告诉国王白狄鲁勒·补都鲁公主所说的都是事实。苏丹听了说："事情既然属实，那我们就不要再拖延了，得赶快解决。"说完，马上下令停止庆祝婚典的一切活动，并宣布公主的婚姻无效。所有人听到这消息，都觉得莫名其妙，看到宰相和他的儿子从王宫出来，伤心痛苦，一脸愤怒，更是觉得惊讶。大家都纷纷讨论为什么要突然宣布公主的婚姻无效，这当中的情况，除了阿拉丁谁也不知道，这会儿他心里正偷乐呢。即使公主的婚约被解除了，苏丹也没有想起自己曾经对阿拉丁母亲的承诺，宰相也没有想起来，他们甚至不记得阿拉丁母亲曾经来过。

阿拉丁耐心地等到国王规定的三个月的期限结束，三个月期满国王就答应将女儿嫁给他为妻。期满那一天，阿拉丁便让母亲赶紧去拜见国王，提醒他履行诺言。阿拉丁的母亲来到皇宫，国王驾临接待厅，一见阿拉丁的母亲站在前面，便想起自己曾经许下诺言，答应三个月后将女儿嫁给她的儿子。随即转向宰相，说道："宰相，这是曾经敬献珠宝的那个老妇人，我们三个月前向她许下了承诺，现在你先带她进来见我。"于是宰相派人去把阿拉丁的母亲请来拜见国王，阿拉丁的母亲见到国王，问候国王，并祈祷国家繁荣昌盛，国王万寿无疆。苏丹问她有何需求，阿拉丁的母亲回答："伟大的君王，你曾许诺我，以三个月为期，将白狄鲁勒·补都鲁公主嫁给我的儿子，现在三个月期限已满。"

经过仔细观察，国王发现阿拉丁的母亲穷酸卑微的样子，但她之前带来的礼物十分稀有珍贵，远非他这个国王可以得到的，因此对这个要求感到十分迷惘，不知道怎么解决。于是他转向宰相，对他说："你对此有何策略？我的确答应过她，但是很明显她只是个穷百姓，也没有什么地位。"宰相因为嫉妒阿拉丁，又因儿子的事忧愁苦恼，心想："像这样的老妇人的儿子怎么能娶公主为妻呢？更何况我儿子才丧失做驸马的荣耀。"因此他回答苏丹："陛下，要应付这种人很简单，你本来就不应该把女儿嫁给这种默默无闻的人。"苏丹说："你有什么办法可以让我们摆脱这种人呢？我的的确确向她承诺过，国王可是一诺千金。"宰相回答："陛下，我的建议是国王再向他们要求用四十个纯金的碗，装满她上次献给你的那种珠宝，再由四十个女仆端着，带着四十个黑奴，敬献给国王。"苏丹听了说："以安拉之名，宰相，你这个建议真好，因为他们不能做到我们的要求，这样我们就可以在不违背诺言的情况下拒绝她了。"商议完，苏丹就对阿拉丁的母亲说："你回去，告诉你的儿子，我绝对会履行我的承诺，不过只要他能拿出我女儿的嫁妆，我要他用四十个纯金的碗，装满你上次带来的那种珠宝，由四十个女仆端着，四十个黑奴护送进宫。你儿子做到这个要求，我就把女儿嫁给他。"

阿拉丁的母亲听了，立刻回家，一边摇头，一边说："我可怜的儿子上哪儿去找那些宝石和金碗，就算他回到宝库把那些树上的珠宝和金碗都带回来，也不是没有可能。但是他一定会去的，那他又上哪儿去弄女仆和黑奴呢？"她一直在心里打算着，到了家里，见阿拉丁正满心期盼着她。她进屋对儿子说："儿子，我觉得你根本就不可能娶白狄鲁勒·补都鲁公主为妻，我们这种人是不可能完成这件事的。"阿拉丁说："快告诉我最新的消息吧。"她又接着说："儿子，说真的，苏丹还是十分温和地接见了我，他还是很尊敬我的，苏丹对我们还是很仁慈的。就是那个宰相处处与我们作对，因为我跟苏丹交谈过之后，就像你说的那样，我对苏丹说：'你向我们承诺的期限已满'，还跟他说：'还请陛下履行诺言，将白狄鲁勒·补都鲁公主嫁给我的儿子'，我说完后，苏丹要跟宰相商量，宰相跟国王嘀咕了一会儿，国王就给了我这个回复。"说完她告诉阿拉丁苏丹的要求，对他说："儿子，国王还在等待我们赶快回答，可在我看来，我们根本就没什么好回复的。"

阿拉丁听了他母亲的话，大笑起来，说道："母亲，你说我们没有办法回复他，你把这个事考虑得太难了。你不要担心这件事了，快去拿点吃的来，等我们吃完饭，如果仁慈的安拉愿意，我会让你看到我的答复的。想必苏丹和你一样，以为他给我出了个大难题，想拒绝我与白狄鲁勒·补都鲁公主结婚，其实不然，这其实很简单，他要求的东西比我想象的还要少。现在你只要去弄点吃的来，我们好好吃一顿。相信我一定有办法让你回复他。"阿拉丁的母亲听了，就去市场买菜去了。阿拉丁回到卧房，拿出神灯，用手一擦，灯神就立刻出现在他面前，对他说："主人，你有什么要吩咐的？"阿拉丁回答："我要娶苏丹的女儿白狄鲁勒·补都鲁公主，苏丹要我用四十个纯金盘子，每个盘子十磅重，装满上次从宝库里带回来的那种珠宝，由四十个女仆端着，每个女仆都由黑奴护送，敬献给他作为聘礼。所以我要你为我准备这些。"灯神听了回答："听明白了，主人，在下遵命。"说完就消失了，大约过了一个小时，他就带着四十个女仆出现了，每个女仆都头顶一碗装满珍贵宝石的金碗，旁边还有一个侍从做伴。他带着阿拉丁所要求的呈献在阿拉丁面前，说："这就是你要的，你还想要我做什么，请尽管吩咐。"阿拉丁回答说："我不需要什么了，我有需求的时候，自然会叫你出来，吩咐你。"话一说完，灯神就消失不见了。不一会儿，阿拉丁的母亲回来，看到女仆和黑奴，不禁惊叹高呼："承蒙安拉赐予儿子这一切，这些都是灯神做的吧！"她刚要揭开一个女仆的面纱，阿拉丁就对她说："母亲，现在正是个好机会，你要在苏丹回他的后宫与家人见面之前，把他要求的这一切，带到他面前呈献给他，让他知道我可以满足他的要求，即使再多我也可以。说真的，他只是受宰相的煽动，他们以为那样就可以阻挠我。"阿拉丁打开房门，让女仆们一个接一个地走出去，每个女仆身旁伴随着一个黑奴，站满了整条街道，阿拉丁的母亲则在前面带领着他们。街上的行人都驻足观望，看这种惊人、神奇的场面，欣赏美丽可爱的女仆们。尤其是她们穿戴的那种镶金嵌玉、价值千金的锦缎衣裙，让街上的人都啧啧称赞。人们还看到女仆头顶的金碗，尽管每个碗上都盖着一块镶金边，饰以珍贵宝石的锦缎，但还是可以看到里面装满发出比太阳光还强烈的光芒的珍贵宝石。路人都观看着这奇特的景象，觉得十分惊讶。阿拉丁的母亲带着众奴婢，整齐一致地向前走，惹得众人停下来观看美丽可爱的女仆，人们连连赞颂造物者安拉的伟大。仆人们一路跟着阿拉丁的母亲进入苏丹的王宫，侍卫、大臣和官员们看到这种情景，都感到惊奇，因为他们生平都没有见过这种景象，如此美丽的女仆，即使是隐士见了，也会转头。尽管那些大臣和军队的官员都出身王公贵族，但他们见了女仆身穿的华丽的衣服和头顶的金碗，也看得目不转睛，被金碗中宝石放出来的强烈光芒刺得睁不开眼。

守卫赶忙去向苏丹通报，苏丹听了立刻下令将他们带到接见厅来。阿拉丁的母亲带着他们进入接见厅，来到苏丹面前，一起恭敬地向苏丹问好，齐声祝贺他世世代代荣华富贵、君威长存。女仆们拿下头顶的金碗，摆在国王面前，揭开上面的锦缎，站在一旁听候命令。苏丹看着这灿烂夺目的珠宝和美丽可爱的女仆，惊叹不已，连连称赞，看到碗里都装满了珍贵宝石，一时心神不宁，看得惊呆了，不知道怎么应付这场景，一句话都说不出来。他想到有人能在一个小时之内完成他的要求，更是万分惊奇。最后，他下令让女仆端着金碗敬献给白狄鲁勒·补都鲁公主，于是仆人们遵照国王的命令，端着金碗，进了白狄鲁勒·补都鲁公主的寝宫。

敬献完聘礼，阿拉丁的母亲对苏丹说："陛下，这只是我们表现出对白狄鲁勒·补都鲁公主的诚意，并不算什么。再多两倍的聘礼，也配不上公主的身份。"苏丹转而问宰相："宰相，你怎么看呢？能在这么短的时间内，取得这么多财物的人，难道还配不上公主做我的驸马吗？"虽然宰相对这些珍宝比过往还要惊奇、羡慕，但是他看到苏丹十分满足，嫉妒之心开始膨胀，但他改变不了既定的事实，于是回答："这还不足以迎娶公主。"接着又为国王出了个主意，想要从中破坏，不让公主嫁给阿拉丁，他又接着说："陛下，宇宙间的所有珍宝加起来，都比不上公主的一根手指。陛下太过高估这些礼物，它们比起公主本身，差得太远了。"苏丹听了宰相的话，意识到他是嫉妒，所以直接转向阿拉丁的母亲，说道："老妇人，你回去告诉你儿子，我接受聘礼，并兑现我的承诺，将我的女儿嫁给他，让他做我的驸马，你让他来见我，好让我认识认识他，我会尊重他的，如果他愿意，今晚就举行婚礼。不过，你要照我的吩咐，让他赶快过来，不要耽搁。"

阿拉丁的母亲告辞回家，一路上，步履如飞，归心似箭，一心想赶快回家恭喜儿子。想到自己的儿子马上就能成为驸马，心里乐开了花。阿拉丁的母亲离开以后，苏丹就结束了接见会，来到白狄鲁勒·补都鲁公主的寝宫，命令手下带上头顶金碗的女仆，呈现在女儿面前。公主看见这珍贵宝石，不禁惊叹："在我看来，宇宙中的珍宝，没有一颗能与这些宝石媲美！"她看到女仆们一个个漂亮优雅，十分惊讶。她知道这些都是准驸马送来的聘礼，这些都是由她差遣分配的，想到这，刚刚还在为新郎宰相之子伤心难过，现在顿时就兴高采烈。她看着漂亮讨巧的女仆和灿烂夺目的宝石，眉开眼笑，精神焕发，国王看到公主苦恼已烟消云散，心里也十分欣慰，兴高采烈地问公主："女儿，是这些聘礼博得了你的欢心吗？在我看来，这个准驸马要比宰相之子强多了，现在，如果安拉愿意，女儿啊，你就开开心心地嫁给准驸马吧。"苏丹和公主在一起开心地聊着。

阿拉丁的母亲眉开眼笑，回到家中，阿拉丁见了，猜到有好消息，说道："赞美不朽的安拉，我的愿望实现了。"阿拉丁的母亲兴高采烈地说："儿子啊，有好消息。你的愿望即将实现，这一定使你心欢，使你容光焕发。苏丹接受了你给白狄鲁勒·补都鲁公主的聘礼。儿子，今晚你就可以和公主结为夫妇。苏丹为了使我确信，已经公开宣布，让你做他的驸马，还说今晚就举行婚礼。此外，他还对我说：'让你的儿子来见我，我要认识认识他，还要用最尊敬的仪式接见他。'儿子，现在我的任务就完成了，接下来就要靠你自己了。"

阿拉丁高兴地亲吻母亲的双手，感谢她对自己的好，然后回到自己的卧房，拿出神灯，用手一擦，灯神就出现，说："你有什么需要？我愿为你服务。"阿拉丁立刻回答："我要你带我去一间宇宙之中没有能与之匹敌的澡堂，并为我准备一套华丽高贵的衣冠，是国王的宫服都不能媲美的。"灯神听了，回答："明白了，在下遵命。"说着，就抬着他，来到一间连各代帝王都没见过的澡堂。这间澡堂是用大理石和红玉髓建筑的，十分美妙壮观，让人看了无法将目光移开，澡堂里一个人也没有，里面镶嵌着各种名贵的宝石。等阿拉丁进去之后，就有一个人模人样的神仆来为他洗澡、按摩，从头按到脚。沐浴完毕，阿拉丁从澡堂来到一座宽敞的大厅，没有看到自己原来的衣物，取而代之的是一套极其华贵的衣冠。还有果子汁和龙涎香咖啡供他享用，他正喝着，一群仆人就出现在他面前，替他穿上华丽的衣冠，用香熏熏他。尽管阿拉丁是个穷裁缝的儿子，但经过这么一打扮，人们不但看不出来，反而还会说："他是国王的驸马，虽说他还是原来的阿拉丁，但现在看来真是仪表出众的人物。"一切打扮妥当，灯神又举着阿拉丁回到家中，对阿拉丁说："主人，你还有什么吩咐？"阿拉丁回答："有，我还需要四十八名侍卫，让他们穿上盔甲、装备齐全，二十四名走在我前面，二十四名走在我后面，他们身上配备的武器和衣物，包括战马，必须是最好的，是帝王的库藏中都没有的。还要给我准备一匹适合恺撒大帝骑用的骏马，马鞍必须嵌满珠宝玉石，还要四万八千枚金币，每个侍卫带一千枚金币，我现在要去见苏丹，你不要耽搁，准备好了这些东西，我才能去拜见国王。除此之外，我还要十二个长得漂亮讨巧的女仆，每个都必须身着华丽的衣物，装扮得就像国王的丫鬟一样，让她们尾随我母亲去皇宫拜见苏丹。"灯神听了，回答道："明白了，在下遵命。"就立刻消失了。不一会儿，他就带着阿拉丁所要求的一切出现，还牵着一匹骏马，那是闻名于世的阿拉伯骏马都不能与之媲美的，骏马的马鞍镶嵌着灿烂的金片。

阿拉丁立刻叫来母亲，让她穿上华服，带着这十二名女仆，到苏丹的宫殿。他则派了一名灯神赐予的侍卫，前去探听，看国王是否要求见他。听了阿拉丁的吩咐，这名侍卫用闪电般的速度前去查看回来，对他说："主人，苏丹要见你。"于是阿拉丁骑上骏马，让侍卫们尾随在后，去了皇宫，路上行人见了，都惊呼："赞美安拉，这队伍如此整齐、威武！"他们所经过的地方，侍卫在主人阿拉丁的前后，把金币散给对他们的气势和派头不停称赞的人群，人们没有意识到他是国王的准驸马，只是啧啧称赞，赞美他的慷慨，赞美他永垂不朽！阿拉丁能有这一切，全靠他所拥有的神灯，这个给他带来外貌、财富和智慧的神灯。人们在惊叹阿拉丁的慷慨的同时，还注意到他不仅外形漂亮，而且谦恭有礼、性格慷慨，更使得人们对他赞不绝口。他们尽管知道他是一个裁缝的儿子，还是赞叹仁慈的安拉所赐给他的尊贵的地位，没有谁嫉妒他，相反，都说他是时来运转。

阿拉丁一路走，一路散发金币，使得路人们对他的慷慨大方赞叹不已，男女老少都为他祝福，一直到了王宫，阿拉丁前后的护卫向人们慷慨散发了很多金币。苏丹早已召集国内的王公大臣，向他们宣告了白狄鲁勒·补都鲁公主将嫁给阿拉丁的婚讯，命令他们等候他的到来，一起前去迎接他。苏丹还命令文武百官、王公大臣排列在王宫门前，等候阿拉丁的到来。阿拉丁在侍卫的护卫下来到皇宫前，正要下马，一个受苏丹吩咐的官吏上前，说道："大人，苏丹吩咐让你可以骑马进去，一直到接见厅门外。"听到这话，阿拉丁又带着一队人马浩浩荡荡地来到接见厅门前。侍卫到骏马的两侧来用手扶着马镫，帮他下马，然后很多官吏大臣都来引他进入接见厅。苏丹随即从国王宝座上起来，走近阿拉丁，拉住他的肩膀，不让他亲吻地面，还亲吻他，让阿拉丁坐在自己的旁边。阿拉丁表现得谦恭有礼，向国王问好、祝福，对国王说："陛下，你是如此宽宏大量，尽管我是个卑微的奴婢，根本配不上这样的恩典，陛下还是赏赐我这种恩惠，让我有幸娶公主为妻。我祝愿陛下万寿无疆、国泰民安。说实在的，陛下给我这么大的恩惠，在下实在无法用言语表达我的感激之情，我恳请陛下赏赐一块土地，让我可以为白狄鲁勒·补都鲁公主修建一座寝宫。"苏丹注意到阿拉丁身穿华丽的服饰，发现他容貌俊秀，还有整齐列队、身着气派宫服的侍卫任他差遣，心生困惑。同样地，阿拉丁的母亲穿戴着极其华丽的服饰，打扮得就像王后一样，十二个侍女毕恭毕敬地跟随在其身后。而且苏丹发现阿拉丁口才雄辩、用词讲究，这些都让苏丹十分惊讶，觉得他不一般。不仅国王自己觉得十分震惊，在场的文武百官也非常惊讶。这时，只有宰相嫉妒之火在心中燃烧，气得要死。苏丹听了阿拉丁对自己的祝福、他应用的文雅优美的辞藻和他雄辩的口才，眉开眼笑，把阿拉丁拥入怀中，亲吻他，说道："孩子啊！今天有你的陪伴，我觉得十分开心享受啊！"

苏丹看着阿拉丁谦卑有礼，满意欣喜，立刻下令奏乐，带着阿拉丁来到宴会厅，那里有早已准备好的美味佳肴，奴婢们也站在桌边候命。苏丹坐下来，让阿拉丁坐在他的右边，宰相和其他王公大臣和国内地位与宰相相当的要人也相继坐下就餐。音乐响起，整个大殿充满了欢声笑语，苏丹友好地与阿拉丁交流，阿拉丁都有问必答、彬彬有礼、殷勤恭谦，就像是出自类似帝王王公之家，知道他们所熟悉的各种礼节。苏丹和阿拉丁开怀畅聊，越聊越开心，听了阿拉丁同朝臣们滔滔不绝地交谈、出口成章、礼貌回应、应对自如，感到无限满足。

酒足饭饱之后，大家都下桌，苏丹随即召来法官和证婚人，为他们主持婚礼，立下结婚契约。这时阿拉丁起身正要离开，苏丹叫住他，说："你要去哪里，孩子？宴会才刚开始，婚礼准备在即，你们马上就要结为夫妻，也快要签结婚契约了。"阿拉丁回答："陛下，我打算为白狄鲁勒·补都鲁公主建一座符合她身份和地位的寝宫，这寝宫建不成，我就不会和她见面的。不过，愿安拉保佑，有了国王的仁慈关怀和下属们的辛勤劳作，寝宫很快就会建成的，我一心想要娶白狄鲁勒·补都鲁公主为妻，现在终于愿望成真。我首先建成一座宫殿，这是我理应为公主做的。"苏丹听了，对他说："孩子，现在你就选一块你中意的土地，你选中了，我就把它赐给你。不过我看皇宫前面那片广阔平坦的空地，就是最好的。如果你喜欢的话，就把寝宫建在那儿吧！""是的，"阿拉丁回答，"在仁慈的陛下的寝宫附近修建这座寝宫，这正是我的愿望啊。"

于是阿拉丁向苏丹告辞，骑着他的骏马，由自己的侍卫护卫着离开王宫，众人都祝福他，纷纷称赞："以安拉起誓，他真是配得上当驸马！"一直回到家中，阿拉丁下马，走进自己的寝宫，拿出神灯擦了擦，灯神立刻出现在他面前，对他说："有什么事，请尽管吩咐，主人！"阿拉丁对灯神说："现在我有一件重要的事要你去做，我要你以最快的速度，在苏丹的寝宫前建一座富丽堂皇的宫殿，是帝王都不曾见识过的，还要为公主配备最名贵的家具等设备。"灯神听了回答："听明白了，在下遵命！"说完就马上消失了，在黎明之前，灯神出现在阿拉丁面前，说道："主人，宫殿已经按你的要求修建完毕，如果你想前去查看，我现在就可以带你去。"于是阿拉丁跟随灯神，一眨眼的工夫便来到宫殿。阿拉丁见到巍峨壮丽的寝宫，十分惊讶，整座宫殿都是用碧玉、雪花石和斑岩，经过精雕细凿建成的。然后灯神又带领着阿拉丁进入宫殿里面，首先来到一座宝库，里面堆满了黄金白银和名贵宝石，数量之多、质量之好是无法估量的。接着灯神又带着他进入另一个房间，在这里，他看见杯盘碗盏、水壶盆子、酒壶酒杯和桌子等全都是用黄金白银打造的。他们又来到厨房，他看见厨房的佣人正拿着的做饭的餐具和其他必需品，全都是用黄金白银做的。他们来到储藏室，里面摆满装着各种名贵服饰的大箱柜，有产自印度和中土的锦缎和刺绣，看得人目瞪口呆。阿拉丁被带着参观了一间间让人无法形容的房间,跟着又来到马厩,里面饲养的骏马,世界上没有一个帝王的骏马能与之比拟。从马厩出来,阿拉丁来到了马具室,里面摆着华丽的镶嵌珠宝和名贵宝石的马具和马鞍。这所有的一切都是在一个夜晚创造出来的,如此奢华壮丽,是世间拥有最大权威的人也不能做到的,阿拉丁被震惊了。除此之外,宫殿内还有大批仆人、侍女,个个都长得十分漂亮,足以迷倒虔诚的圣徒。最令人惊叹的是,宫殿里面建了一座二十四角亭,每个观景台都用绿宝石、钻石和其他珠宝打造,但是按照阿拉丁的意愿,其中有一个观景台没有完工,这是阿拉丁为考验国王而故意安排的。

阿拉丁查看完宫殿的每个地方后,十分高兴满意,转身对灯神说:"这里还缺一件东西,我要吩咐你完成,之前忘记了。"灯神回答:"说吧!主人,你还想要什么?"阿拉丁说道:"我还要一条地毯,一条用金线编织的上等锦缎做的地毯,我要从我的寝宫一直铺到苏丹的宫殿,让白狄鲁勒·补都鲁公主从那儿过来的时候,可以踩在地毯上,免得她直接踩在地面上。"说完,灯神消失了一会儿,出现在阿拉丁面前说:"主人,我已经按照你的吩咐做好了。"于是又带着阿拉丁查看地毯,那地毯连接在两个宫殿之间,让人看了就觉得惊讶,阿拉丁看完,十分满意,灯神就带着他回家了。

阿拉丁办妥所有的事,已经是黎明时分,苏丹睡醒起床,打开窗户,向外一看,发现眼前有一座高大的建筑物。他揉了揉睡意蒙眬的双眼,睁着大大的眼睛细细观看,发现确实是一幢壮丽雄伟的宫殿,大吃一惊,而他看到连接在两座宫殿之间的地毯,惊得目瞪口呆。还有宫门外的侍卫和所有王室的仆人都是一样,十分惊讶。宰相进宫,看到新建的宫殿和铺在地上的地毯,感到万分惊诧。宰相拜见了国王之后,两人就开始谈论这奇特的事件,都对这种引人注意、赏心悦目的景象,感到十分震惊,宰相对苏丹说道:"说实话,这种我们想象不到的宫殿,不是帝王可以建造的。"国王望着宰相,说:"这辉煌的高大建筑,奢华到常人无法想象,你看了这些,就知道阿拉丁配得上做我的驸马了吧!"但是宰相对阿拉丁还是心有嫉妒,所以回答苏丹:"伟大的国君啊!说真的,这么高大奢华的建筑，不用魔法是不可能建出来的，因为世间就算是拥有最大的权力和财力的人，也不可能在一夜之间就建成这座富丽堂皇的建筑。"苏丹立刻回答："你总是诽谤阿拉丁，这让我觉得奇怪。我认为，你是嫉妒他，阿拉丁问我要一块地，要修建一座寝宫给我的女儿，我给了他王宫前面的这块地，你也在场，你那时候就已经表现出你的嫉妒。但是一个能把国王不曾拥有的珍宝作为聘礼敬献出来的人，就没有可能修建这样的一座宫殿吗？"

宰相听了苏丹的这番话，就明白国王对阿拉丁的喜爱，嫉妒之心更加强烈，但是不能改变这个事实，只能眼睁睁地看着，一个字也回答不出来。早晨阿拉丁醒来，想到是时候进宫去了，因为婚宴还在继续，宰相、王公大臣们都已聚集在苏丹的宫殿，等待着参加结婚庆典。于是他马上起床，拿出神灯一擦，灯神就出现在他面前，对他说："主人，你还有什么需要，我在此等候你的吩咐。"阿拉丁回答："今天是我的结婚大典，我马上就要去苏丹的王宫，现在需要一万枚金币，你快给我。"接着灯神就消失了，一眨眼，就带着一万枚金币回来了。阿拉丁拿着金币，骑着骏马，由他的侍卫在前后护送着，朝王宫走去，一路上，他一直把金币撒向群众，得到了人们的热爱，自尊心也得到了满足。到了宫殿，看见宰相、将军和侍卫早已守在门口，等着迎接他。他们赶忙去通报苏丹，苏丹起身，迎接他、拥抱他、亲吻他，握着他的手走进宫殿。苏丹坐下后，让阿拉丁坐在他的右边。于是装饰一新的城市，回响着弹奏乐器的音乐和乐师们歌唱的欢乐歌声。苏丹下令婚礼庆典正式开始，仆人侍卫们站到桌边就位，准备伺候国王进餐。于是阿拉丁和朝中文臣武将以及主要官员就座，然后大吃大喝，开怀畅饮。整个王宫和城市都充满了欢歌笑语，上至王公贵族，下至奴婢下属，王宫里所有的人都眉开眼笑。各地的地方官吏和远道而来的部落首领都赶来庆贺阿拉丁的婚典，看热闹。国王突然想到阿拉丁的母亲刚来拜见的时候，衣衫褴褛，而他的儿子拥有如此巨大的财富，心中很是纳闷儿。前来苏丹的宫殿观看阿拉丁结婚庆典的人们，看到那座新建的富丽堂皇的宫殿，知道那是一夜之间修建完成的，都感到十分惊奇，纷纷赞美阿拉丁："安拉让他享有这一切，以安拉起誓，他理应享受这一切，愿安拉保佑他长命百岁！"

庆典结束，阿拉丁起身向苏丹告辞，然后跨上马，在侍卫的护卫下，回到自己的宫殿，准备迎接新娘白狄鲁勒·补都鲁公主过门，一路上，众人欢呼叫道："安拉赐福给你，安拉让你荣耀倍增，愿安拉保佑你长命百岁！"一边欢呼，一边簇拥着他回到寝宫，阿拉丁还是一路上都散发金币。到了寝宫，阿拉丁下马，走了进去，坐在卧榻上。侍从列队整齐，阵容严肃，站在他面前，听候吩咐。不一会儿就有侍从为他端上果汁，他下令吩咐所有的女仆、仆人、官员等家眷都准备好，迎接新娘白狄鲁勒·补都鲁公主进门。到了下午，太阳渐渐落山，天气逐渐变凉，苏丹下令军队、公侯和宰相去丹赛马场，于是苏丹率领着众人来到丹赛马场。阿拉丁跨上马，带着他的侍卫军也来到丹赛马场，在这里，阿拉丁表演了骑术和棕榈标枪，看的观众为他起身喝彩，原来他骑的是一匹为阿拉伯骏马所不及的高头骏马，白狄鲁勒·补都鲁公主在寝宫，透过窗户，远远地看到阿拉丁英俊潇洒，骑术精湛，抑制不住对他的爱慕之情，高兴得几乎跳了起来。众人在丹赛马场参加竞技后，看到阿拉丁高超的骑术，公认阿拉丁是最好的，表演结束后，苏丹和阿拉丁都回到各自的寝宫。

到了晚上，大臣和贵族们来引领阿拉丁去皇家御用澡堂洗澡。阿拉丁进了澡堂，沐浴熏香之后，穿戴上比上次还要华丽的衣冠，跨上马，由侍卫和骑马的大臣在前面开路，四个骑兵手握宝剑站在阿拉丁的四方保卫，一队人马浩浩荡荡地前行。一路上，所有本地的、外地的百姓和军队都走在前面，手拿蜡烛，敲着鼓，吹奏着各种乐器，欢天喜地，簇拥着阿拉丁来到他的寝宫。阿拉丁下马，走进寝宫，请贵族大臣们一起坐下，仆人端来果汁和甜品，招待他们，还款待了一路跟随而来的众多百姓。阿拉丁命令侍从到宫殿门前，将金币撒向群众。苏丹从丹赛马场回到宫殿后，就命令侍卫官员组成送亲队伍，护送公主到新郎的寝宫，于是众多侍卫和朝中大臣纷纷加入到送亲的队伍，有宫中侍女手持蜡烛走在前面，指引着送亲队伍来到新郎的寝宫。公主的母亲则跟随在公主身边，紧接着是王公贵族和朝中重要官员和文武官吏以及他们的妻妾，跟随在最后的则是阿拉丁送来当聘礼的四十八名侍女，她们每人手中握着一支插在镶嵌珠宝的金烛台上的龙涎香蜡烛。他们众人从苏丹的宫殿出发，护送着公主来到新郎的寝宫，进入卧房，为公主更衣，重新打扮，带她到寝宫的大厅，早已等候在此的阿拉丁急忙上前迎接。

当阿拉丁揭下新娘的面罩，阿拉丁的母亲站在公主的身旁，仔细观察，发现公主的确漂亮可爱。公主环顾自己所在的大厅，见大厅闪着黄金珠宝发出的耀眼光芒，四处都镶嵌着绿翡翠和红宝石，心想："我原来觉得苏丹的宫殿宏伟壮丽，但现在才知道这间大厅是独一无二的，我相信即使是最崇高的国君也不可能修建这样的大厅。"白狄鲁勒·补都鲁公主开始四处观看，整幢宫殿雄伟壮丽，让白狄鲁勒·补都鲁公主叹为观止。筵席已经摆开，大家入席吃喝，满堂都是欢声笑语。此时，八十名侍女每人手拿可以奏出欢快音乐的管弦乐器，来到宾客面前，她们的纤纤手指轻拨琴弦，管弦便发出和谐悦耳的音乐，听众都陶醉在其中。白狄鲁勒·补都鲁公主听了这美妙的音乐，不禁感叹："我生平从来没有听过如此美妙悦耳的歌声！"她索性放下碗筷，欣赏音乐。阿拉丁为公主斟了一杯酒，双手奉给公主，让公主喝。众人都满足欢心，这是辉煌的一晚，就算是经历两代王朝的亚历山大大帝也不曾享受这样的美好时光。阿拉丁等到大家酒足饭饱，送走宾客后，来到新娘等候的卧房。

次日清晨，阿拉丁起床，司库为他送来一套华丽高贵的御用服饰。他穿戴整齐后，侍从就端来龙涎香混合煮泡的咖啡，他喝过之后，下令备马。阿拉丁跨上马，由侍卫一前一后护卫着，从自己的寝宫出发来到苏丹的宫殿。到了宫殿门外，侍从就前去向苏丹通报，苏丹听了，急忙起身迎接，见到阿拉丁，就像对亲生儿子那样，拥抱他、亲吻他，让阿拉丁坐在他的右边。众多宰相、朝臣、王公贵族们向他表示祝福，国王也祝福他、恭喜他，接着又吩咐奴婢们准备御膳招待大家，大家吃饱喝足后，侍从撤去杯盘桌椅。阿拉丁望着苏丹说："陛下，不知陛下能否给我这个荣幸，请众多王公贵族跟随你，前去我的宫殿，与白狄鲁勒·补都鲁公主共同进餐？"苏丹听了高兴地接受了他的邀请，说道："你真是热情好客啊，孩子！"说着，就立刻率领在场的文武朝臣和王公贵族，一并骑着马，由阿拉丁骑马在前引领，来到了阿拉丁的新建的宫殿，苏丹仔细欣赏着宫殿的建筑和构造。见到这么富丽堂皇的宏伟建筑，他大为震惊。他回头对宰相说："说说吧，宰相！你看谁修建过如此富丽堂皇的建筑，或者知道历代帝王中有哪位君王用如此丰富的珍宝、黄金和珠宝建造过宫殿？"宰相回答："陛下，这么辉煌的建筑可不是哪位帝王可以建造的，即使是全人类中也没有人可以修建这样的宫殿，这也是泥瓦匠做不到的。就像我曾对陛下说过的，除非是利用魔法。"苏丹明白宰相说的字字句句都是在嫉妒阿拉丁，宰相只想让他觉得这些并非常人能够完成，而是依靠魔法的法力。因此，苏丹回答宰相："够了，宰相，你不必再说了，我明白你这么说的原因。"

阿拉丁带着苏丹来到最顶层的凉亭中，苏丹看到天花板和窗户都是用绿翡翠、红宝石和其他珍奇的宝石打造的，十分惊讶，看得目瞪口呆，心神恍惚。苏丹四处游走观看，沉醉在这些奢华的装饰中。他发现一面没有完成的观景台，原来这是阿拉丁故意安排的，苏丹发现后，惊呼："真是替你感到惋惜，这就让你美中不足了。"说完又转头对宰相说："你知道这面观景台和上面的窗户没有完成的原因吗？"宰相回答："陛下，在下认为这扇窗户之所以没有完成，是因为陛下催促阿拉丁完成婚礼，所以他没有时间完成。"就在苏丹同宰相交谈的空当，阿拉丁通知妻子白狄鲁勒·补都鲁公主，叫她去拜见苏丹。等阿拉丁回来时，苏丹就询问他："孩子，凉亭的这面观景台没有完成，这是为什么呢？"阿拉丁回答："伟大的国君，由于着急完成婚礼，我没能找到适合的工人去完成它。"苏丹接着说："我希望我可以完成它。""安拉会让你的光荣事迹千古永存，陛下！"阿拉丁回答，"陛下的恩泽必将使白狄鲁勒·补都鲁公主的寝宫永存不朽。"于是苏丹下令找来珠宝商和金匠，提供给他们所需的黄金、珠宝和玉石，命他们去完成凉亭中未完成的观景台。

这时白狄鲁勒·补都鲁公主前来，拜见她的父王苏丹。苏丹看见公主，便满脸笑容，紧紧地抱住她、亲吻她，一起步入凉亭，公主随行的侍女们也跟随着走进凉亭。到了正午该吃饭的时候，白狄鲁勒·补都鲁公主和阿拉丁陪同苏丹在首席就餐，宰相、朝中大臣、重要官员和其他王公贵族则在另外布置的席间就餐。

苏丹坐下，左右有女儿、女婿陪同。苏丹夹菜品尝后，就惊喜地发现菜肴十分美味，不住地赞赏烹饪技术的高超。席间有八十名侍女站在他面前，各个长得漂亮可爱，足以挑战满月的美丽，说："月儿，你下来吧！我可以上去代替你。"她们每个人手中都拿着乐器可以演奏助兴，她们手指轻拨琴弦，乐器便发出悦耳美妙的音乐，让人听了心潮澎湃。苏丹听了美妙的音乐，喜笑颜开，心旷神怡，十分满足地说道："这美妙音乐的魔力，远远超过了帝王君主拥有的能力。"众人开怀畅饮，酒足饭饱，才转到另一个房间，享受侍从们送上的饭后甜点和水果。无论是在饭厅还是在这个房间，都充满了大家的欢声笑语。苏丹想要去查看珠宝商和金匠的工作，看他们完成的结果是否和宫殿里其他的修建一致。于是他起身，爬上最顶层，视察他们的工作和进程，但是与期望的相反，他们根本就不能完成得和阿拉丁宫殿里的其他修建一样。珠宝商和金匠告诉苏丹，他们已经拿出了他们能够找到的库藏的珍宝，可还是不够。于是苏丹下令打开大库藏，提供他们所需要的珠宝，如果这样都还不够的话，就把阿拉丁敬献给他的珠宝拿出来。珠宝商取出国王提供的珍奇宝石，继续埋头苦干，可发现还是不够，还没有完成一半，所有的珠宝就用完了。见此情况，苏丹下令征用宰相贵族的所有的珠宝，珠宝商拿着这些珠宝继续工作，即使这样，珠宝还是不够用。

第二天早上，阿拉丁上顶层，查看珠宝商工作的情况，发现他们只完成一半。于是他立刻命珠宝商和金匠放下手中的活儿，把珠宝都还回去。珠宝商和金匠遵照阿拉丁的吩咐，取下用上的宝石，分别物归原主，国王的给国王，宰相的给宰相。珠宝商面见国王，告诉国王是阿拉丁吩咐他们这么做的。国王问他们："他还说了什么？告诉我他这么做的原因，为什么观景台修到一半就要你们停下，还要把完成的都拆卸了？"工匠们回答："陛下，是他命我们拆卸完成的部分，除此之外，我们什么也不知道。"苏丹听了，命人备马，跨上马，就上阿拉丁的宫殿去了。

阿拉丁把金匠和珠宝商打发走后，回到自己的密室，取出神灯一擦，灯神就立刻出现了，对他说："主人有什么吩咐，神灯仆人一定会遵命照办！"阿拉丁随即说道："我要你将那面没有完成的观景台完成。""听明白了，在下遵命。"灯神回答完，就立刻消失了，不一会儿，就再次出现，说道："主人，你吩咐的事情，我已经完成了。"于是阿拉丁来到凉亭，看见那面观景台已经完成了，跟其他的一样，当他正查看时，一个宦官上来，通报："主人，苏丹驾临，说要看你，现在已经进了宫殿大门。"阿拉丁听了，急忙下了楼梯，迎接苏丹。苏丹一见到他，就大声说道："孩子，你为什么要那么做？不让珠宝商完成那面观景台，而让你的宫殿留下这个缺陷？"阿拉丁回答："伟大的陛下，我是故意不完成那面观景台的，这不是因为我没有能力完成，也不是想让陛下亲临观赏时，看到里面的不完整。我只是想让你了解不是我不能完成它。现在我恳请仁慈的陛下再次查看凉亭那面未完成的观景台，看看还有哪里需要完善。"国王听了，爬上宫殿的顶层，走进凉亭，把所有地方都仔细看了一遍，发现所有的窗户都完好无损，感到十分吃惊，紧紧抱着阿拉丁，亲吻他，说道："孩子，你所做的真是让人百思不得其解！别的珠宝商一个月都不能完成的事，你用了仅仅一夜就做到了。以安拉起誓，像你这样的人，世上是找不到人与你匹敌的。"阿拉丁回答："愿安拉保佑陛下万寿无疆，英明长存！陛下这样夸赞我，在下实在是受之有愧啊。"但是国王回答："孩子，你对所有的赞扬都是当之无愧的，因为你完成了一件世间所有工匠都无法完成的事。"接着国王下楼，来到白狄鲁勒·补都鲁公主房中看望她，同公主一起轻松畅聊。国王眼看公主生活在豪华宏伟的宫殿中，过得极其快乐舒适，感到十分欣慰，聊了一会儿，就回到自己的寝宫。

每天阿拉丁都要骑着骏马，由侍卫在前后护卫着，绕城游行，并向围聚的百姓撒金币，因此各地的人，无论本地人或外乡人，无论近处或远方，都因为他的慷慨大方，拥护他、爱戴他。他不断地向穷苦人施舍、救济，亲自向他们发放救济品，获得了很高的声望。许多贵族大臣都成为他的座上宾，人们都为他祈祷着"愿安拉保佑他珍贵的生命"。阿拉丁坚持同苏丹一起去丹赛马场练习骑马术，在马场上驰骋，练习投标。每一次白狄鲁勒·补都鲁公看见他在马背上的飒爽英姿，就越发地爱慕他，庆幸自己没有与宰相的儿子结合，嫁给阿拉丁时还是冰清玉洁的，深深觉得这是安拉对她的恩赐。

阿拉丁渐渐名声远震，所有人对他的爱戴日益强烈，他在人们心中的形象也变得光辉高大。就在生活平静之时，苏丹的敌人入侵攻打，苏丹立刻召集军队，命阿拉丁为将领，前去抵御敌人入侵。阿拉丁遵从命令，带领着军队，与敌人对垒，发现敌人十分强劲。他手握宝剑，冲锋在前，一场血腥战争就开始了，双方不分高下。最终阿拉丁重击了敌军的精兵，打败劲敌，杀得敌人四处逃窜，获得了无数的牲畜、食物等战利品。他光荣凯旋，带着部队回到城内，白狄鲁勒·补都鲁公主听到捷报，早已盛装打扮，满心欢喜地等候他。苏丹也亲自出来迎接，亲切地拥抱他、亲吻他，向他表示祝贺，这次盛大的庆祝只是为了欢庆阿拉丁的凯旋。苏丹和阿拉丁一起步入宫殿，看见了早已在此等候的白狄鲁勒·补都鲁公主，公主满心欢喜地亲吻他的额头。他们一起来到阿拉丁的宫殿，待苏丹就座后，才一起坐下。公主吩咐侍女端来果子汁，让大家喝，苏丹命令全国张灯结彩，欢庆阿拉丁歼敌凯旋。首领、士兵等众人都说"上有阿拉丁，下有阿拉丁"。因为阿拉丁为人本就慷慨大方，再加上他捍卫国家，击败敌军，百姓就更加爱戴他、拥护他。这时的阿拉丁已经得到众人喜爱。

但是摩尔巫师回到家乡后，想着自己经过长途跋涉，历经千辛万苦，却没有得到神灯而悲叹，终日忧伤惋惜，尤其是想到神灯几乎就要到手，结果所有努力都付诸东流的时候，更加悲痛。每当想到阿拉丁，他就既悲伤又生气，愤怒地咒骂阿拉丁，有时抑制不住就喃喃地骂出声来："那个卑鄙的小子死在地下，我就满意了。反正神灯安然保存在下面，我还有希望得到神灯。"

一天巫师取出沙盘，将沙粒铺平，摆好图形，仔细检查、研究，想要占卜证明阿拉丁是否死亡，还有神灯在地下的保存情况。他仔细观看图形，只发现宝库和里面的宝物，却不见神灯的踪影，怒火中烧。他又重新摆了一次沙图，以确定阿拉丁是否死亡，但他了解到阿拉丁根本不在那个地下宝库中，极度愤怒。最后算出阿拉丁已经逃出地下宝库，现在还活在人间，而且还把神灯带出，成为了神灯的主人。他回忆自己经历的常人难以忍受的磨难与艰辛，心想："为了寻求神灯，我遭遇的艰辛和所吃的苦头，是常人难以忍受的。可那个该受诅咒的小子却不劳而获，坐享其成，要是他知道了使用神灯的秘诀，那么他必将成为世界上最富有的人。"最后他还说："什么都阻止不了我，给他毁灭性的打击。"于是他又拿出一个沙盘，仔细观察它的图形，知道阿拉丁已经家财万贯，还娶了苏丹的女儿为妻，他的愤怒之火再次燃烧，心中满是对阿拉丁的嫉妒。

他马上行动，整理行装，随即起程，前往中土。他来到阿拉丁所在的大都市，在一家客店住了下来。他听见当地百姓茶余饭后聊的都是阿拉丁辉煌壮丽的宫殿。他旅途劳顿，在客店休息，恢复了精神，梳洗装扮之后，就到街上溜达去了。一路上，他听到大家谈论的全是对阿拉丁壮丽宫殿的羡慕，和对阿拉丁仪表堂堂、慷慨大方、谦卑有礼的赞叹。摩尔巫师走进人群，侧耳细听。他听见有个人正在夸赞阿拉丁，于是对他说："小伙子，你所夸奖的人，是何人呀？"立刻就有旁边的人插话，回答他："先生，很明显，你是外地人，刚刚从远方来到这里。就算你来自遥远的地方，怎么会没有听说过赫赫有名的阿拉丁的大名呢？在我看来，他已经名扬天下了，而且他那幢富丽堂皇的宫殿已经驰名于天下，成为世间的奇迹之一。我们的国王已经享受了无上的荣耀，你难道没有听说过阿拉丁的名号吗？"摩尔巫师听了立刻回答："我多么希望可以去看看那幢宫殿，可我是外地人，对本地不熟，不知你是否愿意带我去看看？"此人回答："明白了，我带你去看吧！"说着就走在前面，带着巫师来到阿拉丁的宫殿所在地。巫师仔细打量一番，知道这宫殿全是靠神灯建起来的，心想："哇！这个该受诅咒的小子，只是个裁缝的儿子，他那时甚至连饭都吃不上。如果命运之神眷顾我，我一定会让他母亲回去像原来一样纺布，还要取他的性命。"

巫师回到客店，心中满是悲痛、悔恨和伤感，燃起了对阿拉丁的嫉妒之火。到了客店，他拿出占卜的工具，想要查出神灯的所在地。当发现神灯在宫殿里，不在阿拉丁的身上时，不禁大喜，说道："要取那个该受诅咒的小子的命就容易了，我有办法弄到神灯。"他找到一个铜匠，对他说："你帮我做几盏灯，出高价也行，只要能赶快帮我做好。"铜匠听了，回答："明白了，在下一定会照办。"铜匠马上动手，最后终于完成了巫师吩咐的事，巫师付了钱，就离开回到客店。他把灯装在一个篮子里，开始走街串巷，来往于城中的市场，一边走，一边叫嚷："谁有旧灯，快来换新灯？"人们听到他的叫喊声，都嘲笑他，说："这个人一定是疯了，不然怎么会让别人用旧灯来换他的新灯。"所有听到的人都跟在他身后，街上小孩也紧跟着他一起走街串巷，嘲笑他。巫师却一点也不在意，还是一直沿街行走。他来到阿拉丁的宫殿前，叫得更大声了，小孩子们也叫着："疯子，疯子！"

恰巧那时白狄鲁勒·补都鲁公主在凉亭中，突然听见了巫师的叫喊声和那些小孩嘲笑巫师的声音，她不知道发生了什么事，就派了一名侍女去探听，命令道："你去看看谁在叫喊，叫喊什么！"于是那名侍女去看，发现一个人在叫喊："谁要用旧灯换新灯？"同时一群小孩聚在他周围，嘲笑他。侍女回去告诉公主，说："公主，有个人在叫喊：'有谁要把旧灯拿来换新灯？'还有一群小孩儿跟在他后面，嘲笑他。"白狄鲁勒·补都鲁公主听了这等离奇的事，也哈哈大笑起来。原来阿拉丁的神灯就在他的寝宫里，而没有锁在宝库中，一个侍女看见过，于是对公主说："公主，我看见主人的房内有一盏旧灯，不如我们拿去找那人换一盏新的，这样就可以验证他叫喊的是真的还是假的了。"白狄鲁勒·补都鲁公主听了对她说："你去把你主人房里你见过的那盏旧灯拿来！"因为白狄鲁勒·补都鲁公主不知道那盏神灯的价值和作用，也不知道阿拉丁现有的成就和地位都是那盏神灯赐予的，而她这样做，仅仅是为了证实那个叫喊的人是否真的会用新灯换别人的旧灯。侍女听了吩咐，赶忙下楼来到阿拉丁的房间，把神灯拿来，递给了白狄鲁勒·补都鲁公主。所有人对摩尔巫师的奸计和狡猾，都是毫不知悉的。白狄鲁勒·补都鲁公主派了一名宦官下去，把这盏神灯换成新灯。宦官遵从命令，拿着神灯换了一盏新灯，回去呈给公主。公主拿到灯，仔细看了看，发现真的是一盏新灯，觉得这个摩尔人十分愚蠢，便哈哈大笑起来。

摩尔巫师拿到白狄鲁勒·补都鲁公主的旧灯，知道这就是宝库里的神灯，就立刻把神灯揣进胸前的衣袋里，把剩下的用于交换的灯全都丢掉，跑走了，一直跑到城市的郊区。他来到一片荒原，耐心地等到夜幕降临。那片荒原上荒无人烟，一眼望去，只有他一个人。于是他从胸前的口袋里掏出神灯，用手一擦，灯神立刻出现在他面前，对他说："愿为主人效劳，我就是你的仆人，有什么要吩咐的吗？"摩尔巫师回答："我要你把阿拉丁的那幢宫殿，连同里面所有的人和物，包括我，全都搬到我的家乡非洲。你是知道我的家乡的，我希望它可以坐落在我家乡的一座花园里。"一瞬间，灯神已经完成了主人吩咐的所有的事。阿拉丁的宫殿和里面的一切都被移到了非洲，摩尔巫师也不例外。

再来说苏丹和阿拉丁。苏丹一向关心、爱护白狄鲁勒·补都鲁公主，所以每天清晨醒来，他都会打开窗户，眺望女儿的宫殿。这天清晨，苏丹醒来，照例打开窗户，向阿拉丁的宫殿的方向眺望，却不见宫殿。宫殿原来的地方空空如也，那既没有宫殿，也没有其他建筑物。苏丹十分吃惊，心神错乱，以为是自己眼睛花了，或是天太黑，于是揉了揉眼睛，仔细观察，最终证明他没有看错，眼前没有一丝宫殿遗留的痕迹。他不知道宫殿为什么会不见，也不知道它是怎么消失不见的，心里充满了疑惑。因为不知道女儿的遭遇和下落，苏丹着急地搓着手掌，泪水流下来，浸湿了胡须。

他立刻召来宰相，宰相站在国王面前，一看见国王悲伤欲绝的样子，就对国王说道："伟大的君王，请陛下恕罪，愿安拉将陛下从灾难中解脱出来，请问陛下为何事难过呢？"苏丹回答："可能你还不知道让我烦心的那件事吧？"宰相说道："陛下，微臣一点也不知道。以安拉起誓，臣什么也不知道。"于是苏丹说道："显然你还没有看过阿拉丁的宫殿。""的确，陛下！"宰相回答，"想必那幢宫殿现在还是大门紧闭吧！"国王又接着说："你既然什么都还不知道，那你现在就站起来，看一下窗外，看看你所说的大门紧闭的宫殿在哪里。"宰相遵命，站起来，透过窗户，望向阿拉丁的宫殿，果然什么也没看见，对此他感到十分惊奇，转身望着苏丹。苏丹说道："现在你知道我为什么悲伤了，你看到阿拉丁那幢还锁着的宫殿了吧？"宰相回答："伟大的君王！微臣曾告诉过仁慈的陛下，阿拉丁所有的这一切包括那幢宫殿，都是靠魔法才做成的。"苏丹听了，怒火中烧，大叫："阿拉丁在哪儿？"宰相回答："去打猎了。"苏丹听了立刻命将军率领士兵去擒拿阿拉丁，将他绑来。将军遵照苏丹的命令立刻率领士兵找到阿拉丁，并宣告："请不要责怪我们，大人，我们也是奉苏丹的命令来捉拿你。我们恳求你的原谅，我们只是执行苏丹的命令，不敢违抗。"阿拉丁听了将军和士兵的话，十分惊愕，瞠目结舌，不明白是怎么一回事。于是望着他们，说道："同伴，你们知道苏丹为什么下令擒拿我吗？我是无辜的，我既没有冒犯苏丹，也没有犯叛国罪。"他们回答："主人，我们对你的问题一无所知。"阿拉丁下马，对他们说："你们就按照苏丹吩咐的做吧！因为你们都不能违抗他的指令。"于是将军捆绑住阿拉丁，为他上手铐，用铁链将他拴住，带回城中。百姓看到他被捆绑住，用铁链拴着，知道苏丹要砍他的头，因为阿拉丁受到大家的爱戴和拥护，所以臣民纷纷走出家门，带着武器，跟在士兵的后面，看看到底是怎么一回事。

军队押着阿拉丁回到王宫，进入宫殿，向苏丹报告。苏丹不管不顾，毅然下令召来刽子手，要砍阿拉丁的头。百姓们知道了，都涌入宫门，关上宫殿大门，派人通报苏丹，说："假若你要伤害阿拉丁，我们即刻夷平你的宫殿，把你和里面的一切都埋在里面。"宰相听了赶忙进宫，向苏丹通告说："伟大的君王，你的命令可能会害你丢了性命，你就暂且原谅阿拉丁，不然我们就会有大灾难。因为臣子百姓爱戴阿拉丁的程度，远远超过对我们的爱戴。"这时刽子手已经将阿拉丁按在地上，遮住他的眼睛，站在他身边，将要执行斩首令。只等国王一声令下，他就会让阿拉丁身首异处。苏丹向窗外一望，见庶民都行动起来，人山人海，来势汹涌，颇有推倒宫墙之势。苏丹见此，立即让刽子手停止斩杀的举动，并吩咐传令官去向庶民们宣布饶恕阿拉丁，准予释放阿拉丁。阿拉丁获得自由，看到坐在宝座上的苏丹，立刻走向前，对他说："陛下，感谢你的仁慈，让我活命，承蒙国王恩赐，请告诉在下我犯了什么罪。"苏丹说道："叛徒，到现在我都不知道你是什么罪行。"继而转向宰相，说道："把他带到窗前，让他看看他的宫殿去哪儿了。"宰相遵命，将阿拉丁带到窗前。阿拉丁透过窗户，向自己宫殿的方向望去。他发现宫殿所在的地方就像原来一样，一片荒芜，一点宫殿遗留的痕迹也没有，感到十分震惊、迷惘，不知道发生了什么。阿拉丁转过身来，苏丹问他："你都看到了吧，你的宫殿在哪儿？我的女儿又在哪儿？她可是我的心肝宝贝，我唯一的孩子。我就这么一个孩子啊！"阿拉丁回答："伟大的君王，我也不知道发生了什么，我真的是一无所知啊！"但苏丹说："阿拉丁，既然我已经饶恕了你，你就要全力调查此事，把我的女儿找回来。只有找到公主，你才能来见我。若是不能将公主找回来，以我的生命起誓，我一定要你的脑袋。"阿拉丁立刻回答："陛下，听明白了，在下遵命！不过，恳请陛下给我四十天的期限，如果我不能将公主带来面见国王，我一定奉上我的项上人头，任您处置！"苏丹回答说："我满足你的要求，给你四十天的期限，但若你不能在给定的期限之内，将公主带到我面前，我一定会来取你的头颅。"

所有百姓看到阿拉丁被释放，免于死罪，欢欣鼓舞。可是因为发生了这件事，阿拉丁感到十分羞耻，嫉妒者的幸灾乐祸，使他在人前抬不起头来。他在城中四处闲逛，对这件事百思不得其解，不知道发生了什么事。他带着伤心的情绪，在城中逗留了两天，一直都靠别人施舍吃的喝的，维持生活，但对如何找到妻子和宫殿毫无头绪。两天后，他索性离开城市，漫无目的地游荡到一片沙漠。他走啊走，到了一条河边，由于看不到希望，伤心至极，想要投河自尽。但是他慢慢恢复了理智，所以站在河边，虔诚地洗礼自己。他把手伸进水里，开始搓手，无意间搓到了手指上的戒指。这时，戒指神灵出现在他面前，说着："我愿为你效劳！任你差遣，你有什么事，请尽管盼咐！"他看见神灵，兴高采烈，对他说："仆人，我要你把我的宫殿和包括妻子白狄鲁勒·补都鲁公主和宫殿里面的一切，原封不动地带回来。"但是神灵回答："主人，你要我做的事实在是困难，我做不到。这件事是神灯仆人的事，我不能完成。"阿拉丁听了回答："既然这件事超出了你的能力范围，那你就把我带到我的宫殿旁边，无论它在世界上的哪个地方。"神灵听了回答："听明白了，在下遵命。"说着就带着阿拉丁，一眨眼的工夫，就到了非洲，来到他的宫殿旁边，正好是妻子的卧房前面。当时夜幕已黑，他仔细观看，知道这就是自己的宫殿，之前的忧伤马上就烟消云散。在濒临绝望时，他又看到了安拉给他的希望，让他可以再次见到自己的妻子。他开始回顾安拉对自己的无限的眷顾：在自己走投无路，快要放弃之时，戒指神灵前来援助，让他燃起了希望。于是，所有的苦恼都烟消云散，心里有说不出的高兴。由于悲痛忧伤，再加上过多地思考，此刻的他已经四天没有睡觉，他走到宫殿旁边，在一棵树下睡着了（之前就曾说过，宫殿被巫师移到非洲郊外的一个花园里）。

阿拉丁是一个在生死边缘徘徊的人，一个不知道自己能不能活下去的人，这样的人即使是十分困倦，也是睡不好觉的。但这天晚上，他就靠在宫殿旁的一棵树下，沉沉地睡去，好像要把四天来的睡眠都补回来。第二天清晨，他被树上小鸟叽叽喳喳的叫声吵醒，起身来到一条河边。这条河一直流向城里，他洗了洗脸和手，进行洗礼，做晨间祷告。做完祷告后，他返回宫殿，来到白狄鲁勒·补都鲁公主卧房的窗前，看见了公主。公主因为与丈夫和父王苏丹分离，伤心不已，万分恐惧，不知道那个该受诅咒的巫师要对她做什么，终日以泪洗面，彻夜难眠，不吃不喝，所以早晨了还躺在床上。她的侍女每日晨间祷告的时候，都会来到她的寝宫，伺候她梳洗打扮。在命运的安排下，恰巧这个侍女打开窗户，好让公主看看绿树溪流，让她的心得到安慰。侍女向窗外一看，看见了主人阿拉丁坐在窗下，急忙告诉公主："公主，公主！我看到主人阿拉丁了，就坐在我们窗下。"白狄鲁勒·补都鲁公主听了急忙站起来，冲到窗边，望向窗外，看到阿拉丁。此时，阿拉丁也正转过头来，看到了公主，两人互相问好，高兴得快要飞起来了。公主命令侍女下楼，为阿拉丁打开密道。阿拉丁起身，从密道进来，白狄鲁勒·补都鲁公主激动地来到门口，见到阿拉丁。两人欣喜若狂，互相拥抱、接吻，高兴得热泪盈眶。他们一起坐下后，阿拉丁对公主说："白狄鲁勒·补都鲁公主，首先我要问你一些问题。我曾经把一盏旧铜灯放在房间的……"白狄鲁勒·补都鲁公主一听到这个，就叹气说："唉！亲爱的，就是那盏灯，才让我们遭此不幸。"阿拉丁继续问她："发生了什么事？"于是公主将整个事情的经过，包括他们怎样把这盏旧灯换成新灯，从头到尾详细描述了一遍。最后她说道："第二天清晨，当我们身在这座城市时，我就知道我们再难相见了。那个欺骗我们，用新灯换了我们的旧灯的人，告诉我他是靠神灯，通过魔力把我们移到这里。他还告诉我他是非洲摩尔人，现在我们所处的地方就是他的家乡。"

　　白狄鲁勒·补都鲁公主讲述完事情前前后后的经过，阿拉丁问她："告诉我，那个该受诅咒的家伙，他想要对你怎么样，他对你说过什么，对你有什么期待？"公主回答："他每天都要来看我一次，要我爱他，嫁给他，还要我忘了你，早日从失去你的悲伤中走出来。他还说过，我的父王苏丹已经砍了你的头。而且你是个穷人，因为他你才拥有那些财富。他一直讨好我，但我总是哭哭啼啼，从不对他说句好话。"阿拉丁听了说道："要是你知道的话，告诉我，他把神灯放在哪里？"公主回答说："他总是把神灯放在身边，一刻也不离开神灯。但是有一次，他问我对你还抱什么希望时，他把神灯从胸前的衣袋掏出来，给我看过。"阿拉丁听到这回答，十分开心地对公主说："白狄鲁勒·补都鲁公主，听好了！我打算现在出去，换一身行装再回来，你看到不要觉得惊讶。你要派一个侍女等候在密道旁，看到我回来了，就马上开门让我进来。我已经计划好要杀死这个该死的家伙。"

阿拉丁立刻从宫殿大门溜出，一直前行，看见一个农夫，就对农夫说："农夫，把你的衣服给我，我用我的和你交换。"但是农夫不同意，于是阿拉丁强行将他的衣服脱下来，把自己华丽的衣服给了他。他沿着路，去了城中，来到香料市场，花了两枚金币，买了两服烈性迷药——只要一喝下去，马上就会起作用。他又沿着来时的路，回到宫殿。早已等候在此的侍女看见他，马上为他打开密道的门。阿拉丁来到白狄鲁勒·补都鲁公主面前，对她说："听好了，我希望你把自己打扮得漂漂亮亮，不要愁眉苦脸的。那个该死的摩尔人来的时候，你要热情地接待他，笑脸相迎，争取让他留下来，和你一起吃饭，让他以为你已经忘了你爱的阿拉丁和父王，深深地爱上了他。还要劝他喝酒，而且要红酒。装出一副很开心幸福的样子，不停地灌他，让他喝下三杯，放下戒备心。趁他不注意时，把这个迷药粉撒在他酒杯中，再斟酒给他喝。只要他喝下这杯你放了迷药的酒，马上就会死人般毫无知觉地倒在地上。"白狄鲁勒·补都鲁公主听了阿拉丁的交代，说道："这件事对我来说真的很难，但是他致使我与父王和你分离。为了早日摆脱这个可憎的家伙的亵渎，我杀死他是合理的。"阿拉丁与妻子吃饱喝足后，缓和了饥饿。他马上起身，溜出宫殿。

白狄鲁勒·补都鲁公主召来侍女为她梳洗打扮，穿上最好看的服饰，熏得香喷喷的。这时候，该死的摩尔巫师来了，看见公主的打扮，不禁眉开眼笑。公主见到巫师，立刻一反常态，笑脸相迎，这让巫师对她的喜爱和占有之心更加强烈。公主让巫师坐在自己的身边，说道："亲爱的，如果你愿意的话，今晚到我这儿来，我们一起吃个晚餐。我之前对阿拉丁充满了绝望，十分伤心难过，整日以泪洗面，度日如年。我仔细考虑了你昨天说的话，心想，父王看见我不在了，一怒之下，肯定将阿拉丁杀死。所以，我今天突然就改变了态度，你不要怀疑。我已经决心要接受你了，让你代替阿拉丁，除了你，我再无可以依靠的人。因此，我才让你今晚上来我这儿，我们一起吃饭喝酒，我希望你能让我尝尝你们非洲本地的酒，这样比喝我们自己的酒好多了。我这儿倒是有很多我们国家的酒，但是我还是想尝尝你们这儿的酒。"

巫师见白狄鲁勒·补都鲁公主向自己表达爱意，一改往日的愁眉苦脸，相信公主已经放弃了对阿拉丁的念想，心花怒放，说道："哦，我的宝贝，我明白了，无论你要做什么，我都会满足你的。我屋里有一坛本地酒，保存在地下八年了，现在我就去取酒，让我们喝个够，我马上就回来。"但是白狄鲁勒·补都鲁公主为了诱骗他更加信任自己，对他说道："亲爱的，你不要去，留在这里，给我一些安慰。"巫师回答："公主，除了我，没人知道那坛酒在什么地方，我一会儿就会回来。"说完摩尔巫师出去了，不一会儿就带着足够两人喝的酒回来了。白狄鲁勒·补都鲁公主立刻对他说："亲爱的，你为了我不辞辛苦，我真是过意不去。"巫师回答："不要这么说，我的心肝。能为你效劳，我真是无限光荣。"于是白狄鲁勒·补都鲁公主和他坐在桌前，开始吃饭，不一会儿，公主就劝他喝酒。侍女立刻拿来酒杯，为摩尔巫师斟酒。公主举杯祝他长命百岁，一饮而尽，巫师高兴得也举杯为她的长寿干杯。白狄鲁勒·补都鲁公主口才雄辩，说话文雅，为的是让巫师更加爱恋她。果然，几句话就说得巫师为她神魂颠倒。可巫师以为这一切都是真的，没有意识到公主假装倾情于他，设下陷阱，想要置他于死地，所以他更加迷恋公主，看到她的可爱面孔，听到她的甜言蜜语，高兴得要死，头脑发热，不把一切放在眼里。

晚餐即将结束，公主发现巫师已有几分醉意，于是对他说："我们家乡有个风俗，不知道你们这儿是不是这样，你要告诉我。"巫师问道："是什么风俗？""晚餐结束时，"她继续说，"每对爱人都会拿起对方的酒杯，喝一杯酒。"说完，公主马上拿巫师的酒杯，为自己斟了一杯酒，又吩咐侍女用自己的杯子斟了一杯混有迷药的酒给他。侍女们都知道酒杯里面有迷药，因为她们都同情公主，希望巫师早日归西。侍女将酒杯递给他。巫师听了公主的介绍，看着公主拿着他的酒杯，把这视为公主对他爱的表现，以为自己是统治两代的亚历山大大帝。公主伏到他身边，握着他的手,说道:"我的爱人,现在我拿着你喝过的酒杯,你拿着我喝过的酒杯,让我们按家乡爱人的风俗,干了吧!"说完,公主亲吻酒杯,一饮而尽,放下酒杯后,来到他面前,亲吻他的嘴唇。巫师高兴得不知所云,学着公主,举起酒杯,什么都没有考虑,便一饮而尽。酒杯立刻从他的手中滑落,他就像死人一般倒在地上。

公主满心欢喜,吩咐侍女开门,侍女遵从命令,立刻跑去打开密道的门,让主人阿拉丁进来。阿拉丁进来,走到妻子的卧房,看见她正坐在桌前,而巫师则像死人一样躺在她面前。阿拉丁走到公主面前,亲吻她、感谢她。两人乐不可支,欣喜若狂,阿拉丁望着公主说道:"你同侍女们暂时离开房间,让我一个人在这儿,我好好安排一下。"白狄鲁勒·补都鲁公主马上带着侍女们步出寝宫。阿拉丁跟在她们身后,来到门口,待她们走后,将房门锁上,来到巫师跟前。他伸进他胸前的衣袋,掏出神灯,拔出宝剑,砍掉巫师的脑袋。然后,擦了擦神灯,神灯仆人立刻出现在他面前,说道:"愿为你效劳,主人,请问有什么吩咐?"阿拉丁回答:"我要你把这幢宫殿从这里搬回到中土,放在苏丹宫殿前面原来的那个地方。"灯神听了回答:"听明白了,主人,在下遵命。"吩咐了灯神,阿拉丁就来到公主面前,坐在公主身边,两人紧紧相拥,互相亲吻。就在他们坐在一起的时候,灯神已经把宫殿搬回中土,放在苏丹的宫殿前面。

阿拉丁命人摆了一桌饭菜,和妻子一起坐在桌前,开心幸福地大吃大喝,十分满足。接着他们又来到宴会大厅,开怀畅饮,拥抱亲吻。因为太久没有享受两人一起的幸福,他们都不愿意与对方分开,直到太阳透过酒杯照在他们身上,他们才有倦意,满意地起身,上床睡觉。第二天清晨,阿拉丁醒来,唤醒公主,侍女们来为她梳洗打扮,阿拉丁也穿上他最华丽的服饰,两人久别重逢,都高兴得几乎跳起来。白狄鲁勒·补都鲁公主更加欢呼雀跃,因为她马上就要同她的父王见面。阿拉丁和白狄鲁勒·补都鲁公主就这么重逢了。

苏丹放走阿拉丁后,一直为失去女儿伤心难过,时时刻刻都坐在寝宫，像个妇人一样，哭哭啼啼。因为公主是他唯一的子嗣，除了公主，苏丹没有别的子女。他每晚都会失眠，每天醒来，都走到窗前，打开窗户，看一看阿拉丁的宫殿所在的地方，哭得眼泪都干了，眼睛也红肿了。这天清晨，他一觉醒来，照常来到窗前，看到眼前是一座建筑，他揉了揉眼睛，定睛一看，果然是阿拉丁的宫殿。于是他下令立刻为他备马，跨上马，马不停蹄地来到阿拉丁的宫殿。阿拉丁看见苏丹正往宫殿赶来，急忙下楼迎接。他们在途中相遇，阿拉丁立刻握住苏丹的手，引他来见他的女儿白狄鲁勒·补都鲁公主。公主着急见到父王，迅速奔到楼下。父女俩在大厅的楼梯口相遇，他们热烈拥抱，互相亲吻，喜极而泣。阿拉丁把苏丹带到楼上，大家一起坐下。苏丹询问公主的情况和经历，白狄鲁勒·补都鲁公主就把自己的经历和遭遇前前后后地讲给父王听。她对苏丹说道："父王，我昨天见到丈夫，心里才安定下来。是丈夫将我从该死的摩尔巫师魔爪解救出来，在我看来，那个巫师是世间最卑鄙的人。是阿拉丁，我的爱人，救了我，要是没有他，父王就再也见不到我了。那时候，我因为失去父王和丈夫，忧愁痛苦到了极点，最终，是阿拉丁把我从恶毒的巫师手中解救出来。"说完，她开始向父王讲述她所遭遇的事情，包括巫师是如何打扮成卖灯的人来欺骗她，用新灯换了家里的旧灯。还有，她自己是如何觉得巫师很愚蠢，嘲笑他，最终上了巫师的当，还派了个宦官拿阿拉丁放在房内的旧灯去换了盏新灯。"第二天，父王，我就发现我们连同宫殿和宫殿里的一切，都被移到非洲的一块地上。我根本就不知道我换给巫师的那盏神灯是有魔力的，最后丈夫赶来，略施计谋，就让我们逃了出来。要是没有阿拉丁的帮助，那个该死的巫师一定会强占我。阿拉丁给了我一包迷药，让我放进他的酒杯，我递给他，让他喝下以后，他就像死人般倒下了。我的丈夫这才进来，用了我不知道的办法，才使我们一起从非洲回到这里。"

阿拉丁增加道："陛下，当我上楼时，他已经喝下混有迷药的酒，昏昏沉沉地睡在地上，就像死了一样。接着，我让公主和侍女们去内房。她们离开那个房间后，我走到他面前，把手伸进他胸前的衣袋里，掏出神灯——因为白狄鲁勒·补都鲁公主告诉我巫师一直把神灯带在身上。我拿到神灯，立刻拔出宝剑，砍掉那个该死的巫师的脑袋。我利用神灯，命神灯仆人把我们连同宫殿整个搬回原来的地方。陛下如果不相信我的话，那就请陛下移驾，去看看那个巫师的尸首。"国王随即起身，看到巫师的尸首之后，吩咐把死尸搬走，放火烧掉，把骨灰撒在空中。

苏丹紧紧抱住阿拉丁，亲吻他，对他说："孩子啊，请原谅我，在这个可恶的巫师为非作歹的时候，差点就要了你的命，他是这场灾难的始作俑者。不过我还是要为我所做的一切，向你道歉，我那样对你是因为我失去女儿，变得毫无理智。白狄鲁勒·补都鲁公主是我唯一的女儿，对我来说比国家还要重要。你应该知道父母怜爱子女的心情，并且，要是像我一样只有一个子女，这种心情就更加强烈。"苏丹向阿拉丁说明理由，亲吻他。阿拉丁回答："伟大的君主，陛下那样对我，并没有违反王法，我也没有违抗陛下。这些都因那个卑鄙无耻的摩尔巫师而起。"于是苏丹下令全城张灯结彩，举国欢庆，还派传令官走街串巷地宣布："今天是个值得欢庆的大喜日子，全国欢庆一个月，庆祝白狄鲁勒·补都鲁公主和驸马安全归来。"这就是阿拉丁杀死摩尔巫师的经过。

尽管巫师的尸首已经被焚烧，撒在空中，但是阿拉丁并没有完全摆脱那个该死的巫师。因为这个恶棍还有一个更恶毒的兄弟，比他还精通巫术、占卜和占星术，他们是正如古人所说的 "两瓣掰开的豆瓣"。他们分居在世界的两个地方，各自研究巫术，两人都邪恶又奸诈。有一天，这个兄弟偶然想起摩尔巫师，想要知道他的情况，便拿出他的沙盘，做上图标，仔细观看，算出他的兄弟已经不在人世。他十分难过，想再次确认一遍。于是他又卜一卦，以便知道他死在什么地方，是怎么死的。最后他算出他的兄弟是在中土丧生，死得很惨，害死他的人是个叫阿拉丁的年轻人。于是他立刻收拾行囊，长途跋涉，途经平原、荒地，越过高山，经历了数个月，来到中土阿拉丁所在的城市。他找到一家异乡人专用的客店，租下一间客房，休息了片刻。他到街上四处闲逛，想要找到一个可行的计划，可以为他的兄弟向阿拉丁复仇。

不一会儿，他来到市场的咖啡馆。那是一家很大的咖啡馆，所有的人都聚在里面娱乐消遣：有的打牌，有的下棋，十分热闹。他在里面坐下来，听旁边的人谈论。他听到说有个叫法图美的妇女，十分虔诚，总是住在城外的一间小屋里，一个月只进城两次，另外，她还做过一些奇迹般的事。这个摩尔巫师听了众人的讨论，心想："我已经找到我所要找的了，若安拉愿意，无论如何我都会找到这个女人，完成我的目的。"他起身靠拢谈论这个老圣姑的奇事的人，对他们说道："大叔，我刚刚听见你在讨论一位叫法图美的圣姑的奇事。她是何方神圣，住在哪里呢？"一个人回答他："奇怪啊，你住在我们这里，怎么会没有听说过圣姑法图美的奇事呢？可怜的朋友，显然你是位外地人，所以对她那清心寡欲的节操、与世隔绝的生活和虔诚廉洁的品行一点也没有听说过。"摩尔巫师回答："是的，先生，我的确来自外地，昨天才到贵宝地，我希望你能告诉我那位虔诚的圣姑的事迹，还有她的居住地。因为我现在有一些结不能解开，想要去找她，让她为我祈祷。若是圣洁光辉的安拉愿意，但愿她能为我祷告，将我从痛苦中解救出来。"那人向巫师讲述了圣女的事迹，以及圣女的虔诚和优良的品行。那个人牵着巫师的手，一直来到城外，告诉他圣姑的住处。他说圣姑住在一座小山下的洞穴里，一边说一边把去那儿的路指给他看。摩尔巫师心花怒放，连连感谢他的善举，高兴地回到客店。

许多事都是命中注定的。第二天清晨，法图美进城，巫师正要离开客店去拜访她。他看见人们聚集在一起，就靠上前去想要一探究竟。他发现法图美站在人群中，所有身患疾病的人都来找她，让她为自己祝福、祈祷。这些来找她的人，只要被她摸一摸，便会恢复健康。这天摩尔巫师趁圣姑回去的时候，一路跟着圣姑回到洞穴，确认她确实住在哪里，才返回城中。夜幕降临，他走进一家酒馆，喝了一杯酒，摸索着来到圣姑法图美居住的洞穴。到了那里，他径直走了进去，见圣姑躺在一张席子上。他悄悄走上去，坐在她身边，拿出匕首，叫醒她。圣姑醒来，睁开眼睛，看见一个摩尔男子，拿着匕首骑在她身上，想要杀了她，十分惊愕、害怕。巫师见她醒来,对她说:"听好了!要是你叫出来,我马上就杀死你。你现在就起来,按我吩咐你的去做。"他向圣姑发誓,只要她按自己吩咐的去做,一定不会杀她。于是他从法图美身上起来,以便圣姑起来。巫师对圣姑说:"把你的衣服给我,你穿我的。"圣姑遵从命令脱下衣服,取下头巾、面纱和外套,一起给了他。巫师又说:"你必须把我化得和你脸上的肤色一样。"法图美听了走进洞穴,拿出一罐油膏,用手掌抹了抹,擦在巫师的脸上,化得跟她一模一样。圣姑派自己的侍女,教他如何走路,告诉他回城以后怎么表现,还把自己的念珠戴在巫师的脖子上。最后,拿了一面镜子给他照,说道:"看,现在你看起来和我没有什么差别了。"巫师从镜中看到自己已经不是原来的面貌,法图美已经按吩咐把自己打扮得跟她一样了。但是他达到目的后,违反誓言,要来一根绳索,用绳索勒法图美。等法图美死去之后,将她拖出洞外,扔在洞穴外面的一个深坑里,又转身回去,在里面睡到天明。

第二天清晨,巫师起来,离开洞穴,赶往城里,站在阿拉丁的宫殿下面。人们以为他是法图美圣姑,纷纷向他围拢。巫师按照圣姑之前教他的那样,把手放在病患者的身上,口中念念有词。人越聚越多,十分喧闹,白狄鲁勒·补都鲁公主听见吵闹声,吩咐她的侍女:"你去看看,发生了什么事,怎么会如此嘈杂?"一个宦官赶紧出去,看了看,回到公主面前,回答:"公主,那些嘈杂声是因为法图美圣姑出现在下面。要是公主想要见她,我就去把她带进来,让她为公主祈祷。"白狄鲁勒·补都鲁公主听了回答:"去吧,带她来见我,我对她的事迹和美德,早有耳闻,我真的想见见她,让她为我祷告。很多被烦恼困扰的人,都因为她的美德减缓痛苦。"宦官遵从公主的命令,把穿着圣姑衣物的巫师带进宫殿,来到白狄鲁勒·补都鲁公主面前。他看了看公主,口中开始念念有词地念着他的祷语,没有一个人怀疑他的身份。白狄鲁勒·补都鲁公主向他问好,起身坐在巫师身边,说道:"法图美圣姑,我希望你能长期和我待在一起,为我祷告,我也可以学习你虔诚的道行和奉献的美德,做你的弟子。"巫师眼看自己的奸计就要得逞，但他还要继续完善自己的计谋，于是他说道："公主，我只是个可怜的老婆子，本应住在荒芜的清净地方，我不能来国王的宫殿享受。"但是白狄鲁勒·补都鲁公主回答："不用担心，法图美圣姑，我会在我的卧房里为你腾一个地方，在那里，你可以安安静静地做礼拜，没人会来打扰你。你在这里侍奉安拉，比在你的山洞里合适多了。"摩尔巫师听了回答："公主，明白了，在下遵命。我不会违背公主的意愿，因为国王子女的意愿就如国王的，不能违背、反驳。只是我希望，我能在自己的房间吃喝，任何人都不得进入。我不会要求你们提供我美味可口的佳肴，只要每天派一个侍女送一片面包和一些水就可以了。而且我不需要侍女们服侍我用餐，我一个人在房间吃就好了。"这个卑鄙的人之所以这样要求，是害怕他揭下面纱以后，别人会看到他的胡子，事情就败露了。"法图美圣姑！"公主听了回答，"太好了，我一定会满足你的要求。你现在就跟我来，我带你看看为你准备好的房间。"白狄鲁勒·补都鲁公主起身带着伪装成圣姑的巫师，来到她为他准备好的房间，说道："法图美圣姑，这就是我为你准备的房间，以后你就住在这里，这里舒服又自在，没人会来打扰你。"巫师连连感谢公主，称赞她的美德，为她祷告。白狄鲁勒·补都鲁公主带他参观二十四扇用宝石打造的窗户的凉亭，对他说："法图美圣姑，你对这个壮丽的凉亭有何看法呢？"摩尔巫师回答："以安拉起誓，孩子，这个凉亭如此壮丽辉煌，我看世间没有一个能与之媲美。唉！美中不足的是这个凉亭还缺一件东西。""还缺什么，法图美圣姑？"白狄鲁勒·补都鲁公主追问，"圣姑有何高见，这里还需要点缀什么？可以让它尽善尽美。"巫师回答："公主，这里还缺少一个神鹰蛋，要是能挂一个神鹰蛋在凉亭中，世间就没有哪个凉亭能与之相提并论。"公主问道："这是什么鸟的蛋，在哪里可以找到？"巫师立刻回答："公主啊，神鹰是一种巨大的鸟，它可以用爪子抓着骆驼或者大象，在天空中飞翔，力量强大无比。这种鸟主要活动于卡福山一带，为你修建这幢宫殿的奇才，应该可以为你找到神鹰蛋。"公主和巫师一直聊天，到了用餐的时间，侍女们摆好饭菜后，白狄鲁勒·补都鲁公主坐到桌前，邀请巫师同她一起用餐。但是巫师委婉拒绝了，回到自己的房间，由侍女为他送去饭菜。

傍晚，阿拉丁打猎回来，白狄鲁勒·补都鲁公主见到他，向他问好。阿拉丁将公主拥入怀中，亲吻她。他发现公主脸上带着一丝忧愁，不像平常那样面带笑容，于是询问公主："你怎么了，亲爱的？告诉我你在烦恼什么？"公主说道："没什么大不了的，不过，亲爱的，我觉得我们的凉亭还少了样装饰的东西，照我看，只要再多一个神鹰蛋，那个凉亭就能成为世间独一无二的。"阿拉丁说道："公主是为此事烦恼啊！这对我简直就是易事。你要开开心心的，无论你想要什么，只要告诉我，我马上掘地三尺为你找到。"安慰好公主，阿拉丁回到自己的房间，拿出神灯一擦，灯神就立刻出现，说道："有什么要吩咐的？"阿拉丁回答说："我希望你给我一个神鹰蛋，用来装饰凉亭。"灯神听了这话，火冒三丈，脸色变得非常难看，怒吼道："忘恩负义的家伙，我和所有的神灯仆人都为你效劳，可你还不满足，居然要我拿我们王后来供你消遣，还要把她挂在凉亭顶上，让你们夫妇开心？以安拉起誓，我应该把你们俩烧死，然后把你们的骨灰撒到空中。但念在你们对此事毫不知情，我就原谅你们。作怪的是那个该死的巫师，就是摩尔巫师的兄弟，他去法图美圣姑的山洞杀死了圣姑，穿上她的衣物，假扮成法图美。就是他唆使你的妻子向你要神鹰蛋的。"灯神说完就消失了，阿拉丁听到他的话，全身瘫软，被灯神的怒吼声吓得全身发抖。他镇静了一会儿，鼓起勇气，离开自己的房间，来到公主的房间里。他假装头痛，因为他知道法图美圣姑是以能为人消除各种疼痛闻名的。白狄鲁勒·补都鲁公主看到阿拉丁用手捂着脑袋，不停地呻吟，就问他是怎么回事。阿拉丁回答："我也不知道是怎么了，只是头痛得特别厉害！"公主听了急忙找来法图美，让圣姑把手放在他头上，替他医治。阿拉丁问道："谁是法图美？"于是公主告诉阿拉丁她将圣姑法图美安置在宫中的经过。侍女应公主的吩咐，叫来圣姑。阿拉丁看见巫师来了，急忙上前迎接，假装不知道他的奸计，像对真正的圣姑那样对待巫师。他亲吻巫师的衣角，向他表示欢迎："法图美圣姑，我要请你帮我个忙，因为我对你在治愈疼痛这方面的高超技术早有耳闻，而我现在头很痛啊！"这个卑鄙的摩尔巫师简直不能相信这些话，因为这就是他所期盼的。巫师一只手放在阿拉丁的头上，为他治疗，另一只手则握着藏在衣服下面的匕首，准备一会儿一刀刺死阿拉丁。阿拉丁注视着他。他一拔出匕首，阿拉丁就立刻抓住巫师，夺过匕首，一刀刺进巫师的心脏。

白狄鲁勒·补都鲁公主亲眼看见阿拉丁将圣姑杀死，大声尖叫："法图美圣姑做了什么，让你违背大家的意愿，将她杀死？法图美只是个虔诚的圣姑，她的美德远近闻名。你杀了她，不怕安拉惩罚你吗？"阿拉丁说道："我没有杀死法图美圣姑，真正杀死圣姑的凶手是我刚才杀死的人，这个人是那个用咒语把你和宫殿一起移到非洲的摩尔巫师的兄弟。这个凶狠的巫师来到我们这里，设下阴谋诡计，杀死法图美圣姑，换上圣姑的衣服。她这样做只是为了杀死我，帮他兄弟报仇。他唆使你问我要神鹰蛋，就是要置我于死地。要是你不信的话，跟我过来，看看我杀死的这个人。"说着，阿拉丁揭下巫师脸上的面纱。白狄鲁勒·补都鲁公主看见这原来是个长满胡子的男人，才明白过来，对阿拉丁说："亲爱的，我两次都差点害死你啊。"阿拉丁回答："公主，我也没有什么损失啊。愿安拉保佑你的双眼有福！我很乐意接受你为我所做的一切。"白狄鲁勒·补都鲁公主听到阿拉丁这番话，十分感动，立刻冲上去抱住他。一边亲吻他，一边喃喃地说："亲爱的，我对所有事情都毫不知情，但做这些都是因为我爱你，我很珍惜你对我的爱。"阿拉丁听了将她搂在胸前，亲吻她，两人的爱情更加坚贞。

国王来到宫殿，阿拉丁和公主将摩尔巫师的兄弟前来报仇的整个事件向国王讲述了一遍。国王看见摩尔巫师的弟弟已经死了。他命人焚烧巫师的尸体，并将骨灰撒向空中，让他跟他的兄弟遭遇一样的下场。从此，阿拉丁和公主住在一起，摆脱危险，过着幸福快乐的日子。国王死后，阿拉丁继承王位，掌管天下。他秉公执政，和白狄鲁勒·补都鲁王后一起治理国家，让百姓安居乐业，幸福安康，得到全国人民的爱戴和拥护，直到他们百年之后。

阿里巴巴和四十大盗

从前，在波斯的一个小镇上，生活着两兄弟：一个叫做卡西姆，另一个叫做阿里巴巴。他们的父亲把遗产平均分配给了两兄弟。卡西姆娶了一个有钱的妻子，成为了一个富有的商人。而阿里巴巴娶了一个和他一样贫穷的妻子，夫妻俩以砍伐木柴为生，每次砍了木柴，再用三头驴将这些木柴拉到镇上去卖。

有一天，在森林里的阿里巴巴，刚刚给驴载满柴火，就看见远处一大团烟尘正向他逼近。他仔细观察，不久，一群人骑着马出现了。经过自己的辨别，他断定这群人是强盗。阿里巴巴决定遗弃他的驴，自己逃生，于是他爬上了一棵长在巨大石头上的大树，那棵大树枝叶繁茂，足以遮挡住他，还可以让他观察外面的情况而不至于被发现。

那队伍整整有四十个人，每一个人骑着马，全副武装。他们骑到那块长着大树的岩石下，跨下马，解下马的缰绳，把马拴到灌木丛中，并从他们拖回来的东西中拿一袋玉米，挂在马脖子上。随后，每个人从各自的马背上，取下马鞍袋。从他们搬运的动作来看，那些袋子的重量像是装满了金银财宝。一个看起来像是首领的人，穿过灌木丛，走到了阿里巴巴躲藏的树下，大声念道："芝麻开门！"一道门从岩石上打开了。待手下所有人都进去了之后，他才跟着进去。随后，那道门又自动关上了。

那群强盗在岩石后面的洞中待了一段时间，与此同时，阿里巴巴心里充满恐惧，害怕被抓，一直躲在树上不敢下来。

接着，那道门又再一次打开了，因为首领是第一个进去的，所以他第一个出来后，就站在门口，看着手下们一个个出来。然后，阿里巴巴听到首领念咒语："芝麻关门！"大门又重新关上。他们所有人立刻解开缰绳，系紧自己的马鞍袋，跨上马。首领看到所有人都准备完毕，就来到队伍的前面，带领手下沿着来时的路离去。

阿里巴巴一直看着他们离开，直到他们消失在视线中。他又在树上待了很长一段时间，才从树上下来。他一直记着强盗首领使大门开关的咒语，想要尝试一下，希望自己念了咒语，也同样有效。于是，他走进灌木丛，凭感觉找到藏在灌木丛中的石门，站在它前面，念道："芝麻开门！"瞬间，石门就打开了。

　　阿里巴巴原以为里面是一个黑暗、阴冷的洞穴，但是令他吃惊的是，他看到了一个明亮、宽敞的房间，光线从岩石顶部照射下来。他清楚地看见，房间里放满了各种类别的食物，一堆堆的丝绸、刺绣和名贵纱制品，另外一堆，则是堆得很高的金锭银锭和一袋袋的金币。看到眼前的金银财宝，阿里巴巴深信这个洞穴一定是由强盗们代代经营、长期累积的结果。

　　阿里巴巴壮着胆子进入了洞穴，收集了大量的金币，装满袋子，多得他的三头驴都装不下了才停手。他把这些装满金币的袋子挂在驴身上，又在上面覆盖了柴火，让它们不会被发现。接着，他走出石洞，站在石门前面，念了咒语："芝麻关门！"石门自动关闭后，他尽快赶回了小镇。

　　阿里巴巴回到家后，他把驴子赶进小院里，小心翼翼地关上大门，扔掉盖在驮篮上的柴火，把那些袋子搬进了自己的屋子，将它们整整齐齐排列在他妻子的面前。随后阿里巴巴清空了袋子，将里面的金币堆在他妻子面前，看得他的妻子目瞪口呆。接着他把他的经历从头到尾，向妻子叙述了一遍，并要她保守秘密。

　　阿里巴巴的妻子为他们的好运感到十分欣喜，她正打算一块接一块地数金币。"妻子！"阿里巴巴说道，"你知道你在做什么吗？你那样数金币，永远都数不完。我得挖个洞，把它们埋在里面，再浪费时间，就要被别人发现了。""你说得对，丈夫！"阿里巴巴的老婆回答道，"但是我们总要知道，我们大概有多少金币。我要去借一个量器，你挖洞的时候，我就大概估量一下。"

　　于是阿里巴巴的老婆匆忙赶到阿里巴巴的哥哥卡西姆家中。恰好卡西姆不在，她找到卡西姆的妻子，表示想要借量器。她的嫂子答应把量器借给她，但是她嫂子知道阿里巴巴很穷，很好奇她借量器量什么，她十分狡猾，放了些牛脂在量器底部。

阿里巴巴的妻子回到家，开始测量金币，在床榻上不停地装满量器，又倒出来，继续量，一直量完整堆金币。她知道他们拥有了大量的金币，十分满足欣喜，高兴地跑去告诉丈夫。这时阿里巴巴的地洞也挖好了。待阿里巴巴埋好金币，阿里巴巴的老婆把量器送还给她的嫂子时，却没有注意到量器底部还粘着一枚金币。"嫂子！"阿里巴巴的老婆将量器还给她，说道，"看吧，我只借了一会儿，你好心借给我，我真是十分感激，现在就给你还回来了。"

阿里巴巴的妻子刚离开，卡西姆的妻子就发现粘在量器底部的金币，十分惊讶，心生嫉妒。"什么！"她惊呼，"阿里巴巴怎么会有这么多金币，还要用量器量？他什么时候变得这么富有了？"

这时，卡西姆从店铺回到家中。他的妻子立刻对他说："卡西姆，你一直以为自己很富有，但是阿里巴巴比你更加富裕。他的金币多得数都数不过来，还要用量器去量。"然后她告诉她自己是如何略使计谋，发现了这个秘密，还把粘在量器底部的金币拿给卡西姆看。这是枚古老的金币，他们连金币生产于哪个朝代都不知道。

卡西姆自从娶了这个有钱的寡妇后，就从来没有像对待亲兄弟那样对待阿里巴巴，对阿里巴巴总是不管不顾。现在他知道了事情的始末，不但不替兄弟开心，反而心生嫉妒，觊觎兄弟的财产，因此，整夜辗转反侧，不能入眠。第二天清晨，天还没亮，就来到阿里巴巴家中。"阿里巴巴！"他对阿里巴巴说道，"我对你真是十分惊讶，你表面装作贫困不堪，实际上你富得要用量器测量你的财物。我妻子发现了粘在你昨天借的量器底部的这个东西。"

阿里巴巴听了这话，恍然大悟，知道因为自己妻子的愚蠢，他们想极力隐瞒的事的所有的努力都白费了，卡西姆和他的妻子已经知道了所有事情。于是，为了不引来灾祸和麻烦，他索性坦白了一切，还送了些金币给哥哥，让他保守秘密。

第二天，天还没亮，卡西姆就起床，按照阿里巴巴叙述的路线，牵着十头驮着大袋子的骡子来到森林，想要用袋子装满金银珠宝。没过多久，他就来到岩石前面，通过阿里巴巴向他描述的树木和标记，找到石门所在的地方。他来到石洞的入口处，念出咒语："芝麻开门！"石门马上打开，他走进去，石门就自动关闭。他欣赏着洞里的财物，发现这里的财物多得超过了他的想象，欣喜若狂。他赶忙收集够了他搬运的金币，一袋袋放到洞口，心神迷离。只想着要拿足够多的金币，等到他收集完金币，却发现自己竟然忘了让石门开关的咒语。他没有念"芝麻开门"，反而大声念道："大麦开门！"并惊愕地发现大门依然紧闭着。他试遍所有的谷物，还是不见大门打开。他又试了很多，唯独想不到"芝麻"。他试得越多思绪就越混乱，最后怎么也想不起来，就像从来没有听说过"芝麻"这个名词一样。他扔掉自己装在袋子里的财物，焦虑地在洞里走来走去，根本顾不上他周围的财宝。

中午，那群强盗归来，远远地就看到卡西姆的骡子散布在岩石附近，背上都驮着很大的马鞍袋。他们一下就警觉起来，飞奔到洞口，赶紧赶骡子，把它们赶出森林很远的地方，直到看不见。他们手持寒光闪闪的大刀来到门外。强盗的首领喊出正确的咒语，大门立刻就打开了。

卡西姆听见外面有骑马的声音，知道强盗们回来了，便抱着侥幸的心理，想要逃命。他看见门打开了，就立刻躲过首领，冲出门外。但逃不出他手下的人。他们手拿弯刀，一刀就结果了他的性命。

这些强盗首先查看洞里的情况，发现卡西姆带来了袋子，并准备装载到那些骡子身上运回去。但他们没有察觉到洞里少了阿里巴巴之前带走的金币。他们开会详细讨论了这个事情，猜测卡西姆试图进洞偷他们的财宝，却忘了咒语，没能出来。可是始终不明白他是怎么进来的。因为在不知道咒语的情况下，谁都休想闯进洞来。最后为了警告其他想要进洞偷取财宝的人们，他们把卡西姆的尸体砍成四块，分别挂在洞口左右两侧。接着，他们跨上马，一路追逐，试图找到卡西姆的同伙，将其杀死。

当天，天已经黑了，卡西姆的妻子见丈夫还没有回来，心里惴惴不安，一脸惊恐地跑到阿里巴巴家中，对他说："小叔子，你一定清楚，卡西姆听你说了那事之后，就去了森林。现在天都黑了，他还没有回来，我真担心他会有不测。"这时已经过了午夜，阿里巴巴赶着三头驴子，前往森林。他来到岩石附近，一路上都没有看到他的哥哥和哥哥的骡子，最后看见洒在门外的斑斑鲜血。他心中一惊，预料到卡西姆已经是凶多吉少。他念出咒语，石门打开，赫然看见哥哥的尸首，惊恐万分。但他还是走进石洞，找了些东西将他的遗体掩盖住，让一头驴子驮着，还用柴火盖在上面。另外两头驴子，则装载了几袋金币，也用柴火盖在上面。一切准备就绪，他才出了石洞，关上大门，离开了森林。他回到家中，将驮着金币的驴子赶进小院，让妻子小心翼翼地卸下来，他自己赶着另一头驴子来到嫂子的家中。

阿里巴巴敲门后，一个叫马尔基娜的机灵的侍女前来开门，这个侍女能够淡然应付各种突发的困难。阿里巴巴来到院子里，卸下驴子驮着的袋子，把马尔基娜叫到一边，悄悄对她说："你必须对这个秘密守口如瓶。这两个驮袋里装着你主人的尸首，我们必须要当做他是正常死亡，赶快将他埋葬。你现在就去告诉你家女主人，我相信你聪慧谨慎，一定可以做好这件事。"

第二天早上，马尔基娜就来到一家药铺，向药商买一种可以治愈垂危病人的药。药商马上询问是谁病了。马尔基娜叹口气，回答道："是我善良的主人卡西姆，现在他已经吃不下饭，也说不出话了。"傍晚，马尔基娜再次来到这家药铺，眼中噙着泪水，要买一种针对奄奄一息的病人的药效很强的药，"唉！"她长叹一口气，一边把药从药商手中接过来，一边说，"恐怕这个药也救不回他，看来我就要失去我的主人了。"

那日，阿里巴巴和妻子一整天都往返于卡西姆家和自己家里。傍晚，卡西姆家中发出阵阵卡西姆妻子呼唤的声音，大家都觉得奇怪。而马尔基娜则四处散布她家主人去世的消息。第二天，黎明时分，马尔基娜早早地来到一位修鞋匠的店中，她知道这个工匠很早就开门做生意，向他问早安后，马尔基娜塞了一枚金币在他手中，说道："巴巴穆司塔法，你带上你的缝补工具，跟我走，不过在你到达目的地之前，我要蒙住你的眼睛。"

巴巴穆司塔法听了这话，犹豫着不愿跟她走。"噢，噢！"他回答，"你一定是要我去做什么违背道德、伤天害理的事吧！""这是安拉禁止的。"马尔基娜说着，又拿了一枚金币塞在他手里，"我不会让你做违背你良心的事，你只管跟着我走，不要害怕。"

途中，到了一处地方，马尔基娜用手巾将工匠蒙住，带着他一路来到她已故的主人的房间。这时，马尔基娜才揭开蒙眼的手巾，把卡西姆的尸首放在一起。"巴巴穆司塔法，"她说，"你赶快把尸首缝合起来，你缝好之后，我还会给你几枚金币作为酬劳。"

待巴巴穆司塔法完成马尔基娜的吩咐后，她遵守承诺给了他三枚金币，并要他对此事守口如瓶，接着，又蒙上工匠的眼睛，带他回到原来的给他蒙眼的地方，才解开手巾，放他回家。她看着工匠往他的店铺走去，害怕工匠因为好奇又返回来跟踪她，直到工匠消失在她的视线中，才独自回到家中。她烧了些热水，清洗卡西姆的尸体，同时阿里巴巴用香熏尸体，为他穿好寿衣，以便参加葬礼。过了不久，他们请人将他装进棺材，伊玛目和其他寺院的住持也相继到来为他祷告。完毕后，由四个邻居抬着他的棺木，送到墓地埋葬。伊玛目跟随在棺木后，一路为他祷告，接着是阿里巴巴。马尔基娜跟着列队，一边号啕大哭，一边捶着胸口，头发披散着。卡西姆的妻子走在队列最前面，哀伤地哭号着，邻居的妇女们按照风俗也前来，跟她一起哭喊，哭得远近的人都可以听见。

葬礼结束后，过了三四天，阿里巴巴大方地送了些财物给他的嫂子，以便帮助她日后的生活，而且他一夜之间就把这些从强盗那儿盗取来的财物送到嫂子家。除此之外，他还把卡西姆的店铺全权交给他的大儿子掌管。

一切都风平浪静了。有一天，那四十大盗再次回到他们在森林里的宝库中，发现卡西姆的尸首不见了，同时发现少了很多袋金币，大为震惊。"我很确信，"强盗首领说道，"移走尸首和偷走金币的人，一定是我们杀死的那个人的同伙。为了我们自己的利益，我们一定要把这个人找出来。你们觉得如何，孩子们？"

他所有的手下都无异议地一致同意首领的提议。"那好。"首领继续说，"我决定派一个机警勇敢的人，假扮成一个旅客或是外地人，到城里去，去向谈论相关事件的人探听，找出我们杀死的人的姓名，住在哪里。这个任务至关重要，不容许有任何闪失，我决定，要是我派去的这个人不能完成任务，或是出一点差错，我一定要治他死罪。"

不等其他同伴决定，一个强盗自告奋勇，站出来说："我自愿接受这个任务，要是我不能顺利完成，我会拿命出来，任大家处置。"随后他伪装一番，趁天还没亮，进了城里，在城里来回查看。偶然间，他发现巴巴穆司塔法店里的灯还亮着，可这时候其他店铺还没有开门。这时，巴巴穆司塔法手握锥子，正要开始干活。这个强盗走上前去，向他问候早安，发现他是位老人，问道："老人家，你这么早就开始干活儿了，但是你的眼睛看得清吗？依我看，就算天再亮一点，你也未必看得清缝补吧。"

"你可不知道我呀！"巴巴穆司塔法回答，"虽然我年岁已高，可我眼力好得很，你还别不相信，我还在比这儿的光线还暗淡的地方，缝补过一具死尸。"

"一具死尸！"这个强盗假装十分惊讶，叫出声来。"是啊，是啊！"巴巴穆司塔法回答，"我看你还想我说下去，但是你还是不要知道得太多才好。"

这个强盗明白他已经找到要找的线索，于是拿出一枚金币，塞在巴巴穆司塔法的手中，对他说："我并不想知道你的秘密，这点你要完全信任我。我只希望你能带我去你缝补死尸的那个房子去。"

"我很愿意帮你这个忙的，"巴巴穆司塔法回答，"但是我帮不了你。我去那儿的时候，被人用手巾蒙着双眼，回来的时候也是一样。所以我根本无法带你去那里。"

"或许，"强盗说，"你还是记得一点点你蒙着眼去的时候的感觉。走，我们去你开始被蒙眼的地方，我蒙住你的眼睛，我们一起走，或许你可以凭着你的感觉找到那里。所有付出为人解决烦恼的人，都应该得到应有的报酬。这里是一枚金币，感谢你对我的帮助。"说着，强盗又拿出一枚金币，塞在他的手中。

"我不能保证，"巴巴穆司塔法说，"我还可以记得很清楚，但既然是你的希望，我就尽力试试。"说完，强盗欣喜万分，巴巴穆司塔法带着强盗来到马尔基娜蒙他眼睛的那个地方。"就是这儿了。"巴巴穆司塔法说，"从这儿开始，我就被蒙上眼睛了。"强盗拿出手巾，蒙上他的眼睛，跟着他一路来到卡西姆的屋外，也是阿里巴巴居住的地方。强盗立刻拿出早就准备好的粉笔在那里做了个记号，才解开巴巴穆司塔法的手巾，问他是否知道这间屋子的主人是谁。巴巴穆司塔法回答他说他不住在附近，所以不清楚。强盗对他为自己解决烦恼表示感谢，让他回到他的店里，自己也回到森林。

强盗和巴巴穆司塔法离开后不久，马尔基娜外出办事，回来时发现强盗做的记号，便停下来观察。"这记号有什么意思呢？"她自言自语，"一定是有人要对主人不利。不论来人是什么目的，我都应该提高警惕，抵御敌人。"于是，她拿起一截粉笔，没有惊动男主人和女主人，在其他几家门口都画了同样的记号。

与此同时，那个强盗高兴地回到森林，向同伴们报告他已成功找到卡西姆的同伙，向他们详细叙述了自己十分好运，一下子就遇上了唯一知道事情线索的人。所有的强盗听了，都欢欣鼓舞，十分满足，称赞他勤劳努力。这时首领对他们说道："同伴们，我们没时间了，赶快武装好自己，不要暴露我们的身份，马上出发。但是我们不要太过兴奋，惹人怀疑。我们一两个一两个地进城，等大家都进城了，再在约定的地点大广场会合。同时我会和为我们打听到线索的这位同伴一起，去找到那间屋子，最后我们再商议如何处置。"

大家对此表示一致同意，他们两两一组，间隔着时间，前前后后来到城里，没有引起别人的怀疑。首领和早上进城探听的那个强盗走在最后。那个强盗带着首领来到他做过记号的阿里巴巴家所在的街道。他们来到第一家，强盗就认出自己做的记号。但首领看到旁边的房子的大门上相同的地方，也画着同样的记号，指着问作为向导的那个强盗，问他是哪一家，确不确定是第一家。向导看到也糊涂了，不知如何作答。当他和首领看到其余有五六家门上都做着相同的记号时，更加困惑了。他马上向首领发誓，保证他的确在一家门上做过记号，但是不知道是谁做了其他的记号，所以不能认出那个工匠是停在哪家门口的。

首领知道计划失败，直接回到大家约定的地方，告诉同伴们，他们白辛苦一场，要回到石洞中，再作打算。于是他们又像来时分散回到了森林里。

他们一伙人又聚集起来，商议接下来的打算。首领告诉他们失败而归的原因，那个带路的向导也被宣布处以死刑。为了石洞不被人再次潜入，队伍中又有一个人主动站出来，想要完成任务，并保证自己一定可以不像上次一样，一定会做得更好，首领同意了他的请求。他到了城里，像上一个强盗一样，碰到了巴巴穆司塔法老人，这个强盗利用他来到阿里巴巴的屋子前面，他用红色粉笔做了个记号，从远处一点都看不出来。可什么都逃不过马尔基娜的眼睛，强盗走后不久，她一出门，就看见了那个红色记号。于是她又像上次那样，在其他邻居的家同样的地方画上同样的记号。当首领带着手下的人来到街上，发现遇到同样的难题时，首领见此火冒三丈，而这个强盗和上次探听的同伴一样，十分困惑。首领和其他强盗不得不垂头丧气，再次返回石洞。大家都认为是前去探听的那个同伴出了差错，对他施行了同样的惩罚。

首领已经失去手下的两个勇士，害怕继续按照同样的方法去查寻盗取他们财物者的居住地，会失去更多同伴，因此决定自己亲自去完成这个任务。于是，首领找到巴巴穆司塔法，像之前的两位同伴一样，在巴巴穆司塔法的帮助下，来到阿里巴巴的屋子前。他没有在屋子前面留下任何记号，而是仔细观察四周，把房屋四周的景象记在心里，心想这样就不会出错了。他知道了想要了解的，心满意足地回到森林，来到石洞中，大伙早已在此等候他。他告诉大家："同伴们，现在没有什么能够阻止我们报仇了，我已经确定了仇人家里的位置，在回来的路上，我想好了如何执行报仇计划，若你们有更好的方法，尽管来告诉我。"接着首领向大家讲述了他的计划，大伙纷纷同意，随后他派人去村里购买十九头骡子和三十八个大皮翁，让每头骡子都驮着两个皮翁，其中一个装满油，其余的则是空的。

经过两三天的时间，强盗就把骡子和皮翁备齐了。首领让三十七个人躲进皮翁，但是皮翁口太小了，于是首领让他们把皮翁口加大，最后在他的指挥下，由全副武装的强盗潜伏在三十七个皮翁里，只留一条缝隙给他们透气，并在皮翁的外表涂上一层油。

三十七个强盗分别潜伏在混杂着一个装满油的皮翁里，一切准备就绪。首领带着队伍来到城里时，已是傍晚时分，他赶着骡子来到阿里巴巴家门外。当时，阿里巴巴刚吃过晚饭，在门外散步。首领停下脚步，过去向阿里巴巴自我介绍道："我这有几翁油，本打算明天一早拿到市场去卖，但现在天色已晚，找不到住处。若是主人不嫌麻烦，就请帮我个忙，让我在你家暂住一夜。"

尽管阿里巴巴在森林里见过强盗首领，并听过他说话，但他察觉不到那个首领伪装成油商，现在就站在他面前。阿里巴巴向他表示热烈欢迎，并马上派人为他打开大门，好让他把骡子赶进院子。就在首领卸载骡子的皮翁之时，阿里巴巴派仆人准备一桌饭菜，招待客人。马尔基娜按照主人的吩咐，为客人准备了晚餐。强盗首领吃完饭，阿里巴巴又叮嘱马尔基娜："明天一早，我就要去沐浴，给我准备一套干净衣服，交给阿卜顿拉。此外，还要熬锅肉汤，以备我回来后吃。"

阿里巴巴叮嘱妥当之后，就回卧房休息了。

强盗首领来到院子，揭开每个皮翁的盖子，指示他们接下来的行动。从第一个皮翁，一直到最后一个皮翁，他都将盖子揭开，小声对里面的同伴说："时机成熟时，我会从我房间的窗户扔石头出来，这就是我们的信号，你们听见就立刻出来，听我指挥。"首领交代之后，由马尔基娜拿着一盏油灯，引领他回到为他准备的房间。

马尔基娜根据主人的吩咐，为他准备好换洗的衣物，并吩咐阿卜顿拉准备好烧肉汤的罐子。但一切都准备就绪，照明的灯却熄灭了。家里没油可以添用，她拿着油罐，来到院子。当她来到排头的皮翁前时，她听见里面有人小声说话："到时候了吗？"马尔基娜一惊，但是很快就镇定下来，回答："还没到时候！"她急忙走到每个皮翁跟前，压低嗓音重复同样的回答，一直到最后一个装满油的皮翁。

马尔基娜这才意识到，他的主人是引狼入室，把三十八个强盗引进了家中，那个油商就是强盗首领。她急忙装满一罐子油，回到厨房，点燃油灯。又拿了一个大油罐，去那个装满油的皮翁，装了满满一罐油，架在大火上烧开。马尔基娜拿着一大罐滚烫的油，走去将藏在皮翁的强盗一一烫死在里面，无一幸免。

烫死了强盗们，马尔基娜又装了满满一罐油，架在大火上烧，以便为主人熬肉汤，随后熄灭油灯，不作声响，静静观察强盗首领打开窗户，往院子扔下石头后，会有何行动。等了没多久，强盗首领果然起床，推开窗户。他发现四周一片漆黑，没有一点声响，便往皮翁扔了个石子儿，发出指定的信号，却不见动静。他开始焦躁不安，又扔了一个石子儿，仍不见反应。接着，他扔了第三个石子儿，依旧一片寂静。首领十分困惑，不知道他们为什么不回应他的信号，心里惶恐万分。他悄悄地走到院子里，来到排在最前面的皮翁前。他以为里面的同伴还活着，便轻声呼唤，但一阵热油味扑面而来。于是他一个接一个检查每个皮翁，发现同伴们都已经被烫死，怒火中烧，意识到计划失败，害怕自身难保，于是急匆匆地冲过院子到花园的门，翻墙而过，仓皇而逃。

马尔基娜见到首领逾墙逃跑，明白自己救了主人和全家人的性命，心里十分愉悦，安心地睡觉去了。

第二天清早，阿里巴巴起床，在仆人的陪伴下前去澡堂沐浴，对昨晚发生的事一无所知。他洗澡回来，看见骡子和皮翁还在原地，却不见油商的身影，觉得惊奇，便向马尔基娜询问情况。"主人！"她回答，"感谢安拉，向主人和主人的家人给予保护！跟我来看看，待我详细叙述一遍，你便知道事情的原委。"说着，她带领着阿里巴巴来到最前排的皮翁前，让她的主人看看里面到底是不是油。阿里巴巴走去一看，见里面是个男子，吓得往后一退，大声尖叫起来。"不要害怕，"马尔基娜安慰道，"这个人伤害不了你，他已经死了。""噢，马尔基娜，"阿里巴巴镇定下来，问道，"你让我看的是什么东西？""你先镇定一下，"马尔基娜回答，"不要惊扰到邻居，我们一定不能把这件事泄露出去。你再去看看其他的皮翁！"

阿里巴巴一个接一个地把其余的皮翁看了一遍，看完最后一个少了很多油的皮翁，他一动不动地愣在原地，看看皮翁，再看看马尔基娜，一句话都不说，十分惊讶。接着马尔基娜将事情的经过从头到尾，包括发现家门口的记号，以及烫死那些强盗后，首领仓皇而逃的经过，向阿里巴巴详细叙述了一遍。

从马尔基娜的口中，阿里巴巴知道了她机智勇敢的行为，对她说道："通过你的帮助，我躲过那些强盗设下的陷阱，将我从灾难中解救出来。我的命是你救回来的，为了表示我的感谢，我决定让你重获自由身，作为对你的酬谢。"

阿里巴巴的花园很大，旁边还有一棵大树遮阴，于是他命仆人阿卜顿拉，挖了个大坑，把三十七具尸体掩埋起来。这时天快亮了，他们赶紧埋好尸体，将皮翁和强盗的武器掩藏起来。但剩下的骡子只能另找时机，赶到集市去卖掉。

强盗的首领捡回一条性命，怀着满腔怒火，悄然回到森林。不一会儿，他回到昏暗的洞穴，想到只剩自己孤身一人，顿觉心中惧怕不已，于是下定决心，要杀死阿里巴巴，为他的同伴报仇。因此，他回到城里，乔装成一个丝绸商，找了一家客店住下。为了装扮得更逼真，他从石洞中拿了财物，换取了许多奢华的丝绸和华丽的服饰。他始终保持高度警惕，一直将那些东西带回住处。为了顺利实施自己的复仇计划，他准备好所有东西后，开了一家丝绸店，与卡西姆的店铺正好相对。自从卡西姆去世以后，就是阿里巴巴的儿子在打理那家店铺。

从此他改名为盖赫旺吉·哈桑，装成是新来的人。为了显得像样，他对邻店诸家老板慷慨大方，很快就和大家混熟了，阿里巴巴的儿子也不例外。他对阿里巴巴的儿子十分亲切、诚恳，两人很快就成了朋友。过了两三天，阿里巴巴到店铺去看儿子，强盗的首领立马就认出了他，从阿里巴巴的儿子口中得知那人是他的父亲。从此以后，盖赫旺吉·哈桑对他更加殷勤、十分热情，不时地请他来店里坐上一坐，还常常送他点小礼物，一块儿吃饭交谈。

一天，阿里巴巴的儿子和盖赫旺吉·哈桑相约一起会面，两人见完面后，阿里巴巴的儿子将盖赫旺吉·哈桑带到父亲居住的街上。他们走到阿里巴巴家门口，停下来敲门。"这是，"他介绍，"是我父亲家，我跟我父亲提起你这位朋友后，他非常高兴，想要认识认识你，我曾经受过你的恩惠，所以今天你就跟我进去，和我的父亲见面，让大家都高兴一下。"

盖赫旺吉·哈桑心想，在向阿里巴巴做自我介绍的时候，可以趁机杀死他，这是他报仇的大好机会，但他却佯装犹豫，想要离开。这时，仆人已经把大门打开，阿里巴巴的儿子拉着他的手，一起走进屋去。阿里巴巴满面笑容、谦恭有礼地上前迎接盖赫旺吉·哈桑，感谢他对自己儿子的照顾。尽管盖赫旺吉·哈桑只是个年轻人，并没有见过多少世面，阿里巴巴还是用最大的礼节迎接他，与他寒暄。交谈了片刻，盖赫旺吉·哈桑就告辞要离开，阿里巴巴不让他走，说："你这么着急地要去哪儿呢？我恳请你赏光，跟我一起吃个饭，可能鄙人招待不周，但我还是盛情邀请你！""大人！"盖赫旺吉·哈桑回答，"承你厚待，实在感激不尽。不过事实上，是因为我不能吃有盐的饭菜，故不便在贵府做客。""那如果是这个原因，"阿里巴巴说，"这不碍事，不能成为你不在寒舍做客的原因。我从来没有尝试过不加盐的饭菜，今晚就要试他一试，我保证今天的饭菜一定不会加盐。所以，还请你赏脸留下吃饭。"

说着，阿里巴巴去到厨房，吩咐马尔基娜做晚餐时不要加盐，并嘱咐她迅速做几个菜，菜也不要放盐。马尔基娜正要做饭，她一向对主人的吩咐言听计从，但突然听到这个吩咐，非常惊奇。"这个怪人是谁？"她问道，"谁会吃没有盐的饭菜？如果我遵从你的吩咐，做出来的饭菜会很难吃。""不要生气,马尔基娜,"阿里巴巴回答她,"这位客人十分正直诚实,所以你按我吩咐的做就好了。"

马尔基娜虽然极不情愿,但还是遵照主人的吩咐,始终抱着好奇的心情,想要看看这个不吃盐的人是谁。马尔基娜把饭菜都准备好,才和阿卜顿拉一起端上菜肴。当她一眼看到盖赫旺吉·哈桑时,尽管盖赫旺吉·哈桑经过乔装打扮,但她还是一眼就认出他就是强盗首领。她留心一看,发现他衣服里藏着一把匕首。"原来如此啊,"她心想,"难怪这个恶人要吃不加盐的饭菜,他是主人的头号敌人啊,他这么做是想伺机杀害主人,我一定不能让他得逞。"

阿卜顿拉将水果和美酒端上后,马尔基娜退回房间,换上美服,戴上头巾,打扮得像个舞女,并在腰间束上一条镀银的腰带,别上一把同样是镀银的手柄的匕首,戴上一条华美的面纱。她装扮好后,吩咐阿卜顿拉:"拿上你的手鼓,就用平时单独为主人准备的表演,为主人和宾客去表演吧。"

于是阿卜顿拉拿上他的手鼓,一路摇着手鼓,来到客厅。马尔基娜紧随其后,来到门口,深深地鞠了一躬,恳请为大家表演。"进来吧,马尔基娜!"阿里巴巴同意,"让盖赫旺吉·哈桑看看你的表演,最后做出评价。"

马尔基娜舞姿婀娜,几个舞蹈后,她抽出腰间的匕首,握在手中,开始翩翩起舞,不停地变换舞姿,脚步轻盈,腾空起舞,动作潇洒自如。她时而把匕首比在胸前,时而变换舞姿,时而又像要把匕首插向自己。突然,她从阿卜顿拉手中拿过手鼓,左手拿着手鼓,右手握着匕首,按照跳舞可以有赏钱的规矩,将手鼓翻了个面,开始向在座宾客讨赏钱。

阿里巴巴首先向手鼓里放了一枚金币,他的儿子也同样放了一枚金币。盖赫旺吉·哈桑看见马尔基娜一边舞蹈,一边向他靠近,便掏出胸前衣袋里的钱包,准备打发赏钱。他正要往手鼓里扔金币时,马尔基娜看见了,一把将匕首刺进他的心脏。

阿里巴巴和他的儿子见此,大惊失色,大声惊叫。"你这个倒霉的女人,"阿里巴巴大喊,"你在干什么啊?我和我家人都被你毁了!""我是救了你,而不是毁掉你啊。"马尔基娜回答,"你过来看看就会明白。"她一边说，一边将盖赫旺吉·哈桑的外衣拉开，露出藏在里面的匕首。"你招待的是你的敌人啊，你仔细看看他，就会发现这是那四十个强盗的首领，上次乔装成油商的也是他啊。你回想一下，他说不吃你家的盐，难道不是暗示你他要找你报仇？当我还没见过他，你告诉我有位不吃盐的客人，我就开始怀疑了。我第一眼见到他，就认出了他。现在你就知道我的怀疑不是毫无根据的了。"

阿里巴巴知道马尔基娜再次救了自己，热情地拥抱她。"马尔基娜，"他说道，"我释放你为自由人了，但是这还不足表示我对你的感激，我要你做我的儿媳妇，向你表示我最诚挚的感谢。"然后转身对他的儿子说："儿子，父亲相信你是十分有责任感的孩子，一定不会拒绝让马尔基娜成为你的妻子。你看盖赫旺吉·哈桑跟你套近乎，和你交朋友以达到向我报仇的目的。要是今天他真的达成目的，毫无疑问你一定会成为他复仇的牺牲品。你娶了马尔基娜，就是娶了我们全家的救命恩人呢。"

过了几天，阿里巴巴就为儿子和马尔基娜的结合，举行了盛大、奢华的婚宴，十分庄严，并按当时的豪华排场，有各式各样的舞蹈，亲戚邻居都受邀前来参加，但是都不知道新郎新娘结合的真正原因。他们不知道马尔基娜有着优秀的品德，连连称赞阿里巴巴为人大方、心地善良，场面十分热闹。

一年过去，都不曾有人加害于阿里巴巴，于是他决定再去石洞一趟。他跨上马，来到石洞外，把马拴在一棵树上，走到石洞门口，念了声咒语："芝麻开门！"大门轰然打开，他走进洞里，仔细查看洞里的物品，以确认里面是否有人。见所有的金银财宝依然存在，原封不动地堆积在那里，他深信所有的强盗都完蛋了。自此他确信他是世界上唯一知道石洞秘密的人，宝库中的财宝都任他安排。他根据马能运载的力量，装了很多金币在马鞍袋中，回到城里。后来阿里巴巴把儿子带到石洞，并告诉他让石门开关的咒语，他的儿子又告诉了自己的儿子，子子孙孙有节制地享用宝库中的财富。就这样，阿里巴巴和子孙们一直都过着幸福富裕的生活，直至百年以后。